众里寻她
千百度

Zhonglixunta
Qianbaidu

吴运强◎著

天津出版传媒集团

天津人民出版社

图书在版编目（CIP）数据

众里寻她千百度 / 吴运强著. -- 天津：天津人民
出版社, 2024.6
　　ISBN 978-7-201-20519-9

　　Ⅰ.①众… Ⅱ.①吴… Ⅲ.①中篇小说 – 小说集 – 中
国 – 当代②长篇小说 – 小说集 – 中国 – 当代 Ⅳ.
①I247.5

　　中国国家版本馆CIP数据核字（2024）第112017号

众里寻她千百度
ZHONG LI XUN TA QIAN BAI DU

出　　版　天津人民出版社
出 版 人　刘锦泉
地　　址　天津市和平区西康路35号康岳大厦
邮政编码　300051
邮购电话　（022）23332469
电子信箱　reader@tjrmcbs.com

责任编辑　岳　勇
装帧设计　燕　子
书名题字　凌家敏

印　　刷　成都市兴雅致印务有限责任公司
经　　销　新华书店
开　　本　787毫米×1092毫米　1/16
印　　张　21.5
字　　数　450千字
版次印次　2024年6月第1版　2024年6月第1次印刷
定　　价　78.00元

目 录

CONTENTS

众里寻她千百度

一

来到碛坝中央，石富云把五岁的孙儿小石头，从背篓里抱出，双手举到大石上坐好，丢一袋旺旺饼干给他，叮嘱几句不准乱跑的话，急匆匆就往金沙江边走。开初，他担心小石头不听话，独自跑到江边玩水，走几步，还回头望几眼、喊几声。后来由于在斑斓的卵石中，嗅到了奇石的气味，渐渐地，他便融进乱石中变成一块大石头，从而忘却了身后的小石头。

本来，今天早上儿子石河，把小石头交给老子石富云时，再三强调，不准他下河找奇石的。可金沙江今晨偏偏退水，让出了一片白亮亮的河滩。石富云心里猫抓似的难受。儿子刚出门，檐前微雨刚罢，他就背着孙子下了河。明年八月一日，是中国人民解放军建军九十周年的纪念日。目前，石富云家里已聚集"八""一""军"三个文字奇石。他想：如果今天能如愿找到最后那个魂字石，那自己收藏的"八一军魂"四个天然文字奇石，在"全国军事题材奇石展览"活动中，就能引起轰动和关注。自己就能到三十年前当兵的部队，给官兵们献上一份厚礼。

水壶、钢钎和背篓，是觅石者必备的工具。有些奇石深陷泥沙和石缝里，只露冰山一角，须用钢钎使劲撬出，再用水壶里的清水反复冲洗，才能看清其石质、色彩和图纹，从而判定其艺术价值。选中的奇石，必须放进背篓里，或在石头顶上压一个小石头，这样，其他觅石者才不会顺手拿走。金沙江奇石玉润珠圆，不像其他地方的石头瘦漏皱透。它的价值主要体现在色彩、质地和花纹上。其色白如雪，红似火，黑如墨，黄似金。其质莹如玉，硬如铁，坚如刚，小到数十克，大到几十吨。石龙镇旁两公里长、半公里宽的碛坝上，到处乱石凌错且层层叠叠，没有足够多的觅石经验，没有丰富的文化积累，是没法找到精品石的。

石富云五十出头，额头圆润，人中处黑黑的胡须很扎眼。他是觅石高手，一到河滩就异常兴奋，不仅精力高度集中，而且眼光特别独到。这个时候，他的灵魂全在秦风汉雨中淬火，整个思绪都在八一军魂里穿梭。哪些石头玩造型、哪些石头玩色彩、哪些石头又玩图文，他了然于胸。每看中一枚石头，除了反复冲洗泥沙，他还翻来覆去、颠来倒去，或偏着脑袋从不同角度细品，或跪在石前长时间发呆，或围着石头弓着腰杆转圈，直到从石头上的图案里，读出边关军魂、木兰从军、董存瑞炸碉堡等主题画意，他才喜滋滋放进背篓。

今天，石富云不想在图案、造型石上花工夫，他要集中精力找到那块梦寐已久的魂字石。几年来，这枚石头多次闯入梦里，让他心摇神动，不能自控。如果今天老天垂青与石有缘，意外凑齐"八一军魂"这组文字石，不仅能引起众多藏家的天价纷抢，而且自己的水平和地位，在整个赏石界，又将快速提高几个档次，成为万众瞩目的翘楚。金沙江奇石，是昆仑山及其以下山脉的红玉、碧玉、石英、玛瑙等石，经过不同颜色的矿物浸染，经过石与石的碰撞和江水的磨洗后，所形成的风景画、人物画，以及中国文字。几年来，石富云扔下酒楼生意不管，或包车，或徒步，上至虎跃峡，下至重庆，花了无数精力，才凑齐前面几个文字石。现在就差最后一个"魂"字了，所以今天他铁下心，要把碛坝上的石头全翻遍，即便抠破指头，也要找出那枚魂牵梦绕的石头。

"噫，那是什么？"

翻过一堵被金沙江水浇筑成雕塑的沙石墙，石富云的双眼突然宝石般发亮，脑袋里"轰隆"一声，顿时神清气爽。一种今日何日，我是谁人的感觉油然而生。这是发现宝贝前的吉兆。这个时候，石富云眼底无尘，心中无相，完全将自己幻化成了一枚烈火难熔、狂风不倒的怪石。前方五米处，一枚白中透红的石头，半遮半露，如一位害羞女子，把身子深藏在乱石中。石富云兴奋极了，这江、这水、这石，分明就是昨夜梦中出现过的景致。难道冥冥中真有天意？为证实自己的推断，他扔掉背篓、水壶，参礼般匍匐在地，先用食指小心翼翼抠去泥沙，然后再用钢钎慢慢挖掘。

不一会儿，一枚浑圆如玉色彩鲜艳的石头，被一寸寸撬了出来。石头不大不小白底红花纹，晶莹、干净、品相、质地均为上乘。正面的红色图案，横看是两条相互缠绕的蛇，竖看却是一个龙飞凤舞的魂字。刹那间，石富云恍惚了，他抱起石头使劲亲两口，虔诚跪着，面向金沙江不断磕头。呆了半晌，石富云掏出手机，一连拍了五张照片。确认自己没看花眼，确认是个魂字，他才把石头放置在高处，慢慢趴下身子，仰着脑袋泪眼凄迷地品读。

这枚石头，不仅质地、品相、色彩、体积，与家里"八""一""军"三个文字石一致，而且上面的红色花纹清晰自然，如行云流水，任何人一看都能认出是个魂字。天也，我怎么有这么好的运气？大自然的鬼斧神工，真的太绝妙了。石富云把奇石抱到江边，双手浇水洗一遍，又捧到高石上固定好，继而雕塑般立在江边，一遍遍心旷神怡地品鉴。直到上涨的江水打湿了裤子，他才猛然想起自己的孙子小石头。

一望无涯的碛坝上，触目处尽是乱麻麻的石头。小石头混在大石堆里，早已不在先前那个位置了。想起汹涌上涨的江水，想起碛坝中央，那个大人滚进去都爬不起来的烂泥塘，石富云背心一凉，即刻吓出一身冷汗。

"小石头，你在哪里？"

石富云像头发狂的狮子，一路奔跑，一路呼唤。尽管摔了无数跤，且磕破了膝盖，他仍然紧紧抱着那枚心爱的魂字石。在他心里，这枚魂字石和孙子小石头一样重要。盼了无数个春花秋月，梦了无数回仙姿丽影，今天众里寻她千百度，才在乱堆中撬出，说什么也不放手。如果说孙子是他的命根子，那这枚魂字石就是他的主心骨。没有它，家里那组文字石就灵动不起来，就只能作为石头永远躺在墙角。自己既无资格去老部队献礼，更不能成为赏石界的翘楚。

深秋的太阳明晃晃照在河滩上，五彩缤纷的卵石，每一枚都晶亮圆润，长时间闪射着诱人的光芒。这时，碛坝上觅石的人越来越多，大家见石富云怀里抱着石头，却哭声哭气喊小石头，全都悄声骂他石疯子。同为石友，石富云与众不同，他不卖石，更反对别人卖石。自己得了一枚好石头，不但抱在怀里长时间抚弄，而且吃饭摆在饭桌旁，睡觉放在枕头边。众人心目中，他就是不折不扣的石疯子。

一连问了十多个石友，都说没看见小石头，石富云彻底慌了。他想：如果今天把孙子搞丢了，儿子和儿媳那关过不去不说，自己怀里这枚石头也没啥意思了。与乖巧聪慧的孙子相比，家里的所有石头都黯然失色。孙子才是自己最珍爱最有价值的宝贝。如果能换他平安无事，石富云愿舍弃家里所有藏石，乃至自己这条老命。

尽管每天做操、走正步、打军体拳，练出了一身力气，但抱着个四五十斤重的石头，来回奔走，加上心里极度惊恐，渐渐地，石富云支撑不住了。权衡得失，最后他决定暂时放弃那枚魂字石。看周围无人，石富云用脚尖在河沙里刨个坑，依依不舍把魂字石放进去覆上沙石，搬两块大石压在上面做好标记，然后喘着粗气，发疯般直朝烂泥塘奔跑。

烂泥塘在碛坝中央，表面的泥层光鲜坚硬，里面全是黏稠的稀泥。人一踏上去，稀泥立即没至大腿。半月前，石富云的邻居林婉秋觅石时内急，趁四下无人，溜到泥塘边小解，刚蹲下就遭遇了麻烦。如不是石富云碰巧路过，后果还真不敢想象。林婉秋三十出头，方形脸、大眼睛，嘴角上翘，经常一副笑容。她的丈夫前年出车祸死了，留下一个刚上初中的儿子。林婉秋是镇上的名人，谁家有事，她从头帮到尾，谁说她的闲话，她立即把对方揪到街上痛骂。混混们上门收保护费，她提起菜刀就拼命。由于仗着是石富云的远房小姨子，只要石富云下河，她就远远跟在后面。石富云选中的石头，她或明要，或暗拿，弄得石富云很怕她。

石富云知道，林婉秋卖石全是为儿子积累以后读大学的钱，有时大度送几个石头给她，有时又非常吝啬。他从不与她近距离接触。和妻子离婚后，他以石为妻不近女色，始终保持军人的品格和气度。他觉得收藏石头，主要是收藏一种精神和文化。玩石的最高境界，是让自己的灵魂净化，思想升华，而不是经济增长。石富云是个热心人，觅石时，谁的石头搬不动，他丢下钢钎就搭手。谁家有冤屈，他出钱出力帮忙打官司。镇上的混混、小偷被打怕了，一见他就躲。

烂泥塘是以前石富云做沙石建材生意时，手下员工们长年累月挖掘出的深坑。江水退后，坑内全是淤泥。石富云断定：孙子小石头不可能躲在乱石堆里玩石头，刚才自己把附近找遍了也没见着他。也不可能跑到江边玩水，因为沿江一线隔几步就是一个觅石者，这么多人，不可能没人发现小石头。唯一的可能就是，小家伙独自溜到烂泥塘去了。刚才路过时，听塘里青蛙鸣叫，小石头就吵着要去玩。一想到小孙子天真灿烂的笑容，想到自己即将看到的悲惨场景，石富云的心很痛，两行热泪一下子就流了出来。

"我的乖孙儿，你可别吓唬爷爷，你要有个三长两短，爷爷也不活了！"

池塘边，几行新鲜的脚印十分骇人。小石头下半身陷在泥浆里，已吓得哭不出声。林婉秋撅着美臀，一手抠住塘边的怪石，一手抓住小家伙的衣领，正奋力往上提。二人每挣扎一下，身子就下陷好几寸。危急关头，石富云来不及多想，他几大步上前，先抓着林婉秋的左手使劲拖，后抱住她的细腰，一寸寸往上提。直到林婉秋把小石头扯出泥塘，石富云才骤然放开双手抱着小石头问这问那。

以前见面，林婉秋总是甜甜称呼石大哥。她眉目如画光彩照人，衣衫上总有一股芬芳。半月前，在泥塘边小解遇险，被石富云相救后，她就刻意躲着他了。好几次狭路相逢，石富云刚要招呼，她就红着脸赶紧转身回避。今天，不知是觉得偶然间还了石富云的人情债，还是恼怒刚才对方搂抱了她，总之，石富云的谢字还没说出口，就被她破天荒训了几句：

"你这人太没责任心了，有你这样带孙子的吗？"

林婉秋一边责备，一边扭着婀娜的身躯往江边走，那背影，着实惹人想念。看对方的紧身牛仔裤上全是稀泥，再看孙子头上血糊糊，肿起一个大包，石富云惭愧得真想自打耳光赎罪。他朝林婉秋的身影，大声说完感谢话，背起小石头就往家里跑。

安顿好小石头，那枚魂字石又塞满了心灵，石富云不顾儿子的埋怨，风急火燎又往江边跑。他循着记号，找到刚才的藏石点时，那枚令他发狂打滚的魂字石，竟然奇迹般不见了。

二

石龙镇两头是路，三面临江，街就是公路，公路就是街。公路两边的民居，有的是古老的石墙房子，有的是最近新修的小洋房，有的是随崖取势的临江吊脚楼。古镇上的人，最初以山石为生，这里的石匠很出名，方圆五百里的石桥、石墓、石牌坊、石建筑、石雕刻，全是他们的杰作。

石匠活不景气以后，人们就以江边的河沙及碎石为生计。这里的河沙不含泥土杂质，碎石大小均匀，硬度极佳，很受建材老板的青睐。以前，古镇人眼中，江边的石头就是石头，除了砌墙和做建材外，其他百无一用。十年前，自从一外地客商花十万元钱，执意买去石富云随手捡回的一枚石头后，人们才知碛坝上带花纹的石头，不仅是小车、小洋房、小媳妇，而且还是大老板们纷抢的天然艺术品。

惊叹之余，大家迅速展开行动。一时间，所有人家的院坝、檐坎、厅堂、空屋里，大大小小层层叠叠，全部堆满了花花绿绿的石头。短短几年时间，有人暴富成了老板，有人掀掉旧房建高楼，娶上媳妇，开起了豪车。也有人因不懂艺术，背回些乱石，至今也没富起来。

在石龙镇，论经济实力和文化修养，石富云都是首屈一指的。他有两幢楼房，一幢是新修的临江楼，专门经营餐饮旅社业务，一幢依山，是祖上遗留的石木结构四合院。两幢楼房一南一北，面面相觑，中间只隔一条六米宽的公路。五年前，老婆林秀妹看淡人生，遁入空门后，石富云就一个人住在老房子里。儿子儿媳在县城上班，偶尔回来吃顿饭。城里有房产，石富云不愿去享清福。他舍不下老房子里的石墙、石阶、石天井，舍不得榫卯结构的房梁楹柱，更舍不下屋里精美的石雕、木雕，以及鸡翅木、黄花梨旧家具。他说自己的根和魂都在老房子里，如果移到别处，几个月之内就会成无根之树。

石富云在家里，两三天不出门是常事。他家的百多吨石头，归类有序堆放整齐。一般花纹石，堆在院坝里和檐坎上。精品石、极品石摆在屋里的博古架上。其中造型石放东厢房，人物、风景石放西厢房，文字石摆正厅。凡是上架的作品，既要配红木、乌木雕花底座，又要配诗，还要正确命名。石富云的奇石作品，以军事题材命名者最多，造型石有飞机、大炮、坦克、军舰；图案石有"岳飞抗金""木兰从军""戚继光杀倭寇""郑成功收复台湾""董存瑞舍生炸碉堡"等；文字石有"中国心""边关""八一军"。现在就差"八一军魂"的"魂"字石了。

由于生在书香世家，石富云不但写得一手漂亮的柳体字，而且还精通诗词楹联。每天，他都要把家里的极品石逐一抚弄完，他的奇石不卖不送，主要是收藏和玩赏。玩石必须抚石，只有把自己的意趣和思想，通过手掌注入石头，这枚奇石才有灵魂和文化。除了默默端详，石富云还经常把几十上百斤的石头，颠来倒去摆放。因为有的石头横看是一幅山水画，竖看是一个窈窕淑女，翻个面又是一个醒目的汉字。一旦进入状态，石富云时而挥笔赋诗，时而举杯邀石，独笑独歌还独狂，以至于媳唤不闻，子呼不应，只有孙子小石头才能把他拖上饭桌。

自从那枚魂字石丢失后，石富云在家里就待不住了。他认为，没有那枚魂字石，不但人物石上的将军缺少铁血豪情，而且家里所有石头都是石头，不是灵动的艺术品。只有找回那枚魂字石，自己的魂魄才能穿越到石头内，在胡马秋风中，与戍边将领对话，在杏花春雨里，和太白、东坡先生品诗。石富云判断，那枚魂字石，八成还在碛坝中。那天找孙子心切，埋石时没有做明显标记，导致其一直在乱石中躲猫猫。他说既然这样，掘地三尺我也要把你挖出来。为了给建军九十周年献礼，为了给"全国军事题材奇石作品展览"活动增光添彩，他要豁出这把老骨头。

接下来的时间里，每天天刚亮，石富云就扛着鹤头镐到碛坝上挖掘。他用目光画个圆圈，锁定那天行走的范围后，就开始劳作。他先弯腰俯身，用双手翻动表层石头，确认里面没有魂字石，才疯狂挖掘。碛坝里的石头既圆又硬，每镐下去都铿锵有声。有时，镐头砸在大石上，反弹之力震得石富云虎口出血，双臂发麻。有时镐头切断的碎石，"嗖"一声飞起来，打得他鼻青脸肿头破血流。好在退伍后，一直劳作和锻炼，身体素质和精神意志都在同一水平，尽管每天失望而归，但他仍然坚持挖掘。

林婉秋每天坚持下河。石富云看过或把玩过的石头，她都不放过。在石富云的熏陶下，她渐渐懂得了文化的重要：同一枚石头，如果捡回来就卖，其价值就是劳力钱。如果正确命名，再配上底座和诗词，就成了艺术品，其价值就是劳力钱的十几倍。慢慢地，林婉秋也把石头当成了知己。心烦意乱时，只要抚着晶莹剔透的石头，她的心就冰清玉洁，生存下去的意志就异常坚定。林婉秋从小就崇拜石富云，这两年上门提亲者不少，她一个也看不上。近来，石富云强健的体魄、高雅深邃的谈吐、特立独行的思想，经常和着夜色给她纠缠。听院外蛙鸣如鼓，看床前明月如霜，她的心既愉悦又犯愁。

"石大哥，地球都要被你挖穿了，你是不是丢了魂？"

斜风细雨中，林婉秋的白色紧身裤很养眼、很怡情。她帮石富云洗完石头，递一张纸巾给他，眼里全是关切和柔情。石富云胡乱擦几下额头和嘴角，呸一声吹落胡须上的纸屑，抡动铁镐继续干活。他说，我确实丢了个魂字石，你看见它没有？石富云知道对方熟悉自己的藏石标记，一直怀疑她挖走了魂字石。以前他碍于情面不敢说，今天终于鼓足劲试探性问起了话。林婉秋闻言脸一下子红了，她转身背对着石富云说，我对文字石不感兴趣，没看见。说这话时，林婉秋心里直打鼓。那天，她确实趁机挖走了魂字石，她很喜欢这枚石头，有人出两万元现金都没卖。石富云没注意对方的表情，也相信她的话。因为单个文字石价值不大，只有组合起来才有石破天惊的艺术力量。

当天晚上，天漆黑，石富云倚在酒楼阳台上，一边听大堂经理张兰汇报经营情况，一边望着模模糊糊的碛坝发呆。他心里牵挂那枚魂字石，张兰说了些啥，根本没记住。这段时间，他以帮助配诗、估价的名义，走遍了镇上所有石馆都没发现那枚魂字石，落寞得根本没闲情管生意。他默默发愿说："如果能找回那枚魂字石，我宁愿舍弃酒楼几个月的纯收入。"

江风习习，涛声阵阵，张兰见老板心不在焉，合上账本刚要下楼，就被石富云叫住了。石富云指着碛坝中一个隐约的亮光，问张兰那是什么？张兰诗意地探出细腰，手搭凉棚看了一会儿，摇头说不知道。石富云叫张兰原地不动，用眼睛锁定那个亮光，等会儿用手机给他指示方向，说完找出手电筒，拔腿就往碛坝上跑。

以往查阅奇石资料，石富云知道有的宝石，晚上要发光。通过刚才的观察，他百分百确定碛坝中那点亮光，既不是萤火虫，也不是人为的手电光。它虽时明时暗，但长久固定在那个位置，从没移动半步。难道是块宝石？难道是那枚魂字石在召唤我？刹那间，石富云激动了、怡然了，全身一下子就充满了力量。

涛声中，石富云一手握手机和张兰通话，一手持电筒高一步低一步快速行走。在张兰的指引下，他忽前忽后，时左时右，费了很多周折，终于找到了正确位置。原来那个亮点是个水坑，是远处灯光斜射过来的杰作。石富云哭笑不得，回去的时候由于神情恍惚，竟然一跤跌进泥塘里。他使尽吃奶的力才爬出烂泥坑，带一身腥臭回家。夜半时分，石富云忽然寒热交作。迷离中，他一会儿梦见那枚魂字石被风姿绰约的林婉秋搂在怀中，一会儿梦见其满身泥浆，混在康二娃的乱石堆里，最后又见它变成一位解放军，站在床面前，笑呵呵望着自己呢。

他不甘心，第二天一早，胡乱吃碗酸辣面，咕噜噜灌一肚子苦丁茶，背起背篼又往碛坝上走。寻觅中，有价值的石头虽捡到几个，但那枚艳光四射充满魔幻魅力的魂字石，依然不露尊容。由于刚才喝水过多，没走几圈，石富云就感觉内急得忍不住。见四周捡石头的男女太多，他只得一边默念写给魂字石的诗，一边朝公厕走。公厕位于碛坝南端，主要方便江北岸乘船渡河赶集的四川人。厕所内设简陋，男女房都是五个蹲坑，没有一块隔板遮挡。石富云还没进门就湿了裤子，他心里想着石头，口里小声吟着："你是我前世的情人，你是我今生的至爱。"双脚刚踏过门槛，顾不得观察环境，他低着头就痛快淋漓宣泄。

"啊，流氓！"

石富云闻声转头，见门口一中年妇女瞪着双眼，一脸愤怒和鄙夷。他惊慌地收回目光，再转头往厕所深处一看，只见一美少妇，蹲在靠墙处，把脸埋在双膝间，正捂着嘴巴吃吃偷笑。那诱人的身体曲线，那瀑布般的秀发，那欲遮还露的半个脸庞，分明就是林婉秋。

这一下，石富云真的无地自容了。大白天闯女厕所，这事传出去，今后有啥脸见人："唉！我真成石疯子了。"

三

每年清明节，石富云都要邀请二十余位老战友到石龙镇，重温军旅生活。他很认真，不管是出早操、练队列，还是紧急集合，他都一丝不苟，严格以当兵时的纪律约束每个人。看战友们有的胖得蹲不下身，有的瘦得跑不了步，他就发脾气说："如果哪天祖国召唤我们，你们这种体质，岂不令人笑掉大牙！"

今年，由于战友们嫌石富云古板，不好玩，由于"八一军魂"的魂字石一直找不到，石富云就放弃这项活动了。他想：如果短期内，凑齐"八一军魂"这组文字石，他就带着石头和老战友们，去原来当兵的部队寻根，去给新兵们讲金沙江奇石上补青天、下填沧海的品格，讲民族气节和民族大义，讲退伍后如何保持体格和正能量。如果找不到魂字石，他就决定散尽家财，跟随妻子出家修行。

石富云表面的忧虑，是那枚魂字石；深层次的忧虑，则是下代人的体质和意志。时下，有些人不仅年纪轻轻就染一身怪病，而且脑子里只有金钱和小我利益。这些人整天玩手机、打游戏、用日货、看韩剧、崇拜高颜值小鲜肉、追捧外国影视明星。他们远不知戚继光、郑成功，近不知黄继光、邱少云，甚至跟着外国人抹黑中华文明和民族英雄。石富云认为这种现象如长期泛滥，后果相当严重。自己必须站出来大声疾呼，呼吁人们从小塑造孩子们的体魄、思想和国家意识。所以他要参加全国军事题材的石展活动，要用金沙江的奇石，硬化青少年的脊梁，要把"八一军魂"深深注入孩子们的骨髓中。

石河圆脸润额既孝且顺，老子说，寒假把小石头送回来，听爷爷讲英雄故事，跟爷爷学走正步、打军体拳，他玩着手机说要得；妻子说，假期带儿子去新马泰旅游、去省城买房、送小石头读贵族学校，他也没意见。在小石头的体格、人格塑造上，儿媳汪雨菲和公公的观点格格不入。汪雨菲丰腴富态，眼尾向上，耳朵凹凸不平。看其他人家卖了石头，到大城市买住房，送儿子进贵族学校，她羡慕得想哭。她认为，孩子不能输在起跑线上，必须给儿子铺一条好路，让他一辈子衣食无忧。每次回石龙镇，汪雨菲都不高兴。不是为钱的事跟老公吵架，就是为卖老宅和石头的事，和老公公怄气。

石富云不同意娇惯小石头，他说磨难是财富，是金子放哪里都会发光，不读贵族学校照样成才。至于卖老宅和石头，石富云听见这样的话，忍不住就要发脾气。他拍着桌子说，老宅是祖宗留下的，谁卖就是卖祖宗。家里的石头，是自己的精神寄托，是自己的思想和灵魂。这灵魂，穿透无数场春风秋雨，已经融入了石龙镇独特的石文化体系，只能传承，不能变卖。说这话时，石富云故意把一枚百余斤重的石头，从厅堂抱到檐坎上颠来倒去鉴赏。他指着石头上的图案，耐心给小石头讲戚继光抗倭的故事，鼓励他长大后当解放军保卫祖国。汪雨菲很不耐烦，她板着三角脸，一把抢过老公的手机，踏着猫步直往院外走：

"幺儿，回去了，妈妈给你买肯德基，还有奥特曼玩具。"

汪雨菲的声音，既慈爱又充满威慑力，吓得石河一下子就站了起来。小石头看着爷爷，眨着大眼睛说："爷爷，你讲的故事不好听，戚继光、黄继光不会飞，他们的功夫没有奥特曼厉害，我还是回家打游戏。"石河看一眼沮丧落寞的老子，再看一眼星眼微嗔的老婆，摇几下酸痛的颈项，打两声哈欠，挺起将军肚走了。

近来，林婉秋的心情很好，卖了几年石头，给儿子存了四十多万元学费，她心里不慌了。以前下河她从不空手而归，现在心情一放松，利益一看淡，她就更有韵味和品位了。在碛坝上行走，她默诵着唐诗，目光大多集中在山光水色中，找着好石头欣喜，一无所获也高兴。自从林婉秋爱上诗词和石头后，石富云才认真品读这位远房小姨子。对她，石富云的思想同样复杂，虽然自己立定了以石为妻的誓言，然而满屋的石头终究不会开口说话。每天回家到处冷清清很是寂寞。石头里的林黛玉、王昭君一次也没走出来，给他洗衣做饭，陪他花间对饮。虽说石不能言最可人，但生活中最可人的还是红颜知己。林婉秋悟性很高，为人处世相当得体，和她谈赏石玩石心得，石富云有种相知恨晚的感觉。

"石大哥，我姐为什么出家，是不是你虐待她？"

石富云彩雨缤纷讲赏石理论时，林婉秋每每转移话题，她特想知道石富云的内心想法。一提起前妻，石富云的心就疼。他说他们的感情是因一枚石头破裂的，林秀姝不喜欢石头，为了阻止石富云玩石，她曾在除夕夜，当着他的面，故意摔碎一枚绝品石。石富云的话很少，语调很苍凉，听得林婉秋花容失色。她问他为什么不找一位爱石头的女人成个家，石富云望天叹口气，反手丢个刚选中的石头到背篓里，面色凝重地说，我们离婚前，双方都打赌以后不结婚的。她青灯古佛见性明心，我以石为妻超凡拔俗。林婉秋从高石上跳下，侧目笑着说，我断定你一定会输给我姐。石富云哈哈大笑，他说我是军人，你别低估我的意志。林婉秋一手叉腰，一手持手机，她蹁跹地走上前神秘地说，石大哥，你看看我这几个石头有没有韵味？石富云知道对方的心思，他虽欣赏她，但不能接受她。原因一是年龄悬殊，儿子、儿媳不同意，二是自己不能输给前妻。

林婉秋的手机里，除了她自拍的内衣照就是石头。石富云翻了一会儿就看见了魂字石的照片："天啊，我的宝贝果真在她家。"他是见过大世面的人，尽管内心狂涛翻滚，脸上却微波不兴：这个时候必须平静，必须要对魂字石淡而无意，否则，对方就要天价要挟。石富云把一块黑石头颠三倒四玩弄一阵子，嗨一声扔进江中，转身拾起鹤嘴镐乐呵呵说，读石主要读韵，赏石主要赏意境。你那几个石头，杂乱无章没主题。林婉秋从提包里拿出几个肉松饼，递两个给石富云。后退时，她先用左掌撑住石面，然后才探出臀部缓缓坐下：

"不见得吧，那个魂字石，有人出了两万元，差点名石有主了。"

林婉秋站起身摆出一副反弹琵琶姿势，她一边梳理被风吹乱的秀发，一边望着空旷的碛坝发笑。石富云见她酥胸前挺美臀后翘，眼波中风情万种，不敢再绕圈子。他上前两步破例靠近林婉秋真诚地说，我出三万元，你把魂字石卖给我。林婉秋做个鬼脸羞怯说，这枚石头是我的魂，三十万也不卖。石富云急了，他扔掉铁镐一本正经说，我急着配"八一军魂"参加全国石展，你就做个好事成全我吧。林婉秋捂着嘴呵呵笑了起来，她说其他事好说，这事免谈。我就是魂字石，魂字石就是我。你哪时读懂人和石头，我们哪时谈条件……

细雨过后，小路上、溪沟边，到处都是零落的花瓣，满山都是清丽的杜鹃声。石富云石头一样伫立在江边，看林婉秋昂首而去，听她的弦外之音，他心里五味杂陈，矛盾得不知该咋办。

四

清明过后，碛坝里找石头的人越来越少，最后只剩石富云和林婉秋。石富云的心情很坏，几个月来，他想尽办法，始终没得到魂字石。以石换石林婉秋不干，以钱买石她不依。他很着急，建军九十周年系列活动，马上就要拉开帷幕，没有魂字石，"八一军魂"这组奇石作品，就不能参加展览，就无法给老战友们兑现承诺，自己的雄心壮志就会成泡沫和笑谈。然而放弃誓言和林婉秋结婚，他又做不到。他不能输给林秀姝，再者林婉秋节骨眼上要挟，让他很受伤很失望。

以前捡石，林婉秋总是厚着脸跟在石富云身后，现在反过来了。为了那枚魂字石，石富云决定豁出老脸：他挖空心思给林婉秋的石头配诗，笑嘻嘻陪她捡石，并耐心讲解赏石诀窍。林婉秋起先兴奋，后来心慌。从石富云的言行中，她已看出对方在意的是魂字石，压根就不在意她。其实，林婉秋心里也很矛盾，看石富云为魂字石发疯，她心一软差点就叫他抱回去。由于太喜欢魂字石，由于石富云一直读不懂她的心，懊恼之余，她决定给他留个大大的遗憾。

石河、汪雨菲回来得很勤，他们不准老子和林婉秋来往，说她是克夫命，是骚狐狸。从他俩的言行中，石富云断定假如自己死后，这俩败家子肯定转身就卖老宅和石头。几经痛苦思索，他决定死前把家里军事题材的极品石，无偿献给老部队收藏，把其他题材的绝品石，献给有资质的博物馆永久保存，把四五流的奇石留给儿孙卖钱。一想到自己心爱的石头，今后卖到庸人或奸人家，被沾满铜臭和世俗味的咸猪手反复抚弄，石富云的心就针扎般难受，就有一种被侮辱的感受。

太阳从东边照过来，江面上金波万顷、玉浪千层。五光十色的江岸上，除了涛声和横渡船的汽笛声，就是石富云用铁镐挖掘石头的咔嚓声。他一会儿给林婉秋打水洗石，一会儿又帮她选石抱石。林婉秋偏着脑袋看石富云。见其衣袖破损、扣子掉了一颗，她眼里突然出现关切神色。她捡石、洗石时，很注意姿态，总是先屈膝，再半跪着劳动。那玲珑的身子，简直就是一枚绝妙的石头。今天，二人的心情都很愉快，话也多。经过无数次的争吵和心灵碰撞，石富云开始考虑林婉秋的意见，林婉秋也同意让出魂字石。碛坝上的石头千姿百态，他俩一蹲下身就融进石堆，互相都看不见了。

"石大哥，快过来帮我一把。"

石富云提着水壶跑过来时，林婉秋正在用清水，冲洗一块品相、质地都上档次的草花石。石头很大，有百多斤，她费了很大力气也搬不起来。

"石大哥，你看这个石头有没有主题，这个图案像不像一个老树桩？"

石富云笑而不语，他偏着脑袋默读一会儿，蹲下身用力抱起石头，换了几个方位才满意地说，精妙精妙，你今天捡到宝贝了。看林婉秋一头雾水，石富云上前两步喜滋滋说，读石，立意最重要，要从不同方位细品。把这枚作品读成老树桩，太俗，价值不大，如果倒过来品味，就是一幅金戈铁马图。你看这匹奔马动感多好，马上的将军多威武逼真，还有那杆长枪，简直太神奇了。

"石大哥，你把它背回去吧，你读懂了它，你就是主人。"

林婉秋这话有点双关语，她不知石富云在不在意。石富云板着脸说，这么高档的石头送人，你有毛病是吧，我帮你背回去，你先走，我随后就到。以前林婉秋一直不许他进屋，今天终于找到机会了。

正午时分，石富云背着石头，踏一路鹊声大汗淋漓回来时，林婉秋泡好茶，早立在开满白花的橘树下等候了。放好石头，石富云捧着茶杯，表面若无其事闲走，眼睛却扫描仪般到处搜寻。他一边走，一边小声吟诵刚才胡诌的《渔家傲》：

邂逅江边风景妙，惊鸥重走芦花道。历经沧桑人未老，逾年少，腰肢更比花枝俏。蝶在偷窥花在笑，庭前栀子香袅袅。漫步君家诗意闹，尘缘了，天涯从此无芳草。

走到东厢房时，石富云双眼一亮，随即放下茶杯，几步走到博古架前，把一枚白底红花石紧紧抱在怀中：

"我的宝贝，你让我找得好苦啊！"

石富云动情呢喃时，林婉秋已妙曼地站在了身边。林婉秋扭着腰臀嫣然说：
"大哥，这枚石头迟早都是你的，你随时都可以抱回去。"石富云闻言差点喜极而泣，
他掏出一张银行卡，强行放在窗台上，抱起魂字石转身就走。林婉秋跺脚叫喊，他
不应。他边走边小声说："谢天谢地，我家里的石头，终于有魂了。"

　　回到家里，石富云把"八一军魂"四个天然奇石，摆在正厅反复抚看。看着看
着，他突然对着石头行一个庄严肃穆的军礼，再踏着正步唱一曲雄壮的国歌，一时
热血沸腾，感觉全世界都充满了正能量。

　　门外，林婉秋欲行又止，泪眼婆娑……

背二哥

一

"背二哥，过来！"

呼喊声未落地，行道树下，二十几个男人已齐刷刷站起了身。光膀汉子们扔掉扑克牌，抓起面前脏兮兮的角币就跑。有的边跑边往身上套衣服，有的来不及穿鞋，光脚板拍得街面啪啪响。大半天没生意，好不容易来一雇主，挣钱的机会，谁都想抢到手。

古城跑在最前面，刚才众人打牌赌钱时，他坐在行道树下一边看书，一边挪动位置躲太阳。正午过后，街面烫得像烧红的铁板，火辣的阳光洞穿树叶，把他的粗布衣服灼烧得酷似迷彩服。尽管满头满身都是汗水，感觉五脏六腑被架在火炉上烤，但古城依旧不学胡海等人赤着上身等生意的习惯。再过一段时间，他就上大学了，他得保持形象，绝不在过往同学，特别是女生面前输掉尊严。背生意虽然被人看不起，但靠劳动挣钱，他一点也不自卑。他的高考成绩是全市第一名，根据去年的起分线，进北大、清华应该不成问题。为了开学后有一套像样的衣服和行李，天再热，古城也不离开等生意的黄金路段，只要听见"背二哥"的呼喊声，大多数时间，他都是第一个跑到雇主面前。

古城认得扯着嗓子吆喝的女人，她是同班同学朱玉的妈妈张小翠。这女人一身脂粉珠玉，满口村言俚语。刚才，古城和老爸古大刚，还有胡海、刘香给她家搬运家具、电器上楼时，张小翠既把工钱压到最低，又指手画脚训斥人。她一会儿板着脸骂古城擦伤了她的电视柜，要求赔偿，一会儿又叉着腰责怪胡海不懂礼貌，擅自坐脏她的新沙发。朱玉给古城的一杯水，也被她劈手抢过去一口喝了。

"刚才是哪几个给我家搬东西？"

张小翠侧着身子，故意摆出一副贵人姿态，她右手捂住鼻子，左手的扇子摇得啪啪响，生怕被背二哥们的汗味熏着。

"阿姨，刚才有我，还有我爸给你家搬东西。"

古城以为对方还有家具要搬，赶紧笑眯眯上前揽生意。张小翠昂头斜眼盯着古城看。她脸上写满了鄙夷和不屑，鼻孔里还发出哼哼声。

"还有我。"

胡海和刘香的声音几乎是同时发出的。胡海光着脚板，汗水和灰尘黏在脚背上，油亮亮很是扎眼。刘香身材高大，皮肤黝黑，她是这伙背二哥中唯一的女性，由于和胡海是亲戚，所以每单生意，他俩都同时出力平均分钱。

"你几个背二哥给我听好，刚才谁偷了我家的东西，赶快交出来。"

张小翠的指头，从古城的面门掠过，最后停在刘香的额前。刘香镇定自若，她看一眼胡海，一边整理衣角，一边甜着嗓子回话：大姐，我给你家背了十几趟生意，我的德行你最清楚，从来都是穷得光鲜，饿得志气，我没拿你的东西，我敢赌咒。

刘香的话刚说完，胡海就亮起了大嗓门。他说胡某人背了十多年生意，从来没被人怀疑过人品。去年他在一个旧沙发中，捡到一万元现金，转身就交给了派出所，这事全江滨人都知道。

古城不会说话，他觉得刘香和胡海没问题，自己和老爸更没问题，一定是张小翠搞错了：

"阿姨，我们不可能拿你什么东西，不信，你可以搜。"

"不承认是不是，给脸不要脸是不是，等我搜出来，看你们这帮背二哥，以后还有啥脸在老娘楼下等生意！"

刘香见张小翠揪着古城不放，上前两步把背篼放在她面前笑着说："大姐，古城是学校的三好生，他绝对没问题，要搜你就搜我。"

"你以为我不敢搜你的身？"张小翠毫无表情，目光冷得像冰块。

"你尽管搜，反正我们是背二哥，没有尊严，只有力气。"刘香脸上的笑容，慢慢转化成了愠怒。

张小翠很张扬，她放开古城，转身看一眼刘香，左手一提背系索，哗啦一声把她的背篼掀了个底朝天。刘香看自己没吃完的麦粑，咕噜噜滚到街上，跑过去捡起来，先在胸前揩几下灰尘，然后才塞到嘴里：

"大姐，这下该相信我们了吧？"

张小翠虎着脸不吭声，她看胡海的背篼里只有一瓶茶水，呸呸吐两口痰，回身看着古城厉声问道：

"你老爸呢，该不是做了亏心事，躲进耗子洞了吧？"

古城前后左右看几眼，见老爸不在场，脸一红不知该如何回答。他知道张小翠要搜背篼，不待她动手，主动把里面的东西全部倒在了人行道上。他的背篼里，除了茶水、馒头、书本、围布、老爸的衣服，还有一包浅红色的女性内衣。

这一下，张小翠来劲了，她提起内衣，尖着嗓子说，哈哈，这是什么，还三好学生呢，学习再好也只能当背二哥，还有一千元钱藏在哪里了，赶快拿出来。

所有人都傻眼了，刘香张着的嘴，久久没合上，胡海一边喝水，一边使劲搓肚皮上的污垢，他抖着手指把垢条丢进风中，眼光里饱含着惊奇。

"阿姨，这不是我干的。"

听众人议论自己，古城一脸委屈，紧张得语无伦次。

"人赃俱在，你还敢狡赖，你偷我女儿的内衣干啥，你变态是不是，钱在哪里，赶快拿出来。"

张小翠不依不饶，她把扇子夹在腋下，一手揪住古城的衣领，另一只手直接搜身。古城不知谁嫁祸自己，更不知如何应付眼前的局面，长这么大，今天还是第一次受冤枉。

“你是赔钱还是进派出所，娘少老子多的东西，太没家教了。”张小翠把搜到的几张十元纸币扔在地上，推搡着古城，扭几下腰杆，摆出要打电话报警的架势。

古城咬住嘴唇，尽量保持镇静，街上的气温很高，他的心里却很冷。他感觉张小翠出手如电，在一层层撕扯他的面皮，背二哥们针尖般的目光，每一下，都戳在他的脊梁骨上，四周的唾沫星子，渐渐汇成一潭污水，快淹到他的胸口了。

二

“妈，你干啥?”

就在古城感觉全世界都变成荒漠的时候，朱玉突然出现了。她戴着墨镜，扛着花伞，高跟鞋踩得街面可可响。看朱玉长发长裙宛若花千骨，再看自己蓬头垢面狼狈不堪，古城的心里极端不是滋味。在学校的时候，古城就怕朱玉，她读书不行，在老师和同学中却魅力四射。由于朱玉经常逃学，时不时有与某老师恋爱、欲与某高富帅私奔的绯闻，所以每次面对朱玉的殷勤和热情，古城不是装傻就是借故躲开。

“干啥，这小子偷你的内衣，又偷我的钱，我要把他交给警察管教。”

张小翠越说越来劲，她捡起地上的扇子狂扇几下，正要借题发挥，忽见女儿摘下墨镜一脸怒气，急忙干咳一声放开了古城。朱玉见古城不敢看她，嘻嘻一笑，故意走到他面前高声说：

“妈，你冤枉人家了，那件内衣我不喜欢，是我故意丢在他背篼里的。”

朱玉的话像一瓢冰水，让沸腾的街面顿时凉快下来，看闹热的人哦嗬一声，全都把目光交织在张小翠脸上。张小翠没料到女儿会这样，心一虚豆大的汗珠就从额上冒了出来。她不断伸手抹脸，感觉全身火辣辣有几百条虫在爬。古城的心起先很冷，现在却非常暖和。朱玉的话既是及时雨，让他枯死的心魂复苏，又如浩然快哉风驱散乌云，让他的人格重新焕发光彩。回想刚才所受的羞辱，他鼻子一酸，眼泪差点流出来。

张小翠不想在众人面前灰溜溜消失。她看着女儿，放低声音说：“二百多元的内衣，你一次没穿就扔掉，太不知好歹。还有那一千元钱，怎么眨眼就不在了，肯定是他偷的。”

“钱，你眼里就只有钱，你的钱在这里，是我帮你收起来的。”

朱玉似笑非笑，她把一叠百元钞票丢在地上，回身笑眯眯对古城说：“晚上我请你吃烧烤，给你赔罪。”古城嚅动嘴唇感激地说：“太谢谢你了。”朱玉做个鬼脸，戴上墨镜一甩长发，玩着手机走了。

“这小妮子，越来越野，看我今晚怎么收拾你。”

张小翠像个泄气的皮球，她一边捡钱，一边自我解嘲。背二哥们见事情水落石出，全都哈一声笑出了口。胡海拍拍古城背上的水泥灰，一边帮他捡东西，一边雄起雄起地哼歌曲。

"狗婆娘不准走，把事情说清楚。"

张小翠弯腰夹腿刚走出四五步，古城爸古大刚炸雷般的声音，就从街对面横劈过来。古大刚是有名的酒鬼，没生意的时候，总爱一个人喝闷酒，喝醉了就光着上半身满街发酒疯，什么人都骂，谁惹着他他就和谁拼命。古大刚手持啤酒瓶，两眼瞪得像铜铃，魁梧的身体上，疙疙瘩瘩的肌肉很抢眼。他踉跄着走到张小翠面前，喝一口酒，骂一声狗婆娘。

"谁是狗婆娘，你嘴巴放干净点。"张小翠不甘示弱，叉腰摆出一副官太太架势。

"叫你狗婆娘又咋的，老子们虽是背二哥，但一不偷二不抢，凭劳力生活，一家三代水清亮白，从没被人泼过污水，你今天不把古城全身舔干净，老子不依教，要打要杀奉陪到底。"

古大刚把酒瓶砸在地上，对着张小翠直喷酒气。张小翠见他头发倒竖，前胸的肌肉抖动得厉害，吓得一时找不到话回击。古大刚看对方怯阵，越发蛮横。他抓起一块碎玻璃一边挥舞，一边高声吼叫。他说："老子天天烧香求神，草席蹬坏四五床，膝盖跪起三层老茧，才生出这个年年考第一的儿子。平常，他爬到我脑壳上撒尿，我都没舍得打半下，你狗婆娘凭啥打他，你是他妈还是他娘？"

"你要流氓，你等着，老娘不是好欺负的。"

张小翠边骂边后退，她明白自己犯了众怒，僵持下去于己不利，唯一的办法就是回去找人复仇。

看热闹的人散去后，街上又恢复了先前的秩序。太阳依旧灼人，来往的车辆照样把黑黑的浓烟，故意喷在背二哥们身上。胡海将湿漉漉的上衣铺在背篼上，边洗牌边向张二娃等人叫阵，他刚才输了八角钱很是不服，扬言要捞回来。刘香细心收拾完地上的碎玻璃，费了很多口舌，才让古城脱掉上衣。她拧出衣服里的汗水，撒渔网似的哗哗抖几下，然后坐在背篼上，一边给古城缝纽扣，一边用眼角余光扫描古大刚。古大刚背靠大树，一脚踏地一脚搭在背篼上装醉。他原先不喝酒，为人处世很好，五年前老婆背生意累死后，不但嗜酒如命，而且随时骂街耍横。刘香喜欢古大刚，很欣赏他那身肌肉。这种充满男性荷尔蒙、且撩人心火的肉疙瘩，自己的老公就没有，以前没有，从房上摔下来成植物人后更没有。她不敢离古大刚太近，她怕自己被点燃，怕古铜色怪兽钻进心里不出来。

古城坐在人堆外，脸脖虽被晒黑，身上的皮肤却白。他表面捧着书本读，其实一个字也没上心。刚才那一幕太惊心、太突然、太屈辱，倘若朱玉不出面澄清事实，天耶，以后怎么面对老师和同学！尽管真相大白，古城仍然很恍惚，想起朱玉相救之情，想起张小翠的泼辣和恶毒，一时间泪水和汗水搅在一起，怎么也抹不干净。他感觉自己身后，一直有异样的目光在锥刺，感觉大街、高楼、天空乃至火辣辣的太阳都属于别人，自己没一片天，没一寸土。

"背二哥，过来。"

这次的雇主是个儒雅的中年男人，他家的卫生间漏水，需要背水泥、石粉、瓷砖上五楼。这一次，古城仍然跑在最前面，现在，只有高强度的劳动，才能修复他的神经，驱除他的心魔。所以一听见背二哥的呼喊，他抄起背篼撒腿就跑。

背一袋湿漉漉的废渣下楼，古城铆足劲把一袋水泥抱上背篼，闷声不响背起就走。若是平常，他根本不敢逞能。把百余斤重的东西弄上五楼，中间没歇气台，这份劳力钱只有老爸和胡海能挣。今天，不知哪里来了劲，古城感觉不到累，一趟一趟地追着胡海跑。刘香看古城浑身湿透，汗水顺着大腿直流到脚后跟，知道他在撒气。她心疼古城：这孩子个子长上去了，体质还瘦弱，出力太早，要弄成养老疾的。

"古城，歇一下。"

"不歇！"

"你必须歇，你妈就是这样累死的。"

提起妈，古城的心就痛。五年前的盛夏，正是老城搬往新城的高峰期，妈妈给这家背完水泥石粉，喝半瓶自来水，啃几口冷馒头，又忙着给那家运瓷砖、搬家具。由于几千户人家同时搬迁，背二哥们的生意好得起火，所以妈妈每天的劳力钱都在八百元以上。最后一天，妈妈拼尽全力，虽挣了一千二百元钱，但第二天一早，她就化为一只蜜蜂轻飘飘飞走了。那时古城已经懂事，他摇着妈妈声嘶力竭呼喊，捶胸顿足痛哭，悲伤得把头都撞出血了。

踢掉打滑的凉鞋，咕嘟嘟灌半瓶凉水，古城咬着牙，继续负重上楼。刘香劝他不听，老爸抢背篼他不给，胡海不给他铲沙，他放倒背篼自己捧，硬是凭一股虎劲，一气背完了半车河沙。

楼道上，众人滴下的汗水弯弯拐拐、断断续续，既像搬家的蚂蚁，又像痛苦扭曲的蚯蚓。

三

晚上回家，爷爷古明远煮好饭，正挥着打杵哟呵哟呵唱抬工号子。

饭菜很清淡，一碗白水南瓜豇豆，一盘泡萝卜，半碗昨天吃剩的回锅肉。古大刚扔掉背篼，长长嘘口气，不洗脸不洗手直接到碗柜里拿酒，这是他的习惯。古城洗过手，把八十元钱交给爷爷，盛满饭夹一箸泡菜，埋头吃起来。他很累不想说话，不想让爷爷知道今天的事。

古明远虽瘦，骨头硬朗精神很好。和古大刚一样，古明远喝醉了酒也要骂街，父子俩有时一前一后合走一条街，合骂一个人，有时各行其道各展才艺。姜是老的辣，若论骂街艺术，古大刚明显差几个档次。他嘴里除了打打杀杀、日妈捣娘、娼妇婊子、龟儿杂种外，再无其他言词。技巧上，古大刚一味牛嚎马叫，直吼得嗓子发痛。古明远不同，他骂出的话题，却是花样百出。古明远一会儿在政府门口大声检举，愤怒声讨，一会儿又在街上装疯卖傻嬉笑怒骂，如有保安或警察前来制止，他就呼天喊地遍地打滚。如果得知上面有领导下来视察，古明远的表演更是精彩，时而顺口溜，时而莲花落，时而咬牙切齿，时而热泪盈眶，整个过程抑扬顿挫声情并茂，很吸引观众。由于忌惮古明远的说唱本领，每回省、市领导下来之前，居委会的人都要上门塞红包，都要反复告诫古明远一周内不许上街，否则取消低保和特困补助。

"今天街上有没有新鲜事？"

古明远坐在破藤椅上，一边把玩打杵一边漫不经心问话。古城见老爸喝一口酒，喷一口粗气，生怕他说漏嘴，急忙用眼光暗示。古大刚知道儿子的心思。他一口喝完杯中酒，一声不吭出门坐茶馆去了。在家里，他几乎不说话，心中的苦乐哀愁，全都拿到街上去撒，从不影响儿子看书做作业。

收拾完碗筷，古城感觉整个人直往地下沉，浑身骨头肌肉像散了架。他强撑着洗完澡，正要倒头大睡，朱玉的短信就来了：

"古城，出来吃夜宵。"

古城实在没心情和力气上街，他匆匆回一条感谢之类的短信，关上门倒头就睡。迷糊中，他感觉手机一直嘟嘟响，天亮起来一看，原来朱玉一连给他发了十多条短信，内容全是骂他过河拆桥、忘恩负义。

没生意的日子，是背二哥们苦中作乐的时光。这个时候，胡海最活跃。除了打牌、掰手腕，他最厉害的还是那张被胡须遮住的大嘴：

"喂，张二娃，昨晚河坝街砍死两个人你晓得不，九把菜刀砍三个人，如不是我及时赶到，剩下的那个胖子，绝对两脚一蹬死翘翘。"

见张二娃两眼盯着扑克不说话，胡海就把背篼挪到刘香身边说："表嫂，你家大娃转学的事，我已经给李校长打了招呼，这事肯定能成。"刘香一心织毛衣，过了很久才抬头说话，她叫胡海回家把他娘的被盖棉衣收拾好，过两天她上门帮忙刷洗。胡海有点失落，他看李胖墩双手交替，使劲在大腿上搓污垢，走过去，拍拍他的肩膀神秘地说，胖墩，以后见着钱主任，要笑眯眯主动打招呼，昨天如不是我赶紧发烟，你的低保早被取消了。

胡海看胖墩脸现感激，急忙趁热打铁。他压低声音说："孙总包养的情妇，就住我们那个单元，有一回正房和小三狭路相逢，两个婆娘在街上仰叉叉玩架，裤子都扯垮了，如不是我上前又拖又抱又劝，那天肯定出人命。"胡海的话题，一下子吸引了众人的目光，于是，他便滔滔不绝说开了。

张二娃输了五毛钱，心里不痛快，他伸个懒腰露出虎牙说："胡大炮，你龟儿有这么大的本事，为啥不去居委会上班，为啥四十岁了还是光棍一条。这些故事，该不是老毛病又犯了，晚上扒窗口偷听来的吧？"

张二娃还有半句话含在口中，整个人就被胡海按在了地下。二人翻翻滚滚，直弄得灰头土脸，才各自坐在背篼上喘气。大家哄笑的时候，古大刚一直靠在树干上喝酒。他不打牌不看闹热不理是非，被张二娃踩了一脚，也只搓两下脚背。如果半瓶白酒喝完，太阳快落山都还没一桩生意，古大刚就挎着背篼沿街吼骂。骂天不下雨地不生草人不学好，骂飙车闯红灯的黄毛小子，骂抱着金毛狗走路，把儿子扔在身后的文身妇人。愤骂中，如果听到背二哥的呼喊声，如果接到刘香喊背生意的电话，古大刚立刻止语，脾气比任何人好，即使雇主把指头戳在他面门上，他也不发威。

河谷的盛夏和其他地方不同，除了头顶火辣辣的太阳，还有脚下不断蒸腾的热浪。生活在这里的人们，每天都享受免费桑拿。尽管有时顶着烈日，在蒸笼里坐一天，每人只有十多元甚至分文不进，背二哥们依旧每天按时来准时走。这样做，一是行业信誉，二是在家闲不住，三是向世人宣示存在感。新城迁建后，许多人没了土地，家有老小不能外出务工者，只能上街卖力气。随着搬迁、装修的结束，面对卖不出去的力气，所有人心里都压着一块石头。

古城的思想一天比一天复杂。

以前没有生意的时候，他专心看书，所有心思都在四大名著里，一切念想都在知识改变命运的格言中。由于被金庸和唐家三少的作品吸引，由于在数理化的迷宫中愉悦徜徉，任随头上烈日炎炎，身边红尘滚滚，他都心静如水，每天生活得潇洒自然。

自从和朱玉约会后，古城就开始烦恼躁动，再也无心看书了。

"这鬼天气，怎么这么热？"

古城不断伸手抹脸，巴不得马上来一打雇主。现在他需要钱，朱玉一连请了他十多次，他得回请，得表现一下男子汉气概。昨夜，朱玉乘着酒兴和月光，主动吻了他。她的吻很霸道，强行将舌头伸进古城嘴里。那柔软而有弹性的触觉，清甜香润的味觉，令他神魂颠倒，如不是顾忌周围有人，他真的就进一步行动了。

以前，由于爷爷和班主任老师的严加管教，古城的所有精力和心思，都集中在学习上。复杂的社会、神秘的异性对他而言，只是一轮朦胧的月亮、一场清爽的春雨、一树赏心悦目的鲜花。尽管有时辗转反侧，对班上的某位女生，产生过刻骨的爱慕，以及难以控制的性幻想，但是只要想到悲惨死去的妈妈，想到自己的家境，想到"路漫漫其修远兮，吾将上下而求索"的警句，他的心魔就会被书中的黄金屋、颜如玉，合力驱赶得无影无踪。

长街空荡荡的，金亮的阳光打在地上，每一个角落、每一户阳台都是超清晰特写。以前看书，古城没感觉到多少暑气，更没感到时间难熬。今天不知怎的，他皮肤发烫，内心发烧，既坐立不安怨时间过得很慢，又害怕晚上立即到来。

"今晚我还去不去见她？"

"必须悬崖勒马，再不能往前走了。"

古城的脑海中，一直有两个声音在尖叫。虽然明白好好读书才是自己唯一的出路，明白自己家和朱玉家的差异，厌恶朱玉妈的言行举止，但古城刹不住车，控制不住山洪般暴发的欲念，抵挡不住异性那种销魂蚀骨的诱惑。昨夜，朱玉蓄谋已久的一吻，咔嚓一声就点燃了古城的身体，短短几秒钟时间就颠覆了他的思想。她迷人的笑容，婀娜的身子，让他心摇神动欲罢不能。在她水汪汪的大眼里，在她新潮前卫的思想中，在她艳光四射的衣裙下，爷爷的谆谆教诲，老师的殷切希望，自己百折不回长风破浪的豪言，完全是土鸡瓦狗不堪一击。

"我该怎么办？"

古城看几眼大街，又掏手机看时间。胡海讲了些啥段子，张二娃唱了几首背帮号子，他完全没印象。他的心怦怦直跳，感觉一场烧天大火，马上就要燎原。爸爸妈妈、爷爷老师贴在他头上的封印，正被潜藏在内心深处的怪兽，一道道破解，一寸寸撕裂。

四

古明远每天都要绕城走一圈。

尽管早已没人雇他背生意，但每次出门，他都要带上背篼、打杆。这两样东西是至爱，离了身心里就空落落的。打杆约三尺长，是祖上传下来的紫檀木制品：下端用厚厚的生铁包裹，防滑防磨损，上端是榫卯结构，酷似一轮上弦月。打杆的功能，一是在没歇气台的山路上支撑背篼，二是探路防身。交通闭塞的年代，叙滇三尺道上，到处都是背二哥的身影，他们几十人一伙，手提打杆，身背百余斤货物，每天固定六十里行程，场面颇为壮观。

古明远上街主要是收集新闻。他把看到和听到的东西，核实后编成顺口溜或各种歌谣，时而在小巷里浅吟低唱，间或在人扎堆的地方引吭高歌。为此，有人夸他是才子，有人骂他是疯子，有人上门威胁警告，有人暗中给他提供消息。被县文化局授予抬工号子、背帮号子传承人后，古老头更加得意，不论何时何地，只要有人叫他表演，他就沉肩坐胯，摆出负重姿势，嘴里吆嗬吆嗬的，双脚和打杆跺得街面砰砰响。

"古大伯，听说有人出一万元钱买你这把打杆，是真的吗？"

胡海弯着腰，老远就摆出迎候姿势，他殷勤让座，还笑嘻嘻敬上一支烟。古明远喜欢胡海，他想：这家伙嗓子好出得色，是个苗子，应该培养，不然背帮号子要失传。

"哈哈，一万元钱就想买这把打杆，再添个零我也不卖。"

古明远两眼望天，一手拈胡须一手握打杆，一副道骨仙风模样。

"啥！古老辈，你该不是老糊涂了吧？"

刘香放下手里的毛线，喝两口茶水，眼睛瞪得很大。她现在很缺钱，儿子要转学，老公常年睡在床上人事不省，婆婆昨夜肾结石发作住在医院。一家人都望着她挣钱回家生存，她愁闷得快疯了。

"前面嘘一声，后面栽一根，十步一打杆，汗水湿衣襟。"

古明远一边唱歌，一边弯腰驼背表演。他长吁一口气，双手反握打杆，将其托住身后的背篼高声说："胡海，这就是背帮号子，你过来，我给你说故事。"

"大伯，我知道你又要说搬不完的叙府，填不满的昭通，又要说我们的祖先，一路上既要住店看戏，还要防泥客、棒客。这些事你都说多少回了，今天能不能换个花样？"

胡海给古明远点燃烟，再满脸堆笑捶背。他的鼻毛伸出了鼻孔，上面白花花黏着灰尘。刘香看不下去，扯张纸递过去，示意了几下胡海才解其意。

"那就给你们说说这把打杆的故事吧。"

古老头使劲吸几口烟，良久才喷出两道云雾。他说八十年前，他爷爷既是三尺道上的背帮头领，又是各路棒客不敢惹的狠角。有一次，他爷爷受戏班子所雇，从宜宾背运演出道具至永善。途中忽遇一伙棒客拦路抢劫，混乱中，几个山匪合力掳走金府两河的名旦小桃红。危急时刻，他爷爷一招八步赶蝉，在万丈悬崖上，以一根打杆力克四把大刀，成功救回小桃红。为感谢相救之情，到点后，小桃红不仅免费给背二哥们唱一台《柳荫记》，还高价定制一把紫檀打杆，亲手送给他爷爷作纪念。

"背二哥，过来。"

一听有生意，众人哦喝一声丢下古明远就跑。古明远正在兴头上，他张着缺了好几颗牙的嘴，吃力咽下卡在喉咙里的精彩句子，挎着背篼也跟着大家跑。

"老头，回去，这么大的岁数，万一有个好歹，我负不起责。"

看雇主板脸呵斥自己，古明远只好哼着调子悻悻离开。他很不服气，一路上都在用打杆使劲捣石板。

古明远讲故事时，古大刚抱着酒瓶倚在树干上假寐，古城则假装埋头看书。这些陈芝麻烂谷子，老头子已经翻晒过无数次了，一听他俩心里就烦。

古城很不专注，好几次差点打碎雇主的地砖。刚才朱玉发短信邀请他晚上约会，他心里痒得慌，巴不得早点天黑。他认为，以前自己一直生活在虚拟空间里，一直没得到这座城市的呵护和认可，和朱玉频繁约会后，他才真正感受到湖滨新城的心跳，才知道外面的世界原来这么绚丽。

晚上，古城洗过澡换身干净衣服就上街。他畏畏缩缩刚进水月轩，一个打着蝴蝶结，身穿红色制服的女孩，就热情上前鞠躬。女孩问完话，带着他袅袅婷婷直往听香居走，走廊里的灯光朦胧迷幻，踏在猩红色的地毯上，看女孩杨柳般摆动的腰臀，嗅着她沁人心脾的发香，古城的心怦怦直跳，全身酥软得像在腾云，感觉一步跨入了仙界。到了听香居，女孩扬起手臂把左手食指弯成拐棍，侧过身子轻敲两下门，望着古城点两下头，微笑着挺起胸脯走了。

包房里的茶几上，早已摆好了各种烤肉、点心、水果和冰冻啤酒。朱玉横陈在沙发上，正歪头对着大屏幕唱《白狐》。她的声音空灵缥缈，她的头发瀑布般垂下，粉红色的上衣前胸开得很低，柔软的 V 字和两个洁白的圆弧很抢眼、很放肆、很具杀伤力。

"请坐，我的学霸先生。"

朱玉的笑声十分妩媚。古城呆呆站着，他盯着朱玉凹凸有致的身体，迷茫和欣喜得有点手足无措。

"我又不吃你，你怕什么？"

朱玉关闭话筒和大灯，熟练地倒了两杯啤酒，拍着沙发直向古城招手。古城深吸一口气，怯怯上前接过啤酒喝一口，然后盯着朱玉美丽动人的脸庞、波光粼粼的大眼反复看。以前，他们都是在街边小摊上消夜，今夜怎么这样奢侈，莫非今天是她的生日，莫非她要表白？联想起前天夜晚朱玉楚楚动人的姿态，联想起她那些崇拜、羡慕、追随之类的动情话，古城一阵冲动，身体膨胀得很想找个虫洞钻进去。

朱玉看古城面红耳赤，料定他对自己动了情。她不急，她要将行又止欲说还休，一步步把他套牢。以前她虽对古城有好感，但没动心。得知他的高考分数后，她发狂了，决意要把他追到手。朱玉从小顽皮任性，根本不把父母的教诲当回事。从高二起，她不但逃课、恋爱、醉心暴力游戏，而且还与迷恋她的追求者、社会老大多次发生关系。第一次偷尝禁果时，朱玉没感觉到羞辱和疼痛，满脑子都是蛋壳和茧壳破碎的声音。她的内心一片欢快，事后一直沉浸在破茧高飞，冲出父母礼教约束的喜悦中。

朱玉豪爽地喝完酒，轻轻在古城肩上一拍，转身从精致小包里掏出一盒烟，自己先用牙叼一支，再优雅举到古城面前。古城摇头摆手不接，朱玉不饶，抽出一支直接戳在他嘴上的同时，立马送出一串秋波。古城拗不过，只好接住哆嗦着点燃。二人一边喝酒吃东西，一边靠在沙发上吞云吐雾。古城第一次抽烟，呛得直咳。朱玉的烟圈妖娆霸道，它一会儿在古城面前扭着身子跳舞，一会儿又强行钻进古城怀中。两股烟雾起先各自为家，后来就扭在一起私奔了。

几杯酒下肚，朱玉的脸开始发红，话开始多。她神采飞扬地问古城，收到录取通知没有，以后会不会忘了她？听古城说没有和不会，朱玉更加激情澎湃，她举着酒杯脉脉含情地表示，既要资助古城上完大学，又要做他的野蛮女友，还有意无意，用莲藕般洁白的大腿挨擦古城。

古城吓得不轻，尽管他对朱玉有好感，尽管对她薄纱里的神秘结界，充满强烈的好奇心，很想化作一柄利剑刺破苍穹，一探究竟，然而一想到她妈张小翠的恶毒，想到她的各种传闻，满腔热情一下化成了冰水。朱玉听古城说不，杏眼微嗔很不高兴，她一口喝完酒，咚一声倒在沙发上跷起二郎腿说：

"想知道那天我为什么要把内衣放你背篼里吗？"

这话触动了古城的神经，他倒满酒端过去，一脸笑容，一脸期待。

"还记得以前在学校嘲讽、拒绝我的事吗？"朱玉似笑非笑。

"没有吧。"古城抓着头皮，有点惊慌。

接下来，朱玉的话滔滔不绝，每一句都充满酒气和霸气。她说："你是学霸，在学校你是大哥，但出了校门，你就是二哥，而且是背二哥。我从小好强记仇，比我能干的人，我都有占有欲，都有侵略意识和毁灭意识。那天我把妈妈的钱藏起来，把内衣放在你背篼里，就是要报复，就是要看你的狼狈相，就是要打击你上台领奖时的嚣张气焰。"

朱玉的话像机关枪，瞬间就把古城打成了筛子。看着近在咫尺的她，他恍惚得好像进了古墓，感觉自己是聊斋中的书生，而她，则是青丘狐或者画皮。

结账的时候，看古城争着买单，朱玉故意在洗手间久久不出来。听服务生说一共六百六十元，古城傻眼了，由于身上只有二百元钱，他尴尬得很想找个地洞钻进去。服务生伸着手，脸上的表情由微笑到鄙夷，再到愤怒的时候，朱玉才甩着水珠走出来。她大大方方扔给服务生七百元钱，说声不用找，拉着古城就走。

虽至午夜，大街上的浮华和喧嚣依旧炫人耳目。朱玉紧紧依在古城肩上，她娇媚地说："刚才吓着你了吧，不要生气，人家喜欢你嘛，如果没有那个小插曲，你就不会记我的好，我们就不会像现在这样。"

古城的心很乱，一路上都只是哼哼。来到朱玉家楼下，远远见朱玉妈站在门口，古城赶紧止步。朱玉不怕，拉着古城偏偏倒倒假装没看见妈。张小翠大怒，上前推开古城咬牙切齿说：

"你回去撒泡尿照照，看自己是啥东西？"

古城不语，丢包袱似的将朱玉推给张小翠，转身刚要走，却被朱玉紧紧抓住：

"古城别怕，你马上就是名牌大学生，拿出点气派。"

张小翠抱着女儿不放，她愠怒地说："小祖宗，别闹了，我的脸都被你丢尽了。"

朱玉挣脱抓扯，踉踉跄跄直追古城，她喷着酒气对张小翠说：

"你好意思说我，你年轻时比我丢脸、比我疯狂，这些都是你教我的。"

古城害怕被朱玉追上，一路小跑回家。他万没想到朱玉的内心如此复杂，感觉她很陌生很可怕。用冷水淋过身子后，他慢慢清醒，决定慢慢疏远朱玉，绝不能再深交下去了。

五

古大刚不知儿子近来的心理变化，心血来潮时，依然上街撒酒疯。

他撒酒疯与众不同，既有泼皮牛二的影子，又有鲁提辖的风骨。其实古大刚并没喝多少酒，大部分都淋在头发里和衣服上。他不欺弱小，专门针对乱扔垃圾，破坏公共设施的恶人。若有人在街头打架，他不管谁有理，只给弱者骂阵和助拳。

表面醉醺醺，心里亮堂堂。古大刚心中有太多闲愁幽恨需要宣泄，需要向人倾诉。妻子背生意累死后，家里的饭菜清汤寡水无滋无味，一切生活冷火青烟寂寞难耐。四十岁的男人，无论生理和心理都在至阳至刚阶段，如果长时间得不到女人的调和，心里的洪水猛兽就不受控制，紧绷的神经就要断裂，埋在体内的地雷就要爆炸。找谁打湿引线排除地雷呢？黑巷子里那种一二十元的贱妇，他看不上，KTV包房里那种几百上千元的风骚女，他惹不起。正大光明找一个，人家又嫌他穷。为了儿子能安心读书，古大刚只能潜伏爪牙忍受，只能提着酒瓶上街发疯。

如果绕城一圈心魔仍然不退，他就去江边泡澡练拳脚，直到筋疲力尽倦意十足，才回家蒙头大睡。

从刘香的眼神和言行里，古大刚读懂了她的心思。他是过来人，明白女人其实就是一棵棕榈，只有每月爬上去剥几次棕衣，她才会亭亭玉立青翠欲滴，否则便蓬头垢面，自我封闭自行包裹而死。古大刚很想剥开刘香的棕衣，通过几次试探，刘香也愿意。然而好事多磨，关键时刻总被人破坏。

首先是刘香的婆婆不容许。儿子成植物人后，老太婆每天都防贼似的，既不准儿媳与其他男人来往，更不准单身男人进门。家里有重活，老太太也只让胡海帮忙。胡海是老太太的亲侄儿，她想，万一儿子醒不过来，那就叫刘香跟胡海过日子。肥水不流外人田，这样自己和孙儿就不会受苦。

另一个绊脚石是胡海。胡海什么都好，就是有个臭毛病令刘香厌恶。如不是他经常半夜三更，翻墙扒窗偷看女人，刘香也许还能满足他点需求。毕竟她也在如狼似虎的年龄段，并且还是一头饿狼。上周末，刘香吃过晚饭，匆匆给老公喂饭擦身，急急打整干净自己，走出门就给古大刚发短信，约他到江边芦苇丛中谈事。她提前来到江边时，一艘快艇拐个弯刚好离开。水面上波光闪闪，极像一匹展开的锦缎。站在夕阳下看自己孤单悠长的影子，刘香的心情非常落寞。老公成植物人后，很多人都劝她另嫁他人。从内心讲，她也想带着儿子离开老公和婆婆。很多回她悄悄收拾好东西准备出发，然而关键时刻又打消了念头。她知道，只要自己走出这个家，年迈的婆婆一定会呼天抢地寻短见，床上的老公就永远没有醒过来的可能。满腹愁绪萦绕在心头，让她坐卧不安，现在她把满心的委屈和希望，都寄托在古大刚身上，她要向他倾诉，要他给自己出主意，要他帮忙支撑即将坍塌的屋脊，要他把最硬的那截骨头，插进她的身体，让她挺起腰杆面对困难，让她充满活下去的勇气。

心驰神往时，一双大手突然从后面紧紧抱住了刘香。她以为是古大刚，一点不反抗就顺势倒在了芦花丛里。那天，如不是古大刚及时赶到，胡海的目的就达到了。胡海知道刘香和古大刚的心思，尽管被刘香骂得狗血淋头，被古大刚打得直不起腰，但事后他依然要跟踪刘香，决不准她和古大刚单独来往。

太阳比背二哥勤快，每天早早出来，很晚才落坡。连续一个多月不下雨，行道树的叶子枯焦得遮不住阳光了。空荡荡的大街上，背二哥们有的戴草帽，有的举破伞，尽管一个个热得满头大汗气喘吁吁，却没人跑到别处躲阴凉。全家的生活都装在背篓里，只有耐心坚守，眼巴巴苦等，下一桩生意才有可能是自己的。这样晚上回家，家人脸上才会有笑容，明天的饭桌上，才能出现回锅肉。

胡海耳烧面热，不断伸手挠胸抓脸。他再也无心吹牛说段子，只想和古大刚打一架出气。前天晚上，胡海到水天小区溜达，他绑好绳索，从天楼上垂下，正津津有味扒窗偷看女人洗澡时，忽然听见楼下怒吼。仗着腿快路熟，他七弯八拐摆脱追赶回到杨柳湾时，忽见刘香和古大刚双双走出芦苇林。这还了得，胡海气炸了肺，他躲到暗处掏出弹弓，瞄准古大刚的后脑，毫不犹豫就是一石子……

看古大刚没来背生意，胡海心里乐开了花，他靠近古城递上一支烟，假惺惺问：

"城哥，查出来没有，是哪个屁娃子暗算你爸？"

古城没有接烟，他盯着胡海一直看，直看得他眨了眼才冷冰冰说：

"我爸身体棒，那点轻伤不碍事。"

刘香把织了一半的毛衣，铺在古城背上比完长短，突然转头笑眯眯问胡海：

"表哥，你的弹弓呢，怎么这几天没随身带？"

胡海脸一红，不知如何回答。刘香冷冰冰说："表哥，久走黑路要撞鬼，晚上最好老实待在家里。"

胡海不答，他把背篓挪到古城身边，拍着胸口说：

"今晚我给厉娃子打声招呼，我的话他要听，今后有严厉罩着，谁也不敢动你爸。"

胡海的大话还没侃完，突然张着大口惨叫起来。原来他身后悄悄围过来三个壮汉，为首者一头红毛面带稚气，脖子上挂着很粗的金项链，胸前还文着一只老鹰。他挥着短棍，不问青红皂白对准胡海的肩背，就是一顿狠揍：

"狗娘养的，你再会跑也跑不过老子的监控，敢翻我家的窗台，活得不耐烦了吗？"

胡海双手抱头，咚一声跪在地上哭着说：

"厉哥，我只从你家门口过路，什么也没做。"

张二娃等人见胡海惹着了社会大哥严厉，一个个吓得双腿发软，全都弯腰低头退出四五丈远，只有刘香原地不动。她扶起胡海，仰脸看着严厉讨好地说："厉哥，大人不计小人过，您高抬贵手饶了他吧，我保证，以后他再不敢了。"

严厉揪着胡海的头发，当胸一脚将其踢倒，等打手高猛上前点燃烟，才踏住胡海的肚皮恶声说：

"老子今天必须废他一条腿，谁说情我砍谁。"

古城认得严厉。严厉比他高两个年级，在校时就抽烟喝酒、打架砍人，进入社会后，这家伙仗着家族势力，为所欲为，经常制造事端欺负弱小。由于吃过很多次亏，古城对严厉恨之入骨、怕得要命。起先，古城想混在人群中看闹热，今早他问老爸头上的伤，老爸告诉他说，胡海不地道，因此他对胡海有意见。后来听胡海声嘶力竭惨叫，看张二娃等人吓得双脚发抖，古城心中的豪气就喷发了。他把刘香拉到身后，悄悄嘱咐完报警的事，然后把背篓一扔双手抱胸上前说：

"厉哥，见好就收吧，再打就出人命了。"

严厉呸一声吐口浓痰在胡海脸上，狠狠喷古城一脸烟雾，又腰大声吼道：

"老同学，今天没你的事，最好夹紧尾巴躲远点。"

古城挡在胡海身前，赔着笑脸说：

"厉哥，胡海是我叔，他的过错我来担，还要打几棍，你说了算。"

严厉哈哈大笑，说道："老子掌红吃黑这么些年，还没遇到过对红心。今天你若挨得住高猛三脚，我就给你面子。如挨不住，你们这帮人，以后就得交保护费，否则，谁也不准上街背生意。"

一听要交保护费，张二娃等人又气又恨又怕。现在生意淡得养家糊口都成问题，哪有钱交保护费，这不明显要逼死人吗？然而如果不交，以后随时都有血光之灾。

怎么办，一时间，所有人的目光和希望，都齐刷刷集中到古城身上。

古城明白，严厉拿胡海出气只是个幌子，收保护费才是目的。高猛是跆拳道教练，他的脚能踢断厚木板，我肯定扛不住，怎么办？犹豫间，高猛的第一脚已重重踹在了古城后背上。他一个趔趄趴在地上，感觉五脏六腑移了位，眼前全是金星。

"小子，别装乌龟，既然敢出头，就给老子站起来。"

听高猛嘲笑谩骂，古城咬着牙顽强站了起来。他脑海里翻滚着武侠小说中的许多情节和人物，感觉自己成了郭靖，高猛就是西毒欧阳锋。为了背二哥们今后有安宁日子过，他决定赌一把。

高猛缓缓抬起左脚，深吸一口气目露凶光。古城料定自己会受重伤，怯意一除心里反而踏实下来。他觉得为大众和正义受伤，挨几天痛，甚至住几天院都值。胡海和张二娃等人见状，感动得差点流泪，他们大声吆喝，不约而同围了上来。

关键时刻，朱玉来了。她上穿粉红色衬衫，下穿白色紧身裤，人没到场，甜美的笑声蘸着雨后的水雾，抢先飘忽过来：

"哎哟，老同学，你在干啥？"

严厉一见朱玉，态度立马温和下来。他喝住高猛，满脸堆笑说，既然朱大美女出面，这件事就翻篇了。朱玉一边给古城拍灰，一边殷勤问这问那，她坐在古城的背篓上，直到严厉等人钻进宝马车走了，才拖着古城去医院检查伤情。

六

古城被北大物理系录取的消息，伴着一场雷阵雨，轰轰隆隆、洋洋洒洒很快覆盖了江滨城每个角落。

首先上门慰问、祝贺的是县教育局的领导，其次是团县委，接着镇上分管教育的副镇长、社区支书也来了。领导们说，江滨好久没出高考状元了，古城考进北大，既是古家的荣誉，更是江滨的骄傲。以后，相关部门除了提供助学贷款，还会发动社会力量，尽力资助古城完成学业。

看平时趾高气扬的领导们，这个打着哈哈走了，那个又笑着上门握手，听以前欺凌、谩骂自己的左邻右舍，私下议论、羡慕古城，古明远和古大刚整天美滋滋、乐悠悠，飘飘然然感觉身份一下子提高了好几层。古明远说，若是以前，古城就是举人或者进士。他是有功名和身份的人，以后再不能上街背生意了，我们要维护他的尊严。古大刚抱着酒瓶，迷迷糊糊直点头。古老头见儿子衣冠不整，抢过酒瓶丢进垃圾桶，大声喝道，整天就知道喝猫尿，给古城留点面子好不好。以后上街再不准发酒疯，更不准骂领导。

古大刚挨了老爸一巴掌，背上火辣辣，心里甜丝丝。近来，他好运连连春风得意。每次上街，一路上都有政府官员、社会大哥、时尚美女热情打招呼。那些曾经作践过背二哥的富豪，隔条街都要绕到他面前，发自肺腑叫一声刚哥，抢着开早点钱。从前生意冷落雇主刁蛮，现在主动联系生意的人，多得难以应付，帮忙扛一袋大米上三楼，人家不但大大方方给二十元工钱，临走还送一袋水果。此外，夜深人静时，还经常有女人打电话和他谈婚论嫁。古大刚知道，这一切都是沾儿子的光，他拒绝所有主动上门的女人，一心一意和刘香好。

古大刚戒酒的日子，胡海破天荒发起了酒疯。他抱着酒瓶斜靠在行道树上，只要有女性路过，他就含含糊糊说俏皮话。张二娃用言语刺激他，他揪住对方往死里整，古大刚劝他少喝酒多挣钱，他两眼望天，索性咕嘟嘟一气把剩余的酒喝完。以前，累死累活拼命找钱，原因是对刘香还有一丝希望，现在，看她和古大刚生米做成熟饭，看古家时来运转祖坟冒青烟，绝望之余，胡海什么心肠都没有了。太重的东西不抬，脏活不干，只有刘香温言求他，甚至强行拖他，他才懒洋洋起身找背篼。

古城的应酬最多。老师、同学的祝贺、宴请，电视台记者的跟踪采访，让他应接不暇。最烦人的还是那些有钱人，为了把儿女从游戏中解脱出来，为了望子成龙，有的家长高薪请古城到家里给女儿补课，有的买个背篼给儿子，强令他上街，陪古城背生意体验生活。有的家长脑洞大开，竟然与古大刚商量，叫古大刚把他的儿子带回家，同吃同住同劳动一星期，他带古城坐飞机去海南旅游。本活动古家不出一分钱，事后还有五千元酬金。古大刚激动得直拍胸口，当场就答应了。古城不干，他不想让人可怜，更不想跟那些富二代打交道。这些家伙在校不好好学习，整天飙车、谈恋爱、玩游戏，经常欺负自己及其他穷学生，他才不给他们辅导作业呢。

张小翠一下转了个大弯。她和朱玉一人提个大西瓜，老远就哕声哕气叫古城。她弯腰赔着笑脸说："古城，阿姨刀子嘴豆腐心，以前的事都是我不对，今天当着这么多人给你道歉，你是状元郎，阿姨相信你的心胸和肚量，你就原谅阿姨吧。"

古城知道这场负荆请罪的戏是朱玉导演的，这段时间，他一直在躲她，没想到她竟然追到街上来了。尽管内心深处不喜欢朱玉，但古城却依然和她幽会。他拒绝不了她的热情，摆脱不了拥抱、香吻、抚摸她的致命诱惑。为此，他很矛盾，很彷徨。

看张小翠低声下气的神态，看朱玉似笑非笑的眼神，古城只好接过西瓜，很不情愿地叫了声阿姨。张小翠很高兴，她脆生生答应一声哎，转身对古大刚说："刚哥，我帮你揽了笔大生意，你做不做？"

一听有生意，刘香赶紧上前甜甜叫大姐。张小翠不理刘香，她看着古大刚笑眯眯说："我给房屋维修公司联系了，以后的沙石水泥、钢筋瓷砖，全部由你们搬运，这是老板的电话，你现在就带人过去。"看张小翠不计前嫌，倾力帮助自己，古大刚很快将以往的不愉快，抛到了九霄云外。以后的日子里，他和大家共同出力，平均分钱，有时还掏钱给大家买盒饭。看古大刚不提成，很讲义气，李胖墩、张二娃等人打心里佩服。张二娃说："这一切都是古城的功劳，我们应该凑点份子钱，明天去香满楼摆两桌，一向世人证明背二哥不是孬种，二向古城道喜表达谢意。"

第一个站出来附和的是刘香。其实她早就预料到古城的前途了，所以一有时间，就赶着给他织毛衣。自与古大刚发生关系后，刘香就把自己当成了半个古家人，不但更加尽心尽力照顾病床上的老公、伺候年迈的婆婆，而且还操心古大刚一家的油盐柴米。她不奢求与古大刚过日子，只想尽心尽力打理两个家庭。虽然很累，但她心里很乐，感觉日子有奔头，浑身有使不完的力气。看古大刚戒酒成功，随时受人尊敬，看古城上了电视，刘香脸上整天都写着喜悦和成就感。

李胖墩说："刚哥带我们挣了这么多钱，咋个都要回报一下，我出五十元。"张二娃掐灭烟头拍着手说："五十元不痒不痛，我提议每人出一百元，如果有剩余，就拿给古城做路费。"听大家慷慨说好，张二娃就挨个收钱。他把收到的钱全部交给刘香，请她负责安排。刘香拿着钱，眼睛却望着古大刚，那神情，明眼人一看就懂。

刘香挎着背篼刚要起身，胡海突然从小巷里醉醺醺走出来。胡海拦住刘香，叫她把钱还给大伙。张二娃很生气，他一脚踢开背篼大声说："胡大炮，刚才大伙凑钱，你娃跑得比兔子快。现在出来搅局，难道刚哥对你不住？"胡海把背篼扔在地上，仰头喝两口酒，喷着酒气说："二娃，要捞面子就个人掏腰包，叫大家伙凑钱，你算哪门子好汉。今天老子就要提你龟儿的劲，这顿饭钱，不论多少，胡大爷全部兜底，你把钱还给大家。"

刘香看胡海满脸怨气，知道他对自己有意见。她用安慰的眼神看着胡海温柔地说："表哥，这是大家的心意，你到时参加就是了，千万别说大话别意气用事。"胡海哈哈大笑，说："你别门缝里看人，胡某人站着是棵树，倒下是块石，除了缺老婆，其他什么也不缺。刚哥和我有过命交情，古城是我看着长大的，这顿饭我请得起，这个人情谁也不准给我抢。现在钱对我已经没意思了，明天下午香满楼饭店不见不散，哪个不来就不给刚哥面子，就是龟儿子屁娃子。"

说到最后，胡海眼里竟然溢出了泪花。刘香看他说得情真意切豪气满怀，便把手里的钱逐一退还给了大伙。刘香同情胡海，知道他心里的苦楚，也曾帮他介绍过对象，无奈胡海家徒四壁，又有偷窥女人的坏名声，她费尽心机，最后还是瞎忙。

第二天上午，胡海没来背生意，众人知道他有事，也就没人打电话骚扰，也没人议论他。下午搬完水泥沙石，刘香看时间差不多了，就叫古大刚带着大家往香满楼走。一群人嘻嘻哈哈来到香满楼，见里面闹闹嚷嚷早已坐满了人。大厅里，四五个高胸细腰的长腿妹子，清一色着中式旗袍，正忙着给客人倒酒上菜。刘香没见着胡海，问老板和员工，都说客满，不认得胡海，也没人给背二哥们订餐。

刘香气极了，急忙掏出手机给胡海打电话。胡海的手机开着，但没人接听，无奈之下，刘香只好打车去胡海家找人。胡海的房门开着，他裸着上身趴在饭桌上，正睡得口水长淌。桌上、地下全是口痰和花生壳，一股浓烈的酒味和霉臭味扑鼻而来，熏得刘香直发干呕。

七

古城应约来到江边时，朱玉正坐在高石上玩手机。

残阳下，随风摇曳的芦苇兼葭一片血红，哗哗的江水声、啁啾的鸟鸣声，把古城的心胸涤荡得空茫洁净。本来古城不打算来赴约的。通过无数次接触，他感觉到朱玉不仅心计扎实，而且能量巨大。张小翠不顾身份当街道歉，老爸古大刚这段时间生意火爆得头疼，自己一上街，红毛严厉一伙小混混就围上前称兄道弟、敬烟请吃。古城怀疑这一切的幕后主使就是朱玉。因为朱玉亲口告诉他，她要给古城导演一场好戏。他知道朱玉的爸爸背景深厚，在江滨城，朱玉想干什么，完全顺风顺水、左右逢源。

朱玉长得不算特别漂亮，但周身散发着青春活力。这活力融汇着她说话的语气、生动的表情、张扬的个性、夸张的手势，让古城深感诱惑、撞击和压抑。在朱玉面前，古城任何拒绝的语言都苍白无力，很多话还没说出口，就被她一个甜笑、一声城哥，或者一个诗意的肢体动作，全部封杀在胸腔里。

然而古城又必须和朱玉断绝关系。其中缘由既不是因为她的家庭，也不是她的绯闻，而是因为红毛严厉。

上周末，古城亲眼看见严厉开车带着朱玉兜风，还看见二人在江边亲吻拥抱。鉴于此，古城今天才鼓足勇气见朱玉，他决定不管对方说什么，自己一定要说出那句隐藏多日的话。

朱玉一改以前的强势，突然一脸愁容，一副病恹恹的姿态。半月来，看以前各方面条件都不如自己的同学，一个个鱼跃龙门乌鸦变彩凤，她非常落寞和嫉妒。大哭大醉之后，她开始为以前的荒唐行为忏悔，开始为以后的路途担心。现在她唯一的精神支柱、心灵依托就是古城，尽管知道对方不爱她，但她却不放弃，她相信事在人为，她要不惜一切力量，把他抢到手。

"我还以为你不见我了。"

朱玉随手摘朵野花，先横在鼻端反复嗅，然后又蹲下身刨个坑埋好，那神态三分像林黛玉、七分似薛宝钗。

"我来是要告诉你，我们……"

"不要说我们，你是你，我是我。我们没有半点关系。"

朱玉挥手斩断古城的话，俯身拾起一枚斑斓的卵石，随手投进草丛，立即惊飞一只觅食的白鹤。

"看见了吧，你就是那只一飞冲天的鹤，而我则是刚才埋葬的那朵花。你的不幸是过早失去母爱，而我的不幸是过多承受了母爱。如果我像你一样生在平凡人家，从小受欺负，过多经历磨难，那我此时就和你一样，满怀喜悦和憧憬。现在什么都没有了，我今天葬花，以后谁来葬我。"

朱玉越说越苍凉，丹凤眼里竟然溢出莹莹泪花。古城有点懵，他不知朱玉是演戏还是掏心说真话，如梦如幻间，朱玉如泣如诉的叙说又来了。

她的话大意是，虽然自己没机会读名牌大学，但同学中有古城的名字，生命中有古城的影子，她还是感到无比荣幸。以前被父母娇惯时，她瞧不起家境差的同学，现在却非常羡慕，特别想体验和经历一番磨难。如果古城帮她完成这个心愿，以后古城提什么条件，她都答应。

古城猜不透朱玉的心思，看她目光里除了企盼、凄然之外，还有一种令人悲悯的酸楚。他知道对方鬼点子多，以前的 N 次约会中，就是因为关键时刻硬不起心肠，经不住诱惑，所以才一步步踏入她的圈套，以至于一直受她控制，现在她说什么也不听了，今天必须摊牌。

朱玉很沮丧和失落，她看古城眼里含着冷漠，不等她发话，耸耸肩双手一摊，凄美地说："我知道你要说什么，我以前说的话统统都是逗你玩的。那天晚上的事，是我崇拜你而主动献身的，你不要有顾虑，你是飞龙我是乌鸦，我们有缘没分。只要你配合我拍完《变形记》，我再也不纠缠你了。"

朱玉的话既让古城顿然释怀，又让他忧思重重。那天晚上也是在江边，尽管是朱玉主动脱衣，但毕竟自己也没把持住。事后古城坐卧不安提心吊胆，既怕朱玉保留证据告他强暴，又怕她假借怀孕胁迫自己。再过二十天就报名上学了，如不答应她，后果肯定严重。古城思来想去，终于没说出那句话。冷清惨白的月光下，二人的影子越挨越近，最后慢慢重叠在香软的草丛中。

朱玉暗暗兴奋。受父母的影响，她从小就喜欢表演和策划。尽管高考成绩差得连专科都读不成，但凭老爸的关系，她还是如愿到县电视台，当了一名实习记者。为了让领导和同仁刮目相看，她刚上班就策划拍摄纪录片《变形记》。朱玉的目的一是小试牛刀，为以后成为台柱子打基础；二是更进一步牢牢控制古城。她认为只要能进古城家，只要得到古明远的支持，古城就翻不出她的手心。

八

两天后，朱玉穿一身粗布衣服，扎两根麻花辫，在电视台一位女记者的陪同下，果真来到了古城家。女记者身材很好，栗色的长发瀑布般垂在肩上，长腿和美臀，将深蓝色的牛仔裤绷得匀称饱满曲线玲珑，既让古大刚的眼睛发直，又让古城脸红心跳，不自觉联想起一些与朱玉有关的画面。

按照朱玉和电视台事先的策划，朱玉到古城家体验背二哥生活的同时，古城则跟随朱玉的爸妈去西藏旅游。由于古城高低不去朱玉家，策划组只得临时修改拍摄计划。

古城家很乱，到处都是杂物和男人的阳刚气息。朱玉走进门，和古明远、古大刚礼貌打完招呼，就忙着拖地洗碗，逐间收拾杂乱的家什。她婀娜的身材、娴熟的动作，再加上从骨子里释放出的阴柔气息，没过多久，就以柔克刚平衡生态，让每间屋子整洁祥和，充满了完整的家庭元素。由于女记者事先与古明远父子作了沟通交流，外加古城有交代，因而古明远和古大刚都很配合。家里好久没女人味了，朱玉的出现，以及她进门就把自己当作家里人的言行举止，既如春风复苏了父子俩枯萎干涸的心田，又如春阳软化了他们紧绷了多年的神经。

打扫完卫生，朱玉就进厨房做饭。她在家虽刁蛮，但在母亲的调教下，却做得出一桌好饭菜。古明远边吃边点头，他拈起一块红烧排骨高兴地说，好久没啃到这种有味道的骨头了，一个家庭没有另一半就是不完整。朱玉起立侧着身子给古明远斟满酒，甜甜叫声爷爷，娇声说："如果您老人家喜欢，以后我隔两天就上门给你做好吃的。"古明远哈哈大笑，一个劲点头说："要得要得，看来我古老头要享福了。"

古城心里直打鼓，他手心里暗自捏着两把汗，心想：如果朱玉继续讨好爷爷，如果爷爷知道他和朱玉发生了关系，凭爷爷的性格，绝对叫他和朱玉订婚。这岂不是又中朱玉的圈套了吗？古城忐忑不安，后悔答应朱玉的条件，唯一的愿望就是这几天的时间快快过去，因为按约定，只要这件事一完，他和朱玉就两清，谁也不欠谁了。

下午，朱玉一边听古明远说背二哥的故事，一边拆洗被盖垫单和衣服。古明远讲故事的时候，古大刚常常插嘴。他时而纠错揭短，时而与老头子争得面红耳赤，这就给朱玉创造了机会。她一会儿讨好古明远，说他饱经沧桑，满脑子都是艺术和文化，一会儿又赞扬古大刚侠肝义胆，浑身充满正能量。以前，朱玉在家，从不干脏活，更没屈尊奉承过别人。现在，为了古城，为了那份珍贵的工作，她把什么脾气和架子都放下了。看她心灵手巧，不怕脏臭，古明远和古大刚都很感动。在摄像机面前，朱玉表现得很自然，完全一副劳动者出生的姿态。古城则不然，不管看书、做题，或者给朱玉辅导作业，他都畏畏缩缩、哆哆嗦嗦，甚至言不由衷、词不达意，令朱玉很失望。这项活动，以背二哥家庭走出北大学生立意，再从古明远身上追述背二哥的历史，从而挖掘叙滇三尺道上的历史和人文风情，从策划上讲，应该是很好的作品，尽管古城配合得不好，尽管古大刚十句话中有五句夹杂着粗话，但由于古明远口才一流，说唱舞蹈功夫到家，外加朱玉表演投入，所以半天工夫不到，就令电视台记者，在激动中找到了创作灵感。

晚上，古城和爷爷挤一张床，朱玉和女记者睡古城的房间。古明远翻来覆去睡不着，他一会儿哼歌，一会儿又叫古城说朱玉的故事。古城含含糊糊应付两句就假装睡着了。这一夜不仅古明远失眠，古大刚和古城同样失眠，家里突然住进两个女性，她们的一言一行、一颦一笑，特别是上厕所及洗澡时弄出的声响，每一次都极致安慰、抚摸和诱惑着他们的心灵和神经。这种毫无邪念的氛围，恰似至柔的元素驰骋在至刚的元素里，既平衡调和了爷孙三人的心态，又改变了他们的某些思维。

第二天吃过早饭，朱玉背着背篼跟在古大刚和古城身后，目不斜视直往背生意的地点走。由于身前身后都有摄像机跟随，临江路上一下子就涌满了看热闹的人。

雇主是事先联系安排好的，鉴于朱玉的体力，加上她是体验生活，所以她只配合镜头，没有脏活重活。古城相反，为了体现他在逆境中奋斗的心路历程，策划者给他安排了等生意、抢生意、搬地砖、背水泥等苦活和重活。开初，古城为了顺朱玉的意，老老实实听指挥，后来面对摄影师的苛刻要求，他越来越不耐烦。他想：以前自己家面对欺辱和生存困境，哭天无路时，如果这些记者帮忙呼吁一声，他绝对会感恩戴德。而今所有磨难都被自己甩在身后，这些家伙却装模作样折腾人，想到这里，古城顾不得朱玉的脸色，扔下背篼就走，弄得整个场面都十分尴尬。

晚上，朱玉继续缠着古明远讲故事，通过一天多的接触交流，二人越处越投缘。朱玉摸清了古老头的爱好和脾气，完全有信心让其为她所用。古老头感受到了朱玉的能干和贤淑，看她对古城的态度及眼神，感觉这姑娘也许就是自己未来的孙媳妇。古明远的故事有时跳跃性强，有时冗长拖沓。讲到20世纪70年代，他在三一社当搬运工时，既反复恶毒咒骂一个叫张轮的人，又长时间鸣咽着哭喊林贤珍的名字。古老头的故事大意是，林贤珍是他妻子，生下古大刚还没满月，就被张轮强迫安排去码头卸货。张轮垂涎林贤珍的美色，经常利用职权进行调戏。一次在张轮办公室，面对这个畜生的下流言行，林贤珍忍无可忍，奋然从三楼上跳下，结果摔得七窍流血当场毙命。古明远讲这段故事时，不准任何人插嘴，他说："张轮这恶贼损了阴德，他本人既不得好死，而且他的子孙后代也要遭天谴。"

电视台记者再也忍不住了，她站起身，愠怒地说："古老辈，张轮有错，你骂他应该，他的后人没得罪你，你不该用下流语言侮辱。"古明远很敏感，他问女记者："张轮是你什么人？"女记者指着朱玉说："张轮是她的外公，是我爷爷，上辈的恩怨，是历史造成的，怎么也算不到我们头上。"

古明远心如刀割，当年事发后，由于张轮受领导保护，被紧急调出了江滨。寻仇不成，这些年，他只能暗中恶毒诅咒张轮及其后人。他万没想到，不仅张轮至今活得逍遥快乐，而且他的后人一个比一个强。简直欺人太甚，刹那间，古明远一股热血直冲脑门，他打开房门愤怒地吼道：

"你们滚出去。"

朱玉不甘心所有的努力就这么白费，她赔着笑脸给古明远道歉，和老头一起谴责外公。她表示，只要对方能消气，叫她干什么都行。古明远不依不饶，任朱玉说什么动情话，任古大刚和古城怎么劝，都平息不了怒火。他用打杵指着朱玉和女记者说："要我咽下这口气，除非你两个小婊子马上脱光衣服，跟着老子绕城走一圈。"直骂得朱玉和女记者灰溜溜走出门，老头才回坐在藤椅上，抚着打杵号啕痛哭。

此后，朱玉和古城就失去了联系。古城万没想到事情这样收场，既为摆脱朱玉欣慰，又为奶奶的不幸遭遇难过，更为爷爷的粗暴态度惭愧。他拨打朱玉的手机，想给她道歉，一连几次对方都不接。由于进京报名读书日期临近，他只得把这件不愉快的事情放到一边。

离乡的前一天下午，班主任李老师突然给古城打电话。李老师说他召集了十几位同学，打算今晚在水月轩给古城饯行，叫他务必赏脸。想到李老师的为人和平素对自己的恩泽，古城二话没说就答应了。晚上，李老师和同学们走马灯似的给古城夹菜敬酒，整个饭局都是帅哥美女的欢笑声。朱玉的表现很得体，她既不热烈也不冷淡，女生尖叫她起哄，男生夹菜她斟酒，一言一行都叫旁人看不出端倪。她和古城隔着四五个座位，每次敬酒都笑眯眯说奉承话，那表情，跟初相逢差不多。

吃过饭，大家就乘着酒兴到大厅里跳舞。古城不喜欢这种场合，好几次要走，都被女生们拉住。为了不扫大家雅兴，古城只好静下心，逐一跟女生跳舞。轮到朱玉时，古城很主动很热情。朱玉非常开心也非常大度，她甜笑着告诉古城，以前那些事她早忘了。她叫古城安心读书，以后有困难说一声，千万别客气。暗红的灯光下，二人边聊边踏着节奏跳。跳着跳着，忽听朱玉啊一声尖叫，随即蹲下身痛苦呻吟起来。这时，音乐已近尾声，明晃晃的灯光下，只见严厉左手持短棍，右手揪住朱玉，恶狠狠问她这几天为什么躲他，是不是有新的男朋友了？看朱玉吓得浑身发抖，古城一下子怒发冲冠，他拦在朱玉面前，责问严厉为什么欺负女生？严厉放开朱玉哈哈大笑：

"原来是你抢老子的女朋友，弟兄们，给我打。"

接下来发生的事，古城就不知道了。他在医院住了二十天，才昏沉沉进京报名读书。离乡时，爷爷告诉他，说严厉和朱玉都被公安局抓了，那天晚上的事，全是朱玉一手策划的。警察审问朱玉时，问她为什么要这样做，朱玉说，她得不到的东西，她就要亲手将其毁掉。

半年后，古城被北京大学劝退，原因是大脑受损，经常头痛头昏，每次测验，学习成绩都只有十多分。回家后，面对疯癫的爷爷、烂醉如泥的父亲，古城欲哭无泪万般焦急。在刘香的劝说下，他通过复学，又参加了一次高考，由于连专科起分线都达不到，以后就重操旧业，又在临江路口当起了背二哥……

"背二哥，过来！"

这一次，古城依旧跑在最前面。他抹一把脸上的汗水，抬头一看，顿时呆若木鸡。原来，那位染着红头发的孕妇雇主，竟然是朱玉。

野蔷薇

一

两只小羊羔，一只跌进崖口的刺蓬里，一只卡在崖下的树杈间。由于出生才四五天，它俩的挣扎既苍白又徒劳。咩咩的惨叫声，虽如先前凄厉，但尖刻度已然被时间和岩石磨平。高坡上，羊妈妈泪眼迷离，一副伤心绝望的神态。它深情呼唤着孩子，四腿微曲，慢慢将身子绷成一张弓。看样子，立即就要往下跳。

小薇吓坏了。两月前，也是这个豁口。一只刚生产的羊妈妈，为了搭救落崖的幼子，奋不顾身一跃而下，结果母子俩双双粉身碎骨。坡上这二十多只黑山羊，是家里的经济动脉，是弟弟妹妹的生活费，绝不能再损失了。慌乱中，小薇连跳带滚，跌下三道陡坡，迅疾来到羊妈妈身边。她顾不得腿上的擦伤，伸出双手，交替在它头上、身上安抚。直到羊妈妈接收到确切救援信号，暂时稳住情绪，她才攀住藤蔓下崖。

崖口既陡又滑，刺蓬既密又扎人。看小羊羔越挣扎身子越往岩下落，小薇很揪心。她左手抓紧野藤，左脚勾住崖边的山茶树，右脚悬空，身子大幅度斜探出岩。这个高难度危险动作，平常她没胆子做。身子秋千般晃荡，一连两次没抓住羊羔，手掌手臂反而被扎出了血。羊羔缓缓下滑，藤蔓咔咔乱响，随时都有断裂的可能。危急时刻，小薇腰臀腿脚一起用力，像钢管舞者样，保持住平衡。她忍住踝关节疼痛，全神贯注看准角度，终于一把抓住羊羔的前脚，果断将它提出了刺蓬。

把第二只落崖的羊羔送回羊妈妈身边，小薇才嘘口气，挽起裤腿、衣袖，查看并轻抚伤痕。她的衣衫有些散乱，蓬松的头发中，嵌了好几根枯草，脸色也因紧张和劳累，变得煞白。抱膝坐地喘几口气，小薇拂两下头发，挥刀砍倒一棵桤木，横七竖八扎成栏栅挡在崖口，用藤条捆牢，竖起食指细数两遍。确认羊一只不少，才挎起背篓、揩着汗水往回走。

回家路上，小薇割满一筐猪草，鼓足劲翻过山梁，忍着太阳的炙烤，攀上香椿树，奋力去采椿芽。今天是周五，读六年级的妹妹和四年级的弟弟要回家。家里没有肉，小薇打算晚上炒两碗香椿鸡蛋饭，给弟弟妹妹补身体。爸爸残了，妈妈与人私奔了，现在她是家里的顶梁柱。

太阳金针般刺来，光秃秃的山坡上，全是低矮的蕨草和刺蓬，没有高大茂密的乔木遮阴。那些让小薇迷恋、怀念的杉木、楠木，八九年前就被砍光运走了。小薇记得，以前这片坡地，树高林密，溪水奔流，人和牛羊一头扎进去，十步之遥就不见踪影。而今到处透亮毫无遮拦，撒泡尿做个小动作都藏不住呢。

好不容易来到溪沟边。极为干渴的小薇放下猪草和椿芽，蹦在长满菖蒲的石头上，俯下身，伸出双手就捧水，捧到嘴边，就大口喝。溪水甘洌，沁人心脾。她喝水的姿势很诱人，饱满的臀部和胸部，快要撑破衣裤的约束了。这十五岁的女孩，青春早熟，活脱脱就是个十八九岁的妩媚少女。

水面如镜，凝望水中乌黑的秀发，粉嫩的脸盘，如丘的前胸，小薇忽然想起了野猪坪的风俗。想到过不多久，自己就要按爸爸的意愿，与张二娃结婚过日子，小薇心一疼，眼泪不自觉掉进水里，顿时砸出一个又一个无奈的句号。

擦干眼泪，掬两捧清水洗净脸，再抬头，小薇就看见了单身汉刘大忠。看对方表情古怪，两眼直勾勾盯着自己的胸部，小薇脸一红，顿时又羞又怒。她非常厌恶刘大忠，这家伙四十多岁，酒糟鼻、络腮胡，脸上油腻腻总洗不干净，以前经常骚扰小薇妈。小薇心里虽恨不得打断他的腿，嘴里却是热情招呼，刘叔叔，又去挖树桩呀，刚才我在反背岩上，发现个金丝楠树桩，你快去看看。

目前，野猪坪挖乌木和名贵木树桩卖钱，成了一股风。从内心讲，小薇很反感这种破坏生态的行为。这帮家伙前几年帮助木材商砍光森林，现在又掘地三尺到处挖树桩，弄得后山伤痕累累，随时垮岩滚石，砸死砸伤羊群及过往行人。今天，若不是情况紧急，她才不会给刘大忠提供线索呢。

小薇转身就走，身后传来刘大忠的声音：

"小薇别动，你屁股上有条毛虫。"

刘大忠扔掉烟头，快步贴近小薇。他左手抓个事先备好的虫子，右手直袭小薇臀部。他是单身汉，凭暴力和金钱搞到手的女人不少。刚才他仰看小薇爬树，饱满的臀部嫩南瓜般晃来晃去。再看她摘椿芽时，双手高举脐窝全露，他就全身充血顿时急红了眼。

小薇知道对方想打自己的主意，因为他眼里喷出的邪火，快要把她点燃。她横跨一步，身子转半个圈，避开刘大忠的手，愤怒地说：

"你头上才有毛虫呢，老不正经。"

刘大忠捏着蠕动的虫子，嬉笑着说，我没骗你，你看，它还在动。趁小薇惊惧，刘大忠快速出手，冷不防抓住了她的衣襟。

敏感部位第一次被男人抓握，一股电流涌遍全身，小薇像热气球立即飘浮起来。关于性，小薇虽然迷蒙，但从学校的生理课，从电视上从手机网上，她还是知道一些。黑灯瞎火时，也曾心潮澎湃地幻想过。她有主见，知道贞洁的重要，所以平时在人前，尽量夹紧俩胳膊，尽量含胸低头不惹单身汉们的目光。尽管有点飘忽和惊慌，小薇没乱方寸，屈辱和愤怒让她胆量倍增。趁对方的爪子还没伸进衣服，她急中生智，突然尖叫一声蹲下地，快速抄起了镰刀。

刘大忠没料到小薇这么泼辣，他上前一步，正要伸手夺刀，山岩上突然传来社长张远山的吆喝。接着，小薇的手机也响了。

二

电话是妈妈打来的。

她在遥远的地方怜爱地问小薇，弟弟妹妹回家没有？今晚吃什么？她叮嘱小薇出门要注意安全，特别要防范刘大忠一伙恶徒。

借外出打工之机，与人私奔后，三年来妈妈一共给小薇打了五次电话，并零星邮汇过几千元钱。除不告诉自己在哪里，与谁结婚过日子，其他的只要小薇问，妈妈什么都回答。前几次，小薇虽愤怒申讨妈妈，声泪俱下谴责她不负责任、不讲良心、自私狠毒的可耻行为，但毕竟顾念亲情，没有恶声谩骂。今天，由于刚受了刘大忠的猥亵，于是便将满腔委屈和怒火，排山倒海倾泻给妈妈。她破天荒骂出一串粗俗村言，挥舞镰刀，砍得石头杂树砰砰乱响。她声称自己敢杀人，谁欺负了她，她一定白刀子进红刀子出。直骂得路边的蒿草，在骄阳下纷纷低头，骂得刘大忠脸上青一阵红一阵，尴尬地走掉了。骂得妈妈恼羞成怒掐了信号，她才背起背篼回家。

痛快淋漓宣泄后，小薇感觉心里好受了许多。其实刚才大部分恶言和暴力行为，她是故意做给刘大忠看的。她虽恨妈妈无情，却十分同情她。她知道，妈妈是被野猪坪的高岩陡坡吓跑的，是刘大忠一伙单身汉逼走的，是受不了爸爸的软弱无能，不得已做出的痛苦抉择。在野猪坪，小薇爸的善良软弱是出了名的。他是木匠，谁家修房补屋、打造家具、赶制棺材，第一个想到的就是他。其原因除了小薇爸手艺好，更主要的是他只收一半工钱，另一半算作人情相送。除了主动吃亏和睦四邻，小薇爸还有一个特点就是逆来顺受，从不惹事。好几次，老婆回家哭诉刘大忠等人骚扰、侵害自己的经过，跪求丈夫做主，他不但血性阳刚不起来，反而煮肉买酒，讨好刘大忠一伙恶徒。

想到自己初二没读完，就被迫辍学，整天和锅碗瓢盆、鸡鸭猪羊打交道，并且还要照顾弟妹，以及左手右脚残废的爸爸，小薇鼻子一酸，滚烫的泪水又流了出来。没来由，又恨起了妈妈。因为她是导致自己辍学的第一因素，如果她在家，自己就能完成学业，飞出山区，永远走出揪心疼痛的野猪坪。

香风扑面而来。穿过杂花丛生的灌木林，看见自家的三间砖房，小薇一高兴，慢慢不怎么恨妈妈了。她后悔刚才恶毒咒骂了妈妈，因为妈妈也是苦命人。如果妈妈不选择走出野猪坪，最终她不疯都要自杀。好几次，如不是爸爸动作快，迅速割断她脖子上的绳索，她早就不在世上了。活着总比死了好，她活着既是自己的希望，也是爸爸的愿望。爸爸自知对不起妈妈，亏欠妈妈，所以才放她出去打工。听到妈妈与一个山东人同时蒸发的消息，爸爸心里虽难受，却不怎么吃惊，也不托人寻找。好像早就做好心理准备，故意放她一条生路似的。

还没走进自家地坝，远远就听到了小白猪的嚎叫。这家伙贼精，小薇不在家，它趴在圈里睡得口水长流。一听到小薇的脚步声，它就翻身而起。嘴里长声吆吆，将两条前腿搭在石栏上，那情形就像饿了好多天似的。小薇很喜欢这头有灵性的白猪，半年来，她一直用野草和玉米粉喂养，一点饲料也不拌。现在各种疑难怪病盛行，为了自己和家人的健康，她宁愿每天多割两筐草，宁愿猪儿少长几斤肉。

喂完猪走进堂屋，偏头看爸爸正拄着拐棍下床，小薇赶快扶他到躺椅上坐好。对爸爸，小薇的感情很复杂，除了恨他软弱，恨他执意和张家结对子，更多的还是怜惜悲悯。把热水瓶的水倒出，帮爸拧完毛巾，小薇就走进木板镶成的厨房，开始刷锅做饭。米淘进电锅，正在灶前劈柴生火，爸爸的吆喝声就传了进来：

"小薇，快把这群野猫子关起来，翻天了。"

野猫子是骂鸡的土话。野猪坪的方言，不但骂人厉害，骂动物也别具一格。鸡最怕野猫，狗最怕豹子，牛最怕豺狗，这些家伙不驯服时，主人就以野猫、豹子和豺狗等言诅咒。小薇走路时，顺便在围布上一反一正揩锅灰。堂屋的饭桌上，摆着两三堆豆花似的东西，几只母鸡张翅耸毛，就差没把茶壶掀翻。小薇从没下狠手打过家禽，所以母鸡们不但没躲，反而围上前嘴里咯咯叫嚷，争着表功求食。看鸡窝里新添了五六个黄鲜鲜的土鸡蛋，小薇一高兴，连抓了四五把玉米粒，撒在地坝外的空地上。她打整完饭桌上的鸡屎，洗净手回到厨房，不一会儿，就弄出了一股炊烟味和饭香味。

幸好，爸爸残而未瘫，吃饭、上厕所之类问题还能自己解决。不然，小薇的负担更重，处境更尴尬。吃午饭时，爸爸费力咽下一块泡菜，怜爱地看着小薇的臂膀说：

"刺蓬有毒，得赶快用白酒消炎。"

小薇见爸盯着自己看，笑一下又做个鬼脸，随即拉下高卷的衣袖，端起碗添汤去了。

小薇爸看女儿走路的姿势，看她鼓鼓囊囊的身子，心里就在盘算嫁妆钱。他知道女儿委屈，为表歉意，他从怀里掏出三百元钱，叫女儿明场上街买衣服。小薇手机快欠费了，衣服也确实该买，她接过钱，本想把上午刘大忠骚扰自己的事说出来。由于怕爸爸发无名火，便咕噜一声，把满腔的委屈，连同一筷子鲜笋，全部咽下了肚子。爸爸见小薇强装笑颜，长叹一口气，放下碗筷往后一躺，再也不说话。他的话本来不多，受伤后更是金口难开，以前伟岸的身躯，现在萎缩得像截枯木，令小薇时常提心吊胆。

小薇爸是去年夏天受伤的，据他说夜半回家，不小心一脚踏空，滚下深沟摔坏了手脚。这一说法起先小薇相信，因为那天晚上她不在家，还在学校上课。后来听了苏阿婆的话，小薇就半信半疑了。苏阿婆是社长张远山的邻居，九十多岁了，还下地干活。她悄悄告诉小薇，说她爸爸的手脚不是摔坏的，而是张远山用木棒打残的。苏阿婆说得活灵活现，既听到了吵闹声，又目睹张远山两口子把小薇爸背回家。

苏阿婆的话，小薇也是半信半疑，甚至完全不信。自从老爸受伤以来，自己家和张家几乎成了一家人。这两年如不是张家经常送钱救济，如不是张二婶随时过来帮忙料理家务，自己早就撑不下去了。尽管不怎么喜欢张二娃，但对张家的印象总体还是好的。她觉得无缘无故，张远山两口子不会下死手打爸。何况老爸一直都说张家好。然而苏阿婆的话，似乎又不是凭空乱说。她是野猪坪最年长的老人，一辈子没理过是非，走到哪里都受人尊敬。一团乱麻堵在心里，令小薇越理越没头绪。自辍学以来，她经常忙忙碌碌，昏头昏脑。总感觉天没以前高，花草树木没以前翠绿鲜艳，任何好吃的东西，都没啥味道，自己好像生活在一个既真实又虚幻的世界里。

傍晚，野猪坪一片血红。焦急盼望中，弟弟常学春和妹妹常小娥，终于踏一路鹊声回来了。弟弟虎头虎脑一身一脸泥土，头发里还隐隐有些血污。小薇吓了一跳，急忙抚着弟弟的头问原因。弟弟一脸怨毒，咬牙说老子要砍人。小娥和学春在山脚中心校读书，每周末一同回家。以前，学春的胆子很小，受了欺负也不告状，今天忽然说要砍人，这令小薇和爸爸都深感意外。

常小娥瓜子脸，大眼睛，由于身材修长，走路时，腰臀摆得就有些韵味。近来，小娥的个子虽追着姐姐长，但内心的担当、稳重和深邃，却差得远。小娥只管读书，只管问爸爸要钱，稍不如意，还要摔碗哭鼻子。小薇不同，全家的重担都在她肩上，推不脱扔不掉，一言一行都要有大姐风范，都要让弟妹舒心、妥帖，感受到拽心窝子的亲情，这是她的苦难，也是成长机遇。

今天，小娥在半山腰追上弟弟时，弟弟正躺在地上挣扎怒骂。他身上骑着一个平头小子，另一个长发小子，正往他头上撒尿。还有一个穿花衬衣的小子，揪着他的耳朵使劲扯。平头小子嘻嘻笑着说："只要你承认你妈妈是娼妇，你姐是婊子，老子就放了你……"

听完妹妹的诉说，小薇的眼泪一下子就流了出来。她知道这种情况告诉老师根本不管用，现在校园外的暴力事件，连公安局都头疼。忍已不是办法了，最直接的法子就是求张二娃。他是这一带的小头目，应该能摆平那几个坏小子。但这样一来，就等于接受张二娃，同意年底和他结婚。

给弟弟补好衣裤，小薇纠结到半夜，才在遍野蛙声的催促下，勉强进入梦乡。

三

野猪坪三面临崖，一面靠山。百多户人家的出口，以前靠一条弯弯曲曲的山路，现在靠一条坑坑洼洼的公路。公路是木材老板和矿老板共同修的，山上的资源枯竭后，这条路就彻底废了。除刘大忠一伙人偶尔骑两轮摩托上下外，很少看到三个轮子以上的车。

雨后的太阳异常灼人，地里的水气，顺着绿油油的玉米、大豆苗不断往上薰。

小薇伸手压压被风吹歪的草帽，弯腰挥锄，直铲得野草和泥石哗啦啦响。阳光开水般从上面泼来，没过多久，她的衣裤就湿透了。

"小薇，你怎么不打除草剂，啥年代了，还用锄头铲草？"

不知何时，张远山背着喷雾器，笑吟吟走了过来。他是社长，在家怕老婆，出门却衣服光鲜官腔十足。由于女婿是村文书，所以他手里就常年掌控着十多个低保名额。除了小薇家不敢克扣，其他的，他想给就给，不想给就找个借口收回来自己用。张远山站在小薇身后，看小薇纤腰丰臀两腿修长，颈与肩、腰与胯的转折处，全是一种有韵律的细致弯曲，他有些怡然和恍惚：

"小薇，快去树下歇凉，这片地，我几分钟就搞定。"

说完话，张远山摆弄起手里的武器，准备向蓬勃的野草发起进攻。小薇不走，她挡在喷雾器前，锄头越发使得娴熟有力：

"叔，除草剂污染土地，是致癌物，你是社长，应该号召大家禁用。"

张远山没料到小薇会将他一军，他哦一声后退两步，一时不知该走还是该留。目前，野猪坪的癌症病人越来越多，这个问题按常四爷的分析，首要原因是朱老板开铅矿污染了水源。次要原因是近年来，人们疯狂砍树，广泛使用化肥、农药和除草剂。张远山虽觉四爷说得有道理，但仍然使用化肥、农药、除草剂。科技发达了，他再不想受那种刀耕火种的活罪。小薇很赞同四爷的分析，因为她经常上手机网查阅资料，学到了不少知识。为了自己和家人的健康，她一直坚持传统的耕种方式。这样做尽管费力，且效率不高，但她心里踏实。

当然，小薇拒绝张远山帮忙，还有另一个原因，她不想欠张家太多的账。一年多来，弟弟妹妹的生活费，家里的日常开支，犁田栽秧之类的大事，都是张家挑重担。这虽然是当初换婚时的条约，但牺牲的却是自己的青春和幸福。受张家的恩惠越多，自己跳出泥淖的机会就越小。倘若自己和张二娃今后过不好日子，倘若自己嫁过去，张家达到目的后悔约，不把张四姑嫁给弟弟常学春做媳妇，那不就要爸爸的命了吗？

看小薇态度坚决，张远山让步了。他心想，让你磨炼一下也好，这样年底嫁来，也就勤快。他讪笑着说："除草剂确实不是好东西，既然这样，那我回去换你二婶过来帮忙。"他说的二婶就是自己的老婆宋香兰。目前野猪坪九湾十八岗，共有单身汉四十多人。为了繁衍生息，每家人都在为讨儿媳妇操心。小薇爸虽和社长家结了对子，但仍有不少人偷偷接近小薇。这些人帮小薇干农活的同时，大说张家的是非，动摇小薇的决心，妄图把她弄进自己的家门。为防意外发生，这段时间，张远山两口子一直暗中监视小薇，严防他人乘虚而入。

结对子是野猪坪的陋习。十年前，由于山上资源枯竭，山下的姑娘再也不往山上嫁了。为了传承香火，几个家族元老聚了好几次，最后一致同意恢复结对子风俗。结对子有两种形式，第一种是换亲，互把女儿嫁给对方当儿媳。其仪式除了签订条约，请德高望重之人作证，双方还要在神灵面前发誓。第二种是年过四旬，自认此生再也没机会讨老婆的人，选个黄道吉日与某户人家结上对子后，就可随时把对方的女主人借回家。或请她帮忙干半天家务，或者与她说一番俏皮话，或者什么也不干，就那么痴痴望着对方欣赏一阵子。当然，如果女方愉悦，也有机会满足本能需求，充分享受一下当老公的滋味。大凡迈出这一步的男人，从今后你就是那个女人的干丈夫。她的儿子就是你的儿子，以后儿子讨老婆，你既要出钱出房子，此生还不准与其他女人纠缠。

这股歪风兴起之初，野猪坪的男人整天眼睛血红，见着单身汉上门就往死里打。后来由于老婆以私奔和上吊威胁，由于需要单身汉们的钱财、劳力，为儿子讨老婆打基础，慢慢地，男人们就妥协了，有的甚至还和第三者成了好兄弟。小薇的妈妈性格刚烈，坚决不与刘大忠等人结对子。她不堪这伙人的纠缠欺凌，不堪丈夫的软弱，最终选择了远走高飞。

张远山走后不久，宋香兰和儿子张二娃果真扛着锄头过来了。宋香兰四十岁不到，除了身材、脸庞及衣装惹人注目，那张巧嘴更是厉害，简直可以将麻雀哄下地：
"哎哟，小薇，你薅草怎么不叫上二婶，这么热的天，万一中暑咋办，快去树下歇歇，顺便把这两个鸡蛋吃了。"

小薇见张二娃直勾勾盯着自己沾湿的前胸看，脸一红，赶快转过身子说，二婶，我这点活，几天就完，你家地多，你还是忙自家活吧。

宋香兰抢下小薇的锄头，把鸡蛋硬塞过去。她怜爱地说："和你同龄的孩子，全都在娘身边撒娇，你这么累，二婶看着心疼，快去歇会儿。"说完话，宋香兰喊声二娃干活，随即拉开架式，摆动细腰和肥臀，娴熟地匀苗、铲起了野草。

在野猪坪，宋香兰是与众不同的，她既有官太太的盛气、普通妇女的义气，又有狐狸精的骚气。不但把老公管得服服帖帖，还把一群单身汉哄得心花怒放，义务给她家干活。她觉得小薇身上有自己的影子，那脸盘、身段，一看就令人怦然心动。二娃在外鬼混，花花绿绿的女子虽接触得多，但没一个愿嫁到野猪坪受苦，没一个比得上小薇漂亮贤淑。

张二娃染着红头发，胸前文着一条青龙。他虽比小薇大几岁，却要矮几厘米。他挨着小薇，铲两锄草，就直起身子嘘气。他说："我和李乡长的儿子，是拜把子弟兄，经常帮他办事，你有啥事，尽管给我说。"小薇透过浓密的苞谷叶，斜眼看着张二娃问："我弟弟的事，你办得咋样了？"张二娃扔掉锄头，拍着胸口说："那几个杂皮，上周末，被我打得就差吐血。"为显示身价，张二娃掏出手机，一一向手下发号施令。他令小混混们，照看好常学春，大声说他是我弟，谁再敢动他一根毫毛，你们给老子往死里打。

宋香兰看儿子东一锄西一锄，不是接连铲断玉米、大豆苗，就是跑到高石上躺着歇气，心里很不乐意，生怕小薇生出二心。她跳下土坎，耐心铲掉张二娃用泥土掩盖的杂草，扶正那些被踩得歪歪倒倒的嫩苗，哑着嗓子说："二娃，斩草要除根，不能用泥土掩盖。"

张二娃叼着香烟，很不耐烦，他说现在啥时候了，还用锄头，洒除草剂多好，又干净又省力。

由于害羞，小薇一直低头劳作。听张二娃夸除草剂，忍不住和他争论起来。以前，他嫌张二娃粗鲁，经常躲着他。今天，对方给弟弟出了恶气，心病一除，她看张二娃也就有些顺眼了。

听两个年轻人越聊越带劲，宋香兰心里乐开了花。为了讨儿媳，这几年，宋香兰和老公可谓煞费苦心，施尽了浑身解数。看小薇正顺着自己设计的路线，一步步往前走，宋香兰兴奋得忘了头顶的太阳。

下午，太阳忽然转变态度，变得柔和起来，黑压压的云层由少到多，最后统治了野猪坪。沉闷的雷声过后，一串鞭炮声忽然从西山头传来。

"林三姑走了，我得过去帮忙。"小薇说完话，流着泪扛着锄头就往回跑。林三姑是她的邻居，也是野猪坪患癌症死亡的第十四个不幸者。没病之前，林三姑对小薇很好，经常帮她家做事。查出乳腺癌后，能干漂亮的她，一下子瘦得皮包骨，两个月不到就香消玉殒了。

宋香兰待在地里，足足矛盾了两三分钟。她和林三姑是冤家，为了争夺与小薇爸结对子的权利，二人扯鸡骂狗，从早上吵到日落，直到双方喉咙发肿、声音发沙才罢战。而今，与自己争强了二十多年的对手，突然撒手归西了，痛快之余，宋香兰的心里突然又生起一股孤寂情绪：

"你怎么就走了，我俩还没分出输赢呢。"

四

灵堂上跪着两个男人，他俩一边烧落气钱，一边抹眼泪。林三姑的男人周庄五短身材，他撕完一叠纸钱，站起身摸了摸光溜溜的脑门，对身边的高个子说："你跟着嚎个球，赶快去砍柏香枝扎灵堂。"高个子把最后一叠长钱丢进废铁锅，抹一把泪水，二话不说，抄起刀出门去了。

"五叔，你干啥，要不要我帮忙？"

迎面相遇，小薇首先打招呼。高个子是她五叔，叫常伍，是和林三姑结对子的单身汉。开初，不管在田间地头，还是过事场中，周庄只要看见常伍，就往死里打。后来，由于常伍出钱帮周大娃娶了媳妇，由于所有苦活重活都被常伍承包，渐渐地，周庄不闹了。在野猪坪，偷人养汉、戴绿帽子不算个事，儿子讨不着老婆打单身才是奇耻。为了传承香火，延续祖宗血脉，女人不怕牺牲名节，男人甘愿当糊涂虫。

以往谁家婚丧嫁娶，常四爷都是主角。厨官师、支客师、掌坛师、石匠、木匠、篾匠、泥水匠，由他全权安排。空闲之时，趁着人多，他还要给大家讲野猪坪的人文历史。讲女人的贞节，男人的气节，讲不偷盗、不奸淫的家训。四爷中等身材，腰不弯背不驼，早年当过代课教师及大队干部，一肚子墨水，满嘴忠孝仁义礼智信。今天，四爷虽照常忙进忙出，但小薇发现，他的精神状态明显不如以前。整个人瘦成竹竿不说，那张布满皱纹的脸，根本就没一点血色。

小薇知道，四爷是受了重大打击，才变成这样子的。去年，他三个儿媳，有两个外出打工与人私奔了，剩下一个没走的，两月前又查出了肝癌。目前，四爷的五个孙子都是单身汉，由于时运不济，几次外出打工都没挣到钱。看以前谈笑风生，天塌地陷都不怕的四爷，而今不是逢人赔笑脸，就是耷拉脑袋打瞌睡，小薇很难受，总想找个机会帮他做点事。

"刘禄，你负责收钱记人情账，刘大忠负责上街采买物资。"

四爷写好挽联，便开始安排各项事务。刘大忠从常伍手里接过钱，带着一帮单身汉转身就走。经过小薇身边，刘大忠眼望前方，身子却故意朝小薇胸部撞。小薇早有防备，她快速侧身，伸脚一勾绊倒板凳，不偏不倚砸在刘大忠胫骨上。刘大忠痛得伸手直搓膝盖，他回头怒视小薇，目光如钉子，大有秋后算账之意。小薇不惧，她一脚蹬开板凳，马上将早就磨得尖锐，且挟带着诸多毁灭能量的目光回刺。二人面对面对视了几秒钟，刘大忠双目一眨，自我解嘲咳两声，瘸着脚走了。以前小薇怕这群单身汉，现在她毫无畏惧，感觉自己就是一朵带刺的野蔷薇，谁用语言和行为占她便宜，她立即让其自取其辱。谁用眼光挑逗和威胁，她马上用更锋利的目光反扎。三次五次，十针百针，直把对方刺得双目疼痛、万念俱灰彻底败阵才罢休。

刘禄磨蹭了好半天，才弯着腰上前说：

"四爷，我这几天腰疼，坐不住，你还是给我安排其他事吧。"

现在过红白喜事，所有人都怕摊上收钱记人情这个活。像狗一样拴在桌前，三四天没自由不说，结账时少了现金还得掏腰包赔款。刘禄以前不敢不听四爷号令。上个月，安葬患肺癌死亡的邻居王贵，他记人情赔了两百元钱，今天说什么也不干了。

四爷气得直咳，若是以往，他肯定借题发挥，当众宣讲先祖遗风，耐心说帮别人就是帮自己的道理。今天他没那个气质和风度了，儿媳私奔家门蒙羞，孙子们打着光棍，眼看就要断香火。这个时候，谁还把你当标杆？看四爷黯然销魂，小薇赶紧上前领任务。四爷把装钱的提包、记账的纸笔交给小薇，摇着头说：

"以前的野猪坪，风清气正，现在全乱套了。"

第三天，周大娃风尘仆仆回来了。他进门把蛇皮口袋一丢，扑到灵柩上就号啕大哭。从他的哭声中，小薇听到些外面发生的事：工厂停工了，媳妇被人拐走了，周大娃又成了可怜的单身汉。

周大娃撕心裂肺哭了很久，才收住悲伤。他打开蛇皮口袋，叫声爹，把一套新衣服递给周庄，转身再叫一声干爹，将另一套新衣恭敬地递到常伍手里。返身坐在板凳上，周大娃忍不住又扯开嗓子哭。周庄听儿媳跟人跑了，双脚一跺，顿时昏倒在地。常伍抱着周庄，揉胸口，掐人中，又喊又拍，对方才缓过气，妈一声哭出口。常伍安慰周大娃，叫他不要灰心。他说自己林地还有几百棵杉树，等几天他找木材老板变成钱，再帮干儿子娶媳妇。

周家父子的哭声刚止，宋香兰婉转的声音又在灵堂上响起。以前哭丧，她和林三姑既是搭档，又是对手。二人以哭为骂，借别人的灵堂宣泄自己的情绪，每回都长声吆吆、抑扬顿挫，哭个不分胜负。人们满以为没了对手，宋香兰象征性嚎几句就收场，谁知她数长数短哭得轰轰烈烈。既骂林三姑不讲义气，离她而去，又骂野猪坪的男人，个个软蛋，讨不上老婆，留不住老婆。宋香兰的声音，如金石笙簧，如山涧溪流，时而高昂时而低沉，时而气若游丝余音袅袅，时而又九曲回环汹涌澎湃。她表面深切哀悼林三姑，实则将对方的隐私全部公之于众。四爷听得直摇头，他明白，宋香兰正在借机向其他女人宣战，向野猪坪所有人家，昭示自己的地位和权力，是在间接威慑人们，不要打小薇的主意。

张远山最后出场，平常很难召集大伙开会，今天他得趁机炫耀一下社长身份。他先催交各户的医保、社保资金，后讲扶贫工作。讲到高潮处，张远山一改平常弯腰皱眉怕老婆状，叉腰挥手学着村主任、乡长的样子打起了官腔。他说："扶贫是党中央发出的号召，从上到下都很重视这项工作。一年多来，通过县乡村各级干部的共同努力，野猪坪84户贫困户，目前已光荣脱贫25户。这是野猪坪的大喜事。因此我们应该感恩党，感恩政府，感恩那些雪中送炭的挂钩工作队员。"

众人七嘴八舌议论间，李乡长带着几个人突然走进了院坝。李乡长听四爷高声喧哗，便走到他面前说：

"常四爷，我们是来回访脱贫户的，有啥问题，尽管给我说。"

四爷正在气头上，他拉条凳子坐下，轻咳两声说："乡长，见你不容易，我有几个疑问，请你帮忙开示开示。第一，去年你们说我是贫困户，今年又说我光荣脱贫。那些挂钩人员总共上门过三次，每次空着手上门，不痛不痒问几句，叫我填几张表、签个字就溜之大吉。他们一没给我带来资金，二没帮我家找着出路。我家的情况和原来差不多，怎么就光荣脱贫了呢？"

李乡长脸一红，嘴里啊啊的许久答不上话。张远山看乡长尴尬，上前发一排烟，抬头看着四爷说："四爷，你是怎么脱贫的，你不知道吗，你的砖房是怎样修起来的？"

常四爷扔掉烟头，猛然挺直腰杆说："我家的砖房是以前修的，跟上面宣传的这次扶贫，八竿子打不着。"

张远山哈哈大笑说："这就对了，上次危房改造时，你享受了上面一万元的补助。这难道不是扶贫措施，你难道不该感恩？"

"感恩，感谁的恩，上次那一万元，我只得到八千，另两千元，你的女婿刘文书最清楚。"常四爷说完话，斜眼看着李乡长。

"什么，有这种事？我回去一定严查。"李乡长听说刘文书吃回扣，在桌上猛拍一巴掌，看了张远山几眼，转头又说，"四爷，你还有什么问题？"

四爷说："第二个问题吗，算了，说了也是白说。其实，你们这种措施，只会让人返贫。只要政府把上山这条路，硬化成水泥路，只要解决好大病就医问题，只要强行刹住结对子歪风，野猪坪就没人私奔出走。"

李乡长连连点头，表示回去立即开会研究。他掏出两百元钱递给周庄，说几句节哀之类的话，回头正要走，就被刘禄叫住了：

"李乡长，麻烦你帮查一下，我的低保金怎么被莫名其妙取消了。"

不待乡长发话，张远山赶紧抢过话头：

"刘禄，这件事我给你解释过的，原因是，你家外孙女考取公务员，参加工作了。"

听完社长的话，李乡长头一昂，突然打起了官腔。他说："对，根据县上的文件规定，凡家里有彩电、冰箱、车辆和工作人员的，一律取消低保和扶贫资格。"刘禄不服，他说："我女儿嫁出门另立户口二十多年，外孙女考取工作，与我有啥关系？"

"怎么没有关系，逢时过节她不来看你？你有三病两痛她敢不管吗？"李乡长冷冰冰撂下两句话，急匆匆走了。

小薇不关心脱贫的事，只关心病床上的爸爸、后山岩上的羊子。趁大家吃午饭，她回家给爸做一碗鸡蛋饭，到后山巡视完羊群，又到周家忙活。几天下来，她虽有些疲惫，但没有短款。

安葬完林三姑，趁众人没走光，张远山就安排刘大忠几个单身汉，将空啤酒瓶、废塑料袋、空饮料盒，大筐大筐往溪沟里倾倒。常四爷皱着眉说："张社长，这些垃圾应该先分类，能回收的尽量回收，不能回收的应该焚烧和掩埋，现在每家人都把溪沟当垃圾桶，长期下去，得癌症的人还会更多。"

张远山不以为然。他说："谁有精力管杂事，这些脏东西，水一冲就到了岩下面，反正臭不到我们。"

小薇不言语，默默把溪沟里、地坝边、大路上、玉米地里，那些白花花的垃圾，用火钳夹到背篼中，背到光滑的石板上，抱几捆干柴压住，摸出打火机就开始焚烧。这些垃圾离自己家近，必须及时处理。几个小儿过来捣乱，踏灭火焰抓起垃圾乱扔。小薇不怒，眼光盯着小儿们的家长看。直看得婆姨们心惊肉跳一脸绯红，各自抓住儿子打屁股，她才重新发燃火，再次捡回垃圾。

宋香兰一脚踏地，一脚虚踩在石凳上。她嘴里嚼着花生米，左手叉腰右手托住腮帮子，斜眼看着众人，一副官太太慵懒相。见小薇不怕麻烦和脏乱，宋香兰扔掉花生壳，拍两下手掌，哎哟一声赶紧过来帮忙。她一动，其他人急忙搭手。小薇原以为自己有号召力，没想到姜还是老的辣。她嘴上不语，心里开始琢磨宋香兰。

四爷说："以后谁家过事，应该约法三章，形成一个不攀比、不浪费、不污染环境的制度。"

听众人说好，张远山只得点头附和。

五

轰隆隆的雷雨，淅淅沥沥潇潇洒洒下了一夜也没停。

打开房门，见雨丝依然细密、晶亮地荡漾在空气中，小薇喊声爸，叫他别忙着起床，戴上斗笠、背起背篼就出门。这是每天的固定动作，一大早出门割猪草，回来做饭、管理鸡鸭猪狗。然后上山放羊、下地劳作，周而复始枯燥极了。

半夜被雷声吓醒后，小薇就没睡踏实，几乎是拥着被子坐着等到天明的。昨日傍晚，张远山和宋香兰上门，把五万元钱拍到老爸面前，以毫无商量的口气说，张家已择定吉日，决定年底就把张二娃和小薇的婚事办了。小薇看出爸爸好像有难言之隐，起先他一个劲抽闷烟，后被对方逼得无退路，才哑着嗓子说话。他说："表叔、表婶，小薇还是个孩子，过门后你们要善待。另外您家四姑娘和我家三娃的婚事，当初结对子时，不但有人证物证，而且在神灵面前发过誓……"

张家夫妇刚出门，小薇就和爸吵了起来。她说结对子是封建习俗，法律不认，她不认，张四姑肯定也不认。看爸垂头无语，小薇就问他为啥这样怕张家，他的手脚，到底是不是被张家夫妇打残的？

小薇爸勃然大怒，破天荒拍桌子骂苏阿婆乱说，骂小薇不听话，直骂得泪流满面连声咳嗽才住口。

沉默过后，小薇爸忽然倚着拐杖起身，一跤跌倒在女儿面前。他仰头流着泪说："小薇，常家人一口唾沫一个钉，决不食言。如果你不嫁过去，以后张远山就不把四姑娘嫁给你弟弟，常家不能断香火，为了你弟弟，爸求你了……"

雨依然不疾不徐地飘洒。田边沟渠里，哗哗的流水、呱呱的蛙声，慢慢转移了小薇的思绪。她记不清昨夜和爸说了些啥话，只记得最后父女俩哭作一堆，至今双眼涩涩的很不舒服。悲伤归悲伤，天一亮还得按时起床，油盐柴米之事还得操心。因为猪羊鸡鸭在那里饿着，老爸在床上躺着。家里的杂事，自己不一件件处理，它就永远摆着，没人替你，也没有可能去抗争。

一边割蒿枝、马兰，小薇一边想心事。由于斗笠碍事，她干脆将其扔在高石上，一任清风好雨洗涤身子，一任满园翠绿熏染心灵。像昨夜这种陪雨哭到天明的事，她已经历过无数回了。辍学之初，很多同学和老师都鼓励她回校学习，勇敢与命运抗争。那时她几乎每夜痛哭，也尝试着利用法律、媒体抗争。但争来争去，每天依然上山放羊，下地劳作。网上那些救助弱者的事，电视上那些冠冕堂皇的话，就像门外的蛙声、天上的星星，听得见抓不住，看得到摸不着。没有哪只青蛙专门为她鸣叫，没有哪颗星星，特地为她闪光。最终，家里的油盐柴米还得靠她自己谋划。想着大好光阴，浪费在鸡羊猪狗、锄头镰刀上，小薇除了哭就是愤怒。好几回，她故意惹爸生气，硬起心肠出门打工去。然而每回走到半山腰，她又毅然提着包袱回来了。她放不下以泪洗面的老爸，放不下随时被大班同学打得鼻青脸肿的弟弟。现在，爸爸和弟弟就是她的命运，她不敢抗争，只能认命。

回家喂完猪食，伺候老爸吃过饭，天忽然放晴了。一时间，远山近岭青翠明朗，像刚刷完一层绿油漆。小薇把一碗剩饭装进口袋，喊声爸急匆匆出了门。农家姑娘出门进屋，背篼和刀具都是随身物品，没有空着手进出的。劳作之余，不是割一背篼猪草回家，就是砍一捆干柴进屋，这是规矩和习惯。

经过杜长明家时，毛子远远跑过来迎接。毛子是杜长明的看家狗，威猛硕大很是吓人。前年桃飘李飞时节，杜长明把三个单身汉儿子，全带去广东打工了，就剩下毛子看家。两年多来，尽管主人一次也没回来，但毛子却日夜守在大门口，从没到别家待过一夜。这期间，很多人用肉食引诱毛子，希望它能到自己家看屋。引诱不成，有的人就用绳子硬捆。吃饱肚子，获得自由后，毛子依然回到杜长明的串架房里。它整天趴在高石上，只要有人靠近，就竖起耳朵，发出严厉警告。就这样，靠熟人救济、靠山兔、田鼠，以及猪食充饥，毛子一直忠诚地趴在家门口，每天眼巴巴望着山路的尽头。小薇很同情毛子，每天出门，都给它带一碗剩饭过去。

杜长明家的七柱串架房，房上破了好几处，断木碎瓦落了一屋，霉臭味熏得小薇直发干呕。毛子饿极了，几大口吃完饭，摇着尾巴跟在小薇身后不愿离开。苏阿婆家的小黑狗，听见脚步声，穷凶极恶从南瓜地里冲出来。看小薇身后跟着毛子，它立即趴在地上摇起了尾巴。每回遇见小薇，毛子都要把小薇送出去很远才回家。每回见着毛子，小薇都要给它理毛看虱子。看它孤孤单单可怜巴巴，再想自己的处境，小薇忍不住就要流泪。

今天到苏阿婆家，一是兑现上次的承诺，帮老人家拆洗衣服被盖；二是想弄清老爸残废的真正原因。如果他果真是被张远山夫妇打残的，她就上门讨公道、悔婚，甚至报警，总之她不想过早结婚。

苏阿婆今年92岁，除头发全白，牙齿脱落外，瘦小的身子再看不出有啥病。她独自生活在两间小木房里，抽空还要去邻院，照顾卧病在床的儿媳胡大珍。阿婆的儿子早逝，两个孙子讨不着媳妇，全都在外面鬼混。

胡大珍患的是子宫癌，没病之前，她花枝招展，不是与宋香兰比漂亮，就是和苏阿婆吵架，把儿子讨不到媳妇的罪恶，全算到婆婆头上。查出癌症后，她像一棵被挖断根的杉树，十多天时间就枯萎得不像人形。前两个月，她还能下地走动，现在就连屎尿都只能躺着解决了。孙子们躲在外面，苏阿婆无奈，只好把胡大珍的床打个洞，下面放个便盆。每天送饭时，顺便给她倒一次大小便。

小薇推门而入时，苏阿婆正给儿媳擦身子。阿婆说："小薇，快过来帮忙，我力气小翻不动她。"小薇忍着一屋子的恶臭味，跑过去扶住胡大珍的后背，待阿婆拧干毛巾，小心擦完胡大珍的前胸和双胯，才把她放平拉直。看胡大珍瘦得像个鬼，背上、屁股上全是发炎感染的睡疮，小薇虽恶心，但极力忍住没有发呕。童年时，胡大珍是她的偶像，高大洁白、能干漂亮，现在对方丑得像个魔鬼，她恍兮惚兮，有点时空穿越的感觉。

回到自己的小屋，苏阿婆坐在门槛上，喘了好半天气说："老了不中用了。小薇，你年纪小没经事，凡事都得自己考虑，要把路看远点。"

拆被盖时，阿婆磨磨蹭蹭在红木衣柜里翻了半天，终于找着一个以前做针线活时，常用的顶针。她叹口气对小薇说："阿婆以前的刺绣手艺远近闻名，连熊县长的小老婆都甘拜下风。现在这门手艺传不下去了，这颗顶针是纯金的，送给你做个留念吧。"

小薇接过顶针好奇地看了又看，依依不舍还给了阿婆。她说："阿婆，这颗顶针，听说是你刺绣比赛获得的奖品。这么贵重的东西我不敢要，您还是留给苏灿吧。"苏灿是阿婆最小的孙子，以前阿婆总在小薇面前夸他，很有将她娶为孙媳妇的意思。她不要顶针，一是觉得无缘无故，不能接受这么贵重的礼物；二是怕对方把话挑明。对苏灿，她没有爱的感觉，对张二娃，她同样没有那种激情。爱恋、结婚这些概念，在她脑海里一片模糊，她不去想，也不敢想。

"别提我那些败家子了，今天给他，说不定明天就卖了喝酒。苏家的香火断了，留着还有啥意思，不如送给有缘人。"苏阿婆越说越激动，最后竟然放声哭了起来。

小薇说了好几个笑话，才转移阿婆的情绪。趁阿婆开心，她故意将话题往老爸身上引：

"阿婆，我爸小时候是不是很讨厌，他干过坏事、傻事没有？"

阿婆把半包洗衣粉倒进木盆，转头看着小薇说："你爸小时候和你一样逗人喜爱。他是野猪坪人品最好、最能吃亏、最受尊敬的人，可惜好人没好报！"

小薇把被单铺在门板上，一边用刷子狠刷，一边可怜兮兮说："阿婆，求你再给我说一遍，我爸受伤的事好吗？"

苏阿婆一瓢一瓢、慢悠悠从缸里舀水清衣服，装作没听见小薇的话。阳光从屋顶的破洞金灿灿泼下来，小屋的每个角落顿时明亮透彻，连平时看不见的尘屑，此刻也超清得可以触摸。

"小薇啊，你说这世道究竟是咋了？以前，野猪坪从没人得怪病，没人随便荒废田地，更没人敢坑蒙拐骗。现在大片田土荒废不说，精精干干的人，只要染上癌什么症，就躺着等死。这些事难道上面不知，怎么就没人来管管？"阿婆心里有气，话没说完就咳得直不起腰。

小薇把阿婆的棉衣提到竹竿下，一手托住，一手快速铺展。看竹竿弯曲，她俯下腰，双手抓住袖口、衣领，麻花似的拧出好一摊水。回身放下木盆，小薇赶快给阿婆捶背，老人家不咳了她才说话：

"阿婆，癌症是目前全世界都医不好的病，主要是环境污染，长期大量使用化肥、农药和除草剂造成的。"

看阿婆起身时，一大截被单拖在地上，小薇赶快接住。她拉过竹椅让阿婆坐下，重新淘洗一遍被单，熟练地晾到了另一根竹竿上。

"化肥、农药、除草剂和癌症有啥关系，现在离了这三样东西，庄稼就种不出来。照你说，既然是害人的东西，上面为啥不制止，还大量生产呢？"阿婆说话不关风，张嘴就是满口牙床。

小薇怎么说，也解释不清楚阿婆的疑问。她很急，连问三次老爸受伤的经过，阿婆不是扔石头打狗，就是让小薇听斑鸠的鸣叫，给她讲自己当童养媳的故事。小薇不关心野猪坪那些陈芝麻烂谷子，只想弄清老爸伤残的原因。她鼓足勇气，抓住阿婆黑瘦干枯的双手，正要作最后努力，宋香兰忽然哈哈笑着不请自来了：

"哎呀，阿婆，你拆洗衣服被子怎么不喊我帮忙？屋檐挨屋檐，几十年的关系，你客气啥，小薇是孩子，什么都不会，啥都不懂，以后你就别麻烦她了。"

看宋香兰又是扫地，又是抱柴，看苏阿婆垂头不语，像个做错事的孩子，失望之余，小薇的心里突然升起一股疑虑。

六

暑假一到，孤寂落寞便惊慌逃遁。有弟弟妹妹搭手做家务，小薇感觉整个身心，一下飘逸轻松了许多。

常学春考了双百分，名列全年级第一。这一缕顽强扎破云层的阳光，既让小薇看到了希望，又把笑容重新嵌在了她老爸脸上。学春很勤奋，每天早晚都要看书算题，和二姐上山放羊，也不忘带上课外书。为让弟弟专心学习，二姐小娥主动承担放羊任务。她让弟弟在家预习五年级课本，不懂的地方，晚上和姐姐小薇轮流辅导。常学春很聪明，一看例题就能举一反三，几乎没让姐姐们操啥心。

小娥比小薇小两岁，十三岁多一点，个头就有一米五八，只比小薇矮半个头。她每天早上出门，到后山放羊，下午或砍一捆柴回家，或割一筐猪草进屋，还争着和姐姐做饭炒菜。看儿女们懂事能干，小薇爸破天荒哼起了山歌。他一改躺在床上叹气的习惯，每天夹着拐棍沿屋子艰难游走。

这期间，宋香兰和张二娃，便成了常客。张二娃一进门，就缠住小薇天南海北闲侃。他在李乡长儿子的公司当保安，乱七八糟的事知道不少，经常说得常小娥一脸羡慕。为讨小薇欢喜，张二娃每回都提两瓶酒上门，还给常学春买假期作业。他拍着胸口说："小弟，只要你学得进去，哥一定把你供出头。"对张二娃，小薇来不相迎去不送，不得罪也不亲近他，更不跟他一起看月亮、走夜路。其实，内心深处，她很渴望爱情，很想有个白马王子为她分忧解难。当然，这个人明显不是张二娃，而是她以前的同学。这个人时而在天边，间或在梦里，既熟悉又陌生，让她愁肠百结，让她切肤怀想。这种又酸又甜、没缭没绕、无花无果的单相思，实在折磨人。

宋香兰过来，除了给小薇带新衣服，就是提块肉亲自煎炒。每次来，她都要搔首弄姿和小薇爸窃窃私语，那情形相当暧昧。她每次走，小薇爸都要艰难起身，眼巴巴相送。直到看不见窈窕的背影，他才回过头教育儿女们，以后千万记住二婶的好。

有妹妹顶替家务，小薇就有了串门学艺的机会。她的目光扎人也养人，你善良，它也亲切，你是青山，它就是倒映你的一泓湖水。迎面碰着刘大忠，小薇嘴里刘叔叔叫得很亲热，眼光却如剑，刺得对方左躲右闪仓皇逃离。这是小薇的自保术，自认自己是一朵带刺的野蔷薇后，对刘大忠这样，对其他单身汉也是如此。你给我一朵花，我还你一株兰，人不犯我我不犯人。

盛夏时节，整个山野一片墨绿。苞谷挂红，稻苗怀胎，前些年砍树、采矿留下的疮癞，也被野草抚平，放眼一看，到处生机勃勃丰收在望。这期间，除了给毛子送饭，向苏阿婆学习刺绣手艺，空闲之余，小薇就去常四爷家听故事。四爷家原是一个雕窗画壁的大宅院，由于儿子们分家把房子割成几大块。为赶潮流，二儿子和三儿子又拆除木房修砖房，弄得整个院子不伦不类，极不入眼。

儿媳们私奔后，四爷再不教训人，也不出门凑热闹，整天在家写《野猪坪记》。他告诉小薇，说常家人是名将常遇春的后裔。明朝末年，先祖怀英公，为躲避仇家追杀，和十几位结义弟兄，千里迢迢到野猪坪定居。两三百年来，不管官兵镇压、土匪烧杀、瘟疫横行，人们都顽强地繁衍生息。四爷很悲怆，很无奈，他说现在日子太平了，科技发达了，大家的生命和繁衍，却反而受到空前威胁。

小薇恭敬地接过手抄本，好奇地一篇篇阅读。四爷的字工整苍劲好看好认。语言半文半白也易懂：哪年常氏先祖率众大破清军围剿；哪年土匪入侵，被坪上人家打得抱头鼠窜；哪年大雪封山，冻死几只老虎豹子；哪年粮食饥荒，饿死多少人，全都记得清清楚楚。最后，竟然把前些年，朱玉树勾结官员疯狂砍树、采矿，张县长下令掀掉民居，虚报谎报地震灾情，目前妇女们抛家私奔，单身汉和癌症病患者骤然增多等等事情，也原原本本记了下来。

"小薇啊，你虽是女娃，却是常家的后人。这几本家谱及《野猪坪记》，我死后，由你保管，并接着记录以后的大事，务必把它一代代传下去。"

四爷说完话摘下眼镜，惊奇地打量小薇。看她眼波中那泓秋水，能倒映层峦叠嶂，能涤荡凡思邪念。看她的一颦一笑、一举一动，有一种与生俱来的娴雅，让人赏心悦目。暗想这孩子在张家一定待不久，将来一定会飞出野猪坪。

小薇对陈年旧事不太感兴趣，为哄四爷开心，她勉强点了两下头。了却心愿，四爷突然来了精神。他把小薇带进书房，告诉她哪把椅子是檀木，哪张书桌是金丝楠，哪块木雕是黄花梨。四爷反复说这些东西都是老祖宗留下的，他死之前，如果孙子们仍然无作为，他就派人送到小薇家。四爷叮嘱小薇精心保护和传承这些宝贝，不准卖钱更不准随便送人。

小薇走到书架前，随手拿本唐伯虎《落花诗》翻开，读到"万点落花俱是恨，一杯明月即忘贫"时，眼里突然充满了泪水，感觉这两句诗是专门给她写的。小薇求四爷教她写诗，四爷摇头说，这个太难，讲究太多。读了一段时间唐诗宋词后，小薇越发有兴趣，天天来四爷家，四爷被缠不过，终于高兴地点了头。他耐心讲，五言、七言、律诗、绝句、平起式、仄起式。讲如何立意，如何对仗，如何辨别古四声和现代四声，哪些字是入声字，怎样起承转合，怎样掌握孤平拗救。爷孙俩越处越投机，在四爷的熏陶下，小薇天天读诗练毛笔字，每天都是晚蝉四鸣、夕阳残照才回家。处暑日，大雨过后，小薇看着田野，突然脱口吟出"雨过禾浪漫，客来路芬芳"诗句，四爷闻言吃惊不小，他扔掉毛笔高兴地说："以柳为态，以玉为骨，以秋水为神，以诗词为心，小薇啊，继续努力，你就是现代李清照。"

胡大珍终于落气了，死时手里紧紧攥着一对翡翠镯子。孙子们失去联系，苏阿婆哭天不应，只好求四爷主持丧礼。四爷虽爽口答应，心里却暗暗叫苦。胡大珍既无寿棺，又没粮食和钱，她的儿子常年在外鬼混，谁家有事都不帮忙送人情，这还真令他为难。

首先不听安排的是宋香兰，以前四爷令她给死者穿寿衣、号丧，她二话不说就行动。今天，她一身红衣白裤，嘴上还涂着口红，四爷喊了三遍也不动，远远叉腰站住，一副看热闹的架势。其次是刘大忠一伙人，他们双眼望天，全都抱着手臂抽闷烟。再就是闻讯赶来的几个中年女人，她们蹲在田埂上，嘴里叽叽喳喳，争着数落胡大珍，说她蛮横泼辣，说她教子无方。

　　看苏阿婆长跪不起，看众人幸灾乐祸，小薇再也忍不住了。她扶起阿婆愤怒地说："阿婆，别求这些势利眼了，走，你教我怎样穿寿衣。"

　　小薇一动，宋香兰脸上的矜持就挂不住了。她红着脸拴上围裙，捂着鼻子走进了屋。她一动，刘大忠等人也磨磨蹭蹭上前，跟着阿婆去小木房抬棺材。

　　"大忠，阿婆的寿棺不能动，得给老人家留着，你马上带人到我家背粮食，顺便把我那副寿棺抬过来。"四爷边说话边贴挽联。

　　阿婆不依，她哭着说："四爷，千万不可，我断送了苏家香火，活该没有棺材。"四爷扶住阿婆，动情地说："老嫂子，你就别和我争了，我比你年轻十多岁，还有几寸光阴。要说断送香火，我和你一样，今后都无脸见先人。"

　　宋香兰起先一直皱眉缩手怕脏，及见胡大珍捧着一对玉镯，眼里立即射出吓人光芒。她使劲掰开对方的手指，小心取出玉镯，从衣兜里摸出纸巾，怜爱地擦拭。宋香兰把玉镯举到窗前，偏头眯眼反复看成色，又握在掌心掂分量。她自己揣一只进裤兜，硬塞一只给小薇。小薇不接，眼光定定地看着宋香兰。宋香兰把食指竖在唇边嘘一声，神秘地说，小薇，别声张，这是野猪坪的规矩。大凡儿女不在身边的人，死前都要把钱财和宝贝捧在手里。谁给他净身穿衣，这些东西就归谁。

　　小薇余怒未消，以前她很崇拜宋香兰，今天突然小瞧甚至厌恶她。她板着脸一言不发，低头把胡大珍周身清理干净，与宋香兰合力把尸体抬到门板上放平。穿完寿衣，抹下胡大珍圆睁的双眼，小薇看宋香兰要走，急忙上前拦住她说："二婶，别人的东西我们不能要，苏阿婆那么可怜，还是把镯子还给她吧。"

　　宋香兰一愣，再一次红了脸，破天荒在小薇面前失态。她语无伦次说着对头、应该的话，反手接过小薇递来的玉镯，像做了贼似的，低着头出门，哆嗦着把两只镯子交给了苏阿婆。

　　一阵稻香，驱散了院子里的浊气。猛然回头，宋香兰惊奇地发现，小薇又长高了许多。

七

　　白露刚过，山上的气候便开始恶寒。阴雨连绵浓雾封山，太阳像个逃犯，十天半月见不着踪影，偶尔露头，很快又被黑云捕获。

　　秋收遇不着好天气，是最令人揪心的。苞谷发霉谷子生秧，进屋一身水，出门两脚泥，脾气再好的人，也会生出无名火。趁着难得的阳光，小薇赶忙把潮湿的谷子，背上房顶摊晒。这段时间抢收庄稼，她忙得几乎没洗头换衣服，整天赤着双脚满坡乱走，被碎玻璃扎破了脚板也不管不顾。尽管劳累，小薇却怡然，因为自己收回的，是没被农药、除草剂污染的庄稼。其他人家虽然大获丰收，小薇一点不羡慕。她觉得，那些人背回的不是粮食，而是被农药、除草剂污染了的慢性毒药。

晒完谷子，小薇又把几百个玉米棒子，密密麻麻挂在通风避雨的竹竿上。她清扫完院坝里的瘪谷、玉米壳，给毛子带上饭，喊声爸，外面滑不要出门，背起背篼就上坡。兰草垭有一片米豆未收，趁着天晴，她得赶快过去。米豆是冬天和着粉条炖腊猪脚的好原料，憧憬年关一家人围着火塘、鼎锅，大快朵颐的幸福情景，小薇突然澎湃起一股激情，觉得自己牺牲付出得值。因为，弟弟的学习成绩一直名列前茅，妹妹上初中后，也比以前成熟、懂事了许多。

收割后的田野，像一只被拔毛的母鸡，遍体鳞伤非常难看。见竹林下、溪沟边，全是白花花、散发着奇臭的生活垃圾，小薇美好的心情，立即变得忧郁绝望。想着和四爷一起，多次动员大家焚烧、掩埋垃圾，都无效果，小薇很悲凉。她感觉全社、全乡、全世界的人都在自我毁灭。她不知人们啥时候才睡醒，好想回到山清水秀、民风很淳朴的远古。

常伍和周庄正在掰苞谷，林三姑死后，常伍就搬过来与周庄一同吃住。为了给周大娃重新娶媳妇，常伍含泪卖掉了祖上遗留的木屋。卖房时，四爷揪住常伍的耳朵大骂败家子，说他的房子是祖宗留下的宝贝。里面的楹柱、房梁、雕板多是花梨、酸枝和金丝楠木，怎么就被一收藏商的二十万现金，轻易打瞎了眼睛！常伍虽任由四叔大骂，还是咬牙卖了祖屋。他和林三姑结了对子，就要履行老公和爹的责任，就不能眼睁睁看周大娃打单身。当然这样做是有条件的，以后，周大娃的第二个孩子，不管男女都得姓常。

"小薇，你过来，叔给你说个事。"

常伍把一小口袋苞谷抱到周庄背篼上，叫声哥让他先走。周庄不干，他动情地说："兄弟，你太累了，把那袋重的给我。"常伍不依，他说："你是哥，重活哪能让你干，我年轻，有的是力气。"小薇上前看叔身边横着一大麻袋苞谷棒子，又见他瘦骨嶙峋，衣服裤子破了好几个洞，便怜惜地叫叔晚上把衣服送过来，她帮忙清洗缝补。她不明白叔，把一身力气、所有家财，全部奉献给周家，到底图啥，难道结对子真有魔法？常伍前后左右看，确认周围无人，才压低声音叫小薇关注妹妹的情况。他悲怆地说，上周末，他上山砍柴，亲眼见小娥跟着刘大忠，从蕨草里钻出来。

这无疑是个晴天霹雳，小薇一下午脑海里都波翻浪涌，都在不断肯定和否定。她不信妹妹会自愿跟着刘大忠钻草丛，更不信她受了欺负，会一声不吭。然而回忆暑假以来，妹妹的一些反常情况，以及来历不明的衣服、手机，小薇断定，五叔没说谎，小娥多半被刘大忠这个恶徒糟蹋了。

好不容易熬到周五，看妹妹高高兴兴和弟弟回家，若无其事做家务，小薇再次否定了先前的判断，悬了多日的心，终于缓缓放下。晚上，小娥抢着给毛子送饭，她说："姐，这段时间你太累，就在家给弟弟检查作业吧。"小薇确实很累，确实不想再走杜长明家那条烂路，于是便把饭口袋递给了妹妹。

妹妹走后不久，一股疑虑突然涌上小薇心头：以往妹妹最怕晚上出门，今儿个是怎么了？为防万一，她穿上水靴，顺手拿根棍子出门上了路。明月在天，树荫在地，看远山薄雾缥缈，听近处蟋蟀嘶鸣，再看自己裹满泥巴的衣裤，小薇忍不住笑出了声。她感觉此时，自己就是金庸笔下的丐帮帮主。

沿途没遇着妹妹，毛子听见脚步声，远远摇着尾巴跑过来。见小薇在房子周围查看，毛子似乎知道她找什么。它嘴里嘶嘶的，不断用头挨擦小薇的双脚，然后径直朝田埂边的谷草堆跑。小薇相信毛子的机敏和灵性，她轻手轻脚，借竹林的掩护走上前，果见草堆里，有两个人影在晃动。凭体型，她断定这二人就是妹妹和刘大忠。这一下，小薇气急了，她来不及想任何问题，猛然上前抢起棍子，对准刘大忠的光头，砰砰就是两下。

果真是刘大忠，这家伙反应奇快，他偏头躲开第二棍，站起身提着裤子就跑。小薇嘴里骂着绝人种的畜生，挥起棍子直追。毛子见状，斜刺里冲出，一口咬伤刘大忠左腿。刘大忠蛮横，挣脱撕咬拖着伤腿，一溜烟跑进了竹林。

小娥吓得浑身发抖，她先咬着嘴唇，任姐姐打骂一言不发，后见姐姐气得掏出手机，要给班主任老师打电话，才哇一声哭着道出实情。原来，暑假上山放羊时，她就被刘大忠强暴了。事后，对方给了她一百元钱，威胁她不准声张、以后也不准拒绝他。如果敢泄露半个字，他就打断常学春的腿。

听完妹妹的哭诉，小薇懵了。她感觉山是别人的山，月是别人的月。没有一块云是自己的天，没有一寸土是自己的地。小薇不存在，小娥不存在，刚才的一切既是梦幻，又是电视剧中的某个情节。

月明如镜，心痛如割，姐妹二人抱膝坐在清冷的菊香中，各自沉默、思索了好久，才长叹一口气回到现实。小薇很难受，感觉有一团怒火在焚烧心肺，有无数枚钢针在猛扎肝胆。既然这世道不让弱者生存，那就以牙还牙、大家都拼着性命不要。她要报复，要砍人，要刘大忠头破血流付出惨重代价。

"姐，求你不要把这事告诉爸爸和老师，更不要报警，我要脸面，我要继续读书，我要走出野猪坪。"

冷静下来后，小薇非常为难，面对妹妹的哀告，面对目前的家境，她的意志有些动摇：如果和刘大忠硬拼，自己显然不是对手，搞不好还会步妹妹的后尘。如果报警，此事传开，妹妹一生的前途，就毁在自己手里了。然而就这样放过刘大忠，她又不甘心，又咽不下这口恶气。不让他知道厉害，这畜生一定会得寸进尺，一定还会伤害更多无辜者。

想来想去，小薇突然想到了张二娃。经过商量，姐妹俩决定，由张二娃出面，暗中请人找其他借口，好好收拾刘大忠一顿。一定要把这家伙打得落花流水，永远不敢再伤害人。

张二娃接到小薇的电话，第三天从县城火速赶回来了。他火辣辣看着小薇，问她为啥这么恨刘大忠，到底出了什么事？小薇咬着嘴唇很不耐烦，她扬眉说爸是刘大忠推下山摔残的，你只管按我的意思去做。如果这事办不好，年底就休想和我结婚。张二娃听小薇说愿意结婚，兴奋得直拍胸口下保证。看小薇的腰肢，如微风中的嫩柳，荡漾着盎然春意。他一阵冲动，忍不住抚着她肩膀，顺势就朝腰部搂。小薇转个圈，张二娃两只手顿然虚空。小薇抛个媚眼娇嗔说，公共场合，注意形象。张二娃本来懊恼，闻言又心花怒放，即刻打电话，约哥弟们喝酒商量计划。看对方豪气冲天，小薇突然有种找到依靠的感觉。尽管这依靠如冰山、如嫩竹笋、如镜花水月，但她心里还是漾流着幸福。危难时刻，有人愿意两肋插刀，任何人都会心生感激，永远记住这份情。

事与愿违，由于刘大忠上街，被一群染红头发、文青龙的二杆子围殴时，吓得首先报警。由于接受问讯时，刘大忠说漏了嘴，半月后，小薇和小娥，便被同时请进了派出所。

案情很快惊动了公安局和检察院。开初，王法官认为小娥收了刘大忠的钱，此案属于嫖宿幼女。由于徐检察官严重抗议，并提供了刘大忠威逼、恐吓小娥的诸多证据，最终，县法院以强奸幼女罪，对刘大忠进行了严惩。

八

妈妈回乡接走妹妹小娥后，小薇卖掉山羊和猪，把老爸和毛子托付给四爷，毅然到县城打工去了。

妹妹这件事，对她的打击和触动都很大。软弱被人欺，自立自强才是出路，她不再认命，决定出去闯一闯。爸爸支持小薇的决定，他哭着说，是自己软弱酿成的恶果，是他害了妻子和女儿。他叫小薇不要担心，简单生活他能自理，好好争气闯出个名堂。

树欲静而风不止，半年后，小薇垂头丧气回来了。由于没有身份证，进不了正规酒店。由于黑店老板起歪心，由于弟弟又被几个烂仔纠缠，导致成绩下滑，最终，她没走出野猪坪，被迫回来，和张二娃办了喜事。小薇记张二娃的情，说过的话要兑现。何况，痛打刘大忠时，张二娃既没出卖小薇，又因聚众斗殴被拘留了半个月。

过门之初，宋香兰什么活都不让小薇干。送她进城陪张二娃，还主动替她照顾爸。小薇在城里待不住，在家也闲不住。既然成了一家人，还偷懒耍啥心计？出于本能，她啥活都抢着干。这样一来，宋香兰的本性就慢慢露出来了，从主厨到帮厨，渐渐连厨房也不进了。小薇不怨，一切收拾得井井有条，还给张三娃、张四姑洗衣服。

次年夏天，小薇生了个胖小子。有了孙儿后，宋香兰再不把小薇当宝贝，她一改以往的谦和贤惠，整天颐指气使。小薇刚坐完月子，就接到了一切家务和农活。此后，宋香兰不是躲在三楼卧室里，等着吃现成饭，就是跑到大女儿家，十天半月不回来。女婿刘文书冒领低保金、吃拿卡压被抓后，宋香兰就成了十足的怨妇。小薇回家照顾爸，她限定时间，上街买东西，她控制经济。起床迟了，电视看久了，她就扯鸡骂狗，什么脏话都往小薇身上泼。

忍无可忍时，小薇就拿儿子出气，不是扔在床上半天不管，就是又揪又掐又骂。对这个经常感冒、长期哭闹的小家伙，她一点感情没有，更没有当妈妈的喜悦。现在，她不想当妈，只想当姐，儿子是自己还给张家的债，弟弟常学春才是倾情的牵挂和希望。现在，欠张家的债务，终于还清了，她准备开年后，就走出野猪坪。她要挣钱供弟弟读重点中学、重点大学。常家人不是孬种，自己没实现的愿望，一定要在弟弟身上实现。

儿子三个月大，小薇就坚决断奶，将其丢到宋香兰怀里。她要保持身材，再不想这样过了。宋香兰不干，虎着脸把小家伙硬塞回来。小薇不理，惹急了干脆出门不回家。一天，宋香兰站在阳台上，指着院子里的母鸡，阴阳怪气骂道：

"你这个骚货，天天出门找野公鸡，看老娘哪天把你扒光示众。"

小薇知道对方转着弯骂自己。她把张四姑叫出屋子，高声说："四姑娘，你妈刚才指着母鸡，骂你呢。"四姑娘正被作业难住，仰头没好气地说："妈，你更年期到了吗？神经病。"宋香兰看小薇眼中射出两支利箭，脸一红，抱着孙儿逃之夭夭。小薇不饶，追上楼继续发挥，她嘴里没一句脏话，但字字如针，扎得宋香兰五脏淌血。以往，她是水，宋香兰是瓢，对方怎么舀她也不敢撒泼。现在她是被冷酷生活冻成的冰，只要对方触碰到锋芒，她便寒光暴射冷气纵横。

每次下雪，张二娃都从城里带几个文身小子上山，拍照、划拳喝酒。玩够、疯够，骑上摩托车一溜烟下山，完全不顾小薇的感受。往年下雪，小薇异常兴奋。看满山粉妆玉饰，看冰凌把树木打扮成遍身珠玉的新娘，看屋檐上越垂越长的冰笋，她的心就莫名萌动，就悄悄遐想梦中的白马王子。那时候，她感觉雪是圣洁的天使，是野猪坪的美容膏，是她冰清玉洁的未来，是一生的心灵寄托。而今，她对雪一点没好感，甚至有些厌恶，觉得这东西经不住时间考验，受不了热捧。光鲜的外表下，掩藏着诸多丑陋、狰狞和无奈，既像蒸不得、留不住、靠不了的张二娃，又像阴冷虚伪的宋香兰。

落雪是山里人家围在火塘边，话桑麻、谈古今、唱山歌、吃粉条炖猪脚、喝苞谷酒、结对子增进感情的日子。往年冬天，按传统，人们得把冬土翻挖完毕，让霜雪酥个透心凉。这样来年才好耕种，庄稼收成才好。自从有了农耕机和除草剂后，再没人挖土犁田，耕牛失业后，全部沦为肉牛被宰杀。懒惰的人们，不是围在火塘边斗地主，就是躺在火炕上看电视。没人检查、修理锄头犁耙，没人为来年收成操心。

除了回家照顾爸，一有时间，小薇就到四爷和苏阿婆家学艺。除去心魔，摆脱枷锁，小薇对美好生活又充满了憧憬，不但思想慢慢成熟，而且身体凹凸有致曲线玲珑。花染树熏的生长环境，爬坡下坎练就的健美肌肤，阿婆和四爷联合调教出的品德，终于将她打造成了风姿秀逸的美人。珍珠般的贝齿，既像梨花又像桃的脸庞，丰腴多姿、柔滑无骨的美腹，一点看不出曾生育孩子的迹象。

人逢喜事精神爽，自从得知几个孙子在浙江，合力开了家印染厂，且全部娶妻怀子的消息后，四爷像仲夏的老榕树，几天工夫就发芽长叶，返老还童了。他一改先前的萎靡，挨家上门规范思想行为，逢人就说野猪坪的辉煌故事。他鼓励小薇，打破结对子陋习，勇敢走出野猪坪。看小薇感动，四爷越发来劲，他挥着手说："野猪坪的人爱国爱家勤劳朴实。是大雪后的高山，是雷打不死的蚂蚱，是火烧不尽的野草。不管世道多艰难，环境多恶劣，只要头上还有一缕阳光，身边还有一碗清水，脚下还有一方净土，就能落地生根，就能开花结果，就能顶天立地。"

苏阿婆的两个孙子依然没有消息。小薇上门时，老人家正在火塘边念佛，为孙子们祈祷。近来，阿婆经常喊冷，为防意外，小薇每天都过来给老人家开关电热毯、虚心向她学刺绣。阿婆的绣艺属湘绣，是老祖宗湖广填川时带过来的。阿婆很耐心，怎样设计图案，错针、乱针的特点，网绣、满地绣的区别，如何锁丝、纳丝、洒线、挑花，说得浅显易懂。看小薇蕙质兰心，天资聪颖，阿婆就将珍藏几十年的《湘绣图谱》送给了她。前几天，四爷的长孙常学文，打电话给小薇，说她寄去的刺绣作品，已设计成图案，印在了窗帘、衣裙等面料上，目前销路很好。他恳请小薇开年就去浙江帮忙，兄妹几个大干他几场。小薇二话不说就答应了堂兄的邀请，想着即将与阿婆分手，她眼圈湿湿的心里很难受。

"小薇，阿婆熬不过冬天了，这几样东西，你一定要收好。"

阿婆手持青竹竿一手拨柴火，一手把红布小包递给小薇。小薇知道里面包着金顶针和翡翠镯子，这是她拒绝了两三次的东西，她当然不要：

"阿婆，有你的刺绣手艺，我太知足了，这些宝贝来之不易，我不敢要，只求您告诉我，我爸受伤残废的真相。"

小薇给阿婆拍去身上的柴灰，从鼎锅里舀半碗炖得烂熟的米豆，双手递给阿婆。苏阿婆眯着眼睛，一边躲避熏人的柴烟，一边嘘着气低头吃东西。她喝两口汤，抬头数落道：

"傻丫头，这东西可是古董，有人使尽法子要，我都没给。它早晚是你的，现在我当你面放在柱洞里，我死后，你千万要拿走。"

阿婆颤巍巍起身，把红布包，放进房柱的破洞。盖上碎瓦、木片、柴火，她依然回坐在木凳上闭目吃东西，那神情，很是淡定。吃完东西，阿婆反手放好碗筷，终于打破沉默，把那晚张远山骂小薇爸的话，把后来宋香兰上门威胁，不准她乱说，不准她接触小薇的事，全部说了出来。阿婆从火塘里夹个洋芋，在地上磕两下，捧在俩手心来回抛，直到热气散得差不多了，才笑眯眯递给小薇。阿婆说："快入土的人，死都不怕，再不怕恐吓了。"

尽管有心理准备，但小薇还是天旋地转，感觉时间凝固。她不知自己是怎样走出阿婆家的，一路上都纠结在与宋香兰的恩怨中。她感激宋香兰以往的恩惠，又痛恨她两面三刀的阴险行为。如果等会儿她能给个说法，能认错道歉，小薇打算翻过这篇书，毕竟事情过了那么久，毕竟老爸收了张家的钱。

刚进院门就听到了宋香兰的哭声："远山啊，你查出癌症，怎么瞒我这么久，现在女婿进了监狱，二娃又不争气，没了你，我和三娃、四姑娘，还有小孙儿如何过日子？"

小薇闻言一惊，满腔的怒火，被迎头浇了盆冷水，一下灭了大半。她蹑手蹑脚走上三楼，透过窗缝，见张远山大字型躺在床上叹气，宋香兰坐在老公身边抹眼泪，儿子侧卧在小床上吮空奶瓶。为弄清情况，她把身子贴在墙上，一声不吭，继续偷听屋里的谈话。过了许久，只听张远山翻身响咳两下，哀哀道：

"香兰，天要收你，没人躲得过，便宜占多了，早晚是要还回去的。我说不要冒领刘禄、常伍等人的低保金，你不干，还和我大吵。我说不要打小薇的主意，你不依。你不但背着我，把小薇爸骗到家鬼混，导致人家残废，而且还出钱请烂仔殴打小薇的弟弟。现在老天降罪惩罚，我不怨你，但你也该清醒了。"

原来如此，得知真相后，小薇惊呆了，刚平息的怒火，呼一下又从脚底窜了上来。她本想立即冲进屋，狠狠给宋香兰几耳光，转念一想又努力沉静。她不相信宋香兰有这么坏，她期待着对方的辩解。

"你这没良心的家伙，那些事当时你点头同意了的，怎么全推给我。我做这一切，都是为了张家的兴旺，都是为了给老张家传承香火。你想，如不把小薇爸骗到家搞到手，他说什么也不让小薇辍学。小薇一旦初中毕业考上高中，我们还能控制住她吗？那晚，我没想伤害小薇爸，是他觉得做了亏心事没脸见你，慌乱中自己从楼上跳下去摔残的。谁叫你把犁铧放在窗下？谁叫你回来得那么早？还有就是小薇弟弟，我不请人敲打他，小薇能软下心肠放弃打工念头，能乖乖从县城回来给你当儿媳？我为张家付出了这么多，你竟然说是报应……"

天啊，原来宋香兰真有这么坏。刹那间，小薇像个鼓满气的球，似乎马上就要爆炸了，爸爸的伤痛，弟弟的屈辱，自己的一切苦难，全都是这个坏女人的杰作，全都是为了传承香火。她再也忍不住了，因为柔软的心肠，顷刻间已被怒火煅打成了滴血快刀。整个身子犹如一颗发射的核弹头，逢佛斩佛，逢魔斩魔，已分不清我相人相。她要撕碎宋香兰的美梦，要挽三千流水，涤荡这些年的屈辱。要挟全宇宙的能量，令时光倒流，要让老爸重新英姿飒爽站在世人面前。

迷离中，小薇感觉自己不是推门而入，而是衣袂飘飘、挥剑闯入宋香兰魔阵的。手中抓住的不是自己的儿子，而是大魔头宋香兰的软肋。看大魔头被自己一脚踢翻，且跪地求饶，她意气风发心旷神怡，再一次品尝到了胜利的喜悦。

"咯咯咯……"

一串婴儿的娇笑声，如醍醐灌顶，如利刃剜心，如春阳解冻，如天风海雨洗面，瞬间把小薇从时空隧道里拉了出来。她愣神呆了几秒钟，猛然放下高高举起的双手，把一脸笑意的儿子放回了小床。小薇看一眼面容扭曲目瞪口呆的宋香兰，啐她一脸口水，回身走进自己的卧室，收拾好东西，拿上身份证，头也不回毅然离开了张家院子。她记不清刚才做了些啥，骂了些什么，只感觉恩情和仇恨在殊死较量，人性与兽性在拼命搏杀，如不是儿子以为妈妈逗他玩，如不是那串摧枯拉朽，横扫一切邪念的娇笑声，她真不知接下来会发生什么事。

走下半山腰，一树蜡梅冲破冰雪包裹，正凌寒怒放。奇香中，小薇透过娉婷疏影，忽然感受到了一缕天外春潮。她吟着"愿将冷酷化春光"的诗句，翘起兰花指，折一枝梅花横在鼻子边嗅嗅，超然一笑，走几步又将其扔在无声融化的积雪中。

花飘仙界诸天雨

1.凌波仙子

四周静得出奇，平湖中烟波浩渺，湖岸上花雨缤纷。

花之魂盘腿坐在万丈高岩上，在深层次的静态中，她一会儿将万树奇花之魄，凉幽幽吸进肺腑，化为灵气流遍七经八脉，一会儿又将百余里山川之灵秀，尽数纳入丹田。

湖静风愈静，静得能听见春从身上踏过的声音；山空心更空，空得能容纳四周的层岚烟树、飞瀑流泉。

这种空灵的境界，只有大自然的灵秀和自身潜藏的浩气，恰到好处的碰撞才能产生，这种天人合一的境界，在众多修仙者中，只有万分之一的人能进入。许多人苦苦追求到死也无缘相遇。

花静静地绽放，鸟翩翩地飞翔，透过迷离的水雾，花之魂突然看见了几百年前一个洛浦凌波的风姿。

这风姿，与自己的身材气质完全相似。淑气岚光中，五岳三山、九州四海，胡马西风塞北、杏花春雨江南的所有奇景，一下子都集中到了她的手掌中。

袅袅婷婷的梨蕊和桃瓣，彩蝶般飘到花之魂身上，那因柔曼和欣喜所旋出的斑斓光晕，使她飘香凝桂、吹气如兰。

她站在一位奇服旷世、丰神俊逸的书生身旁，愉悦地为他铺纸研墨。书生既像她的表兄林秀儒，又像她的师兄李傲俗，他一边摘星斗把玩，一边画桃花。每一笔都挟着风雷之声，每一树桃花，都夭夭灼灼灵动鲜艳气象万千。

"凌波子师妹，自古书剑本相通。这套春雨桃花剑法钟天地之灵，毓山川之秀，是十二位五气朝元、三阳聚顶的地仙，晋级考核天仙前，各自引以为豪的旷世奇招。我今天把十二位仙人的法力和剑谱融为一体，封存在这枚田黄石印章里，除了你之外，其他人没我的允许，不准靠近这枚奇石。"

书生说完话，一手执笔一手舞剑。仙山琼阁中，顿时烟雨迷蒙花雨缤纷剑气如虹：

"师妹，看好了，第一招春融万物，除了集聚天地精华，还必须具备悲天悯人、厚德载物的大我情怀。如果没有海纳百川的胸怀，修炼者瞬间就会像气球那样爆炸，继而灰飞烟灭。"

书生舞剑刚毕，他身边的仙女就嫣然笑着说话了：

"掌教师兄，自古奇珍异宝，都是有缘、有德、有智慧的人，才有资格拥有。凌波子这点资质，根本不配修炼'春雨桃花'，你就别费心了。第一招春融万物，都有这么多奥妙，那接下来的雨洗巫山、桃燃锦江，还有花飘仙界，岂不练到下个轮回？"

谈论间，天空忽然暗淡，四周黑云翻滚妖气纵横，一个怨毒的声音，突然无遮无掩破空而来：

"逍遥子，你和凌波子打情骂俏，不怕天尊知道吗？"

书生闻言一惊，他收住剑镇定地说："龙湖老怪，你不在湖里思过忏悔，竟然擅闯仙山，难道要逼我没收你的全部修为？"

话音未落，云层里猛然钻出一个面目狰狞、马面蛇身的怪物。怪物须发如针双目如电，他蠕动着身子狂怒地说："逍遥子，你好意思说这事，五百年前，如不是你从中作梗，我早修成正果位列仙班了，今天你乖乖交出田黄石印章，我俩的恩怨就此了结，否则我就到老君面前申冤，告你徇私舞弊残害生灵。"

"龙湖老怪，你别猖狂，我奉天尊及老君法旨，秉公考核你们这些散仙，每次都有天地神灵作证。你为了修成正果，无数次把绿洲变成荒漠，无数次散播瘟疫，让三界苍生蒙难，没收你部分修为，让你思过忏悔，已经最大限度开恩了。"

凌波子看逍遥子和龙湖老怪各自施展法术斗得星月无光，急忙手持宝剑上前帮忙：

"师兄，杀鸡焉用牛刀，让我来收拾这家伙。"

逍遥子挥笔挽个叿字法令，大喝一声疾，左手的宝剑顿时挟带着风雷之声，闪耀着日月光芒，嗖一声飞到空中，将四面八方飞来的法器打得东倒西歪，全部散落在亭台楼阁里。逍遥子侧目看一眼师妹，示意她全力保护封印后的田黄石印章。看师妹转身，逍遥子才朗声说话：

"扶桑老鬼，不要躲躲闪闪暗箭伤人，要报仇就光明正大一起上。"

凌波子知道扶桑老鬼的法力，更明白印章的重要性。倘若这件宝贝落到妖魔手中，那三界之中又要掀起一场浩劫。她掠回亭阁，抓起印章正要揣入怀中，忽然手臂一麻印章自动飞上了天空，抬眼一看，一个妖冶女人已抢先将印章抓到了手里。

凌波子大惊，她来不及拔剑，直接祭出师兄的砚台，把妖冶女人打得七孔冒气。逍遥子的修为已至金仙境界，他用过的每件神器，都蕴含五行六合、八卦九宫之仙力，区区一个修行数百年的妖姬，怎么挡得住凌波子摧枯拉朽的一击。

妖冶女人很强悍，虽受重伤，但印章却牢牢抓在手里，逍遥子见状反手扔出斗笔砰一声击中女人后背。女人猝不及防，一个踉跄栽倒，继而跌出仙境滚落人间。那枚令众妖垂涎疯抢的印章，脱手后在空中漂移一阵子，赶在女人之前，啵一声落到了一个波光粼粼纤尘不染的冰川堰塞湖中。

2.九天神曲

"啊!印章。"花之魂一声惊呼,一下子从太虚幻境中回到了现实。

她睁眼一看,刚才乘坐的小舟还在湖上荡漾。长湖仍躺在云雾缭绕的青山中。这时,红日将出未出,把烟树层峦涂抹得十分柔和静美。湖畔,万顷桃林千行垂柳。岸是红的、鹤是白的、山是青的、花是香的。看着田园萌发春潮时的生机,想着自己青春流转的激情,花之魂若有所悟:

我的法力和修为好像又上了一级台阶。难道我刚才走火入魔,难道我开了天眼?

正凝神运气准备再一次进入太虚幻境时,一串古琴声如丝如线,穿破耳鼓直入花之魂的心房。接着恩师紫霞真人浑厚的声音,贴着水皮湿漉漉传了过来:

"意守百会,气凝涌泉,刚才的一切都是梦幻泡影,遇仙诛仙,逢魔斩魔,万法归宗透体光明。"

琴音在远处不断临水而来,每一声都悦耳赏心,如银瓶乍破金玉相撞。绝色的景观美妙的音乐,强烈地震撼着花之魂的心灵。飘逸中,她猛然觉得自己的七经八脉里,有一股冰凉清澈的桃花水在流淌,初时浅浅深深渐渐澎澎湃湃,慢慢涌进心间注满丹田,最后化为一道粉红色的柔光,从眉心穴喷射而出直冲霄汉……

花之魂知道,人的天眼一旦打开,意味着马上就要进入天地人三才合一的最高境界。古往今来多少圣哲名贤殚精竭虑、皓首穷经甚至倾家荡产,都无缘与这种境界相遇,没想到自己无意中竟结上了仙缘。不过她也明白此刻千万不能着相,因为这一切都虚虚幻幻,必须遵循缘来即住、过去不留的修仙法则,以及无为的自然规律,才能达到无所不住无所不为的至臻化境。

想着刚才逍遥子画出的桃花,花之魂一下子心清如镜,体艳如花:原来剑法通画法,宝剑也同彩笔然。兴奋中,她长啸一声拔出宝剑冲天而起,时而骑鹤,时而踏花,时而翻江倒海搅起一湖剑气,时而又妙笔丹青,用剑尖饱蘸缤纷的落英,在天空中翩然画出树树鲜艳夺目的桃花,平时苦悟不透的雨洗巫山,此时竟行云流水使得出神入化。

雨洗巫山刚练完,正要继续练花飘仙界,梦幻般的琴声戛然而止,刚才花呼水啸的平湖瞬间恢复了宁静。花之魂诧异间,紫霞真人衣袂飘飘,御着清风来到了高石上:

"花飘仙界诸天雨,金吼霜林半夜钟。花之魂,你太幸运了,还不赶快给历代仙师叩头。"

"老师,刚才太神奇了,以前我无法控制这把剑,今天竟然气剑合一,太感谢您的音乐了,这是什么曲子,怎么有那么大的法力?"

紫霞真人鹤发童颜道骨仙风。他见花之魂急切想解开谜团,拈着胡须笑而不答,只管凝神观察天象,接着又在掌中屈指掐算。

花之魂身上有很多谜团，有些谜团真人能解，有些谜团他根本解不开。比如她的前生是谁，为什么紫霞峰数百名弟子都没有她幸运，她为啥能开天眼？这些玄机他就参不透。一月前，恩师凌虚道人托梦给紫霞真人，令他传授三招春雨桃花剑法给花之魂，紫霞真人不敢怠慢，即刻将花之魂领到凌霄阁，让她阅读旷世奇书，参悟最高级别的内功心法。

花之魂是五岁那年被父母送上山拜师修炼的，她拜师的原因是常年病痛缠身，父母多方求医无果，不得已才忍痛将她送上紫霞峰。花之魂上山那一夜，凌虚道人托梦给紫霞真人说，此女身世迷离仙缘颇深，令紫霞真人务必悉心引导，切莫落入邪魔外道之手。

十五年来，紫霞真人谨遵师命，既令师妹师弟们精心护理花之魂的生活，又常常给她开小灶，背着众人教她绝世武功。昨夜，恩师又托梦说，花之魂修炼期满，该到山下历练了。另外仙师逍遥子的印章遗落人间，已有数百年，封印即将到期。此印章关系着三界苍生的安宁。花之魂历练期间，务必为仙师寻回印章。由于担心花之魂完不成任务，紫霞真人刚才破例弹奏《九天神曲》，帮助花之魂打通了七经八脉。

"恩师，您是身体不适，还是有心事？我能为您分担吗？"

看爱徒关心自己，紫霞真人很欣慰。他盘腿坐下朗声说："我已超脱人仙进入地仙之境，过不多久就会像历代祖师那样羽化飞升了。你不必担心我，现在我给你说说春雨桃花剑和《九天神曲》的故事吧。"

说完春雨桃花剑和印章遗落人间的故事，紫霞真人扬手招来一只白鹤，在其身上画道符令将之放飞后，面色凝重地说：

"《九天神曲》原是夷人秘而不传的蛊惑音乐，始名《马湖天籁》。当年蛮王孟获之妻祝融夫人，曾以此曲大败蜀将魏延。后来，孟夫人为感丞相诸葛亮天恩，以此曲之原本敬献诸葛亮，诸葛亮看后，大慰平生，称为千古绝唱，精心修改并融入奇门生克之音、万物变幻之乐，改名《九天神曲》后，又全部还给了孟获的妻子。马谡言过其实拒谏失街亭后，诸葛亮兵穷将寡之时，突然想起《九天神曲》，遂设空城计，以一曲天籁之音吓退了司马懿数十万人马。诸葛亮死后，中原再也无人知晓此曲，千百年来，《九天神曲》在马湖江一带时隐时现，凡有缘闻听此曲的人，无不天眼顿开玄机顿悟，成为登峰造极的一代宗师。比如桃花岛黄药师的《碧海潮生曲》，就是从《九天神曲》里化出来的。总之《九天神曲》不仅能使你穿越时空，凌驾今古，看见自己灿然开放的本性，而且能唤醒愚者，激发潜能，使自己的浩气融入自然，进入天人合一的最高境界。"

"啊，太神奇了，老师，我能学弹这首曲子吗？"花之魂激动得春花生两颊，秋水凝双眸。

紫霞真人面色凝重，他看一会儿天，在掌中反复掐算后说："这是本门的最高机密，只有掌教者才能抚琴，让你听闻一遍，已经大大破例了。任何事情都有缘由，根据师尊法旨，你得下山历练几年。历练期间务必保护好林秀儒的安全，此人与我派渊源极深。刚才仙鹤报告，落雁宫和毒龙潭的弟子，已捷足先登找到了林秀儒，你即刻启程，务必将林秀儒和仙师逍遥子的印章带回紫霞峰。"

"老师，这么重大的任务，怎么不让大师兄李傲俗参与？"

紫霞真人有些不悦，他沉默一会儿和颜说道："大师兄有更重大的任务，任何人都有独特的仙缘和路径，所谓变就是不变，不变就是变，变化之中有个不变的东西，这就是天机。"

这时，一只蜘蛛突然啵一声掉进水中，花之魂见其如何挣扎都难上岸，便把手伸进水中将其捞起。蜘蛛不知花之魂救它，狠狠咬了她一口。此后，蜘蛛一连三次落水，花之魂一连三次救它都被咬了，她抚着疼痛红肿的手指一脸迷茫。紫霞真人见状，忍不住发出一声叹息，他说不管为人和修仙，都不能一味善良，必须有智慧光芒，其实你刚才大可不必伸手去搭救它，折根树枝伸进水里问题就解决了。世间纷繁复杂，天下苍生形形色色，无私无畏的善良只会让贪得无厌者得寸进尺。这个世界你若好到毫无保留，有人就会对你肆无忌惮。以后独自走江湖，要充分学会自保。千万不要把自己的善良，随意给那些不知感恩的人。遇见恶狗拦路，最好把路让给它，因为你咬不过它，遇见坏人纠缠，最好及时脱身，因为你狠毒不过他。

花之魂恍然若悟，她眨着丹凤眼还想问什么，见恩师一动不动已入定境，只好起身离开。

3.妙人儿甘嬷阿兰

准确说，马湖三恶的眼睛是被六根牙签刺瞎的。

这六根光滑细巧的竹签，灵蛇般从凉亭的饭桌上自动飞到半空，先在马湖三恶的头上，由方形图案变为圆形图案，几经分分合合，最后才破破破分别扎入六个凶光爆射的眼眶。

这件事来得很突然。打尖、喝茶的旅客，谁也没看清暗器是什么人发出的，这份功力如没有数十年修为，无论如何都不能在一瞬之间，同时废掉三条大汉的招子。

马湖三恶是金府两河的龙头老大，凡是路过和进入叙州府，特别是马湖府的船帮、马帮，以及江湖豪杰，没有谁不惧怕马湖三恶的势力。上个月，两名道姑和三位尼姑结伴而行，意欲到紫霞峰拜师修仙，一行人刚踏入马湖境内，就被大恶马奎、二恶马蒙、三恶马春截获。三恶既将道姑、尼姑们打成重伤，而且还在众目睽睽下，把她们剥得精光，惨无人道地逐一调戏。现在，横行霸道的恶徒突然瞎了眼睛，所有人心里都很是舒畅：

"打家劫舍的恶霸就该这种下场。"

"哇，大侠隔空取物的功夫好厉害，相救之恩，甘嬷阿兰一定永远铭记。"

说话的姑娘一头长发，薄裙里面的肌肤若隐若现，那身段、骨架和脸庞，任何男人见了都会心生爱慕。姑娘边道谢边甩双手上的水珠，她扫一眼路边客栈里，独自闷头喝酒的白面书生，坐回原位大咧咧斟满酒仰头喝完，抓起盘子里的猪蹄就啃，完全没把刚才的事放在心上。

刚才，甘嬷阿兰还没走进凉亭，就吸引了所有人的目光。

阳春三月，草长莺飞，马湖江畔，桃花如火游人如织。青山漾在水上，楼台睡在花中。阿兰一身花香，不仅人长得漂亮，而且衣着怪异且暴露，根本没有淑女的矜持和羞涩。她吃肉时不用筷子，直接用手撕扯，喝酒的姿势更是大胆新潮：一只脚踏地，一只脚踏在板凳上。彼时，夕阳从西窗射来，透过缥缈的烟雾，阿兰薄裙里的风景顿时无遮无掩，尽数暴露在人们眼中。

面对众人邪恶的目光及下流的言语，阿兰一点不在意，只管大口喝酒大块吃肉，并且还与男人们争抢茅厕。她扭着丰臀用肩膀撞开挡路的马奎，顾盼着走到白面书生面前诡秘一笑，继而像条菜花蛇，七弯八拐冲破马蒙、马春的阻挡，径直朝茅棚里走，边走还边撩裙解带。那情形，似乎内急到了极限。

马湖三恶的眼睛就是这个时候瞎掉的。他们趴在门缝里偷窥时，在场者没一人敢出声制止。马奎的五虎断头刀，马蒙的双斧，马春的利剑，曾令无嗔禅师断剑、丹阳道长呕血。由于经常被这三个恶霸欺凌，人们心中早没了勇气和正气。

"圣人云，非礼莫视，非礼莫为。光天化日偷看人家方便，太伤风化，难道你们家没姐妹？"

白面书生看不下去，站起身大声训斥，他的话还没说完，就被凭空飞来的骨头堵住了嘴。书生呸呸吐出骨头，正要继续吆喝，马春隔空一掌，打得他仰面倒在地上，张口结舌再也说不出话。

大家伸长脖子瞪大双目，期待下一场精彩香艳戏上演时，白面书生邻桌的大汉终于忍不住了，他在八仙桌上愤然一拍，竹筒里立刻飞出几根牙签。牙签们像长了翅膀，最初停在马湖三恶的眼前，意欲将其逼退。由于三个恶霸不知利害，狂妄推门砸门，根本无视大汉的警告，于是他们的眼睛再也看不见风景了……

"请问兄台高姓大名，在下林秀儒，是进京赶考的举子，刚才太吓人了，多亏你路见不平仗义相助。"

面对血红的残阳，白面书生突然哈哈大笑起来。他端着酒碗走到大汉身边，执意要敬对方三碗。大汉也不推迟，他取下斗笠挂在竹钉上接过酒就喝。二人你一杯我一杯，直到一壶酒喝完，才坐下说话。

原来大汉名叫铁锋，是千里迢迢到马湖寻亲的，本来他不想招惹马湖三恶这帮地头蛇。由于对方作恶多端不思悔改，不得已才给他们留点纪念。

"铁大哥，我平生最敬重的，就是你这种豪气干云的大侠。心中向往的生活，也是闲云野鹤的书剑生涯，如不是家严逼迫，我根本不会进京考试。"

书生一边喝酒，一边摇头叹息，他的目光有些忧郁，似乎有无限相思。

"林先生，江湖险恶，我劝你莫多想，还是安心考功名吧。"

铁锋一杯接一杯痛饮，与林秀儒说话的同时，他的目光始终没离开甘嬷阿兰。从对方飘出的气息中，他感知了她凌厉的杀气和精湛的内力。高手相逢，不用过招，只需凝神相对便能分出高低，从而决定下一步行动。

书生半点没感觉到危险，乘着酒兴，时而放胆吟哦，时而拍案狂歌。最后竟然执意要和铁锋结拜为兄弟。铁锋寒着脸沉吟不语，良久才正色说：

"林先生，你快赶路吧。结拜之事我看就算了，江湖草莽实在不敢高攀。"

书生不依，他看铁锋起身要走，急忙上前阻拦。二人站在翠绿的柳条下，一个如玉树临风，一个似青松挺拔。尽管书生身材修长，但与铁锋相比，还是矮了半个脑袋。

"大哥，豪气干云一杯酒，东西南北万里程。你我意气相投，为何不能义结金兰？走出叙州府，我就再无亲人和朋友陪伴了。"

铁锋心里虽感动，但脸上的表情仍然很淡，他说："林先生，你我萍水相逢，现在乘着酒兴结拜，过后你一定要后悔。以后万事小心，要学会识人阅人，人心难测海水难量，如果有缘，我们还会见面的。"

送到杨柳岸，高情漫远空。一江澎湃水，十里浩然风。

书生动情吟诗时，前方古桥上，突然靓丽地闪出了一片粉红的衣裳，一位丁香般漂亮的姑娘怀抱宝剑欲行又止，欲去还休。这位姑娘脸上写着淡淡的哀愁，心中藏着沉沉的思念，她倚着古桥，水汪汪的眼睛一直向对岸的书生凝望。

林秀儒见红衣女很像表妹花之魂，正要跑过去相认，甘嬷阿兰突然杏眼微嗔，牙关紧咬，她快速从行囊里抽出两把月牙刀，如一只彩蝶片刻间就飞到了桥上。红衣女子一脸寒霜，她仗剑望着甘嬷阿兰愤然说道："妖女，不要打他的主意，马上滚回落雁宫。"甘嬷阿兰舞动双刀妖里妖气地说："花之魂，枉你修仙这么多年，气剑通的境界都没达到，有啥资格跟我抢人。实话告诉你，我已和那呆子睡过觉了，哈哈哈……"

红衣女忍无可忍，铮的一声拔出了宝剑。甘嬷阿兰一点不惧，月牙刀风回雪舞卷着几丈高的水雾，排山倒海泻向红衣女子。红衣女子娇躯一仰，剑尖蘸着对方的水雾，顺势一招人面桃花把对方的刀光封出四五丈远。甘嬷阿兰双脚在古桥上一踏，身形猛然窜起数丈高，如一只乌鸦急掠而下，她招式一变月牙刀闪着寒光，水银般泼向红衣女子。

夷山十八刀，刀刀见血，没有空手而回的。刹那间花之魂周围的桃花无风自动，江面上顿时水汽迷离，就在人们失声惊叹的时刻，只见红衣女右脚在花枝上一点，迎着阿兰的刀光翩飞而上，手中的春雨桃花剑使得石破天惊……

4.三奇六仪阵

啊！惊叫声中，阿兰的上衣不翼而飞，雪白的后背香滑诱人非常显眼。

啊！红衣女也惊叫一声，满头秀发被黑衣女的月牙刀，削成了乱鸡窝。

二人对视一阵子，突然双双腾空而起，似两只风筝在空中翩飞嬉戏了一会儿，渐渐飘出了人们的视线……

林公子从没见过这么精彩的打斗，起先一个劲鼓掌助威，后见两个美女同时消失，心中怅然若失，直到铁锋拉了他两下才回过神。刚才铁锋的眼睛虽盯着打架的美女，注意力和警惕性却丝毫没放松。凭感觉，他断定自己的仇家已经跟了过来。前几天，他发现了江滨三霸的联络记号，还看见了扶桑浪人的影子。

"哈哈，两个大男人拉拉扯扯，不怕羞死先人吗，姓铁的，我们找得你好苦。"

铁锋猛然抬头，见亭外竹林下，两个青衣汉子和一位白衣姑娘警惕地注视着自己，他微微一怔，随即斜身而立用身体护住林秀儒：

"原来是江滨三霸，我也找得你们好苦。"

"铁役长，你怎么成落水狗了，你在东厂时的威风哪里去了？"

说话的人是江滨三霸中的老大高松，他手握宝剑，眼中射出的全是怨毒和仇恨之光。

铁锋缓缓抽出判官笔，一把将书生推出四五步远，他阔步上前傲然说道："高松，你和洪梅、罗汉竹都是江湖成名人物，怎么不顾民族大义，与扶桑浪人搅在一起，凭这一点，你们就不配称江滨三霸，简直辱没祖宗。"

"姓铁的，你在东厂时，残害那么多忠良，还好意思说民族大义？今天老子要为武林除害。"

高松身边的罗汉竹虽瘦，但目光凶恶，杀气蒸腾。只有洪梅面露微笑，一副娇滴滴的神态。她扭着细腰阴阳怪气说："铁大侠，其实我们也并非要和你死拼，只是你处处破坏我们的好事，多次让我们栽跟斗。后退一步海阔天空，你咋就那么固执？"

铁锋仰天大笑，说："其他都好商量，唯独扶桑浪人不能饶恕。你们引狼入室，总有一天会酿出奇祸。"

高松摇了摇头，猛然暴退丈余迅速与洪梅、罗汉竹布成三奇六仪阵。这三奇六仪阵虽只有三人，但却胜过千军万马，其奥秘在于道生一、一生二、二生三、三生万物的太极原理及阴遁九局、阳遁九局的互相融合与变幻。

铁锋在阵中辗转翻飞，见招拆招，进退自如，他虽不懂九宫八卦的变幻术，但浩气如虹，出招骇然有雷鸣之声。激战中，杜门上鬼遁而来的罗汉竹，突然一剑向他的肩胛刺来，接着洪梅翘臀一摆，从休门上的坎二宫，一招玉女守门掠过高松头顶，站在罗汉竹的肩上，燕子斜飞利剑直逼铁锋头颅。高松见有机可乘，在生门上催动阵势，脚踏乾宫风遁而起，一掌将铁锋拍进了伤门上的震三宫。

林秀儒见铁锋中掌，急得大声呼唤，他虽不懂武功，但却看出了三奇六仪阵的破绽，于是赶快跳脚大喊："立春生门旺，芒种六三九是仪，春分伤门旺，谷雨小满二五八。"

铁锋暗喜，没想到危难时刻这家伙还能帮忙。他精神大振，按书生口诀中的步法，笔尖挽起万点星光，把江滨三霸逼得连连后退。

林公子见铁锋陡占上风，愈加高兴。刚才两位美女打斗时，他远远见红衣女子的身段，像极了表妹花之魂，想着童年时与表妹过家家、玩游戏的点滴往事，他忍不住高声吟唱起来：

"花开千顷雪茫茫，李树桃枝各竞芳。花历严寒尤艳丽，人经风雨更坚强。"

歌声中，又一妙龄女子骑马走了过来。女子身材窈窕，虽蒙着脸，但艳光四射寒气逼人。她进店要了两盘饭菜只顾吃，根本不理林秀儒，对亭外的打斗也漠不关心，那镇定自如的表情，令铁锋背皮发麻。他不知道这神秘女子是谁，如果她和江滨三霸是一伙的，那自己可能就看不到明天的太阳了。

铁锋天生一副逢恶不怕，迎难而上的性格。他想，纵然今天横尸荒野，也要废掉江滨三霸。这三个家伙，表面行侠仗义，实则龌龊肮脏阴险狡诈。既拜龙湖天魔为师，又勾结扶桑浪人残害武林豪杰，害群之马，只有杀之而后快。铁锋一边思索一边笔走偏锋避开洪梅，猛然斜刺里一肘，结结实实击中罗汉竹的软肋。

罗汉竹中了一招，把恶气全出在林公子身上：

"你龟儿唱个球，再唱老子砍断你的手。"

林秀儒见罗汉竹一副凶相，心中害怕，溜下树坐在草堆上替铁锋担心。他看黑衣女醉醺醺起身，摇臀扭腰朝亭外走，再看她芳姿艳逸、柔情绰态，神魂飘荡之时，忍不住又高唱起来：

"最爱江南二月间，踏青女子赛天仙。穿花折柳追蝴蝶，笑脱春衫不避嫌。"

书生唱到兴头上，突然颈项一痛，接着被人小鸡般抓起，不偏不斜地扔在一匹白马背上。

5.打酒洗脸

骑白马的是黑衣蒙面人，她将林公子横担在马背上一溜烟跑出了平夷司。铁锋大急，几次使虚招想金蝉脱壳去救林秀儒，但都被江滨三霸识破其计合力挡住。趁铁锋心乱神迷之时，洪梅仗着两位师兄的掩护，猛然窜出坤二宫，唰唰两剑将铁锋的头发削得满天飞舞。高松和罗汉竹见师妹得手，阵式一变两柄剑交在一起，快如闪电向铁锋飞剪而来。

百忙中，铁大侠来不及多想，静气凝神使出了师门绝学崩雷杀。寒光过后，只见江滨三霸的宝剑尽数折断，上衣碎成布条，鲜血顺着手臂缓缓流出，把脚下的梨蕊染得红了透。

江滨三霸纵横江湖十余年，没想到此时败得这样狼狈，尤其是洪梅，酥胸袒露春光尽泄，把绵软美柔的双峰，直挺挺展现在两位师兄面前，这简直是平生奇耻。羞愤中，她惨叫一声掩面狂奔而去，罗汉竹怨毒地看了铁锋一眼，边追洪梅边回头怒骂：

"你这恶魔，老子总有一天让你看见自己的脑浆。"

高松长叹一声，神情显得十分可怕："青山不改绿水长流，姓铁的，此生的梁子，江滨三霸与你结定了。"

江滨三霸走后，铁锋也十分后悔，刚才要不是救命，他是不会使出绝技的。这套笔法太霸道，他只学会了一招，并且师父六合道人再三叮嘱过不到危急关头，不许使用。他虽后悔，但不害怕，因为弘扬正气、除恶济弱的责任高于一切，为了江湖安宁，他不怕得罪任何高手。

本来，铁锋是要追过去救出林公子的，由于有急事，要赶到安边接应御史张鸾大人，所以只好任蒙面人把林公子带走。

林公子虽被点了穴，头脑却很清醒。他清楚记得蒙面人将他交给另一个蒙面人，小声说："小姐，阿针将这呆子抢过来了。"一路上，二人窃窃私语，共同走了几里路，最后各奔东西。

山路崎岖，大白马几次失蹄将他俩重重摔在地上。蒙面人有武功，每次马失前蹄时她都预先跃到草丛中，林秀儒既无功夫又动不得，直摔得皮破血流头昏眼花。他张口想与对方论理，但万语千言堵在喉间一字也说不出。无奈，只得任人家摆布。

天黑后，蒙面人找了一个岩洞准备过夜，为防书生逃跑，这家伙竟想出歪招，将林公子的外衣外裤尽数脱去，让其睡在冰冷的石头上，自己怀抱干草在洞里面壁而坐。夜半时分，林秀儒被料峭的寒风，吹得浑身颤抖双脚直跳，他大声与蒙面人理论，可对方不答，他想用污言秽语相骂，又骂不出口。没办法，只得一边原地踏步，一边背诵"四书五经"，跳累了就去搂着白马取暖。

第二天一早，蒙面人一脚踢醒林公子，并将衣服扔在他面前。林公子见自己湿漉漉脏兮兮的衣裤，竟被对方洗净烘干，不由得一下忘了昨天的怨恨，连连向对方道谢。

他以为自己的礼貌和大度，能感动对方，谁知蒙面人一言不发，抬手一耳光重重打在他左脸上，接着小鸡般把他提上马，继而扬鞭赶路。

当夜，二人照例在岩洞中过夜，摸黑吃了点干粮后，蒙面人抱了堆干草铺在洞中，然后面壁而坐。睡梦中，林公子依稀觉得，有一团软绵滚烫的东西紧紧拥着自己。这种温柔甜蜜、充满激情和冲动的感觉，是他有生以来从没有遇见过的。

醒来后才知道自己睡在蒙面人怀中，被其紧紧搂着。他十分厌恶对方的这种举动，刚想伸手将其推开，谁知触手处粉妆玉琢，对方的身体丰腴得好像无骨。他十分诧异，没想到这冷酷无情的家伙，竟有如此细腻的肌肤，于是更加厌恶此人，抬手再次猛推对方。

这一推，手心里拥雪成峰顿添两点风姿，原来蒙面人是一妙龄女子。这下可羞煞林公子了，他自幼苦读圣贤书，一直遵循男女授受不亲的古训，此时不小心摸了女儿家的身子，如何对得起历代圣贤的教诲，惭愧之极抬手啪啪自抽了十几个耳光。

蒙面女子放开书生，伸了一个懒腰，翻身继续甜睡。林公子如释重负，悄悄把身子移到洞口，小声背了几段"非礼勿视，非礼勿动"的名言，才怯怯地跑到白马身边。刚躺下，就被那女子一把拖进洞中丢在干草上，他搞不清对方要干什么，惶惑不安之时，蒙面女终于说话了：

"装什么正经，摸了就摸了，有啥大不了的事，赶快睡觉，明天还要赶路呢。"

天亮后，黑衣女子对林公子的态度一下转了九十度，由于道路崎岖，他们只得弃马步行，每到危险路口，黑衣女都施展轻功先把书生背过去。

林公子见对方如此善待自己，很过意不去，总想找个机会为她做点事。二人在陡峭的山路上走了一上午，由于书生从小娇生惯养，大部分路程，都要靠对方拖拉背抱才能过去，因而黑衣女子消耗的体力相当大。中午时分，她累得娇喘吁吁香汗淋淋，倚在一块突兀的岩石上睡着了。林公子见状十分怜惜，见其蒙脸的纱巾上沾满了泥土，为报其恩，他上前轻轻帮她解下，准备拿到溪水中冲洗。揭下纱巾之时，他才发现对方是客栈中认识的甘嫫阿兰。

"噫，她不是和红衣女子远去了吗，怎么突然回来了呢？"

趁她熟睡，他开始认真品读她。只见她衣衫散乱，雪肤半露，那两座香软得令人心悸的峰峦，随着有节奏的呼吸，颤动、挺拔得精妙绝伦。这时，人世间一切的曲线和韵律，仿佛都隐藏在对方仪态远浓、风情万种的细腰中，那梨花云绕、蝴蝶春融的睡态，竟惹得儒生神游蓬岛三千界，梦绕巫山十二峰。

心摇神动之时，甘嫫阿兰突然张开了眼睛，她挥刀削根荆条，向书生劈头盖脸抽来："不知廉耻的东西，竟敢脏我的脸，不给本姑娘洗干净，倪彩霞不会就此罢休，整个甘嫫家族也不会饶你。"

此言一出口，林秀儒才知对方是江湖上令人闻风丧胆的妖女妙人儿。此女夷名叫甘嫫阿兰，倪彩霞是其汉名，由于美艳妖娆而名列江南四大美女之中，又因武功高强，行事怪异，敢大白天蒙着脸在马湖江裸浴，故又被人称为妖女妙人儿。

其实甘嫫阿兰刚才是假寐，她故意让林公子犯忌，这样才能完成师父交给的任务。师父的法旨是把林秀儒带到落雁宫，刚才婢女阿针传信说，阿甲老爷要见林秀儒。权衡利弊，阿兰决定先把书生带进夷山见过阿爸，再去落雁宫复命。在阿针的配合下，阿兰成功摆脱了花之魂的追赶，乔装打扮后悄悄回到竹林里，趁铁锋和江滨三霸斗得难解难分时，顺利俘获林秀儒将其带进了夷山。

林公子摸不准妙人儿因何突然发怒，虽被打得伤痕累累，但还是乖乖到河边将纱巾洗净，依照对方的吩咐为其洗脸。

妙人儿劈手夺过纱巾一下扔出老远，她左手叉腰，边打边大声怒骂："亏你自称饱读诗书，精通礼仪，连夷人洗脸的规矩都不懂，简直是书呆子。九十九车绫罗，九百九十九头牛，九千九百九十九坛酒，九万九千九百九十九桌宴席，这就是我们夷家打酒洗脸的规矩……"

书生听了妙人儿的话，惊得目瞪口呆，知道自己闯大祸了。

马湖江畔有个较怪的风俗，谁要是扫了夷人的脸，就必须摆酒宴和送礼物为其洗脸。否则成千上万的夷人就会涌到你家中吃饭、睡觉和扯皮，直到你倾家荡产为止。

因为在夷家女儿眼中，身子是别人的，迟早都要给人，只有脸才是自己的，任何人都不能给。你可以抚摸或观看她，但却不能揭开她的面纱，否则就扫了她的脸。

林公子不知此间风俗，一番好心竟招来麻烦。任他千般解释，妙人儿就是不依，非要他到夷寨摆酒宴给全族人洗脸。在汉人眼中，她倪彩霞虽是行为怪异的妖女，但在夷人心中，她甘嬷阿兰，却是举世无双的美人，扫了她的脸，就等于扫了全族人的脸。

林秀儒知道甘嬷家族的利害，其势力遍及平夷、蛮夷、沐川诸长官司及乌蒙、乌撒等部落，他虽是富家子弟，但这妙人儿的脸实在太大，他自思倾家荡产也给她洗不干净。

妙人儿见书生吓得脸色铁青浑身发抖，嫣然一笑，突然改变了态度。她忸怩着说不洗脸也行，但必须答应两个条件：

第一，乖乖陪她去落雁宫见师父；第二，今年端午节娶她为妻，这是夷人的规矩，不洗脸就必须成亲。林公子爽快地答应了第一个条件，第二个条件，他没敢应也不能应，因为他和表妹青梅竹马早就定了亲。倪彩霞见书生扫了她的脸竟敢不娶她，愈加羞愤，黄荆条没头没脸打得林秀儒遍地翻滚。

林公子紧咬牙关，任对方百般辱打，始终不肯屈服，妙人儿拿他没法，绝望之余，扔下鞭条，放声痛哭起来。正哭得花容失色的时候，忽然身后传来一阵浪笑，回头一看，见六七个青衣汉子手持钢刀，身披蓑笠从小路上踏歌而来：

"情嫂情嫂情嫂嫂，情哥追你不要跑，不是情哥爱追你，哪个叫你生得好……"

倪彩霞一听歌声，气得浑身颤抖，她愤怒地跳上一块大石，放开嗓子仰天高唱：

"夷山路远水更深，甘嬷阿兰是女神，小犬无知欺圣主，赶快挥刀断舌根。"

青衣汉子们闻听歌声，一个个吓得面无人色。他们各自扎伤舌头，跪在地上恭敬地行了几个大礼，捂着口躬身而退。林公子从没见过如此惨烈的场面，深为这群夷家汉子抱不平，他表面上虽心悦诚服地跟在妙人儿身后，但暗中却在寻找逃跑的机会："这女魔头喜怒无常，和她在一起迟早要丢命。"

此后的路上，一直都有山歌传来，其内容全是欢迎和赞美阿兰神女的。趁夷人们手捧米酒、头顶点心顶礼叩拜妙人儿之时，林秀儒瞅准机会，一闪身钻进竹楼，接着推开后门向丛林中发足狂奔……

6.马湖蛮

花之魂与阿针纠缠着相互追赶了几里路，就折了回来。

林秀儒还在竹林里，她得继续暗中保护。半月来，她一直尾随在表兄身后，为了摸清他周围的情况，她没有贸然现身与表兄相认。尽管在紫霞峰修炼十五年，但他们却不陌生，因为隔不多久林秀儒就要上山见表妹。

花之魂搞不懂师尊为什么对表兄那么客气。他每次上山，师尊都要单独接见，并叫自己陪着他到处转悠。对表兄林秀儒，花之魂虽然内心倾慕，但在师尊面前丝毫没露心迹。自己是修炼之人，现在气剑通的水平都未达到，倘若坠入爱河，那以后斩三尸、驱六魔就难了。领命下山后，花之魂几经思索，最后决定以师命和任务为重，绝不与表兄发生儿女私情。

没下山之前，花之魂觉得自己的修炼已经到了很高层次，所以很自负，以为想打林秀儒主意的，多半是没法力的山贼路匪。拜别师尊及师兄弟妹踏入红尘后，她蓦然发现自己错了。与山匪和江湖豪杰殊死血拼时，她的法力几乎为零，御剑术根本派不上用场，很多奇招绝学，刚使出就被对方轻松破解。她很迷茫，不知这是啥原因。

时间一久，花之魂慢慢发现了其中奥秘，与凡夫莽汉打架，自己虽祭不出法器，但与修炼过仙法的同道，以及邪魔外道过招，自己的春雨桃花剑就使得山呼海啸。刚才与甘嫫阿兰恶战，对方招式越凌厉，自己的剑法越使得淋漓尽致：

"原来仙凡有别，殊途同归，对方是人，我使出的就是本身力气和寻常武器，对方是仙魔妖怪，我祭出的就是仙力和法器。"

一边埋头走路，一边凝神沉思，走着走着，花之魂突然踩到一只大脚。她大吃一惊，正暗自责怪自己大意时，一个阴恻恻的声音，从古树下的坟墓飘出，在树洞和树梢间游走一圈，虫蛇般蠕动着爬进她的耳朵：

"小妞，你一个人闯江湖，好孤单，好寂寞，要不要哥哥陪你啊？"

花之魂很恼怒，利剑在空中画两朵桃花，喝声切，顿时将二十丈以内的树木和泥土，纵横切割成了一块棋盘。她满以为对方在自己的绝杀下不死即伤，谁知宝剑还没收回来，一只咸猪手，竟然从意想不到的地方伸过来，差一点就摸到了她的肩膀。这一下，花之魂彻底震怒了，她身形一变，同时祭出三朵桃花，接着剑光暴涨，唰唰唰削得对手妈一声喊叫起来：

"哎呀，花师妹，你温柔点好不好，给你开个玩笑你就拼命，太薄情了吧！"

花之魂撤剑退步，环视两圈也没见着对手，她先以为是师兄李傲俗逗自己玩，转念一想觉得不对，李傲俗虽风流倜傥不拘小节，但很有修为，口中绝说不出下流语言。看来今天遇到劲敌了，不使出点本领教训你这奸佞小人，难消本姑娘怨气。花之魂长长吸口气，纵身跃上竹梢，展开飞花逐月的轻功，翩若惊鸿婉若游龙，如一条粉色锦鲤，眨眼间就将一条瘦得像根竹竿的青衣汉子踢落在地：

"哎哟喂，紫霞峰的弟子当真名不虚传，云龙鹤今天丢脸了。"

一听云龙鹤，花之魂立即想起了毒龙潭主云霄客。老家伙一直不服师尊的武功，每年都要带着弟子到紫霞峰挑战。由于性格暴躁行事怪异，加之门徒众多分舵林立，因而每次比武，师尊都要让着他。

"花之魂，你是在寻找林秀儒吧，告诉你，那个书呆子毒龙潭要定了，你若想分一杯羹，那就陪我文斗一场，你若赢了，我即刻知难而退。"

"云龙鹤，有啥招尽管使出来，紫霞峰不怕你。"

见花之魂一脸寒霜，云龙鹤哈哈笑了起来。他摇着扇子阴阳怪气说："花美人，不要急，女孩子家应该文静，冒起火来就不漂亮了。现在我出个上联给你对，如果你的下联平仄相谐，词性相对，意境高远，以后我不但见了你就磕头，而且见了你养的猫狗也磕头。"说完话，云龙鹤双臂一振沉肩坐胯，他默运一会儿功，看着花之魂身旁的美人蕉，挥扇在空中龙飞凤舞写大字：

"涓涓溪流，浅浅深深澎澎湃湃汇江海。"

这个时候，花之魂感受到的并不是简单的文字力量，而是附近山川草木的肃杀之气。对方的十五个汉字，网络了附近的所有精灵，刹那间，竹梢化为利剑自动布成五行阵，树桩藤条化为猛兽毒蛇，喧嚷着将她围得水泄不通。她明白，倘若自己对不出下联，或者对得不工整，意境超不过对方的出句，那就挡不住这张网，轻则被树枝竹竿刺得遍体鳞伤，重则被毒蛇猛兽纠缠撕咬。

"细细丝线，红红绿绿纬纬经经织绢绫。"

花之魂的剑气还没吐出，云龙鹤就惨叫一声口吐鲜血，猛然跌出四五丈远。花之魂的反击可谓棋高一着密不透风。这一下云龙鹤彻底服了，他向花之魂遥遥打躬作揖，然后以扇掩面鬼魅般逃出了树林。

经过这番阻拦，花之魂赶回凉亭时，林秀儒和铁锋都不见了。

追赶途中，花之魂突然发现了江滨三霸的行踪。听三人恶毒咒骂铁锋和林秀儒，又听高松说要去马湖府见扶桑大师，花之魂便多了个心思，在寻找表兄的同时，一路尾随三人到了马湖府。洪梅和两位师兄都换了一身新衣服，高松面带忧愁一言不发，洪梅余怒未消一脸羞愤，只有罗汉竹污言秽语地骂个不停。到了泥溪，三人各怀心事，分开人群，急匆匆直奔府衙。

马湖府是中原通往大凉山的咽喉要道，乃历代兵家必争之地。三国时蜀相诸葛亮曾在此设安道县，明成化帝改土归流后，由于大量削减土官势力，取消其世袭地位另派官员上任，因而目前的蛮夷、平夷、泥溪、雷波、沐川诸长官司，以及知府安鳌已是有名无实。

江滨三霸还未进门，五大三粗的世袭土司安鳌，就笑嘻嘻迎了出来。花之魂怕暴露行踪没有及时跟进，待天黑后才纵身上房躲在横梁上往屋内探看。

大堂上灯火辉煌，云龙鹤、塞北双雄、江滨三霸、天山五子以及蓬岛七星，一个个庄严肃穆地坐在大堂的左边。花之魂听师尊讲过塞北双雄罗野马、周家兔，以及天山五子、蓬岛七星的故事。罗野马和周家兔以大力金刚掌驰名，二人亦正亦邪。天山五子以大师兄金刚子的功夫最高，他们的先师天山五鬼，当年大战逍遥子，被打落凡尘后从此就遁迹了。蓬岛七星其实是七妖之后，这些家伙最擅长妖术，常年和扶桑浪人走得最近。

大堂右边坐着的夷人，全是被削了职的土官，安鳌和守备上官雄并排坐在上方。

酒过三巡，西厢席上突然站出两个彪形大汉：

"塞北双雄罗野马、周家兔多谢大人款待，但我们不是来喝酒的，快叫你家小姐秀姝出来，为我们弹奏《九天神曲》。"

塞北双雄的话刚说完，东厢席上一年轻汉子突然一掌拍在桌上，他面前的回锅肉，被震得横飞丈余，尽数落进罗野马和周家兔的空碗里：

"酒囊饭袋也配听《九天神曲》！各位，毒龙潭弟子云龙鹤这厢有礼。"

塞北双雄看了云龙鹤一眼，虽面带杀机，却不敢发作。其他人见名震江湖的塞北双雄都畏惧姓云的，更加不敢出头，一个个装作埋头喝酒，没人再提《九天神曲》。

云龙鹤一掌震群雄，非常得意，他扫视了一眼大厅，满上一杯酒，高举到安鳌面前，态度十分谦恭："安大人，晚辈云龙鹤自幼曾攻经史，后因家遭变故而漂泊江湖。在下久慕秀姝小姐的娴雅秀逸，恳请老伯看在小侄的虔诚份上，让我一睹令千金的芳容。"

安鳌脸色发紫，浑身不住颤抖，他喝几口酒，努力稳住心神，走到堂中四方施礼，神情显得很委屈：

"英雄壮士们，本官素以诚信为先，绝不敢违背良心欺世盗名，我家小女足不出户，哪里懂得什么《九天神曲》，各位一定弄错了。这《九天神曲》究竟是什么东西，还请高人们明示。"

"阿弥陀佛，善哉，善哉，安施主既然装聋作哑，那老衲无嗔就多几句嘴，说一下《九天神曲》的渊源吧。"

海龙寺方丈无嗔一发话，场中顿时响起一片唏嘘声。海龙寺威震武林，无嗔的一指禅更是惊世骇俗，独步天下。众英雄谁敢不听海龙寺号令，于是尽皆停杯止筷，静听大师细说《九天神曲》的来历。

听完无嗔大师的叙述后，安鳌突然哈哈大笑：

"大师的神话故事惊神泣鬼，为马湖江又添神韵。小女从未涉足江湖，哪里懂得什么《九天神曲》，各位尽管去寻，需在下提供方便的，向师爷说一声定全力相助。"

"无量天尊，安大人慢走，金刚子有话要说。大人是朝廷命官，自当一诺千金，既然广发英雄帖邀我们来欣赏《九天神曲》，就应该给大家一个交代。"

安鳌越听越糊涂，自己近段时间忙得天旋地转，哪有什么精力发英雄帖招惹江湖是非？小女秀姝虽容貌出众，通今博古，但一直幽贞独处从未抛头露面，这些人凭什么咬定秀姝会弹《九天神曲》？但无嗔大师和金刚子的话又不可不信，因为他们是当今武林界的名人。安鳌百思不解，怔在当场，无言以对。他想，英雄帖八成是上官雄这厮发的，他要干什么？管他的，既然这些人来了，那就利用一下，若能帮我完成霸业，也不枉此生抱负。

众英雄见府衙大人沉默无言，以为他耍赖，于是群情激愤大声吆喝。

待所有人都有些愤怒时，安土司才满上一碗酒举到空中，高声说道：

"英雄们，良禽择木而栖，我安家自洪武四年归顺朝廷，百余年来可谓忠心耿耿鞠躬尽瘁。而今成化这个狗皇帝，既要我们进贡纳财，办理皇木入京，又要削我们的官职，还把我们称呼为什么马湖蛮。大家说说，马湖蛮是啥球意思？现在我们已到了活不下去的地步，大家说说，以后的日子怎么过，是继续为奴，还是自主自立？"

7.桃花姐姐

安鳌的话刚说完，高松立即站起：

"安土司说得对，江滨三霸唯土司大人马首是瞻。"

花之魂很瞧不起江滨三霸的人品，见高松奴颜婢膝恨不得下去刺他一剑。塞北双雄大马金刀坐着，既不向别人敬酒，别人向他们敬酒也不起身相迎。罗野马连喝了几碗酒才站起身说话：

"我们不想干大事，只求上官大人立即解除我们身上的蛊，然后告诉我们《九天神曲》的下落。"

上官雄专心和蓬岛七星说话，根本没听到罗野马说什么。云龙鹤见罗野马自讨没趣，心里非常爽快，他自恃身份，轻咳了几下扬声说道：

"上官大人，你的武功和韬略惊世骇俗，云某十分佩服，不过小小的马湖府，怎敢与大明朝的百万雄师相抗，我心中实在有些不踏实，还请大人开示。"

上官雄对云龙鹤的问题笑而不答，那气定神闲的样子实在有些高深莫测。待众人喝完碗中的残酒后，上官雄左手一扬，将侍女手中的酒壶吸到空中，暗用内力，遥遥为在场人逐个斟满酒后，才开口说话：

"各位英雄，天机不可泄露，你们只需按计而行，其他事不必多问。飞龙神令在手，到时自有百万雄兵相助。"

花之魂躲在梁上越听越吃惊，飞龙令是夷人的兵符，凭它可以任意调遣人马和调运物资，这东西如果落在野心家手里，那后果将不堪设想，她急得正要现身的时候，门外一声报告，急匆匆走进来一名小校：

"报告守备大人，飞龙神令半路被劫，杨副官请你立即回营。"

上官雄闻言后，面不改色，依然喝他的酒，那份超凡的镇静和独有的气魄，着实令在场人钦佩。他左手挥了两下，示意小校先回去，右手一抖，杯中的酒突然化作万点寒星，向梁上的花之魂疾射而来。

"何方高人，既然大驾光临，那就下来喝杯酒吧。"

上官雄的话，令花之魂浑身冒汗，上官雄隔几丈远，竟一下瞧破她的行藏，由此可以想象这魔头的功夫了。

"哈哈，上官先生不但眼力厉害，而且连损人的口齿也举世无双，紫霞峰花之魂见识了。"

说话间，花之魂轻飘飘落在了地上，群雄一见花之魂，尽皆低头一语不发，唯有江滨三霸怒目圆睁，一副即将上前拼命的架势。

上官雄倒了杯酒举过来。他沉声说道："在下久仰紫霞峰之名，今日邂逅女侠，万分荣幸，请满饮此杯。"上官雄说话间，杯中的酒突然化为一股冷气，直射花之魂面门。

花之魂左手一抬，把冷气尽数吸入掌中，然后暗运太极神功将其还原成酒，一滴不剩又倾回了上官雄的杯中。上官雄见对方内功精湛难以下蛊，手腕一抖，杯中的酒立时化成一块冰刀，朝花之魂的脸庞疾速飞去。花之魂剑花一挽，飞来的冰刀马上融为剑气，接着剑光暴涨，春雨桃花剑挟着风雷之声，把上官雄紧紧裹在其中。

上官雄丝毫不惧，右手轻轻一拂，把花之魂的剑气挽在衣袖上，运用斗转星移的神功，以数倍的威力反袭而来。花之魂没料到对方斗转星移的功夫已到八成境界，刚以凌波微步避开，就听堂上响起一阵怒号。抬眼一看，只见金刚子、木香子、水珠子、火苗子、土包子五人的上衣不翼而飞，一树鲜艳的桃花，赫然刺上了他们的后背。

塞北双雄两眼直勾勾盯着木香子看，云龙鹤浪荡的目光，不断在水珠子身上游移，那神态恨不得上前咬一口。江滨三霸低首垂目表情十分痛苦，金刚子紧闭双眼羞愧难当，唯有蓬岛七星端坐席中，对眼前的一切视若无睹。火苗子见云龙鹤一直盯着木香子、水珠子看，一时火冒三丈大声骂了出来：

"他妈的好没教养，再看，当心老子废了你的招子。"

塞北双雄闻言脸一红，立即收回了目光，云龙鹤神魂颠倒大声吟起了诗：

"两两巫山最断肠。"

木香子和水珠子双手抱胸泪流满面。羞愤中，她俩互递了个眼色双双拔出宝剑就要自刎。

危急关头，花之魂飞快掷出筷子击落二人的宝剑。

紧张时刻，窗外疾速飘进两块红绫，将木香子、水珠子的身躯，包裹得恰到好处。众人惊愕间，马湖江上突然传来一串清脆的古琴声，其声壮时似铁马金戈，令人不寒而栗，其音柔处如银筝玉笛，使人心旷神怡，每一个音符都如小锤，叩击着闻听者的经络穴位。

大堂中除了悦靖、夷康等几位土官外，其余的武林人士，好像听到了母亲的呼唤，一个个收起兵刃，凝神静气生怕错过半拍音节。上官雄闻琴惊呼了声"九天神曲"，燕子斜飞，与无嗔双双掠出窗口，向江边狂奔而去。

江面上月白风清十分幽静，一叶扁舟正劈波斩浪逆水而行。舟上之人怀抱古琴亭亭玉立，任群雄千呼万唤始终不发一言。眼看小舟转瞬间就要消失在浩渺的烟波中，大家急得直跺脚。

水珠子运足真气，仰天高吟："何人江上弹古琴，请将曲谱借一观。"

舟上之人闻言当当拨了两下琴弦，好一阵才缓缓应答："神曲不能入俗耳，恐污清水毒江南。"说完跃出小舟，衣袂飘飘向马湖方向掠去。

岸上之人见状急忙展开轻功奋起直追，周家兔和罗野马一气跑了四五里路，累得上气不接下气，绝望之余，周家兔返身抱着罗野马大声痛哭起来：

"天啊，你我兄弟千里迢迢到此，要是得不到《九天神曲》，我们有什么脸面回去呀。"

云龙鹤一边发力狂奔一边高喊桃花姐姐，土包子对云龙鹤的为人十分厌恶，故意挡在他前面，云龙鹤心急如焚，他突然斜身而进意欲用肩膀将土包子撞开。土包子虽胖身法却很灵活，他风摆荷叶避开来势，顺手牵羊把云龙鹤推了个狗吃屎。云龙鹤大怒，起身指着土包子直骂："你这家伙太无礼了，土里土气的，有啥资格追桃花姐姐。"

土包子哈哈大笑："凭你这副下流相，不要说桃花姐姐，就是母鸡婆婆也不会喜欢你。"

云龙鹤气得七窍生烟，他不敢动武，骂了声"他妈的土包子"后继续奔跑。但没跑几步又被火苗子挡住去路，火苗子边跑边喊："老五，这家伙说你是他妈的土包子。"

"我就是他妈的土包子，啊，不是，我是我妈的土包子，跟他妈没关系，因为我是两只脚，他妈是四条腿。"

土包子风趣的回答，惹得水珠子和木香子笑得喘不过气来，很快忘了先前的耻辱。水珠子香汗淋漓倚在岩石上不断喘气，她顺势倒在木香子身上，二人相依着歇了一会儿，水珠子突然灵机一动拉着木香子跑上一座小山，高声喊道：

"快来呀，我追着桃花姐姐了，她在这儿呀。"

金刚子边跑边问："桃花姐姐在哪里，快告诉我。"

水珠子指着木香子，然后跳脚大笑。蓬岛七星看了木香子一眼方知上当，掉回头一溜烟跑了。

金刚子大怒，指着水珠子厉声责骂："简直胡闹，她怎么能跟桃花姐姐相比。"

水珠子不服："怎么不能比，人家哪一点配不上你，你的良心都叫狗吃了。"

金刚子最怕水珠子的利嘴，低头站在木香子跟前不敢说话，木香子见师兄很难过，推了水珠子一下柔声说道：

"大师兄休要认真，师妹一贯喜欢胡闹，不要信她的话，走，我陪你去追桃花姐姐。"

桃花姐姐时快时慢忽隐忽现，身法和步法怪异得无法形容。上官雄心中念着被劫走的飞龙令，跑了一阵赶快回身朝军营中奔去。无嗔知道自己的轻功无法跟桃花姐姐相比，追了几座山后也退了回来。

花之魂也跟着众人跑，跑了十几座山峰后，其他人都被甩在了后面。渐渐地，花之魂发现桃花姐姐的步法，竟与自己的凌波微步大同小异。好奇之心一起，她便运足八成功力，朝前面飞掠。二人在月光下衣裙翩翩娇喘细细，时前时后，忽左忽右，体迅飞凫，飘忽若神，把凌波微步的上乘功夫，发挥得淋漓尽致。

跑完三十六座山峰、七十二条小河后，桃花姐姐突然止步。她回身拉着花之魂的手咯咯娇笑："好妹妹，颜若华服你了，你不但人长得比我漂亮，而且轻功也高出我许多了。"

声音充满梦幻和魔力，如金珠落在玉盘上，听得花之魂浑身舒泰如饮清泉。月光下，颜若华丰腴高挑艳光照人，那端庄秀逸的情态和沁人心脾的体香，令花之魂如见神灵肃然生敬。她上前拉着对方的手，高兴地叫了一声姐姐。

美丽的女人不仅要有娴雅的仪容、婀娜的风韵，而且还必须绝顶聪慧。这两条标准，花之魂和颜若华都占齐了。花之魂美在梅妒花愁的身材、冰雪般的肌肤、杨柳一样的风姿，以及冷艳高贵的气质。桃花姐姐则美在星月般的眼神，曲线玲珑的身躯，莺燕般的娇音，以及诗词般圣洁的灵魂。

原来颜若华是桃花城主的女儿，她大多数时间在家习琴棋书剑，偶尔也到江湖上游历。今夜她到马湖府，本来要找安土司的女儿安秀姝叙话，由于听众人商议谋反，所以才鸣琴示警。

对于安鳌谋反之事，花之魂和颜若华都极端不赞成。妄燃烽烟擅动刀兵，不管谁胜谁败，最后遭殃的都是老百姓，必须想法制止。

二人惺惺相惜，心意相通，相携着说了很多话才依依而别。

8.天罡北斗阵

辞别颜若华，花之魂怅然若失。

这几天不但没找到林秀儒，而且还介入了江湖纷争。要不要将安鳌谋反的事密报师尊？上官雄的武功那么高，我该怎么应对？表兄林秀儒究竟去了哪里，他会不会受人欺负，会不会有危险？哎！我太大意了，那天真不该发狠逞能猛追甘嬷阿兰。

天亮后，眼前突然出现了一湖空茫迷蒙的烟水，到湖岸的农家一打听，才知这是马湖。花之魂美美吃一顿莼菜和细鲢鱼后，租一艘木船，摇着桨儿缓缓步入水天。游玩一阵子，慢慢停下船，掬一捧清澈甘甜的湖水涤尽胸中块垒，顿时觉得神清气爽，原来多年羡慕追求的神女仙姑竟然就是自己。

下船后，沿着青石路拾级而上，不一会儿就来到了海龙寺。

寺里静悄悄的一个僧人也看不见。山门两旁的草书对联俏生生透出一股灵气："胜地有灵音，路转峰回，遍野风云禅管领；仙山无俗气，鸟啼花笑，一湖烟水我主持。"寺内除如来佛祖、观音大士、五百罗汉和三千比丘的塑像外，还供奉着蛮王孟获及其弟孟优、大将摩铁的金身雕像。孟获着彝装穿满耳子草鞋，身材伟岸气度不凡很有王者风度。走出孟获殿，花女侠十分纳闷，为什么平时香火兴盛梵呗清香不绝的海龙寺，此时竟死气沉沉隐隐传来一股肃杀之气？她警觉地拔出宝剑，快速冲进禅院，果见院中横七竖八，直挺挺躺着二十多具尸体。

死者全是海龙寺的僧人，一个个面容安详像睡着了一样，可见死时毫无痛苦，而且心情十分愉悦。不过有一点令花之魂生疑，那就是每个僧人的背上，都有一束新刺的桃花。春雨桃花剑法天下无双，只有她和师父紫霞真人会使，师父封剑二十年隐居深山足不出户，根本不可能到此向这些一心向善的僧人发难。她左想右想想不出事情的真相，正欲出门到其他地方打探消息的时候，佛号声中，海龙寺方丈无嗔已率众走了进来：

"善哉！罪过、罪过，海龙寺僧人何罪，竟招灭门浩劫，花女侠，请你给老衲一个解释。"

花之魂一怔，急忙抱拳辩解："大师，我也是刚到，这件事很蹊跷，我正在查。"

"查什么，这些人背上的桃花不是你的独门剑法吗？没想到你是这种人，我土包子看错了你。"

众人七嘴八舌都骂花之魂狠毒，任她千般解释也无济于事。骂到激愤处，蓬岛七星越众而出，刷一声布成天罡北斗阵，天罡星岳明大声喊道："各位武林同仁，今天不除去这女魔，往后江湖上将永无宁日，大家并肩子上。"

在岳明的鼓动下，江滨三霸也迅速排好阵式准备夹击花之魂。火苗子和土包子，见江滨三霸与蓬岛七星联盟，欲以众欺寡，十分不服，双双拦在花之魂面前。火苗子把五虎断门刀一挥抢先发话："大家且慢，花之魂虽可疑，但无确切证据，以多胜少不是好汉所为。"

"师弟说得对，水珠子坚决反对以多欺少，有本事就单打独斗，天山五子不和既当婊子又立牌坊的人打交道。"

高松听了水珠子的话十分难堪，洪梅怒视着水珠子欲言又止，罗汉竹两眼死盯着花之魂生怕她逃走。高松望了金刚子一眼，话语软中带硬：

"金大侠，你如何选择？"

金刚子闻言把脸一沉：

"四弟、五弟，不许胡闹，天山五子听无嗔大师的。"

火苗子见大师兄发话，立即收刀回到了木香子身边，土包子跟在火苗子身后，挥着齐眉棍边走边大声嚷嚷：

"如果方丈都赞成以多欺少，那你们的兵器，就全朝土包子身上招呼吧，我的肉厚，经得起砍杀。"

无嗔见金刚子这个滑头把矛盾交给他处理，心中虽不悦，但言行举止仍不失大家风度：

"阿弥陀佛，承蒙金大侠抬爱，那老衲就擅自做一次主。花女侠，我给你三天时间，三天后老僧在此等你的答案。"

说完话，无嗔身形一晃倒纵数丈瞬间不见踪影。江滨三霸见无嗔和天山五子都不蹚这股浑水，心中底气不足，慢慢退到门口作两手打算。沉默中，天罡星岳明在斗柄上一声长啸，接着把左手搭在地苜星冯二娘身上，冯二娘大吼两声，又将左手搭在天煞星吕逵肩上，这样一个搭一个，最后牛郎星王一腿暴吼六声，把蒲扇般的大手，啪一下搭在了织女星张三姑的香肩上。

张三姑纤腰扭了两下，右手一挥首先向花之魂发招。花之魂见对方的阵式，知道有些斤两，她将身子一斜，不退反进，利剑直取天伤星师豹、地母星云裳的咽喉。张三姑一掌击空，掌风蓬一声将两尺厚的院墙遥遥打了一个大洞。原来蓬岛七星使的是内力互用、资源共享的上乘功夫，每一招都是大家共同的力量，其威力胜过火枪大炮。

花之魂在天罡北斗阵中，左冲右突逐渐险象环生。蓬岛七星悠闲地坐在地上，掌风彼落此起、纵横交错，把天罡北斗阵织成了一张大网。花之魂感觉自己成了被猎人追杀的兔子，不论掠到哪里，身后都有凌厉的掌风遥遥追来。她本不想使出春雨桃花剑再结新仇，但见蓬岛七星坐在地上，举掌瞄住她的架势，再加上江滨三霸幸灾乐祸的表情，不由得怒火满腔。

激愤中，花之魂剑式一变，刚要使出独步天下的春雨桃花剑法，就听张三姑大声尖叫，撤回双掌一溜烟跑出了院门。

9.花之魂中计

原来张三姑怕花之魂的利剑割破衣裳，于是趁其他六星全力运功对敌之际，抢先弃阵而逃。

王一腿见情人逃走，无心恋战，虚晃一招也跳出了院墙。岳明正要把六人的内力传给张三姑，他见张三姑突然不顾大局逃去，只得硬生生收掌撤招，独自化解师弟、师妹们的六股大力。旁边的人只听得砰砰两声，接着岳明口吐鲜血跌出两丈多远，半天爬不起来。

天罡北斗阵一破，江滨三霸早已如惊弓之鸟，逃得无影无踪。金刚子上前扶起岳明，向他嘴里喂了一颗药丸，然后运功为其疗伤。木香子坐在大师兄身边打杂，唯有水珠子若无其事大呼精彩。火苗子和土包子望着花之魂，脸上的表情十分复杂。土包子横担着齐眉棍，神态十分恭敬："花女侠，你不要嫌我土，我土包子最讲义气，我们不恨你，相信你是被冤枉的。"

"五师弟，快过来帮忙。"木香子见土包子和花女侠说话，生怕他泄密，赶快将他唤了过去。

火苗子把大刀反插在背上，他看了花之魂几眼，笑嘻嘻地说："花姑娘，火苗子久仰你的芳名，打架斗殴是我的天性和特长，如有用得着的地方，尽管吩咐。"

"花姐姐，不要忘了水珠子，别的本事不敢夸口，但骂人的功夫世上除了我，还找不着其他人。"

金刚子见师弟妹们越说越离谱，非常恼怒，忍不住骂出声来。水珠子见大师兄竟然用下流话骂她，上前一巴掌打在金刚子嘴上，然后坐在地上放声大哭，任木香子如何哄都不依。直到金大师兄承认错误，并自打了几个嘴巴她才破涕为笑。

花之魂告别天山五子，踏着一路蛙声赶回马湖府时，已是三更天时候。现在表弟不知下落，仙师的印章更是无处可寻，唯一的办法是去马湖府找铁锋打探消息："林秀儒是在他手上丢失的，也许他比我还急。"

府衙里灯火通明，安鳌正在大堂上和众人议事："诸位，现在正是春播时节，从明天起，府衙里的人全部下乡监督各长官司。听到谁说安家的坏话，立刻乱刀砍死。"

众人散去后，安鳌悄声对上官雄说："上官守备，你三番五次怂恿我反叛，心里到底有多大把握？"上官雄双手抱拳深鞠一躬说："大人，不是吓你，目前黑龙会的势力已遍及大半个中国，沿海一带我扶桑人势如破竹，明军一溃再溃，用不了多久，我们就能拿下南京。这个时候，在成化小儿背后烧把火，绝对能为扶桑创下千古奇功。"

花之魂越听越愤怒，原来上官雄也投靠了扶桑浪人，他潜伏在安鳌身边，又手握兵权，要揭穿和阻止他的阴谋，还真有些棘手。思索间，安鳌又说话了：

"上官兄，我是夷人，先祖安济归顺朱元璋本属无奈，这里边有很多隐情。百余年来，西川夷人反明之举此起彼伏，尽管每次都失败，但也积累了很多经验。究其原因，一是散沙一盘，没有高明的带头人；二是孤军作战，没有强大的外援。现在有扶桑大军做后盾，安某心里就不慌了。"

二人密谋了很久才吹灯出屋。辞别安鳌，上官雄急匆匆往江边走，刚到码头就见两个头戴斗笠、腰挂长刀的浪人等在那里了。浪人一见上官雄，赶紧抱拳行礼，其中瘦高个子压着嗓子说：

"禀告堂主，天山五子不愿加入黑龙会，是否杀掉，请堂主明示。"

上官雄大手一摆，哈哈笑了起来："区区几个土包子，暂时不用管，只要他们不泄露我们的身份，那就还有用处。现在给你们一个任务，天亮前把安鳌的女儿安秀姝绑了，再设法嫁祸给铁锋或者花之魂。现在这两个人才是我们的劲敌。"

花之魂听得心惊肉跳：这上官雄太精明了，幸好我知道了他们的阴谋，否则就落入圈套了。

花之魂躲在暗处，等上官雄走远了才现身跟踪扶桑浪人。四更天时，果见两名大汉吃力地将一个大麻袋抬出了府邸。她不假思索，快步上前点倒大汉，提着麻袋飞身掠出院墙，跑到江边未及询问，就急忙替袋子里的人解绳子。

花女侠满以为袋子里装的是安秀姝，谁知双手刚伸出，大麻袋就自动破了一条口，接着一身材丰满、长发齐腰的女子一跃而出，手中的匕首哗一声狠狠扎在花之魂左臂上，汩汩的鲜血，瞬间染红了她洁白的衣裙。

花之魂大吃一惊，她抬脚将对方踢出两丈多远，抚臂倒纵丈余，才看清此人的面目，原来麻袋里面的人不是安秀姝而是洪梅。她鄙视了一眼目露凶光的洪梅，正要向她喝问，忽然蓬蓬数声，继而前后左右都有掌风袭来，纵目一看，原来蓬岛七星以及高松、罗汉竹已布好阵把自己紧紧围了起来。

高松扶起洪梅，怒视着花之魂恶狠狠说："姓花的，螳螂捕蝉、黄雀在后，你既中上官大人的妙计，又中洪梅的毒刀，任你功夫再高也难逃厄运，哈哈，你也有今天。"

花之魂没料到自己在追踪别人的同时，别人也在反跟踪自己，后悔刚才行事鲁莽中了小人的奸计。激愤中，她正要痛下杀手，突然两眼发黑一跤跌倒在地……

10.桃花姐姐被擒

迷糊中，花之魂隐约听罗汉竹说，大哥，这娘们太逗人喜欢了，你把她交给我处理吧。

高松没吭声，只听洪梅厉声喝道，你这家伙怎么老德行不改，还想跪两个通宵是不是？洪梅训斥完罗汉竹，又对高松说，大哥，以前我们三兄妹，浪迹江湖随心所欲多么潇洒，而今处处受上官雄限制，这种日子我过不惯。

好一会儿，高松才沉吟着说话。他说，二弟、三妹，难道我不想过逍遥日子？难道我想混个恶名？人在江湖很多事都身不由己。有黑龙会这棵大树，我相信日子会一天比一天好的，以后千万不要说上官大人的不是，记住祸从口出。

天罡星岳明绑住花之魂的手脚，地母星云裳解下头巾蒙住花之魂的双眼。一行人押着昏昏沉沉的花之魂，在晓风残月中，各自施展轻功，没过多久就来到了一处神秘府邸：

"报告堂主，我们的任务完成了。"

岳明抢前一步首先报告。洪梅见岳明抢功，很是气愤，她上前两步双手抱拳说："堂主，花之魂是我擒住的，我原以为紫霞峰的人好不得了，谁知竟然草包一个，堂主略施小计，她就中招了。"

"哈哈，你们都有功劳，今晚的活干得很漂亮。洪梅，把解药拿出来，先把她弄醒。"

其实，花之魂根本没被迷住，她虽受了点皮外伤，但无大碍，洪梅那点毒药，她还真没放在眼里。

在紫霞峰修炼时，师父既教她的仙法、武功，而且药功、毒功及各类暗器也是必修课。之所以任由高松等人押着上路，原因是她后悔自己大意，以至于中了上官雄的圈套："既然如此，那就将计就计，看对方究竟要搞啥名堂。"

蒙脸布一解开，洪梅赶快给花之魂的伤口敷药，她非常嫉妒对方的武功和才貌，如不是上司下令，她才不给花之魂治伤呢。大堂内的灯光很刺眼，花之魂眨了好几下眼睛才适应环境。她纵目一看，发现大堂中间虽有硕大的楠木柱头，但四面全是石壁，由此推断这里肯定是地下室，眼前这些家伙所干的事，肯定见不得人。思索间，大堂上方的蒙面人说话了：

"花女侠，你那么高的修为，怎么栽在蓬岛七星手里了？"

花之魂知道对方有意羞辱自己，心里虽有怨气，但回话的语气却很平静：

"你是上官大人吧，我奉师命寻找表兄林秀儒，误闯宝地，得罪之处，还请原谅。"

蒙面人哈哈大笑，他一把扯去脸上的黑布说："既然知道是我，那你就得做出点牺牲。第一，加入黑龙会，只要你加入，以后干什么事都顺风顺水。黑龙会强大的情报系统，唯我独尊的内功心法，独步三界的仙术法力，是紫霞峰乃至所有修仙者都望尘莫及的。"

花之魂冷笑两声说："上官大人，这件事我办不到，紫霞峰以前没有叛徒，现在和将来更没有，说第二件事吧。"

"那就留下《九天神曲》曲谱，否则，你就没机会见你的师尊了，擅闯军事要地，按律当斩。"

花之魂很镇定，她知面前这个魔头的本事，不能硬碰硬，只有绕着圈走，才能摸清对方的底牌：

"上官大人，那晚桃花姐姐弹奏的不是《九天神曲》吗？你找她要吧，我实在不知《九天神曲》的渊源，也没接触过。"

上官雄很不高兴，他抬手在楹柱上一拍，不怒反笑：

"花女侠，不要嘴硬，你下山那天，如果没有《九天神曲》相助，你能练成春雨桃花剑吗？别以为我什么都不知道，别以为你师尊的功法天下第一，实话告诉你，你的老师现在遇到麻烦了，黑龙会五大护法，会同毒龙潭主云霄客，还有落雁宫主晏灵姬，此刻恐怕已到山上了吧。"

花之魂吓得不轻，自己下山前的情况，只有师尊知道，难道山上出了叛徒？云霄客和晏灵姬的修为与师父相比，三人都在伯仲之间，虽然师尊略高一筹，但是如果云霄客与晏灵姬联手，再加上黑龙会五大护法，紫霞峰这次真就遇到大麻烦了。

师尊有难，我必须拼死相助，怎么才能脱身呢？花之魂左想右想，始终想不出好办法。

"怎么样，花女侠，考虑好了吗？如果你答应加入我们，你的师尊及紫霞峰就能暂时免除灾难，我们还可以帮你找到林公子。现在，毒龙潭和落雁宫也在全力搜寻林秀儒，这书呆子何德何能，让这么多人费心？"

为了尽快脱身，花之魂经过深思，决定答应上官雄第二个条件。那天师尊弹奏《九天神曲》时，她记住了好几个音符。反正上官雄也不知神曲原谱，胡乱写几个给他得了。

上官雄见花之魂转变态度，非常高兴，他叫无嗔大师把花之魂带到密室，反复叮嘱大师务必高度警惕，严防花之魂使诈。无嗔双手合掌，笑着对上官雄说："老衲在江湖上行走这么多年，还没栽过跟头，何况花施主还是杀害海龙寺众僧的嫌疑人，我不会轻易被骗的。"

无嗔说话的同时，右手食指弹出的蓝光，像一条毒蛇，把花之魂紧紧缠住。花之魂知道小无相功的厉害，论内功，她与上官雄、无嗔相比，目前至少还差着两个档次。她没有反抗，乖乖按无嗔的指示，昂首向门外走去。

无嗔和花之魂刚走，上官雄就接到了圣使的指令，他带领众人对着大堂上的圣主画像，三跪九叩行完大礼，轻咳一声说：

"云龙鹤听令。"

听堂主喊自己的名字，云龙鹤赶紧越过蓬岛七星上前行礼。上官雄说："云先生，你不是要找林秀儒吗，这家伙目前被困在阿甲的寨子里。阿甲这老东西，仗着祖上的飞龙令，仗着寨里神秘的机关，经常与本座作对。你马上带领天山五子、蓬岛七星还有江滨三霸入寨，不管用什么办法，一定要拿到飞龙令。阿甲的护院武师哈拉、贴身侍女阿针是本教中人，他们会全力配合你的行动。"

云龙鹤有点犹豫，他弯着腰怯怯地说："堂主，万一行动失败，我们的身份和目的不就提前暴露了吗？"

上官雄抬手一掌，打得云龙鹤双手护胸，差点哇一声呕出秽物："没用的东西，入了教竟然不知规矩，记住，以后我下达的每一个指令都是铁令，不能讲价。"

云龙鹤吓得面无血色，他双膝跪地行过大礼，弓腰驼背退出了大堂。

无嗔押着花之魂刚走出大门，忽然一股劲风斜刺里袭来。他一惊，双掌一错随即发出小无相功。只听砰一声，天空中像放了一个大礼炮似的，顿时光彩照人。

炫目的光环中，只见颜若华衣袂飘飘，踏着花枝凌空又是一掌。掌风过处，无嗔的僧袍瞬间鼓胀得像气球，他努力稳住脚步，含胸拔背，以九成之力与颜若华对抗。二人棋逢对手，不断变换身法和位置，一时间，庭院里树叶乱飞惊鸟哀鸣，站岗的武士目瞪口呆，好一会儿才给上官雄报告情况。

花之魂见机会来了，悄悄挣脱捆绑，对着无嗔就是一顿狠揍。无嗔抵不住两大高手的夹击，忍不住哇一声吐了两口鲜血。他扔掉花之魂的宝剑，踉跄着直往大堂里退。

颜若华止住飞身追赶的花之魂，拉着她就往庭外跑，二人绕树穿花跑过几幢楼台，正要施展轻功越出院墙，谁知一张大网悄然从头顶上落下，把她二人紧紧裹住。接着上官雄得意的笑声，就从水榭里乌鸦般飞了出来：

"桃花姐姐，你怎么也犯这种低级错误？看来《九天神曲》非我莫属了。"

11.御剑杀敌

这个时候，花之魂和颜若华，才真正领略黑龙会情报系统的厉害。

原来上官雄不仅发现了花之魂在跟踪偷听，而且还发现了颜若华的踪影。他不动声色，先设计擒住花之魂，再故意放出消息让颜若华上套。

上官雄知道，花之魂和颜若华都接触过《九天神曲》，只有把二人手中的曲谱综合起来，才知谁真谁假。现在自己的玄冥功已到八成境界，如没有《九天神曲》相助，此生不可能登峰造极，也不可能完成黑龙会赋予的使命。

花之魂和颜若华被大网吊在空中，二人既狼狈又难过，后悔自己年轻气盛没有江湖经验，以至于接连落入圈套。

上官雄知道两位美女的本事，尤其忌惮花之魂的利剑，他觉得必须先点住她俩的要穴，才能开网放人，否则凭一己之力，无论如何都不可能控制住两大高手。

上官雄背着双手得意地走到大网前，他运足劲刚要发出内力，就听铮的一声，抬眼一看，大网内忽然飞起了一道蓝光。

原来花之魂的宝剑自动出鞘，唰唰几声割破大网，然后围住上官雄不停转圈。上官雄吓得手忙脚乱，运足全部功力才将宝剑逼退。

花之魂的宝剑是历代仙师使用后遗留下来的，既凝聚着先师们的精气神灵，又暗藏临危救主的功法。尽管花之魂在历练期间还不能御剑杀敌，但危险关头，只要一个意念，就会与心爱的兵刃灵犀相通。但凡仙灵之物，都会选择主人，都会在主人遇到危险时或现身，或显灵，或暗中消除灾难，或首先玉碎以保主人平安。

颜若华看花之魂强运功力御剑，知道时间一久必定不敌上官雄。她挥掌击退闻讯赶过来的蓬岛七星，接连示警催花之魂快走。

花之魂很想及时脱身，但走不了，她被上官雄内力罩住，既撤不回宝剑，又伤不了对方，更使不出剑法。这时，云龙鹤、江滨三霸以及天山五子从各个路口围了过来。颜若华力战蓬岛七星虽有余力，但加上云龙鹤和江滨三霸就险象环生了。

天山五子不想与两位美女为敌，却又惧怕上官雄，他们守住大门既不进也不退，直到上官雄发火，才上前虚晃几刀。

打斗中，东方渐渐露出鱼肚白，一场春雨哗啦啦浇得众人狼狈不堪。花之魂不敌上官雄的玄冥功，开始一步步后退，颜若华独挡蓬岛七星、云龙鹤以及江滨三霸的联合进攻，逐渐已显败象。

高松看有机可乘，催动三奇六仪阵，剑锋直取颜若华的软肋。颜若华避开岳明的掌风，燕子斜飞绕过洪梅时，快速踢断洪梅两根肋骨，接着踏在洪梅肩上身形一纵，娇啸一声反手拔出追魂刀，一刀斩断云裳的左臂，一刀削断罗汉竹的兵刃，最后一刀，直取云龙鹤的面门。

云龙鹤吓得满地打滚，变换了好几个身形才避开刀锋。洪梅受伤，罗汉竹断剑，云裳断臂，刹那间，江滨三霸引以为傲的三奇六仪阵，蓬岛七星打遍天下无敌手的天罡北斗阵，竟然被颜若华同时击破。如不是高松割破了颜若华的衣袖，云龙鹤早成刀下鬼了。

上官雄大骇，他万没想到颜若华这么厉害，愤怒中他把功力提升到了极限。现在顾不上体面了，再不雷霆一击，等会儿颜若华过来，自己就会吃大亏。间不容发间，只听砰砰两声，接着上官雄啊一声惨叫，口喷鲜血连连倒退。

这时，院墙外突然掠进一个蒙面人，蒙面人遥遥一掌打退上官雄，继而双掌一错，绕开天山五子，砰砰砰打得高松和岳明等人尽皆倒地呕血。蒙面人挡在众人面前，待花之魂和颜若华双双跃出院墙，才嗖一声不见踪影。

跑出马湖府天已大亮，隔着雨帘，花之魂见蒙脸大汉的身形酷似铁锋，忍不住高声说："铁大侠，干吗不以真面目示人？"铁锋哈哈一笑扯去黑布说："你认得出我，绝对认不出另一个蒙面人。"

颜若华侧脸看着铁锋甜笑着说："难道除你之外，还有一个蒙面人？"

12.反出东厂

铁锋把二人引到亭子里，四处看了看才压低声音说，不错，前段时间，他一直在跟踪这位蒙面人。这家伙神出鬼没时隐时现，时而与安鳌密谋，时而向上官雄传达指令。好几次，眼看就要抓住对方，谁知关键时刻还是让他溜了。

通过坦诚交流，三人的感情和信任程度快速提升。

原来铁锋是钦差大臣张鸯的贴身护卫，安鳌伙同妖僧及扶桑人，意欲谋反的消息，朝廷早已知晓，为防安鳌狗急跳墙，成化帝令张御史为钦差，表面到马湖府为朝廷选美，实则暗中调查安鳌的兵力部署、粮草囤积、反叛计划等一系列情况。通过大半个月的明察暗访，铁锋已掌握了上官雄、安鳌以及夷山的大部分情况。

前天下午，铁锋奉张大人之令保护王大庆。去平夷司途中，他果然发现了杀手的踪迹。消灭杀手安顿好王大庆回来，铁锋正要去悦来客栈与张大人会合，忽听府衙旁边传来打斗声，循声过来一看，见两位侠女受困，毫不犹豫就加入了战团。

说完钦差大人的事，铁锋长叹一声，慢慢把话题转移到自己身上，他说判断一个人是否够朋友，其实是一刹那间的事。自从第一眼看见花之魂和颜若华，他就把她俩当成了侠女、朋友和妹妹，不管对方怎么想，以后的事态怎么变，总之这辈子他这个哥哥当定了。

为打消两位女侠的疑虑，铁锋把自己如何反出东厂，如何被东厂追赶缉拿，如何结识钦差张大人的过程，简略说了一遍。

看铁锋情真意切浑身充满正能量，花之魂和颜若华非常感动，二人甜甜叫声大哥，表示今后一定倾力相帮，绝不背信弃义。

说到动情处，颜若华脱口吟道："此义何人能领略，为君终夜费相思。"花之魂听颜若华念诗，也不落后，她略加思索随即吟道："莫笑容颜如倩女，须知风骨是神仙。"在紫霞峰时，国学和诗词是必修课，得师尊悉心指点，花之魂的诗词清新脱俗颇有仙风。刚才，颜若华的诗儿女情深，她的诗却仙气迷离。

铁锋不会吟诗，取下酒壶一个劲猛喝。他说今日天降两个神仙妹妹，实在是平生快事，待他日与林秀儒相聚，一定约上两个妹妹，四人高轩对酒喝个痛快。

铁锋三十左右年纪，身材魁梧仪表堂堂，一言一行都有大侠的风范。

女孩子喜欢一个人，并决定与他相处，除了看中对方的身材相貌，最重要的是感受到了他的内在气质。与高尚者为朋，他是山你就是水，他能挥剑站在猎猎风中，傲问天下谁是英雄，你就能在江南的鹧鸪声中，一笑倾倒无数座城池。颜若华双眉如远山青翠，顾盼生辉的大眼睛里波光粼粼。

她看着铁锋，总觉得很熟悉，似乎在哪里见过，是梦里？是川流不息的人流中？是前世还是再前世？她说不清楚，反正觉得自己和他有缘。

铁锋不敢和颜若华对视。他把酒壶挂在腰间，仰天叹一口气，接着自曝隐私，把淤积在心里多年的秘密说了出来。

按常理，他不该这么早说这件事，由于与两位侠女气韵相通、性格相合话语投机，加之猛喝了好几口烈酒，再者，他马上要去叙州见钦差张大人，说出此事，目的是让两位侠女帮忙打探消息。

铁锋反出东厂的原因，第一是极端愤慨东厂残杀忠良，第二个原因是寻找突然失踪的妻子水冰倩。

三年前水冰倩和丫鬟小翠上街看闹热双双失踪，至今没有音信。三年来，铁锋踏遍大漠江南东岳西山，始终没查到丁点消息。在半途中结识张鸾大人，率先来到马湖府后，在查探安鳌和上官雄秘密的同时，他意外发现了水冰倩留下的暗记。他断定水冰倩十有八九还在马湖境内，由于自己公务缠身，肩负着马湖百姓的安宁，所以只好委托花之魂和颜若华帮忙打探妻子的消息。

辞别铁锋时，颜若华有些依依不舍，眼里忽然荡起淡淡哀愁。她折一枝杨柳送给铁锋，万种相思都写在脸上。铁锋一心挂念失踪的妻子，虽觉得颜若华折柳送她别有深意，却不敢往深处想。他是个粗豪汉子，嘴里说不出柔情蜜语，更读不懂颜若华眼中的风情月意。

看铁锋大步流星头也不回，看颜若华怅然若失满脸绯红，花之魂忍不住嘻嘻笑了起来：

"桃花姐姐，你看啥？人家早走远了！"

"故人一去渺无踪，红尘又隔万千重。"

颜若华叹息着吟两句诗，展颜一笑故意岔开话题：

"花妹妹，你要去哪里？"

花之魂回答说想去紫霞峰，目前师尊可能有难，她必须尽快赶回去。

"你不寻找林公子了吗？万一他被人挟持，万一他遭遇危险呢？"

花之魂很倔强，她说林公子在夷山，暂时没有危险。目前粉碎黑龙会、云霄客和晏灵姬等人血洗紫霞峰的阴谋，才是当务之急。

权衡利弊，最后颜若华同意了花之魂的计划，并决定跟她一起上紫霞峰。二人昼夜兼程来到紫霞峰脚下时，山上已乱成一锅粥，紫霞真人的第二层结界已被群魔攻破。

13.微服私访

走出马湖地界沿江而下，刚到安边，铁锋就遇见了钦差张鸾大人的船队。

一月前，铁锋告别张鸾，从叙州出发，先到马湖暗中收集安鳌的罪证。通过明察暗访，他已掌握了安鳌意欲谋反的大量证据。张鸾听了铁锋的汇报，决定和铁锋乔装走陆路，临行时，张大人反复叮嘱李大人，五天后，务必率钦差卫队准时到达马湖府。

二人从安边骑马出发，刚入马湖境内，就探听到了一件怪事：

但凡大户人家办喜事，花轿从新娘家出来后，不到新郎家，而是直接抬到府衙，必须等府官大人行使完土司权后，再抬回家拜堂。这期间，如果成亲的人多，如果府官安鳌忙不过来，新郎家除了在衙门外排队等候，还得付给安知府帮忙消灾的酬金。

"大胆安鳌，凶残野蛮，其罪可诛。"

张鸾牵着马，一边向路人打听消息，一边与铁锋并步而行。

这次奉圣旨调查安鳌，一路上张御史都遭遇追杀。好在铁锋武功高强，每次都有惊无险。铁锋和张御史是在渝州认识的，他原是东厂的捕快，由于妻子水冰倩突然失踪，由于不愿滥杀无辜残害忠良，于是便反出了东厂。

张鸾在渝州遇险被铁锋相救后，二人意趣相投，很快成为无话不说的朋友。张御史爱才，他恳请铁锋留在身边作护卫，待回京后再给他谋职位。铁锋不要官职，坦言受不了官场上的陈规陋习，他承诺贴身保护张御史，完成任务后便浪迹江湖。

"大人，前面就是马湖府，你的钦差卫队也应该快到了吧。"

铁锋的问话，一下触动了张鸾的思绪。近年，从叙州转呈上来的奏折，全是状告安鳌蛮横残暴的。以前，皇上看了奏本，只是微微一笑。半年前，一份六百里加急奏折，令皇上龙颜大怒，决议彻查安鳌。张鸾虽在皇上面前力证安鳌有罪，然究竟能不能参倒这个土皇帝，他心中也无数。

"铁锋，你先前到过马湖，安鳌除了推行土司权，还有什么大罪？"

铁锋紧走几步小声说："大人，安鳌除了野蛮欺压百姓，还任用妖僧，大练撒豆成兵的妖术。此外，守备上官雄正四处招兵买马，日夜打造兵器，加紧训练士兵。种种迹象显示，他们即刻就要造反。"

"呜哇，呜哇！"

二人议论间，前面乌衣巷口，突然闪出了一乘花轿。花轿周围的人全都低头走路，每个人脸上都写满屈辱、愤恨和无奈。花轿里的哭声很凄惨、很悲凉。张鸾侧身让过抬轿之人，微笑着拦住后面一老者温言问道：

"老人家，这迎亲娶妻本是大喜事，你们为何不高兴？"

老人衣衫虽整洁，精神却垮了架。他看四周无人，抹一把泪小声说："客官是外地人吧。该做生意去做，要住店从这里拐弯，千万不要乱打听，否则会惹来杀身之祸。"

铁锋看老者噤若寒蝉，忍不住上前插话，他说老人家不要怕，这位是钦差张大人，是皇上派来微服私访的，你有什么冤屈尽管说。

"哈哈，别逗了，几百年来，皇上从没派人来过马湖府。天高皇帝远，马湖永远是安家的天下。"

看老者垂泪而去，张鸾很气愤，他对铁锋说："安家是世袭土官，在这里根深蒂固。为了安全，我们不要轻易暴露身份。走，先去悦来客栈住下，再去府衙看看！"

府衙里闹哄哄的，张鸾向门卫一一使了许多银两才得以进入。大堂内，安鳌皮肤黝黑，铁塔般坐在太师椅上大发雷霆：

"上官雄，你是什么东西，敢跟我抢夺权力？"

上官雄一脸不耐烦，他行个礼双手抱拳说："大人，夜头领的女儿抬进府衙半月，人家天天送礼催促，你又照顾不过来，我此举完全是维护你的声望和权威。"

安鳌勃然大怒，他拍着桌子说："就算我忙不过来，也没你的份。我菜板上的肉，放烂了也不许碰，下不为例。"

上官雄表面唯唯诺诺，心里却在愤骂："老东西可恶，你夜夜吃肉，难道我偶尔喝口汤都不行？"

安鳌看上官雄心存怨愤，暗想这家伙目前得罪不得，还得笼络一下：

"上官守备，兵马粮草聚集得怎样了？"

上官雄看安鳌笑眯眯问话，咳了两声说："报告大人，山口惠的撒豆成兵术已练成，只要拿下夷山得到飞龙令，我们就有几十万雄兵，就可以举事了。"

"好极了，上官大人有功，先前的事一笔勾销了。"

上官雄面带喜色，刚才的不快一扫而光。

"大人，土司权是朝廷明令废除了的，我建议取消此项陋习。"

说话者是平夷长官司王大庆，他身材消瘦，一脸正气，一点也不怯阵。安鳌盛怒到了极点，他拍两下桌子大声问：

"王长官莫非也想行使权力？"

王大庆环顾四周，侃侃而谈，他说，为官者，应以百姓疾苦为先，普天之下莫非王土，我们既然归顺朝廷，那就得遵守大明律法，千万不要自以为是，自立为王，否则会招来灭门之祸。

"给我拉出去杀了。"

安鳌的话还没说完，大门外就走进一位气宇轩昂的小伙子。小伙子喝住士兵，双手扶住王大庆转身对安鳌说：

"父亲大人息怒，小儿安宇有话要讲。"

得到允许，安宇开始阐述观点。他说，王长官司的话不无道理，时下，平夷、蛮夷、泥溪、雷波、沐川诸长官司，对府衙都有怨言，有的甚至到叙州府告状。他断言，目前朝廷肯定掌握了安家许多罪证，说不定已有钦差在境内微服私访。为了安家几百年基业，他建议立即废除陋习，斩杀装神弄鬼的妖僧，遣散聚集训练的兵马，从此亲民爱民发展农耕。

"一派胡言，给老子掌嘴。"

安宇的话还没说完，就被卫士打了十多个嘴巴。安鳌吧嗒吧嗒抽完水烟，将散发着恶臭的双脚高高搭在案桌上说："习俗不能废，这是安家权力的象征，兵马更不能遣散，只要朝廷敢施行改土归流政策，只要钦差巡查到老子头上，我就给他们干到底。"

训完话，安鳌开始分配任务：

各长官司要弄清各寨各户成年女子的准确情况，每半月向本府报告一次。如有瞒报、漏报者，一律扣除当月俸禄。府衙里的人分五个组到各司巡查，查不到问题者，扣除当月俸禄，再罚上街打扫卫生十天。

听大堂里安鳌飞扬跋扈的笑声，张鸾气得真想马上将其正法。他把铁锋拉到偏僻处，小声说："那个王大庆很可能要遭暗杀，你悄悄尾随，务必保护重要证人。"

铁锋有些犹豫，他说："我走了，你怎么办？"张鸾胸有成竹地说："应该没问题，如果你在悦来客栈找不到我，那就等钦差卫队到了，拿着圣旨直接到府衙找安鳌要人。没弄清我的身份前，他不可能杀我，最多关几天。"

"大人，你是朝廷命官，不能以身试险。"

看铁锋磨蹭，张鸾很生气："不入虎穴焉得虎子，如果王大庆死了，我们就找不到突破口，别犹豫了。"

铁锋掠出院墙后，张鸾调理好情绪，从行囊里拿出布幡撑开，嘴里念着驱邪缚魅，保命护身的咒语，微闭双目直往大堂里走。

"何方妖道，敢在府衙装神弄鬼吓人，赶快滚。"

卫士的吆喝声惊动了安鳌，这时多数衙吏都散了。大堂里只有安鳌和儿子安宇在吵架，安鳌骂安宇不孝，安宇说安鳌不忠。听外面喧闹，安宇首先走出大门，他看张鸾天庭饱满地阁方圆，目光中隐隐有浩然之气，知道对方不是一般江湖术士：

"先生能否为在下面个相？"

张鸾细看安宇几眼，围着他转一圈，呵呵笑道："公子浓眉大眼，骨骼清奇，外加印堂发亮，浑身紫气萦绕，如心存善念修身积德，将来必有一番作为。"

"那你帮我测个安字，看看祸福如何？"

不知何时，安鳌悄悄站在了张鸾身后。张鸾镇定，一点也不慌张，他告诉完安宇修身积德的秘法，转身看着安鳌吃惊地说："阁下这个字，上边是家下边是女。女者色也，色字头上一把刀，一生沉迷便为祸水。如有人在女字上做文章，让阁下后院起火，那安字就会变为灾字。总之，阁下印堂黑暗，浑身妖气缠绕，近段时间很可能要惹大麻烦。"

"拖出去乱刀砍死。"

"大人，我冤枉。"

安鳌哈哈狂笑，他说："别以为我没认出你，单凭你的口音，本府就能断定你是朝廷派来的奸细。"安宇挥手示意门卫后退，他走到安鳌面前小声说："阿爸息怒，我认为把这妖道先关起来为上策。"

安鳌一脸恼怒，他上前狠踢张鸾几脚，杀了多好，一点后患都没有。安宇冷笑两声，神秘地说，如果他真是朝廷奸细，那他身后肯定还有大鱼，我们杀了他，线索就断了，不如把他做诱饵，等钓出大鱼后再一网打尽。

"哈哈，这才是安某的儿子，这事你看着办吧。"

安宇把张鸾带走后，安鳌在大院里游走几圈正要回去休息，就听门卫禀告说，蛮夷司阿竹送女儿来了。安鳌大喜，本来他不放心安宇，打算亲自去大牢折磨张鸾的，现在有好事上门，他只得暂且放过朝廷奸细。

安宇把张鸾带到后厅，喝退家丁关上门，噗一声对着张鸾纳头便拜：

"家父做事鲁莽，还请大人不要与他计较，有什么罪，都让我一人承担吧。"

张鸾很纳闷，他扶起安宇诧异地问：

"我现在是你们的阶下囚，公子何出此言？"

安宇只管叩头，他说，大人不原谅安宇，安宇就跪死在地上。张鸾哈哈笑道，既然安公子已看破我的行藏，要杀要剐，那就请便。安宇把头磕得砰砰响，他说我知道父亲作恶多端，罪不容诛，我已曾多次劝说他不要危害百姓，但他就是不听，我不为父亲求情，只为马湖的百姓求情，倘若大军到来，请大人开恩，只降罪知府安鳌和守备上官雄，放马湖府的百姓一条生路。

安宇的话一下子感动了张鸾，他万没想到凶恶残暴的安鳌生出这样一个通情达理的儿子。为防泄密，张鸾没承认自己的身份，只是答应以后尽量在叙州府李大人面前帮忙美言。安宇看张鸾的言行气质，料定他不是一般人，他把张鸾藏在自己的屋里，夜半三更时再偷偷把他送出府衙。

三天后，府衙门外忽然传来"圣旨到，马湖府安鳌接旨"的吆喝声。安鳌闻听禀告，心里凉了大半截。在侍女们的忙活下，他草草穿上官服跑到府衙时，叙州府官李大人带着钦差卫队，已经肃立在高台上了。

14.绑架安宇

安鳌看李大人亲自前来，赶紧低头下跪：

"下官安鳌率众接旨，吾皇万岁万岁万万岁。"

同为府官，但马湖府受叙州府羁縻，所以安鳌不敢在李大人面前放肆。李大人环顾四周威严地说："安知府，你可知罪？"安鳌抬起头装出一副委屈相。李大人看对方装糊涂，上前两步直接把话挑明：

"安知府，前几天，钦差张鸾御史，微服私访到你府中，你快把他请出来宣读圣旨。"

安鳌吓出一身臭汗。他担心的事终于发生了，原来那个测字先生果真不是凡人。怎么办，事已至此干脆来个死无对证，马湖府是老子的天下，看你们能把我咋样。

彷徨时，门外忽然传来了高喊声：

"钦差大人驾到，安鳌接旨。"

吆喝声未毕，张鸾身着官服，手执圣旨，在钦差卫队的簇拥下大步从门外走来：

"奉天承运，皇帝诏曰。毓秀钟灵之乡，必有沉鱼落雁之女。朕素闻马湖府多美人佳丽，特令御史张鸾前来选美。此事关系重大，叙州知府及马湖知府必须全力配合，不得有误。钦此！"

听完圣旨，安鳌长舒了一口气，原来是选美女，马湖境内多的是，吓老子一跳。

"安大人，还认得本官吗？真是不打不相识。"

张鸾把圣旨交给安鳌，拉着他的手和颜悦色说起了话。安鳌一脸通红，他羞愧地说："张大人啊，小的有眼不识泰山，差点酿成大祸。你怎么处罚我都行。"

张鸾哈哈大笑，他岔开话题说："安知府莫怪，未来马湖前，本官就听说，知府有个好儿子，于是便故意乔装试探他。通过这几天的交谈和了解，本官发现，令郎安宇的确是人中龙凤。"

"哎呀，那个孽子，处处与我作对，大人怎么会赏识他？"

张鸾很想当众怒骂和惩治一番安鳌泄愤，然而转念想到这几天和安宇的交谈，想到此行的重任，只好把个人恩怨放到一边。他打着哈哈不断与安鳌套近乎，弄得对方云里雾里摸不着头脑。

当天下午，张鸾一行人在府衙吃饭。席间，张鸾和李大人轮番给安鳌敬酒，共同商议选美大事。

安鳌醉醺醺说："各寨、各长官司成年女子的名册就在府上。张大人先一一过目初选，选中后我再派人把她们送上来，这事简单，二位大人不要担心。"

张鸾连声道谢，他说，为皇上办事，本官不敢大意，必须每个寨子都去一趟。安鳌喷着酒气嘻嘻笑道："张大人要亲自目测考核，这很好，带路的事就包在我身上。"

"还是微服私访好，本官不想扰民。"

喝完酒回到画船上，恰逢月上柳梢头。看江边渔火点点，再听琴弦叮咚，张鸾感慨万千。他说安鳌虽坏，但其子安宇却是可造之才。这次如不是他极力保护，我恐怕已遭暗害。

信步船头，远远看见铁锋站在岸边等候，张鸾赶紧令卫队放行。铁锋看大人无恙，舒心地连饮了三大碗酒。他把厚厚一叠奏折交给张大人说，这是王大庆精心收集的证据。里面的时间、地点、人物和事件都很详细，请大人过目。

张鸾一气看完奏折，当即兴奋得直拍船沿。他说皇上看了这些文字，安鳌再有神通，也保不住命了。李大人接过奏折看了几页，气得直跺脚，他向张大人连连请罪，自责监管失察。

张鸾扶起李大人，严肃地说："看来安鳌谋反已成定局，我必须到叙州，六百里加急向皇上报告紧急战情，另外还得紧急调动兵马粮草，趁安鳌谋划之机，先下手将其镇压。"

"大人，上官雄已在周围暗布伏兵，要脱身很难。"

铁锋很担心二位大人的安危，他说如果硬闯，那就和安鳌撕破了脸，我们这点人，要不了多久就会被消灭。

李大人沉吟一会儿，小声说："下官有个办法，就是太委屈张大人。"张鸾不介意，他说："为了百姓安宁，我受点委屈没关系，事情紧急你就别绕弯子了。"

李大人的计划是这样的：明晨天微亮，他就坐船回叙州，他陪同钦差前来，事毕自然该回去，这一点安鳌不会怀疑，也没理由阻拦。张大人乔装成摇橹的船夫，绝对能瞒天过海。钦差卫队继续留在官船上，由铁锋全权指挥。明晨，只要找个身材与张大人相当的侍卫，穿着大人官服与李大人告别，以后，隔几天在船上走一圈，就能骗过安鳌争取大量时间。

张鸾完全赞同李大人的计划，他拍拍对方的肩膀高兴地说：

"李大人高明，就这样定了。"

与此同时，府衙里，安鳌和上官雄等人也在紧急密谋。

安鳌有些犹豫，他说张鸾选美肯定是幌子，真实意图绝对是暗中调查。如果选择主动认罪，看在历代先祖的功劳上，朝廷或许会网开一面。安宇说我们练兵是保护朝廷利益，只要没打出反叛旗号，一切都来得及。他建议诛杀扶桑妖女，主动向张大人请罪。

上官雄不干，他说我们厉兵秣马多年，眼看就要成功了，节骨眼上大人千万不要打退堂鼓。

"都是你这家伙惹的祸，什么黑龙会，老子不受他管。"

这个时候，安鳌才知自己上了黑龙会的当。假如自己不反，朝廷施行改土归流，最多削去我的府官职位，安家的俸禄、地位依然还在。然而一旦喊出反叛口号，自己就成了靶子，且不说其他，单是李大人的长宁军，我就应付不了。

"大人，乌蒙、乌撒，芒部、雄州，还有筠连夷的头领，都派专人前来联系，只要大人举旗，他们马上调兵支援，别犹豫了。"

上官雄不断给安鳌打气，他说："现在就剩夷山没拿下。你给我半月时间，我一定把飞龙令抢到手。"

"半月后，见不到飞龙令，这事就别提了。"

看安鳌懒洋洋打不起精神，上官雄说几句硬话，借故退出了府衙。回到兵营，他立即喝令下属议事。他看云龙鹤哈欠连连，眼光长时间在木香子身上转悠，中指一弹，将云龙鹤点翻在地：

"都啥时候了，还提不起精神？"

云龙鹤痛得泪花直冒，他大气不敢出，低头退到高松旁边站好。

"大人深夜召集我们，莫非有十万火急之事？"

无喷见大家都不敢发问，仗着身份走上前打破了沉默。

上官雄说："朝廷派出的钦差已到马湖，安家大势已去。趁双方还没撕破脸，我们必须加紧行事。首先，夷山飞龙令必须抢到手；其次，山口惠等人的撒豆成兵术要快速投入使用。总之，不管用什么办法，一定要逼安鳌反叛，这是圣主的旨意，只有按计划行事，我们的目的才能达到。"

"如果安鳌向朝廷妥协怎么办？"

云龙鹤捂住疼痛的脸颊，终于大胆说出众人心里的疑惑。

"他不反，我们打着他的旗号帮他反。"

上官雄起身来到云龙鹤面前，装出一副和善的模样说："云公子，令尊大人嘱咐我多磨炼你，所以我才对你严格。明天一早，你带天山五子还有塞北双雄进夷山，务必拿下夷山得到飞龙令。阿针和哈拉都是黑龙会的会员，他们会配合你的。"

"多谢上官大人栽培，云某一定不负重托。"

众人走后，上官雄把蓬岛七星叫到身边说："安宇这厮，很可能要坏事，你们找个机会把他绑架到隐秘地藏好。还有王大庆这个人不能留，务必满门斩杀，完事后嫁祸给安鳌。"

一切安排完毕，已到四更天。上官雄走出门仰望一钩残月，想着即将实现的宏图大业，禁不住发出了得意的笑声。

15.阿针

林秀儒在丛林中昏头昏脑跑了半个月，渴饮山泉，饿食野菜。直到确认妙人儿没有追来才放慢脚步，尽情欣赏杂花生树、淡妆浓抹的三春美景。

一天中午，他躺在河边的大石上，正思考如何走出夷寨的时候，溪水中忽然漂来一具尸体。

死者是位年轻人，面目清秀，十分俊雅，着武士衣装，背上中了无数刀，右手紧紧握着一块硕大的金牌。

林公子把死者拖上岸，取下其腰间的宝剑在沙地上掘一个坑，草草掩埋了这位不知姓名的白面儒生。出于好奇，他使劲掰开死者的手，取出了那块亮闪闪的金牌。

金牌正面铸着一条飞龙，背面全是夷文，圈圈点点一个字也不认识。把玩一阵，他觉得这块牌是不祥之物，于是随手将其扔进风中扬长而去。

翻过两座山后，密林中远远传来激烈的刀剑声，以及愤怒的争吵声：

"狗杂种，竟敢偷抢飞龙神令，赶快交出来，不然休怪本姑娘手毒。"

"甘嬷阿兰，你不要欺人太甚，马湖六丐一忍再忍并不是怕你，飞龙令刚传到我们手中，就被妙手书生偷走，信不信由你。"

林秀儒一听妙人儿的声音，吓得魂飞魄散，回头就跑。从妙人儿与马湖六丐的吵闹中，他已知道先前丢掉的牌子，就是夷人视为神物的飞龙令。于是急忙原路跑回在草丛中寻找，很费了一番工夫才找着。

中午过后，太阳暖暖照着层峦叠嶂，遍野飞花让林秀儒辨不清方向，他把亮闪闪的金牌藏进怀中，刚涉过九曲回环的小溪，就听竹林里一阵喧哗，接着七八个姑娘唱着山歌直朝河边跑来：

"四月荷包四面黄，江边沐浴情义长。家中还有半缸水，假意挑水会小郎。"

姑娘们迎着艳阳，看着林公子嘻嘻甜笑，她们丢掉水桶，微笑着用纱巾蒙住头脸，旁若无人在水中自由嬉戏。

林秀儒博览群书，见此情形，隐约记得哪本书上，曾有这样一段文字描写：

"其处无刑法，但犯罪即斩，有女长成，都于溪中沐浴。男女自相混淆，任其自配，父母不禁，名为学艺。"

他深知此地风俗怪异，加之吃过倪彩霞的大亏，因而不敢停留，眯着眼使劲朝下游奔跑。

飞珠溅玉的清流中，到处都是蒙头洗浴的夷家女子，这些姑娘肌肤细腻、身材窈窕，神态自然毫不掩饰。这种放纵的行为，和汉家女子背烛解衣，羞答答的风姿，形成了鲜明的对比。

林公子自幼受孔孟思想的熏陶，脑海中尽是"胸中正则眸子了焉，恭者不侮人，男女授受不亲"的古训，哪里见过这等场面。为了不惹麻烦，他一直低头朝前走，任河边的女子百般盛情呼喊，也不理睬。

走过九湾十八桥后，河水的流速陡然变缓，林公子的心潮也慢慢平静。他倚在桥上，正为自己庆幸的时候，突然一首湿漉漉的山歌，贴着水面甜甜向他飘来：

"夷家妹儿哟好人才，过路的阿哥哟请你留下来，我家的大门为你开，遍坡的牛羊随你宰。"

唱歌的女子身披轻纱风姿绰约，看样子刚出浴不久，她身后跟随的两条牧羊犬，剽悍凶猛十分吓人。

林秀儒见姑娘那双会说话的眼睛，一直火辣辣看着自己，吓得手脚发抖，赶忙跨过桥栏向山下狂奔。他刚跑出数十丈远，就被姑娘的两只大犬扑翻在地。

那两只大犬极通人性，一只叫毛子，一只叫乖乖，它们虽将书生扑倒在地，却没有伤害他，只是紧紧叼住他的衣服不让其逃走。

唱歌的女子生怕客人受到伤害，急忙上前吆喝。她一边为林公子拍打灰尘，一边望着他咯咯娇笑：

"姑爷，快给我回去，阿兰小姐找你找得好苦哟。"

原来，这女子是妙人儿的丫鬟阿针，她奉小姐阿兰之命，在此等候林公子多日了。林秀儒以为在丛林中躲藏半月，就能摆脱妙人儿，谁知九庄十八寨，到处都是甘嫫阿兰的眼线和哨卡，在两条凶猛的大狗面前，他实在无计可施，只得乖乖跟着阿针上路。

阿针不但善解人意，而且很会说话，她见林公子愁眉苦脸闷闷不乐，粲然一笑长袖一挥，站在路中央边舞边唱，直唱到书生脸上露出笑容才继续赶路。

阿针文静清秀的脸蛋、动感十足的舞姿，以及自然大方的神态，使林公子如饮佳酿飘然欲仙，心中的烦恼也随风而散。一路上，阿针给书生讲了很多夷家的风俗和规矩，林公子听了连连点头牢记在心。

渐渐地，他发现阿针虽是丫鬟，但丽质兰心非常体贴人，比娇野蛮横的妙人儿要可爱得多，于是对她渐渐生了好感。阿针见林公子风度翩翩心地善良，也十分敬重他。几天时间，二人就成了无话不说的朋友。

夷家的楼房全都依山而建、临水而居，每一幢都设计得独具匠心，尤其是阿兰家，曲廊回栏层层叠叠简直就像宫殿。阿甲是夷山的总头领，统管着梅洞、清平、石笋诸寨，其势力范围，东到泸、叙，南到乌蒙，北到嘉定。由于掌管着飞龙令，所以安家历代世袭府官，都要敬他几分。

家里很平静，守门的武士不知哪儿去了。阿针喊了半天，总管哈拉才打着哈欠走出东厢房。

哈拉五大三粗一身横肉，平素最爱用下流语言调戏丫鬟，有时甚至对阿针动手动脚。阿针很不喜欢哈拉，这段时间，阿甲老爷闭关，寨里大事小事都是哈拉说了算，尽管很讨厌这个瘟神，但阿针还是笑着行礼打招呼：

"哈总管，人都去哪里了，该不是出事了吧？"

哈拉横眉看一眼林秀儒，粗声粗气说："阿针，以后没有我的允许，不准随便带男人进寨。"

阿针不理哈拉，她和林秀儒沿着长长的石梯拾级而上，刚走到大门边，就见身后的毛子和乖乖狂吼一声，同时扑进门去。

16.夷山禁区

门内的两条大汉，猝不及防腿脚被咬得血肉模糊。

阿针见状吆喝两声，急忙上前救人。她见这两人面生，退后一步，刚要开口问话，就听西厢房里传来一阵阴沉沉的笑声：

"哈哈，塞北双雄原来不及夷家二犬，真他妈丢人。"

话音未落，一青年文士手持花扇大步走了出来，他左手一抖，两支金钱镖脱手而出，不偏不倚射在毛子和乖乖的脑门上。两只大狗呜呜几声，痛苦地挣扎了一阵随即倒地身亡。

林秀儒认得此人，知道他就是江湖上名声极坏的采花贼云龙鹤。阿针见院里尽是陌生人，不知家中发生了什么事，她把林公子拖到身后，指着云龙鹤大声责问：

"你们是什么人？为什么杀我的狗？夷山不欢迎你们这样的客人，赶快出去。"

云龙鹤一言不发，他眯眼看着阿针，无限销魂地说：

"好妹妹，哥哥喜欢你，嫁给我好吗？"

林秀儒见状大怒，一巴掌过去，云龙鹤脸上立即现出五道指印。云龙鹤摸了摸脸，一脚将书生踢出五六步远。他恶狠狠骂道：

"你小子少见多怪，在溜溜的夷山，凡是溜溜的未婚女子，随你溜溜的求，溜溜的爱，这是夷家的风俗和规矩……"

阿针趁云龙鹤说话之机，左膝一抬猛撞其腹，继而一脚跺在云龙鹤的脚趾上。她扶起林公子，环顾着众人大声说：

"夷家所有规矩和礼仪只对朋友，你们是豺狼，迎接你们的只有弓箭和刀枪，赶快出去，不然我要发信号招人了。"

话音刚落，东厢房里立即传来呼救声：

"阿针，哈拉是内贼，你快跑，快去把小姐找回来……"

阿针一听老管家的声音，赶快迈步出屋，但刚踏上第一层台阶，就被云龙鹤拦住去路。云龙鹤扣住阿针的脉门，朝屋内大声吼道："给老子狠狠地打，不说出甘嫫阿甲和飞龙令的下落，就打死他们。"

屋内的皮鞭声和家丁、丫鬟们的惨叫声此起彼伏，听得阿针泪眼凄迷。她望着林秀儒，不断向他递眼色，意思叫他赶紧逃跑。林秀儒昂首走到云龙鹤身边大义凛然地说：

"以强凌弱，非君子所为，云先生，请你放了他们，我带你去找飞龙令。"

云龙鹤一脚踢倒书生，踏在他背上狠毒地说：

"你小子少耍花招，凭你也配知道飞龙令……"

无计可施的时候，阿针突然变了个人似的。她一脚将云龙鹤踢出四五步远，然后指着他的脑袋大骂：

"你算什么东西，想在夷山撒野，还得问我阿针同不同意。"

云龙鹤第一眼看见阿针，心里就起了邪念。上官雄曾告诉他，阿针和哈拉，都是黑龙会尚未激活的会员。昨天，他把一颗黄豆塞进哈拉嘴里，将其激活并占领了阿兰的寨子。刚才他拉着阿针的时候，利用毒龙潭的魔法，瞬间激活了阿针体内的蛊虫。看阿针面容扭曲，目露红光，云龙鹤大喜，他上前行个礼嬉笑道：

"久仰阿针小姐芳名，云龙鹤这厢有礼。"

阿针瞟着云龙鹤，眼波里立即荡起一层水波，她妖冶地扭几下腰肢，双手扶起林公子，板着瓜子脸娇声喝道：

"哪里来的坏蛋，吃我一刀。"

阿针身形一变，反手抽出月牙刀，对着云龙鹤和塞北双雄，就是一连串的致命攻击。云龙鹤折扇一摆，嗖嗖射出几枚暗器，阿针接连两个鹞子翻身避开暗器，双脚在翘檐上一踏喝声"飞天斩"，如一只黑鹰疾掠而下。她一刀逼开云龙鹤，另一刀砍得周家兔血肉横飞。

云龙鹤大骇，他跟跄着退到石梯下，喊声扯呼率先跑了出去。阿针见塞北双雄跟着逃跑，喝声哪里走，双刀一摆也跑出了寨门。

云龙鹤一帮人走后，阿针才折回来，她和林秀儒砸开大锁，救出了被捆打得伤痕累累的丫鬟、家丁们。

老管家一见阿针，激动得老泪纵横。

原来护院武师哈拉趁阿兰小姐外出、阿甲老爷闭关之机，与马湖六丐里应外合，秘密盗走了甘嫫家族祖传神物飞龙令。今天早上，阿兰小姐刚出门，云龙鹤就带着一帮大汉闯了进来，他们见男人就打，见女子就侮辱，还一个劲逼问老爷闭关的地方及飞龙令的下落。要不是阿针及时前来，还不知这姓云的流氓，要闹到什么地步。

安顿好家中的一切，阿针决定连夜上后山探看老爷阿甲。她和林公子进入山谷时，天已入暮。

四野静悄悄的，一个人影也看不见。为了在阿针面前表现男子汉气概，林秀儒带头走在前面。他搀扶着阿针在月光下走了一段路，阿针又将他拉到了身后。

阿针说后山是夷人的禁区，一般人根本进不去，因为每个山谷都是一道生死门。

三十二座山峰、七十二道河流组合起来，就是一个什么八阵图。山里不但有虎豹、毒蛇和群狼，而且还有哑泉、毒草及瘴气。凡是擅闯此山的人，不是迷路困死就是被虎狼、毒蛇咬死，没有一人活着出来。

林秀儒听了这些吓人的话，步子反而迈得更快，他虽不会武功，但胆量超凡。

皎洁的月光水银般泼在地上，远山近岭一片朦胧。花儿睡了，鸟儿睡了，只有深山中四处嚎叫的野狼没睡。

林公子跟在吐气如兰、衣袂飘飘的阿针身后，真想和她就这样一辈子走下去。走出深山，走回远古，走到天之涯、地之角、人之初，一直走到时间和空间的尽头。

第二天一早，阿针正在幽谷中给林公子讲述如何辨别晨岚和瘴气，怎样识别兽道和人行路的时候，云雾山中忽然传来一阵惨叫声。

他们攀上悬崖往下一看，见沟谷中百余条恶狼，正围着塞北双雄撕咬。周家兔、罗野马虽勇猛地杀死了二三十条狼，却敌不住群狼的联合进攻，不一会就精疲力竭成了饿狼们的美餐。

阿针知道塞北双雄的死因，是他们自己造成的，周家兔受伤后，没有处理干净身上的血腥，是血腥味惹来了群狼。二人叹息一声，深为这两条不算太坏的汉子惋惜。

第三天依然艳阳高照。二人翻过几座山脉，远远望见了云遮雾绕的独秀峰。

行走之间，林秀儒隐隐听到密林中有微弱的呼救声，他拉着阿针进林一看，顿时吓得心胆欲裂。

原来，一条水桶粗的白花蛇，把云龙鹤紧紧缠在一棵大树上。

17.神秘的石窟

那条长蛇十分凶猛，斗大的蛇头吐着红信，不断在云龙鹤身上游移。云龙鹤双手死死抓住大蛇的脖子，惊惧的目光，哀求地看着阿针和书生。

阿针见云龙鹤哀哀欲死的狼狈相，心里非常高兴，她呸一声吐口唾沫，拉着林公子转身就走。

林秀儒虽对云龙鹤的为人不感兴趣，但总觉得见死不救，对不起自己的良心。他跟在阿针身后，越走心里越感到愧疚。

阿针看出了林秀儒的心事。她微笑着转过身，轻巧地摘片竹叶含在口中，对着大蛇呜呜地吹。

说来也怪，那条大蟒听到竹叶声，一下变得温顺起来，它缓缓放开云龙鹤，慢悠悠溜进了灌木丛。

云龙鹤在阿针和林秀儒的合力照顾下，好半天才回过神。他双膝跪地，向两位救命恩人，虔诚地磕了三个响头。云龙鹤说他是在上官雄的逼迫下，不得已才来冒犯夷山的。上官雄功夫极高且手握兵权，连天山五子和蓬岛七星都惧怕，更不用说自己一介书生了。只要阿针肯原谅，以后他保证改邪归正，拼死保护甘嫫家族。

云龙鹤不断用甜言蜜语赞美阿针，林秀儒听他阿谀奉承，有些反感，故意放慢脚步走在后面。

阿针看云龙鹤态度诚恳，又咒骂上官雄，心一软训斥几句，便不怎么恨他了。

林秀儒听云龙鹤愿意洗心革面，又听说上官雄在他身上种了蛊，非常怜悯和同情。他央求阿针，希望她把云龙鹤带到阿甲老爷那里，再求老爷给他解蛊。

阿针不同意，她说老爷闭关处，没经允许是不能带生人进去的。林秀儒有点不高兴，他说我也是生人，求你放了我，我还要进京赶考呢。阿针无法，只得同意林公子的请求，因为林公子是阿兰小姐费了很大劲才弄进夷山的，千万不能搞丢。

此后，三人结伴而行。一路上，云龙鹤时而背负林公子过河，时而又在阿针面前献殷勤。这家伙口才极好，奇风异俗、奇门遁甲知道不少，每每说得阿针拍手欢呼，林秀儒击掌夸奖。由于阿针熟路，避开了所有机关、所有兽道、所有瘴气。因而三人没费多少周折，就到了独秀峰脚下。

三人沿着陡峭的岩石刚攀到半山腰，忽听乱石林中传来激烈争吵声。云龙鹤探头一看，见峭壁下站着许多人，除了上官雄、无嗔大师、天山五子外，还有峨眉、青城、华山及崆峒等派的人。大家一个劲地高喊：

"我们要进去寻找历代先师，谁也别想阻拦。"

阿针听崖下喧嚷，吓得脸色都变了。这里是夷山的圣地，外面有十八层机关，目前只有阿兰和阿甲老爷能顺利进入，这些家伙是怎么找到这里的？难道除了哈拉还有其他叛徒？

事情紧急，阿针知道通知小姐和老爷已经来不及了，她必须抄近路启动机关，全部消灭这些坏蛋。

众多声音中，只有土包子的声音最大：

"八阵图是我最先找到的，哪个敢刁难天山五子，土包子就让他丢命。"

上官雄看了土包子一眼，转身朝金刚子发火：

"你手下的人太放肆了，不让你们进去是为你们好。"

"好个鬼，谁不知里面有诸葛亮的藏宝图。总之，谁要挡天山五子的道，火苗子的大刀就不认人。"

上官雄大怒，一掌将火苗子击倒在地。火苗子口吐鲜血，大刀一挥贴地翻滚，拼命抢攻对方的下盘。土包子齐眉棍舞得呼呼直响，二人虽知不是上官雄的对手，但丝毫不惧，而且越战越勇。

金刚子既不敢得罪上官雄，又怕二位师弟受伤害，眼看水珠子又要挥剑加入战团，他站在中间不知该如何办。

紧要关头，突然一声佛号，接着无嗔大师飞身而起，硬生生从上官雄的铁掌下，把火苗子和土包子救了出来：

"上官施主，上山打猎，见者有份，今天的局势你一人是控制不了的，何不做个顺手人情，让大家都进去瞧瞧。"

无嗔大师的话软中带硬很起作用，群雄听了精神大振，纷纷施展轻功，向悬崖上飞掠。

阿针带着林秀儒和云龙鹤，七弯八拐赶在了大家前面，他们蹚过暗河刚要拐进大厅，就听隔壁的大厅里传来一片哭声：

"祖师爷啊，没想到你老人家一世英雄，最后竟死在这种鬼地方。"

原来大厅中到处都是死人骨架。骨架旁边的崖壁上，刻着无数武功招式，招式的后面还端端正正地写着：

峨眉催花折梅手、武当唯我独尊剑、少林天马行空掌等等文字。

原来，这些武功秘籍均是武林各派掌门人留下来的。数百年来，为了寻找诸葛亮南征时，留下的八阵图和宝藏，许多人皓首穷经，到处查找资料和线索，最后循着时断时续的线索来到了这里。

由于里面有甘嬷家族的独门蛊术，凡是进来的人都没逃过劫难，全被困死在这里。临死前，为使本派绝学不失传，大家就把秘诀刻在了石壁上。

18.魂飞魄散

一群人在石壁下五心向天，各自参悟本门祖师留下的精妙武功。

寂静中，青城掌门玉虚山人一声大吼：

"龟儿子竟敢偷学老子们的功夫，拿命来。"

话音未落，大厅中砰砰砰已乱成一片。大家都怕别人偷学自己门派的上乘功夫，于是尽皆举掌把岩壁上的图案和文字，抹得干干净净。

完事后，正各自庆幸自己没有泄露本门武功秘诀的时候，大厅右方的峭壁上，陡然打开了一扇天窗，接着两只老虎迈着四方步悠闲地走了进来。

老虎的身后跟着一位奇装女子，她看着群雄高声说道：

"狗东西好大的胆子，竟敢在夷山胡作非为，要不是夷家人好客，你们早就见阎王了。"

那女子说完话，拍了几声掌，掌声过后，四周的石壁上又打开了无数扇天窗。每个窗口站着一位身材苗条的年轻姑娘，这些女子细皮嫩肉、媚态十足。大厅里的武林豪客，一见这些妖艳妩媚的夷家女子，顿时骨软筋麻，针一样的目光立即刺向她们。

云龙鹤见此场景忍耐不住悄悄溜了。林秀儒看这家伙旧病复发，叹息一声，有点后悔和他交朋友。

阿针看有人开了天窗，悬在心里的石头咚一声落了下来。她悄悄告诉林秀儒说，原来阿兰小姐早有准备，这些家伙快要倒霉了。

林秀儒很害怕，他说这些人虽然可恨，但罪不至死，他求阿针放过群雄。阿针竖起手指，做个嘘声动作严肃地说："这是夷山的规矩，没人敢破，你自己去求小姐。"提起甘媖阿兰，林秀儒就头皮发麻，他哪敢求她，只想悄悄溜走。

众人目瞪口呆、心摇神动之时，大厅里忽然鼓声大作。夷女们在强节奏的打击乐中，妖妖娆娆跳起了勾魂舞。

常言道：爱美之心人皆有之。又道：如来在尘世，菩萨在人间。眼前的景象不但木香子、水珠子抚肩自怜，而且无嗔大师也心潮起伏失声哀叹，后悔自己在青灯古佛下，虚度了数十年光阴。

随着音乐节拍的不断加快，夷女们的舞姿越来越蛊惑。峨眉掌门惠贞师太心细，她渐渐发现这些舞女的步伐，竟然就是本派失传已久的八卦莲花步。夷女们表面上虽妖艳轻浮，实则每个人都暗藏武功。

迷幻中，无嗔大师隐隐看见姑娘们的衣服刺有汉字，于是将一女子拖到身前仔细观看。看了一会，不禁欣喜若狂，原来自己苦寻了大半辈子的少林金刚指指法秘诀，竟然在此女身上。

群雄在大师的带动下，一个个都发现了新大陆。

就在众人锁不住心猿意马，得意忘形的关键时刻，奇装女子突然一阵狂笑：

"没想到名门正派的人，也有丑态百出的时候，无嗔大师，你六根未净，这辈子没有往生西方的希望了，赶快带头自杀了吧。"

一语唤醒梦中人，无嗔大师闻言一怔，随即羞得无地自容。他万没料到自己平素静如止水的禅心，今天竟然陡起狂澜。想到海龙寺的声望，想到自己数十年的苦修成果，无嗔两行热泪夺眶而出，当真举掌向自己的脑门缓缓拍去。

群雄见无嗔欲自杀，迷幻中也纷纷举掌运功准备自尽。大厅中只有上官雄较别人清醒，他虽然也中了夷女们的蛊术，但要比其他人清醒得多，因为他也是下蛊高手。他见无嗔的情形，心中狂喜：

"此时不除去这个劲敌，更待何时？"

上官雄轻咳一声走到石厅中间，一边运功驱蛊一边哭声说道：

"大师，我们没脸见人了，一起死了吧。"

说时迟，那时快，就在群雄掌中真气即将向自己百会穴喷射的时候，大厅外一声高喊，接着一位书生跌跌绊绊跑了进来：

"大家住手，林秀儒有话要说，古人曰，身体发肤受之父母，你们无权自杀。"

林公子的话如冰雪灌顶，令无嗔顿然醒悟，他硬生生收住掌，深吸一口气高声说道：

"大家不要动，我们中毒了，赶快运功封住命门、檀中和百会穴。"

上官雄见无嗔没自杀心里很不痛快，他自恃武功没将大师的话放在心上，依然在夷女们的背上，费心搜寻八阵全图，正心旷神怡的时候，突然大叫一声，继而口吐鲜血倒在地上。

奇装女子见林秀儒突然现身，一把扯下面具高兴得手舞足蹈："阿郎快过来，你这死鬼跑了这么久才回来，看我不打断你的腿。"

林秀儒抬头一看，见此女原来是妙人儿倪彩霞，他摸出飞龙令大声说："阿兰，飞龙令在此，你快放了这些人。"

阿兰见飞龙令失而复得，更加高兴。她转身刚要为上官雄等人解蛊，不料云龙鹤斜刺里跑来，他一掌打昏林秀儒，夺过飞龙令，一溜烟跑出了山洞。

19.撒豆成兵

云霄客等人刚启程，紫霞真人就从灵光石里看到了他们的身影。

灵光石是仙师逍遥子发现的，这种从外星上陨落的奇石，外观晶莹剔透五彩缤纷，既能摄人身影，又能保存和传输信息。

紫霞峰每个角落、每个重要路段都有一枚灵光石。这些灵光石，蕴藏着紫霞峰全体人员的仙力和法术，一枚一结界，从山顶到山脚，一直往外延伸。有的甚至隐藏在落雁宫、毒龙潭的大门及内堂里。

这样历代掌教就能通过灵光石传回的影像，及时掌握各处的动态，确保紫霞峰历代仙师的安宁，确保山上数百名弟子专心修炼。

紫霞峰、毒龙潭、落雁宫三处，分别是仙族、魔族和妖族级别最高、功法最全、高手最集中的修炼场所。数百年来，为了争夺春雨桃花剑的所有权，为了抢先找到逍遥子的印章，毒龙潭主、落雁宫主，多次带弟子攻打紫霞峰。

由于紫霞峰有太上老君恩赐的混元无极阵盘，以及逍遥子的灵光石，因而每场劫难，所有弟子都逢凶化吉遇难成祥。

毒龙潭和落雁宫这一次的进攻，似乎有备而来，他们不怕暴露行踪，反而喊出踏平紫霞峰的口号，一路喧嚷而来。

最近十来年，云霄客和晏灵姬的修为猛然精进，他们不知从哪里得到了修真秘诀，不仅能熟练运用五行神通法术，而且头上隐隐有紫气缭绕。

这让紫霞真人很担忧。这些年，自己服药炼器济世度人，潜修内丹苦苦探求天地造化之理，八十余年也只形质稳固八邪不侵，堪堪进入金精炼顶玉液还丹之境。要想五气朝元、三花聚顶、胎仙自化，恐怕还得苦修几十年。倘若让这两个魔头抢先修炼成功，那紫霞峰千余年的道场，就要毁于一旦，三界之中又要掀起一场浩劫。

"李傲俗，速速通知师叔们到紫阳宫议事。"

李傲俗二十多岁，是紫霞真人的得意弟子，文才武功出众，仙法技能熟练，虽然还是人仙之材，但已初窥仙家门径。

"师尊，这次云霄客纠结扶桑妖人前来挑衅，我们不能以老办法御敌，得变换阵法。"

紫霞真人见李傲俗站着不走，拂尘一挥走到窗前，望着山下的飞瀑流泉和蔼地问："你有啥想法，不妨全说出来。"

李傲俗认为，这次众妖魔明目张胆寻仇，肯定精心策划了很久，我们能通过灵光石看到他们，他们也可能有窥探我们的法宝。上次紫剑岩轩辕鼎被移位，紫光阁的典籍差点被盗，还有近来好几处灵光石的结界破损，这足以说明，对方已经潜入了我们内部，如果按老规矩出牌，很可能进入云霄客等人预先设定的圈套。

"你打算如何御敌?"

紫霞真人看着爱徒，一脸的慈祥和期待。

李傲俗见师尊有采纳自己建议的可能，出门环顾四周，确定无人偷听才进屋小声说话。

他怀疑山上出了叛徒。为了紫霞峰的安全，他建议调整防御结界，把最强的撤到半山腰，最弱的摆在前面，先给对手一点甜头，这样既能打乱他们的预定计划，又能利用内奸传递假消息。

"就按你说的办，快去把师叔们请来议事。"

李傲俗见师尊夸奖自己，心里委实高兴，没过多久，就把三位师叔请了过来。

紫霞峰共有十五座山峰，一百多个宫观院落群，紫霞真人高居紫阳宫，其师弟太极真人、少阳真人，师妹清静散人分别住紫剑岩、紫檀坡、紫薇阁。

三人中，太极、少阳真人均年过古稀，只有清静散人最年轻，刚满三十三岁。她是凌虚道人的关门弟子，十年前师尊羽化飞升后，除了重大节令重大事情，一般小事情，紫霞真人都不打扰她清修，任她闭关任她四处云游。

"师兄，云霄客和晏灵姬太猖狂了，我建议祭出混元无极阵盘，把他们打回原形，为三界除害。"

太极真人鹤发童颜，人未进门，洪钟般的声音就把紫阳宫绕了四五圈。他的灵器是阴阳剑，可以一分为二，又能二合为一，可以大到无穷，也能小到极点，总之也阴也阳、也一也二，变幻多端包罗万象。

"掌教师兄，二师兄的话言之有理，我看这回该让云霄客消失了。"

少阳真人捻着紫檀珠，紧跟着二师兄走进了屋，紫檀是木中黄金，本身蕴藏着数百年先天灵气，少阳真人数十年苦修内力灵力，精研奇门法术。上次云霄客上山挑衅，他只祭出两颗紫檀珠，就打出了对方的三昧神火。

"各位师兄，上天有好生之德，修真者最忌妄动杀念，依我看，这次还像以往那样，吓唬他们一下，让他们知难而退。"

清静散人衣袂飘飘，她一手执拂尘，一手把玩着羊脂玉貔貅。

看几位师兄站立不语，清静散人盘腿坐在自己的蒲团上继续说话。

她说，有阴必有阳，有福必有祸，大师兄由人仙升级为地仙，花之魂开天眼练成两招桃花剑，这是紫霞峰之福，但同时也是紫霞峰之祸。因为大凡修仙者，每晋升一个档次，就要度一次劫难。这次云霄客纠集扶桑妖人犯我仙山，也许就是上天给我们的一次考验。如何渡劫，我的意见是上善若水、厚德载物。

说话的时候，清静散人的右手指，一直在搓揉貔貅。这件灵器是师尊临终前亲手交给她的，人养玉三年，玉养人一生。这枚宝贝从祖师爷算起，传到清静散人手里，大概有五百多年了，不但包浆纯净，而且蕴藏着无穷灵力。

综合师弟师妹的意见，紫霞真人轻咳一声，开始宣布自己的决定。

他说，祸福无门唯人自招，我们不能妄动杀念，但也不许妖魔肆意妄为。他令李傲俗镇守山脚，太极、少阳两位师弟和清净师妹，结成三才阵，务必将群魔挡在半山腰，决不让敌人踏进紫阳宫半步。

商议间，山下已传来打斗之声。

透过灵光石，紫霞真人见李傲俗的两层结界，在扶桑妖人的邪术中，正一寸寸萎缩。他知道李傲俗坚持不了多久，急忙令师弟师妹下山布阵。

太极、少阳、清净三人来到半山腰，还没拉开阵势，扶桑妖人就攻上来了。

太极真人疾恶如仇，平素最恨扶桑妖人。他看对方全是袒胸露腿、手握长刀的妖冶女人，大喝一声"天地自然，妖孽消散"，双手挽个阴阳诀，嗖一声祭出了灵器。

五个扶桑妖人看一柄剑顷刻间化为漫天剑雨，尽皆骇然。

这五个妖女是黑龙会的护法，领头者叫山口惠，余者分别是柳飞絮、枯木香、松下花、小泽男。山口惠见太极真人祭出灵器，知道硬碰硬己方绝对吃亏。她哇哇吼叫几声，随即带头坐在地上。

太极真人看妖女们不敢接招，挽个诛妖诀喝声急急如律令，只见漫天剑雨蜜蜂般冲破结界，直往妖女们身上刺。

激斗中，只听山口惠妖里妖气说："出窍，布秽仙阵。"

话音未落，五个妖女头上齐刷刷冒出蓝烟。五股蓝烟袅袅娜娜飘到空中，又还原成手持长刀、身披薄纱的妖女。

妖女们先从下体抓出秽布擦拭兵刃，接着舞动长刀扭腰摇臀，片刻工夫就把太极真人的阴阳剑打落在地。

仙灵之物，最忌污垢秽物，恰巧这几天，五个妖女集体来潮，晦气强盛到极点。太极真人没想到对方用这种不要脸的下流招数，一时气得说不出话。

少阳真人看师兄尴尬，怒吼一声"斩妖伏邪杀鬼万千"，飞快祭出紫檀珠。

这一百零八颗紫檀珠，融三十六天罡星、七十二地煞星的灵力，三界之内的妖魔鬼怪，无不见而生畏闻风丧胆。刹那间，天空中雷鸣电闪金铁交鸣，五个妖女释放的精灵，断刀折臂、呜呜咽咽全部灰飞烟灭。

"牛鼻子老道，欺人太甚，姐妹们，辱仙阵伺候。"

山口惠狂喷一口鲜血，她强忍剧痛取下后背上的竹筒，倒出一把黄豆望空一撒，大喊一声撒豆成兵。在山口惠的带领下，柳飞絮、枯木香等人也漫空飞撒黄豆。

五人在空中先撒出些扶桑文字，再撒出些符令图案。太极真人和少阳真人看不懂扶桑文字，也听不懂妖女们齐声念出的咒语。惶惑间，天空中乌云密布，狂风大作，地面上沙飞石走浓雾迷离。天空中的黄豆变为蝗虫毒蜂，地面上的黄豆变为矮小的武士，一化十，十化百，把少阳真人的天罡地煞精灵团团围住。

少阳真人呵呵冷笑，他念一声"普告九天，灵宝符令"，拂尘一挥再次祭出紫檀珠。这一次，少阳真人挽了祖师诀。

祖师诀代表一个人目前的最高修为，是身处险境时的救命法宝。前一次对阵，少阳真人虽占上风，但他感受到了前所未有的威胁，五个妖女的法力诡秘难测，邪恶至极，让他迷蒙恍惚心惊肉跳。他想，如果挽出祖师诀都不能取胜，那紫霞峰今天就度不过这场劫难了。

妖女们的矮人儿虽不经打，但却打不死。一条断臂，一滴鲜血，甚至一根头发落地，立刻就会长出另一位手持战刀的矮小武士。

蝗虫毒蜂死后，立即化为跳蚤、蚂蟥，跳蚤、蚂蟥死后，转瞬化为毒蛇蜘蛛，毒蛇蜘蛛完成攻击任务后，又化为豺狼虎豹。这样生生不息循环下来，不仅数量猛增，而且妖灵们通过涅槃，法力层层递增。

半盏茶工夫，少阳真人就被打得面色铁青，软绵绵瘫坐在地上。

20.烟锁池塘柳

清静散人见两位师兄接连败阵，知道今天遇到高手了。

她暗自嘱咐自己，千万要沉住气，绝不能动怒，只有高度宁静，才能找出对手的破绽。

"洞中虚空，晃朗太玄，八方威神，使我自然。"

神咒一念，四野顿时吹起浩然快哉风。天空中的蝗虫、毒蜂、黑云，片刻间被驱赶得七零八落。

清静散人的拂尘，瞬间化为遮天大扫帚，像清理垃圾一样，将矮人武士、牛鬼蛇神尽数扫入泥淖。趁此机会，太极真人和少阳真人赶快祭出三昧神火，一时间地面上浓烟滚滚，噼噼啪啪的炸裂声，与呜呜咽咽的呻吟声，交织在一起，吓得妖女痛苦不堪面容憔悴。

"涅槃重生，与天同在。"

山口惠嘴里念咒，双脚直往火堆里踏。在她的带动下，枯木香、小泽男、松下花和柳飞絮全都念动咒语，纷纷跳入三昧真火中。

二位真人的三昧真火，其火种来源于老君八卦炉，既钟天地造化，又含无上玄机，大凡妖魔鬼怪，不出三刻一定原形毕露，修为再高，也没谁敢主动往火里跳。

妖女们这一举动，令清静散人十分惊诧。尽管四处云游时，见过很多诡异的法术，但她却看不清妖女们的来路。疑惑中，只见蓝色火焰里陡然飞起一只五个头的大鸟。

太极、少阳两位真人见妖女们合体重生，双双祭出灵器意欲将其打落。大鸟双翅一拍俯冲而下，其中两个头颅从意想不到的地方伸出，叼住阴阳剑和紫檀珠一飞冲天，刹那不见踪影。

清静散人大惊失色，她来不及多想，喝一声"乾罗怛那洞罡太玄"，旋即飞快祭出和田羊脂玉貔貅。

貔貅一出，天空中顿现五彩光芒，只听轰隆一声，接着就见五头怪鸟羽毛纷飞，像中箭的乌鸦张着翅膀重重摔在地上。

"啊!"

妖女们齐声尖叫，一个个横躺在地上，痛苦地扭曲着身子，眼里喷出的全是怨毒、仇恨目光。

"好精深的修为，不愧是凌虚道人的关门弟子。"

话音未落，天空中突然飘来两道炫目的光彩。

这两道光彩一玄一绿，玄色光彩中，一位长发飘飘的怪老头御风而行，他伸手遥遥一抓，既让山口惠等妖，立即恢复元气起身排成五行阵，又将太极真人的阴阳剑，嗖一声吸进袖袍，那身形挥洒自如潇洒至极。

太极真人七十余年苦修阴阳变换之法，阴阳剑从未离手，而今被人遥遥一抓就脱手飞出，这种惊世骇俗的修为，简直令在场弟子们不敢相信。

少阳真人认得云霄客，上次对方也是伸手抢师兄的灵器，被他及时祭出的紫檀珠，打得满身冒火落荒而逃。他来不及多想，双手挽个绝命诀，大吼一声"五雷三千将，化吾身变吾身"，运足全部灵力祭出了紫檀珠。

他满以为云霄客至少会惊慌避让，谁知对方视而不见，双袖一舞，竟然硬抢清静散人的玉貔貅。少阳真人大惊，正要收回灵器，绿色光环下，一美妇人缓缓取下耳环喊声金光万丈，将一百零八颗紫檀珠全部收入袖里。

云霄客看晏灵姬毫不费力，收了少阳真人的灵器，一时豪气风发，他见玉貔貅自行避开攻击，便把灵力提升到九成。这次联合扶桑妖人进攻紫霞峰，他和晏灵姬的目的，就是要抢紫霞真人的灵器。

近来，二人虽然修为大增，但关键时刻，始终突不破瓶颈，进步越快，反噬得也越厉害。自古妖魔修仙，走的都是偏激之路，越到高级层次越凶险。这个时候，如果没有仙族的修真秘诀和灵器护佑，大多数妖魔都会功亏一篑，轻者再次轮回，重者神形俱灭。

清静散人非常清楚目前的局势，两位师兄已失去帮助自己的灵力。刚才扶桑妖女的表演只是个序曲，真正的主角现在才登场。

玉貔貅是历代掌教师尊的灵器，是镇山之宝，无论如何都不能落到妖魔手中，现在只有使出撒手锏了。

云霄客第二次没抓住玉貔貅，气得咬牙切齿，他怒吼一声"玉石俱焚"，随即祭出火灵珠意欲将玉貔貅烧毁，就在他运功催动火势时，只听清静散人娇喝一声：

"烟锁池塘柳。"

喝声未毕，天空中顿时出现五个硕大的结界，这五个结界横向到边纵向到底，将整个紫霞峰罩得严严实实。

结界外，云霄客、晏灵姬和五个妖女无论怎样用功，都如蚍蜉撼树寸步难行。

烟锁池塘柳是凌虚道人传给清静散人的无上灵力，从字面看，这五个汉字的偏旁分别是金木水火土，从文字内涵看，这句极富诗意的话，其实是一副千百年来没人能对的绝句对联。

自古成仙者，除了功法了得，思想内涵均登峰造极。修仙，功法秘诀重要，道德文化更重要。如果搞不清宇宙阴阳变化之理，弄不懂历代圣贤的精妙著述，纵然有点法力，那也是小乘之境，最终不能羽化飞升。

21.扶桑妖女丧命

清静散人自得玉貔貅后，除了潜心修炼，苦读国学十三经外，她还四处云游，广泛采集名山大川的金元素、木元素、水元素、土元素、火元素，将其封存在玉貔貅里。

烟锁池塘柳，包罗万象变化无穷，除了五行灵力，其中最精妙的还有文化的震撼力、文字的穿透力。如果下联没有珠联璧合的立意，平仄对仗稍有不工，对挑衅者来说，结局是相当残酷的。

晏灵姬早闻烟锁池塘柳的厉害，这些年，为了破解紫霞峰的灵力，勤修之余，她开始注重文化的力量。由于这五个汉字是千古绝对，其间蕴含的奥秘太精深，灵力太醇厚，她搜索枯肠费尽心机，也没悟出法门。

"炮镇海城楼。"

眼看云霄客就要被结界吞噬，急切中，晏灵姬灵光一现，随口喊出了五个字。

喊声未落地，只见清静散人的五个结界，气球般破破破消失了三个，只有两个结界兀自挡在众人面前。

晏灵姬大喜，她万没想到自己有这等灵力。她来不及多想，御着宝剑就往山上闯，云霄客不甘落后，怪笑一声如影随形。

山口惠生怕自己分不到一杯羹，哇啦啦念几句咒语，带着众妖快速掠过太极真人头顶，眨眼间就飞到了紫阳宫。

就在众妖魔得意之时，只听清静散人挽个灭杀诀，双手握住玉貔貅小声念道：

"魑魅魍魉，鬼鬼犯边，合手即拿。"

砰砰砰，云霄客、晏灵姬，还有扶桑五妖，像下饺子一样，突然从山上跌落下来。

云霄客、晏灵姬满嘴是血，二人尴尬起身，顾不得山口惠等妖，飞身直往山脚跑。

这时，花之魂和颜若华刚好与李傲俗相遇，三人仗剑正朝山上跑，就被迎面而来的云霄客一衣袖扫翻在地。

云霄客一手抓住花之魂的腰带，一手揽住颜若华的腰杆，乌鸦般御风而行。晏灵姬提着李傲俗的衣领，紧随云霄客，瞬间跑出几百丈远。

花之魂和颜若华平素哪里受过这种挟持，危机中，二人拼命反击，颜若华没有仙术，只有武功，由于云霄客扣住她的脉门，一身本事无法施展。花之魂念动真言，嗖一声祭出桃花剑。说来也怪，一回到紫霞峰，她的仙力和法术就能运用自如了。

恰巧这时，清静散人的拂尘挟着风雷之声，从后面破空而来。云霄客抵不住桃花剑和拂尘的联合夹击，丢下花之魂和颜若华，独自往西南方向逃跑。

趁此空当，晏灵姬提着李傲俗，与山口惠、枯木香一起，合力冲破太极真人和少阳真人的结界，惊弓之鸟般消失了。

地面上直挺挺躺着松下花、小泽男和柳飞絮的尸体。众人搞不懂晏灵姬究竟败在哪里，纷纷向清静散人讨教。

太极真人说："师妹，今天如不是你大展神威，紫霞峰就危险了，哎！无才空长百岁，我妄自苦修了七十二年。"

少阳真人见师兄沮丧，安慰他说："师兄，不要泄气，通过此战，我们才知道自己的修为和短处。今天你我丢失灵器，爱徒傲俗被掳虽然是辱，但师妹神功伏魔却是喜。一喜一悲一阴一阳一俯一仰，这不正是万物变化之玄机？一切都是天意，我们静观其变吧。"

清静散人微微吐口气，她把玉貔貅藏在袖中，站起身谦恭地说："两位师兄不要自责，论修为我远不及你们，只是仗着师尊的灵器，才勉强赶跑妖魔，以后很多玄机，小妹还得向两位兄长请教呢。"

说到晏灵姬的失败，清静散人抬腿踢飞扶桑妖女的尸体，压低声音神秘地说话。她说炮镇海城楼这几个字，从字面看，立意和对仗都没问题，而且金木水火土五行齐全。错就错在第二个镇字，以及第四个城字上。

上联第二个锁字是仄声，第四个塘是平声，下联的镇字是仄声，城字是平声。仄对仄，平对平是楹联的大忌，何况这两个字都在重要地方。于是先前破裂的三个结界瞬间复原，先将妖魔吸进去，再狠狠摔出来。这次好险，晏灵姬好厉害，祖师爷的五行阵，差一点就被她破了。

"师姑，几个月不见，你越发漂亮了。"

花之魂给两位师叔行过礼，拉着师姑清静散人直撒娇。未下山前，她和清静散人形影不离，可以说她的功夫多半是清静散人传授的。

"姑娘家要稳重，当着客人面撒娇，不怕人家笑话吗？"

颜若华见清静散人把话题引到自己身上，急忙上前施礼自我介绍。清静散人看着颜若华的玉佩，双眼顿时闪出波光。众人叙谈一会儿，正要处理扶桑妖女的尸体，忽听太极真人怒吼一声"哪里逃"，随即施展轻功直往山下追。

原来，妖女松下花只是昏迷，并未毙命。她躺在地上一边恢复元气，一边偷听清静散人说话。

"糟糕，我刚才泄密了。"

清静散人放开花之魂，遥遥祭出拂尘。

眼看松下花在劫难逃，谁知云霄客去而复回，他单手一抓，就将清静散人的拂尘据为己有。云霄客望着清静散人怪笑两声，提着松下花潇潇洒洒御风而去。

22.阿针蒙羞

妙人儿阿兰见云龙鹤抢走飞龙令，气得炸了肺，她燕子斜飞掠出山门，向独秀峰脚下狠命直追。

阿针不甘落后，紧随二人掠出山门："姐姐，你回去主持大局，我一定把飞龙令追回来。"

看阿兰一头雾水，阿针上前拉着阿兰的手娇声说："姐姐，前几天，老爷已收我做干女了，这件事，当时只有老管家在场。"

阿兰冷冷看着阿针，好半天才叫出"妹妹"两字。她觉得这事阿爸处理得草率，她清楚阿针的为人，这丫头表面清纯，暗地心机太深。

"姐姐，你不知道吧，前天晚上，老爷听哈拉里应外合，把上官等人引到夷山禁区，气得差点走火入魔。如不是我在他身边伺候，你以后就见不到老人家了。"

"就因为这事，他才收你做干女？"阿兰似笑非笑。

"是的姐姐，以后我俩就是亲姐妹了。"阿针一脸的自豪和幸福。

扯了几句闲话，云龙鹤已远去。阿兰觉得阿针的话在理，她停住脚步，飞身掠回了山洞。

阿针追着云龙鹤奔跑了十几座山谷，她见云龙鹤已穷途末路，便高声喝道："姓云的，我劝你识相点，赶紧交出飞龙令。"

看阿针追得急，云龙鹤急中生智，一下子将飞龙令甩在悬崖边的枯松上。阿针见对方刻意糟蹋夷家神物非常愤怒，她来不及多想，左脚在岩边一点，身子腾空而起，彩蝶般飞上松枝。

阿针伸手抓住飞龙令，正要借力弹回原地的时候，云龙鹤快步走到了岩前。他狞笑着双掌一挥，咔嚓一声把整棵松树，连同阿针一起，硬生生推下了山坡。

阿针在乱石丛中躺了好半天才恢复知觉，她左脚骨折全身痛得像散了架，所幸飞龙令未失，尚紧紧抓在手中。

在荒无人烟的深谷里，阿针第一次尝到了孤立无援的恐怖滋味，她怕飞龙令再次被人夺走，更怕云龙鹤这条狼跟踪追来。为防意外，阿针顾不得伤痛，倚着树枝艰难地向谷口一步步爬行。她知道只有走出这道深谷，发出的信号才能被家人迅速收到。

阿针坚持着走到谷口，摸出火捻刚要给家人发放信号，就听乱石林中传来一阵浪笑声："美人儿，不要乱动，哥哥背你来了。"

话到人到，趁阿针惊慌失措之机，云龙鹤冲出石林快步上前，一指点住对方的命门穴，然后迅速塞一颗黄豆在她嘴里。

黄豆一下肚，阿针的奇经八脉里，即刻涌进万千邪恶精灵。一盏茶工夫，阿针原有的善良、清纯以及正能量统统被清除。取而代之的则是恶毒、残忍，还有幽灵般的圣主指令。

浑身剧痛过后，阿针慢慢睁开了眼睛。看云龙鹤的眼神，她知道自己的结局了。

要是平时，她早就使出最毒辣的手段，把这坏东西打入十八层地狱。而今口不能言身不能动，纵有千般本事也无法施展，无可奈何之下只得流着眼泪、闭着眼睛，任随对方行动……

云龙鹤扯下外衣蒙住阿针的脸，阿针身躯微颤，晶莹的泪珠闪着幽怨而又兴奋的光芒。一个女子，不管你以前多圣洁，只要被鲜笋般层层剥开，天大的尊严立即就会风干。云龙鹤抚着阿针，抑制不住狂热的冲动，毒蛇似的慢慢向对方游移。此时，夷山所有的鸟儿都闭上了眼睛，所有的鲜花都被阿针屈辱的泪水打湿。

林秀儒醒来的时候，阿兰已在身边照顾他多时了，他见群雄中毒后痛苦的神色非常难过，一个劲为众人求情。

阿兰的心本就善良，加之林公子求情，很爽快地把解药交给了无嗔大师，无嗔把解药一一抛给众英雄，很快就解除了大家身上的蛊术。

上官雄看着阿兰，脸上有种说不清的表情，无嗔满脸羞愧一声不吭地走出了山洞。火苗子拍了拍林公子的肩膀，笑嘻嘻说：

"兄弟，救命之恩没齿难忘。"

林秀儒见火苗子仪表堂堂，却与上官雄走在一起，很好奇：

"大哥，你怎么与这些家伙走在一起？"

火苗子摇摇头说："人在江湖，有很多事是身不由己的。你快回去，花之魂正四处找你呢。"

一听表妹下山寻找自己，林秀儒激动得热泪盈眶，好久没见着她了，她下山找我干啥，莫非……

胡思乱想时，土包子走了过来：

"天山五子多谢少侠相救之恩。"

林秀儒脸一红，随即学着对方的样子抱拳说："我是一介书生，少侠之名，实在不敢当。"

"怎么不敢当，你救了我们就是大侠客，我水珠子就喜欢你这样的人。"

水珠子边说话边用肩膀挨挤书生，那神态就像她是林公子的亲妹子一样。

木香子见师妹的举止，心里很不舒服：

"师妹，不许纠缠林大侠，赶快跟我上路。"

水珠子看了师姐一眼，继续和书生说话：

"林大哥，你和我们一块走吧，我最会侍候人，你跟着我保证很开心。"

土包子见水珠子的神情，忍不住笑出了声：

"三师姐，别献殷勤了，人家未来的老婆是花之魂，没你的戏。"

水珠子虽是火苗子和土包子的师姐，但年龄却比他们小得多。她上前两步揪住土包子的耳朵朗声笑道：

"花之魂有什么了不起，她会使剑我也会使剑，你这家伙吃里爬外，看我不捶死你。"

火苗子见土包子被揪得十分难受，急忙上前打圆场：

"林公子，既然三师姐喜欢你，你就和我们一起走吧，花女侠四处找你，你也该回家了。"

23.甘嫫阿甲

林秀儒听了火苗子的话心中大喜，他早就想回家了，只是苦于路径不熟再加受到挟持，因而才迟迟不能如愿。此时听火苗子邀请同行，当即就答应了。

水珠子见书生与他们同行，高兴得跳了起来。她跑步上前把火苗子挤到身后，忽左忽右在书生耳边说个不停：

"林大哥，你干脆改名叫书呆子，天山五子多了你，今后就叫天山六子了。"

林秀儒见水珠子天真可爱，心里也十分喜欢她，二人说说笑笑不一会就搞熟了。

土包子见三师姐高兴，咧着嘴也跟着傻笑。金刚子寒着脸神情十分恼怒，一行人鱼贯而出，刚走到石洞外的草地上，就见一群夷女手持弯刀拦住去路。

一位身材高大的白衣女子越众而出，她看着众人大声说道：

"阿兰在这里等候你们多时了，老爷有令，林秀儒不准离开夷山。"

水珠子闻言大怒，长剑一摆身子纵起两丈高，她大吼一声"八方风雨"，如虹的剑气把夷女们裹得严严实实。

阿兰见对方的来势急忙将身子一撤，双手抱刀原地一转，唰一声就将水珠子的宝剑削为两段。火苗子见有架打，兴奋得发狂。然而他的断门刀还未出手，就见林秀儒被凌空飞来的阿兰，老鹰抓小鸡般掠进了另一个山洞。

山洞里黑黢黢的什么也看不见，林秀儒在数名夷女的挟持下，七弯八拐走了好一段路才见着亮光。

山洞外松竹掩映别有洞天，曲水溪桥畔鸟语花香、古亭翼然。阿兰和夷女们把林公子带到亭中，对着亭后的巨石遥遥叩拜了一阵，然后才躬身而退。

林秀儒在亭上仰观天、俯听泉，时而高歌长啸，间或抱膝独思，放浪吟哦了一天也没人理他。眼看第二天又红日西沉，渐渐饥饿难耐，激愤之时，不由得拍着栏杆高声谩骂起来：

"妖女妙人儿听着，林秀儒不会答应你的条件，要杀就杀，何必百般辱我，简直欺人太甚，我忍无可忍了。"

骂声未毕，古亭后的石崖上陡然开了一扇门。

阿兰手持竹条恶狠狠走了出来："没用的东西，赶紧去死。"

林秀儒被骂得莫名其妙，不知发生了什么事，待对方打骂尽兴后，才大着胆子询问。谁知不问则已，一问又招来一顿痛打。

这一次林公子当真忍无可忍了，他想反正都是死，干脆和这妖女拼了，于是抢步上前夺过竹枝，对着妙人儿劈头盖脸也是一顿猛打。说来也怪，阿兰不但不还手，反而把身子主动迎上来任书生抽打，她先是纵声狂笑，后来放声痛哭，直哭得心胆俱碎。

林秀儒见其哭得伤心，以为自己打痛了她，赶快丢下竹枝伸手前去搀扶。妙人儿推开书生，抹了两把眼泪起身冷冷说道：

"林公子，请你放尊重点，甘嬷阿兰已经另许他人了，阿甲老爷在里面等你，你自己进去吧。"

原来前天晚上，阿针和云龙鹤拿着飞龙令去见阿甲老爷时。阿甲老爷见云龙鹤一表人才，且文才武功出众，心里一高兴，就将甘嬷阿兰许给了他。

阿甲不知云龙鹤和阿针的事，更不知二人在上官雄的授意下，正在密谋如何除掉阿甲，夺取甘嬷家族的权利。甘嬷阿兰对云龙鹤十分厌恶，为了让林秀儒安全离开夷山，为了完成师尊晏灵姬交给的任务，她没反对阿爸的决定。

阿兰说完话，双手蒙脸悲悲切切地走出古亭，渐渐消失在松林中。

林秀儒对甘嬷阿甲的第一印象很好，因为对方平易近人，通晓汉家礼仪，不像其女阿兰那样刁蛮。阿甲五十左右年纪，身材魁梧气度不凡，他吩咐阿针为林公子沐浴更衣，然后亲自摆酒给客人接风。三杯酒下肚，林秀儒豪气干云，心中的不快顿时一扫而光，阿甲见其天真坦诚，十分欢喜，慢慢道出了将林秀儒请进夷山的原委：

原来，甘嬷家族的祖先也是汉人。当年，南征结束后为防彝人再反，诸葛亮遂在八仙山秘密留守了一支军队，令其平时种田屯粮，战时跃马作先锋，并随时向成都通报南蛮的最新消息。

蜀国灭亡后，这支部队逐渐被人遗忘，由于长期与当地土著人通婚，因而慢慢形成了一个非彝非汉非苗的独特民族。八仙山地形奇特，风虎云龙俱全，孔明的八阵图就是在此山排演成功的。

山里不但有甘嬷家族历代头领埋藏的珍宝，而且还有孔明的八阵图摩崖石刻，以及武林各派历代宗师寻访八阵图时，留下的武学精华。为了把老祖宗留下的东西发扬光大，甘嬷家族的历届族长不但要在山里闭关十年，潜心研究少林《易筋经》、奇门遁甲术，而且还要到汉人中挑选一位才华出众、品貌超群、心地善良的书生当师爷，共同研究武林各派的武功秘籍。

为防秘密外泄，甘嬷家族有个规矩，凡被请进夷山的才子，必须和族长的女儿结婚，并且在夷山终生居住。拒绝和夷女结婚或想逃跑的师爷，将被主人挑断经脉。

听完阿甲的叙述后，林秀儒非常紧张，生怕阿甲请他当师爷。

惶恐不安之时，云龙鹤一手摇花扇，一手搂着阿兰的细腰，神采飞扬地走了进来。

24.阿针下毒

阿甲见云龙鹤对阿兰恩爱无比,非常高兴,急忙吩咐阿针为新姑爷添杯加座。

云龙鹤向阿甲恭敬地行了几个大礼,甜甜叫一声阿爸,然后大马金刀地坐在林秀儒的上首。他斜视着林公子,眼光中露出骄狂得意的神色。

酒过三巡,阿甲的食指尖突然射出一道蓝光,他长啸一声,飞身而起,如锥的手指,瞬间就在岩壁上刻下了两行汉字:"闭关者,无关可闭,是为闭关。"

云龙鹤见岳父神功盖世,十分惊喜,拍马之词脱口而出:

"阿爸的功夫骇世惊俗,已臻化境,武林盟主之位,非你老人家莫属。"

阿甲喝了两口酒,笑着对林秀儒和云龙鹤说:

"壁上这句话是先祖留下的。闭关五年来,我一直没把它参透,二位都是江南有名的才子,请给我开示开示。"

"阿爸,小婿认为,这句话的意思是说你老人家的功夫很高,没有什么关能闭得住你,因而你也就没必要再闭什么鸟关了。"

云龙鹤的话还没说完,就被林秀儒哈哈笑着抢了过去:

"非也非也,这句话是说,闭关者不要装模作样,要去其形、取其神,做到眼中无相,心中无尘,以天下之至柔驰骋于天下之至坚。这样才是真正的闭关,也只有这样,才没有什么关能闭得住你。"

林秀儒的话,令阿甲茅塞顿开,心中的疑团也迎刃而解。他满上一碗酒,恭敬地举到书生面前,神情十分激动:

"多谢高人给我指破迷津,今天甘嬷家族双喜临门,请先生满饮!"

接下来的时间里,云龙鹤都在密室里陪老爷练功。

阿甲见云龙鹤能言善辩,满心欢喜,便把夷山的秘密断断续续告诉了他。他说过几天自己闭关结束,就摆酒设宴正式把云龙鹤招进甘嬷家族当女婿。

阿甲严厉告诉云龙鹤,没摆酒之前,叫他千万不能碰阿兰的身子,扫了夷人的脸,后果是相当严重的。云龙鹤唯唯诺诺,一副俯首帖耳的姿态:

"阿爸放心,云某自幼受家父严教,自然懂得礼仪。以后毒龙潭唯甘嬷家族马首是瞻。"

阿甲心里暗喜,他知道毒龙潭的势力,两家联姻后,他就再不怕安鳌和上官雄了,于是愈加喜爱云龙鹤,一有时间就给他讲飞龙令的故事。

阿针每天都准时送饭,每次来都带两套干净衣服。云龙鹤殷勤与她说话,她表面不理,暗地中却眉来眼去,甚至动手动脚。

研讨《易筋经》时,云龙鹤的表现就有些捉襟见肘,由于不能正确解难释疑,致使阿甲的气韵常常受阻。

没办法，阿甲只得令云龙鹤出去休息，把林秀儒换进密室。林秀儒学富五车且过目不忘，阿甲那点难题根本不是事儿。他告诉阿甲说，云龙鹤一开头就把易经解答错了，比如：乾卦中的元、亨、利、贞，其本意，元是万事万物的开始，亨是通达流畅，利是吉祥安宁，贞是清洁干净。云龙鹤说这句话是趁着好时光完成自己的心愿，取得更大胜利，简直大错特错可笑至极。

　　阿甲按林秀儒的解释，重新调匀气息打坐，不一会儿头上就冒出袅袅热气，周通畅通得差点飘起来。大喜之余，阿甲开始后悔，开始担忧，他想万一云龙鹤心术不正，那夷山就要遭殃。他双膝跪地默默向祖宗祷告，希望历代高曾远祖保佑夷山、保佑阿兰。

　　阿针依然天天送饭，每次进来她都要在老爷面前撒娇。

　　很久没见着小丫头阿玉，阿甲有些诧异，他问阿玉干什么去了。阿针一边给老爷捶背一边愤愤说，阿玉那个贱妮子太不要脸，竟然私下勾引云姑爷，已被我打发到寨子里干粗活去了。

　　阿甲闻言半天没说话，过了好久才问："阿兰小姐在哪里？"

　　阿针一边收拾碗筷一边埋怨说："阿兰姐太不像话了，整天在外面跑，家里什么事也不管，我好累哟，阿爸！"

　　林秀儒知道阿兰在极力稳定和维护夷山的安定。上次上官雄一行人闯入禁区，给各寨带来了恐慌，她要去各个寨子安慰。他不相信阿玉会勾引云龙鹤，一定是云龙鹤老毛病犯了欺负阿玉。就在他思考该不该把云龙鹤的为人告诉阿甲时，阿甲抢先说话了：

　　"阿针，我这十年没出门，外面的事一概不知，家里的一切，你就多费心。林公子行端品正才华出众，把你许给他怎样？"

　　林秀儒大吃一惊，他对阿针近来的表现十分反感，觉得她好像一下子变成了另一个人。阿针耸肩挤眉，故意装出一副羞答答的模样。她扶着阿甲的肩膀娇媚地说："阿爸，你说些啥，人家还没心理准备，等我和林公子接触一段时间，再说这事好不好？"

　　阿甲哈哈大笑："原来你害羞，那好，两天后你给我回话，半月后我一出关，第一件事就同时给你俩姐妹办喜事。"

　　两天后，阿兰回来了。

　　她愤慨地对阿爸说，阿玉是被冤枉的。丫鬟们说，那天明明是云龙鹤当众调戏阿玉，可阿针偏要治阿玉的罪。

　　另外，由于哈拉把各个寨子的秘密告诉了上官雄，现在大多数寨主都投靠了安鳌。阿兰恳求阿爸提前出关，她预测夷山和甘嫫家族将有灾难来临。

　　阿甲愁眉不展，自从阿针送饭后，他就觉得身体越来越不舒服：

　　"难道这妮子给我下毒？"

　　这个时候，阿甲才真正后悔。他对阿兰说："早知云龙鹤是花花公子，我就不把你许配给他了。甘嫫家族一诺千金，他再坏，也是你的夫君，以后要严加看管。

另外，阿针也不可信，自从吃了她送来的饭菜，我总觉得身体不舒服，还是把阿玉调回来。"

阿兰走后，阿甲好半天才说话。他说自己这十年真的关傻了，怎么就轻易相信云龙鹤和阿针呢？林秀儒看对方自责自怨，急忙上前好言开导。

阿甲端着酒热泪盈眶，说："林先生，这是我几十年都未离身的玉佩，我将它送给你，以后若夷山有难，你要全力保护阿兰小姐的安全，我就她这一个女儿，我将她托付给你了。"

林公子不知对方话中之意，正待接酒痛饮，忽然，石门外疾速飞进一颗石子，噗的一声把阿甲手中的瓷碗，打了一个洞，接着一个苍老的声音，从十里之外悠悠飘来："甘嬷阿甲，你父亲囚禁了我三十年，难道你也要步他的后尘吗？"

阿甲闻声一怔，手中的瓷碗铛一声掉在地上。他目光呆滞，心中似有万团剪不断的乱麻。

林秀儒见刚才豪情满怀的阿甲，突然间精神崩溃，一时不知该怎么办。

25.剑气满天花满楼

第二天，阿兰亲自送饭，她说阿玉已动身，过两天就到，云龙鹤和阿针这对狗男女，早就逃得不知踪影了。现在夷山还在甘嬷家族手里。

听夷山安全，阿甲脸上的愁云慢慢消失。父女俩说一会儿家常，便把话题转移到地牢里的疯老头身上。听阿爸说疯老头花满庭自动破关，阿兰很吃惊，话语中也流露出无限的惶恐：

"阿爸，花满庭这魔头破关而出，夷山百姓又要遭殃了，得赶快想法收住他。"

"哈哈，女娃儿，你口气不小啊，要收住我，得先问问你老爸的功夫有几斤几两！"

说话间，一长发齐胸、满身污垢的老头不请自到。他抢过林秀儒的碗满上酒，连干三碗，然后抓起一只猪腿旁若无人狂咬大嚼：

"啊，好吃、好吃，味道真好。"

林秀儒十分欣赏老头的个性，不待阿甲同意，就主动上前为其斟酒：

"老先生不拘小节，放浪于形骸之外，超脱于天地之间，与晚生林秀儒臭味相投，来，我陪你老人家喝几碗。"

老头哈哈大笑："好，小娃子有出息，将来定成大器。这碗酒老夫敬你，是你这几天的妙语点化了我，才使我顿悟玄机，破关而出，重见天日。"

甘嬷阿甲大吃一惊，没想到这魔头在二十里之外的地牢中，居然能听到他和林公子谈话的内容，这份功力真是匪夷所思。甘嬷阿兰见阿爸吓得浑身发抖，赶忙上前替老头夹菜：

"花爷爷，你是大英雄、大侠客，请你不要难为夷山百姓。"

老头闻言大怒，叭一声把酒碗摔在地上：

"我不该为难你们，难道你们就该把花满庭掳进夷山，囚禁数十年吗？我的损失哪个负责，我的青春谁来赔偿？"

花满庭越说越气，最后竟呜呜痛哭起来。阿甲倒了碗酒，双膝跪地态度十分诚恳：

"花伯伯，小侄阿甲替阿爸向你道歉，你现在需要什么，我一定尽力满足你老的要求。"

花满庭一脚踢飞桌子，仰天狂笑：

"我要我五十年前飒爽的英姿，我要我的荷花妹妹，你给得起吗？"

花满庭说完话，抓住林秀儒和甘嬷阿兰，如一只大鸟掠出石洞，顷刻间飞得无影无踪。

花满庭手提两个大活人如提两只鸡，甘嬷阿兰只听到自己衣袂破空的声音，根本分不清东西南北。月挂西山的时候，花满庭渐渐放慢了速度，他点了妙人儿阿兰的委中穴，把她和林公子关在一间密室里。临走时，花满庭往二人口中各塞一颗药丸，唱着歌扬长而去。甘嬷阿兰看着书生，脸上的表情十分冷漠：

"姓林的，你敢碰我一下，我就立即撞墙而死！"

林秀儒见这妖女突然间怕起自己来了，心中顿时释然。

他轻轻走到另一个墙角躺下，不一会儿就进入了梦乡。天快亮的时候，外面下起了大雨，轰隆隆的雷声，一下子把妙人儿和林秀儒吓醒。二人几乎同时大叫一声，继而痛得满地翻滚抱成一团。

大雨一直下到中午才停。这期间，林秀儒和阿兰各自痛得满地翻滚。阿兰双手捧腹，先蹲在地上呻吟，实在忍不住，就抱住林秀儒的肩膀狠咬。花满庭哈哈大笑：

"咬吧，咬死这小子我才开心呢。"

林秀儒痛得有气无力，他强忍着阿兰的撕咬和抓扯，愤怒地说：

"疯老头，折磨人算啥英雄，有本事把我杀了。"

花满庭不怒，他给二人各喂一颗解药嘻嘻笑道：

"我偏不杀你，我就是要折磨你们。"

服下药丸，疼痛立即消失。阿兰羞涩地整理衣衫，她慢慢走近林秀儒，猛然狠扇他几个耳光才解气。这一天花满庭没骚扰他们，中午从石缝里扔两个半生不熟的土豆，然后就无踪影了。

阿兰从没受过这般约束，她一会儿拍着栅栏大喊，一会儿跺脚愤骂，接着就用拳脚折磨林秀儒。林秀儒忍无可忍，便装出一副流氓神态，他学着云龙鹤的样子，举着手意欲在阿兰身上摩挲。阿兰吓得花容失色，再不敢欺负林秀儒。

第二天，花满庭换了一身干净衣服，他兴高采烈把二人带到了另一间密室。

密室的石壁上刻着无数的武功招式和内功心法。阿兰在夷山生活了二十年，对任何地方的一崖一洞都很清楚，然而这里叫什么，里面还有些什么秘密，她却一无所知，她推测了半天，怎么也测不出目前自己所处的位置。

花满庭带着二人走出一个个神秘石室，最后来到一处宽敞的庭院中，他从石缝里抽出一把长刀厉声道："从现在起，你俩就是唱戏的。"他指着阿兰说，"你扮荷花妹妹。"

阿兰板着脸说："我是夷山神女，才不稀罕什么荷花妹妹呢。"

花满庭大怒，一耳光过去，阿兰脸上顿显五个指印。花满庭骂了几句粗话回身对林秀儒说，你扮花满庭。

林秀儒哈哈大笑，他说，老先生，你就站在我面前，自己扮自己多好。花满庭摸着脸说，我要你扮年轻时候的花满庭，现在的我弯腰驼背，脸上皱纹遍布，荷花妹妹如何看得上。

林秀儒不干，他说君子坦荡荡，我是书生，不是唱戏的。花满庭嘿嘿冷笑，他说，现在是我说了算，我叫你们怎么做你们就怎么做，不然就不给你们解毒。如你们口是心非骗我，我就出去杀人，直到把夷山的人杀干净。

花老头说完话轻轻放下宝刀，脸上突然露出灿烂的笑容，他双手抱拳柔声道：

"荷花妹妹，不要理睬云霄客那个下流东西，花哥哥的十八招穿心连环掌，不是用来吃素的，不信，我使一路给你瞧。"

说完话，花满庭身子一晃，整个人影顿时变得虚幻迷离起来。阿兰和林秀儒只见庭院中一股蓝光上下翻飞、左缠右绕速度快得惊人。庭院外砂飞石走、水啸风呼，碗口粗的大树齐腰而断。

花满庭舞了一阵掌，慢慢稳住身形。他俯身拾起宝刀，扭了几下腰杆娇声说道：

"花哥，你的武功又精进了，我的心永远在你身上，云霄客那个坏东西，我才不理他呢，花哥啊，小妹这几天学了一套刀法，我舞几招给你解闷好吗？"

话音未落，庭院中早已刀光闪烁，开初妙人儿阿兰见花老头那副妖娆妩媚、弱不禁风的女人态，忍不住差点笑出声来。后来见对方的刀法奇幻诡秘，才慢慢收住嘲讽之心，跟着对方的步法、身式细细揣摩。

看了一阵子，妙人儿阿兰突然拍手欢呼起来。

原来花满庭的刀光，已把整个庭院封得滴水不漏，庭外细雨潇潇，而庭院里却找不到一滴雨水。

花老头见妙人儿大声喝彩，立即停招收刀。他用手指着林秀儒说：

"从现在起，你就是花满庭，她就是荷花妹妹，你们二人相亲相爱，发誓要白头到老。来，我刚才怎么说的，你就怎么说，不许少一字，我怎么比画的，你们也怎么比画。"

林秀儒觉得这老头的行为荒唐透顶可笑之极。由于心中有气，因而半天都挪不动脚步，更不好意思当着妙人儿的面，重复花老头那些柔情脉脉的话。

花满庭见书生不买账，顿时大怒，他啪啪啪连抽林秀儒几个耳光，继而扑通一声跪在地上：

"花满庭啊，你当初名传塞北、拳压江南，是何等地潇洒和气派，凶恶的豺狼你都不怕，难道还怕在心爱的人儿面前，说几句知心话吗？"

林秀儒见一个古稀老人在自己脚下长跪不起，心里极端不忍，为了哄老头开心，他怯怯走到妙人儿面前，变着腔调叫了声荷花妹妹。

阿兰见林秀儒那副轻薄的神色，怒火直冒，啪一耳光打得他晕头转向。花满庭见妙人儿不配合，凶性大发，呼一声掠出院墙，不一会儿就把几个血淋淋的人头挂在树梢上。

一连几天，花满庭都不给二人东西吃。只要妙人儿阿兰顶嘴，他就出去杀人。

妙人儿阿兰泪眼凄迷无计可施。最后不得不甜甜地喊着花哥，摆着细腰，摇着丰臀，在庭院中按花满庭的指示，时唱时舞，或哭或笑。

她与林秀儒软语温存，时而勾肩搭背，时而又一舞剑器动四方。二人娇娇滴滴、含情脉脉的神态，逗得疯老头哈哈大笑，渐渐忘了仇恨。

26.窥破天机消夙愿

紫霞真人很淡定，他高坐在紫阳宫，任山下如何激烈打斗，始终眼观鼻鼻观心心照丹田。

作为即将羽化飞升的修仙者，必须具备这份超凡的定力，既能预知过去未来，又能掐算天地玄机。

其实，这次云霄客一众妖魔来犯，紫霞真人早就预知了。由于有些事是自身劫难，有些事是天机，所以他没有也不能给师弟师妹说。现在任何事对他来说，都不是事，总之，对今天的打斗，他觉得胜也欣然败也可喜。

"师兄，李傲俗被晏灵姬俘虏去了，另外我们的灵器也丢了。"

太极真人低着头，脸红得像喝了鸡血。作为七十余年的修仙者，灵器就是自己的护身符，就是自己的另一个肉身，就是自己步入仙界的通行证。

这东西丢了，就等于把自己搞丢了。

少阳真人和清静散人，怯怯站着，脸红得也很厉害。

今天虽打死两名扶桑女妖，虽把不可一世的云霄客和晏灵姬打得吐血，但紫霞峰集体丢了灵器，且被俘虏了一名弟子，这一战，表面看紫霞峰略胜一筹，实则是输了。

花之魂看师尊长时间入定，不管谁报告情况，他都垂目不答，只好上前跪着请安："徒儿花之魂给师尊请安。"

"找到林秀儒了吗？"

紫霞真人缓缓睁开眼睛，他一边活动筋骨，一边拖着声音问话。

"回师尊，目前林秀儒在夷山，暂时没有危险。"

花之魂低着头不敢与师尊对视。

紫霞真人一脸严肃，他问花之魂回来干什么？花之魂小声回答，担心师尊安全。紫霞真人哈哈大笑，笑毕朗声问道，那你刚才怎么不把师兄和师叔们的灵器抢回来？

花之魂无言以对，只有不断磕头。紫霞真人很恼怒，他站起身走到花之魂身边说：

"历练刚开始，任务没完成，你就擅自回来，以你现在的道行，回来帮得了我们什么？你可知林秀儒对我们有多重要？等会儿自己去面壁思过，明早即刻下山寻找林秀儒，务必保证他的人身安全。"

训斥完花之魂，紫霞真人才露出笑容与师弟师妹说话。他说今天这一战，谁胜谁负已不重要了。你们的灵器代表紫霞峰的尊严，必须拿回来，李傲俗是紫霞峰弟子，更要尽快救回来。

"师兄，今天这个脸我丢不起，我必须去毒龙潭取回拂尘。"

清静散人义愤填膺，本来她先前大获全胜，谁知后来云霄客轻松一抓，就抢走了她的拂尘。通过反复回想当时的情景，她开始怀疑云霄客另有目的，怀疑他假装受伤。

紫霞真人双手捻须，一副淡定姿态：

"师弟师妹莫急，魔高一尺道高一丈，如果你们以为拿回灵器就万事大吉，那你们大错特错了。云霄客、晏灵姬是什么人，几件灵器能满足他们的野心吗？现在只有抱元守一，以不变应万变。我断定明天一早，他们就会有动作。"

太极真人、少阳真人和清静散人见师兄处变不惊，一副胜券在握的架势，全都盘腿坐下静心吐纳。他们觉得师兄之言在理，刚才的确是自己没沉住气。看来以后还得加紧修炼，与师兄那种海纳百川的境界相比，自己还差着一大截呢。

"无量天尊，刚才处理家事，怠慢贵客，贫道这厢有礼，得罪之处，还请女侠原谅。"

紫霞真人向颜若华深鞠一躬，态度十分诚恳。

颜若华看紫霞真人道骨仙风高深莫测，每句话都暗藏玄机，也非常敬佩。她抱拳还礼恭敬地说："仙师太客气了，小女子桃花城主之女颜若华，今日聆听教诲，实在是平生之幸。"

"你的母亲叫花满溪是吧？"

听紫霞真人一语道出母亲的名字，颜若华很吃惊。她说父亲死得早，她的武功全是母亲传授的。母亲深居桃花城，整天以琴棋书画自娱，很多年没出门了。

"我父亲叫花满山，该不是你母亲的哥哥吧？"

花之魂听颜若华和紫霞真人叙家常，忍不住插了一句嘴。紫霞真人徐徐吐口气，他在全身上下拍打一番站起身说："我知道你们好奇，今日天机巧合，你们跟我来吧。"

走出紫阳宫，恰逢残阳如血落英缤纷。杜鹃鸟高一声低一声的鸣叫，听得花之魂和颜若华愁绪满怀，顿生惜春念想。

近来，花之魂总是在连宵夜雨中，时而梦见自己童年时代和林秀儒玩荡秋千、过家家的情景，时而又梦见他金榜题名，与自己在洞房花烛中恩爱缠绵。

她想：假如梦儿是真的，那恩师的苦心岂不白费，自己十多年的苦修岂不付诸东流。不行，我必须斩断凡尘俗念专心修炼，好不容易到达气剑通境界，绝不能被三尸神蒙住慧眼。

"仙姿入梦舞霓裳，红袖蹁跹满屋香。梦醒莺啼春未去，一窗寒雪正芬芳。"面对遍野飞花，颜若华的心情也相当复杂，忍不住吟起了诗。

她是个多愁善感的人，前几天总是埋怨凄风苦雨，觉得风雨无情，葬送了花朵和春天。刚才听紫霞真人一番高论，她又觉得，风雨有时好有时恶，不得春风花不开，然而花开又被风吹落。

自从认识铁锋后，颜若华的心陡起波澜，再也宁静不下去。她一会儿想与他仗剑江湖行侠除恶，一会儿想为他跳一曲舞，一会儿又想陪他痛饮三百杯。由于大多数心思都在铁锋身上，一路上整个人都很恍惚。

紫霞真人笑而不语。看花之魂和颜若华的状态，他已了然于胸。三生万物道法自然，阴中有阳阳中有阴，这二人能遇仙机，同样也要遇到许多劫难，至于成仙成魔，那就得看个人的造化。

沿着九曲回环的石梯，穿过十多座亭台楼阁，再越过两座挺拔秀逸的峰峦，就到了上阳殿。

上阳殿地处众峰之巅，既多险峰怪岭飞瀑深潭，又有琼宫宇殿。颜若华第一次来很惊奇，她凌空鸟瞰，只见群山俯首万壑来朝，如梦如幻间，不自觉地随着翩飞的仙鹤，飘逸灵动起来。

"无量天尊，窥破天机消夙愿，轻抛尘俗证仙缘。花之魂，你就在这里面壁思过吧。"

紫霞真人把二人领进大殿，左手一挥，墙壁上立刻出现诸多图像。他对颜若华说："这些图像全都是各个地方的灵光石传回来的，站在大厅里，足不出户就知道紫霞峰，乃至方圆两百里的情况。"

颜若华很好奇，她走到标有马湖府文字的石壁前轻轻一按，里面赫然出现了沙洲芦苇，乱石穿空惊涛拍岸的场景：

江岸上停着许多画船浮舫，只见安鳌、上官雄一行人毕恭毕敬地站在码头上，好像在迎接什么贵宾。过了一会儿，大船上忽然走出一队雄赳赳的武士，接着一位身着紫袍头戴官帽的中年人，昂首阔步走了出来。

官员手执圣旨高高站在船楼上，他俯视着跪在岸边的一众官员，那神态相当威严。官员身后，紧跟着一位英气勃勃的壮士，壮士腰间别着判官笔，目光如剑，好像在观察周边的异常情况。

"噫！这不是铁锋吗，他怎么瘦了？"

27.太虚幻境

听颜若华沉吟自语，紫霞真人轻轻咳了一声。

他说几世轮回觅旧踪，红尘本隔雾千重，颜女侠，你为情所困，看来短时间还证不了仙缘。

颜若华很惭愧，她学着花之魂的模样，盘腿而坐五心向天，徐徐吐出淤积在心里的浊气，好半天才心清如镜。

不知不觉间，紫霞真人已不见了踪影，接着花之魂也随风而去。颜若华独自坐在大殿里，顿然感觉孤独寂寞。

她活动一阵子坐麻了的腿脚，慢慢起身朝门外走。这时，整个大殿铺满了浓雾，山下的峰峦楼阁若隐若现，宛如瑶池仙境。

在摘星楼徘徊时，袅袅婷婷的轻烟，总是时前时后、时左时右缭绕在颜若华周围。这个时候，不管她摆个放浪于形骸之外的架势，或者什么都不做，就那么傻呆呆看天上云卷云舒，任身边鹤来鹤去，她的身子都很轻灵，仿佛只差一步就要羽化飞仙。

莫叹登天无路径，此山便是入云梯，这一刻她才真真切切感受到紫霞峰的灵气，才为刚才心系铁锋的言行害羞。摘星楼后面是圣水池，宽广碧蓝的深潭周围，缭绕着香风祥云和蒸气，池边巨石上，一副龙飞凤舞的楹联很抢眼：

欲求圣水涤除体外污尘垢土，先挽天风洗尽胸间俗念凡情。

颜若华在池边来回走动，既想轻解罗裳畅游一番，又怕有人在远方张望。拿不定主意时，小山那边的草坪里，忽然传来了争吵声：

"云霄客，你用卑鄙手段暗算我儿子花满山，今天我绝不放过你。"

"花千树，你还没资格在我面前吆喝。我和花满溪两情相悦，你为什么抵死反对？既然做不成翁婿，那我们今天就做仇人血战到底。"

颜若华很吃惊，听妈妈说，外公的名字叫花千树，眼前这位面容清瘦、身材伟岸的老头，难道是我外公？云霄客和妈妈的年龄悬殊三十岁，怎么会两情相悦？

不对，这恶魔一定在撒谎，一定有不可告人的阴谋。

许多问题瞬间袭上颜若华心头。疑惑之间，草坪上的打斗已到白热化程度。云霄客中了花千树一剑，左肩上一片血红，他一边后退一边阴阳怪气说："花老头，这一剑我是故意让你刺中的，你的孙女儿虽被紫霞真人救走，但她身上的蛊毒永远没人能解。想让花之魂活命，赶快自断左臂，然后再与我决斗。"

云霄客的话还没说完，花千树的左臂当真飞了出去，如注的鲜血一下子把他染成了血人：

"云霄客，我已自断一臂，你是毒龙潭未来的潭主，应当言而有信，交出解药吧。"

云霄客哈哈大笑，他看花千树痛得咬牙切齿，心里畅快到了极点。趁对方处理伤口之机，云霄客猛然上前，一边用剑狠刺，一边恶狠狠说："花千树，你中计了，你今天就是把脑袋砍下来，我也不给解药。给我说仁义道德，你找错了对象，老子为达目的不择手段。除非你让时光倒退几十年，除非你把两个女儿都嫁给我……"

"云霄客，你这恶贼，我一定要杀你报仇。"

喊出这句话，颜若华的华胥梦也醒了。她看紫霞真人眼观鼻鼻观心，一副仙家气派，再看花之魂呼吸均匀满面春风，好像正沉浸在幸福中，心里不免有些气馁：

"为什么花之魂一到紫霞峰，宝剑就会自动出鞘，难道她是仙人下凡？"

紫霞真人微微睁开双眼，他说："颜女侠，萍水相逢，谁是主人谁是客，静心而坐，半为隐士半为仙。修仙的方法除了食气、炼丹，最重要的是洞察万事万物的变化，从而悟出天地宇宙的玄机。刚才我只让你穿越了三十年时光，你看到的是关乎你家的一场惨烈杀戮。那是事实，但非整个事实真相，很多事云遮雾绕，我也没彻底搞清楚。"

颜若华有点晕，紫霞真人的话不多，却暗藏天机。她以往行走江湖，从没接触过仙人隐士，今天可算长见识了。

"请问仙师，我外公和你相识吗？"颜若华努力稳住心神，她将着额头上的秀发，双眼闪射着期待的光芒。

紫霞真人长出一口气，他一边活动坐麻木了的手脚，一边慢条斯理说话：

"论辈分，你外公是我的师叔，他虽然犯戒被师父逐出紫霞峰，但却带走了《九天神曲》的下半阕。这次你来紫霞峰也许是天缘，回去告诉你母亲花满溪，紫霞峰随时都欢迎她回来。"

二人对话快结束时，花之魂也平静地走出了太虚幻境。她对师尊说，自己大着胆子独自穿越了一百年，既看到了自己前世读书、出嫁，相夫旺子的影子，又隐约查到了仙师逍遥子印章的下落。她问师尊，为什么林秀儒的影子一直出现在身边，难道他是？

紫霞真人笑而不答，他说："梦幻迷离莫认真，天机未成熟时，一切都是虚幻，记住你的任务，明早下山务必把林秀儒带回来。"

"哈哈，紫霞牛鼻子，不要故作高深了，你有窥视我的法宝，我有克制你的手段。要想救回你的爱徒，拿回你师弟师妹的法器，明天带着花之魂和混元无极阵盘来落雁宫。否则，我们就用太极真人的阴阳剑，慢慢割李傲俗的肉，直到把他割死。"

正前方的石壁上，云霄客和晏灵姬的身影很清晰，神态很张狂。他们的身后是五花大绑的李傲俗，几个莽汉鞭挞李傲俗的同时，还往他身上泼污垢。

花之魂见师兄受辱，非常气愤，当即请命要求立即下山救师兄。紫霞真人抹掉灵光石上的图像，很沉稳地说："云霄客能通过我们的灵光石，把自己的声音和影子传回来，这份修为和功力在当世已经登峰造极无人能比了。现在我都没把握镇得住这恶魔，你去了又能起啥作用？"

"难道任由他折磨师兄？"

花之魂很急，在所有师兄弟中，李傲俗对她最好，每次自己犯了错都是他承担责任。想着师兄替自己挨打受罚的诸多往事，花之魂鼻子一酸，眼泪不自觉掉了下来。

"禀告师尊，师姑忍不了丢失灵器的屈辱，独自去落雁宫了。"

闻听弟子禀告，紫霞真人表面一点也不惊慌，内心却有点担心：师妹贸然独往，岂不正中对方圈套吗？

28.扮演荷花妹妹

花满庭多才多艺，每天都有新鲜的台词和怪异的动作。

甘嬷阿兰为了化解他心中的仇恨，使他从此不再出去杀人，表现得很卖力。

她不但将荷花妹妹轻盈婀娜的风姿、扑朔迷离的剑法，展现得淋漓尽致，而且对林公子装扮的花哥哥，温柔体贴疼爱倍加。

花老头感动得老泪纵横，时时倚着栏杆傻笑。

林秀儒不会武功，许多动作都做不到位，根本无法按要求和荷花妹妹一起，在碧波荡漾的湖面上登萍渡水，更不能拉着她的衣袖，施展绝顶轻功，在万里长空比翼齐飞。那难看之极的动作，笑得妙人儿阿兰眼泪长流，急得花老头抓耳挠腮，跺脚直骂笨蛋。

相处时间越长，阿兰对林秀儒的依恋就越重，她表面上冷漠严肃，内心中却燃着一团火。当初答应阿爸嫁给云龙鹤，主要原因还是爱慕林秀儒。为了不让他在夷山待一辈子，她果断选择了云龙鹤。自扮荷花妹妹以来，阿兰觉得自己的武功精进得十分吓人，她表面上不露声色，暗地里却掩饰不住狂喜。

刚来的时候，她非常恨花满庭，觉得这疯老头不可理喻，活该受一辈子罪。自从感觉到自己武功精进后，阿兰开始暗暗观察、研究花满庭。她发现这老头只有发病的时候可怕，其余时间不但通情达理，而且幽默风趣。

为了讨老头欢心，阿兰写了张字条叫老头带给老管家。她在字条中告诉老管家自己和林秀儒平安无事，过不多久就会回来。老管家收到字条后也回了信，报告了家里的情况。

此后，老管家每天都派人定时送菜、送米、送酒到山洞口。由于每天都有丰盛的酒菜，由于阿兰厨艺精湛，变着花样讨老头欢心，因此花满庭发病的时间，就间隔得愈发远了。

"老前辈，你放我出去吧，迟了就赶不上恩科会试了。"

林秀儒把酒碗举到花满庭面前，再替他夹一箸鲜笋，脸上的表情很激动，也很怨愤。

"小娃子，功名利禄都是粪土，王侯将相全是小人，入了他们的套，你一辈子都得不到清闲和自由。考什么功名，浪荡江湖，闲云野鹤多好。"

花满庭大口吃肉，以前这老头脏兮兮令人反胃，自从阿兰给他缝补浆洗后，言谈举止慢慢文雅，整个人变得和蔼可亲，而且再也不杀人泄愤了。

"老前辈，你身上的蛊毒我能解，我们做个交易，你放我和林公子走，我给你解蛊，这样你就可以去找荷花妹妹了。"

阿兰极力把语音放得轻柔缓慢，她怕激怒老头。

以前她养尊处优娇生惯养，想干啥就干啥，想打谁骂谁，全凭一时高兴。自从被对方掳进来后，身上的野气和棱角差不多都被磨完了。

"说得好轻巧，现在放我出去，我能干啥？时间过了几十年，我的荷花妹妹，还在石桥上等我吗？总之，你老爸断送了我的青春，我也要你们在这里陪我一辈子。"

提起荷花妹妹，花满楼顿时声音沙哑，眼眶湿润，全身筛糠似的抖个不停。

日子一天天过去，山谷里的溪水涨了又落，落了又涨。

无聊得打瞌睡的时候，花满庭就逼着林秀儒和甘嬷阿兰演戏。阿兰心里很急，这段时间，师父是否在派人追杀、捉拿自己？落雁宫规矩甚多，高手林立，只要宫主对谁起疑心，过不多久，这个人就会从众人眼前彻底消失。

擅自把林秀儒带进夷山，本已违抗宫主指令，而今又无故消失，以后自己无疑就是落雁宫的叛徒了。除了忌惮落雁宫，阿兰还担心阿爸。云龙鹤和阿针这对狗男女，现在正策划什么阴谋？阿爸出关没有？夷山九庄十八寨的头领，是否都投靠了上官雄？

阿兰心急如焚，很想摆脱花满庭的控制，由于闯不破对方的结界，只得忍气吞声，每天强装笑颜逗花老头开心。

花满庭喜怒无常，性情很难捉摸，高兴的时候，他可以把林公子扛在肩上，带着阿兰一起穿花绕树、踏浪凌波。愤怒的时候，他就将书生关在一间连妙人儿阿兰都不能进的密室里，逼迫他按石墙上的图画，做一些难受至极的动作。弄得林公子痛苦不堪，多次逃跑都被抓回。

扮演荷花妹妹的时候，阿兰很投入，对林秀儒也很亲热。然而一旦演完戏，阿兰就马上板起脸，避得远远的，绝对不许书生挨近她的身子。

随着时间的推移，林秀儒已不能胜任花满庭的角色了。他对学武功毫无兴趣，每次都猴跳一番，故意不按花老头的要求去做，把花满庭气得吹胡子瞪眼睛：

"你能不能给我认真点？"

花满庭喝毕，一耳光打过来。

林秀儒摸着火辣辣的脸，委屈地说："我生来就不是练武的料，你何苦步步相逼？"

"你妈是花满溪还是花满枝？"

花满庭看着林秀儒，顿然出现慈爱表情。

"我妈是花满枝，我外公是花千树，但他们都与你无关，你别给我攀亲戚。"

林秀儒的表情很愤怒，对面前这个不可理喻的老头，他巴不得打他一顿出气。

"哈哈，他们与我无关，但你却与我有关系，现在我是主人你是客，客随主安排，我叫你干啥你就得保质保量干好，否则，就有苦头吃。"

花满庭恶狠狠瞪着林秀儒，直到他按自己的要求，把天山折梅手练熟，才去石室里找酒喝。

林秀儒度日如年的时候，妙人儿阿兰也归心似箭。

她整天神思恍惚，总觉得家里要出事，因为，她对云龙鹤的为人很不放心。她想了很多逃跑的办法，但都因闯不出花满庭的八阵图结界，而功亏一篑。绝望之余只得把希望寄托在林秀儒身上，希望他能与自己合作共同逃出去：

"姓林的，你想不想逃出去？"

阿兰眼看着树上黄澄澄的枇杷，嘴里漫不经心说话。

"哈哈，你也有着急的时候，告诉你，我不想出去了。"

林秀儒抹一把头上的雨水，一脸冷漠。

"你不是要进京赶考吗？要不我们合作，你给我讲解五行八卦，我负责破花满庭的结界。"

阿兰挪动身体靠近书生，一脸的期待，一脸的柔情。

"你把我掳进来，让我吃了这么多苦，还误了今年的恩科，这笔账怎么算？"

看书生怨气很大，阿兰只好悻悻走开。

29.烽火狼烟

花满庭的神志时而清醒，时而糊涂，清醒的时候他是一位知书识礼的长者，糊涂的时候则是一个不可理喻的魔头。

妙人儿知道老头的经历，对他不幸的遭遇十分同情，正因如此，她才临时改变主意，不让林秀儒步后尘，而将云龙鹤推了出来。

近段时间，花满庭的心情特别好，他见林秀儒笨手笨脚的，就把他关在一间大房子里，逼迫他背诵少林《易筋经》，自己则上台和阿兰演练破风刀。

"阿妹呀，这破风刀的奥秘，就是手上无刀，心里有刀，你可要用心揣摩哟！"

花满庭说完自己的台词，舞一阵子刀，扭着腰杆装出一副害羞的样子，又学起了荷花妹妹的声音：

"花哥呀，你的破风刀再厉害，也敌不过我落雁宫的追魂刀，要不，我们比试一番如何？"

阿兰虽反感柔情脉脉的台词，但对破风刀的刀法却很感兴趣。她扭着腰肢，嘴里说着荷花妹妹的台词，手里的动作丝毫没落后。她要学会这套刀法，要将这套怪异无比的招数，融进自己的刀法中。

花老头见对方的武功进展神速非常高兴，一个劲夸荷花妹妹的聪明才智。

林秀儒被关在屋里，无聊至极的时候，也照着壁画人物的姿势活动活动身体。

花满庭对他很凶，每次都要点他的穴，让他把一个难做的姿势，僵硬地保持两个时辰以上，才更换另一个姿势，有时还将书生打昏，硬往对方的丹田里输送真气。

转眼过了一个月，一月来，妙人儿既要为两位爷们做饭、洗衣，又要寻找逃跑的路线。为使花老头不出去杀人，她还要想方设法哄他开心。吃了不少苦之后，她的性格慢慢变得温柔，再不对林秀儒吆喝训斥了。

一天，她正在溪桥边浣纱，突见数十里外的山峰上，一柱狼烟冲天而起，接着山谷里马嘶人啸、鼓角交鸣。凭直觉，阿兰断定家里出了大事。这一下她再也耐不住了，丢下活计飞身掠上山峰，不管三七二十一，挥刀就往八阵图中闯。

山顶上，花满庭悠闲地坐在林秀儒的对面，二人正在促膝谈心："傻小子，我把什么都告诉你了，你一定要完成我的心愿，大丈夫应当齐家治国平天下，你胸无大志，如何对得起先人。"

"舅舅，没想到你的身世和经历这么复杂。听妈妈说，外公好像是死在云霄客手里的。云霄客这个卑鄙小人，杀了大舅又杀外公，还在表妹花之魂身上种蛊，简直可恨。"

林秀儒回话时一脸虔诚，眼眶里溢着泪花。

原来花满庭真是他小舅。三十年前，花满庭是文武双全的公子哥，由于爱恋荷花妹妹晏灵姬，所以经常去落雁宫闲游。云霄客比花满庭大二十岁，这家伙是个采花贼，他看花满庭和晏灵姬相互爱慕，心中妒火中烧。由于多次求婚被晏灵姬拒绝，一怒之下，云霄客便和夷山头领勾结，合力把花满庭打昏种上永生蛊，掳进夷山囚禁到现在。

"舅舅，你跟我一起回去吧，妈妈见到你，一定很高兴。"

花满庭哈哈大笑，他说："贤外甥啊，其实我早就瞧破了你的身份，这段时间，表面折磨你，实质是磨炼你。"

阿兰呆呆站在二人身边，她怎么也没想到花老头和书呆子竟然是亲戚。

花满庭主动上前和蔼地说："阿兰，你心地善良，一点也不像你的阿公。从你身上我找回了荷花妹妹的影子，心愿已了此生无憾。我和你家的仇怨从此勾销，你带着林公子从生门进去踏乾宫、转震宫、过离宫就可以回家了。"

妙人儿阿兰听了花满庭的话，感动得直流泪。她跪在老者面前，不知该说些什么。

花老头扶起妙人儿，神情十分凄然："当年你阿公为了练成绝世武功，把我掳进夷山，囚禁数十年，害得我家破人亡。今后希望你善待林秀儒，不要让我的悲剧在他身上重演。"

阿兰闻言泣不成声，她抱着花满庭的脚，诚恳地说：

"老前辈，甘嬷家族对不起你，你跟我们一齐回去，阿兰侍奉你一辈子。"

花满庭摇摇头沉重地说："我练功走火入魔，时疯时癫，不可能和你们一齐生活。快走吧，好孩子，见到你师父晏灵姬，替我问一声好，在我心中，她永远漂亮年轻。"

"你怎么知道我师父，难道她就是你的荷花妹妹？"

阿兰半惊半疑神情恍惚，刚才的事来得有点突然，她完全没思想准备。

"是你的武功路数和招式告诉我的。你身上不但有荷花妹妹晏灵姬的影子，连性格、情趣和爱好，都与她一模一样。"

花满庭的话还未说完，全身就开始发抖，继而脸色大变，双眼闪出凶光。他一掌将林秀儒和阿兰推进生门，然后狂吼两声，身子纵起五丈多高，把一块数百斤重的碑石撞得粉碎……

阿兰和林秀儒闯出八阵图，回到独秀峰的时候，天色已暮。

山洞里静悄悄的，一个丫鬟也看不见，二人摸索着前进，费了很大力气才打开闭关室的大门。闭关室里，冷冷清清一片黑暗，行走中，阿兰突然绊着了一个人，此人软绵绵地躺在地上，很显然已被人挑断了筋脉。她摸着对方的身体，心中一阵悲怆，忍不住哭了出来：

"阿爸，你真的把云龙鹤废了吗？为了练成绝世武功，你连女儿都不要了吗？"

地上的人全身痉挛，好半天才有气无力地开口说话：

"不是我把他废了，而是他把我废了，哎，我不该相信云龙鹤，甘嬷家族全毁在我手里了。"

林秀儒闻言一惊，赶忙摸出火镰把灯点燃。

灯光下，甘嬷阿甲面色苍白，缩成一团，完全失去了昔日的风采。原来，阿兰走后，云龙鹤和阿针就回来了。这对狗男女，为了得到阿甲的信任，处心积虑编造了很多故事。得到阿甲的重新信任后，二人合谋先在阿甲的饭菜里下毒，趁他运功排毒之时将其打残。不但把飞龙令和所有的武功秘籍悄悄盗走，而且还将独秀峰的丫鬟、仆人全部驱散，要不是阿甲及时滚进密洞，阿兰就再也见不着阿爸了。

听完阿爸的哭诉后，甘嬷阿兰气得差点炸了肺。早知如此，何必当初，大错已铸成，再后悔也无济于事了。

30.蒙面圣使

阿兰抱着阿爸痛哭了一阵子后，慢慢走出石洞，向山下发出独门信号。不一会就将阿玉秘密招上了山。

其实阿玉就在独秀峰脚下，正往山上赶。

来到石洞，阿玉哭着告诉阿兰说，云龙鹤凭手中的飞龙令和上官雄的五万铁骑，不仅征服了夷山九庄十八寨，而且还废了阿甲老爷及阿兰小姐的职位。上官雄不但把哈拉推为夷山首领，还把阿针立为夷山神女。

林秀儒义愤填膺，发誓要帮助夷山铲除邪恶，赶走豺狼。

阿兰见书生不计前嫌，危难时刻挺身而出，感动得热泪盈眶。经过一番思索，她决定把阿玉留在深山照顾老爸，自己则和林公子连夜赶回夷寨打探消息。

夷寨里灯火通明，到处都是巡逻的铁骑，哒哒哒的马蹄声，踏得人心惊胆战。

阿兰家的房屋四周，三步一岗、五步一哨，戒备得十分森严。林秀儒跟着阿兰，循着地道没费力就进了院墙。家里的丫鬟仆人，全是生面孔一个也不认识，他们乔装了一番很快就混进了大堂。

大堂里闹麻麻的听不清谁在说话，总之大家都在争着向上官雄敬酒。上官雄有个规矩，凡向他敬酒的人，必须先唱一首歌，或者跳一曲舞，他一手端碗，一手拉着阿针大声说道：

"各位，今天的酒你们不应该敬我，应该先敬我们的神女阿针。"

上官雄的话刚说完，阿针立即接过话头：

"夷山九庄十八寨的新任寨主们听着，上官大人的话就是圣旨，今后我们要精诚合作，无条件服从大人的差遣。"

阿针说完话，满上一碗酒，举到云龙鹤面前：

"云大侠，你是天上的雄鹰，阿针佩服你的才智，请赏脸把它喝了。"

云龙鹤笑着接过阿针的酒，非常得意地看了在场人一眼，然后狂笑几声一饮而尽。

上官雄哈哈大笑，他满上酒，搂着阿针的水蛇腰，连干三大碗才放开她。云龙鹤见二人眉来眼去，且浪声浪语挨擦，心里虽不舒服，但不敢发作，只得一个劲跟着众人鼓掌、起哄。酒喝得差不多了的时候，上官雄突然摸出飞龙令，威严地说道：

"九庄十八寨的人听着，现在颁发第一道飞龙令，猛虎寨安欣听令，限你一个月内，筹齐十万担军粮、三万两白银。"

安欣一听上官雄给他下达的天文数，吓得浑身发抖，话音也变了："大、大、大人，夷山太穷，这个数小人一个月内无法办到。"

上官雄大怒：

"井底之蛙，如何能干大事！一月内你筹不齐二十万担军粮、五万两白银，全寨的人一个也不要想活命。"

上官雄骂完安欣，余怒未消，他看了一眼江滨三霸，好一会才冷冷地说话：

"高松，找到桃花潭了吗，铁锋和花之魂在哪里？"

高松闻言立即站起，他躬着身怯怯地说道：

"回大人，桃花潭十分隐秘，现在还没踩到盘子。花之魂虽然逃走，但她中了洪梅的剧毒，估计有命不长。"

高松说完话，颤悠悠不敢坐下，上官雄冷眼看了他一会，逐渐把眼光移到金刚子身上：

"金大侠，天山五子最近立了些什么功劳，说来听听。"

金刚子一听上官雄点他的名，马上离座和高松并排站在堂中。他口中咿咿呀呀的，听不清说些什么。土包子见大师兄浑身筛糠，语无伦次，遂起身抢过话头，一本正经地说：

"报告大人，天山五子昨天打死了三只老虎，今天又活捉了两对豺狼。"

土包子的话还未说完，屋内的人噗一声，尽皆哄堂大笑。水珠子见师弟被人嘲笑，十分气愤，她拍着桌子高声喊道：

"不许笑，谁敢再笑，就是天山五子的敌人。"

云龙鹤上前两步，故意碰了一下水珠子的小蛮腰：

"天山五子算哪个林子的鸟，跟了上官大人这么久，寸功未建，打死两只猫也敢前来表功，简直无耻。"

水珠子听了对方的话，不怒反笑：

"你说得对，用下流手段暗害阿甲，不但无耻，而且还无赖。上官大人重用你这种连自己岳父都敢暗害的畜生，真是瞎了狗眼。"

云龙鹤见水珠子当众揭他的短，顿时恼羞成怒，铁扇一挥就要动武。阿针拦住云龙鹤，上前推了水珠子一掌恶狠狠骂道：

"你最好不要在我面前提阿兰那个贱人，云龙鹤是我的男人，从此与她无关，我才是夷山神女。"

火苗子见师姐受辱，断门刀一摆就要和阿针拼命。天山五子中数他功夫最高，而且最有侠义心肠。就在双方剑拔弩张的时候，大门外突然袭进一股劲风，呼一声把阿针和火苗子，吹得各自后退了两步。

"哈哈，一个替人暖脚搓背的丫鬟，有啥资格称神女？"

话到人到，阿针还没看清来人，就被劲风卷到半空。这时的阿针非常狼狈，不但衣衫零乱，而且半点反抗力都没有。她口不能言，只能用眼光向上官雄求救。

上官雄见一个满身脏臭的老头，隔着十多米距离，轻飘飘把阿针定在半空，急忙施展玄冥功相救。他刚发出内力，众人就听嘭一声巨响，接着阿针口喷鲜血，摔在地上昏死过去。

上官雄骇然，他连退五步才稳住身子，先前的座椅碎成了木屑。

"哇，老前辈好功夫，火苗子佩服。"

火苗子惊魂未定，他知道老头不是敌人，否则自己的下场会比阿针更惨。

"哈哈，这么多好吃的，怎么不喊我花满庭一声。"

花满庭不理众人，一手抓牛肉，一手拿酒壶只管吃喝。上官雄强运内力稳定心神，走上前和颜悦色说："原来是花老前辈，失敬失敬，请老前辈上座，本官敬你三杯。"

花满庭冷冷看着上官雄，好一会儿才说："在下身份低微，不敢叨扰大人，填饱肚子马上就走。"

"你走得了吗？"

话音未落，一蒙面汉子在众人惊诧的目光中，大踏步走了进来。蒙面人对着花满庭遥遥一掌，花满庭侧身避开劲风，脱手扔出牛骨头。蒙面人双掌一搓，牛骨头顿时化为粉末。

花满庭看对方内力了得，手一抖，壶里的酒水立刻化为一把冰刀，破空飞向蒙面人。蒙面人轻描淡写一挥手，寒光闪闪的冰刀顿时化为滚水，直接泼向花满庭的面门。

二人你来我往斗了十多个回合，只见花满庭身子一纵，说声"不好玩，老子不奉陪了"，然后掠出院墙不知踪影。

上官雄一见蒙面人急忙躬身行礼：

"卑职恭迎圣使，敬请圣使训话。"

蒙面人双手抱胸神态十分傲慢：

"上官雄听令，命你征服夷山后，立即寻找甘嬷家族的宝藏以备军需。另外朝廷派出的钦差已到马湖府，铁锋是张鸾的侍卫，他知道我们的事，为防节外生枝，安知府令你这段时间不要露面。"

上官雄等人听完命令后，立即望空而拜，口中唧唧咕咕听不清是念咒还是宣誓。

蒙面人下完指令双肩一耸，幽灵般飘出院墙，瞬间不见踪影。

听完上官雄等人的谈话后，妙人儿阿兰才明白自己面对的，不是单纯的云龙鹤和上官雄，而是一个极端庞大的神秘组织。要想揭开这个组织的面纱，凭她一个人的力量简直是蚍蜉撼树。

阿兰和林秀儒在人群中溜了几圈就退了出来。尽管仇人云龙鹤和阿针就在眼前，但阿兰却不能现身报仇。

经过花满庭几个月的历练，以及刚遭遇的巨变，她已懂事许多。她知道上官雄武力控制了夷山，凭一己之力只会白白牺牲，唯一的办法就是去落雁宫求师父想办法。

她央求林秀儒一同前往，因为林公子是师父指定要见的人。如果他愿意帮她，她或许还有夺回夷山的希望。

林秀儒本不想去落雁宫，由于同情甘嬷阿兰的遭遇，几经思索，最后还是跟着阿兰上路了。

31.走进落雁宫

落雁宫在群山之中，四周全是峭壁悬崖。

阿兰和林秀儒刚进山门，就见一队女子，押着一个道士从潇湘水榭走出来。

领头女子身材婀娜，目光妖冶。她见阿兰带着个书生，杏眼一瞪威严地说：

"倪彩霞，你怎么现在才回来？宫主责问我好多回了。"

阿兰一脸惶恐，她把林秀儒拉到身后，躬着腰怯怯说："大姐，多谢你在宫主面前帮我美言搪塞。我家里出大事了，飞龙令被抢，阿爸也被阿针弄成了废人。"

领头女子昂着头不理阿兰。她侧目看了林秀儒几眼，嫣然笑着问："这位贵客莫非就是林秀儒？"

林秀儒见对方忸怩作态，故意双目望天，好半天才回答：

"极目山林秀，天地一狂儒。林秀儒非林秀儒，是名林秀儒，请问姑娘贵姓芳名？”

“哈哈，书生就是与众不同，虽然说话酸溜溜，但和这个牛鼻子道士相比，却要可爱得多。我叫季群芳，奉宫主之命，专门收拾这个牛鼻子道士。”

林秀儒见道士器宇轩昂，手脚虽被严严实实绑住，但脸上的表情相当自傲自信，一点也没有阶下囚的沮丧感。

“请问兄台犯了什么事，因何被看管关押？”

道士剑眉一扬，呵呵冷笑着说：“在下紫霞峰修道之士李傲俗，我没犯事，是她们违反天道，错乱抓人。”

季群芳很不高兴，她狠推李傲俗一把，低声训斥说：“你别得寸进尺，看在你有文化的份上，我没给你上脚镣，不想受苦就闭上鸟嘴。”

说完话，季群芳转头笑嘻嘻对林秀儒说：“林公子，快去见宫主吧，她老人家可等你多时了。”

紫霞峰几个字，让林秀儒揪心。

他想：表妹是紫霞峰弟子，紫霞真人与我交情甚笃，我不能袖手旁观，一定要设法搭救李傲俗。

阿兰不知书生的心思，她卑微地给季群芳行个礼，拉着林秀儒就走。

穿过潇湘水榭，绿色扑面而来，水榭两旁的青山翠竹，夹杂着湿漉漉的芬芳，像一个斑斓的梦境，诱得林秀儒心摇神动。他放眼一看，只见一湖碧水空茫迷蒙，很是壮观。远方竹树交错，近处波光粼粼，整个一幅纤尘不染的仙境图。

“山对山来崖对崖，岸上哥哥好人才，推只船儿过湖去，把我阿郎接过来。”

纤歌声中，一只猪槽似的小船慢慢靠了过来。推船的是个十七八岁的红衣姑娘，她远远喊声阿兰姐，随即扔过纤绳。

红衣女子叫赵香茹，话特别多，她笑起来很好看，两个酒窝，一双水灵灵的大眼睛，再配上一副高挑的身材，一会儿工夫就把林秀儒逗乐了：

“你是林公子吧，我在船上等你两天了。刚才我打盹的时候还梦见你呢，不过，你没有梦里英俊，我还是喜欢梦中的林公子。”

赵香茹风趣地说完话，转头看着阿兰又打开了话匣子。她说阿兰姐离开这段时间，落雁宫接连发生了很多大事。第一件大事是落雁宫和毒龙潭重修旧好，并联合扶桑妖人合力进攻紫霞山。第二件大事是云霄客和宫主晏灵姬虽受了伤，但却如愿获得了紫霞山的灵器，并且还俘房了紫霞真人的得意弟子李傲俗。

“第三件大事是什么？”阿兰手扶船沿眼望远方，神情有些忧郁。

赵香茹看一眼林秀儒，侧身朝阿兰做个鬼脸低声说：“阿兰姐，我只能告诉你这些了，剩下的你自己去打听吧，宫中的规矩你是知道的。总之你没按时回来，宫主非常震怒。”

林秀儒见阿兰胆战心惊，以往的野气和刁蛮劲荡然无存，暗暗为她叹息。

长湖里来往的船只很多，划船的全是身穿红衣的妙龄女子。林秀儒见碧波中点缀着无数红色倩影，一时诗兴大发，随口吟了一首《水调歌头》：

满眼清溪水，十里浩然风。湖边亭树交错，飞絮正迷蒙。结伴乘舟而去，恰遇群芳争艳，天际一片红。佳丽来回处，笑语有无中。

荡芦叶，惊鸥鹭，入琼宫。呢喃紫燕，翩飞数里别还逢。船在云间游弋，心在天边放牧，万虑一时空。毓得龙湖秀，从此老还童。

赵香茹和阿兰都不懂诗，也没心思观景。阿兰表面呆呆的，心中却在想事，待会儿见到宫主该怎么说？她会不会按规矩惩罚我？

踏上湖心岛，放眼岛上的宫馆楼阁修竹茂林，林秀儒禁不住喝了一声彩：这落雁宫还真名不虚传，难怪小舅花满庭被迷得昏头昏脑。

花岗岩铺设的广场上，一个硕大的凤凰雕塑很显眼、很霸气。落雁宫大殿外的石梯两旁，齐展展站着两排手执利刃的黑衣女子，女卫士们挺胸昂首目视前方，神态十分威严。阿兰带着林秀儒拾级而上，在大门外等了将近一个时辰，才听里面传来叩拜的吆喝声。

大厅上方，一个面容姣好身着华服的妇人正在训话："问世间谁人无忧，唯神仙逍遥无忧。我们是夹在仙族和魔族之间的妖族，不但经常受到威胁，而且修炼过程中，随时都会遭遇劫难。只有抢先得到《九天神曲》和逍遥子的印章，我们才能修成正果位列仙班，从而不生不灭。因此三十六洞洞主要管理好自己的部属，严禁儿女私情，一经发现马上打回原形。"

"禀告宫主，妙人儿倪彩霞回来了。"

华服妇人听天狼洞洞主安熊报告，喝口茶懒洋洋说："安洞主，倪彩霞是你推荐入宫的，她这次违反规矩该如何处理？"

安熊退后两步恭敬地说："宫主，倪彩霞家遭遇变故，情有可原，再者她现在还不是落雁宫的正式弟子，考察期犯错，按规矩应当挑断经脉，赶出落雁宫。"

"现在夷山已落入上官雄手里，甘嬷家族已没有利用价值，看在她带回林秀儒的功劳，挑经脉就免了，废除武功，让她走吧。"

"师父，您不要赶我走，我还要伺候您老人家呢。"

一听要赶自己走，阿兰疾步上前扑通一声跪下。晏灵姬看也不看阿兰，她一挥手大厅外立刻走进四五个黑衣女子。

林秀儒见众女子要对阿兰动粗，双手一拍大声说：

"鼎鼎有名的落雁宫，原来尽是些过河拆桥的小妖，难怪几世轮回，都没人修成正果。"

此言一出全场震惊，众人怒视着林秀儒，眼睛里喷射着灭杀的火焰。

"哈哈，林公子真会说话，如果你想给倪彩霞出头，事情或许还有转机。"

晏灵姬站起身，她遥遥发出灵光，在林秀儒周身扫描两遍，突然哈哈大笑起来。

林秀儒说："只要你肯放过阿兰并帮她夺回夷山，只要不违背天理，我可以答应你的条件。"

"小子，替人出头是要付出代价的，你可得想好。"

林秀儒很反感晏灵姬的说话方式。他想，既然答应帮助阿兰，那就索性替她出一次头：

"我想好了，你要我做什么说吧。"

话音刚落，林秀儒整个人就飞了起来。

恍惚中他看见晏灵姬五指如锥，缓缓刺向他的天灵盖。他想躲却无法动弹，想喊，却张不开口。

32.大罗摄魂金盘

落雁宫的神秘，除了险峰峡谷、长湖小岛、宫观建筑群、机关，还有三十六洞的深宫别院。

三十六洞分别是树妖、山精、狐精、鬼族、人妖、蛇灵等族的栖息修炼场所。长湖小岛下，是落雁宫最神秘的地方，这里封印着历代妖族族长的元神，只有宫主能随意进出。

晏灵姬打昏林秀儒，提着他的身体沿螺旋栈道，轻飘飘一层层下到地底。地底下的温度很高，从溶洞口往下一望，地坑里全是沸腾燃烧的岩浆。

穿过两个大厅，气温骤然下降。五色光中，只见许多冰人端坐在四壁，这些冰人虽全是干尸，神态却相当安详。

大厅中央有个奇形怪状的图案。图案中央，一个鹤发童颜的妇人正在垂目打坐，晏灵姬把林秀儒放在妇人对面，她跪在地上庄严地磕三个响头虔诚地说：

"师父，按您的吩咐，我把林秀儒带来了。"

老妇人长吁一口气，她微微睁眼，慢悠悠哑着嗓子说："灵姬呀，五百年来，我们妖族的先祖一个都没修入仙道，你知道是啥原因吗？"

"师父，您曾经给我讲过，都怪逍遥子从中作梗。"

看晏灵姬气愤，老妇人摇摇头缓缓说："逍遥子作梗是原因之一，我们的先祖修炼时误入歧途，考核时灵力不足才是主要原因。当年为了整个妖族的命运，你的先祖风情万种联合龙湖老怪、蓬岛七妖、扶桑老鬼，冒着打回原形永世轮回之险，到七曜摩夷天清虚圣境，抢夺逍遥子的玉印。此举虽然没成功，但是能将逍遥子的印章打落人间，也算大功一件。"

"逍遥子的印章不是落到毒龙潭里了吗？"

晏灵姬很好奇，她虽是宫主，但落雁宫上几世的秘密她却不知。

"非也非也，当年先祖风情万种被凌波子祭出的砚台击伤，她牢牢把印章抓在手里，如不是逍遥子及时祭出斗笔，老人家就成功了。

印章滑出仙境进入人间，起先在龙湖老怪的灵力作用下，的确是朝毒龙潭方向飘忽的，后来由于逍遥子拿住了龙湖老怪的元神，那枚令众多修仙者垂涎的印章石，中途拐个弯，最后啵一声掉进了我们的落雁湖。"

晏灵姬很兴奋，她再次跪下怯怯地问："师父，这枚印章石在哪里？它与林秀儒有何关系？"

老妇人拂一下额头上的白发笑着说："印章石虽在落雁宫的湖底，但我们却拿不动，必须把逍遥子和凌波子的元神提炼出来，方能解除封印为我所用。"

"他们的元神在哪？怎样才能找到？"

晏灵姬心急如焚，很想马上知道答案。

老妇人故意止口不言，她垂目静心吐纳一阵子缓缓说道：

"当年丢失印章后，龙湖老怪、风情万种、蓬岛七妖等擅闯仙境者，虽受到了九重封印惩罚，但逍遥子、凌波子也因此被降级。几百年来，他俩的元神一直在人间轮回，一直在寻找印章。

根据大罗摄魂金盘显示，林秀儒十有八九，就是逍遥子的元神之一，如果我们能从林秀儒的身体里，提炼出逍遥子的元神，就能知道凌波子的下落，从而得到印章石。

如果此举成功，这间大厅里被封印了几百年的先祖们，就会瞬间复活飞升，你我、三十六洞，乃至整个妖族，就会借助其灵力跨鹤成仙，从此神光普照化身万千，一得永得浩劫无碍。"

"师父，您要想好，大罗摄魂金盘是上古至宝，修为不够，贸然进入，轻者被反噬重创，严重者则被永远封印。"

看晏灵姬关心自己，老妇人很欣慰。她长长叹口气说："这些问题我想过很多回了，也不愿步师祖们的后尘。然而我不入地狱谁入地狱？为了整个妖族的命运，我们必须前仆后继抗争到底，师祖师父没成功，我继续为之，我若被封印，你继续为之，只要生生不息顽强奋斗，终有一天我们会位列仙班。"

老妇人边说话边运功，一会儿，她的正前方就出现了一个金光闪闪的大结界。

晏灵姬第一次看到大罗摄魂金盘，内心深处既惊喜又害怕，她怕师父不准她进去，又怕自己走进去出不来。犹豫不决时，结界里突然传来了云霄客的浪笑声：

"荷花妹妹晏灵姬，快把林秀儒带进来。"

老妇人看晏灵姬面红耳赤，微微咳嗽一声严肃地说："你现在赶快入定，刚才说话的是云霄客出窍后的灵魂，他和紫霞真人都在数百里外。结界里全是幻境，等会儿我、云霄客、紫霞真人的灵力会在里面舌战，甚至殊死搏杀，你的任务是严密看管林秀儒，决不让他落到别人手里，即使我被封印，你也不要管。"

按照师父风月无边的吩咐，晏灵姬把昏迷的林秀儒，提到大厅中央盘腿坐好。她一手罩着他的百会穴，一手抵住其后心强行输送真气。

为了让林秀儒高度入静，且经得住摄魂盘的层层剥离，晏灵姬不敢怠慢。为了师父能成功，就算耗费十年修为她也在所不惜。

风月无边见徒儿做好了准备，即把少阳真人的紫檀珠挂在胸前，也开始运功。这老妇人修炼了一百二十年，虽暂时摆脱了生死，但却逃不过雷劫。倘若得不到仙力扶持，十年后便会被五雷打回原形。

少阳真人的紫檀珠果真具有非凡灵力，风月无边略一运功，眼前就出现了毒龙潭和紫霞峰的图像。她拖着腔调说：

"云霄客，你准备好没有，我可要先行一步了。"

"哈哈，毒龙潭几时落后过落雁宫，何况我还有紫霞峰的阴阳剑及拂尘护身，老太婆，我等你多时了。"

看云霄客在结界门口拈须狂笑，风月无边虽不悦，却没表露出愠色。她笑嘻嘻说：

"云霄客，你老子云上飞对我都得客气三分，你最好放尊重点。这回不是为了共同度过劫难，落雁宫才不会屈尊与你合作呢。"

训斥完云霄客，风月无边突然提高声音说：

"紫霞真人，想必你已经知道我们的计划和行动了。林秀儒在我们手里，你师弟师妹的灵器在我们手里，我劝你老实在家待着，别跟着凑闹热。"

"风月无边，你太自信了，邪魔外道，永远修不成正果，你们这样做，只会招来上天更严厉的惩罚，我劝你赶快悬崖勒马。"

结界门口，紫霞真人手持拂尘悠然自得。

他完全没把云霄客放在眼里，直到对方的杀气弥漫到胸前时，才一抖拂尘，把满脸胡须的云霄客打出结界大门。

看师父和云霄客联手，才与紫霞真人战平，晏灵姬大惊，她万没想到紫霞真人有这么厉害。原以为自己这段时间苦修，法力和灵力都与日俱增，应该不会输给毒龙潭和紫霞峰，现在看来，落雁宫真的落后了。

33.反出落雁宫

趁三人大战，晏灵姬赶快押着林秀儒的出窍灵魂，毫无阻挡地进入了大罗摄魂金盘。

金盘内是一个神秘的世界，无边的春潮，醉人的芬芳，沾衣欲湿的杏花雨、吹面不寒的杨柳风，让晏灵姬一下年轻了几十年。恍惚间，她见花满庭手摇折扇，正给她打招呼：

"荷花妹妹，花满庭给你带荔枝来了，云霄客是个采花贼，你千万要远离他。"

晏灵姬芳心涌动，她刚要跟花满庭打招呼，云霄客摇着扇子笑嘻嘻过来了：

"花满庭，你有啥资格跟云某争荷花妹妹，你能让她享尽荣华富贵吗？你能让她修成正果吗？晏妹，我把我爹的炼妖玉璧偷出来了，你快拿去修炼。"

晏灵姬很诧异，她每走一步就年轻一岁，四十步走下来，她已变成一个十多岁的姑娘，而林秀儒则成了一个瘦骨嶙峋的老道。

看云霄客和花满庭争先给自己献殷勤，晏灵姬非常惬意，正飘飘然沉浸在热恋的喜悦中，不能自拔的时候，风月无边突然在她后背上重重打了一掌：

"没出息的东西，早给你说过，这一切都是幻境，赶快凝心运气办正事。"

晏灵姬吓了一跳，她见师父突然年轻了几十岁，差点上前搂抱撒娇。她问师父是怎样摆脱紫霞真人阻拦的，风月无边呵呵冷笑说，幸亏云上飞及时出现，不然我的计划就落空了。现在趁云家父子和紫霞牛鼻子大战之机，我们赶快往前走，争取把逍遥子的元神提炼出来。

每往前走一步，晏灵姬的心痛就加重几分，这一步看似轻松，实则很艰难、很遥远。行进途中，既要经受风刀霜剑的洗礼，又要面对天灾人祸的折磨，还要渡雷劫、天劫。

六十步以后，林秀儒渐渐变成了一位中年道人，而晏灵姬则成了一只狐狸。看自己的前生竟然是狐狸，晏灵姬伤感得没勇气走下去了。

"风月无边，现在回头还来得及，再往前走，你的原形一现，就永远修不成正果了。"

峭壁下陡然出现一个结界，一位道骨仙风的老者气定神闲坐着，完全没把风月无边放在眼里。

"凌虚道兄，看在以往的情分上，你就帮我一次吧。"

风月无边面如桃花，腰如嫩柳，她娇滴滴上前，媚眼里秋波盈盈，媚态中风情万种。

"天道不可违，天机不能泄。擅自使用摄魂金盘，你已经触犯天条，实话告诉你，逍遥子命系于天，他的前世，你辈再修五百年也没资格窥探。"

凌虚道人只管垂目说话，任风月无边如何央求也不让路。

这时，云上飞带着云霄客突然闯了过来，晏灵姬看云霄客前世是只老虎，心里好受了许多。她拉着林秀儒慢慢后退，直到自己从狐狸变成小姑娘才止步。

云上飞很霸气，他指着凌虚道人愤怒地说："你这牛鼻子好阴险，当初我们三人读书时，明明说好以后有福同享有难同当，现在你成仙，我成魔，她成妖。你非但不帮我们渡劫，反而设结界阻拦，还拿什么狗屁天条吓人。"

凌虚道人很淡定，他微微睁眼看着云上飞说："云兄，祸福无门唯人自招。我们读书时，你我还有风小妹的心灵都是很纯洁的，然而后来你们都干了些啥？为了一己之私，不择手段害人，为了改变命运逆天行事。你们的前生是啥，我不说你俩也清楚，修成人形不容易，回去吧，现在悔悟还来得及。"

"既然你不念旧情，那我今天就放胆逆天一次。"

云上飞像头狂怒的狮子，他反手一掌把云霄客推到晏灵姬身边，大喊一声破，抬脚就往结界里闯。风月无边不甘落后，双掌一挥从侧面夹击凌虚道人。

凌虚道人挽个天罡诀拂尘一扫，结界内顿时射出万道霞光。晏灵姬看云上飞和风月无边的灵力不断被凌虚道人消解，吓得赶紧后退。尽管她又后退了三十多步，但跌出大罗摄魂金盘时，还是七孔冒气，至少损失了二十年修为。

跌出摄魂金盘后，风月无边已奄奄一息，她看着晏灵姬，眼光里饱含着无限凄楚和不甘：

"灵姬，为师一百多年的修为已经毁了，为了妖族的振兴，你要继续走我的路，记住要舍才有得。"

晏灵姬吓得大气不敢出，她说师父别说话，凭您的修为，静心调养应该没事。

风月无边绝望地摇摇头哀哀说："妄动邪念擅自进入大罗摄魂金盘，我已罪不可赦，再加云上飞父子使诈吸干我的灵力，所以等待我的马上就是神形俱灭的下场。以后你要切记，绝不可相信云霄客，要千方百计从他身上把我的灵力取回来，这样，我也许还有涅槃重生的机会。"

看师父狂呕鲜血全身僵硬，渐渐成为一座冰雕，晏灵姬忍不住号啕大哭。

师父修了百余年，眼看就要跨鹤飞升，谁知节骨眼上却被打回原形前功尽弃。难道妖族要毁在我手里？难道我们真的错了？

把封印后的风月无边抱上石壁，晏灵姬给祖师们恭恭敬敬磕几个头，然后把昏迷的林秀儒提上了大殿。

这时已是凌晨，大殿里静悄悄的，三十六洞洞主早已打道回府，守卫们有的打瞌睡，有的无精打采闲逛。看落雁宫一派萧条景象，晏灵姬很落寞，她拖着疲惫的身子，强行运功给林秀儒解蛊：这小子昏迷五六个时辰，再不把他唤醒，自己就要闯大祸，落雁宫就会惹来灭顶之灾。

"师父，李傲俗跑了。"

晏灵姬正在全力运气，季群芳冒冒失失闯进来一喊，立即使她气血乱窜经脉逆转，全身僵硬动弹不得。晏灵姬很愤怒，如不是在摄魂金盘里受了重伤，她早一掌打死季群芳了：

"太没规矩了，滚出去。"

季群芳不走，她慢慢上前，一边温言问候师父，一边用眼角余光扫描林秀儒。晏灵姬见季群芳行动反常，心里虽震怒，脸上的表情却慈祥，她说："群芳啊，过几天师父就闭关了，这期间你要担起整个落雁宫的担子。"

"师父，清静散人说你受了重伤，是真的吗？"

晏灵姬大吃一惊："清静散人在哪里，你别信她的胡言乱语。"季群芳慢慢走到晏灵姬身边，趁她慌乱之际，猛然一掌击中其后背，顺手取下她脖子上的紫檀珠，提着林秀儒飞快地掠出了大殿。

34.叛徒季群芳

大殿外，李傲俗放倒守门卫士，早已做好了接应准备。

两个时辰前，紫霞真人通过灵光石告诉李傲俗说，清静散人已在去落雁宫的路上。晏灵姬和云霄客擅自进入大罗摄魂金盘，现在双双受重创，你赶快趁机逃出落雁宫，并配合师姑夺回灵器。

李傲俗大喜，被俘这几天，季群芳当着人对她很凶，背地里却非常温柔。季群芳很羡慕李傲俗的正统修为，她武功虽不太高，但内心却极具灵慧。

她对李傲俗说，妖族这些年愈来愈衰败的原因，都是历代宫主造成的。她们一不悟大道，抱残守缺钻牛角尖，二不悲悯苍生，与魔族同流合污涂炭生灵。因此，要想拯救妖族，唯一的办法就是正本清源，彻底脱离魔族的控制。

李傲俗很欣赏季群芳的见解和胆识，他说大道无形大爱无疆，来得快的东西去得也快。论功力和法力，魔族虽居首位，但他们怎么修都不能成正果。原因是什么？是他们的灵魂境界达不到仙界的高度。仙界不是藏污纳垢的所在，但凡有一丝杂质和邪念，都会被反弹回去。功法越高反噬得越厉害。

二人越聊越投机，每到晚上，就避开众人偷偷练功。由于李傲俗纠正了季群芳的修炼方法，传授了她几段上乘口诀，让她法力大增，因此便有了刚才联合救援林秀儒那一幕。

"大哥，紫檀珠和林公子在此，你赶快带着他们走。"

看季群芳依依不舍，李傲俗非常感动，他没想到落雁宫竟有这等慧根的弟子：

"季姑娘，落雁宫你恐怕不能待了，要不你跟我一起去紫霞峰吧。"

季群芳不同意，她说刚才已经很对不起宫主了，若另投紫霞峰，那自己就成了妖族的叛徒。

说话间，大殿里突然飞出一只狐狸。李傲俗见季群芳和林秀儒被狐狸双双叼走，急忙仗剑阻拦。这时其他地方的守卫听到异响，纷纷赶了过来，一时间落雁宫喊声四起，到处都是密密麻麻的黑衣武士。

李傲俗的龙泉剑刚刺出，就被狐狸尾巴连人带剑卷到半空。晏灵姬几十年修为，岂能被几个小辈暗算！尽管身受重伤，但她仍然具有非凡的灵力。看叛徒季群芳要逃走，她顾不得体面立马现出原形，将三人牢牢抓住。

"晏灵姬，不要逞强了，回去养好伤再来报仇。"

紧急关头，清静散人忽然从天而降。她一掌打退晏灵姬，双手一挥，就把林秀儒、季群芳、李傲俗风筝般托下地。

通过晏灵姬的猛烈摇晃，林秀儒彻底醒了。他看李傲俗无恙很高兴地说："李兄，我正想法救你呢。"李傲俗上前拍了拍林秀儒的肩膀，再为他整理一番散乱的衣衫，很感激地说："多谢老弟关怀，现在我们可以回去了。"

"林公子，你身体有没有什么地方不适？"

以前去紫霞峰探看表妹花之魂，林秀儒见过几次清静散人。他见对方关心自己，急忙上前施礼说："多谢仙姑关怀，昨天我被晏灵姬打昏，接着就做了一个很长很奇怪的梦。现在虽然行动无碍，但脑海里却恍惚得厉害。"

清静散人看林秀儒面色红润，挥掌用灵力在他身上反复扫描，确认晏灵姬的余蛊完全消除才放心。

"季姑娘，你的灵性很好，慧根也不错，今后如拜在我门下，此生定能超脱五行。"

看清静散人真心接纳自己，再看李傲俗一脸关切、期待神情，季群芳几经痛苦决策，最后终于咬牙跪在了清静散人面前。

走出落雁宫时，季群芳虔诚趴在门口长时间呜咽，她默默祷告说：

"历代祖师在上，弟子不孝，今日反出落雁宫，他日定会腾云驾雾回来，为了落雁宫的崛起，恳请你们保佑我成功。"

来到湖边，季群芳抢先上船。她殷勤地扶着清静散人的胳膊，嘴里师父师父的叫得很甜。

林秀儒生活在水乡，既识水性又会摇橹，他一边帮助季群芳划船，一边向清静散人打听花之魂的消息。

清静散人沉浸在长湖美景中，好半天才回过神说："到处魔踪杂仙踪，烟雾迷离又一重。林公子，我师兄紫霞真人想见你。"

林秀儒见清静散人有意岔开自己的提问，脸一红赶紧低头摇橹。他心里担心着阿兰的安危，只想兑现承诺帮她夺回夷山。

"林公子，你还没回答我的话呢。"

清静散人笑吟吟看着林秀儒，一脸的友善和期盼。论年龄，她正处于风姿绰约神采飞扬的黄金阶段，由于深居高隐加上辈分特殊，所以任何时候，她都是一副高深莫测的架势，从没主动对人笑过。

李傲俗看师姑破例露出微笑，对林秀儒的嫉妒便多了几分。尽管昨天第一次见面，对方主动打招呼并帮他说话，但李傲俗并不领情，他明显感觉到了林秀儒身上的浩气。这种毓秀钟灵的气质，让他有压迫感。

"感谢道长的盛情，我要进京考试，紫霞峰就不去了。"

李傲俗见林秀儒狂傲无礼，忍不住指着他说："林兄，紫霞峰不是什么人都可以去的，掌教师尊亲自邀请，这是何等的荣耀，你别不识抬举。"

"傲俗，林公子是贵客，不得无礼。"

清静散人喝住李傲俗，取出灵光石一运功，头顶上立即闪现紫霞真人的影子：

"师兄，你听见了吧，林公子我带不回来，我要去毒龙潭取回灵器，余下的事，你看如何处理。"

紫霞真人哈哈大笑：

"林公子吉人自有天相，他是贵客尊重他的意愿便是，叫傲俗马上回来。"

得到师兄的指示，清静散人微微吁了口气。她收回灵光石，眼光时不时在季群芳身上游走。

对这个突然送上门的弟子，她既惊喜又疑惑。若以慧根而论，季群芳的资质超过李傲俗好几倍。然而这样的人才，在落雁宫为何不受重用？她以前干了些啥，前世有没有孽缘？投身紫霞峰有没有其他目的？

许多问题一下子袭上心头，让清静散人顿生烦恼。

木船靠岸的时候，忽然下起了蒙蒙细雨。季群芳甜甜叫声师父小心，像一只燕子翩飞着跳上了岸。

她快速系好船绳，迅疾转身冒雨搀扶清静散人。清静散人看季群芳脱下外衣给自己遮雨，心里一热，刚才的疑虑哗一声消失了。

李傲俗心里有点不是滋味，前几天，季群芳对他也是这般照顾，一声声兄长、老师叫得他神魂飘逸。现在季群芳不但把所有殷勤转移到师姑身上，而且总是躲避自己的目光。他暗暗说，回去一定要设几个绊子，一定要让她知道我的重要性。

赵香茹和甘嬷阿兰早等候在潇湘水榭里。赵香茹手持月牙刀威严地说："落雁宫不是随意进出的地方，看在林公子的面上，其他人可以走，叛徒季群芳必须留下。"

李傲俗哈哈大笑，他说："晏灵姬都把我们没法，你还能怎么样？"赵香茹大怒，她呵呵冷笑两声，随即一顿乱刀劈得李傲俗手忙脚乱。

林秀儒看昨天尚小鸟依人的赵香茹，此时矫健得像掠食的鹰，心里一高兴忍不住拍手鼓起了掌。

李傲俗起先没摸准对方的套路，被赵香茹怪异的刀法逼得左闪右避，二十招以后，他渐渐看出了名堂。对林秀儒，李傲俗本身就有怨气，此时听他帮赵香茹喝彩，心里更是不悦，他一招长虹贯日逼退赵香茹，回过头冷漠地说：

"林兄，光卖嘴皮没用，有本事就上前舞几招。"

清静散人再也看不下去了，她喝住李傲俗很谦逊地说："小姑娘，你是晚辈，我不会为难你们。我来落雁宫只是带回紫霞峰的弟子和灵器，季群芳自愿跟我们走，如你们十招之内留得下她，贫道绝不干涉。"

35.铁锋遇刺

甘嬷阿兰和赵香茹闻言，双双亮出兵器横眉冷对季群芳。

阿兰愤愤地说："季群芳，你乘宫主落难之机叛逃，我绝不饶你。"季群芳斜眼看着阿兰说："你已被逐出落雁宫，没资格跟我说话，昨天如不是我给安洞主打招呼，你早被废了武功了。"

阿兰听季群芳这一说，心里一颤当即止步。昨晚，安熊把她押出来行刑之前，的确与季群芳悄悄嘀咕了几句。她救了我，我就得帮她，然而赵香茹又对我有情有恩，我该怎么办？

阿兰犹豫之时，赵香茹已和季群芳交上了手，二人旗鼓相当，大战十多个回合也没分出胜负。季群芳说："香茹妹妹，十招已过你我该罢手了。趁师父还有一口气，你赶紧多学点本事，三年后再来找我。"

赵香茹眼里含着泪水说："落雁宫永远不会倒下，三十六洞还在，长湖小岛还在，整个妖族还在，三年后的今天，就是你这个叛徒的末日。"

看赵香茹凄楚地消失在风雨中，林秀儒心里很不是滋味，他对季群芳很反感，从不以正眼相瞧。

甘嬷阿兰走了几步又折转身，她款款上前低着头说：

"林公子，我要回夷山去了，以后的路你要自己走，万事当心。"

林秀儒满腹哀愁。通过几个月的接触，他对阿兰已产生了好感，这妮子表面野蛮霸道，其实内心很纯洁善良。现在夷山落入上官雄之手，她只身回去无异于飞蛾扑火。不行，我得帮他一把："阿兰姐，现在只有紫霞峰能帮你，你跟清静散人一道走吧。"

清静散人见林秀儒替阿兰求情，略作思索便爽快答应了。她叫李傲俗和季群芳立即回山禀报情况，自己去毒龙潭办完事就回来。

阿兰等不及，阿兰说，阿爸现在生死难料，整个夷山一片混乱，本想借落雁宫之力驱逐狂魔，谁知师父突然病倒。她真诚感谢林秀儒和清静散人，决定立即回夷山见机行事。

清静散人从衣兜里拿出灵光石运功看了一会儿，低头沉吟着说："阿兰姑娘，现在上官雄、云龙鹤以及阿针等人，都聚集在马湖府。你与林公子结伴而行，到了马湖府只暗中打探消息，切莫轻举妄动，我办完事就来找你们。"

林秀儒见又有与阿兰同行的机会，不假思索就走到了阿兰身边。清净散人看其是个情痴，失望地摇摇头转身走了。

檐前微雨刚罢，李傲俗就急忙用表情示意季群芳上路。对季群芳，李傲俗心里有一种说不清道不明的情愫，总觉得以前在哪里见过她。她的言谈举止，她的花容月貌，她的殷勤聪慧，时而令他心摇神动，时而又令他惆怅烦恼。

看李傲俗神情恍惚，清静散人暗暗叹气，修仙者妄动俗念，其后果是相当严重的。她本想叫住李傲俗温言叮嘱提示几句，见其追着季群芳瞬间走出几十步，也就打消了念头。她想："自己幽谷独居，守身如玉二十多年，有些时候都难免会心血来潮，何况风华正茂的李傲俗。任何人都有磨难，任何事都有定数，随他们去吧！"

辞别清静散人，甘嫚阿兰回望着落雁宫，眼里全是依恋的神情。尽管师父不认她这个弟子，但她却把落雁宫当成家。现在夷山落入恶魔手中，落雁宫又遭变故，她再也无家可归。

前方在何方？永远有多远？阿兰心里很乱，何去何从一时拿不定主意。

雨后的田野异常翠绿。走在弯弯曲曲的林间小道上，林秀儒的心情很怡然。他看阿兰眉头紧锁杏眼含悲，一点也没有原先的野气，停住脚一边用折扇给她扇风，一边豪言壮语安慰。

他说这次来落雁宫，自己从头到尾都是迷糊的，晏灵姬喜怒无常，根本不值得求，最好的办法还是相信清静散人，把希望寄托给紫霞峰。

阿兰退后几步站定，她心里虽十分喜欢林秀儒，却不能接近和接受他的热情。阿爸把她许给了云龙鹤，尽管对方做了伤天害理的事，此生已不可能与这个奸贼成婚，但自己名誉上毕竟许过人了，按夷山的规矩再没资格爱别人。再者现在自己一无所有，哪敢有其他奢望。

"林公子，你是好人，我不该把你掳进夷山。"

阿兰一客气，林秀儒反而不适应了。他看对方满脸汗珠，胸前被汗水洇湿了一大块，本想把手巾递过去，转念想到上次打酒洗脸的警告，脸一红赶快挪开热辣辣的目光。

二人晓行夜宿，两天后终于踏入了马湖境内。

走进路边客栈，阿兰掏出仅有的散碎银子，一边叫店小二准备饭菜，一边警觉地观察周围情况。

　　　　去岁曾来花下饮，今朝又到花间游。
　　　　花中仙子归何处，怅望花枝不胜愁。

故地重游，林秀儒感慨万千，想着久未谋面的表妹，他一时诗兴大发，几口酒下肚就想倒头大睡。阿兰说："林公子，不要睡觉，吃完饭还得赶路呢。"林秀儒伸个懒腰，打着哈欠说："送君千里终须一别，感谢你一路上的照顾，我该回家去了。"

一听要分别，阿兰眼里隐隐溢出波光，她真希望能再与书生待些日子，回想一年多相处的美好时光，回想自己给他的种种折磨，她芳心如潮，端起酒碗咕嘟嘟直往喉咙里灌。

受阿兰的情绪感染，林秀儒也开始多愁善感起来。这里既是他和铁锋第一次认识时，放怀豪饮的地方，也是和阿兰首次见面并被掳走之处。

一年前，这里桃花似火鹃声如织，而今人去楼空蝉鸣雀吵好不伤怀。阿兰看书生大口喝酒，抢过酒坛温柔地说："林公子，烈酒伤身，以后你要自己照顾自己，你太善良，千万要学会阅人。"

二人窃窃私语之际，客栈外忽然传来爽朗的笑声：

"冰倩啊，踏遍天南海北，我终于找到你了，以后我们再也不分开了，好吗？"

话音刚落，一男一女的身影就出现在了林秀儒和阿兰面前。嗨，那不是铁大哥吗？他乡遇故知，林秀儒很兴奋："铁大哥，快过来喝酒。"

"哈，林兄弟，这么巧，看来你和我真的有缘。"

铁锋携着女人的手，大步走过来。他殷勤扶女人入座，再俯身接过她递来的斗笠挂在竹钉上才紧挨着坐下。

阿兰很客气、很热情，她走到柜台前，把翡翠镯子交给店老板，吩咐他尽管添菜上好酒。铁锋的情绪很好，他和林秀儒连干三碗，又满上一碗敬阿兰。他喝酒的时候，没忘记给女人夹菜。

女人很矜持，数次把饭菜吐到地上，从进门起，她的目光就一直望天，铁锋低三下四问话，她板脸不答，林秀儒和阿兰热情招呼她，她也听而不闻。

日头偏西的时候，女人终于说话了：

"铁锋，你我缘分已尽，该各奔东西了。"

铁锋放下酒碗，热泪盈盈说："冰倩，你别走，这两年为了找你，我吃了太多亏，为了你，我愿意做任何事。"

"哈哈，铁骨铮铮的大侠，软弱到这种程度，以后恐怕再没脸混江湖了。"

不知何时，门外悄悄走来了几个黑衣女子，为首者手执长刀气定神闲。

铁锋和阿兰见状都吃了一惊，按理说凭二人的功底，五十步之外就能感知到危险，现在人家到了眼前且主动发声才警觉。如果对方偷袭？天啊，刚才太大意了！

"原来是黑龙会的高手，失敬失敬，要不要进来喝碗酒？"

铁锋示意女人和林秀儒不要动。他一口干完碗中酒，大踏步向门外走。

女人面无表情，紧跟在铁锋身后。黑衣女子愤愤说："铁锋，你多次破坏黑龙会的计划，今天我们该算算账了。"

铁锋抽出判官笔，大义凛然说："犯我中华者，虽远必诛，来吧，扶桑妖人，我等你们多时了。"

"枯木香，动手。"

黑衣女子的话还没说完，铁锋身后的女人已刺出了利刃。

铁锋万没想到失踪几年的妻子水冰倩，会在他背后下刀，一时伤心欲绝万念俱灰。

水冰倩第二刀劈来时，铁锋已抱定以死殉情之心。他不躲不闪，反而迎着刀锋扑过去……

36.谁敢欺负我的表弟

铁锋不知与他朝夕相处了三年的妻子水冰倩，其真实身份是黑龙会五大护法之一的枯木香。

他情真意切地说："冰倩，既然你不念旧情要杀我，那我就死给你算了。自从你不辞而别后，我每一天每一刻都过得不开心，没有你的陪伴，我独闯江湖的日子，总觉得胸中缺少些许豪情。死在青山绿水畔，死在你的绝情刀下，我铁锋死得其所。"

枯木香看铁锋迎着刀锋扑来，再听他字字带血的倾诉，心尖一颤，刀锋略略向左偏移了半寸。她和铁锋五年前在江湖上认识，接近铁锋并和他结婚，虽是圣主的旨意，然而欣赏铁锋的侠骨柔情，爱慕他的云天高义，这份情怀，她却是发自内心的。

她很矛盾，此时不杀铁锋，圣主一定会杀了自己，杀死铁锋，她的确下不了手。

犹豫之时，甘嫫阿兰已飞身掠了过来。阿兰挥舞月牙刀怒视着枯木香说："水冰倩，我第一次看你就不顺眼，对自己的男人都敢下刀，你真是天底下最恶毒的婆娘，我不杀你，天理难容。"

枯木香听对方谩骂，勃然大怒。她挥动长刀，顿时无数缕寒光，挟着雷霆般的杀气，将阿兰紧紧裹在其中。

阿兰毫不畏惧，憋了几个月的闷气，刹那间找到了宣泄的口子。她先用夷山十八刀与枯木香硬拼，由于对手的刀法非常怪异，力道也很猛烈，十招以后她渐渐不敌，于是赶快使用花满庭的破风刀应战。

枯木香起先很自信，她觉得自己的功力至少要高出对方两倍，只要雷霆一击就可取其性命。阿兰使出破风刀后，枯木香迷茫了：这是什么刀法，竟然比我们的刀法还怪异？

　　山口惠看枯木香舍不得杀死铁锋，娇叱一声挥刀直砍过来。

　　铁锋恨极了扶桑妖人，他顾不得后背上的伤口，判官笔神出鬼没专攻山口惠软肋。听山口惠大声喊枯木香，他才知水冰倩是扶桑人。回想以前和她朝酒晚舞的日子，他心如刀割又怒发冲冠。

　　短暂的痛苦过后，铁锋迅速恢复神态，今天他决定用实际行动洗刷被骗的耻辱。只有杀了眼前这些妖人，自己以后才能挺直腰杆在江湖上行走。

　　在铁锋凌厉的攻势下，二十招以后，山口惠就开始步步退让。和没有修炼过法术的江湖人士血拼，她的撒豆成兵、辱仙术一点不起作用，只能凭武功保命。

　　松下花看领头师姐不敌发狂的铁锋，扔出斗笠打翻林秀儒，左脚在石桥上一点，双手抱刀横空直劈铁锋后背。

　　铁锋刚才被枯木香刺了一刀，伤口虽不深，却淌血不止，为了即刻杀掉山口惠，他运足了劲头，从而又失了好多血。松下花人刀合一，像一只黑燕子，轻飘飘从铁锋背后袭来。铁锋全力对抗山口惠，半点没察觉背后有人。阿兰被枯木香的快刀逼得手忙脚乱，根本不敢分神关注铁锋。眼看松下花的刀尖就要刺中铁锋，千钧一发间，林秀儒突然发声了：

　　"铁大哥，注意背后。"

　　刚才，林秀儒被松下花的斗笠打得仰面朝天，心里正憋着一股怨气，见铁锋危险，出声警示之时，他运足全力将斗笠反扔回来。

　　"啊！"

　　松下花惨叫一声，当即从高空跌落到地下，那顶刚才打翻林秀儒的竹斗笠，稳稳当当插在她的后背上，殷红的鲜血汩汩渗出，眨眼间就成了血人。

　　众人大惊，心想这书生手无缚鸡之力，关键处哪来的力道和准头？

　　只有阿兰明白其中原因，原来花满庭表面惩罚林秀儒，强行点穴、强行给他贯气，强迫他打坐，其实是帮他筑牢内功底子。有花满庭的调教，再加上晏灵姬给他输送了真气，所以刚才危急关头那一击，误打误撞触动了他体内的潜力，也活该松下花倒霉。

　　枯木香再也淡定不下去了，自己虽可完胜甘媄阿兰，但领头大姐很可能被铁锋灭杀，现在只有抓住书生做人质，才能迫使铁锋投降。她虽怜惜铁锋，但不敢背叛圣主，为了扶桑大业，她只能选择恶毒。

　　逼退阿兰，枯木香双脚在楹柱上一踏，猛然倒纵四五米。她施展轻功，老鹰般飞扑上前，唰一刀劈过去，随即五指如钩直抓林秀儒衣领。

　　林秀儒猝不及防，身体本能往后一仰扑通一声掉进水潭中。

　　书生不会游水，在深潭里胡乱挣扎。阿兰花容失色，刚要掠过去相救，枯木香的刀锋闪着寒光快速劈到了胸前。铁锋失血过多，已被山口惠逼到了死角。

千钧一发之际，竹林外突然传来一声娇叱：

"谁敢欺负我的表弟！"

话音刚落，一红衣女郎翩然掠过人群，长鞭遥遥一挥将枯木香卷上半空，狠狠摔进水里。红衣女郎怜爱地看一眼铁锋，纤腰一扭，燕子三抄水飘入潭中，凤鞋在枯木香头上一点，顺手抓住林秀儒的衣领，一下将他提上岸来。

"表弟，我是桃花城的颜若华，还认得我吗？"

红衣女郎牵着林公子的手，眼里流露出非常关切的神色。林秀儒全身湿透狼狈得像个落汤鸡。听对方称呼表弟并自报芳名，他才猛然回过神。

林秀儒没见过二姨花满溪，更没见过桃花姐姐颜若华，听母亲说，二姨花满溪嫁到桃花城后，一直没回来过。他虽知道有个表姐名叫颜若华，但不知她这么漂亮，这么有气质，这么摄人心魂。

"表姐，你啥时候来的，二姨还好吗？"

颜若华香肩一耸粲然一笑。她放开林秀儒的手，侧目看一眼铁锋，吹弹可破的桃腮上，立即浮起一抹红霞。这个时候，枯木香和山口惠，才看清她鲜花般的脸蛋、魔鬼般的身材。

枯木香一鹤冲天跃出水潭，她单手持刀走向颜若华恶狠狠说："姓颜的，今天这个梁子，你算和黑龙会结下了。偷袭不算本事，有胆量就和我决斗。"

颜若华昂首望天傲然不答，她甩了甩瀑布般飞泻的秀发，扭着杨柳般婀娜的腰肢，拉着林秀儒转身就走。那悠然自怡的神态、柔滑丰艳的美臀，如一朵云、一枝花、一首荡气回肠的诗，将在场的所有女人，均压迫得自惭形秽、自叹不美。

山口惠以前一直认为自己的容貌和武功无人能及，而今被颜若华的艳光一压制，自信心陡然下降。她侧身让过颜若华，后退十几步扶起松下花，嘴里嘘嘘嘘不断给枯木香发送撤退信号。

枯木香不退反进，她想，刚才对铁锋手下留情，已经犯了教规，今天如不杀死或者俘虏个人回去，圣主那关，无论如何都是过不去的。

找谁下手呢？颜若华惹不起，甘嫫阿兰一两招拿不下，铁锋下不了手，唯一的目标就是林秀儒这个书呆子。

天上掉下个桃花姐姐，突然的惊喜令林秀儒神魂飘逸。这个时候，他看山不是山，看水不是水，看山口惠等人也像亲人。

表姐这么漂亮，功夫这么高，她的师父是谁？以前母亲为什么不准我去桃花城看望二姨？桃花姐姐会不会写诗？她平常都在干啥？有没有想过我？许多问题萦绕在胸间，堵得林秀儒难受。

他有很多情怀要向她表白，有很多心里话要倾诉。以后，他决定陪表姐走南闯北，和她一起赏花赏雪赏风景，为她忘情一醉，为她遮风挡雨。

颜若华整个心思都在铁锋身上，丝毫没注意表弟的眼神。她扶住铁锋先察看他的伤势，接着掏出自己的丝绢给他敷药包扎：

"铁大哥，这段时间都忙些啥？有没有不开心的事？"

嘴里这样问，其实颜若华内心很想说，铁大哥啊，离别这段时间，你有没有想念过我？月挂柳梢的时候，你身边有没有知心人陪你喝酒？仗剑江湖时，有没有人与你并肩作战风雨同舟？自从与你邂逅相识后，你的英风侠气，你的铁血豪情，一直澎湃在我心田里，我愿随你到天涯海角，随你踏遍苍狼大地……

铁锋内心虽感激颜若华，但不敢和她对视。他刚吃过亏害怕跌进情网里爬不出来。枯木香那一刀虽不重，却深深扎在他的心上。回想以前与爱妻共同行侠仗义的往事，回想二人结婚后的恩爱生活，回想万里奔波寻找她的辛苦，回想长夜难眠、辗转反侧思念妻子所受的各种折磨，铁锋心如刀绞痛不欲生。他深情看着枯木香，真希望刚才的一切都是梦幻，好期待她走过来说，相公，我不是枯木香而是你的水冰倩。

甘嬷阿兰看林秀儒等人沉浸在情爱中不能自拔，又看枯木香面露杀气，一步步靠近林秀儒，急得跺脚大喊：

"林秀儒，颜姐姐关心的是铁大哥，你没戏，快回头看看你身后。"

喊声一出口，颜若华首先红了脸。这时枯木香的长刀闪着寒光，正悄无声息劈向林秀儒的头颅。

危急关头，颜若华来不及思索，双掌一抖本能使出了桃花城的绝技飞花逐月。掌风过后，只听嘭的一声，接着就见枯木香如一只中箭的大鸟，头重脚轻栽倒在铁锋面前。

"冰倩，你没事吧？"

铁锋顾不得颜若华的表情，跑上前把枯木香抱在怀中。他先用衣衫擦拭她嘴边的血迹，然后双掌按住其后背强行运功疗伤。

颜若华黯然失色，长叹一声知趣地后退了几步。林秀儒不知自己刚才差一点就横尸荒野，看颜若华失魂落魄的模样，赶紧上前缠着她说话。

他问表姐从哪儿来要到哪里去，如果不忙着回去，他真诚邀请她去颐和山庄做客。他眉飞色舞地说："我母亲见了你肯定高兴得不得了，老人家一高兴，肯定会把一枝独秀的绝技传给你。"

颜若华看铁锋全然没感受到自己的一片冰心，整个心思依然在水冰倩身上，失落得欲向花前痛哭归，根本没心情和林秀儒叙家常。她嘴里咿咿呀呀支吾着，柔曼的眼光，蚕丝一样把铁锋缠了无数圈。

此情此景，甘嬷阿兰和山口惠都全看在眼中，阿兰心如死灰早把男女之情看淡，她一心想杀云龙鹤和阿针报仇，眼前这点事根本激不起她心底的波澜。山口惠经常被圣主招去侍寝，从没得到一个男人的真心爱恋和呵护，她很羡慕枯木香。她暗问自己："假如今后有谁真心爱我，我该怎么办？"

松下花运功自我疗养一会儿，终于慢慢缓过了气。林秀儒反扔过来的斗笠，差一点就伤及她的内脏，这个耻辱她得血洗。

山口惠看松下花不断给自己递眼色，虽知其意却不敢冒险，颜若华的功夫太吓人，她得想法子全身而退。今日之败责任全在枯木香，反正圣主不会惩罚自己。

枯木香吐出两口淤血，脸色红润身体慢慢有了力气。她知道圣主的脾气，更了解山口惠的为人，现在不自救等会儿就没机会了。

看铁锋全身心给自己疗伤，一点防备心也没有，枯木香暗暗高兴，她悄悄伸出左手，从皮靴里摸出短刀，骤然掉转刀锋，狠命刺向铁锋腹部。

37.对酒淋漓夜雨声

铁锋提膝撞开刀锋，心一凉说了声这女人好毒，随即含胸收腹意欲拉开距离。枯木香不饶，第一刀没中，反转身如影随形紧紧贴着铁锋："铁锋，为了完成圣主的使命，今天不是你死就是我亡。"

铁锋舍不得吐出内劲伤害昔日的爱妻，只能扭曲身子避让。颜若华怒不可遏，啵一声甩出手链击落枯木香的短刀，及时替铁锋解了围。

山口惠见大势已去，拖着松下花抢先逃进竹林。枯木香怨毒地看一眼颜若华，无视铁锋的痛苦表情昂然而去。

阿兰挡在桥头挥刀喝道：

"歹毒婆娘休走，吃我一刀。"

铁锋摇摇欲坠，他恳请阿兰让路，表示这辈子宁愿水冰倩负铁锋，铁锋绝不负水冰倩。阿兰很失望，她收起月牙刀，对着枯木香的背脊狠狠啐一口，咯咯笑着走到林秀儒身后，拍着他的肩膀说：

"书呆子，刚才扔斗笠哪来的力气，那个扶桑婆肯定痛惨了。"

林秀儒见阿兰恢复了野丫头性格，高兴得直呼妙人儿。二人按颜若华的指示，合力把铁锋扶进客栈。店小二见生意上门，急忙开房、喂马、准备晚上的酒菜。

当晚雷雨交加蛙声如鼓，瓦屋上万马奔腾，丛林中千军踊跃。

阿兰看铁锋、颜若华和林秀儒都各怀心事，赌气走出房间到厨房帮店小二打杂去了。备好酒菜端上木楼，阿兰扯着嗓子喊了四五声，铁锋和林秀儒才懒洋洋走出房间。

颜若华最后一个上桌，刚才她一直倚着窗台听雨，感觉大自然的天籁之音就是玄妙。听着听着，颜若华突然想起了《九天神曲》，人法地，地法天，天法道，道法自然。出径原在入径处，看来大自然才是万物之师。

几杯酒下肚，林秀儒便意气风发豪情满怀。他说醉在杏花初落潇潇雨的诗意里，醉在冰清玉洁的美人身旁，醉在山河破碎风飘絮的愁闷中，这是智者的行为。今天既逢故人，又遇新知，趁此机会他要忘情一醉。

铁锋起先有心事，只管浅斟慢酌，后来受林秀儒的感染，慢慢恢复常态开怀畅饮起来。铁锋把酒杯举到林秀儒面前说，兄弟，大哥这一生不爱虚名只爱美酒。今夜，能与好兄弟豪饮，能与若华、阿兰两位妹妹同窗听雨，实在是平生之快事。为了酬谢搭救关怀之恩德，即便醉死在木楼上，他也心甘情愿。

林秀儒越喝越来劲，他说，品酒，必须要有海纳百川的胸襟，悲天悯人的气度，以及迎风逆浪的个性。品得出中国五千年的文化风韵，品得出民间疾苦，那才算品酒，否则就是把一杯或者一碗好酒直接倒进了胃里，其情形与猪八戒吃人参果差不多。

　　颜若华被表弟的话触动了诗情，她举着酒盏嫣然笑着说："表弟说得好，我很有同感。我觉得，大诗人李白不是醉在酒里，而是醉在不愿摧眉折腰侍权贵的傲气中，醉在欲上青天揽明月的飘逸里，那种放浪不拘形骸的豪情，自古没多少人领略；杜甫常年喝的不是酒，而是穷苦人民漫空飘洒的血泪，那种养济万物的大我精神，而今有几人具备？"

　　颜若华的话刚说完，林秀儒就鼓起了掌，他说："表姐太有才了，今天老天垂青，能与英雄侠女听雨谈诗，林某何其幸也。和义士豪杰喝酒，他是自强不息的天，你就是厚德载物的地，他能挥剑站在塞北的猎猎风中，傲问天下谁是英雄，你就能舞袖翩行于江南的鹧鸪声里，一笑倾倒若干座城。与七贤六逸为伴，他们是才子，你就是佳人，他们的智慧灵光能穿透时空，皓月般高悬在世人头顶，你绝世的风姿及如花的笑颜，就能集天地精华与江海同寿。"

　　"表弟，你这话是专门说给铁兄听的吧？"

　　颜若华脸颊微红秋波荡漾，她虽由衷夸奖表弟的文采，打心眼里为他高兴，但内心里一直把他当成弟弟。

　　看铁锋大口喝酒，大谈江湖上的奇闻逸事，颜若华也来了兴致。她说现在毒龙潭和扶桑妖人正在密谋一件大事，他们吞并夷山，控制马湖府后，接下来的目标很可能是桃花城，因此她必须尽快赶回去报信。

　　"表姐，我跟你一道走，我想见二姨。"

　　林秀儒含情脉脉地看着颜若华，眼里全是满满的期待。颜若华和铁锋碰完杯，一口喝完酒转过头笑着说："下次吧表弟，明天你就能见到花之魂妹妹了，有她陪伴，那才是神仙日子呢。"

　　铁锋在桌上猛拍一掌愤慨地说："上官雄这厮胆大包天，意欲秘密刺杀钦差大人，明天一早我就得赶回马湖府，贴身保护张大人。这碗酒我敬弟妹们的关爱。"

　　阿兰听颜若华和林秀儒再不酸溜溜念诗，长舒了一口气。她举着酒碗说："明天大家就各奔东西了，今夜一定要吃好喝好，我是个有仇报仇，有恩报恩的人，大家对我的好，我一定不忘。"

　　"阿兰，我有个计划，如果成功，定然帮你夺回夷山。"

　　颜若华把嘴附在阿兰耳边，二人窃窃私语一阵子，双双端起酒碗一饮而尽。

　　美酒和美人都是连在一起的。男人饮酒的时候，有女人在旁助兴，氛围和情致就会发生质的变化。今夜的颜若华和阿兰，可谓风情万种、艳光四射，她俩既是一壶好酒，又是一首好诗，更是一幅好画。玉手执过的盏，经年留香，佳丽斟来的酒，未饮先醉。在蝴蝶梦中花似锦，子规声里雨如烟的诗意里，在销魂蚀骨的笑声中，四人炒历史作佐，切帝王为菜，喝一口美酒，夹一筷神仙，那情形真是潇洒至极。

入睡后，林秀儒就开始迷迷糊糊做梦。他梦见自己飞身到了紫霞峰。彼时桃花林里，花之魂正带着众仙姑跳舞，他上前呼喊花之魂表妹，对方先不搭理，且拒绝承认自己是花之魂。后来沿着花溪逆流而上，又遇见一个白衣女子，女子自称芷香，说前世和林秀儒有很深的渊源，二人在琼楼中饮酒谈论前世今生时，一个炸雷忽然把林秀儒惊醒。醒后他辗转难眠，便口念一首古风《梦游仙境吟留别》：

桃花巷里桃花宴，桃花巷外红装乱。红装乱舞花乱飞，飞入丛林看不见。桃花溪畔人攘攘，桃花林里雨潇潇。潇潇花雨漫空落，洇湿佳人小蛮腰。

佳人相约舞轻纱，个个面容艳如花。妙曼妖娆紧身裤，莺歌燕舞斗芳华。劈腿撅臀扭腰身，美目流光似女神。一任周围电光闪，自舒自卷自横陈。人没花丛添雅意，花钟人气化精灵。人不摘花花不谢，人花相映两缤纷。

我溯花溪觅仙材，野渡无人花乱开。花魂常在枝头闹，春色都归眼底来。但得红花遍坡种，不愁白发满头栽。绚目含情花浪荡，迎风折柳我疏狂。行到水穷无去处，花中飘出白衣裳。

白衣女子名芷香，家在云山碧涧旁。杂花不管年年茂，野草无肥岁岁芳。广种蜜桃无人赏，聊弄丝竹待牛郎。我美芷香笑容灿，仙姿飘逸非等闲。芷香美我诗高洁，携手共游鹧鸪天。殷勤邀请入高阁，开轩置酒话前缘。朱雀桥头花似锦，古琴声里雨如烟。自言前世为伴侣，日日听君说妙语。玄机参透已成仙，穿越红尘来看你。妾本千年美人鱼，先生相救出淤泥。前度郎君幸无恙，重逢又惹泪沾衣。今宵放胆陪你醉，再次轮回也无悔。敬君三盏钓诗钩，给我一杯忘情水。

我笑芷香说天书，修仙之道太虚无。余乃江滨狂傲客，时宜不合最糊涂。洞穿世事诗千首，历尽沧桑酒一壶。经霜不减浩然气，耿介超凡大丈夫。芷香笑我太离奇，日落南天月出西。红尘似纸须看破，名利如魔莫相依。仙乡原在家乡处，出径还同入径迷。大道无形却有路，一朝超拔众山低。人生无趣更无聊，心在煎熬魂在飘。蝇头微利双刃剑，蜗角虚名独木桥。纵然才气冠天下，难与仙家试比高。

我闻警语满头汗，投箸停杯仰天叹。故人刹那杳无踪，大梦觉时二更半。月光如水湿窗花，蛙声似鼓振霄汉。披衣出户送春归，雨后落花铺满院。

第二天日上三竿时，林秀儒才从醉梦中醒来。

客栈里静悄悄的，铁锋、颜若华和阿兰都不见了。迷糊着走下楼，林秀儒连喊三声店小二也不听回音，他口渴得厉害，走进厨房刚要舀水喝，就见店小二横躺在灶背后，满脸血糊糊死得很恐怖。

惊叫着回到大厅，见里面横七竖八全是死人。林秀儒见每个死者的后背上，都被人用剑刺了一束桃花，吓得不知所措。正思索谁制造的灭门血案、表姐等人为什么不辞而别等问题时，竹林里突然传来了吆喝声：

"花之魂，你逃不掉的，赶快出来自首。"

38.迷人的夜晚

走出落雁宫，季群芳高兴地抓住李傲俗的胳膊直哭：

"大哥，我该怎样感谢你呢？"

李傲俗挣脱抓扯，极力控制住情绪说："男女授受不亲，别这样。"季群芳上前一步，再次抓住李傲俗的衣服嘻嘻笑道："别假装正经了，昨夜人家换衣服，你站在窗前干啥？我是妖族，才不管你们那些礼节呢。只要你喜欢，想咋样就咋样。"

"一派胡言，我警告你，如想跟我去紫霞峰，必须先收起你那一套。"

看李傲俗发怒，季群芳做个鬼脸再不敢乱说。

二人翻过山垭口已是正午时分，懒洋洋的蝉鸣声，听得人昏昏欲睡。看季群芳的胳膊被巴茅草划得阡陌纵横，李傲俗顿起怜惜之心，他顺手扯几片蒲公英叶子，放在嘴里嚼碎后，呸一声吐在她的胳膊上，随即伸出手，一路拉着她走。

季群芳很享受，她故意装出一副娇滴滴的样子，有时一个趔趄撞在李傲俗身上，有时一仰身假装要摔倒。李傲俗时而伸手托住季群芳的腰臀，时而又伏下身子背着她翻越障碍，虽然很累很苦，但心里却很享受。

"大哥，我们歇一下吧，你累成这样，我心疼。"

这句话像魔咒，一下子钻进李傲俗的灵魂深处。活这么大，还没谁软绵绵、甜丝丝对他说这种话。

以前师妹花之魂虽关心过他，但那些台词般的话语，从没触及过灵魂。刹那间，李傲俗像只破茧高飞的蝴蝶，飘逸得忘了自己的身份，忘了师父的苦心教诲，忘了修仙的戒律。

"不能歇，师父还等着我们呢。"

片刻怡然后，李傲俗又回到了现实，他放开季群芳的手，默默念咒，用法术抵抗她散发的致命诱惑。他暗自叨念道，我是紫霞峰大弟子，绝不能带头触犯戒律，绝不能辜负师父的期望，一定要斩三尸，绝诸欲，修成先天无极。

"大哥，你吐些什么脏东西在人家身上，臭死了。"

季群芳磨磨蹭蹭，费了很大劲才走过泥泞小路。她扭着腰臀，不断转头在肩臂上嗅，一副楚楚可怜的模样。

李傲俗的心情终于平静，他停住脚说："那是蒲公英，消炎解毒效果很好，你先忍耐，等会儿到有水的地方，洗干净就没事了。"

一边走路一边反思，李傲俗突然有些后悔，觉得不该把季群芳带上山。

他想：如果现在狠下心与她决绝，我最多痛苦十天半月。到了山上，假如她天天缠着我，我该咋办？山上的灵光石无处不在，每一个角落都在师父的监控中。倘若师父发现她心存不轨，倘若我把持不住触犯戒律，天啊！我该咋办？

想了很久，李傲俗终于下定决心。他转身看着季群芳冷冰冰说：

"群芳，我们就此别过吧，山上很苦，你受不了那种罪。"

季群芳轻抚云鬓，忽然捂住脸哭了起来。她说："你当初答应带我上山，我才背叛师父的，你不能说话不算话。这件事你师姑同意了的，要赶我走，你得先请示你的师姑。"

李傲俗没想到对方这么泼辣，只得摇头叹气继续赶路。

季群芳采束野花追上来，温柔地说：

"大哥，你生气了吗？"

李傲俗生硬地回答："没有。"

季群芳把野花举到李傲俗鼻子边，甜甜笑着说："你骗谁，脸黑得快下雨了，还说没生气。"

李傲俗推开花朵，打个喷嚏说："正经点，不要妖里妖气的。"

二人拌嘴蹚过密林中的腐殖地，爬到半山腰时，太阳只有半竹竿高了。

李傲俗很懊恼，按预定行程，他们今天要翻越鹰嘴峰的，因为山那边才有客栈。天马上要黑了，在这上不挨村、下不挨店的荒山野岭，今夜吃什么？孤男寡女怎么睡？

季群芳暗暗高兴，感觉自己离成功只差一步了。她下定决心，今夜一定搞定李傲俗。把他攥在手里，以后自己行事就方便多了。

其实，季群芳并非真正反出落雁宫，这一切都是和师父晏灵姬事先策划好的。近年，晏灵姬如何苦修都突不破瓶颈，为了得到紫霞峰的最高修仙秘籍，为了打探到混元无极阵盘的进入方式，晏灵姬决定派季群芳去紫霞峰卧底。

"天快黑了，今夜怎么过？都怪你慢腾腾拖延时间。"

看李傲俗一脸愁云，季群芳立即表现出野外生存的强大能力。

她施展轻功跃上大树四下观察一番，轻灵灵跳下地欢快地说："前面山凹处有个大岩洞，洞外还有一湖碧水，我们越过这片筇竹林就到了。"

沿石径斜行，前面果然出现了奇景。血红的残阳下，清澈蔚蓝的湖水，奇形怪状的树木，蹁跹起舞的鹤群，紫气氤氲的岩洞，一下子激发了季群芳的青春活力。她飞身掠上高岩，大咧咧走进洞口，双手挽诀沉声念道：

"山精树怪，速速现身，本座亲临，急急如令。"

符令一出，山洞里立即出现了许多尚未完全修成人形的妖怪。季群芳威严地说："小妖们听好，本座要在这里过夜，你们即刻布置准备。准备完毕全部遁形，没我的法令，谁都不准现身。"

安排完毕，季群芳返回洞口，扭腰摆臀直朝李傲俗挥手：

"大哥，快来看，这里面啥都有。"

李傲俗一鹤冲天稳稳站在季群芳身边。他见洞里有锅碗瓢盆，还有被褥粮食，很是好奇：

"难道这里有人居住？"

季群芳看对方一脸迷茫，伸出大腿轻轻挨擦他一下媚笑着说："你整天在山上修仙，哪里知道江湖行情。这里是马帮的歇脚点，这些东西全都是马锅头留在这里的。"

揽一湖空茫迷蒙的烟水，涤去心中块垒，李傲俗一下子恢复了道骨仙风。他吟着诗来到湖边，在深层次的静态中，一遍又一遍念咒驱魔。他决定回山后就与季群芳隔离，绝不能继续受她蛊惑，更不能荒废二十多年童子功。

季群芳知道李傲俗在极力运功抵抗她的诱惑。她暗暗好笑，心想你这点功力，哪能与我抗衡？我从狐妖修成人形，少说也有几百年，等会儿我就叫你销魂蚀骨，永远乖乖听我差遣。

为了让李傲俗不起疑心，季群芳卖力干活。

她挥刀把洞里的木块劈碎，反复清洗锅碗瓢盆，再将小妖们送来的山珍野味炖成一锅，才袅袅婷婷走到湖边洗澡。

李傲俗抱元守一高度入静，丝毫没注意季群芳的举动。此时他正徜徉在天法道，道法自然的无极阵里，那种人天合一的飘逸，没有任何东西能超越。

季群芳漫卷霓裳，婀娜的身躯美艳至极。她诗意转身把衣服铺在高石上，一步一回头朝深水区走。山色霞光映在水面上，远处的鹤群时隐时现灵动非常。

一阵香风吹过，天空中骤然落下无数花瓣。季群芳心旷神怡，她知道小妖们正无声无影伺候自己。这个时候，她多么希望李傲俗躲在大树后，偷偷朝湖里张望。在她心中，许多年前，自己或许是织女，而李傲俗，就是她情牵意挂的牛郎。

张开双臂尽情嬉戏一阵子，季群芳锦鲤般翻转身子，故意摆出各种诱人的姿态，发出最原始、最摄人心魂的声音。

看李傲俗背对自己一副千花难入眼，万事不关心的模样，季群芳很失望，心想这家伙果真在运功和我对抗。既然如此，我让你见识见识本座的妖术。

一阵风过后，季群芳的衣服突然不见了。她羞涩地将身子淹在水里，露出头朝李傲俗大声尖叫：

"大哥，羞死人啦，我的衣服被风吹走了。"

看李傲俗手忙脚乱给她找衣服，季群芳很是享受。她小声说："别以为紫霞峰的仙道术天下第一，你那点修为连大门都还没进呢，如不是要利用你，本座早就把你的元神吸干了。"

自言自语骂几句，季群芳又小声夸起了李傲俗：

"面对我的香软，面对多重功力的诱惑，这家伙竟然没乱心神，看来我的魅惑还得提高档次。"

吃完晚餐，李傲俗摸出二两银子放在岩洞里。看季群芳一脸惊愕，李傲俗淡然一笑解释道："君子不贪财，吃了人家的东西，自然得付钱，这是师父教我的。"季群芳暗暗好笑，心想难怪修仙之人越来越少，这么多规矩，谁受得了。

是夜，星月满天，凉风习习。季群芳抱膝坐在洞口赏月，李傲俗不敢挨她太近，选了块高大石头继续打坐。

"大哥，今夜太无聊，你继续传我仙道术好吗？"

季群芳楚楚可怜，她掠上高石倚在李傲俗肩上，一副小鸟依人的模样。

李傲俗全身燥热心乱如麻，本就静不下心，季群芳一挨上来，他整个身子像触了电，内心的波涛一浪比一浪高：

"要学仙道术，必须先弄清阴阳五行的变化。"

李傲俗强力压住杂念，主动拉开距离开始讲课。他说，一阴一阳谓之道，一动一静谓之法，至柔的东西，能穿行于至刚的东西里。总之，阴中有阳，阳中有阴，至阴则阳，至阳则阴，阴阳组合变化无穷。

"什么是阴，什么是阳？"季群芳如影随形，温香柔滑的身子烫得李傲俗意乱情迷。

"天是阳，地是阴，白天是阳，晚上是阴，男人是阳，女人是阴。"

说完这话，李傲俗感觉内心的怪兽快撑破血管。季群芳拉着李傲俗的手，一副天真无邪相，她说："大哥，你说阴中有阳，阳中有阴。那我身上什么地方是阳，哪里是阴？"

"手背是阳，手心是阴，头是阳，其他躯干是阴。"

听李傲俗呼吸急促，季群芳知道关键时刻到了。她嘴里嗯嗯说，我懂了，原来阴阳五行这么奇妙，早认识你就好了。李傲俗耳热心跳，他吞两口唾液结巴着说："正道的修为虽来得慢，但循序渐进便可与天地同寿。习练妖术虽立竿见影，然来得快，消失得也快。"

"大哥，我这里是阴还是阳？"

季群芳突然转移话题，她把对方的手掌使劲拉到自己的香软上，随即将脸贴过去。这一下，李傲俗彻底缴械，潜藏在心底的怪兽，终于突破封印，怪叫着将季群芳吞噬。

39.李傲俗错杀师弟

事毕，李傲俗长跪不起，拔剑就要自刎：

"师父，我辜负了您的期望，我此生完了。"

看李傲俗哭得声嘶力竭，季群芳很不耐烦，她整理完衣服安慰道：

"大哥，七仙女还思凡呢，何况是人，区区小事，不要挂在心上。"

李傲俗勃然大怒，他用剑指着季群芳大声训斥道："都是你这个妖精惹的祸。你接近我到底想干啥？刚才你是不是在我的饭菜里下了药？"

季群芳再也不掩饰自己了，她哈哈笑着说："你的猜测一点不假。以后你必须听我指挥，否则我就把刚才的事告诉你师父。"

"凭你这点修为，休想见到我师父，现在我就杀了你。"

宝剑刺出，季群芳突然没了影子，李傲俗惊骇得浑身直冒冷汗。失魂落魄间，季群芳幽灵般出现在他背后，她卡住他的脖子恶狠狠骂道：

"得了好处还想杀人灭口，我真看错了你。"

李傲俗喘不过气，只好弃剑投降。季群芳见他告饶，嘻嘻一笑又妖媚起来。

她怜爱地抚着李傲俗的脸，娇滴滴说："爱上你，三生三世我都会陪伴和呵护你。反出落雁宫时，我偷了师父的霓裳羽衣，这件宝贝是师祖风情万种留下的，穿在身上能隐身遁形，你师兄师弟们，包括师父绝对看不到我，回去后，你该干啥干啥，我随时都在你身边。"

李傲俗恨意未消，他推开季群芳冷冷说："中了你的圈套，算我倒霉，以后我宁愿死也不做对不起紫霞峰的事，你好自为之。"

一连两天，李傲俗都不理会季群芳。眼看快到紫霞峰，李傲俗心慌意乱，一个劲催她换上霓裳羽衣。季群芳不干，她说我是清静散人的弟子，应该大摇大摆上山。

李傲俗有些恼怒，他盯着她妖媚的脸庞逼问道："那你为何不把霓裳羽衣扔了？"季群芳妖娆地掠掠云鬓，嘻嘻笑着说："这件宝贝扔不得，以后我俩那样的时候，还用得着。"李傲俗拿她无法，只好故作庄严昂首阔步上山。

"大师兄，你回来了，我们好想你哟！"

刚到紫薇阁，琼楼里就掠出四位身材高挑的紫衣姑娘。看师妹们甜甜叫自己大师兄，依然一副毕恭毕敬的模样，李傲俗面红耳赤心跳不止。

他指着四位道姑对季群芳说："快过来见你的师姐。这是大师姐梅魂，这是二师姐竹梦，这是三师姐寒星，这是四师姐冷月。"

"小妹季群芳见过四位师姐，以后还请多多关照。"

李傲俗见季群芳言语得体，心情一放松，大师兄的气度就恢复了。他指着季群芳郑重对梅魂说："师妹，这是师姑新收的弟子，我把她交给你，以后的管教就全靠你了。"

梅魂笑吟吟上前拉着季群芳就走。她边走边说："大师兄放心，我会管好师妹的。"

竹梦紧走两步依着季群芳的肩膀嘴里喋喋不休。

她说："紫薇阁是师父清静散人的清修地，这里除我们外，还有三十多位女弟子，现在我就带你去见她们。"冷月和寒星仗剑走在最后，她俩面无表情一言不发。季群芳笑嘻嘻上前打招呼，这俩姐妹也只望空点一下头，连眼睛都没眨一下。

把季群芳交给梅魂，李傲俗顿感轻松。经过紫剑岩时，远远看见少阳真人的大弟子喻永琪带着众师弟在舞剑。在紫霞峰，若论剑法，喻永琪排名第一，李傲俗综合能力强，若单以剑术论高低，他还得屈居第二。

"喻师弟，你的剑法又精进了，可喜可贺。"

"大师兄，师父们都在紫阳宫议事呢。"

看喻永琪一心练剑，李傲俗无心逗留，他擦擦额上的汗珠，沿着九曲回环的石梯继续往上走。

来到紫檀坡，眼前云雾缭绕一派仙山琼阁景象。彼时，太极真人的大弟子吴贤极，金鸡独立，正在万丈悬崖之巅入静。李傲俗不敢出声招呼，生怕不小心将他吓得跌下深渊。

紫阳宫里，太极、少阳两位真人正在和师兄说事。

太极真人说："师妹下山好多时日，不知拿到我们的灵器没有？"少阳真人掐指计算一会儿说："师妹办事老练，从不干无胜算之事，师兄不要焦虑，我们耐心等候。"太极真人起身望着窗外，急躁地说："阴阳剑是我几十年的修为，没了灵器，以后凭什么降妖伏魔，难道你不想早日收回灵器？"

"怎么不想，但着急有啥用？"少阳真人一脸无奈。

紫霞真人一脸平和，他说两位师弟少安毋躁，你们看，傲俗不是回来了吗。

"见过三位师父，傲俗给你们丢脸了。"

李傲俗双膝跪地诚惶诚恐，生怕被师父瞧破玄机。

看傲俗手里拿着紫檀珠，太极和少阳真人都长出了一口气。少阳真人扶起李傲俗，一个劲夸他有本事。太极真人也跟着高兴，他的阴阳剑虽还不知下落，但他相信师妹的能力，相信她一定会成功。

"傲俗，你身上怎么有一股妖味，是不是背着我们犯了戒？"

紫霞真人的话刚出口，李傲俗就吓得浑身筛糠，他毕恭毕敬跪下说："启禀恩师，弟子被妖族关这么久，整天和他们打交道，身上肯定会沾染妖气。哦，对了，清静师姑还收了妖女季群芳做弟子，是我奉师姑之命把她带回来的。"

"有这等事，简直乱弹琴。"

听师兄破例责骂师妹，太极和少阳赶快出面打圆场。他们说，师妹一向谨慎，她这样做肯定有道理，既然人家帮了我们的忙，何况人已到了紫薇阁，我们没理由赶她走，一切等师妹回来再定夺。

紫霞真人努力控制住情绪，他思索了一会儿，觉得师弟们说得也有理，只好先把这事放下。

对李傲俗，紫霞真人突然觉得有些陌生。他严厉训斥一顿，令他在藏书楼面壁思过。如下次见面，身上还有妖味，那就启动戒律绝不容情。

以后，李傲俗天天待在藏书楼，一切都由小师弟孙小岳监管。孙小岳机灵和善，和大师兄相处得很好。除了扫地做饭，孙小岳每天都陪李傲俗打坐、读书，给师父汇报时，总替师兄说好话。

一周后，在仙道术的引导下，李傲俗的心魔渐渐消退，再不去想季群芳。

季群芳见不着李傲俗，心里非常焦渴，她缠住梅魂，左一个师姐又一个师姐叫得很甜。梅魂嘴上虽客气，内心却对这个突然出现的师妹很反感。这女子一脸狐媚，浑身透着妖娆气，一看就不是修仙的料。

见季群芳行踪诡秘，经常在禁地周围转悠，为防意外，梅魂多了个心眼。她叫寒星暗中监视季群芳，看她究竟想干啥。

寒星秀发披肩健美婀娜。她面冷心热，从不与人争高低。庭院楼阁的公共卫生，几乎是她打扫。劈柴提水之类的力气活，大多数时间都是她抢着做。由于为人低调修为甚高，颇得众人钦佩。

季群芳一点也不在乎寒星。她一如既往跟梅魂、竹梦学仙道术，闲暇之余，还到紫剑岩缠住喻永琪学剑法。

喻永琪见季群芳好学，也不推辞，只要她来，他就悉心教导。一天中午，二人对练绞剑时，季群芳故意把剑抛向空中，然后装作体力不支，软绵绵倒在喻永琪怀里。

喻永琪心旌荡漾，早就把持不住了。第一次见到季群芳，他就盯着对方不眨眼。刚才练剑时，二人有意无意的身体碰撞，早已把他的心火擦燃。他顺势抱住季群芳，嘴里喃喃自语，感觉自己成了一股溃堤而去的洪水。

这一幕，恰巧被寒星看到。她气极了，走上前正要大声呵斥，忽然脚下一滑，脑袋里嗡一声就失去了知觉……

恍然醒悟，喻永琪和寒星都羞得无地自容。二人紧紧抱在一起情形极其狼狈。

"这是怎么回事，今后还有啥脸见人？"

寒星羞愤交加，她猛力推开喻永琪直往悬崖边跑。

季群芳追到崖口，拉着寒星的衣服说："师姐，想开些，千万不要做傻事。"寒星转回头怒目而视，她说："我知道是你这个妖精害我，我做鬼也不会放过你。"季群芳恶声说："凡是对我有恶意的人，都必须死。"

喻永琪看寒星要跳岩，吓得脸色铁青，他飞身上前刚要阻拦，寒星已挣脱季群芳的抓扯，仙鹤般飞下了深渊。

"怎么办，我摊上人命官司了。"

喻永琪六神无主，季群芳却开怀大笑。她说："亏你还是男子汉，这点小事就吓尿了。寒星是自己跳下去的，我们谁也没推她。再说这件事只要我不说，谁也不知道。"

喻永琪左顾右盼，惊魂不定，他说师伯的灵光石遍野都是，刚才那一幕，他肯定看到了。季群芳双手叉腰洋洋自得地说："那点小玩意，早被我做了手脚。你放心，这件事只有我看到，以后你听我安排，我保你无事。"

从喻永琪嘴里得到藏书楼的位置，以及开启结界的咒语、手诀后，季群芳在对方耳边小声说几句话，穿上霓裳羽衣就去寻找李傲俗。

藏书楼与紫阳宫毗邻，里面全是历代仙师的修仙心得。季群芳一路逶迤行走，没过多久就悄无声息潜到了李傲俗身边。李傲俗端坐雕窗前，正高声朗诵《紫霞秘笈》：

"相间若余，万变不惊，无痴无嗔，无欲无求，无舍无弃，无为无我。"

季群芳听了一会儿，忽然玄机顿悟，不由得暗暗高兴。她隐身在书桌旁，一边挽起衣袖磨墨，一边宁心静听李傲俗读经：

"我义凛然，鬼魅皆惊。我情豪溢，天地归心。我志扬迈，水起风生！天高地阔，流水行云。至性至善，大道天成。"

季群芳中指一弹，数缕蓝光幽幽吸进李傲俗鼻腔。李傲俗大大打个喷嚏，放下书开始在屋里徘徊。透过薄纱，季群芳看李傲俗脸红得厉害，呼吸声越来越重，知道刚才的蓝烟起作用了。她华丽现身嘻嘻一笑，紧紧抱住李傲俗深情地说：

"李郎，你让我找得好苦。"

李傲俗欲火难耐，这几天他表面读书，其实一个字都没入心，满脑子都是季群芳的雪肤美体。越是用心忘了她，越没有办法入静。不但每天晚上噩梦迷离，而且感觉身体一天比一天空虚。他惊慌失措，要想找师父坦白一切，又没有勇气承担处罚，更舍不下大师兄的地位。

"亲爱的，你终于来了，我好想你啊！"

红袖添香，翠竹摇风。季群芳的到来，让迷离的夜晚更加妖冶。二人起先相拥而泣，后来嬉戏追逐。

季群芳拿起《紫霞秘笈》，运功止住李傲俗的心猿意马，软语温存央求他破译讲解。李傲俗也不推辞，为了尽快颠鸾倒凤，他不顾师父的告诫，将自己的所知所学，全部告诉了心上人。

云雨过后，季群芳快速消失。过了好久，李傲俗才软绵绵起身，他侧目一看，顿时吓得瘫倒在地：

"妈呀，丢了《紫霞秘笈》，我还活得成吗？"

李傲俗来不及多想，提起宝剑狠命直追。掠下高岩，他看季群芳撩衣卷裙，正倚在小师弟孙小岳怀里哭泣。这一下，李傲俗彻底愤怒了，他想，既然你水性杨花，那就别怪我手毒，杀死你，我一切都解脱了。

借助朦胧的月光，李傲俗运足全部功力，对准季群芳就是一剑。惨叫声过后，李傲俗彻底崩溃。

原来，眼前根本没有季群芳，他那雷霆一剑，直接把孙小岳刺了个透心凉。

40.花之魂独闯云龙寨

按照师尊的吩咐，花之魂一下山就辞别颜若华，独自去毒龙潭外等候师姑清静散人。

毒龙潭在万山丛中，地形隐秘道路崎岖，花之魂认不得路，她早早来到云龙寨，在翠竹掩映的吊脚楼里等候了两日，也没见着师姑衣袂飘飘的身影。

云龙寨是毒龙潭的门户，来这里打尖、住宿的人大多是魔族长老，极少有仙族和妖族的成员进出。

寨主云外天是个歹徒，他看花之魂纤姿丽颜且单身一人，便在夜深人静之时偷潜进屋，打算用断魂香将其迷昏，再行龌龊之事。花之魂武功虽高，却不谙世事，她进门后便倒头大睡，完全没意识到即将发生的危险。

云外天大喜，他潜进屋掏出迷香正要吹燃，忽听楼下闹嚷嚷的，接着云霄客的声音就传了过来：

"云外天，赶快打扫堂屋，等会儿我要宣布重大决定。"

潭主深夜驾临，必有风急火燎之事。云外天不敢怠慢，赶紧连滚带爬跑下楼拜见云霄客：

"属下云外天拜见潭主。"

云霄客看云外天唯唯诺诺，不耐烦地说，赶快打扫大堂，堂主们马上就要来了。

吵闹声惊醒了花之魂，她伸个懒腰胡乱整理几下纷乱的头发，抄起宝剑越窗而出隐没在大树中，隔着门窗悄悄观察屋内的动向。

大堂内，密密麻麻坐满了人，这些人装束不一男女混杂，其间还有几个衣着暴露、目光妖冶的扶桑女子。

云霄客戴着老虎面具高高坐着，他的两边分别是身着黑白服饰的黑白护法。花之魂曾听师尊说过，毒龙潭的黑白护法都是上届长老，其修为深不可测远远超过潭主。她正思索假如被发现，该怎样逃生时，云霄客扯着嗓子说话了：

"各位堂主，告诉大家一个好消息，现在整个夷山都是我们的了。"

云霄客的话刚说完，云龙鹤和阿针就急不可待地站了出来。云龙鹤手摇画扇，一副浪荡公子相。阿针紧挨着云龙鹤，眼波里荡漾着得意神采。

看大家并不怎么兴奋，云霄客很不高兴，他指着躬身站在前排的汉子说："狼牙堂主，最近你总是违抗命令，是不是我哪里做得不好？"

狼牙堂主高大威猛一身横肉，他横跨两步走到大堂中央乐呵呵说："潭主，我是粗人不懂什么弯弯道理，只知道助你雄霸天下一统三界。你是潭主，你的话我哪敢不听，不过这几个扶桑婆娘的话，我就只能当耳边风。她们陪我喝酒玩乐还可以，向我发号施令就不行。"

云霄客冷眼看着狼牙堂主，良久才从牙缝里挤出几个字：

"你好大胆！"

话音未落，白护法指尖已透出一股青烟。这股青烟先在云霄客面前缭绕等待指令，然后像条青蛇在狼牙堂主颈项上狂舞。狼牙堂主平素以蛮横勇猛著称，虽有举鼎拔树之力，却奈何不了白护法指尖一缕青烟。众人看狼牙堂主气绝身亡，全都弯腰低头不说话，只有扶桑女子笔直站着，眉宇间透露着高傲和喜悦。

云霄客两眼望天，一副君临天下的架势，他拍着太师椅说："魔界没有地域之分，没有种族之别。愿随我一统三界者，都是我潭弟子。"

"潭主神功盖世，灵力通天，上官雄愿终身追随。"

上官雄一发话，所有人都跪了下去，只有扶桑女子傲然站在原地。

云霄客欢喜得哈哈大笑，他起身走到上官雄面前沉声问道，上官堂主，安知府准备何时举事？上官雄双手抱拳怯怯说，回禀潭主，现在钦差张鸾正在暗中调查安鳌，原定端午节起兵举事，现在恐怕要推迟。

云霄客嘿嘿冷笑，他说区区张鸾有何可惧，你想个法子除掉他，再把罪责嫁祸给铁锋不就得了。

上官雄沉默不语，他不敢抬头看潭主，低着头憋了好久才小声说："启禀潭主，谋杀朝廷命官按律要诛九族，下官不敢冒这个险。"

上官雄的话还没说完，整个身子就飘到了横梁上，他口不能言，只有扭曲着身子痛苦挣扎。

　　云霄客高声说："前几天，我确实在大罗摄魂金盘里消耗了很多灵力，但是风月无边散气前，把百余年的修为全部传给了我，现在紫霞峰已不是我的对手，三界即将回到我魔族手中，以后，我的每一句话都是铁令，今天网开一面暂且饶了你。"

　　上官雄落地后，整个人突然小了一圈，他不断磕头表忠心，直到撞破前额，云霄客才从鼻子里哼出一声滚。

　　众人拖着狼牙堂主的尸体散去后，云霄客突然关上大门，非常礼貌地对扶桑女子说："山口惠小姐，你帮助我得到紫霞峰的灵器，以后毒龙潭和黑龙会就是一家人，有啥事，你尽管说。"

　　山口惠深鞠一躬，笑吟吟说："云潭主，一切都是圣主的指令，要谢你就谢圣主。圣主说目前峨眉、崆峒、武当、少林各派，对黑龙会很是不敬，你得想办法把武林各派统一起来为我所用。"

　　"这件事最好你去做，云龙鹤和阿针随你差遣。"

　　山口惠大喜，她起身走几步说："云潭主，现在我们共同的敌人是紫霞峰，如果我帮助阿针乔装成花之魂，袭击武林各派的掌门，迫使他们交出印信，以后的天下不就是我们的了吗？"

　　见云霄客很赞同自己的想法，山口惠很得意，她哈哈笑着说："现在万事俱备，就等花之魂上套了，云潭主，你觉得她会来吗？"

　　云霄客不语，他坐在椅子上凝神运功，良久才从鼻腔里喷出一串笑声：

　　"她早就来了！"

　　笑声未落，一缕蓝光已将花之魂藏身的大树完全笼罩。花之魂全身心偷听屋内人说话，根本没察觉到周围的杀气。

　　前几天，她本来要去马湖府寻找林秀儒的。由于师尊临时改变主意，叫她去毒龙潭配合师姑取回灵器，由于听师尊说，云霄客在大罗摄魂金盘里受了重伤，所以她自始至终没把毒龙潭放在眼里，直到被云霄客的杀气包围，她才后悔自己太轻敌。

　　云霄客的杀气，时而是结界时而是洪水猛兽，时而电闪雷鸣时而悄无声息。这种化光为气，化气为刀，化刀为水的上乘修为，花之魂还是第一次领略。搏杀中，她虽能御剑相抗，但用尽了师尊传授的所有法术，都无法突破云霄客的包围。

　　云霄客优雅至极，他慢悠悠品茶，浪笑着与山口惠评论花之魂的身材相貌：

　　"山口惠小姐，这妞好招人喜爱。抓住她后，你取桃花剑，我和她修炼阴阳和合功。"

　　山口惠不悦，心想这老贼起先打我的主意，转瞬又喜欢上了紫霞峰弟子，得给他点颜色看：

　　"潭主，别忘了圣主的旨意，快逼迫花之魂使出春雨桃花剑法。"

41.清静散人入魔

一提圣主，云霄客心里就发毛。

他明白今天只有助山口惠学到桃花剑，控制武林各派的计划才能完美实施，否则山口惠就会在圣主面前说是非。想到自己一统三界的抱负，云霄客不敢怠慢，他大吼一声群魔乱舞，随即使出了看家本事。

花之魂被云霄客逼得喘不过气，她连挽三个祖师诀，大喝一声"破"，御剑直往生门闯。

云霄客早看出花之魂的心思，他喊声"地老天荒"，双掌间的浓云黑雾，顿时化作数不清的怪兽，把花之魂迫得连连后退。这个时候，花之魂才领略云霄客深不可测的修为，她口喷鲜血，砰一声跌落在院坝里。

"哎呀呀，我的花妹妹，摔疼没有，要不要姐姐扶你一把？"

山口惠嘴里嗲声嗲气说话，手里的法器越转越快，她妖冶地摇动腰臀喝声"撒豆成兵"，然后双手互搏摆出一副绝杀架势。

花之魂见四周全是半人半妖的怪物，吓得不知该如何应对。尽管知道这一切都是幻象，都是云霄客和山口惠的妖法，然而只要置身其中，只要自己运用了法术御敌，那就必须全力以赴。

她明白，只要不死，攻破重围后一切都会复原，倘若死在对方的妖术中，自己就会神形俱灭，变为一具僵尸。

犹豫间，无数怪物已攻破防御体系来到身前，这些赤条条的家伙面目狰狞，有的朝花之魂身上喷血，有的狂叫着撕扯她的衣服，有的化作虫蛇直往她身上爬。

花之魂哪里受过这等侮辱，激愤中她挥剑喝声"真空无相"，随即一招春融万物，把云霄客和山口惠压迫得连退十几步才稳住身子。

山口惠看花之魂终于使出春雨桃花剑法，禁不住哈一声笑了起来。她叫云霄客继续施法与花之魂缠斗，自己则仗剑跟着花之魂比画。虽然知道自己领略不到春雨桃花剑法的神韵，但只要记住几个动作，就能完成圣主交给的任务。凭自己高超的武功和易容术，令阿针乔装成花之魂镇压武林各派，完全是小事一桩。

云霄客吃惊不小，他运足七成功力才能挡住花之魂的剑气。他想，倘若再过几年，自己肯定不敌眼前这个小妞，为了一统三界的大业，今天必须将其除掉。

就在云霄客运足十成功力，准备雷霆一击的时候，庭院上空忽然紫光闪耀，接着就见到了清静散人翩若惊鸿的身姿。

清静散人不嗔不怒，人未落地，淋漓的罡气，已把云霄客和山口惠完全罩住。

云霄客身形一变，猛然向清静散人发出全部功力。上次使用法术，他被对方打得吐血，此时他要捞回面子，要试探一下清静散人的真实修为。他认为，清静散人是仗着灵器取胜，若论气剑功夫，自己未必会输。

清静散人没想到云霄客会拼命，上次取胜，自己的确仗着灵器的优势。起先，清静散人以为云霄客受了重伤，所以躲在暗处一直没出手帮花之魂，这样做主要是给个机会磨炼她。后来看云霄客一点受伤的迹象也没有，清静散人才知师兄判断失误，才慌忙现身救助爱徒。

　　"砰砰！"

　　两股罡气相撞后，院内沙飞石走树叶尽落，山口惠口吐鲜血，轻飘飘飞出院墙，花之魂重重摔在墙角眼前全是金星，清静散人嘴角淌血摇摇欲倒，唯有云霄客铁塔般站在原地：

　　"黑白护法何在，快把两个美人带进毒龙潭，从今天起，我要修炼阴阳和合功，谁也不准打扰本潭主。"

　　看黑白护法将清静散人和花之魂掠进屋内，云霄客脸上露出了得意的笑容。他长出一口气刚要发号施令，就见山口惠迈着轻盈的步子走进了院坝。

　　云霄客有点吃惊，刚才他和清静散人比拼内力，双方都铆足了劲，劲风漫及之处可谓摧枯拉朽，连花之魂这样的高手都吐血昏过去，山口惠怎么一点事都没有？

　　"山口惠小姐，你没事吧？"

　　"哈哈，如不是我及时赶到，山口惠小姐恐怕不能回答你的问题了。"

　　山口惠身后，一个蒙脸大汉双手抱胸卓然而立。云霄客见状赶紧躬身抱拳，诚惶诚恐地说：

　　"不知圣使驾到，云某有失远迎，不敬之处，千万原谅。"

　　蒙脸大汉昂首挺胸十分傲慢，他慢慢走到云霄客面前严肃地说："云潭主，凭你的级别，还没资格打清静散人和花之魂的主意，你困她俩十天半月，然后露个破绽让她们带着灵器逃走。这期间要好生伺候这两位仙子，半分侮辱也不能受，否则你知道后果。"

　　"请圣使放心，云某一定遵照圣主的指令，绝不敢怠慢。"

　　云霄客满脸堆笑，不断打躬作揖，那种卑微表情，与先前判若两人。蒙脸大汉不理云霄客的恭维，他上楼走进听雨轩，大马金刀坐下问道：

　　"山口惠小姐，记住春雨桃花剑的招式了吗？"

　　听山口惠说只记得三式皮毛，蒙脸大汉欣慰地点点头说："你去吧，这点皮毛足以对付武林各派掌门人了。"

　　"云潭主，我要密见清静散人，你把她带过来。"

　　蒙脸大汉的话，每一句都是铁令，云霄客根本不敢回嘴。他驱散闲人把清静散人带上楼，知趣退到院坝里，一副毕恭毕敬的神色。

　　蒙脸大汉运功唤醒清静散人，第一句话就问：

　　"查到混元无极阵盘的位置了吗？"

　　清静散人一见对方，脸色突然大变，她一边用手搓脸，一边怯怯回答说还没有。蒙脸大汉沉吟一会儿放低语气道："看来你得提前替代紫霞真人。"

　　"大哥，放弃吧，大燕国如滚滚长江东逝水，已经一去不回头了。"

清静散人起身走到窗前，她朝外面看了看，回过头拉把椅子坐在蒙面人对面。

蒙面大汉听对方称呼大哥，干脆扯下面巾露出了容颜，原来他是个四十多岁的清瘦男人，并且长得与清静散人有些相像。

"不要忘了祖宗遗训，我花那么大的精力，才让你取得凌虚道人的信任，难道你想背叛慕容家族？"

男子侧目看几眼清静散人，重新蒙上脸粗声粗气说话。

清静散人有些愠怒，她再次起身走到窗前说："我是修仙之人，管不了红尘俗事，你好自为之，不要堕落为妖魔，否则别怪我不念兄妹之情。"

"好，好，你长本事了，今天我有事，不给你多说。你别想摆脱我，我还会主动找你的。"

蒙面人走后，清静散人陷入了沉思。她很矛盾，哥哥自小与她相依为命，为了让她拜入紫霞峰，他忍着严寒，在凌虚道人门口长跪三天三夜，冻落两个脚指头也不放弃。

然而让她打紫霞峰的主意，让她在紫霞师兄背后下刀，她又做不到。这些年，紫霞师兄代师传艺，不但悉心传授气剑术和仙道术，而且待她如亲妹，教她树立正气斩妖除魔，教她宇宙万物运行变化的规律法则。

"两边都是兄长，我该如何取舍？"

犹豫间，一缕蓝光幽然袭进门帘。放肆的怪笑声中，一位华服妇人缥缥缈缈，鬼魅般探出头说：

"听我差遣，传你神功，上天入地，其乐无穷。"

这声音好熟，从幼年起，它隔段时间就在耳边尖叫。清静散人烦透了，她拿出羊脂玉貔貅，左手大指掐中指下节挽个太清诀，扬声喝道：

"百鬼奔散，妖魔遁形，敢有犯我，五雷诛心。"

符令一出，虚空中顿然出现两个结界。玉貔貅的金色光芒非常炫目，眨眼工夫就涤除了屋内的妖氛。清静散人微笑着刚收好玉貔貅，忽然脑袋炸裂般疼痛，接着，那个讨厌的怪笑声又来了：

"小妞，逍遥子都拿我没法，你就认命吧！"

清静散人目瞪口呆，好半天才仰天喝问："你是谁？"

"我是风情万种的元神，从小和你一起长大。我是你，你也是我。"

天也，这怎么可能？清静散人瘫在地上，眼前全是奇怪幻象：

"你这老妖婆，休想在我身上打主意。你的元神是晏灵姬，别装神弄鬼吓人。"

蓝光一闪，风情万种幽幽现身。原来她一点不老，更不丑，身段和颜值一点不输清静散人。

风情万种抚着清静散人的头，放低语气说："不错，风月无边和晏灵姬都曾是我的元神，我已渡过劫难，可以任意选择替身。现在我是你，过一会儿，我也许就是晏灵姬或者季群芳。逍遥子毁了我，我一定让他付出代价。以后，你也正也邪，时仙时妖。逍遥子和我随时都会在你的体内打架，哈哈哈，真好玩，真痛快！"

"老妖婆休要猖狂，我宁愿死也不帮你。"

清静散人愤怒至极，她想再次祭出玉貔貅，怎奈浑身无力，只得乖乖坐着不动。风情万种长袖飞舞，万般妩媚，她蹁跹着走到窗口，转过头娇声说：

"你已经帮我做事了，季群芳不是成你的弟子了吗？那个小妮子太顽皮，勾引李傲俗不算，刚到紫霞山就杀人，以后你得多管教。"

清静散人张口结舌说不出话，天啊，她竟然能控制我的心神，那天我明明不想理睬季群芳，可偏偏要收她为徒。

"怎么办，难道就这样任她摆布？"

42.阿针毒打林秀儒

翠绿的竹林里，横躺着两具尸体。

死者十七八岁，一身尼姑装束，暴露的后背上，一束新刺的桃花很显眼。

"阿弥陀佛，玉静、玉惠，你们安心去吧，师父一定给你们报仇。"

说话的老尼姑，面容清瘦身体单薄，她捻着佛珠环顾四周高声说："各位武林同道，紫霞峰纵容弟子行凶杀人，是可忍孰不可忍，我们应当团结起来，共同诛杀花之魂这个武林恶魔。"

"师父，峨眉派和紫霞峰有几百年的渊源，没抓住真凶之前，我们不要妄下定论。您把这事交给我，玉禅一定查出真凶，为师妹们报仇。"

老尼姑闻言大怒，她抬手一耳光打过去，随即仰天狂笑：

"哈哈，我惠贞纵横江湖几十年，难道紫霞峰的桃花剑法都会认不出？玉禅，你是不是急于要接我的班？"

玉禅一脸通红，她捂住疼痛的左腮委屈地说：

"师父，你会错意了，我是急于想替你老人家分忧。"

林秀儒见玉禅无故挨打，又听她为表妹辩白，不由得心生好感。他悄悄挤进人群，慢慢靠近玉禅，凝神观察她的一举一动一颦一笑。

渐渐地，林秀儒发现玉禅眉扫春山、眼含秋水，身如嫩柳面如桃花，不仅是个十足的美人胚子，而且身上还有一股沁人心脾的异香。

"惠贞师太没有说错，昨天贫道也遭遇了紫霞峰的桃花剑，花之魂不仅伤了在下，而且还抢走了本派的掌门印信。"

林秀儒走神之际，青城派掌门人玉虚山人说话了。玉虚山人为人正直，在江湖上很有威望，他的话没人敢怀疑。

听众人议论纷纷，全都用下流语言咒骂花之魂，林秀儒再也忍不住了。他跳上高石振臂大声说："各位武林前辈，世事复杂，人事苍茫，眼见不一定为实，我表妹花之魂剑胆琴心，不可能干出这等事情，你们别中了坏人的奸计。"

众人一阵哄笑，有的问这小子是哪里冒出来的，有的摩拳擦掌要和林秀儒过招，有的露着缺牙嘻嘻笑道：

"花之魂是你表妹，紫霞真人还是我大哥呢，你小子欠打是不是？"

"阿弥陀佛，老衲有话要说。"

海龙寺住持无嗔一发话，场面忽然安静下来。

无嗔走到林秀儒面前和颜悦色问：

"这位施主，请问高姓大名？家住哪里？"

林秀儒在夷山见过无嗔，知道这和尚功夫了得。他退后两步抱拳说：

"小生颐和山庄林秀儒。"

无嗔哈哈大笑，他说，阁下原来是花满枝花女侠的公子，怪不得要帮花之魂辩白。

"各位同道，海龙寺二十多名僧人同样被春雨桃花剑刺杀，事后老衲在现场见到花之魂，当时花之魂矢口否认自己杀人，恳求我给她一个月时间查找真凶。而今花之魂不但没找出真凶，而且还躲着不见老衲。"

听了无嗔的话，群雄开始鼓噪。

惠贞师太情绪激昂："紫霞峰纵容恶徒行凶，再没资格领导武林，我建议择日召开武林大会，重新选举盟主。"

玉虚山人举双手赞同惠贞师太的提议，他说："花之魂抢走峨眉、崆峒等派的掌门印信，目的很明显，用心很险恶，我们必须团结起来合力诛之。"

"各位前辈，请听云某一言。"

不知何时，云龙鹤和阿针悄悄混入了人群。

云龙鹤一身夷人装束，手里握着飞龙令，说话时单手叉腰，一副夷山首领派头。阿针一袭轻纱满头珠玉，杏眼里闪动着妖冶的波光。她亦步亦趋紧跟着云龙鹤，故意摆出夷山神女的架势。

云龙鹤走到高处，傲慢地俯视着众人说：

"惠贞师太的提议很好，为了还武林一个公道，云某愿听师太差遣。"

云龙鹤说话之时，阿针五指如钩突然抓向林秀儒的面门。林秀儒早有防备，他偏头避过阿针的突袭，快速躲在玉禅身后。

玉禅猝不及防，前胸差点被阿针抓握。惊惧间玉禅顾不得师父的眼神，她双掌运力突发劲风逼退阿针，随即挺身挡在林秀儒面前。

阿针不服，她抽出月牙刀摆出决斗姿势说：

"小尼姑，你六根不净，莫非看上了这小子？"

玉禅大怒，她抽出宝剑娇声呵斥道："闭上你的臭嘴，武林正道容不得你这种暗中害人的妖邪。"

阿针踏前一步呵呵冷笑着说：

"跟我作对，就是和整个夷山作对，就是藐视毒龙潭，小尼姑，你有这个胆吗？"

"玉禅，还不赶快退下。"

惠贞师太终于忍不住了，她喝退玉禅，突然一招金蛇狂舞将林秀儒牢牢抓住。

无嗔一摆僧袍笑眯眯说："师太，林施主就交给你看管了，有他在，不愁抓不住花之魂。"

惠贞没想到一代大师无嗔这么阴毒，她抓林秀儒，只是想问几个问题，并没想将他作为人质。现在她进退两难，放了林秀儒就会得罪群雄，把这小子留在身边，女徒们的生活起居又不方便，而且还会直接得罪花满枝。想起花满枝的落英剑，惠贞就头皮发麻，浑身冒冷汗。

"小子，阿兰那个贱人在哪里？"

阿针在林秀儒肚子上狠踢一脚，怒目逼问阿兰的下落。

林秀儒痛得差点喊叫，他咬着牙直视着阿针说："你这冒牌货，暗害阿甲老爷这笔账，总有一天阿兰会找你清算。"

云龙鹤见阿针尴尬，突然飞掠上前。他一连几个耳光打过去，然后仰天狂笑着说：

"阿针，阿针，夷山独尊，你小子再敢侮辱神女，本少爷要你的狗命。"

惠贞见林秀儒和云龙鹤有过节，立刻放开手说：

"云大侠，峨眉派全是女流，看管林公子多有不便，你和林公子既是旧交，那我就把他交给你。"

阿针闻言大喜，不待云龙鹤表态，就一把抓住林秀儒的衣领，将他拖到了自己面前。林秀儒不断挣扎，费了很大劲也摆脱不了阿针，狼狈得满脸通红。

"师父，这样做恐怕不妥，万一林公子有意外，花满枝一定上山寻仇。"

玉禅看不下去，她恳求师父把林秀儒救回来。

惠贞心里本就不痛快，听玉禅提花满枝，忍不住勃然大怒：

"花满枝有那么可怕吗？现在是你做主还是我做主？"

林秀儒听玉禅替自己求情，心里很感激。他努力站稳脚，尽量保持书生风度说：

"天地有正气，沛乎塞苍冥，花之魂不容诬蔑，甘嬷阿兰才是真正的夷山神女。"

阿针见林秀儒嘴硬，一脚踢过来。她踏在书生肚皮上高声喊道：

"甘嬷阿兰，你这贱人，有本事别躲。如果心疼姓林的就赶快现身。"

林秀儒没想到阿针这么下流，长这么大，还没有谁踏在他身上叫骂。想到阿甲老爷的重托，再看阿针和云龙鹤得意的神情，林秀儒再也忍不住了，他破例骂声臭婊子，使出全身力气，突然将阿针掀了个恶狗吃屎。

阿针的头磕在大树上，顿时半边脸红肿。她恼羞成怒，顺手捡起竹竿，劈头盖脸向林秀儒打来。

云龙鹤看林秀儒左躲右闪，飞快上前点住他的委中穴，然后负手看热闹。玉禅看一眼师父，见其垂目念经，只好把目光转向玉虚山人。玉虚山人假装与弟子商量事情，对阿针的行为视而不见听而不闻。

玉禅无法，只好跟着师父离开竹林，她回头看一眼满脸是血的林秀儒，目光中全是凄楚和无奈。

林秀儒被阿针打得头破血流当场晕倒。起先他满以为有人会出面替他求情，后来见所有人都保持沉默，便对这帮武林正派人士失去了信心。

43.桃花帖

当晚，阿针把林秀儒关在柴房里，既不治伤又不给饭食。

林秀儒全身剧痛，倒在草堆里一直昏睡。下半夜，饿得实在挨不住，他便强撑着爬到门口。刚费力打开木门，外面汪一声猛然跑出一条大黑狗。

大黑狗咬住林秀儒的小腿不放，嘴里呜呜地不断加力。林秀儒吓得不轻，他顺手捡起根木棒，狠打了狗头六七下才挣脱撕咬。

反身退入柴房，林秀儒抚着满身伤痕，眼巴巴盼着天亮。草堆里的臭虫跳蚤很多，由于地面潮湿，屋内嗡嗡的全是飞舞吸血的蚊子。这一夜，林秀儒欲哭无泪欲喊无声，第一次尝到了孤立无助的滋味。

第二天，阿针点了林秀儒的哑穴，将他装进麻袋横担在马背上赶路。

第三天林秀儒又痛又饿又不能言，完全失去了书生的尊严。他暗暗发誓，今后一定让云龙鹤和阿针付出代价。

一路上都有人和云龙鹤打招呼。阿针一会儿娇声喊老公，一会儿恶语谩骂随从。二人正小声商量对付甘嬷阿兰的计策时，忽然一阵马蹄声从后面传来，接着就听人礼貌地问道：

"请问云少侠，可曾见到小儿林秀儒？"

一听母亲的声音，林秀儒忍不住泪流满面，他努力挣扎，希望母亲能发现马背上的端倪。

"你是花阿姨，家父常提起你，请受小侄一拜。"

林秀儒气炸了肺，云龙鹤这狗贼太会演戏了，由于口不能言，他只能咬牙忍着。

"云少侠，惠贞师太说秀儒和你在一起，请你把他交给我。"

云龙鹤见花满枝杀气腾腾，不敢大意。他看一眼阿针，转过身满脸堆笑说："阿姨，昨天林公子确实和我们在一起，不过，昨夜花之魂和甘嬷阿兰突然闯进客栈，把他带走了，不信你可以问无嗔大师。"

花满枝半信半疑，她看马背上的袋子里有东西蠕动，刚要上前查看，无嗔就过来了。无嗔用身子挡住花满枝的视线，双手合掌念声佛，振振有词地说：

"花女侠，出家人不打妄语，昨夜，花之魂和甘嬷阿兰的确声东击西，联手带走了令公子。本来老衲可以留住他们，但想到以前和紫霞峰的交情，于是就放了他们。"

"大师，此话当真？你是一代宗师，应该一言九鼎。"

听无嗔说谎，听母亲策马远去的嗒嗒声，林秀儒伤心欲绝万念俱灰。以前母亲令他习武，他誓死不从多次离家出走，现在他才知道人心险恶，才后悔没听母亲的话。

两天后，林秀儒被阿针等人带到了马湖府。为了躲避钦差卫队的巡查，上官雄令云龙鹤一行人在郊外马湖江畔等候命令。

上官雄看林秀儒奄奄一息，令阿针赶快给他治伤。见阿针嘟着嘴不乐意，上官雄劈手一耳光打得阿针金星直冒：

"大胆奴才，你可知这小子的重要性，他死了，我们都得陪葬。"

接下来，林秀儒渐渐有了自由。虽然不能走出庭院，但可以在每间屋子随意进出。由于伤痛消失，加上洗澡换了衣服，他满血复活，开始思索如何逃出魔掌的问题了。

一天晚上，月黑风高，庭院里静悄悄的，云龙鹤、阿针、无嗔等人不知到哪里去了，大院里只有守卫和恶狗。

林秀儒见有机可乘，正要跳窗逃跑，就见一条黑影，悄没声息进了屋。黑影按住林秀儒小声说："我是阿兰，专门来救你的。"林秀儒热泪盈眶，他拖住阿兰问她到哪里去了，那晚颜若华和铁锋为何不辞而别？

阿兰看林秀儒无恙，很高兴，便细细说起了那天晚上发生的事。原来那夜大家都喝醉了酒，忽略了身边的危险。天未亮的时候，一条黑影突然闯进屋，掳着颜若华就走，颜若华喝醉了酒，完全没有反抗能力。铁锋闻声追出屋与黑衣人大战，由于也醉了酒，二十招以后就露败象。危机之中，阿兰赶紧加入战团，她和铁锋追出数里，合力救下颜若华返回客栈时，林秀儒早不见了踪影。

"那些无辜者是谁杀的？"

林秀儒急切想知道答案。阿兰说不知道，这几天，她跟踪阿针一无所获，虽没查出真正的凶手，但敢肯定花之魂是被冤枉的。

二人说话间，院外闹嚷嚷走进一群人，只听无嗔压着嗓子说："上官大人，老衲是出家人，杀人这种活，你还是交给云少侠和阿针神女吧。"无嗔的话刚说完，云龙鹤就嚷了起来：

"大师，你休想要滑头，既然跟定了上官大人，每个人都得纳投名状，钦差大臣有啥了不起，你用无相功遥遥一点，既不留痕也不出血。"

上官雄见无嗔和云龙鹤吵得不可开交，双掌互拍低声喝道：

"都给我住嘴，这是圣主的指令。只有解决掉张鸾和铁锋，安大人才能如期举事。"

林秀儒听上官雄说安鳌要起兵谋反，顿时目瞪口呆。

他和阿兰悄悄商量对策，正思索怎样离开之时，一曲荡气回肠、摄人心魂的古琴声突然穿窗而入。

琴声挟着万籁之音，以绝对的轻灵和无与伦比的旋律，划破夜空，穿透黑暗，瞬间弥漫了整个马湖江。

林秀儒自幼曾攻音律，古今名曲无一不知，唯独没有接触过这支曲子。他见上官雄惊呼"九天神曲"，随即很专注、很投入地盘腿而坐。于是也学着众人的样子，静气凝神把每个音符都储存在心间。

由于心无杂念，精力高度集中，不经意间，林秀儒竟然摆出了一连串古怪的姿势。这些姿势是花满庭硬教他的，当初他做这些动作的时候，脚软手麻，每个关节都痛得要命，此时感觉这些动作精妙绝伦，完全可以诠释自己的生命。

飘逸中，林秀儒搞不清是自己化成了莲花，还是莲花化成了自己。总之，浩渺的烟波中云蒸霞蔚、凤翥鸾翔。日月是两个车轮，乾坤成了一只布袋，三教高曾远祖、历代帝王将相，全是不起眼的飞虫蝼蚁。

他跟着阿兰轻飘飘跃出院墙，一点也不害怕，一丝声响也没弄出。

林秀儒心旷神怡的时候，妙人儿阿兰却心急如焚，她虽然觉得琴声如雪，沁人心脾，但却无法像书生那样，顷刻间进入物我两忘的超凡境界。因为她的眼中容不下云龙鹤这个负心贼，容不下狼一般心肠的哈拉，更容不下妖娆毒辣的阿针。要不是顾全整个夷山的大局，她早就上前把这三个狗男女剁成肉酱了。

阿针认为，这曲古琴是专门为她弹奏的，因为每一个音节都如小鹿，软软地撞击着她激情飞射的心房，勾起一系列原始的冲动。

虚幻中，阿针不但觉得自己刹那间变成峰峦沟谷、茂林小溪，成为一道无限延伸的风景，而且云龙鹤也成了一条鱼，在她草长莺飞的香溪中幸福地徜徉。

琴声如一双温暖的大手，悄悄剥去阿针的衣服，温馨地在那柔滑娇嫩的肌肤上抚摩。不知是与生俱来的本能，还是刻骨铭心的期盼，总之她被那双夺魄勾魂的大手，慢慢扶出了院墙，来到了空旷无涯的原野中。

阿针心潮澎湃、不能自已的时候，销魂的琴声，突然变成了一道长长的鞭子，暴风骤雨般抽打在她的身上。她撕心裂肺嚎叫，披头散发翻滚，毛骨悚然的惨叫声，一直持续到天亮。

第二天清晨，人们在轻烟缭绕的水竹林中，找到了昏迷的阿针。她的身上刺满了娟秀的文字，其中"桃花帖"三字特别醒目。

原来桃花帖的发送者，是桃花潭主花满溪。花满溪说，今年中元节，她不但广请英雄豪杰到桃花潭做客，而且还要当众揭开《九天神曲》的红盖头，彻底满足武林各派人士的好奇心。

44.退步原来是向前

从毒龙潭回来，刚到紫薇阁，清静散人就听梅魂说山上出事了。

清静散人很烦，这段时间，她时而清醒时而迷糊，时而满腔浩然正气，时而又魔性大发很想称霸三界。

"师父，寒星和孙小岳不能白死，你一定要主持公道。"

竹梦一脸哀伤，自从寒星跳崖后，她每天都沉浸在伤痛中。清静散人问了一些具体细节，嘱咐梅魂加强戒备，管束好众姐妹的言行，然后就去了紫阳宫。

大殿里，紫霞真人正和太极、少阳两位师弟议事。紫霞真人说："寒星和孙小岳的死，表面是喻永琪和李傲俗造成的，实则另有玄机。那天紫剑岩和藏书楼的灵光石同时改变方向，什么影子也没给我们留下。灵光石是师祖逍遥子的杰作，里面蕴含着历代祖师的灵力，没有千余年的修为，谁敢拿形神开玩笑？"

"师兄，那个季群芳肯定有问题，她的话，不能相信。"

太极真人余怒未消，他一心要为爱徒报仇，如不是紫霞真人拦住，季群芳早被他打死了。

"师兄息怒，我们听大师兄安排。"

少阳真人及时插话。他说季群芳的确可疑，然而单凭她自身之力，恐怕不能转动灵光石。他的意见是以静制动，内紧外松，密切监视季群芳，看她究竟什么来头，想干啥。

紫霞真人很赞同少阳的意见。他说根据星象显示，紫霞峰最近有一个大劫难。季群芳的到来，寒星和孙小岳的死，无意中证实了自己的推算。该来的迟早会来，一切都是因果，一切都会烟消云散，我们只要做好眼前每一件事就行了。

"三位师兄，我好想念你们。"

爽朗的笑声中，清静散人衣袂飘飘凌波而来。她一一施礼满脸都是别后重逢的喜悦。

太极真人见自己的阴阳剑完璧归来，高兴得忘了刚才的话题。他一把抓过阴阳剑反复摩挲查看，直到确认宝贝没损坏丝毫，才喜滋滋插入身后的剑鞘。

清静散人看二位师兄对自己的灵器爱不释手，嫣然一笑说："两位师兄当心，宝贝在妖魔手里放了那么久，我担心会被施上妖法魔咒什么的，为防万一，我建议大家都把灵器放在紫阳宫祛魅，一段时间后再来取。"

太极真人不干，他说这段时间我寝食难安，现在宝贝终于回来了，我得加紧练功，把荒废的时间追回来。少阳真人也不同意把宝贝放在大师兄这里，他捻着紫檀珠，一副依依不舍的模样。

"既然你们不放心我，都拿回去吧。"

紫霞真人一开口，太极和少阳如释重负。他俩知道师兄要和师妹说事，微笑着寒暄几句借故离开了。

"师兄，我这把拂尘，先放你这儿，等先师们帮助消除魔咒，我再来取。"

清静散人精神很好，此刻，她体内满满的都是仙灵之气。凭感觉，她知道风情万种的元神没有在自己体内，紫阳宫是元始天尊、太上老君的道场，那种凌厉的罡气，足以让任何妖魔灰飞烟灭。老妖婆再厉害，也不敢拿千年修为当儿戏。

"师妹，季群芳是怎么回事？"

听师兄责问，清静散人不敢隐瞒。她说那天如果没有季群芳帮助，林秀儒和李傲俗都逃不过晏灵姬的魔掌。当时，季群芳反叛后，看她无处栖身，我没多想就收了她。

"她来山上后发生的事情，你都知道了吧？"

紫霞真人语气平和，听不出半点情绪。倒是清静散人沉不住气，她激愤地说：

"两位弟子的死，一定和季群芳有关系。我愿大义灭徒，请师兄成全。"

"缘起缘灭都有定数，先把季群芳和李傲俗分别关起来。"

紫霞真人的话不多，他说有些事是天机，不到时候不能外泄。总之邪不压正，魔高一尺道高一丈。紫霞峰是天尊和老君的道场，任何妖魔的阴谋都是蚍蜉撼树。

告别师兄走出紫阳宫，风情万种的怪笑声又在耳边响起：

"小妞，今天表现不错，我很满意。"

清静散人怒了，她问老妖怪："你为何不敢跟着我进殿？"风情万种嘻嘻浪笑："我现在不敢进殿，不意味以后不能，有你这棵大树庇护，万事都有可能。"清静散人激愤得差点晕倒，她喃喃自语道："我先杀季群芳再自杀，看你还能怎样？"

风情万种化为一缕蓝光在空中飘来飘去，她凝成人形自抚凝脂，摆出各种诱人姿势说："我支持，你快去吧，你和季群芳死了，我马上钻进梅魂、竹梦的灵魂里，反正紫霞峰有的是漂亮女弟子。"

"你这恶魔，到底想咋样？"

清静散人崩溃了，她跟跟跄跄跑回紫薇阁，关上门倒在床上，蒙头饮泣起来。

伤心过后，清静散人认真梳理往事，终于记得五岁那年，有一次自己发高烧，迷糊中，有个声音在耳边反复说：

"你想拥有超凡的能力吗？以后，我就是你，你也是我。"

到紫霞峰拜凌虚道人为师后，那个令人厌恶的声音，虽断断续续出现过，但不明显，所以她就没在意，也就没给师父提及。现在，清静散人终于知道，自己体内竟然藏着风情万种的元神。

"怎么办，难道就这样任她摆布？"

不行，堂堂紫霞峰弟子，岂能屈服于老妖婆的区区元神。清静散人下定决心维护正义，就算自己神形俱灭，也不能背叛师门。

正气一树，清静散人感觉风情万种顿然渺小。她盘腿而坐五心向天，冥想着师父的容颜，潜心练起了混元无极伏魔功。这套功法是紫霞峰最高级别的修仙秘法，目前只有清静散人和紫霞真人有资格修炼。

入静、化气、隐形、飞升，进入太虚幻境后，缥缈的云霞水雾中，赫然出现一坡梯田。活水翻滚的野田里，凌虚道人一边专心插秧，一边长声吆吆唱歌：

"手把青秧插野田，低头便见水中天。六根清净方为道，退步原来是向前。"

看见师父，清静散人再也控制不住情绪了。她挽衣卷裤，抓起一小捆秧苗踏进田中，学着师父的样子，认真干起了农活：

"师父，您老人家不是飞升了吗，怎么还干这种活？"

凌虚道人呵呵笑道：

"你以为飞升一次就是永生？你错了。"

凌虚道人插完手中的秧苗，甩着水珠继续说话："只要踏上修仙之路，我们永远都在修身、炼体、渡劫和证道的路途上。"

"师父，修成仙究竟要飞升几次？"

看清静散人十分疑惑，凌虚道人抓起一把秧苗又插了起来：

"一次飞升只是一生的辉煌，是几十年修炼成果的结晶。然而辉煌之后，便又回到原地归于平淡。这个平淡，不是平庸，而是返璞归真，宁静无为。只有内心安详、深邃、祥和及淡定，才能渡过劫难再次飞升。总之只有无数次飞升成功，才能修成正果。"

听了师父的话，清静散人恍然大悟。她哭着说："师父，我入魔了，风情万种那个老妖婆，还有我哥慕容彬，他们……"

凌虚道人用中指把最后一束秧苗插进泥水，直起腰长吁一口气说：

"好徒儿，这些事为师事前都知道，这也是你哥在我门外长跪，而我没有答应他的原因。万事都在不断变化，你哥对你威胁不大，恢复大燕国，只是他的一个美梦，梦醒过后，他依然是大明朝子民。风情万种比较麻烦，既然她选择了你，自然和你有许多瓜葛。这是你的劫难，要你自己渡，渡过了你就能进行第一次飞升。渡不过，你就会成魔，仙和魔，其实只隔一张纸，只在一步之遥、一念之间。"

"哈哈哈，凌虚牛鼻子，纸上谈兵有啥用，不如我俩比画比画。"

妖冶的笑声还没蘸水，一缕蓝光已从清静散人眉心穴飘出：

"风情万种在此，凌虚牛鼻子，你的末日到了。"

凌虚道人不理会风情万种，他一边专心栽秧，一边气定神闲吟诗："高隐山村日日闲，勿需再看小人颜。参禅悟道云霞里，种豆栽秧石径前。屋内有声皆熟客，心中无虑即神仙。昔年好友休相访，我已回归大自然。"

诗毕，凌虚道人反手一拂，手中秧苗立时化为几百柄利剑，把风情万种围得水泄不通。

风情万种从云端里探出头，恶狠狠骂道："牛鼻子老道，你以为栽了几年秧苗，就悟出了大道，区区混元无极剑阵太老到了吧。"

"风老妖，道法自然，上善若水的玄机，你永远不懂。今天这个劫难，你很难渡。"

凌虚道人的话还没说完，混元无极剑阵已然启动。刹那间，数百柄利剑在水雾的掩护下，此进彼退，彼消此长，此阴彼阳，彼虚此实，令风情万种晕头转向。

这老妖婆虽有千年道行，但毕竟只是一个元神并非本体，凌虚道人用秧苗和水雾作剑，既能刚到无穷，又可柔到极致，充分体现了刚中有柔、柔中有刚的太极原理。

风情万种凌厉的攻势，不是被软绵绵吸收，就是遭到汹涌澎湃的反弹。她使尽浑身解数，既不能冲破凌虚道人的水结界，更不能伤对方一根毫毛，最后被一根秧苗划破脸皮，哇一声跌出了结界：

"凌虚牛鼻子，你敢破我的相，我跟你没完。"

看风情万种惨叫着逃命，清静散人高兴极了。她拍手欢呼道："师父，你真行，这下我彻底解脱了。"

"不要高兴过早，更大的劫难还在后头呢。"

凌虚道人把散落的秧苗一一拾起，细心整理完毕，又开始埋头插秧。他告诉清静散人："风情万种现在只是暂时离开你，她很可能还要回来。你必须加紧修炼混元无极功，认真领悟我刚才的话。"

"我懂了，师父。退步原来是向前。"

练完混元无极功法，清静散人已是满头汗水。

她慢慢睁开眼，认真回忆刚才在太虚幻境中的见闻，再凝神用气反复扫描自身，确认风情万种的元神没在体内，才深呼吸收功。

"师父，刚才少阳师伯传信，说季群芳很难看管，好几个弟子没经受住她的狐媚，已经犯戒自杀了。"

梅魂用热毛巾给师父擦汗时，及时报告了重要消息。

一听季群芳的名字，清静散人马上起身往紫檀坡走。她推测风情万种被师尊打伤后，最可能躲藏的地方，就是季群芳的身体。因为紫霞峰的每位弟子都有几重或更多气墙护身，只有季群芳的身体最薄弱。

"传我指令，马上布下无极剑阵，看见季群芳杀无赦。"

清静散人的指令一出，紫霞峰的机关立即无声转动起来。一时间草木无风自动，到处都充满刚烈的肃杀之气。

45.季群芳受罚

被关押期间，季群芳一点委屈都没受过。

由于有隐身衣庇护，她既能自由出入紫檀坡，又可以和李傲俗幽会。李傲俗失手杀死了师弟，痛苦得每天面壁哭泣。他后悔和季群芳发生关系，决定面壁结束就向师尊彻底坦白。

季群芳知道李傲俗的心思，她揪住对方的头发恶狠狠说："我的妖气已浸入你的骨子里，你永远也别想摆脱我。"

李傲俗凌空一掌打得季群芳连连咳嗽："该死的小妖，你太小瞧紫霞峰了。"

季群芳迈着猫步嗲声嗲气说："紫霞峰有啥了不起，你那些师兄弟，表面清心寡欲一本正经，私下里嬉皮笑脸。他们那点德行，悟什么道修什么仙，不如现在就回家娶妻生子。"

"你胡说八道。"李傲俗甩手一耳光打过去。

季群芳抓住李傲俗的手，嘿嘿冷笑道："你这个大师兄都是这副德行，何况那些饭桶！"

"难道祖师爷的基业要毁在我手里？"

看李傲俗痛苦得以头撞墙，季群芳弯下腰抱着他温柔地说："李郎，孔子孟子，哪个圣贤不死，修不成仙我们就入魔，只要你把我带进紫阳宫，以后我保证不打扰你。"

"就是死我也不准你伤害师尊，有本事自己去。"

二人争吵间，忽闻外面狂风呼啸树叶飘飞。凭感觉，季群芳知道自己的劲敌来了，她穿上隐身衣拉着李傲俗就往大殿外跑：

"季群芳，出来吧，你那点小把戏，我早就看穿了。"

清静散人一手执剑，一手把玩玉貔貅，凌厉的杀气透过衣衫，把整个大殿笼罩得严严实实。季群芳慌了，她的隐身衣在玉貔貅的灵力下，完全是薄纸一张，顷刻间就碎成几百片枯叶。

"徒儿拜见师父，徒儿有错，请师父责罚。"

清静散人一脸怒气，她狠打季群芳几耳光高声骂道：

"你这害人精，是自己了断，还是请我动手。"

季群芳热泪涟涟，她放开李傲俗跪下说："师父，你不能翻脸不认人，那天在落雁宫，是你亲口说要收我为徒，我才反出落雁宫的。"

清静散人气得发抖，她把利剑横在季群芳脖子上喝问道："那你给我解释一下，寒星的死是怎么回事，李傲俗杀师弟又是怎么回事？"

李傲俗脸色苍白，他既怕师姑知道他和季群芳发生关系，又怕季群芳为了自保出卖他：

"师姑，寒星是自己跳下悬崖的，那天我在场。"

季群芳看李傲俗帮她说话，心里便有了底数。她俯伏身子爬行到清静散人脚下说："师父，这事要怪喻永琪，是他强行搂抱寒星。当然我也有责任，如果快一步就把她拉上来了。"

清静散人有点恍惚，她本想一剑割断季群芳的脖子，但就是没力气将宝剑往前移动一寸。她明白，此时与自己较劲和对话的，表面是季群芳，实则是风情万种的元神。面对这个有千余年修为的老妖，她还真就一点办法都没有。

"六根清净方为道，退步原来是向前。"

凌虚道人浑厚的声音突然在耳边响起。这个时候，清静散人才恍然大悟：

"虚中有实，实中有虚，以退为进，万法归宗。"

悟出师父的良苦用心后，清静散人微微一笑，撤剑后退半步说："你那点花招，瞒得了别人，休想瞒我。这事我先给你记住，到时跟你算总账。"

"只要师父不杀我，怎么处罚我都认。"

李傲俗见事情有转机，赶快双膝跪下哭着说："师姑，晏灵姬在我身上施了魔咒，那天下半夜，我听门外有哭声，出去一看，见晏灵姬正在毒打孙小岳。由于救人心切，当时没细想就使出了雷霆三剑，听到惨叫声和倒地声，才知自己失手杀死了师弟。"

清静散人明知这二人在说谎，却不能揭穿更不能灭杀。师父说紫霞峰有个大劫难，看来这件事才刚刚开始。为顾全大局，她决定隐忍不发，先放过这对狗男女：

"既然这样，死罪可免活罪难逃。"

李傲俗和季群芳面面相觑，不知清静散人要如何处罚。诧异间，只听季群芳长声哀叫，接着左臂软软垂下，再也抬不起来。李傲俗吓蒙了，他虽怜惜季群芳却不敢上前安慰。清静散人挥手招来一个结界，厉声对季群芳喝道：

"孽障，还敢不敢害人？"

季群芳脸色铁青不断磕头认错。清静散人用玉貌狨罩住季群芳，屈指挽个伏魔诀，将其往结界里一推，厉声喝道：

"孽障，你妖气未除，先在里面待段时间吧。"

封印完结界口，清静散人转身对李傲俗说："你是大师兄的弟子，自己犯的戒，自己给师尊说去。"

"师妹，我都知道了，我不想见他，烦你把他也打入结界。"

紫霞真人的话音，中气十足余音袅袅，整个紫霞峰的弟子都听见了。李傲俗原以为可以蒙混过关，这一下彻底绝望了，回想以往受众师弟、师妹羡慕尊崇的场景，回想潜心修炼所付出的心血，他泪如泉涌心如刀割。

"紫霞峰全体弟子听好，马上到紫阳宫广场上集合。"

灵光石里忽然传来掌教师尊的法令。大家知道，一般情况下，紫霞真人不会露面，更不会亲自发音，这回肯定有大事。

众人来到广场时，紫霞真人已在高台上卓然独立很久了。真人的话不多，大意是，紫霞峰的劫难，就是我们每个人的劫难。修心炼体，渡劫证道是修仙的必然过程，每个人都逃不过。渡劫就是逃命，要想活下去，要想进一步提升功力，必须有勇气面对困难，必须抱元守一经受住各种诱惑，切忌步李傲俗的后尘。

回到紫薇阁，清静散人的心情很好。现在季群芳已残疾，再也掀不起波澜，风情万种在她体内的灵力只会越来越小。自己只要加紧修炼，总有一天会摆脱老妖婆的纠缠，让她神形俱灭。

"梅魂、竹梦、冷月何在？"

听师父召唤，弟子们全都从阁楼里跑了出来。清静散人持剑跃上高台，人在空中，剑光就接连挽出九个结界。

"哇，这是师父的绝活，九天花雨剑。"

冷月一声欢呼，随即跟着师父比画起来。一时间大坝里剑气迷离红袖飘香，好一幅群仙舞剑图。

清静散人看弟子们剑术精进，非常高兴。她脚踏天罡步，身形灵蛇般穿越，一声清啸，手中之剑顷刻间化作漫天花雨。这些花雨，时而结成剑阵，时而凝成剑气，最后砰一声，将十里以外的一块巨石击得粉碎。

"练剑之道在于气，练气之道在于空。空则灵，灵则动。"

讲完剑道，清静散人继续讲修炼之法，她盘腿而坐五心向天，先徐徐吐纳，然后才说话。她说："上善若水，以后你们每天都要花时间看水，领悟水那种至柔又至刚的习性。你低，我便涌来，绝不暴露你的缺陷；你高我便退去，绝不淹没你的优点。你动，我便随行，绝不撇下你的孤单；你静，我便长守，绝不打扰你的安宁。你热，我便沸腾，决不妨碍你的热情；你冷，我便凝固，绝不漠视你的寒冷。这就是水的最高境界。"

向弟子们详细讲解完九天花雨剑的修炼秘诀，清静散人回屋洗漱完毕，刚坐下喝两口茶，风情万种阴恻恻的笑声又响起来了：

"小妞，别以为把季群芳封印起来，我就出不来。"

清静散人脑海里轰隆一声，顿时全身乏力：

"你怎么阴魂不散，我到底哪里得罪了你？"

屋内飘摇的蓝光顿时化为人形。风情万种扭着细腰浪声浪气说："逍遥子得罪了我，你得替他赎罪。我在你骨子里几十年，早已成为你的一部分。实话告诉你，你此生只能成魔，只能听我安排。"

风情万种的话没说完，清静散人的眼睛已放出两道红光。她凶恶地走出屋，大喝一声"杀"，双掌一挥，大坝里练剑的弟子，顿时风筝般飘了起来。

"啊！师父，我们做错了什么事？"

梅魂口吐鲜血，刚站起身，师父的第二股掌风，挟着风雷之声又横扫过来。

"师妹且慢，手下留情。"

危急关头，太极真人和少阳真人双双赶到。太极真人的话还没说完，就和少阳真人双双跌出数丈远，好半天才呻吟着站起身。

46.东厂杀手梅三娘

林秀儒和阿兰逃出来后，没走多远就遇见了铁锋。

铁锋早知道上官雄刺杀钦差大人的意图，他悄悄告诉林秀儒，乔装后的张鸾大人，早就秘密去了叙州府，目前住在马湖府的钦差，是张大人的替身。现在张大人已把安螯谋反的证据和奏章，通过六百里加急上报了朝廷，估计过不多久，这里就会烽烟四起刀兵相见。

林秀儒不愿看到血流成河的惨烈场面，他说，安螯谋反，罪在上官雄的野心，以及扶桑浪人的兴风作浪，与百姓无关。他恳求铁锋奏请张大人擒贼擒王，放过不明真相的群众。铁锋摇摇头很无奈地说："兄弟，一将功成万骨枯，我现在是东厂追捕的叛徒，早失去官家身份。与张大人萍水相逢，一路保护他到此，全凭义气，并无半分官职利益。我的话，不一定起作用。"

"颜姐姐没和你一路吗，她去了哪儿？"

阿兰听林秀儒喋喋不休谈苍生安危，故意岔开话题问起了颜若华的行踪。

提起颜若华，铁锋不自觉红了脸。他低头小声说："兄弟，那晚愚兄醉酒，被蒙脸大汉偷袭，若不是桃花姐姐和阿兰拼死相救，恐怕我早就身首异处了。那蒙面人好可怕，纵然没醉酒，我和颜若华合力也许都不是其对手。"

"颜姐姐回去了吧，她答应我的事还没兑现呢！"

阿兰听铁锋说颜若华回桃花城去了，很是失落，她独自走到江边，茫然地看着满天朝霞发呆。铁锋哈哈大笑，他说："阿兰神女莫急，桃花姐姐昨晚已经在替你办事了。"

原来，昨晚的桃花帖，是颜若华以母亲花满溪的名义发出的。她把去桃花城的路线图刺在阿针后背，这样凡是想得到《九天神曲》的武林豪杰，都必须掀开阿针的衣服查看端倪。试想，一个被无数男人掀了衣服的浪女，以后还有什么资格当夷山神女，颜若华这招的确高妙，不动声色就帮了阿兰一个大忙。

"哇！桃花姐姐果真值得信任。"

阿兰双掌互拍一下跳起两尺高，这是她近一个月来首次露出的高兴劲。

林秀儒见她恢复了以前的天真，也跟着鼓掌祝贺。

三人在东关亭各吃一碗酸辣面，慢慢商议以后的打算。阿兰表示自己暂时不回夷山，她要悄悄跟在云龙鹤身后，伺机夺回飞龙令。

林秀儒的意见是要夺回夷山，必须打败上官雄，他说自己进京赶考的时间已错过，以后愿陪在阿兰身边，帮她战胜云龙鹤和阿针。

铁锋心里的阴影还没散完，他仍然不相信爱妻水冰情是枯木香的事实，他决定再见她一面，弄清她背叛自己的缘由，彻底了却心中的牵挂。

辞别林秀儒和阿兰，铁锋在路边小店灌一壶酒边走边喝。晨风吹拂，鸟雀啁啾，漫天彩霞把江水染成了一匹锦缎。问世间情为何物，笑天下谁是英雄，今后何去何从？铁锋心里一片茫然。

先前，由于贴身保护张鸾，时刻高度紧张，他的心很充实，一点无聊的感觉也没有。现在任务完成，他反而了无意趣。想到和水冰情以前的恩爱日子，想到她忽然变成枯木香，挥刀刺杀自己的情形，他心如刀割万念俱灰。

一路披发狂歌，不知不觉，铁锋穿过玉米地，独自进入了灌木林。他仰躺在一块光滑的大石板上，回想为东厂卖命，反被追杀的诸多往事，一时激情翻滚便大口喝酒。

蝉鸣雀噪，云淡风轻，雨后的阳光穿透树叶，明晃晃照在铁锋身上。他打个饱嗝刚想躺下打个盹，就听嗖的一声，接着一蓬梅花针已严严实实罩在了头顶。

铁锋是听风辨器的高手，对方的暗器刚出手，他就知道老对手梅三娘来了。梅三娘二十多岁，是东厂最美艳的捕头，以前经常和铁锋搭档执行追杀任务。

铁锋反出东厂后，梅三娘负责全力追杀铁锋，她是个冷酷至极毫无情面可讲的女魔头，铁锋好几次栽在她手里，如不是应变能力强，他早就身首异处了。

"铁大侠，保护钦差大人的重任已完成，这下该跟我回去了吧。"

梅三娘花枝招展，打扮得一点不像杀手。她见铁锋用内气震落梅花针，一扭腰肢迅速发出第二把梅花针。她是暗器名家，梅花针脱手后，有的往上飞，有的往下掠，有的停在空中伺机攻杀，有的像蛇，七弯八拐防不胜防，只要有一根针命中目标，她就赢了，因为每根针上都有见血封喉的剧毒。

铁锋内功精湛，他知道梅三娘的狠毒，对付她的梅花针必须使出崩雷杀，否则立马就会毒发身亡。梅三娘见自己的梅花针，再次被铁锋的罡气震落，有的甚至倒射回来，愤怒得跺脚大骂：

"铁锋，你害得我们的家人被囚禁，你不配称大侠。"

此言一出，石堆里立即闪出二十几名捕快。这些家伙，有的咬牙切齿说："铁锋，亏我以前对你那么好，没想到你这么绝情。"有的以商量的口气央求说："铁大哥，别怪我们狠毒，不抓你回去，我们的妻儿父母、兄弟姐妹就要被朝廷诛杀，我们也是无奈。"

铁锋环顾四周，见这些捕快以前都是自己的手下，都和自己出生入死过很多回，心一软随即后退了四五步。他想，当初自己反出东厂，一是寻找爱妻水冰倩，二是痛恨东厂滥杀无辜残害忠良。现在水冰倩成了扶桑妖女，自己活着已没多大意思，不如跟着梅三娘回去，以自己的牺牲，换取众多无辜者的生存。这样既对得起众位弟兄，也对得起自己的良心。

"兄弟们，只要你们答应以后再不滥杀无辜，我就跟你们回去救家人。"

梅三娘见铁锋改变态度，一摆黑裙嫣然笑着说："铁大哥，你是顶天立地的汉子，我素来最敬重你的为人，你放心，只要你帮我们救出家人，三娘从此脱离东厂，与你仗剑江湖逍遥快乐一辈子。"

铁锋见梅三娘情真意切，回想昔日之情，仗着酒兴将判官笔爽快扔了过去。

梅三娘捡起判官笔，嘴角露出一丝不易察觉的奸笑。她朝身边几位黑衣捕快眨眨眼，示意他们上前锁拿铁锋。

黑衣人得令，立即猫步上前，他们嘴里说着铁大哥，请原谅，这是规矩和程序的话，手里的铁链眨眼间就缠到了铁锋脖子上。

47.枯木香冒死救铁锋

铁锋很配合，他懂得规矩，相信昔日的弟兄不会害自己。

梅三娘见铁锋被牢牢锁住，袅袅娜娜上前，嘴里叫着大哥，斜刺里猛然一刀劈来。

铁锋猝不及防，要不是铁链挡住，他的左手就废了。危急中，铁锋腾空跃起，他砰砰两脚踢翻身边的捕快，乌龙绞柱站起时，左膝重重撞在梅三娘的小腹上：

"好歹毒的妇人！"

梅三娘右手持刀，左手抚着疼痛的小腹怨毒地说：

"铁锋，曹公公的命令是把你的首级带回去，我们不敢违抗，你也不要抱侥幸心理，总之，当了叛徒就必须死。"

一听曹公公之名，铁锋勃然大怒，他说曹万钦这只阉狗，残害忠良祸害百姓不算，竟然与扶桑浪人狼狈为奸，老子看不惯他的行为才反出东厂，铁某顶天立地笑傲王孙，首级在此，有本事就来拿。

铁锋一边说话一边快速旋转身体，两位拉铁链的捕快，一下子成了飞舞的流星锤。众人见铁锋神勇，尽皆后退。

梅三娘哈哈大笑，她说："铁锋，你省点力气吧，今天，不管你有多大本事，最终结果都是死。"

铁锋将两名捕快重重摔在地上，他挣脱铁链捡起判官笔说："人生自古谁无死，我死在浩然正气中，死得问心无愧。梅三娘，你干了那么多亏心事，今后你死得肯定比我难看。"

梅三娘面容扭曲浑身打颤，她纵身跃上高石大声喝道：

"松下花，该你的人出场了。"

话音未落，树丛中忽然掠出四五个黑衣斗篷女子，铁锋一眼就认出了领头的松下花。他痛恨扶桑人，更痛恨曹公公和梅三娘，为了满足私欲，他们竟然与倭寇勾结，简直天良丧尽无可救药。他想，今天纵然要死，也要拉几个倭人和败类作伴。

松下花一点不紧张，她怀抱倭刀偏头看着铁锋说："铁大侠，你马上就要死了，有没有什么遗言托我带给水冰倩？"

铁锋昂首挺胸摆出一副拼命架势说："我和倭寇素无往来，要拼命就过来，不要说废话。"

梅三娘走到松下花身后，咂着嘴阴阳怪气说："铁锋，你口口声声说我们勾结扶桑人，你有何证据？相反，水冰倩就是枯木香，她可是如假包换的扶桑人，你与她缠缠绵绵滚了两年多的床，难道没泄露国家秘密，难道没与她相互勾结干坏事？实话告诉你，朝廷抗倭失败的原因，很多秘密都是你泄露出去的，我们今天处决你，完全是为国家和百姓除害。"

铁锋傻了，梅三娘倒打一耙，他还真是百口莫辩。

松下花看铁锋走神，低喝一声行动，随即散开队形。倭女们哗一声掀开披风，反手抽出竹筒扯开塞子，喊声乌七八糟，分别扔向天空和地面。

铁锋不知倭女们使啥法，愣神间，忽然头顶烟雾迷离，接着脚下嗖嗖爬来无数蛇虫蝎子。纵横江湖这么多年，他还是第一次遇到这种阴毒的对手，一时间有力无处使，只有跳跃着躲避。

梅三娘见铁锋被虫蛇毒雾围追得狼狈不堪，忍不住哈哈大笑。她说："铁锋，我这人记仇，还记得那次我俩在荒郊过夜的事吗？那可是我平生第一次的纯真表白，你呢，连看都不看我一眼，整个心思都在水冰倩身上，你说我怎么不恨你？"

铁锋不敢说话，因为一开口毒气就会乘虚而入，她知道梅三娘有意激怒自己，有意羞辱自己。如果明枪真刀拼杀，他还能抵挡一阵，纵然不能取胜，至少还有把握杀死几个敌人。现在对方使阴招，自己还真难应付。

倭女们的虫蛇是专门训练过的，这些畜生配合有术，进退自如见缝就钻无孔不入，逼得铁锋手忙脚乱，根本没办法脱身。

梅三娘看铁锋的内力消耗得差不多了，掏出一把梅花针威严地说：

"兄弟们，把弓弩暗器全拿出来，大家不要留情，曹公公给我们的任务马上就完成了。"

听了梅三娘的话，铁锋心里咯噔一声知道自己完了。几十个高手同时发暗器，那简直就是天罗地网，任你功夫再高也难逃劫难，更何况身边还有密密麻麻的虫蛇毒雾。

间不容发间，一缕笛声忽然幽幽怨怨飘进了丛林。虫蛇们闻听笛声，迅疾掉头朝梅三娘等人脚下爬去。趁此机会，铁锋双脚在大树上一踏，猛然倒纵十余丈顺势朝山坡下滚。

"快跟我走。"

铁锋刚站稳身子，就被一蒙面人抓住手腕拖着飞跑。从声音、身形和气味分辨，铁锋断定对方是枯木香。他赌气甩开手说："我不和扶桑浪人打交道，也不领你的情。"

枯木香再次抓住铁锋的手温柔地说："很多事三言两语说不清，总之，我一直都是你的冰倩，你永远都是我的锋哥。"二人施展轻功刚掠上大路，就听身后传来一声阴恻恻的冷笑：

"枯木香，你当真要背叛黑龙会吗？"

枯木香闻声驻足，她一把推开铁锋说声"快走，别管我"，猛然暴退丈余嘿嘿冷笑着说：

"松下花，得饶人处且饶人，我已按圣主的吩咐行事，你们没必要赶尽杀绝吧。"

松下花手持长刀大步前行，她说："圣主要你杀死铁锋，你办到了吗？违背圣主之意，就是黑龙会的叛徒，现在你反身回去杀死铁锋还来得及。"

"他在我刀下已死过一回，谁伤害他我就跟谁拼命。"

起先，铁锋以为枯木香使苦肉计，一直站着未动。后见她拼死保护自己，浑身被松下花等人砍得伤痕累累也不后退，渐渐起了恻隐之心。

接下来，松下花等人的攻势愈来愈猛，枯木香双拳难敌四手，险象环生，已被逼入绝境。

危急关头，铁锋来不及多想，他虎步上前双掌一挥，使出了惊世骇俗的崩雷杀。趁松下花等人摇摇欲坠之机，铁锋扶住枯木香将其扛在肩头，展开轻功一溜烟跑进了对面的水竹林。

48.桃花城主花满溪

颜若华刚踏进桃花城，卫队长颜心雨就告诉她城里出事了。

颜心雨是颜若华的堂姐，二人身高、年龄，甚至长相都没多大差别。由于从小一起读书、练武，因此二人的感情非常深厚。

"妹妹，你怎么才回来？《夜郎经》不见了。"

颜心雨一身戎装，英姿飒爽，她拉着颜若华上下左右打量一番，不停地问这问那：

"妹妹，江湖上又发生了些什么新鲜事？有没有黑龙会的消息？"

颜若华没心思搭理颜心雨，支吾两句就朝家里走。

桃花城诸多家族中，除了颜姓人家的势力，还有夜姓人家。千百年来，颜、夜二家时而东风压倒西风，间或西风压倒东风。总之，为了抢夺城主之位，两族人的战斗从来就没停息过。

百余年来，桃花城虽一直由颜姓族人掌管，然而自十多年前城主颜潇死后，夜姓人家的势力就迅速发展。头领夜飞鹰不但三番五次向花满溪下战书，逼她让出城主之位，而且还与毒龙潭联盟，企图将桃花城改为夜郎国。

走进城内，看颜心雨紧跟在身后，颜若华止步回头说：

"心雨姐，《夜郎经》是桃花城的至宝，一定要追回来。"

颜心雨脸现难色，她咬着嘴唇低声说："妹妹，盗贼能在花城主的眼皮下，轻松盗走《夜郎经》，可见其修为有多高，这几天我查遍城中每个角落，非但一无所获，而且还莫名其妙中了暗器。"

颜若华知道，颜心雨剑胆琴心武功高强，其修为比自己还高一个档次。以前不论多强的对手，多棘手的案子，她从没惧怕推诿。看来这一次，桃花城果真遇到劲敌了。

颜若华处变不乱，她告诉颜心雨，必须镇定外松内紧。首先若无其事不要引起民众恐慌，其次，把调查对象集中到夜飞鹰身上。对方能轻松盗走镇城之宝，一定密谋策划了很久，没有奸细和叛徒，任何高手都不能在城主眼皮下盗走宝贝。

听完妹妹的分析，颜心雨精神大振思路大开。她高兴地说："妹妹，有你在身边，我就有主心骨，就有战胜恶魔的胆量，我知道该怎样做了。"

颜心雨走后，颜若华独自在城中闲逛，九宫十八观、四大城门、大街小巷虽然秩序井然，一派祥和安宁，暗地里却透出无数缕杀气。这些杀气，有的来自江湖，有的来自妖族、魔族，更多的则来自夜姓人家。颜若华表面镇静，心里乱云飞渡，她预感自己和母亲的劫难即将来临。

颜若华刚进泰华殿，就听到了母亲震慑群雄的袅袅仙音。彼时，花满溪凤冠霞帔仪表威严，看不出丝毫惊慌恐惧：

"各位颜姓、夜姓头领，千余年来，桃花城的城主都是武功和品德优秀者担任。根据惯例，下届城主将在今年中元节，由民众推举，再相互比试产生。以后，不管谁担此重任，首先要以德治城，提高百姓的生存能力和生活质量，其次谨遵先祖遗训，不与妖魔为伍，否则，其城主之职，将自动终止。"

花城主的话刚说完，夜飞鹰就迫不及待发言，他挥着健壮的胳膊，盛气凌人问道："花城主，你广发桃花帖遍邀天下英雄来桃花城聚会，是助选还是另有目的？现在江湖上人妖魔鬼混杂，你不分好歹，尽数请进来，考没考虑后果？单凭这一条，你就该提前让位。"

花满溪一点不怒，一点也不惊慌，她接过侍女端来的茶呷两口，慢条斯理说："夜头领，不要心急，更不要追风捕影。广邀天下英雄来桃花城，一是向外展示桃花城的风土人情，二是让大家做个见证。桃花城主的更换是大事，必须公平公正。当然，这其中难免会混进几只苍蝇，请大家放心，我既然敢放他们进来，就有消灭这些害虫的法宝。花满溪好久没杀人，致使一些鼠辈越来越放肆了。"

"花城主风韵不减，功夫日增，下届城主肯定还是你。"

夜飞鹰敞开衣服，故意露出文在前胸的饿鹰。他上前两步，借恭维城主之机，猛然发出一股劲风，意欲将花满溪的衣裙当众掀起。他早就想试探对方的修为了，如果取胜，立马将桃花城改为夜郎国，如果落败，至少也要让她在众人面前出一回丑。

花满溪衣袂垂地，身材婀娜曼妙，她悠然起身轻摇蒲扇，嫣然笑着说："夜头领差也，先祖的遗训，任何人都不能违背。"夜飞鹰牙关紧咬面容扭曲，他不敢说话，一步步吃力退回原位，深吸了两三口气，才把涌上喉咙的鲜血压下去。

师爷慕容彬见花满溪不动声色，就制服了夜飞鹰，急忙出来打圆场：

"各位头领，颜、夜二姓是弟兄、亲人和朋友，绝非敌人，今后不管谁当城主，大家都要鼎力相助，都要为桃花城的崛起出钱出力。"

慕容彬四十多岁，身材伟岸风流倜傥。他看夜飞鹰下不了台，上前拍拍他的肩膀，并扶了一把。对于慕容师爷，众人是敬仰和佩服的，他为人谦和，足智多谋，不管谁遇到困难，他都是第一个出面帮忙想办法。

夜飞鹰没占到便宜，反而受了内伤。花满溪目光犀利，不怒而威，头领们再不敢闹事，全都附和着师爷的话，迅速退出了泰华殿。

众人散去后，颜若华才从偏殿走出来见母亲。从刚才的对话中，她知道自己闯祸了，没征得母亲的同意擅发桃花帖，这本来就该受罚，何况现在丢了《夜郎经》。她忐忑不安，不知母亲会如何处罚自己。

"出来吧，别躲了。"

听母亲呼喊，颜若华只得硬着头皮现身。她看母亲一脸倦容，很是心痛，正要上前下跪请罪，颜心雨的声音忽然从殿外传来：

"城主在吗？在下有重要情况禀报。"

颜心雨香汗淋漓娇喘吁吁，她令侍卫关闭大门全部出去警戒，然后走到城主身边小声说："城主，刚才我发现慕容师爷和夜飞鹰在暗处窃窃私语，二人展开轻功掠出城墙不知所踪。另外，据值班卫士说，《夜郎经》被盗当晚，慕容师爷曾在宝光殿溜达。因此，我怀疑慕容师爷是内奸。"

花满溪一点不惊奇，她挥手叫颜若华和颜心雨坐下，凝神思索了一会儿慈爱地说："若华、心雨，你二人的功夫都是我教的，放眼当今武林各派，你俩虽是高手，但论境界级别，你们才到气御界九级。目前，慕容师爷和夜飞鹰的修为，即将突破气御界进入神御界。你们不是他们的对手，这件事就当没发生。以后，不管我能否继续照顾你们，不管谁当城主，千万记住，第一《夜郎经》属于桃花城，第二《九天神曲》下卷属于紫霞山，要及时送回去交给紫霞真人。"

"城主，那接下来我该做什么？"

看颜心雨迷茫，花满溪忽然放松了语气，她令颜心雨全力配合颜若华，搞好武林大会的筹备工作，既要接待好贵客，又要清除捣乱的苍蝇，还要不动声色追回《夜郎经》。

花满溪语重心长说："《夜郎经》是桃花城的传世之宝，一直由颜姓族人保管，里面既有远古传闻、修仙秘籍，还有历代祖先积累、埋藏的黄金宝藏。慕容家族是鲜卑人，其先祖曾是大燕国的皇帝，二百年前进入桃花城后，整个家族一直在打宝藏的主意，一直想利用《夜郎经》复国。"

"哦，我一直认为夜飞鹰有野心，原来真正的野心家是慕容师爷。"

颜心雨自言自语，看上去有点神不守舍。颜若华见状，推她一下笑着说："心雨姐，我怎么发现，每次说到师爷慕容彬，你的表情就很怪，你和他究竟什么关系？"

颜心雨吓了一跳，她倚在花满溪肩上娇声说："伯母，你该管管妹妹了，你看她说些什么话。"

花满溪哈哈大笑，她说："心雨，别怪妹妹乱说，其实我也发现你看师爷的眼神有点不对劲。如果真喜欢他，等忙过这阵子，我给你们牵根线。"

颜心雨羞得耳根子都红了，她捂住脸庞低声说："伯母，你对我有养育和教导之恩。我不嫁，我要伺候你一辈子。"

49.颜心雨偷情

"母亲，我给你惹祸了，你处罚我吧。"

颜心雨走后，颜若华双膝跪地，一副悔过挨打的表情。

花满溪扶起女儿柔声说："事情既然发生，就应当想办法让其顺利进行，现在处罚已无意义，唯一的处罚就是如期举行武林大会，决不准出一点问题。为了找出你的杀父仇人，冒点风险是值得的。"

提到父亲，颜若华忽然想起了惨死的外公，她告诉母亲说："外公花千树是被云霄客杀害的。"看母亲震惊，颜若华便把自己在紫霞山见到的事情，原原本本告诉了母亲。

听完女儿的诉说，花满溪一下子愤怒起来，她痛哭流涕咒骂云霄客，发誓要将其碎尸万段为父亲报仇。颜若华见母亲悲戚，也跟着流泪，母女俩相依着默哀了好长时间，花满溪才擦干泪水，悄悄告诉女儿一段往事：

原来，花千树是紫霞峰凌虚道人的小师弟，也就是紫霞真人的师叔。六十多年前，四十岁的花千树忽然放弃修为，盗走《九天神曲》下卷，反出紫霞峰回乡娶妻生子，过上了凡人生活。由于这件事是紫霞峰的耻辱，因而凌虚道人没有追究。花千树有二女二子，长女花满溪带着《九天神曲》下卷远嫁桃花城，次女花满枝嫁给本地豪绅林逸山，大儿子花满庭被夷山首领掳走下落不明，小儿子花满山谨遵父嘱，守着祖先田产半耕半读，从不与外界接触。

"外公为什么要您带着《九天神曲》远嫁桃花城？"

颜若华看着母亲姣好的面盘，沉默了很久才说出心中的疑虑。

花满溪笑而不答，她起身在大殿里来回走动，直到确认无人偷听才回到原处小声说话。她带着神秘色彩对女儿说："其实，你外公并非真正反出紫霞山，这一切都是凌虚道人的精心安排，都是为了找寻逍遥子的印章。据《夜郎经》记载：数百年前，桃花潭天降陨石，地涌金莲，百里田畴添淑气，遍山花草沐祥光。因此，凌虚道人断定，逍遥仙师的印章肯定落在了桃花潭，于是才有你外公偷盗《九天神曲》之事发生。"

"《九天神曲》和印章有什么关系，为什么要将其带到桃花城？"

看女儿一脸疑惑满心期待，花满溪再不绕圈子。她说："桃花城与外界隔绝，从不相互通婚，要想进入并得到《夜郎经》，必须有所付出。当年我与你父亲成亲前，你爷爷可没少为难我，如不是他练功走火入魔，急切需要《九天神曲》正本清源，我还真没机会进入桃花潭。这些年，经过无数次探索，我虽然已确定印章石的具体位置，但要解开它的封印，还必须逍遥子和凌波子的元神同时出现。现在毒龙潭和落雁宫都在全力寻找印章石，我们不能让他们知道桃花潭的秘密，更不能让他们抢先。"

母女二人边说话边往内院走，穿过金水桥进入飞阁翘檐的颐和宫，花满溪屏退侍女，打开紫檀雕花柜拿出一块丝绢，小声说："若华，印章石就供奉在水晶宫里，这是历代先祖埋藏宝藏的路线图，你千万要收好，切莫让任何人知道这个秘密。另外，这本《九天神曲》也该交给你了，记住这些宝贝全部属于紫霞峰，一定亲手交给紫霞真人。"

"母亲，您一下子交代这么多事，莫非您要隐退？"

颜若华看母亲的神色，预感桃花城有大事要发生。花满溪也不避讳，她拉着女儿的手慈爱地说："我到桃花城的重任已完成，可以给你外公和紫霞真人交差了。以后我要潜心修道，谁任城主我都不关心，唯一放不下的就是你。"

"母亲放心，经过多次历练，女儿自信有能力保护桃花城。"

交代完重大事务走出颐和宫，花满溪忽然感觉身轻如燕心旷神怡。以前政务缠身，碍于身份和肩上的重任，她从没好好欣赏过琼宫瑞阁、奇花异草。今天终于看破放下，感觉城里一砖一木、一花一草都独具魅力亲切无比。

这时，恰巧天空中飘起了蒙蒙细雨。薄雾岚光中，母女俩时而凭栏远眺，时而折柳攀花，再者就是各展轻功，在翘檐斗拱中翩飞。那景致和神态，简直美妙潇洒至极。

面对仙山琼阁美景良辰，颜若华突然来了灵感，她斜倚雕栏玉砌，缓缓吟出一副楹联：

> 置身瑞阁瑶池，君应小住三天，慢赏仙都自然景；
> 面对霓虹艳影，我愿忘情一醉，长消今古浩瀚愁。

颜若华和母亲商量大事的时候，颜心雨和慕容彬也在殿外隐秘处窃窃私语。颜心雨倚在慕容彬身上娇嗔说：

"我好像怀孕了，都是你干的好事。"

慕容彬搂着颜心雨的腰臀高兴地说：

"老天有眼，慕容家族后继有人，这个孩子一定要生下来，他是大燕国的未来。"

颜心雨一脸期待和憧憬，她擦两下泪花说："花城主好像察觉了我俩的关系，刚才还说要给我们做媒呢。"

"什么，她果真这样说？"慕容彬吃惊得脸色都变了。

"这样也好，以后我们就不用偷偷摸摸了。"颜心雨一脸喜色。

慕容彬推开颜心雨，非常严肃地说："心雨，你不要被花满溪的小恩小惠迷惑，她可是你的杀母仇人，为了我们的宏图大业，为了你肚子里的小皇帝，你必须硬起心肠，关键时刻给花满溪一剑。"

"你饶了我吧，伯母对我恩重如山，我怎么下得了手。"

看颜心雨态度坚决，慕容彬彻底怒了，他说："如果这样，那你现在就去告发我。你背着花满溪做了多少没良心的事？泄露了桃花城多少秘密？这些账算出来，你还能活吗？"

"这都是你逼迫的。"颜心雨激愤得大声喊了出来。

"反正我们现在是一根绳子上的蚂蚱，杀她和杀我，你看着办。"

慕容彬不管颜心雨的情绪，一味给她施加压力。他是个心机很复杂的人，为了完成慕容家族复国的梦想，这些年，他一直潜伏爪牙忍受各种屈辱，他觉得自己受命于天，此生一定能干一番大事。童年时，他就比别的小伙伴多一份心智，那天他从数十丈高的悬崖跌下，竟然毫发无伤，当时他清晰地听到有个声音在脑海里说：

"慕容彬，我是扶桑老鬼，是黑龙会圣主，以后你就是我的元神，只要按我的吩咐做好每件事，我帮你复国。"

此后，慕容彬的能力就渐渐异于常人，他把妹妹慕容燕送到紫霞峰修仙，自己则隐藏在桃花城等待时机。现在他觉得时机快成熟了，为了挑起花满溪和夜飞鹰的矛盾，他决定去颐和宫演一场戏：

"启禀城主，在下有重要事情相告。"

慕容彬站在汉白玉雕栏下，他双手抱拳弯腰垂首甚是恭敬。得到允许，慕容彬拾级走上平台，他看四周无人，便压着嗓门说：

"城主，刚才我跟踪夜飞鹰到其府邸，发现他正在操练兵马。另外根据我安插在他身边的人报告，前几天晚上，夜飞鹰仗着自己的轻功，好像潜进宝光殿偷了一本书。"

"师爷多虑了，夜头领操演兵马，那是我的主意。几天前，宝光殿的确丢了一本典籍，不过那是一本《夜郎经》副本，里面错漏百出，每章都有涂改，是我故意抄错，做旧后随意放在那里的。"

慕容彬闻言很是惊奇，他原以为花满溪会五雷轰顶摇摇欲坠，谁知对方风轻云淡，好像早就预料到自己要说什么。

看师爷尴尬，花满溪上前亲切地说："慕容师爷，我说过，下届城主有德者担当。以前我是代夫管理桃花城，目前颜姓人家出类拔萃者寥寥无几，希望就在你和夜飞鹰身上，你们公平竞争，我不偏不倚谁也不帮。"

"城主，桃花城的百姓离不开您，您千万不要撂担子。"

慕容师爷一揖到底。他悲悲戚戚恳求花满溪继续担任城主，他说慕容家族深受城主和颜姓人家大恩，绝不敢背信弃义。如果城主允许，他可以监视夜飞鹰的一举一动，必要时雷霆出击，替城主扫除障碍消灭叛徒。

颜若华侧立一旁，表面观花赏景，实则潜心注意慕容师爷的细微表情。从二人不动声色的交锋中，她已判出谁高谁低。母亲不动声色告诉对方，丢失的《夜郎经》是赝品，表明自己无意竞争下届城主。既游刃有余解除两股压力，让慕容彬和夜飞鹰内斗，又为自己寻找《夜郎经》争取了时间。

"慕容师爷，你好阴险，要灭我，你还嫩了点。"

慕容彬刚转身离开，夜飞鹰突然从亭台转角处冲了出来。他嘴里骂着粗话，左掌快速出击。一时间整个庭院罡气弥漫，树叶乱飘。

慕容彬丝毫不惧，他一边与夜飞鹰拼内力，一边催促城主和小姐离开。花满溪大怒："夜飞鹰，有什么话不能好好说，这里是动武的地方吗？"夜飞鹰哈哈大笑："反正你也当不了多久的城主了，不如与我联手杀掉慕容老混蛋，这样我还可以考虑以后给你个职位。"

"太放肆了，都给我住手。"

花满溪忍无可忍，她挡在颜若华身前，双掌一挥刚要发力，忽见夜飞鹰和慕容彬两人同时撤掌，同时转身朝自己发力。

惊慌中，花满溪终于明白这两个贼子的用意。间不容发间，她杀意一动，浑身顿时充满灵力。只听一声娇叱，接着轰轰两声，只见夜飞鹰和慕容彬双双飞出院墙，继而口吐鲜血死狗般瘫在地上。

50.桃花潭水深千尺

上官雄接到圣主的命令后，立即将手下的人马分成三路，一路由高松带领，到大汉漕一带设障破坏航道伺机抢劫京铜；一路由金刚子带领，到独秀峰一带寻找甘媄家族埋藏的宝藏；第三路则由云龙鹤统领，负责收缴夷山的钱财。他将诸事安排完毕，立即回马湖府去了。

这段时间，妙人儿阿兰一直都在寻找刺杀云龙鹤和阿针的机会，但一直都没得手。由于"桃花帖"中绘着去桃花潭的路线图，最近江湖上的热门话题，全都集中到了阿针身上。

各路英豪为了取得去桃花潭参加武林大会的入场券，纷纷上门向阿针武力求讨

"桃花帖"，不仅将她剥得体无完肤，而且还把云龙鹤打得头破血流。

在奇耻大辱面前，阿针起初很羞愤，真想一死了之。但后来转念一想，觉得这样做不划算，因为自己的满身本事尚未施展，再者也便宜了这些恶狼。

下定决心后，阿针的心性突然转了一个大弯，不仅主动上门为武林各派头目奉送"桃花帖"，而且广交朋友遍洒风情，逐渐成了江湖中备受关注的亮点人物。

云龙鹤对阿针的行为十分反感，二人由口角之争，渐渐发展到刀锋相见，最后竟然不欢而散、分道扬镳。

云龙鹤走后，阿针更加放肆，为了实现平生抱负，她开始处心积虑发展自己的势力。她有个规矩，凡来求讨"桃花帖"者，必须先向她献一招绝技，然后趁其凝神观看"桃花帖"的时候，悄悄把蛊虫种在对方身上。

阿针自幼跟随阿甲习武，既有深藏不露的心机，又精通夷山的蛊术，没过多久就凭着超凡的智慧、美艳的身躯，以及独步天下的蛊术，迅速统领了一大批武林人士，成了江湖上赫赫有名的女魔。

中元节还未到，桃花潭的入口处，就聚集了数百名江湖人物。这些人虽然循着"桃花帖"中的路线图，找到了桃花潭的入口，但却无法进一步深入。因为桃花潭的大门，是两道百余丈高、根本无法攀越的峭壁，峭壁上龙飞凤舞地写着十四个大字："桃花潭水深千尺，江湖豪情重万钧"。

峭壁的中间是一处不见彼岸，深不见底的温泉。泉水汩汩，滚烫的热浪和缥缈的水雾，吓得众英雄人人心惊、个个却步，一腔豪气和满身本领，在这神奇的自然景观面前，顿时渺小得可怜。

天罡星岳明站在湖岸，望着在水一方的隐隐飞桥和亭台楼阁，心中十分着急。他想施展登萍渡水的轻功飞过长湖，但试了几次都未成功，不但双脚被烫得红肿溃疡，而且全身发黑，两眼直冒金星。

地煞星冯二娘见师兄中毒，急忙上前温言安慰：

"大师兄，这道湖水十分诡秘，即使是号称天下轻功第一的花之魂，也未必过得去。我们回去吧，蓬岛七星难道还稀罕区区《九天神曲》？"

地母星云裳一听花之魂的名字，一下跳起五尺高，她摸着断臂向冯二娘厉声叱责："二师姐休要长他人志气，有朝一日，云裳一定斩断花之魂这个贱人的双腿，以报断臂之仇。"

云裳的话一下激起了众人对花之魂的仇恨，马湖六丐、江滨三霸以及峨眉、华山、青城等派的弟子，纷纷脱去上衣，现出背上的剑痕，齐声谩骂花之魂。其村言俚语怨毒至极，不堪入耳。

林秀儒见这帮人无缘无故毒骂表妹，非常气愤，他扯下人皮面具，不顾阿兰的阻拦，跑到前面振臂高喊：

"大家住口，我表妹行侠仗义，岂容你们这帮小丑无故谩骂，有什么气冲我林秀儒出。"

林秀儒的话还没说完，就被峨眉派掌门惠贞师太抢了过去：

"阿弥陀佛，林施主的话，老尼不敢苟同。花之魂近段时间专与名门正派作对，根本没半点行侠仗义的影子，前几天她到峨眉山寻衅闹事，踢了我的场子不算，还故意把桃花刺在了弟子们的身上。老尼今天前来参加武林大会，就是要联合各门派，共同讨伐这个没人性的魔女。"

惠贞刚住口，玉虚山人又跳了出来：

"玉虚山人以人格担保，惠贞师太的话千真万确，目前不光峨眉派受到了花之魂的袭击，青城和其他门派也深受其辱，现在的花之魂杀人不眨眼，完全没了人性，我们只有联合起来，才能除去这个魔头。"

玉虚山人的话很起作用，华山、崆峒和昆仑等派的弟子，顿时群情激愤，纷纷怒斥花之魂的狠毒行为。

上官雄见各大门派都欲诛杀花之魂，心中狂喜，他想：眼下正是收买人心、统领武林的大好时机，何不做个顺手人情助他们一臂之力呢。

上官雄左手一挥，把十丈之外的林秀儒轻飘飘抓在手里，高声说道：

"大家安静，花之魂轻功绝妙，剑法超凡，目前除无嗔大师及本官外，江湖上还没有第三人是她的对手，要除掉她，只有将她的表兄作为诱饵，然后布下罗网……"

惠贞师太看了上官雄一眼，脸现难色欲言又止，玉虚山人低着头一言不发。沉默中，忽见一个小尼姑抢步上前理直气壮地说：

"峨眉派历来不和官场上的人打交道，我们要和花之魂光明正大地决斗，决不使用任何阴谋。"

上官雄看了小尼姑一眼，突然哈哈大笑：

"小师父说得极对，峨眉派一向幽贞独处，从不与外界来往，惠贞师太更是禅心似月、皎洁无尘，然而……"

"阿弥陀佛，小徒玉禅不懂事，上官大人不要计较，有什么事吩咐老尼就是了。"

惠贞含笑向上官雄说完话，转身看着玉禅突然把脸一沉：

"玉禅，你太不像话了，赶快回去。"

玉禅嘟着嘴，一脸迷茫：

"师父，你平时不就是这样教我的吗？今天怎么变了呢？"

惠贞狠狠瞪了小尼姑一眼，样子很吓人。玉禅见师父发怒，赶快回到了师姐们的身边。

上官雄举着林秀儒，悠闲地走到惠贞师太面前，他朗声道："师太顺势应时，可喜可贺，这小子交给你了，有他在手，不愁找不到花之魂。"

惠贞虽欲杀花之魂报仇，但又不敢挟持林秀儒，因为这书生是祸，他在谁的手里，谁就是花之魂首先攻击的重点目标。她迟疑了一下，毅然将林公子抛给了玉虚山人。

玉虚山人不敢怠慢，又将林秀儒抛给了崆峒掌门凌霄子。这样一个传一个，最后华山掌门云水怒，像抛球一样将书生传到了洪梅手中。洪梅对花之魂恨彻心肺，为雪自己的文身之恨，她把牙一咬，紧扣着林秀儒的脉门大声说道：

"各位同仁，为了表示大家共同杀敌的决心，我建议砍断这小子的左手，把他吊在悬崖上，以此摧毁花之魂的心志，使其痛不欲生丧失战斗力。"

洪梅的话如一块扔进水潭的巨石，立即激起轩然大波。

蓬岛七星振臂高呼，极力赞同洪梅的建议。华山、昆仑等派的弟子也跟着起哄，要求洪梅马上斩下书生的手臂，以雪心中的仇恨。

阿兰躲在人群里越看心中越气。她见这些自称名门正派的人，一个个既想当婊子，又要立牌坊，一时怒火直冒，正要扯下人皮面具，从洪梅手中救出林秀儒时，峭壁上突然传来一声大喝：

"谁敢欺负我的表兄。"

话音刚落，一个白衣女子轻飘飘掠下悬崖，出其不意站在了惠贞师太的面前。惠贞一见来人，顿时倒退了三步，她走到玉虚山人身边，努力稳住心神厉声骂道：

"花之魂，你作恶多端已成武林各派的公敌，老尼虽不是你的对手，但今天拼了命，也要维护大家的安全。"

花之魂斜视着众人突然仰天狂笑：

"你们这些没用的老狗，竟敢不听我的号令，今天不交出掌门之位，一个都不要活命。"

惠贞听了花之魂的话，气得七窍生烟，她拔出宝剑飞上半空，身子忽左忽右地飘摇了一会儿，人和剑猛然间化作一股蓝光，在花之魂的头顶飞快地绕出了"灭绝斩"三个大字。

"灭绝斩"是峨眉派历代掌门的看家剑法，只有危急关头才允许使用，惠贞师太今天一出手就是狠辣霸道的秘传剑法，足见她对花之魂的仇恨。

花之魂迎着蓝光，身剑合一，顺势而上。她冲破对方密不透风的剑墙，如一只白鸥，在惠贞雷霆万钧的攻势中钻进钻出，那身姿和步伐，潇洒至极令人眼花缭乱。

玉虚山人见师太的灭绝斩不起作用，赶快掏出判官笔，和凌宵子、云水怒一起迅速加入战团。

花之魂以一对四似乎还有余力，她一会儿使用峨眉派的武功，一会儿又使出青城派的剑法，像大人戏耍小孩一样，把惠贞等人逗得上蹿下跳，最后口吐鲜血倒在地上。

林秀儒见表妹真的变成了魔头，一时愤怒得发狂，情急中他猛然挣脱洪梅的控制，疾步跑到花之魂面前，指着她的鼻子跳脚大骂：

"你太不像话了，回家后我一定要告你。"

花之魂踏在凌宵子等人的身上，从他们怀中强行搜出掌门印信后，才媚笑着回答林秀儒的话：

"表兄，不要发火，我让你做峨眉派的掌门人，从此天天吃香喝辣抱美人。"

林秀儒听了表妹的话，气得直摇脑袋，正伤心得要碰岩的时候，桃花潭里彩旗飘飘，一时丝竹之声大作。

薄雾中，数十艘龙舟冲破晨岚，挟着两岸的花雨竹烟，朝众英雄驻足的湖岸急速飘来。

51.谁是主人谁是仆

数十只龙舟排成一字长蛇阵，片刻间就泊在了岸边，岸上的人急不可待，你推我挤，潮水般涌上了轻飘飘的小船。

小舟内空空的，既无人驾驶，也找不到船桨，每只船除了"木笼龙舟"四个汉字外，就再也没有其他东西了。

上官雄、江滨三霸及蓬岛七星，端坐在最高大的那只龙舟上，他们以棍代桨，费尽了吃奶的力，也没能使小舟前行一步。

无可奈何之下，上官雄只得放下架子满脸堆笑，向林秀儒请教其中的奥秘。

林秀儒饱读史书，知道"木笼龙舟"的来历和驾驶技术。木笼龙舟不仅是马湖江历代劳动人民智慧的结晶，而且还是"木牛流马"之母。当年，诸葛亮南征经过马湖江时，受"木笼龙舟"的启发，成功地研制了惊世骇俗的"木牛流马"。千百年来，人们只知木牛流马而不知木笼龙舟，其原因在于马湖江长期与外界隔绝，夷人不服汉人管领连年反叛之故。

众人在林秀儒的指点下，一一启动了龙舟上的机关。世间之事无奇不有，"木笼龙舟"的机关一启开，整个船队立即按大小次序自行排成六合阵，然后在悦耳的古琴声中，缓缓驶向对岸的"桃花城"。

林秀儒站在船头，一边宁心听曲，一边寻找音源，费了很大劲才发现其中的玄机。原来古琴声是舟底不断转动的木柄，叩击在纵横交错的船缆上，所发出的天籁之声，由于每只船的缆索有粗有细、速度有快有慢，因而所发出的声音也就有轻有重、有急有缓。整个船队的声音组合起来，就是一曲荡气回肠的歌谣。这份巧夺天工、匠心独运的设计，真令人心潮澎湃、遐想联翩。

花之魂站在林秀儒的对船上，她媚笑着不断向表兄打招呼。林公子十分厌烦表妹的举动，根本没心思理她。

林秀儒在船上跑来跑去，他时而帮阿兰照顾惠贞师太、玉虚山人，时而又到凌宵子和云水怒面前，替表妹道歉。虔诚的态度和满腔的正气，竟然感动了惠贞师太等人。

玉禅见师父无恙，大着胆子走到林秀儒身边，眼观鼻、鼻观心说了几句感谢话，那皓月般明亮的眼眸，令林公子肃然生敬如沐清辉。

众英雄上岸后，数十只龙舟又自行排成长蛇阵，轻灵灵驶回了彼岸。花之魂一下船就死死拉住林秀儒的手，不准他离开自己。

阿兰紧跟在林公子身后，警惕地注视着花之魂的一举一动，她总觉得眼前的花之魂有些怪，不是以前和她决斗的那个花之魂。为了弄清对方的情况，她不动声色悄然跟随。由于戴着人皮面具，周围的人除书生之外，还没有其他人能认出她。

一行人沿着长长的石梯拾级而上，绕过几棵老黄葛树后，就听桃花城东门外的广场上鼓乐喧天，百余名靓装女子高举"迎接某某掌门或某某大侠"的木牌，早已迎候多时。

上官雄见红衣女子手中的木牌上，醒目地写着上官雄的名字，便自觉地带着江滨三霸及蓬岛七星，走到了那个姑娘的身后。红衣女十分礼貌，她把上官雄等人带到一个高台上，然后转身向礼乐队娇声喊道：

"上官贵客到，起舞、鸣金、奏乐。"

礼乐声中，峨眉、青城及华山等派的人，都各自找到了自己的牌子。最后只有花之魂、林秀儒和阿兰三人没人接。

林秀儒站在空旷的草地上，见第二批上岸的人都寻见了牌子，心里十分恼怒。

他想：自己一介书生没什么名望，无人迎接是正常的，但阿兰神女和花之魂没人接就不正常了。虽然阿兰现在不是神女，但她和花之魂毕竟是名满江湖的美女，这些人怎么就狗眼看人低呢？

就在书生恼怒、众人惊奇的时候，桃花城里突然传出悠扬的礼乐声。两队衣袂飘飘的紫衣少女，拉着"恭迎神女甘嫫阿兰"字样的巨幅彩绢，轻盈地掠过人们的头顶，天女般落到了广场上。

群雄见桃花城主如此隆重迎接妙人儿阿兰，既羡慕又嫉妒，心里酸酸的很不是滋味。

阿兰见桃花城的人依然把自己当成神女，鼻子一酸差点流出了眼泪。就在她思考是否摘下人皮面具，走进迎宾仪队的时候，桃花城里又传来一阵悠扬的丝竹声，抬眼一看，只见湛蓝的天空中，十多名白衣女子抬着一乘红花轿，如出水芙蓉，转瞬间就掠到了广场上空。

大花轿极其豪华，飘舞的彩绢上"高迎江南才子林秀儒"几个大字尤为醒目。林秀儒见终于有人接自己来了，心里一高兴，拉着花之魂就往前面走。

广场上的人全都凝神静气，翘首望着大花轿发呆。高松看着花轿内婷婷的人影，捅了一下罗汉竹小声说："你猜花轿内坐的是谁？"

罗汉竹望了一眼花轿漫不经心地说：

"这还用猜吗，肯定是桃花姐姐，他妈的，这姓林的小子真有艳福。"

罗汉竹的话音很高，而且很刺耳，全广场的人几乎都听见了。林秀儒见莽汉当众谩骂自己，心里很不好受，正想讥讽对方几句的时候，忽然左腕上一阵剧痛，接着五脏六腑像开了锅一样难受得要死，回头一看顿时惊得目瞪口呆：

原来上岸后一直和自己在一起的人，不是娴雅秀逸的表妹花之魂，而是妖娆妩媚的阿针。

阿针一手紧扣书生的脉门，另一只手抓着一副人皮面具。她两眼盯着大花轿仰天狂笑道：

"花之魂，出来吧，你的心肝表兄在我手里，要他活命你就赶紧自断一臂，否则休怪阿针手毒。"

阿针的话还未说完就听花轿内一声娇叱：

"何方妖女，竟敢冒充花之魂？花某在此，谁敢欺负我的表兄？"

话音刚落，一股粉红色的柔光破轿而出，片刻间就袭到了阿针的头顶上。阿针挡不住对方如虹的剑气，急忙丢开林公子，连退了三大步才稳住身形。

趁此机会，阿兰赶忙飞身而起，一把将书生拉到了自己身边。阿针虽被花之魂的剑气逼得手忙脚乱，但神志却很清醒，她见一面目丑陋的女子飞身抢走了林秀儒，盛怒之下月牙刀一招划破美人脸，直刺对方面门。

阿兰怕书生受到伤害，急忙回身错步，一招银狐飞天，提着林公子猛然窜起五六丈高，恰到好处地避开了阿针雷霆般的攻击。阿针见丑女武功高强，愈加羞愤，她狂喝一声："飞天斩！"人和刀迅速化为一股白光，如影随形把阿兰死死缠在半空。

阿兰手中提着个人加之刀又抽不出手，连使了几个身法都没冲破对方的刀光，最后虽然用花满庭的落花神掌，击退了穷凶极恶的阿针，但被其撕破人皮面具，露出了神女本来的面目。

妙人儿阿兰把书生从阿针手里救出来的时候，花之魂也在白衣女子的簇拥下，来到了广场中央。她微笑着向妙人儿阿兰点了一下头，急忙上前把林秀儒拉到跟前，全身上下看个不停，那亲切关爱的眼神，慈母般温柔，把周围的男人艳羡得热血沸腾，差点当场闭气。

"表兄，我终于找到你了，这段时间有人欺负你吗？你受委屈没有？"

林秀儒摸了摸花之魂的脸，轻轻撩开她的衣袖，直到看见对方右臂上的红痣，确认她是自己的未婚妻时，才拉着表妹的手，向她热泪盈盈诉说。

花之魂和阿兰神女一露面，广场上立即响起一片唏嘘声。直到此时群雄才恍然大悟，原来最近把自己打得落花流水的人，不是花女侠，而是阿针乔装冒名所为。

惠贞师太念了声佛，连声忏悔自己以往的嗔恨之心，玉虚山人和云水怒等人，也觉得自己的言行对不起花女侠，他们一个个红脸缩在人群中，像做了贼一样不敢抬头说话。

江滨三霸及蓬岛七星一见花之魂，立即掏出兵器，摆出一副拼命的架势。高松暴退丈余转身望着上官雄，那神态好像在请示什么。上官雄虽对高松的鲁莽行为十分恼怒，但还是笑眯眯看着他，示意他要处变不惊，见机行事。

阿兰双目如电逼视着阿针："狗奴才，甘媛家对你不薄，为什么要恩将仇报？"

阿针双手抱刀一副野蛮骄狂的神态，根本不把昔日的主人放在眼里：

"你这条丧家之犬，有什么资格和我说话？我为你家卖了十多年力，难道就无恩于你们吗？风水轮流转，今年到我家，现在，我也让你尝尝当奴仆的滋味，要想拿回你家的《蛊惑经》，就恭恭敬敬跪下，服服帖帖听我差遣。"

阿针说完话，傲慢地望着众人，她快步走到迎宾仪队前，将甘媛阿兰四字一把撕掉，然后大马金刀地站在了"恭迎神女"的巨幅白绢下。

阿兰满以为阿针见了自己会低头认罪，谁知这奴才丧心病狂反叫主人向她磕头。她自幼养尊处优从未受过侮辱，此时被阿针狂妄的言语一激，竟然气得失去了知觉。

趁此机会，阿针赶快掏出蛊虫运足劲飞快种在阿兰的六个大穴里。上官雄看阿针的举动，明白她要干什么事。为了彻底控制阿兰，他向无嗔点点头，二人一起运功，片刻间就把蛊虫融进了阿兰的血液。阿兰在三大高手的联合袭击下，根本无抵抗之力，她呆呆地站在石梯上，双眼茫然地看了一会儿天空，当真扑通一声跪在阿针面前高声说道：

"主人在上，请受阿兰一拜。"

众人见阿兰神女突然向奴才下跪，尽皆大惑不解。议论纷纷之时，木笼龙舟已把第四批武林豪客送到了岸边。舟上的人一上岸，就立即排成整齐的队伍，在云龙鹤的带领下，鼓瑟吹笙，朝阿针站立的地方踏歌而来：

"神女神女，美艳无比。阿针阿针，天下独尊。"

52.武林盟主

吆喝声中，阿针的身边一瞬间就围满了人。

这些人正邪参半、男女混淆，既有峨眉、青城、崆峒及华山等派的弟子，也有心狠手辣、凶残霸道的江湖匪帮。

云龙鹤越过广场，疾步走到阿针身边，他将手中的杏黄旗一挥，向纷乱的人群高声喊道：

"大家安静，从今天起，毒龙潭正式回归江湖，弟兄们，起舞！献歌！向神女阿针叩拜。"

云龙鹤的话音刚落，广场上立即八音齐奏，其乐声如虎狼发情、野猪寻偶，听得人毛骨悚然。

金石声中，毒龙潭的弟子像疯了一样，一个个披肩袒腹你拉我扯，一边用脚拼命地踏地，一边忘情地做着各种难看的动作。那妖冶的眼神和丑陋的姿态，令人啼笑皆非，不明所以。

甘嬷阿兰呆呆地站在人群中，不知是受了过度的刺激，还是中了阿针的蛊，总之她的表情很木然，舞蹈动作也很机械，数次被身边的大汉们强行推挤也浑然不知。

歌毕舞罢，云龙鹤拍了几下巴掌，故意清了清嗓子扬声道：

"各位武林同仁，我毒龙潭受命于天，应时而立，千百年来一直统领江湖席卷全国。神女阿针美艳绝伦，不但集峨眉、青城、崆峒诸掌门之职位于一体，而且融老子、孙子、鬼谷子的韬略于一炉，真可谓前无古人，后无来者。我提议将她推举为新一届武林盟主，大家有没有意见？"

阿针看了一眼众人，然后摸出峨眉、青城等派的掌门印信哈哈笑道：

"惠贞听着，你等已成丧家之犬，赶快带着云水怒一干人前来报名排队，过一会就没你们的位置了。"

惠贞和云水怒等人见门下弟子纷纷投奔阿针，本就气得五脏翻腾，此时被阿针的话一激更是炸了肺。他们孤零零地站在广场上，你看我看你，尽皆老泪纵横，黯然神伤。唉！怪谁呢，只怪自己学艺不精。

云龙鹤见投奔毒龙潭的人越来越多，高兴之余，竟带头唱起了颂歌：

"阿针盟主哟，你是天精地灵，五湖四海哟，唯你独尊。"

歌声直白而肉麻，听得江滨三霸及蓬岛七星也心生反感跺脚怒骂。罗汉竹拾起一块石头，狠狠扔在云龙鹤脚下，他放声骂道：

"你龟儿唱老子的球，一个卖肉起家的婆娘有啥本事？"

织女星张三姑，望着癫狂得忘了姓名的毒龙潭弟子，皱着眉头连说了十多句厚颜无耻。

上官雄捋须望着阿针，脸上的表情很难捉摸，他虽讨厌罗汉竹的村言俚语，但对阿针的才智和美丽却十分欣赏。

花之魂拉着表兄林秀儒的手，全身心地呵护着对方，生怕他又从自己的身边再次消失。数月来，为了寻找表兄，她费尽了心力，差点丢了性命，上次误中上官雄的奸计，要不是桃花姐姐及时赶到，她恐怕早就被江滨三霸和蓬岛七星碎尸万段了。

由于一片心思都在表兄身上，花之魂竟然忘了周围的环境，忘了手持兵刃向自己怒目而视的高松、岳明等人，更没有听见云龙鹤，以及毒龙潭弟子无耻而肉麻的歌声。

林秀儒则不然，见着表妹后他虽然高兴，但妙人儿阿兰的情形又突然令他魂不守舍。他既同情阿兰不幸的遭遇，又痛恨云龙鹤和阿针这对狠毒的狗男女。正忧心如焚的时候，广场上咚咚咚突然响起数十声礼炮。炮声过后，桃花城的迎宾仪队，在威风锣鼓中，迅速将前队变为后队，领着群雄向东门缓缓进发。

花之魂见林秀儒的双眼一直朝妙人儿阿兰张望，心里虽不高兴，但脸上却依然挂着微笑。

起轿声一响，林秀儒顿然感觉到自己的心肝在快速提升，整个身子轻飘飘的飞起来了。他揭开轿帘一看，原来花轿已离开地面十数丈高，十多名白衣女子单手扶轿临空滑翔，长长的丝带飘在空中，姿势优美之极。

花轿下，蜿蜒的人群像懒蛇一样爬行，林公子俯视着纷繁的人头，费了很大劲也没找到妙人儿阿兰的影子。无意之中却见上官雄无精打采地踏在青石路上，一会儿抬眼看天，一会儿又冲高松发脾气。

别人走路我坐轿，在天愿作比翼鸟。直到此时，林秀儒才感觉到自己的殊荣，才充分领略到表妹流岚写意的风韵。

面对花之魂的情影和体香，他再也掩饰不住内心的崇山峻岭，竟然动情地抓住了她的纤纤玉手。花之魂的手细腻、白净，十分娇柔，就像宋词里的红酥手一样，具有无穷的诱惑力。那宛若春葱、浓粉香泽的视觉，娇若柔荑的触觉，惹得书生怦然心动，一下将男女授受不亲的古训，抛到了九霄云外。

花之魂自到紫霞峰修炼以来，一直都在清静无欲中打发光阴，从没零距离接触过异性。下山后，由于江滨三霸的阻拦，由于阿兰、阿针捷足先登掳走林秀儒，致使她一直没机会与表兄见面。这期间，她多次梦见表兄，多次在梦中向他表白、向他倾诉，一直遐想着与他见面时的情景。

此时真正见到了表兄，花之魂却恍惚得无语，虽然心潮起伏，有很多话要问、要说，但一时又不知说啥。

"表兄，我终于找到你了，你想家、想姨父和姨母吗？"

"怎么不想，我做梦都看见他们。"

"除了姨父和姨母外，你最想谁？"

"除了他们，我最想念的人就是你了。"

花之魂闻言心里一热，她故意拉开一点距离，低着头羞答答地说：

"以后你有什么打算？"

林秀儒双眼望云，漫不经心地回道：

"我要帮阿兰夺回夷山，还要进京赶考，你呢，表妹？"

花之魂听林秀儒说，要帮阿兰夺回夷山，心里有点不痛快。她缓缓抽出自己的手说："我奉师父之命保护你，以后你到哪里，我就跟到哪里……"

桃花城的建筑非常奇特别致，整个城市按八阵图的自然生克原理修建，城中山水纵横、沟壑交错。宽敞的大街、古朴的楼台、浓密的森林，以及一分二、二分四、四分八、八分十六，最后遍及大街小巷的冰川活水，为整座城披上了层层神秘面纱。

城内风景秀丽，风俗十分奇特。由于女多男少，因而每户人家几乎都是女人在外抛头露面，男人在家养尊处优。千百年来，这里的人们日出而作，日落而栖，渔樵对唱，唇齿相依，生活得非常惬意。

群雄进城后，城里的居民立即踏歌相迎，捧酒相待。人们纷纷向客人们赠送红、蓝宝石，金银珠玉。那有朋自远方来，不亦乐乎的纯情，着实让众英雄心悦诚服地感动了一番。

罗汉竹、王一腿以及冯二娘等人，整天在江湖上打打杀杀，哪里见到过这么贵重的珠宝！面对财色，他们全都失去了英雄本色，不仅对送来的礼物照单全收，而且还主动向桃花城的姑娘、小伙们索取嵌有翡翠珠玉的五色饰品以作纪念。

紫光殿前，颜若华领着一队人，早就笑吟吟迎候在蒙蒙细雨中。看林秀儒和花之魂双双到来，颜若华老远就挥手打招呼：

"表弟，别来无恙否，铁锋没跟你一起来吗？"

林秀儒见表姐一见面就打听铁锋，完全没有想念自己之意，心里有些失落。他说自上次在马湖府与铁大侠相别后，两个月来一直不知他的情况。

颜若华怅然若失，她专注地扫视着人群，多么希望在茫茫人海中，能见着铁锋的身影。然而费心的寻觅，竟让她空劳热血，痴意的等待，到最后也是枉费精神。

尽管失望，颜若华却没失去理智和风度。她站在高台上热情洋溢地说：

"欢迎各位英雄豪杰驾临桃花城，由于花城主闭关修炼，所以这次武林大会全由小女子主持。有朋自远方来，既是桃花城的幸事，又是颜某平生的自豪。大家先住下，然后尽情游玩和欣赏本城的异域风情。三天后的午时，在这里准时聚会。届时，小女子将亲自抚琴，为众英雄弹奏《九天神曲》。"

"请问桃花姐姐，桃花城自来与世隔绝，你们这次召开武林大会，莫非想染指武林盟主？"

峨眉掌门惠贞双手合十，脸上的表情有些愠怒。由于她刚才在人前丢了面子，所以这会儿理直气壮，大有兴师问罪之意。

颜若华走到惠贞面前大度一笑说："师太，你误会桃花城了，我们这次请各位来做客，一点私心杂念都没有，不但各位的食宿费用全免，而且还公开展示《九天神曲》，这样做主要是满足大家的好奇心，断绝一些人对桃花城的非分之想。"

"桃花姐姐，为了江湖的安宁，我推举你出任武林盟主。"

云水怒一脸虔诚说话，他觉得前任盟主无嗔人品有问题，不应继续担任盟主。

无嗔念声阿弥陀佛，笑吟吟看着云水怒说："云掌门，己所不欲勿施于人，你可不要把阿针的账算在我头上。"

"阿针阿针，天下独尊！"

无嗔的话还没说完，云龙鹤就带头喊了起来。他说武林盟主非阿针莫属，谁敢得罪毒龙潭，谁就别想在江湖上混。

阿针一脸媚笑，她越众而出走到颜若华身边娇声说："各位武林同道，阿针不才，经惠贞、云水怒等前辈再三推举，从现在起我就勉为其难，出任武林盟主，以后我一定尽心尽力给大家办事……"

高松和岳明等人看上官雄、无嗔皆鼓掌同意，也跟着喧闹欢呼。颜若华心里虽气愤，但脸上却春风荡漾。她暗用内力把阿针轻飘飘推下台，提高声音说：

"各位，常言道客听主安排，桃花城是仙灵之地，绝不藏污纳垢，更不允许喧宾夺主。出了桃花城，随你们推选武林盟主。现在请各位跟着旗牌队，各自下榻，事务繁忙，恕不相送。"

阿针跌下台时，感觉气血翻涌，差一点就哇一声吐出污秽。她没想到桃花姐姐如此厉害，脑海里嗡嗡的很是失落。

上官雄见颜若华不动声色制服阿针，心里也是吃惊，本来他和山口惠商量，把阿针作为傀儡扶上武林盟主之位，他们暗中掌控实权。现在看来这招不行，要想控制江湖，还得另想办法。

"主人，你哪里不舒服，请告诉阿兰。"

阿针发呆的时候，阿兰突然跑上前躬身请罪。阿针正没台阶下，为了泄愤，她一连踢了阿兰十几脚：

"小贱人，你希望我不舒服吗，你有啥资格在这里说话，赶快滚。"

阿兰大气不敢出，她殷勤扶着阿针，唯唯诺诺走进了人群。

林秀儒气得两眼发黑，他搞不清阿针对阿兰施了啥法咒，如不是被花之魂紧紧拉着，他真想冲出去当面弄个明白。

53.夜郎自大

桃花城的人们非常崇拜桃花和竹子。不但家家户户广种碧桃和翠竹，而且城里姓花、姓竹的人家很多，家家都在宣讲和传承一个美丽的传说：

相传远古时候，一长发飘逸的女子在香溪畔浣纱时，忽见江中漂来一节硕大的竹筒。人们捞起竹筒劈开一看，里面竟藏着一个十分健壮的男婴，此婴长大后成了西南夷王，并建立了神秘而强大的夜郎国。

夜郎国虽在中国历史上悄然消失了二千余年，但桃花城的人们，一直继承和沿袭着夜郎王国的遗风。不但崇巫尚武、女儿随母姓、儿子随父姓，而且依山建屋临水而居、自耕自足，从不与外界往来。

群雄进城后，男宾由花姓女子招待下榻美人谷，女宾由竹姓男子侍候居于君子峰。美人谷和君子峰虽一溪之隔，十里之遥，但却是两个相互隔离的世界。

君子峰的伙子从不擅闯美人谷，美人谷的姑娘未满十八岁也不许出谷玩耍。只有每年中元节这天，才允许成年男女，在香溪中自由嬉戏和自愿择偶。

当夜，作为贵宾，林秀儒和花之魂，被直接请进了听雨阁。按颜若华的指示，甘嬷阿兰也是要一同请来的，由于她被阿针下蛊，一时无法接近和联系，颜心雨只好暂时将她放在一边。

走进大厅，刚从侍女手中接过茶杯，林秀儒就吵着要见姨母。他心中有很多问题要弄明白：姨母为什么要远嫁桃花城？作为亲戚，这些年颜、林两家为什么不走动？母亲为什么绝口不提桃花城？

颜若华品着茶，继续与花之魂叙旧，直到林秀儒不耐烦了才笑眯眯说："表弟，既来之则安之，这几天娘亲和我都很忙，等忙完大事，我亲自给你和表妹带路。娘亲见了你们肯定高兴，说不定会送几件宝贝，或者传你们几招功夫呢。"

看表姐亲自给自己斟茶，林秀儒渐渐把阿兰和姨母的事情放到了一边。由于表姐一直向花之魂介绍桃花城的情况，没工夫理他，无聊之时，林秀儒只好对着杯中的茶叶吟诗：

"柔姿着水飘香，伴倩女常登大雅堂。看，玉手斟时，苦人心志；金杯品处，沁我肝肠。"

花之魂听表兄吟诗，品两口佳茗嫣然笑着说：

"雪水煮茶神志清，殷勤减我小腰身。"

颜若华听林秀儒和花之魂吟诗，一时来了兴致，她说："表弟、表妹，我这间屋子的墙面还空着呢，你们一人给我画幅竹子如何？我知道你俩擅长水墨丹青。"林秀儒闻言跃跃欲试，一个劲催丫鬟准备文房四宝，他先在清水里洗笔，然后蘸少许墨，不一会儿，一幅潇疏清雅的墨竹就成了。颜若华手捧墨宝，抑扬顿挫地品读画上方的题诗："夜来画竹两三竿，送与知音酒后观。叶有清风枝有节，几根瘦骨即撑天。"

吟毕，颜若华怅然若失，她望着窗外的竹林自语道，若是铁大侠在就好了。花之魂知道铁锋在颜若华心中的位置，为了让桃花姐姐高兴，她故意岔开话题说起了自己前两个月的遭遇。

原来，花之魂和师姑清静散人，在毒龙潭足足困了一个多月。毒龙潭里，虫蛇遍野虎狼横行，师徒俩费了很大力气，才冲破云霄客的结界，抢回阴阳剑和拂尘。

"你师姑怎么不和你一起来桃花城？"颜若华看着花之魂，若有所思地问。

"师姑修为甚高，概不关心红尘俗事，只叫我来桃花城保护表兄。"

颜若华眉头紧锁，过了好一会儿才说："不对，这其中定有蹊跷。以清静散人的修为，不可能被困一个多月。云霄客本事再大，也敌不过你师徒二人。"

听完颜若华的分析，花之魂也很疑惑。她说好几次，眼看就要冲破结界，但关键时刻师姑又放弃了。那段时间，师姑很神秘，除了打坐练气和我一起，其余时间她都单独活动。一天夜晚，迷糊中，我似乎看见师姑和一个蒙面人一边交手，一边小声吵架。总之近段时间，有好多谜团，一直困扰着我。既不敢怀疑师姑，又不敢直言相问。

提到蒙面人，颜若华顿时警觉、紧张起来，她说这个蒙面大汉上次曾袭击过她和铁锋。对方的修为高深莫测，放眼当今，恐怕只有紫霞真人和云霄客是其对手。

"如果蒙面人潜入了桃花城，我们大家岂不危险了吗？"

林秀儒虽对蒙面大汉不了解，但非常关心姨母和表姐的安危。

颜若华觉得事态严重，蒙面大汉是谁？这家伙神出鬼没，具体要干什么？她至今一无所知，倘若他真的潜进了桃花城，那我们的计划不就泡汤了吗？

"不行，我得赶快给娘亲汇报。"

颜若华给颜心雨交代完事务，嘱咐她照顾好花之魂和林秀儒，然后一晃身不见了踪影。

颜若华去后，花之魂在林秀儒的几番催促下才走到案前，她说："我多年未摸笔，加之昨夜失眠，干脆算了吧。"颜心雨不依："你不画，我无法给妹妹交差。"磨蹭了许久，花之魂才运笔如风，完成任务。林秀儒读完花之魂的题诗，忍不住大声喝彩。颜心雨好奇，她上前接过墨迹未干的画作，学着林秀儒的样子摇头晃脑地读起来："夜半起床画竹竿，失眠之作姐休嫌。我将生命融枝叶，换取春风绿万山。"

颜心雨很忙，既要巡城维护治安，又要负责客人的食宿。几天前和花之魂相识后，她真心把她当成了知心朋友。天亮后，看花之魂无聊，颜心雨就邀请她一同巡城。

花之魂看着林秀儒有些为难，好不容易找着他，生怕他又被别人掳走。然而单独和表兄在一起，花之魂又觉得尴尬，自己是修仙之人，不能妄动俗念，想来想去，花之魂还是决定跟着颜心雨去巡城。

林秀儒闷得慌，正想找机会出城游玩，他嘴里虽斩钉截铁答应表妹不乱跑，好奇心早飞到了街上。颜心雨和表妹刚出门，他就迫不及待从后门溜了出去。

走出阁楼，看着青砖碧瓦的古城，林秀儒心旷神怡。他不走大街，专逛小巷。他觉得大街上，几乎都是一身铜臭的商人，总之一个字俗。只有小巷里才有淳朴的人文风情，才有丁香般清纯的佳丽。

来到一处幽谷，见谷中一幢小楼依山而建，亭阁翼然，林秀儒心旷神怡，脱口吟出一首《五律》：

> 结庐幽谷里，山水是知音。翠鸟驱还返，白云驻又行。
>
> 峰峦多色画，溪涧独弦琴。松下悟玄妙，悠然见道心。

一路走一路放胆吟哦，林秀儒完全进入了物我两忘的超凡境界，他记不清过了几条街，尝了多少特色小吃，遇见了多少仪态万方的美女，直到被一红脸大汉在肩膀上重重拍了一掌才回过神。

红脸大汉拉着林秀儒的手，穿大街、过小桥，最后来到一座极其豪华的殿宇前。殿前宽阔的校场上，百余名武士在一位小胡子的指挥下，正在加紧练武。小胡子见了红脸大汉，赶快单膝跪地，抱拳高呼主人。林秀儒不知红脸大汉是夜飞鹰，更猜不透对方将他强拉到这里的真实意图，他怒视着对方，奋力挣脱其抓扯，极不耐烦地喝道：

"你这家伙好生无礼，我和你素不相识，为何强行拉我？"

小胡子见林秀儒怒斥主人，上前两步恶狠狠吼道："你小子活得不安逸是不是，再敢对夜头领无礼，老子给你放血。"

夜飞鹰挥手屏退小胡子，双手抱拳粗声粗气说：

"老弟不要动怒，夜飞鹰强请先生，实在是有要事相托，请赏脸到殿中叙话。"

武士们见主人对书生客气，尽皆抱拳行礼。

在听雨阁喝茶时，林秀儒曾听颜若华说夜飞鹰为人凶狠奸诈，且与毒龙潭勾结，企图将桃花城改为夜郎国，因此对其十分厌恶。现在夜飞鹰就在眼前，况且还有事相求。起先他打算直接拒绝对方，后来转念一想，觉得不如答应他，这样既能探听到夜飞鹰的机密，又能暗中助表姐一臂之力。

拿定主意，林秀儒也双手抱拳，非常客气地说，自己叫张林超，是进京赶考的书生，能为夜头领做事，实在是平生的荣幸。夜飞鹰看林秀儒很慷慨，高兴得哈哈大笑，他说："我身边武士如云，唯一欠缺的就是饱学之士。张先生愿意扶助我成大业，以后定当重谢。"二人边走边聊，不一会儿就来到了凌云殿。

夜飞鹰四十多岁年纪，身材魁伟，全身都充盈着霸气。他将林秀儒请进密室，屏退丫鬟和仆人，单独与书生浅斟细酌促膝长谈。

茶过三巡，夜飞鹰清咳两声说："张先生，刚才我听你在街上吟诗，虽听不懂意思，但已知道你的学问很高，所以才把你强行请到这里。不瞒你说，像你这样有学问的书生，近期我已请了很多进殿。过几天我就是这座城市的主人了，我要重建夜郎国，还要问鼎中原。"

林秀儒心里虽骂对方夜郎自大，脸上却不动声色，他倒满一碗酒诚恳地说：

"夜大哥有凌云之志，结识你，小弟万分荣幸，我敬你一碗，祝你心想事成，鹏程万里。"

夜飞鹰接过酒碗一饮而尽。他将空碗摔在地上说："老弟，从现在起，你我就是生死之交了。前几天，我潜进宝光殿偷出了《夜郎经》，既看不懂，又搞不清这本书的真假。请你来的目的，一是鉴定《夜郎经》的真伪，二是短期内与众多学者一道，合力弄清《夜郎经》的秘密。"

从表姐口中，林秀儒知道《夜郎经》的重要，他想，假如能将此书搞到手，自己就有了进见姨母的礼物。

乘着酒兴，林秀儒天南海北、引经据典，极力表现和展示自己的学识，夜飞鹰见他出口成章，百问百答，心里十分欢喜：

"老弟，我还有要事处理，以后你的书房就是对面小屋，有什么要求，尽管给我的小妾说。"

夜飞鹰说完话，一把将林秀儒推进密室，鬼魅般消失了行踪。

密室里黑暗得伸手不见五指，林秀儒费了很大劲也没找着出路，正绝望得要大呼救命的时候，一阵银铃般的声音，令他心摇神动，浑身舒泰。

笑声过后，密室里突然灯光闪烁，满室生香。大厅中间的象牙床上烟笼芍药，雪拥花魁，一位长发女子身披轻纱，侧身而卧，其形花柳不足喻其娇，其质冰雪不足喻其洁，其神星月不足喻其精。

林秀儒浪迹江湖以来，虽见过无数美人，但从未接触过眼前这种一见就摄人心魂的女子。他虽不知对方的情况，但直觉告诉他，此人一定来头不小，他后退几步，刚要向床上的姑娘施礼赔罪，没想到对方却抢先开了口：

"张郎请坐，不要客气，既然主人将这间屋子给了你，这里的一切就暂时属于你了，小妾竹香然随时听候先生差遣……"

林秀儒神魂颠倒的时候，美人谷里星月朦胧，凉风习习。匝地鹃声中，群雄在姑娘们的热情招待下，尽皆酩酊大醉，无一清醒。

上官雄怕江滨三霸和蓬岛七星酒醉误事，提前离席回到了客栈。高松见主子离去，立刻带着罗汉竹及岳明等人走了出来，他们来到上官雄的屋子，还未说话，就被狠狠训斥了一顿：

"你们这些酒囊饭袋，不是干大事的料，如果明天抢不到《九天神曲》，我就挑断你们的筋脉。"

众人见上官大人发火，一个个面如死灰，低着头不敢说话。上官大人见高松浑身筛糠，上前提着他的衣领柔声问道：

"高大侠，抢劫京铜的路线选好了吗？你和罗汉竹明日一早动身，回去后立即行动，不能出任何差错。"

高松见上司给自己下了死命令，急忙叩头接令。

上官雄斜着身子走到岳明身边，针一样的目光令岳明浑身鸡皮疙瘩直冒。

众人感觉空气快凝滞的时候，门外突然袭进一股劲风，接着山口惠挺胸昂首走了进来。上官雄一见来人，急忙弯腰行礼："下官参见山口惠小姐，不知此行有何吩咐？"

山口惠双手抱胸，背对着上官雄冷冰冰说：

"上官大人，攻心为上，武力次之，今后要善待下属。大明京铜船队三天后到达副官县境内的大汉槽，圣主命你等即刻动手，不得有任何闪失。明天的武林大会，你们合力杀死花满溪之后，务必将《夜郎经》抢到手，有了《夜郎经》，我们就不稀罕什么《九天神曲》及春雨桃花剑法了。"

上官雄连连点头，刚才的威风转瞬间消失得无影无踪。

山口惠转身扶起高松和岳明，阴恻恻笑着说：

"上官大人，花之魂、颜若华此时正在听雨阁商议要事，你赶快前去将她们迷倒，再用快船秘密载出桃花城。花满溪得不到花之魂、颜若华的帮助，过几天必死无疑。"

上官雄送走山口惠，立即换上夜行衣，备齐独门迷魂香，朝听雨阁急掠而去。他绕过二十几道岗哨，点昏数十名门卫后，没费力就悄无声息地潜进了听雨阁。

灯光下，颜若华一袭红装，艳光四射，她殷勤给花之魂斟满酒，然后嫣然举杯笑道：

"表妹，真是相见恨晚。今夜高兴，我们趁着清风明月，痛快淋漓喝几杯。"

花之魂愁眉不展，她举着酒杯慢悠悠说："表姐，喝酒伤身且误事。况且现在表兄不知下落，我们还是一起出去找找吧。"

颜若华不以为然，她一口喝完杯中酒，朗声说："表妹放心，表弟一定是贪玩迷了路。颜心雨正在派人四处寻找。桃花城是我的地盘，他一个大活人丢不了的。"

几杯酒下肚，花之魂的愁绪慢慢消减。二人一会儿相互祝福，一会儿又把话题转移到夜飞鹰身上。颜若华说夜飞鹰心性凶恶，野心勃勃，与外面的邪教头目相互勾结，妄图将桃花城改为夜郎国，简直不自量力，夜郎自大。她表示，为了桃花城数万百姓的安宁，她一定要冒死保护娘亲，绝不让夜飞鹰的阴谋得逞。

"颜姐姐，有需要我做的事，你尽管吩咐。"

上官雄躲在窗外，把屋内人的谈话内容，听得差不多了，才狡黠地掏出迷香筒，将滚滚浓烟徐徐吹进听雨阁中。

54.追查仇家

一筒迷香吹完，上官雄长出了口气。

想着花之魂、颜若华被迷倒后衣衫不整、春光尽泄的动人场景，上官大人心潮澎湃，满脸发烧。他望了一眼西天的残星，努力稳住心神，猫在听雨阁外，静等好戏登场。

大约过了一盏茶的时间，听雨阁内不但没人中毒倒地，反而响起了叮叮咚咚的琴声。

上官雄大骇，探头朝阁内一看，顿时目瞪口呆吓出一身冷汗。

原来自己吹入的迷魂烟雾，已被颜若华用内功点滴不剩、全部聚到了一起。颜若华双手抚琴，顾盼生辉，一会儿用指力将迷烟，遥遥编成一个大花环戴在头上，一会儿又用掌力将缥缈的云烟，搓成长索绕在画栋雕梁间，那怡然的举止和自若的神态，根本没半点中毒迹象。

上官雄见自己的行藏被人瞧破，赶快收回目光抽身逃走，他刚走两步，就被颜若华甜美的声音缠住了双脚：

"哈哈！槐树无风自动，莫非木旁有鬼。上官大人、无嗔大师，还有慕容师爷，你们既然来听琴，为何不大大方方进屋呢？"

话音刚落，窗外就传来了无嗔浑厚的话音：

"阿弥陀佛，桃花姐姐武功和文采齐芳，丽质与兰心共馥，今日一见，果然名副其实。"

说话间，无嗔、上官雄和慕容彬如一缕清风，凉幽幽飘到了颜若华的面前。

无嗔笑吟吟鞠一躬，然后坐在花之魂对面。花之魂不介意无嗔对自己的敌意，她起身一一奉茶，还恭恭敬敬叫了无嗔一声大师。

无嗔双眼望天，鼻孔里哼哼两声算是回答。刚才他很自负，以为今晚能顺利拿到《九天神曲》，谁知刚到槐树下，就被颜若华瞧破行踪，并呼出姓名，这份打击可谓泰山压顶。

无嗔此行目的和上官雄一样，那就是对《九天神曲》志在必得，因为无嗔的小无相功和上官雄的斗转星移功，都练到了九重境界，如没有《九天神曲》为其开启天眼，凭个人的能力，他们不仅进入不了神御界，而且还要残废终生。

慕容彬对《九天神曲》看得很淡，他此行的目的是探测颜若华的动态。

半月前，花满溪突然宣布退出下届城主竞争，且闭关修炼不见外人，从而将一切事务交给颜若华处理。慕容彬觉得这是一个绝好的机会，为了恢复大燕国，几百年来，慕容家族忍辱负重前赴后继，不知花费了多少心血，而今机会来了，为了光宗耀祖，他决定冒险一试。

慕容彬想，假如颜若华无意竞争城主，那他的敌人就是夜飞鹰。这样他就轻松多了，对付夜飞鹰，他早就想好了手段，而且还暗藏着撒手锏。

果然，颜若华不想当城主。她的所作所为都是查找杀父仇人。

数月前，从蓬岛七星手中救出花之魂，并非全是巧合。今年，她不停地在江湖上露面，表面上是游山玩水、以琴会友，实则是在潜心追查一个人。

这个人在她五岁的时候，蒙脸闯进她家杀死了她的父亲，还抢走了她家的一件宝物。她这次举办武林大会的目的，其一是想以《九天神曲》为诱饵，引出这个在江湖上消失了十多年的怪客；其二是要在天下英雄前，彻底粉碎夜飞鹰重建夜郎国的阴谋。

近年，为了寻找仇人，颜若华可谓煞费苦心，装扮成玲珑少年在乌篷船上弹琴、以《九天神曲》引起江湖波澜、把"桃花帖"尽数发在阿针身上，等等事件都是她的杰作，其目的主要是大力宣传《九天神曲》，因为只有《九天神曲》才能引出仇家为父亲报仇。

颜若华断定，慕容彬、无嗔和上官雄三人中，一定有一个人是她要寻找的仇家。当今只有他们三人的武功最高，年龄也和仇家相仿。娘亲曾告诉她，仇家的后心上有一撮黑毛，黑毛中间还有颗红痣。要掀开这三位绝顶高手的衣服，谈何容易，何况她还是一个未出阁的妙龄女子。就在颜若华拿不定主意的时候，无嗔开口说话了：

"阿弥陀佛，颜施主请原谅老衲的冒昧，贫僧非为《九天神曲》而来，今夜相访，是欲请花女侠，陪老衲一同到海龙寺，超度那些冤死的僧人。"

无嗔说完话，双手合十，慢慢走到花之魂面前，低首垂眉地说：

"花女侠素以诚信和正义驰名江湖，今晚该不会为难老僧吧，约定期限早已过去，施主难道要赖账吗？"

花之魂见无嗔咄咄逼人，心里很不舒服，她强压住怒火轻声道：

"大师不要逼人太甚，海龙寺僧人不是我杀的，二十天的期限也不是我定的，那天阿针在天下英雄面前冒充花某，大师也在场，真相早就大白，大师难道还要装糊涂？"

无嗔闻言大怒，他退后两步，将绕在梁间的迷烟挽进手中，再用罡气将其抽成一根根白色的软丝，迅速向花之魂刺来。

花之魂没料到一向慈眉善目的海龙寺高僧，此时竟凶相毕露突施杀手。

惊诧间，一股白烟如钢丝把花之魂捆得严严实实。花之魂大怒，由于自己的内功不及对方，一时竟想不出破解无相功的办法。颜若华对无嗔的行为十分不满，她暗用内劲把花之魂身上的白烟化为无数朵花蕾，然后错落有致镶嵌在四周的窗棂上。

花之魂扭动腰肢，手中的宝剑雷霆般刺向无嗔。无嗔的内力虽胜过花之魂，但轻功和剑法却要逊色许多。危急中，他不敢用肉掌去挡利剑，只得使出看家本领，用一阳指替自己解围。

春雨桃花剑法独步天下，没有人敢试其锐。无嗔横跨两步侧身避开剑气，趁对方的剑锋未刺到之前，反客为主抢先发招。无嗔的一阳指和花之魂的春雨桃花剑，都是天下至刚无比的功夫，二人的剑气和指力在空中一撞，顿时轰的一声，整个屋子突然卷起一股狂风，把众人的衣服吹得猎猎作响。

电光火石之间，颜若华抓住机会，双掌凌空扬了三下，突然发出三股内力乘势把上官雄、无嗔及慕容彬的上衣掀了起来。

灯光下，上官雄和无嗔的后背不但没有一点印记，而且洁白如玉，非常光滑，只有慕容彬的后心上长着一撮浓密的黑毛。慕容彬、上官雄和无嗔搞不清颜若华为何掀自己的衣服，愣了一下正要发问，颜若华已走上前向三人施礼赔罪：

"各位前辈请息怒，刚才救人心切，失礼之处，敬请原谅。"

无嗔念了声佛，上官雄则双臂一振，绕到花之魂身后，摆出一副决斗的架势。花之魂侧身握剑，横眉怒视着无嗔和上官雄，根本没把这两大高手放在眼中。她见无嗔心浮气躁，没有半点佛门高僧的风范，上前指着对方大声说：

"大师修了几十年的行，可惜现在你心中仍然有我相、人相、寿者相和众生相，照此下去，你的小无相功肯定练不成，你此生也不可能往生西方。"

无嗔闻言，顿时老脸通红，他看着花之魂，过了好一会才低眉稽首道："善哉，善哉，一切有为法，如梦幻泡影，如露亦如电，应作如是观。花女侠滥杀无辜，老僧替海龙寺的冤魂主持公道，难道错了吗？"

花之魂见无嗔仍然把自己当作杀害海龙寺僧人的凶手，顿时义愤填膺。就在二人剑拔弩张即将拼死大战时，阁外突然传来一个阴恻恻的声音：

"你们都是乌合之众，《九天神曲》非阿针莫属。"

"啊！云龙鹤。"

花之魂和上官雄等人闻言，惊得面面相觑。一行人循声追出听雨阁时，云龙鹤早已在迷茫的星月中消失了。

55.桃花宝典

越妖冶的女人越不能接近，这是娘亲告诉林秀儒的。

竹香然见林秀儒站着不动，起身轻解罗裳娇滴滴说："林郎，春宵一刻值千金，难道你要做柳下惠？"

林秀儒稳定心神，后退两步说："君子坦荡荡，瓜田不纳履，暗室不欺心。夜大哥顶天立地，请你自重。"

竹香然鼓掌大笑，笑毕如一只花蝴蝶，轻灵灵掠到林秀儒身边说："林先生果真是人中龙凤，夜头领没看错你。"

林秀儒避开竹香然伸过来的玉手，环顾着阴森森的四壁说："夜夫人，我姓张不姓林，有啥事尽快吩咐，我的亲人朋友还在外面等着我呢。"

竹香然侧目看一眼林秀儒，一边摆着纤腰肥臀朝前走，一边银铃般笑着说："林先生，别装了，我早就查清你的身份了，进了这道门，不待十年、二十年时间，无论如何都是出不去的。"

林秀儒闻言，惊慌得浑身发抖。这个时候他才明白，自己被绑架了。早知这样，刚才就应该在街上大喊救命，就应该听表姐的话，好好待在听雨阁。而今呼天不应怎么办，怎样才能把消息传给表姐呢？

走过昏暗的长廊，前面花红草绿飞阁流丹，一派明丽清幽景致。竹香然指着数十间雅室说，这里即将改名为文渊阁，在里面工作的全是学富五车的秀才和举人，从现在起，你就是其中的一员。

走过小天井，眼前是一间大厅，里面聚集着二十多名书生，这些人有的没左脚，有的没鼻子、耳朵，众人耷拉着脑袋正聚精会神抄书。

竹香然见林秀儒一脸好奇和怜悯，两眼望天若无其事说："这些书生原来都很俊俏，他们变成现在这个样子，就是刚进来时色胆包天，妄图对我无礼。由于生性好色，加之学识浅薄，所以只能一辈子在这里抄录典籍。"

林秀儒头皮发麻，浑身直冒冷汗，幸亏自己刚才守住了底线，不然这辈子就废在眼前这个看似妖娆，实则歹毒的女人手里了。

一路行走一路观察，林秀儒终于搞懂了阁楼里的情况。里面的书生有的在研究天文地理、风土人情，有的在破解远古魔法、妖术和巫蛊，有的在推算历法，有的在翻译武功秘籍，有的在只言片语中寻找宝藏。

二人穿花绕树，在啁啾的鸟鸣声中，林秀儒和竹香然最后来到悬挂着"摘星楼"牌匾的高大楼阁前。竹香然香汗淋漓，不断用丝绢擦汗。她娇喘吁吁地说，林先生，这里就是你的书房，里面有位老者是你的同伴，他已在这里度过二十年光阴了。

林秀儒很是吃惊，想不到夜飞鹰一介莽汉，竟然有如此深远的眼光，修建如此规模的文渊阁，把这么多文人弄到这里，看来他是铁了心要重建夜郎国。

竹香然看林秀儒走神，轻咳一声说："林先生，如果你能现场为摘星楼题写一副长联，我可以考虑让你提前出去。"林秀儒知道对方的意图，为了早日获得自由，他不敢大意，凝神思索一会儿，一副大气磅礴的长联就跃然纸上了：

邀朋君好客，信步楼头，四面云山皆俯首。观远浦帆，揽潇湘雨，沐浩然快哉风，跳霓裳羽衣舞。常引清狂，画几竿板桥竹，怪影婆娑，忽来灵感，填几阕豪放词，惊涛拍岸。寻惬意，莫过凌虚袒腹，集田蛙大敲铁鼓铜盆，问花长日因谁艳？

题句吾怡情，飘身绝顶，八方冷暖尽关心。挽金沙水，涤市井尘，驱东亚西欧雾，散南箕北斗烟。时添兴致，折一枝和靖梅，柔姿窈窕，偶发雷霆，捉一窝娄阿鼠，乱刃分尸。最逍遥，要数挥盏扪星，招鹏鸟齐奏银筝玉笛，唤月通宵为我圆。

竹香然读完长联，吃惊不小，心里暗自崇敬林秀儒。她一言不发径直往阁楼里走。阁楼里，一白发老者正在奋笔疾书，他嘴里念着"食旧德，从上吉也"，然后拈须沉吟，久久动不了笔。竹香然朗声说："李老夫子，看你的神态，恐怕这辈子都没机会与家人团聚了。"

李老夫子吓了一跳，他颤巍巍跪下，老泪纵横地说："夜夫人，老朽才疏学浅你就饶了我吧，这《夜郎经》是远古奇书，你杀了我全家，我也没法破解。"

"没用的东西，亏你在夜府当了一辈子师爷，简直愧对先人。"

竹香然骂完老头，转身笑眯眯对林秀儒说："林先生，这本《夜郎经》和这个白发老头我就交给你了，两天后我再来看你。"

林秀儒拿过《夜郎经》看了一会儿，和言细语对老头说："老先生，你刚才研究的卦象，表面上是吉，实则有变化。此卦后面还有一句：或从王事，无成。从天意看，你所推测的事情，目前最好的办法就是坚守本分，不要有过分的野心，若妄然冒进，那灾祸就大了。"

李老夫子擦干眼泪一揖到底，他诚恳地说："无才空长百岁，老朽今日终于茅塞顿开了，感谢高人点拨，请受老朽一拜。"

竹香然见林秀儒三言两语就让李老夫子折服，对林秀儒愈加敬畏，她拿过《夜郎经》随手翻几页说：

"林先生，天遁、神遁、鬼遁是啥意思？"

林秀儒不假思索回答道："天遁，须开生门，只有逢丙奇和丁奇，才能主兴隆气旺。鬼遁用兵宜攻虚偷袭。神遁须逢天盘丙奇，方能得神盘九天。至于李先生刚才研究的朱雀投江、天乙飞宫、腾蛇夭矫，皆是凶格，不能成就大业。也许你们开头布局就错了，现在是中元节，夏至过了就要阴遁逆部六仪。"

"林先生，看来你和这本《夜郎经》有缘，现在我改主意了，你还是跟我回到寝宫，慢慢研究这本书吧。"

回到寝宫，竹香然一个劲喊热，她令丫鬟们准备好香花和换洗衣物，硬拉着林秀儒穿过竹林，扑通一声跳入温泉泡澡。

林秀儒看竹香然扔袂抛裙，一点不害羞，攀上池沿就跑。

他摸不清竹香然的性情，决定远离诱惑，远离这个很有心计的女人。竹香然嘻嘻浪笑，她故意浇一捧水在林秀儒身上，然后轻抚凝脂摆出各种姿态。

林秀儒起先很镇定，慢慢开始恍惚，迷离中，他感觉有条美人鱼在身边悠游。这条美人鱼非常香滑，也非常顽皮，它时而在书生肚腹上游走，间或又在其腿胯间徜徉。就在他感觉躯壳要爆炸，一股力量即将喷薄而出之时，头顶上顿然现出几道金光，一个浑厚的声音无遮无掩破空而来：

"抱元守一，妖遁魔消，八荒六合，唯我逍遥。"

金光中，林秀儒感觉自己一下子羽化为仙鹤飞了起来。这种俯视高山大河、遨游九州四海的飘逸，他一点也不陌生。看见天兵神将、九天玄女他也不害怕，仿佛昨天才跟他们一起喝过酒似的。

在仙音的引导下，不知不觉中，他来到了一处灵气氤氲、云霞飘忽的清净场所。这个场所在众山之巅，山门外，一副龙飞凤舞的草书对联尤为醒目：

来此处兮，早忘却名为何物，超然世外，放胆三呼，九万里山河片刻全收眼底；
登斯亭也，浑不知我是谁人，独步楼头，凌空一笑，五千年往事顿时尽纳怀中。

飞阁翘檐下，一个丰神俊逸的仙人正在独自研棋。林秀儒感觉对方既熟悉又陌生，他躲在假山后悄悄问自己：

"我是谁人谁是我？"

问话声惊动了神仙，他布下几枚白子，缓缓起身一摆拂尘笑着说：

"君乃仙子仙乃君。"

神仙走近林秀儒，上下左右打量一番，和颜悦色道："你终于突破第一层结界了，看来我的心思没白费。"

林秀儒很好奇，他有点莫名其妙，呆呆站了好一会儿才大着胆子问：

"请问仙人是谁？"

神仙乐了，他挥手招下一条青龙，拉着林秀儒一同骑上说：

"我是逍遥子，奉元始天尊和太上老君敕令，考核三界散仙。你是我的一粒元丹，我是你你也是我。"

林秀儒有点懵，他见青龙蜿蜒飞行，眨眼间掠过无限虚空，心里很是害怕。逍遥子用掌罩住林秀儒头顶，一边给他输送仙力，一边严肃地说：

"再过几年，三界散仙的下届考核就要到了，你必须尽快找到失落的印章。"

逍遥子的话滔滔不绝，他说这是绝对机密，万不能泄露半点消息。这枚印章，既封印着十二位地仙的灵力，又是主考官的印信。倘若它落到妖魔手里，三界就会掀起一场空前浩劫。倘若开科考试前寻不回印章，整个仙界就会被魔族颠覆。

林秀儒跟着逍遥子云里雾里遨游，整个心思都沉浸在飞翔的愉悦中。对逍遥子的话，他一会儿深信不疑，一会儿疑惑不解，一会儿又插嘴反问，弄得逍遥子不断皱眉。

逍遥子见林秀儒仙根不稳，有些失望。他耐着性子把解开印章封印的口诀密授林秀儒，然后拂尘一扫，将他推下了龙背。

56.一划开天

一跤跌醒，林秀儒满头满身都是汗水。

他颤巍巍稳住心神，紧闭双眼极力回想刚才的梦幻情节。他不知这一觉睡了多久，只记得刚才竹香然锦鲤般追着他游泳。逃避中，对方突然释放出一股异香，接着他什么都不知道了。

"香然，得到林秀儒的元丹了吗？"

"启禀慕容师爷，小妾修为不够，刚接触他的身体就被弹出数丈远，现在全身都在剧痛。"

一听有人对话，林秀儒继续装睡。只听竹香然说："幸亏我刚才多了个心眼，准备了摄魂香将他迷昏，否则还真完不成您交给的重任。"

"夜飞鹰服药没有，他有没有察觉你我的关系？"

林秀儒眯开眼帘，见一个蒙面大汉站在池边，背对着自己训斥竹香然，他的口气很强硬，完全不给对方留面子。只听蒙面人又说："夜飞鹰两天后就会毒发身亡，到时我慕容彬复国的机会就来了。香然，你帮了我，我不会亏待你，一定给你个名分。"

"这小子怎么处理？"

竹香然的话还没问完，蒙面人就开口了。他说这个书呆子有用，先留住他，等会儿他醒来，你令他先破解《夜郎经》中的《桃花宝典》。听花满溪说，这部宝典深奥无穷，她窥视了二十年都入不了门。如果这书呆子能帮我们打开仙界之门，以后我俩就能与天对话，就能飞升超拔位列仙班。

"您今夜留下来陪我好吗？我这里很安全，没必要蒙着脸。"

慕容彬迟疑了一会儿硬着嗓子说："不蒙面我怎么潜得进夜府。夜飞鹰耳目众多，我得小心。你忍几天吧，成大事前，我们都要克制感情。现在，毒龙潭、落雁宫、紫霞峰、夷山，还有安鳌、上官雄都掌握在我手里。只要抢到《九天神曲》，只要破译《桃花宝典》，我离三界独尊就不远了。"

慕容彬闪身离去后，竹香然独自惆怅了许久才给林秀儒解蛊。她虽是夜飞鹰的爱妾，从小却在慕容彬身边长大。为了恢复大燕国，慕容彬十多年前就将她送到夜飞鹰身边卧底。竹香然天生丽质，极富心机，既得夜飞鹰宠爱，又是慕容彬的得力帮手。

林秀儒伸个懒腰，假装迷糊了好一阵子才起身说话：

"哎哟，我怎么睡着了，夜夫人，你怎么不叫醒我？"

竹香然笑而不语，她拉着林秀儒的手，只管袅袅娜娜往内室走。林秀儒见她一袭轻纱，雪肤艳骨若隐若现，回想刚才她与慕容彬的龌龊对话，一股厌恶情绪油然而生：

"夜夫人，我自己会走，别拉着我好吗？"

竹香然仍然一副娇滴滴的神情，她把林秀儒拉进密室，笑嘻嘻说："林先生，现在你可以专心研究《夜郎经》了。记住，如果天亮之前成功破译《桃花宝典》，我就破例放你出去。假如你浪得虚名，那就别怪我凶狠，从现在起，你的左手右脚就是我的了，你暂时帮我保管着，我明天早晨来取。"

林秀儒无精打采，愤怒了好一阵子才翻开《夜郎经》阅读。此经内容主要是民间传说中的天文、地理、神话、练武、修仙等知识，包括山川、地理、民族、物产、药物、祭祀、巫蛊、宝藏等。林秀儒对武功秘籍和藏宝地形图不感兴趣，草草翻阅，读到"又西三百七十里，曰乐游之山。山下有潭桃水出焉，潭底封印远古妖兽，潭西乱峰深处，埋藏夜郎国覆灭前巨量宝藏"时，禁不住哈欠连连，只得放下书大口喝茶。

"明天她真的要砍断我的手脚吗？"

回想阁楼中那些抄书者的惨状，林秀儒全身直冒冷汗。为了能活着出去见表姐，他耐着性子拿起书，开始细细研读《桃花宝典》。

虽言宝典，通篇没几个汉字，里面的内容除了异域文字，全是些符咒、图案，以及挽诀的手势、指法，根本看不懂。

三更天过后，林秀儒开始着急，他以前虽读过许多奇书，但那些都是汉文，再深奥也有规律和脉络。开初，林秀儒跟着符咒的图案，按汉字的书写顺序，一步步深入其中，两三步后，他开始头晕目眩，继而咳嗽呕吐。

他是个不服输的人，失败后又运用奇门遁甲原理，再次进入诡异图案。这一回，他虽没发昏呕吐，然而却找不到前进和后退的路，四周黑乎乎，到处都是奇怪的尖叫声，整个世界一片混沌。

"天呀，难道我回到了远古世界？"

在黑暗中摸索了很久，林秀儒依然分不清东南西北，远处的怪叫声愈来愈近。渐渐地，他的身体开始疼痛，感觉有无数蛇虫怪兽在撕扯自己。他冥想着生门、休门的大体位置，绞尽脑汁也想不出脱困的办法。

"一划开天，如影随形！"

天音过后，一道金光骤然融进书生的奇经八脉中。他恍然大悟，顿时明白了伏羲画八卦图时，一划开天的神秘力量，更明白了道生一的玄机妙理。飘逸中，林秀儒脑洞大开，他学着伏羲画卦的手法，铆足劲，对着眼前的混沌黑暗世界一掌就横劈了过去。

这一掌虽没多大力量，但却蕴藏着天地初开时的上古灵力。刹那间，黑暗消失，混沌已分，天地间一派明丽。看着天空中若隐若现的神灵，林秀儒兴奋极了，他按道生一，一生二的原理，把宝典中的图形，一个个演化为太极八卦图。

这样一变，奇迹就产生了，他随手画个符咒，然后阴上生阳，阳上生阴，循环推演，不但能随意拦住一位神仙问话，而且三界遨游畅通无阻。

林秀儒暗想道，当初，盘古开天时那一划，若不是横劈而是竖劈，那接下来就可能没有天地、阴阳，更没有山川河流及苍生。一边与过往神灵打招呼，一边漫无目的行走，不一会儿就到了逍遥子的道场门口：

"腾云驾雾君浪漫，开天辟地我逍遥。呵呵，我们真是有缘，又见面了。"

逍遥子道骨仙风神采奕奕，他说《桃花宝典》是人与上天对话、沟通和交流的桥梁，是修仙的捷径。古往今来，悟出其中奥妙者，凤毛麟角，你是我的元丹，这几页纸张自然难不住你。

"接下来我该如何做?"

逍遥子挥手让林秀儒坐下，亲手给他斟杯香茶，和蔼地说："所谓变就是不变，不变就是变，阳代表一种理想，阴是脚踏实地去实现。仁就是阴阳，是做人的基础，自然没有界，天地万物都是仁。我只能给你说这些，其他的，你慢慢去悟。"

破窗而入的鼓号声，突然惊醒了林秀儒的美梦，他眯着眼打着哈欠刚起床，几位身材健壮的女子就闯进了屋。女汉子们把林秀儒拖到院坝里，用棕绳结结实实绑在大树上，然后齐刷刷跪在地上说：

"恭请竹夫人祭天。"

呼喊声中，竹香然一身戎装健步而出，她盯着林秀儒一连冷笑三声，阴阳怪气说："林公子，昨晚睡得好吗，我托你保管的手脚呢，该交还给我了，是不是?"

"我不是林公子，也没给你保管什么东西。"

竹香然哈哈大笑，她说："你就别隐瞒了，昨夜，颜心雨把桃花城都翻遍了，差一点就找到这里来了。哎！真是可惜，可惜你见不着桃花姐姐，更可惜桃花姐姐年纪轻轻，还没嫁人就要香消玉殒了。"

"你们要干什么，不准伤害我表姐。"

竹香然见林秀儒关心颜若华的生死，把刀架在他脖子上恶声说："除非你已破译《桃花宝典》，否则神仙老儿也救不了你们。"林秀儒面不改色，他怒视着对方大义凛然说："《桃花宝典》有什么稀奇，本公子一盏茶的工夫就曲径通幽，不信，你把书拿来随便问。"

竹香然半信半疑，她放下刀从侍女手中接过典籍，指着一幅非牛非马的图案问，这是什么?

林秀儒昂首望天，神态非常傲慢，他说，这是古人用牛马祭天时，与神仙的谈话内容，大体意思是天地不仁以万物为刍狗。竹香然大怒，她一耳光打过来，林秀儒顿时鼻血长流：

"我就说嘛，你今天死定了。"

林秀儒哈哈长笑，他说："万事万物都在不断变化，你们的如意算盘也许要打空。《桃花宝典》不是每个人都能占有的，无道、无德者，妄动邪念，是要遭报应的，不信我马上画个五雷令给你瞧瞧。"

说话之时，林秀儒身上的棕绳突然啪啪绷断，他抢过《桃花宝典》依着上面的符咒，照葫芦画瓢，一边念念有词，一边用手指在虚空龙飞凤舞书写。写毕，林秀儒双手挽个五雷诀，大喊一声疾，没一会儿，天空中果然浓云密布电闪雷鸣。

竹香然见林秀儒果真破译了《桃花宝典》，既惊慌又害怕。她呆呆站在狂风暴雨中，正要上前给林秀儒跪下时，一条黑影突然从天而降。

黑影蒙着脸，从身形看，虽比慕容师爷娇小，但轻功相当骇人。雨帘中，竹香然还没看清其武功路数，《夜郎经》和林秀儒就凭空消失了。

57.殊死搏杀

中元节这天，桃花城的大小溪流中人来人往，异常热闹。

城里的妙龄少女一大早就来到了河边，她们一会儿跳进冰凉清澈的香溪中，大胆展示自己的身材和肌肤；一会儿又结队爬到高石上，用甜美的山歌，尽情呼唤意中人。

沟谷两旁的丛林中，躲满了老者和老太太，这些人大多是悄悄跟在女儿身后来到这里的，因为自己辛辛苦苦养了十八年的女儿，今天能否嫁出去，是他们最为关心的事。假如谁家养的女儿没人要，或者要了以后又退货，其耻辱不在该女，而在其父母。

今年的中元节和往年相比，简直令人气炸肺，尽管香溪中美女如云，却没有一个小伙子前来选美，偶尔有十数人经过，也只是随便瞧瞧，草草唱上几句情歌，随即匆匆离去。

这一情景急得丛林中的老太太们一个个抓耳顿脚，有的甚至屈辱得小声呜咽起来，那神色好像她的女儿是水果，今天卖不出去明天就变质了似的。

就在老人们猫在野草中，各自为女儿祈祷的时候，紫光殿旁的点将坪上早已人山人海。今天是新城主诞生的日子，为了能一睹新城主的风采，小伙子们天未亮就聚集到了这里，他们宁愿放弃选妻的机会，也不错过新老城主的生死决斗，因为大家都崇拜英雄，都希望有人带领他们南征北战，重树夜郎王国的雄风。

今天的武林大会由颜若华主持，她高坐在琴台上，一袭红装，声音嘹亮：

"各位英豪，由于老城主自动弃权，因而新城主的竞争者就只有慕容彬和夜飞鹰两位头领。根据惯例，受老城主的委托，我现在就把镇城之宝《夜郎经》放进匣子，等会儿亲手交给新城主保管。"

一阵威风锣鼓之后，慕容彬和夜飞鹰披红挂绿，分别在族人的簇拥下，昂首走上了高台。为了取得城主之位，夜飞鹰在深山苦练了二十年武功。凭借家族势力，他一面大兴土木，建造迷宫，一面网罗人才著书编志。这次竞争，夜飞鹰志在必得，他看颜若华装模作样把《夜郎经》放进匣子，心里有些狐疑：

"难道我偷出的《夜郎经》真是赝品？管他妈的，反正等会儿所有一切都是我的。"

夜飞鹰振动双臂，不断给族人鼓劲。一时间台下和山上掌声雷鸣，期待鼓励声、歌颂逢迎声此起彼落：

"我们的夜头领好耶，我们的夜头领要赢。"

"你是夜郎国的太阳，你是我们头上的雄鹰。"

慕容彬纵目观天一言不发。他表面低调，内心却波涛汹涌，无数代人卧薪尝胆忍欺挨辱的梦想，马上就要在自己手中实现了。回想苦心筹谋，潜伏爪牙忍耐的日子，他既悲伤又激动，以至于族人们说了些什么话，都没听清楚。

一切准备停当，颜若华挥手止住了众人的喧哗。她缓步走上高台双手抱拳大声说道："各位武林同仁，感谢大家捧场，为表谢意，待新城主诞生后，颜某一定以《九天神曲》相酬。"

"请问桃花姐姐，《九天神曲》属于你个人还是整个桃花城？"

上官雄一脸奸笑，他缓缓起身，突然提出个众人都没想过的问题。颜若华脸庞上掠过一丝惊惧霞彩，她迅速稳定神情嫣然笑着说：

"《九天神曲》是母亲娘家的陪嫁品，按理说应属于个人。"

无嗔双手合十低眉垂首说："颜施主此言差也，嫁进桃花城，生是这里的人，死是这里的鬼，覆水难收的道理你难道不懂？"

和尚这一问，立即引起了群雄的议论。惠贞说，既如此，那就必须把《九天神曲》和《夜郎经》一同装进匣子。云水怒高声吼道，贫道对《九天神曲》和新城主都不感兴趣，只求桃花姐姐做事公平公正。

云龙鹤见有机可乘，立即鼓动毒龙潭弟子吹捧阿针："神女神女，美艳无比，阿针阿针，天下独尊。"

阿针越众而出，她昂着头对惠贞说："老尼姑，你怎么不发言，难道敢不认我这个掌门。"惠贞一脸鄙夷，她朝前走两步直视着阿针说："峨眉派从不接收妖女，你别在这里丢人。"

云龙鹤大怒，揪住惠贞就要动武，云水怒横插过来帮忙，却被阿针欺身挡住。玉禅见师父受辱，上前一掌直袭云龙鹤软肋。阿针一脚踢飞云水怒，接连向玉禅猛施杀手，毒龙潭弟子见状，立即敲锣打鼓，高声喧哗。

颜若华虽有些愠怒，脸上却春光灿烂。她悠闲地一挥手，叮咚声里，广场上忽然花呼水啸万籁齐鸣，喧闹的场面顿时寂静得有些吓人。

这串音符看似随意抹出，实则运足了内劲。刹那间，毒龙潭喧闹的弟子们口角淌血，再也发不出半点杂音。阿针、云龙鹤当即半跪在地，费了很大劲才退回原地。惠贞、云水怒等人感觉心肝里有无数虫子在撕咬。尽管上官雄、无嗔内力深厚，其心脏还是不规律地各自猛颤了十多下。

镇住群雄后，颜若华大度一笑，当众把《九天神曲》放进了匣子。看众人无语，她随即宣布比武开始。

喝完生死酒后，夜飞鹰和慕容彬的决斗正式开始。夜飞鹰刀法奇幻诡秘，慕容彬的剑招沉稳老练，二人旗鼓相当，大战三百回合也没分出胜负。花之魂坐在颜若华身边，眼睛虽看着台上的较量，心里却在想念林秀儒：

"表兄失踪三天了，该不会有危险吧，都怪我没尽到保护责任。"

花之魂很落寞，如不是颜若华苦苦相求，她根本不会参加这次大会，她希望颜心雨尽快找到林秀儒，更希望表兄奇迹般出现在自己眼前。

"住手，老子有话要说。"

打斗中，夜飞鹰突然后退数十步大声呼喊，他的嘴角渗出血液，脸色黑中带紫非常恐怖：

"慕容师爷，你赢了。"

夜飞鹰说完话，哇一声喷出一口鲜血。他挥手叫来胞妹夜飞燕小声说：

"快带我回去找竹香然，这贱人罪该万死。"

夜飞鹰离开后，广场上欢声雷动，鼓号声、参拜声响彻云霄。慕容彬卓立高台神情肃穆，一副九五之尊的架势。这个时候，他多想向台下的人群说一声众卿平身，多想自称一声朕。然而他不敢，他知道，现在才迈出第一步，以后的路还长，还得韬光养晦低调做人。

"恭喜慕容先生，现在《夜郎经》和《九天神曲》属于你了。"

颜若华手捧紫檀木匣子，神情相当恭敬。慕容彬半跪着接过匣子，先给颜若华行礼，然后四方作揖以示感谢。

"颜小姐，匣子里的《夜郎经》该不会是赝品吧？"

慕容彬走到颜若华身边，他用审视的目光看了颜若华两眼，大着胆子小声问起了话。

颜若华坦然一笑说："慕容师爷太小看老城主了，《夜郎经》是镇城之宝，哪能让毛贼轻易盗走。如果你怀疑其中有诈，那就将匣子还给我。"

慕容彬后退两步，嘴角露出一丝奸笑。其实，《夜郎经》真假对他也无所谓了。他想，如果匣子里的东西是假的，那么夜飞鹰盗出的那本就是真的，反正两本书都在我手上，没必要和颜若华较劲。

交接完毕，颜若华镇定地坐回原位双手抚琴，准备兑现承诺给群雄弹奏《九天神曲》。今天的活动，其实是她精心布就的一个局。根据母亲探得的消息，比试结果，慕容彬一定会赢。自从知道慕容彬是杀父仇人后，颜若华无时无刻不在想法报仇。她料定上官雄和无嗔要硬抢《夜郎经》和《九天神曲》，她当众把匣子交给仇人，目的就是让他成为众人攻击的目标。

果然，颜若华刚坐下，上官雄双掌一扬，就开始发难。他没心思听琴，生怕无嗔捷足先登。花之魂见上官雄要抢《九天神曲》，宝剑一挥，一招春融万物把上官雄逼下高台，随即飞身挡在颜若华身前。无嗔见花之魂抢先动武，大袖一摆把无相神功的威力提到了八成。

颜若华怕花女侠受到伤害，双掌一挥，刚要阻止无嗔发力，就听身后掌风呼啸。她回头一看，只见上官雄、阿针及云龙鹤等人，已把慕容彬围了起来。颜若华要的就是这个效果，她拉着花之魂来到高处，只管负手看闹热。

"表姐，慕容彬已成瓮中之鳖，你和颜心雨完全能对付，我寻表弟去了。"

看花之魂急切离开，颜若华淡然一笑，将嘴附在她耳边小声说："表妹莫慌，刚才母亲传来信息，表弟秀儒今天一早，已被她老人家从夜飞鹰的迷宫里救出，那本被盗的《夜郎经》也找回来了，等会儿我们就去水晶宫见他们。"

慕容彬见颜若华和花之魂置身事外，再看上官雄等人强抢《九天神曲》，将黑匣子抓在手中，转身就跑。

这时武林各派人士像疯了一样，拼命朝台上挤，大家知道《九天神曲》在慕容彬手中，一时间各种掌风和暗器，都朝他身上招呼。慕容彬挡不住四面八方的袭击，危急中只得抱着黑匣子，朝点将坪外飞跑。

无嗔、上官雄和阿针等人，见慕容彬欲独占《九天神曲》，尽皆施展轻功狠命直追。一时间，慕容彬竟成了众矢之的，不管跑到哪里都要遭到袭击，好几次他想丢下黑匣子为自己解围，但转念一想又没这样做，因为黑匣子是权利的象征，里面除了《夜郎经》和《九天神曲》，还有玉玺。千百年来，桃花城的人只认印信不认人，所以无论如何，他都得拼命保护黑匣子。

情急中，慕容彬飞身跳上一块大石。他用太极神功护住身体，正思索如何应付这混乱场面的时候，无嗔和上官雄已将他的后路封得严严实实，接着阿针和云龙鹤也赶了上来。大家你一言我一语，纷纷指责慕容彬自私，阿针把月牙刀一摆，抢步上前，指着慕容彬大骂：

"你这人面兽心的家伙，想独占《九天神曲》，得先问问神女阿针。"

上官雄望着慕容彬，皮笑肉不笑地说道："慕容大侠的太极神功独步武林，但今天要想全身而退恐怕没那么容易，识时务者为俊杰，干脆把黑匣子交出来吧。"

慕容彬威严地望着上官雄等人，义正词严地说道："上官大人此言差也，我只是代人保管黑匣子，没有将其转送别人的权利。"

无嗔双手合十，好半天才垂眉说话："善哉、善哉，慕容大侠浩气盖天，老衲十分佩服。然而《九天神曲》关乎整个武林的安危，所以你今天必须有取舍，只有舍才能得。"

58.刺杀花满溪

慕容彬和无嗔等人在溪边争论不休，乃至刀兵相见的时候，阿针一直在伺机行动。

自从威震武林各派后，她一直把自己当成盟主，为了摆脱山口惠的控制，她决定杀死慕容彬再次扬名立万。只要得到《九天神曲》，以后自己就能随心所欲，不受上官雄和山口惠的控制了。

"云龙鹤，等会儿看我脸色行事，一定要抢到《九天神曲》。"

云龙鹤一脸谄笑，不断点头会意。近来，由于老爸云霄客改变主意接纳阿针，由于阿针在江湖上的威名，所以云龙鹤在老婆面前一直唯唯诺诺，不敢说半个不字。

慕容彬很恼火。现在他有两个选择，一是拼命抵抗，寻找脱身办法。二是当众拿出黑龙会的腰牌，亮出圣使身份，这样上官雄等人就会立刻停手，并俯伏跪拜听从自己的指挥。然而这样做虽解了燃眉之急，但暴露了身份。如果桃花城的人知道真相，城主之位肯定就是别人的了。没有桃花城作根基，恢复大燕国就没有希望，怎么办？

"慕容彬，二十年的账，我们该算一算了。"

不知何时，草坪上突然出现了一位紫衣妇人，她遥发一掌，将慕容彬打下高石，飞掠上前，一边愤骂，一边伸手抢夺黑匣子。慕容彬乌龙绞柱站起，他紧抱着黑匣子暴退丈余，嘿嘿冷笑着说：

"花满溪，你好深沉，假装退出城主之争，让我和夜飞鹰两败俱伤，然后你再来坐收渔翁之利，如意算盘打得真好。"

花满溪掠上高石大声说："二十年前，你用卑劣手段杀了老城主，而今又伙同竹香然给夜飞鹰下毒，你这种蛇蝎心肠的人，哪配当桃花城的主人，还是乖乖自尽以谢天下英雄吧！"

此言一出，桃花城的人怒目圆睁、群情激愤，所有人皆振臂高呼，要求花满溪主持大局，处置败类。慕容彬没料到花满溪突然现身揭穿自己，看大家全都反对自己当城主，一时怒火攻心，激发了潜藏在内心深处的元神。

以前，慕容彬感觉自己的神功，有时高得惊人，有时又稀松平常。起先他不知是啥原因，后来通过潜心领悟才搞清原委。原来，只要是扶桑老鬼安排任务这段时间，他身体内就潜藏着惊神泣鬼的魔力，但凡是自己做主的事，他的功夫就一般，最多比夜飞鹰高两筹。现在圣主的元神回来了，他哪能放过机会，所以一出手就是灭杀诀。

花满溪大骇，她原以为慕容彬的功力已被群雄耗尽，自己十招之内就可取其首级，为老城主报仇。谁知这家伙越战越猛形同怪兽。

这是怎么回事，难道他有魔鬼相助？

慕容彬看花满溪的神态，知道自己的潜能又被激活了。二十年前杀老城主时，就是现在的景象。起先他被老城主杀得奄奄一息，关键时刻，只听脑海里咔嚓一声，接着如有神助。自己不但力大无穷，而且很多悟不透的奇招，一瞬间全部融会贯通，且挥洒自如所向披靡。

自小时候起，慕容彬就感觉身体中，潜藏着一个怪物。这个怪物，时而令自己超越常人，时而又把他折磨得筋疲力尽痛苦不堪。现在，面对平素非常崇敬惧怕的花满溪，那个怪物的尖叫声又响了起来：

"杀死她，你就是大燕国皇帝了。"

五个回合不到，花满溪忽然口吐鲜血摇摇欲倒。她努力稳住身子惊奇地说：

"慕容师爷，你藏得太深了，什么时候练成的神功，我怎么一点都没察觉？"

慕容彬仰天狂笑："别以为桃花城就你伟大，以前我对你卑躬屈膝，现在该你母女俩伺候我了。实话告诉你，我是黑龙会圣使，你男人就是我杀的，谁让他不明道理？夜飞鹰也是我下的毒。这又如何？现在桃花城是我的天下，顺我者昌逆我者亡。"

"灯烛之火，岂敢同日月争辉，神女阿针没发话，你有啥资格叫嚷？"

云龙鹤手摇折扇，慢步上前吸引慕容彬的注意力，阿针见有机可乘，双掌猛挥先撒出一把蛊虫，然后月牙刀一摆，风卷残云直袭慕容彬后背。慕容彬愤怒至极，他看着阿针哈哈笑着说："给你丁点颜色，你还真敢开染坊，去死吧，你已经没用了。"

"你这老狗，休要猖狂，有没有用，要试过才知道。"

阿针旋身卷起一股劲风，月牙刀蜂回雪舞把慕容彬紧紧缠住。慕容彬左掌拂退云龙鹤，右掌轻描淡写一抹，就见阿针燕子般倒纵数十丈，直接撞在大石上。

"云龙鹤，看在云霄客面上，我不难为你，你好自为之，别再以下犯上。"

云龙鹤扶起阿针，热泪盈盈说："傻婆娘，你不晓得躲吗？"阿针面色苍白，她有气无力地说："谁知这家伙有如此神功。以后我不能照顾你了，这是阿兰的解药，你收好，以后你可以任意虐待她……"

上官雄和无嗔见慕容彬举手投足间，打伤名满天下的花满溪和阿针，骇然得不知怎样收场。慕容彬主动走过来，他摸出腰牌一晃，随即沉声说：

"上官大人，我有点事要及时处理，这个匣子麻烦你帮我保管一下。"

上官雄和无嗔什么都明白了，原来他就是圣使，难怪有这等神功。二人大气不敢出，也不敢当众叩拜暴露其身份，上官雄仰头递个崇敬的眼色，躬身接过匣子，拉着无嗔悄悄退出了人群。

云龙鹤看阿针伤得很重，心里一片释然。他想，这娘们死了更好，以后再没谁欺负老子了。心里虽这样想，云龙鹤的嘴巴却不饶人：

"慕容小儿，你敢伤害武林盟主，我跟你没完。"

慕容彬看云龙鹤恶狠狠扑向自己，彻底愤怒了，他一脚将阿针踢进湖里，小鸡般捉住云龙鹤说：

"我已给足你的面子，别不知死活。"

云龙鹤看阿针慢慢沉进水里，悬在心里的石头终于落了下来。他接连道歉说软话，表示以后只尊重慕容彬，一定唯他马首是瞻。

上官雄、无嗔和云龙鹤一走，草坪上群龙无首，看闹热的人霎时间全都散了。这时，花满溪运气疗完内伤站了起来，她的身后，颜心雨手持宝剑，一副忠心护主的架势。

慕容彬皮笑肉不笑地说："花城主，只要你把水晶宫的路线图给我，我就考虑给你个全尸，以后也不虐待你的女儿。"花满溪怒视着慕容彬说："早知你投靠黑龙会，我就该提前清理门户。"

慕容彬继续往前走，他一脚踢倒花满溪，踏在她身上狂笑着说："可惜你知道晚了，黑龙会圣主助我练成神功，我有何理由不卖命？你这个傻婆娘，灯下黑的道理一点不懂，今天我就让你尝尝死不瞑目的滋味。"

"颜心雨，杀死这个小人。"

花满溪盛怒了，她看颜心雨朝慕容彬抛媚眼，气得不断喘气。在她心中，颜心雨就像亲生女儿，以往不论犯什么错，她都没有打骂。而今在自己的生死关头，这丫头不但没有一丝关心，反而给仇敌献殷勤。花满溪非常恼火，她挣脱慕容彬的踩踏，再次向颜心雨发出命令：

"颜心雨，你愣着干啥，快动手呀！"

颜心雨看了慕容彬几眼，见其目光坚定，没有商量余地，呆了好一会儿才拔出宝剑刺向慕容彬。剑到半途，颜心雨忽然借转身之力，一剑刺中花满溪胸脯。惊呼声过后，殷红的鲜血喷出老远，差一点就溅在颜心雨脸上。

"天杀的贱人，你不得好死。"

花满溪彻底绝望了，她万没料到颜心雨会背叛自己，想着二十多年精心养育之苦，她泪如泉涌一脸恐怖。

颜心雨蹲在花满溪身边，悲戚地说："城主，别怪我，这叫一报还一报，谁叫你杀了我母亲？"

"慕容彬，那是你干的事，你好歹毒……"

花满溪话没说完就被慕容彬一掌击毙。

颜心雨满脸泪痕，她看四野无人，收好剑呜咽几声，毅然跟着慕容彬绝尘而去。二人一前一后刚走出丛林，恰巧竹香然迎面走来，竹香然看颜心雨的脸色，心中已猜到发生什么事了：

"主人，出事了，林秀儒和《夜郎经》都不见了。"

慕容彬很震怒，他抬手一巴掌打过去，厉声喝道：

"是什么人干的，为啥现在才来报告？"

竹香然捂住脸颊哭着说："主人，今天上午你一直忙，我哪有机会接近你。事情是这样的，今天早上，林秀儒刚破译《桃花宝典》就被一蒙面妇人掳走了。"

"难道是花满溪？"

慕容彬自言自语沉吟一会儿，然后走到颜心雨身边，亲昵地抚着她的肩膀说："心雨，你现在还不能跟我走，你得回到颜若华身边，一定要把《夜郎经》和林秀儒找回来。"

颜心雨嘟着嘴很不情愿，慕容彬知道她的心思，他靠前一步搂着她的腰温言道："现在我正是用人之际，你不帮我谁帮我？只要拿回《夜郎经》，以后我什么都依你。"

竹香然呆呆站着，心里极不是滋味，以前慕容彬要她办事时，也是这般甜言蜜语。这个时候，她才感觉慕容彬可恶、可怕，才为背叛夜飞鹰而后悔。

"看在以往的情义上，我再帮你一次，你可别食言。"

颜心雨挣脱慕容彬的搂抱，侧身抛个媚眼，飞快往回跑。她看四野无人，便蜷卧在大树下闭目养神，直到林外传来脚步声，才抱着花满溪的尸体假装痛哭。

59.神秘的水晶宫

颜若华和花之魂赶到小树林时，花满溪已散气多时。

智者千虑必有一失。刚才看群雄死命围杀慕容彬，颜若华满心高兴，觉得慕容彬这个狗贼今天必死无疑。

昨夜，颜若华和母亲商议，今天一早，母亲救出林秀儒后，则在小树林里隐藏，待慕容彬被众人杀得筋疲力尽时，再雷霆出击。为防意外，颜若华和花之魂坐镇紫光殿，严禁任何人擅闯。

抱着母亲血糊糊的身体，颜若华哭得昏天黑地：

"娘亲，你那么高的修为，怎么会这样，是谁杀了你？"

花之魂跪在地上也跟着流泪。昨天晚上，表姐带她见着了姑母。以前的意识中，姑母花满溪是很朦胧的。父亲只是告诉她有个姑母远嫁桃花城，并没给她说具体情况。在紫霞峰修炼时，花之魂无意间听师父提起桃花城的花满溪，然而，正当她好奇追问时，师父又扯开话题，说起了其他事。

见着姑母后，花之魂真有种回家的感觉，姑母的仪颜、慈爱、修为，以及对她无微不至的关心关爱，让她激动得流泪。整个夜晚，花之魂几乎都浸泡在亲情里。她陪姑母聊家常、聊修仙心得、聊师父交代的任务和逍遥子仙师的印章。谈到印章，姑母自然提起林秀儒，她嘱托花之魂，此生一定保护好这个表兄，切莫让他落到魔族和妖族手中。花之魂很好奇，她问姑母："以前师父也是这样给我说，你能告诉我，这其中究竟有啥缘由和玄机吗？"

花满溪轻抚花之魂的额头，慈祥地说："孩子，你和林秀儒都是有仙根的，放眼三界，修仙者虽多如牛毛，但最后得道者却只有一两人。很多人修仙不是为了自己成仙，而是牺牲自己帮助别人成仙，这是天命和缘分，你还得花精力慢慢领悟……"

"伯母，您死得好惨，都怪我来迟了一步，您对我恩重如山，我还没回报您啊。"

颜心雨的哭声最响亮，她起先摇晃花满溪的尸体，接着使劲捶打自己的双腿，后来干脆遍地打滚，撕心裂肺哀号。

颜若华伤心得有气无力，她看颜心雨悲伤，忍不住抱住她又是一阵痛哭。花之魂看这俩姐妹只管哭，完全忽略了现场的查看，以及周围潜在的危险。于是擦干眼泪抓住颜若华的手，意欲把她拉起来。颜若华紧紧扶住母亲的尸体，怎么也不肯放手，花之魂没法，只得放开她转身去拉颜心雨，颜心雨抓得更紧，花之魂越用力，她的哀号声越凄惨：

"伯母啊，没有您，我以后的日子怎么过，您等等我，我马上来追您。"

花之魂看颜心雨真的用脑袋去撞树，一掌推开她，忍不住大声呵斥起来：

"都别哭了，哭有什么用，还不赶紧查看现场找线索。"

这一呵斥果然管用，颜若华首先止住了悲声，她细心察看完母亲的伤势和周边环境，流着泪问颜心雨：

"是谁杀了城主，当时你在哪里？"

颜心雨呜呜咽咽，擦拭了一把又一把泪水，才哭着说话。她说城主与慕容彬恶战时，她正和上官雄殊死搏杀。慕容彬打伤城主后，峨眉掌门惠贞飞身上前，一剑刺死了城主。惠贞说花满枝二十年前害她走火入魔，这笔账先算在姐姐花满溪身上……

花之魂虽听说过惠贞和姑母花满枝的恩怨，但对颜心雨的话，还是半信半疑。姑母的修为已到神御界，纵然被慕容彬打伤，凭惠贞的修为，怎么也近不了身。这致命的一剑，分明是近距离刺杀，难道颜心雨说谎？这不可能，她是城主的心腹，我没理由怀疑。

"慕容彬这个狗贼，隐藏得太深了，还有老尼姑惠贞，你们等着吧，我一定杀你们报仇。"

颜若华牙关紧咬、仇恨满腔。在花之魂的劝说下，她强忍悲痛和仇恨，开始思索下步计划：

目前桃花城已是慕容彬的天下，过不多久，悬赏通缉自己的告示就会贴满大街小巷。眼下的要紧事，首先是安葬母亲，其次是到水晶宫寻找表弟林秀儒，然后才是如何报仇。

"心雨，你觉得把城主安葬在哪里合适？"

颜心雨见若华征求自己的意见，悬在心里的石头终于落了下来。刚才她心里确实有几分悲伤。如不是慕容彬说，花满溪杀了她母亲，颜心雨怎么也下不了手。想着伯母的恩情，想着以前和慕容彬偷情的压抑生活，想着帮助慕容彬复国后的风光岁月，她百感交集，淤积在心中的怨愤突然喷薄而出，一下子宣泄得痛快淋漓。

"妹妹，我觉得还是把城主安葬在水晶宫合适。"

水晶宫是禁地，只有城主才有路线图，幸好母亲生前把这个秘密告诉了自己。权衡利弊，颜若华采纳了颜心雨的建议，水晶宫是桃花城历代城主安眠之地，母亲执掌桃花城二十余年，理所应当进入水晶宫。

尽管没去过水晶宫，但颜若华不止一次听母亲讲里面的故事。母亲头上的翠玉凤凰，其实就是开启结界的钥匙，这个秘密其他人不知，只有娘俩知道。

"心雨姐，你怎么把城主的翠玉凤凰插到自己头上，快取下来。"

颜若华有些气愤，她想：母亲再怎么宠爱颜心雨，也不会把这件宝贝交给她吧，难道颜心雨知道这个秘密？

颜心雨有些尴尬，刚才她搜遍花满溪全身，一点收获也没有，她看翠玉凤凰很特别，就顺手取下插在了头上。以前花满溪练功时，每次都要焚香秉烛，将翠玉凤凰供奉在神龛里，难道这件宝贝里有秘密？正思索把翠玉凤凰藏在哪里合适时，颜若华和花之魂就出现了。

"若华，这是城主落气前交给我的，你舍不得，我还给你就是。"

花之魂站在一旁，静静观察颜心雨的言行举止，她觉得对方有些怪，尤其是飘忽不敢正视颜若华的眼神，还有刚才装模作样的神态。

由于没有证据，加之颜若华连声催促，花之魂只好打消念头上前帮忙。三人刚把花满溪的尸体抬到湖边大船上，草坪上就传来了追杀声：

"抓住颜若华，别让她溜走。"

喧闹间，二十多名武士已飞奔到了湖岸。江滨三霸中的罗汉竹双脚在礁石上一踏，如一只乌鸦直扑大船，人未到，凌厉的剑气已将花之魂的秀发反卷起来。花之魂大怒，喝声："手下败将，怎敢如此猖狂！"

罗汉竹哈哈狂笑，他说："从现在起，江滨三霸只听慕容城主招呼，姓花的小妞，以前你得罪过我，以后该我欺负你了。"

"臭流氓，别拿慕容彬吓我，颜心雨在此，谁敢伤害我妹妹。"

话音未落，颜心雨一鹤冲天、人剑合一刚好截住罗汉竹，二人在空中飞舞盘旋各展本事厮杀。

借助兵器相撞的声音和迷离水雾的掩盖，罗汉竹小声说："城主叫你完成任务后，务必杀死颜若华。"颜心雨不语，只点头会意，她趁对方撤剑之机，一招白蛇吐信将罗汉竹打落水中。

颜若华看颜心雨手腕有血痕，既心痛又感激，心想关键时刻，还是姐妹情深。

三人使劲划桨，没过多久就摆脱追赶，进入了桃花潭。船到湖心，颜若华才长舒一口气，她放下长桨，抱着母亲的尸体，忍不住又痛哭起来。这时天空忽然黑暗，轰隆隆的雷声中，一场倾盆大雨铺天盖地。看身边黑云翻滚，再看湖里陡现数十米大的漩涡，颜心雨心惊胆战，吓得说话的声音都变了：

"妹妹，船要沉了，快想办法。"

颜若华不慌，她知道大船已接近水晶宫结界口。为了不让颜心雨和花之魂起疑，颜若华手捧翠玉凤凰，表面上假装痛哭，内心里却在挽诀和念咒。

花之魂心细，她看颜若华的手势，知道她在干什么，因为祖师诀是紫霞峰的至高仙术，这种诀连同山中神咒、元始玉文一同祭出，过不多久天地间就有奇迹出现。

果然，一盏茶的工夫不到，湖面上雨过天晴，顿然出现无数道彩虹。

颜心雨惊呆了，她从没看见过这种奇景，更不知该从哪个彩虹中穿过去。颜若华和花之魂都是有仙根的人，她俩的眉心穴均放出粉红色光芒。恍惚中，她们同时看到一条金色大道，同时听到荡胸涤尘的仙音。

颜心雨莫名其妙，只感觉大船时而被巨浪抛到空中，时而又被漩涡吸到湖底。本来她打算记住路线图，结果呛了无数口水，晕头转向什么也没记住。

水晶宫在桃花潭西边的绝壁里，入口是一个大溶洞，穿过溶洞，里面赫然出现琼宫瑞阁。大船刚靠稳，六七个身穿黑衣、头戴斗笠的女子就迎了上来。这些人一字排开挡在路口不说话，待颜若华奉上翠玉凤凰，才庄重鞠躬，随即合力抬起花满溪的尸体前面开路。

走过宽阔的广场，沿着花岗岩石梯拾级而上，前面大殿上水晶宫几个大字非常醒目。这时，一个黑衣女子停住了脚步，她把翠玉凤凰还给颜若华，鞠个躬礼貌地说：

"少主请止步，我们会安顿好老主人的，林公子在逍遥居等你们呢。"

颜若华知道这里的规矩，她悲戚地看着母亲尸体，直到黑衣女子们走进水晶宫，才在另一队红衣女子的带领下，依依不舍往逍遥居走。

一路上，花之魂都没说话，她是修仙之人，凭感觉她断定黑衣女子们至少有数百年修为，因为刚才她们抬着花满溪走路时，双脚几乎没踩在地上。

"妹妹，今天我算开眼界了，这是些什么人，以前怎么没见过，也没听伯母说过？"

颜若华见颜心雨好奇，一边走路一边转头说，水晶宫是历代城主安眠之地，我们见着的这些人，几百年前就生活在这里了。她们的饮食起居、生活习俗都与外面不同。这里的人抱一得一，非仙是仙，每个人都能活四五百岁。

"哇，太神奇了，如果我们长住这里，也能活几百岁是吗？"

颜心雨兴奋得直嚷，她快步上前，正要继续问话，前面的竹林里，忽然传来严厉的呵斥声：

"你魔性太重，没资格来这里，还是回去吧。"

呵斥声未毕，颜心雨整个人就飞了起来。她惊叫着不断向颜若华呼救，颜若华本能想拉她一把，但试了几次都没力气抓住她。

60.扶桑老鬼

眼看颜心雨的前额就要撞在嶙峋的岩石上，危急关头，花之魂的宝剑忽然铮一声轻啸，然后自动飞了起来。

颜心雨何等机灵，她顺手握住剑柄往岩石上一插，随即乾坤大挪移横飘数尺，最后鹞子翻身稳稳当当站在地上。

"天机不可破，我也如之何，你们跟我来吧。"

曲径通幽处，一位鹤发童颜的老人笑盈盈站在竹林下。花之魂看对方一直打量自己，快步上前行个大礼恭敬地说：

"老神仙，紫霞峰弟子花之魂这厢有礼，我们给您添麻烦了。"

老人连连摆手，他说："使不得使不得，花女侠折煞小老头了。"

颜若华扶着颜心雨缓步上前也给老头行礼，老头呵呵笑着说："颜姑娘的大礼老朽可以承受，毕竟我和你娘有过一面之交。"颜心雨余悸未消，她怯怯站在一旁，不敢插话，更不敢贸然行礼。

进入大殿，一股奇香扑鼻而来，爽快的清风中，花之魂明显感觉到自己身轻如燕，几乎要飘起来。

依次坐在紫檀木太师椅上，不一会儿，两名红衣女子就给每人奉上了两个鲜艳欲滴的果子。老头看颜若华有些迟疑，哈哈笑着说："颜姑娘不要多疑，这是我们巫族的神仙果，九十年开花结果，其灵力一个可抵你们十年的修为。"

颜心雨心花怒放，老头的话刚说完，她面前的神仙果就没了踪影。

　　"原来您是巫族彭长老，失敬失敬，请再受小女子一拜。"

　　彭长老亲手扶起颜若华，慨然长叹道："巫族虽隐迹遁形，不参与三界争斗，但与桃花城的渊源极深。你母亲的死，虽是意外，却有玄机，佛言不可说，子曰如之何。总之修仙千万人，成道无多者，很多人修仙不是为自己成仙，而是给他人铺路。"

　　彭长老的话玄机颇深，颜若华半懂，颜心雨全懵，只有花之魂听出了门道。

　　原来，巫族世居于此，由于能与天神、鸟兽自由沟通，加之身处三界之外，不受五行约束，所以这里的每个人均不嗔、不喜、不贪、不妄动邪念。正因如此，全族的人才长寿不死，全部进入不生不灭、不垢不净、不增不减的逍遥世界。

　　吃完水果，侍女们又奉上香茶。茶毕，彭长老前面带路，进入地下迷宫逐间观看。他指着一处金碧辉煌的建筑对颜若华说："那里就是桃花城历代城主的安眠地，他们表面死了，其实灵魂早已飞升仙界，死对他们来说，只是换一件衣裳而已。"

　　"我母亲的灵魂也会飞升吗？她现在是不是和父亲在一起？"

　　提起惨死的父母，颜若华眼泪夺眶而出，忍不住又悲痛起来。彭长老见状，不阻止也不相劝，待颜若华情绪好转才语重心长说："祸福无门，唯人自招。看不透生死，悟不出五千妙语真言，以后永远都被五行折磨，颜姑娘，你该看破红尘俗事了。"

　　进入水晶宫，宽阔的大厅里全是冰清玉洁的棺材，每个冰棺里都躺着一个栩栩如生的人。彭长老指着为首的一具冰棺说："这是桃花城第一届城主，是我亲自入殓盖棺的，时间一晃就是八百年。归去来兮，夜月楼台花萼影；行不得也，楚天风雨鹧鸪啼。"

　　颜心雨吃惊不小，第一届城主死去八百年，这老头难道有一千多岁？现在慕容彬是城主，他以后会不会来这里，我有资格跟他一起来吗？

　　走出水晶宫，彭长老龙头拐杖一挥，眼前立马出现一个结界。他指着隐隐的宫阙说："颜小姐，这里面全是历代桃花城主积累、寄存的宝藏，这些宝藏足以重建几十个国家。"

　　颜心雨心花怒放，忍不住插嘴问起话来：

　　"长老，这些宝藏怎样才能取出？"

　　彭长老看着颜心雨，拈须笑道："这是桃花城的宝藏，我们只负责保管，何时取用，全凭城主决定。只要桃花城发生大事，只要有翠玉凤凰和《夜郎经》这两样凭证，随时都可来取。"

　　颜若华很不高兴，感觉颜心雨今天陌生得有些可怕：

　　"她以前不是这样的，今天怎么了？"

　　花之魂对宝藏不感兴趣，她觉得这些宝贝应该永远封存，让外面的人彻底断绝贪念。颜若华同意花之魂的观点，现在慕容彬野心勃勃，绝不能让他知道这个秘密。

　　"颜姑娘，这部《夜郎经》真迹你母亲托我转交给你，希望你妥善保存，勿落奸人之手。你和这位姑娘暂且止步，等一会儿，自然有人接待你们。"

　　颜若华双手接过《夜郎经》，嗅着熟悉的书香，想着母亲对自己的好，忍不住又悲痛起来。颜心雨给颜若华擦眼泪，也是一副悲痛欲绝的神态。颜若华把《夜郎经》交给颜心雨，嘱咐几句好生保管的话，破涕一笑，转身接连给彭长老致谢。

彭长老看颜心雨露出狡诈的微笑，摇摇头说两声天意，手杖一挥打开一个结界口礼貌地说，花女侠请进，您表兄林秀儒在里面等候多时了。

看颜若华和颜心雨被挡在外面，花之魂很疑惑。她前脚刚踏入结界，就听耳边山呼水啸，好像有万马奔腾千军厮杀。

走出结界，前面别有洞天，与先前判若两个世界：天空中龙翔凤舞，花丛里灵气氤氲，水面上波光粼粼，整个一幅红尘之外的桃源仙境。

花之魂看每一座琼楼都悬在几千丈高的半空中，很是惊奇。眼前的景物对她而言既陌生又熟悉，迷离中她依稀记得，以前自己似乎在这里舞过剑，抑或跳过舞。眼前事物与心违，欲向花前痛哭归，人世沧桑，天道轮回，难道我真是凌波子？

"凌波子，别磨蹭了，我们上去吧。"

话音刚落，彭长老和花之魂就冉冉飘了起来，他们跟随带路的仙鹤飞上半空，时隐时现飘忽一阵子，就进入了一个名叫水云间的好去处：

"彭长老，你怎么现在才来，我一个人好无聊也。"

大厅中，林秀儒正自己和自己弈棋，他下一颗白子，换个位子拈一颗黑子思索一会儿，啪一声落下。听门外有响声，他头也不抬，双眼只管盯着天元星位。

"逍遥子，我把你师妹带来了，你俩手谈一局破仙机吧。"

林秀儒见花之魂陡然出现，扔下棋子就迎了上来。花之魂看表兄无恙，激动得热泪盈眶，二人互道别情，时而窃窃私语，时而哈哈大笑。

林秀儒说："今天早晨我刚破译《桃花宝典》，姨母就出现了。姨母把我带到这里，说了一会儿话，就不见了行踪。我有很多问题没来得及向姨母请教呢。"

听花之魂说姨母仙逝，林秀儒起先不信，后来泪如泉涌，悲痛得一个劲用头撞墙。

彭长老看二人起先絮絮叨叨，后来又呜呜咽咽，忍不住咳两声说："死就是生，生就是死，死中有生，生中有死，如果你们连这点都参悟不透，那就别想找回印章石了。"

一语点醒梦中人。看林秀儒和花之魂迅疾恢复常态，彭长老展颜一笑继续说话。

他说我这里是三界之外的秘密圣地，你俩能毫发无损进来，是因为你们是逍遥子和凌波子的元神之一。

林秀儒迷茫地问："长老，逍遥子是谁，我最近怎么老是在梦中和他打交道？"

花之魂一脸懵懂，她偏过头诗意地甩两下秀发说：

"长老，你是不是搞错了，凌波子是仙师，我怎会是她的元神？"

彭长老哈哈大笑："我和这两位仙家是朋友，几百年前经常一起下棋论道，他俩的元神，我怎能不认识？你们要绝对保守这个秘密，切勿向外人包括最亲近的人泄露，否则将大难临头。"

"放心吧，长老，我们不会外泄天机。"

"长老，您继续讲印章石的故事吧。"

接下来，彭长老就说起了印章石。

他说：“五百年前，逍遥子把十二位地仙的灵力，封印在他的印章石里，这样做一是防止散仙考核时有人作弊，二是维持三界的稳定。然而封印当天，印章石就遭受了龙湖老怪和风情万种一干妖魔的疯抢。打斗中，印章石不慎滑出仙界跌落人间。现在五百年期限已到，下届散仙考核即将开科，再者，龙湖老怪和风情万种的封印即将失效。如果没有印章石，逍遥子和凌波子不但会受到天庭的严厉处罚，而且复活后的龙湖老怪及风情万种，又将大闹三界涂炭生灵。所以你俩再不能糊涂，再不要纠结在小我情怀中，必须尽快寻回印章石。”

“怎么才能寻回印章石？”林秀儒一脸迷茫。

“你问我，我问谁？”花之魂两手一摊，无可奈何。

彭长老喝口茶嘘口气说：“你们只是两位仙家的元神之一，修为和灵力与真身相比，只是沧海一粟。看在几百年的交往上，我就助你们一臂之力吧。”

听彭长老这么说话，林秀儒和花之魂轻松了许多，他俩正襟危坐，丝毫不敢开小差。

彭长老起身走动几步说：“印章坠落人间时，先是受风情万种灵力牵引，快速飞向落雁宫。那天我正在云天遨游，见此情况，一手扔出芒鞋，一手运用斗转星移神功，把印章石徐徐引入桃花潭。印章石落入桃花潭后，湖面立即开出五色莲花，方圆数十里，霓虹闪烁仙乐悠扬，惹得里面的鱼龙怪兽，纷纷露首争先抢食。”

“你怎么不趁机抓住印章石？”

“凌波子，你开啥玩笑，那玩意可有十几位仙人的灵力，谁敢伸手去抓？”

花之魂做个鬼脸喝口茶继续提问：

“长老，这件事逍遥子和凌波子知道吗？”

彭长老仰天叹口气说：“这个问题提得好。他们也许知道，也许不知道。自从印章石跌落人间后，我就与他俩失去了联系。我猜测其中原因，一是我擅自插手仙界之事，被天神封印了部分灵力，以至于无法联系他们；二是他们同时受到了老君和天尊的处罚，被限制了自由。”

“前辈，印章石后来怎样了？”

看林秀儒一脸虔诚，彭长老轻咳两声继续说话。

他说后来湖里死了许多鱼龙虾蟹，以及一些从未现身的远古怪兽。

由此，彭长老怀疑印章石被一头远古神兽吞进了肚子。因为数月后，其他的怪兽都腐烂消失了，唯有一头巨型鲸鱼鲜活水灵。这头鲸鱼横躺在湖岸上，既不游动又不腐朽，后来就慢慢成了一尊化石。

“是不是门前大坝里那尊奇石？刚才经过时，我的心突然怦怦乱跳。”

看彭长老点头，林秀儒突然兴奋了，踏破铁鞋无觅处，原来你躲在这里。

“哦，我懂了，鲸鱼吞食印章石后，自身也被印章石封印。”

花之魂恍然大悟，原来众仙苦寻的印章石，竟然在三界之外，怪不得数百年来许多人费尽心机，结果依然渺无音讯。

"如果这样，那问题就来了，我们怎样取出印章？鲸鱼能吞下上天灵器，必有千年修为，到时候它突然复活怎么办？"

彭长老听完林秀儒的话，拍拍他的肩膀，高兴地说：

"你终于开悟了。"

三人各自沉默，过了好久，彭长老才慢悠悠说话：

"你说的问题我也多次考虑并尝试过，鲸鱼怪被印章封印五百年，这期间，它的元神是没有死的，它必定吸收了印章石的些许灵力。因此解开印章石的封印，就等于解开了鲸鱼怪的封印。"

"你们说得对，老夫正盼着这一天呢。"

一串苍老阴森的怪笑声，突然破窗而入。彭长老一听声音顿时脸色大变：

"啊，原来你是扶桑老鬼。"

61.万仙来朝

晚饭很清淡，除了瓜果蔬菜，就只有一小碗米饭。

花之魂自来素食养生，这些东西很对她的胃口。林秀儒虽未吃素，但也不挑剔，他喝一口酒问彭长老："扶桑老鬼是谁？"

彭长老闭目拈须，沉吟了很久才缓缓回答：

"扶桑老鬼是东瀛妖魔，当年抢印章石他就是主谋。"

花之魂忧心忡忡，她夹一箸蔬菜给林秀儒，起身给彭长老煮杯香茶奉上说：

"这么说，那我们是不是没能力拿到印章石？"

彭长老端起香茶先嗅后品。他掐指反复推算，一会儿摇头一会儿点头，弄得花之魂和林秀儒一头雾水：

"万事多变，你们不要气馁，其实楼下那块怪石，只是扶桑老鬼的元神。"

"哦，吓我一跳。"花之魂长舒一口气。

彭长老放下茶杯，与林秀儒对饮一盏酒，继续侃侃长谈。

他说大凡修为到了仙灵级别的人，或多或少都有元神。干大事之前，为防万一，他们都会偷偷藏起元神，以待机缘成熟时复活。扶桑老鬼、龙湖老怪以及风情万种上天抢夺印章石之前，各自私藏了元神，这很正常。

这些年我一直在追踪和寻觅他们的元神，现在可以肯定，扶桑老鬼的元神就藏在我眼皮下，龙湖老怪的元神就是毒龙潭云霄客，只有风情万种的元神虚虚幻幻，到现在都没法锁定。

"长老，要取出印章石，就必须释放扶桑老鬼的元神是吗？"

几杯酒下肚，林秀儒豪情万丈，一副斩妖除魔的架势。

彭长老笑而不语，只管闭目把弄拐杖。花之魂有些急，她说："无论如何都不能释放扶桑老鬼的元神，那样，三界秩序即刻就会打乱，我们也就成了罪人。"

"欲取之，必先给之。该来的会来，该去的会去。"

看二人眨着眼莫名其妙，彭长老缓缓起身突然一副高深莫测的语气："给你们说这些，完全是看在故人的面上。我已触犯天条再不能泄露天机了。以后的事情和玄机，得靠你们自己去参悟。过两天自然有人送你们出去。缘分已尽，我们就此别过吧！"

"胸中有法能成道，脚下无尘即是仙。"

长老离去后，大厅里空落落寂静得吓人。花之魂看着林秀儒含情脉脉说："表兄，你有把握拿到印章吗？"

林秀儒手摇画扇来回走动，他从书架里抽出一本书翻几下，津津有味读起来："天下神器，不可为也。为者败之，执者失之。"

花之魂无聊，也从书架上抽出一本书。她翻了几页失望地说："表兄，这些是什么文字，我怎么一个字也认不得？"

林秀儒哈哈笑着说："这是巫族文字，你那本书是庄子的《南华经》，我这本是老子的《道德经》。"

"原来是《南华经》，我以前读过，最喜欢《逍遥游》。"

"那你现在就抱元守一，默念《南华经》，也许彭长老说的答案就在这里面。"

林秀儒自从元神出窍见着逍遥子后，经过《夜郎经》洗礼，加之彭长老的点化，短短时间就悟出了天地万物的运行变化奥妙。花之魂看表兄整个心思都在《道德经》里，不敢打扰，果真按其吩咐盘腿默诵起了《逍遥游》：

"若夫乘天地之正，而御六气之变，以游无穷者，彼且恶乎待哉？"

以前读《南华经》，花之魂感受到的只是庄子的文学魅力，以及语言穿透力，此时读巫族版本，她才真正体会到圣贤的力量。只要每个字每句话入了心，顷刻间她的灵魂就会在万里长空淬火，就感觉自己是一只双翼垂空，水击三千里，扶摇上九天的鲲鹏。

"难道我真是凌波子，真有遨游苍穹的法力？"

花之魂很兴奋，她看一眼林秀儒，想从他身上寻找答案。林秀儒专心研读《道德经》，他的头上已然出现了五色光芒，全身清逸神秀，与先前判若两人：

"大道无形，上善若水。天地与我并生，万物与我为一。"

此情此景，此声音此容貌，曾多次在梦中出现。没错，他果真是师兄逍遥子：

"师兄，真的是你吗，一别无音信，尘世可逍遥？"

恍惚中，花之魂的灵魂已然出窍。

她踏着北冥沧海的万丈波涛，轻灵灵飞上碧空，无限深情地看着云端里的逍遥子，眼里闪烁着晶莹的泪光。

"师妹，别来无恙吧，自从印章石坠落人间，我便被师尊老君囚禁了，你也受到了牵连是不是？"

逍遥子轻摇画扇神采飞扬，一点不像受了委屈的人。凌波子扭动腰肢，曼妙地一甩长袖，碧空中顿时百鸟来朝，广海里顷刻群龙礼拜。她长时间打量师兄，过了好一会儿，才拉着他的衣服说：

"师兄，我这点委屈不算啥，可喜的是我们合力把扶桑老鬼、龙湖老怪和风情万种封印了起来。"

逍遥子面露忧郁，他悄声对凌波子说："师妹，我俩虽然合力把这三个妖魔封印起来，和我们一样，他们的元神却在人间。现在印章石的位置已确定，我俩的元神能不能战胜扶桑老鬼，这个问题我一直纠结。"

"哈哈，逍遥子，你也有纠结难过的时候，看来扶桑老鬼要否极泰来了。"

怪笑声中，一团黑云忽然把逍遥子和凌波子隔开，天空中霎时伸手不见五指。凌波子处变不惊，她后退几十里双手挽个屠龙诀，高声喊道：

"师兄，给我调一个太阳过来。"

逍遥子画扇一挥猛然飘起数百丈高，他口中念着"万神朝礼，给我光明"，小指从无名指背过，中指勾定，大拇指掐无名指第三节，中指掐掌心横纹，潇潇洒洒挽个紫薇诀，大喝一声"敕"，九天之上果然出现一轮喷薄而出的太阳。

金色的阳光下，一条黑鲸面目狰狞身形硕大，一副穷凶极恶的架势：

"逍遥子，我们各退一步，谈谈条件如何？"

黑云散后，扶桑老鬼现出了原形。这家伙身材魁梧，满脸横肉。他手执长刀恶狠狠看着逍遥子和凌波子，摆出一副随时拼命的架势。

"不入流的妖孽，凭你也敢和我谈条件。"

逍遥子一脸冷傲，丝毫没把扶桑老鬼看在眼里。扶桑老鬼说："我虽不是你俩的对手，但也不会任你们宰割。印章石在我的元神里，如你执意赶尽杀绝，那我就鱼死网破毁了它。"

凌波子疾恶如仇，她见扶桑老鬼威胁师兄，随手一招波翻浪滚，接着拔出宝剑雨洗巫山横扫过去。扶桑老鬼早有准备，他长刀一挥同时幻化青黑两个结界，反将逍遥子和凌波子包围起来。

逍遥子大惊，他食指一竖，念声金刚伏魔，轻描淡写戳破老鬼的结界，厉声问道：

"你敢私自吸收印章石的灵力？"

扶桑老鬼喋喋怪笑："近朱者赤，我的元神和印章石朝夕相处几百年，怎能不受影响？这一点你没想到吧。"

逍遥子气得不断跺脚摇头，过了好一会儿才稳住心神说：

"那好，今天我放你一马，但你要绝对保证印章石不受损坏，倘若有一丝破裂，你知道后果。"

凌波子不悦，她觉得现在是消灭扶桑老鬼的大好时机，如放他走以后想收就难上加难。她左手持剑，右手挽个九天玄女伏魔诀，刚要使出桃燃锦江，就被逍遥子挥扇封住了灵力。

凌波子不高兴了，她撤回剑大声喊道：

"师兄，别放过扶桑老鬼。"

这一喊，二人都醒了。

林秀儒揉揉眼睛合上《道德经》说：

"我怎么睡过去了，表妹，你怎么不叫醒我？"

花之魂一脸羞怯，她搓搓脸若无其事捋捋秀发说：

"表兄，刚才不知是我化成了蝴蝶，还是蝴蝶化成了我。总之那种遨游八荒六合、翱翔四海九天的飘逸感，太真实了，完全不像是做梦，对了，我还看见了过去的你。"

林秀儒哈哈大笑，说："表妹，看来我俩还真是心有灵犀，刚才我也不知自己是林秀儒，还是逍遥子。看你关心我的神情，我非常感动，很想再睡一会儿。"

花之魂粉面含羞，芳心直跳。她起身推开木窗，此时月华西照，外面竹影摇晃，远处天音飘洒云板轻敲，一幅仙山琼阁画图。

"表妹，陪我去看看那块怪石好吗？刚才的梦境太真实了，我们必须抢在前面。"

收拾好东西下楼，二人沿着蛙鸣如鼓的石板路走一会儿，踏过金水桥，就看见了大坝中央的怪石。

月来满地水，云起一天山。这时月亮特别亮，到处明晃晃如同白天，天上马走云飞怪象频频出现。有的云彩结成灵符，有的组成怪物，有的手持兵刃，有的直接把手垂到林秀儒头上。

"师兄，你看这些缝隙，是不是刚裂开的？"

花之魂心细，她的食指沿着怪石的缝隙不断游走，根据其粗糙度及刺鼻的气味，她断定这枚怪石的封印即将失效，里面的怪物马上就要破壳复活。

林秀儒凝神聚气，极力让自己平静下来，他已感应到了印章石的灵力，知道关键时刻到了。

自从在太虚幻境中见着了逍遥子，林秀儒的身体、心魂和意志就有了很大变化。他坚定地相信，自己的确是逍遥子的元神，他的使命就是寻回印章石，维护三界的和平，绝不让扶桑老鬼一干妖魔荼毒苍生。

"表妹护法，我要取印章石了。"

尽管真正相处才几天，但花之魂的心里，满满的都是表兄的影子。儿时青梅竹马过家家的往事，二人赤脚蹚过花丛那一刻的飘逸，表兄为保护他，拼力与大孩子打架的细节，无时无刻不在她脑海中重现。

修仙期间，她经常梦见自己红袖添香，在烛影摇红的深夜，或陪表兄读书，或与他十九路厮杀，通宵共手谈。如不是山上的清规严厉，她真想与他携手到天涯。

"斩妖伏魔，杀鬼万千。"

花之魂听表兄呼唤，立即摒弃杂念进入天人合一之境，她两手的第三、第四、第五指勾住，右手大拇指掐左手大拇指指甲下方，两手食指张开，大声念起了伏魔咒。念毕两手食指相合，漫天一撒喊声"天罗地网"，随即拔出宝剑威严地站在林秀儒身后。

这时，林秀儒头上已出现了五色光芒。他按逍遥子以往在梦中的指点，盘腿而坐双手挽个鸿钧诀大喝一声：

"万仙来朝！"

喝声未毕，云层里立刻星光闪耀，旌旗招展，浩瀚的天宇中，赫然出现无数俯首朝拜的仙人。

与此同时，地面上和水面上顿然寂静无声，透过月光，隐隐可见无数俯伏的生灵。这些生灵，有的望空而拜，有的埋首不敢仰视，整个一派崇敬肃穆景象。林秀儒对此现象视而不见，他双手十指翻转，庄重地挽个上清诀高声念道：

"上清朱雀，勿离吾身，九天符令，妖魔遁形。"

符令一出，天界、地界和水界刹那间一片哗然。刚才跃跃欲试的邪魔鬼怪，吓得神形俱痛，全都隐藏爪牙消失了。这是三界最强最高级别敕令，没有哪个恶魔敢以身试险，拿自己千余年的修为开玩笑。

看表兄准备停当，花之魂利剑一挥，对着怪石就是一招雨洗巫山。本来按程序她应该先用春融万物，这招剑法蕴含大我精神，首先摧毁对手的意志，重在感化、教育而不是杀伤。由于她仍然沉浸在刚才的梦幻中，仍然为逍遥子放过扶桑老鬼生气，所以这次她下定决心，绝不给扶桑老鬼活命的机会。

"凌波子，你好狠毒。"

怨毒的骂声中，硕大的怪石猛然一分为二。电光石火间，一道金光直冲九霄，令所有星辰黯然失色。紧接着一团黑雾贴地喷出，将花之魂严密笼罩。

花之魂感觉无数虫蛇朝自己围拢，有的竟然顺着裤管、袖口和领口往身体里钻。她哪里受过这般侮辱，左手挽个杀鬼诀，右手的宝剑忽然射出三昧真火。

"算你厉害，老夫不奉陪了，后会有期。"

黑雾消失后，天上的金光更加绚丽，透过碧空，花之魂遥遥看见了珠宫贝阙和天兵神将。正心旷神怡时，只见林秀儒两臂一张，念了声"真空无相，大爱无疆"，随即双掌一合，慢慢将印章石收入怀中。

62.蚂蚁缘槐夸大国

洞中才几日，外面已数月。

取得印章石后，林秀儒和花之魂不敢怠慢。经过周密商量和精心伪装，他俩按彭长老事先的安排，在红衣女子的带领下，穿过七八个神秘结界，便到了一处景色旖旎的小山庄。

一路上花之魂都在运用灵力记路线，这样做主要为了以后有事好向彭长老求助。尽管她修出了神通，但依然浑浑噩噩分不清东西南北。告别红衣女子，走出结界那一刻，面对陌生的现实环境，她呆若木鸡恍若隔世。

> 去年年尾日，冰雪掩窗台。玉镜环山挂，琼枝遍野栽。
>
> 春从天外返，花自笔端开。出户迎佳客，梅香扑满怀。

一出巫界，林秀儒的仙法荡然无存，又恢复了书生意气。他挥扇站在群山之巅放浪吟哦，很有欲上九天揽月的姿态。花之魂笑容可掬，很为表兄高兴，觉得他比先前成熟多了。

"表兄，我们接下来如何打算？"

花之魂殷勤递过手巾示意表兄擦汗，林秀儒假装不懂，待对方给他洗尽脸上尘垢，整理完衣服的褶皱才发表意见。他说："既然印章石到手，那我的使命就完成了，现在我就把它交给你。"

花之魂嘟着嘴不高兴，她说："印章石认主，现在只有你能随意把玩。昨晚我试了一下，手还没摸着印章石，整个身子就被弹出十几丈远。你的使命还没完成，你得陪我回紫霞峰交差。"

"我要进京赶考，还要寻找阿兰和若华表姐。"

林秀儒眼望远方，一副怅然若失的表情。

花之魂素来冷艳，虽然对表兄芳心如火，但从不表露在言行和面容上。她满以为这几天自己的殷勤照顾，会吸引和感动对方，谁知这书呆子，竟当面说要寻找阿兰和若华，完全不顾她的感受。

秋风萧瑟，木叶尽脱，走在枫红水绿的山岗上，花之魂的心情比深秋苍凉。以前她一门心思修仙，从不想儿女之情。恍然知爱后，他的音容笑貌，他的才情睿智，就深深嵌进了她的心魂。她念了多少咒，挽了多少诀，都不能把他赶出来。在他面前，自己的修为、矜持、师父的箴言、清规简直苍白无力。

走在表兄身后，花之魂心情很复杂。漫天落叶中，她不敢让眼泪流出来，更不敢上前拉着表兄忘情表白。剪不断的情丝理还乱，平湖何故起波澜？她真想就这样一辈子陪着表兄走，直到地老天荒。

走出青杠林，远远有鸡鸣犬吠声传来，透过稀疏的枝叶，林秀儒隐隐看见了无数青砖黑瓦和袅袅炊烟。

"八月乡村，新雨后，黍苗将熟。抬眼望，丹山碧水，茂林修竹。云淡天高秋气爽，花摇稻摆香风馥。有儿童，横卧草丛中，掏硕蛐。捉螃蟹，烧苞谷，饮白酒，观黄菊。捧蛙声洗耳，顿消尘俗。抱膝做完蝴蝶梦，登高纵尽诗人目。问迷津，前面正飘来，红衣服。"林秀儒吟着自己的《满江红·秋游》词句，昂首阔步往村口行走。村口的石牌坊上，贴着一份告示，内容是悬赏通缉颜若华、颜心雨和林秀儒的。告示的末尾醒目写着"大燕国甲子年荷月"，还盖着慕容彬的玉玺。

林秀儒愤怒了，他说蚂蚁缘槐，真是可笑。花之魂也觉得不可思议，她刚要伸手撕扯告示，就被人在肩膀上拍了一下：

"哇，表姐，你什么时候到的？"

颜若华竖起食指做个噤声动作，头也不回就走。来到僻静处，颜若华说："我和心雨姐昨天刚到这个村子。现在满世界都贴满了慕容彬悬赏通缉我们的告示，所以不能贸然进村。"

"那我们怎么办，总不能等着他们来抓吧？"

颜心雨一脸愁云，她和颜若华虽在巫族没待几天，但外面已过了两个多月，现在肚子里的小东西越长越大，她真不知该咋办。林秀儒、花之魂及颜若华见她小腹微微隆起，以为她长胖了，由于没这方面的经验，三人谁也没发现异常情况。

"对了表妹，你和表弟待在里面都干了些什么，彭长老为啥不让我们和你们在一起？"

林秀儒见到表姐很高兴，生怕她突然离去，为了讨对方欢心，他站起身就要说话。花之魂生怕表兄说漏嘴，虽然表姐不是外人，但印章石关乎三界安宁，她丝毫不敢大意：

"表姐，你说些什么话，彭长老对《夜郎经》和春雨桃花剑法感兴趣，整天叫我们诵经解惑，真是烦透了。"

从表情看，颜若华知道二人没产生儿女私情，她叫颜心雨取下背包，从里面拿出《九天神曲》下卷，非常庄重地说：

"表妹，遵从母亲的遗愿，我现在就把它交还给紫霞峰。"

花之魂脸现难色，好半天才接过曲谱。她反复阐述路途凶险，世事多变，恳请表姐一同去紫霞峰。颜若华归心似箭，巴不得马上回桃花城，她说事情紧急，自己必须回去粉碎慕容彬的阴谋，绝不准他做黄粱美梦。

三人激烈争论时，颜心雨站在旁边一言不发。她小心翼翼包好《夜郎经》缠在腰间，然后双手捧腹，夸张地摇着肥臀，媚笑着躲进密林，假装方便去了：

"鸟兽虫蛇，传我消息，花草树木，听我密令。"

向慕容彬传出独门消息后，颜心雨长舒一口气，站起身诡秘地笑了。

颜心雨的密令一经地听发出，丛林里立刻忙碌喧闹起来。树妖藤怪、灵兽苍鹰们通过各自的语言，一站一站快速传递消息，半天时间慕容彬就知道了颜若华的行踪。

得到颜心雨的消息时，慕容彬正在大殿上接受众人的朝拜，他高坐在紫檀龙椅上，双目望天一副鸟瞰天下的姿态。

"陛下，颜心雨传来消息，他们目前在夷山，《夜郎经》和林秀儒已在掌控中，请求快速接应。"

慕容彬闻听禀告，悬在心里的石头终于落了下来。《夜郎经》和林秀儒在手，夜郎国埋藏的宝藏就是他的囊中之物，至于颜心雨和颜若华，他并没放在心上：

"云龙鹤，你对夷山比较熟悉，接应颜心雨的事，就交给你和甘嫫阿兰，快去快回，切莫误事。"

云龙鹤和阿兰领命而去后，江滨三霸在层层守卫的禀报声中，躬身走进了大殿。高松俯伏在地，连呼三声万岁才诚惶诚恐地说："陛下，上官雄不肯归降大燕国，杀死十多位巡城武士，带着蓬岛七星回马湖府去了。"

慕容彬勃然大怒："岂有此理，小小马湖府，焉敢与我天朝为敌。无嗔国师，看来我们的内部管理要加强，每天的子午时刻，由你召集群臣训话，除了反复学习领会《大燕律法》，还要轮流上街打扫卫生。谁不听号令，抄家、下蛊、杀头甚至诛九族都可以。"

无嗔双手合十毕恭毕敬地说："陛下信任，老衲当为大燕国鞠躬尽瘁。上官雄其实没反，这出戏是我导演的。安鳌既是一代枭雄，又是一方霸主。由他举旗造反，由他替我们抵挡朝廷大军何乐而不为，到时我们只管坐收渔翁之利。所以上官雄必须回马湖府，有他在，我们就能控制局势。"

"国师运筹帷幄，真是大燕国的救星。"

慕容彬高兴之际，当众赏无嗔一座宅院、五十个侍女、一百两黄金。无嗔也不推辞，他垂目念几声阿弥陀佛便退到了一边。罗汉竹看无嗔得势，心里鼓起老大个包，他双手抱拳粗声说："陛下，刚才我巡城时，抓住几个口出狂言，诽谤谩骂大燕国的刁民，你看这事如何处理？"

"这种小事以后就不要浪费我的精力，直接启用剐刑，再诛九族。"

得到回复，罗汉竹喜不自胜，他看洪梅张嘴欲言，生怕她得宠，急忙拉她的衣袖，示意她别乱说话。洪梅不干，她看其他人的才干都得到了赏识，哪能错过良机：

"陛下，我总觉得甘嬷阿兰和云龙鹤靠不住，万一他俩把《夜郎经》据为己有咋办？还有惠贞、云水怒一帮人，这些老顽固既然死不归降，干脆杀掉算了，整天关着，浪费粮食和人手。"

看慕容彬连连点头，洪梅内心窃喜，这段时间她挖空心思表现自己，真希望慕容彬封她个贵妃什么的头衔。

"洪女侠有远见卓识，朕很高兴。阿兰和云龙鹤你不必担心，他们跳不出朕的手心。倒是惠贞一干人头疼，你认为该如何处理？"

听陛下夸奖，洪梅的心怦怦直跳，她环顾众人高声说："惠贞一干人，我已用过各种酷刑拷打。现在看来这种方式行不通，我的意思是更换另一种方式。惠贞是这帮人的头，拿下她，其他人就不足为虑了。"

"阿弥陀佛，洪女侠有何良方？"

无嗔看洪梅嚣张，心里不悦。洪梅不管无嗔的脸色，继续阐述自己的高见。她说把惠贞和她的女弟子拉到广场上，全部剥光衣服，再叫来一队武士。如果惠贞坚持不降，那就叫她和弟子们尝尝被当众侮辱的滋味。

"洪女侠，你也是女人，何苦出这种阴招？"

无嗔听不下去了，他强行打断洪梅的话，再次上前对慕容彬说："大燕国复国之初，应当安抚民心，除个别刁民外，其余的都应宽容。现在我们的劲敌不是惠贞一干人，而是马湖府安鳌、毒龙潭云霄客，以及即将兵临城下的明朝大军。"

"国师高见，你且说说安鳌有啥危害？"

"乌蒙山上风和雨，洗出人间一马湖。马湖东临叙州岷峨，南接乌蒙乌撒，西有夷山屏障，南有雄州、芒部天堑，所以得马湖可得西南半壁。安家纳土归降明朝，一是形势所逼，二是韬光养晦卧薪尝胆。前段时间，我夜观天象，再细察安家祖脉，豁然发现了一个秘密。这个秘密藏在安家祖坟山里，如果不斩断安家的龙脉，这次安鳌举事就有可能成功，因为天象显示，紫微星正照耀着安氏一族。"

"国师，我现在赐你尚方宝剑，你全权做主。"

无嗔接过宝剑，昂首阔步上前，威严地喝道：

"江滨三霸听令。"

高松不敢怠慢，首先弯腰俯首，罗汉竹和洪梅见大哥如此，只得低下头听令。无嗔说："安氏一族的祖坟在马湖江畔，你们拿着我的法宝立即启程，务必按锦囊中的步骤，从万山之巅，一层层往下撵。寻着龙脉后不要用刀砍，这样做你们离去后，龙脉会自动愈合，务必启用'你来我去'这种法宝。"

"国师，什么是'你来我去'？"高松一脸茫然。

罗汉竹哈哈大笑："'你来我去'就是铁锯，以前，我经常用这东西打家具。"

江滨三霸走后，大殿里立即静下来。慕容彬打个哈欠刚要宣布退朝，就听瓦屋上传来一串怪笑声：

"慕容彬，你这个皇帝当得还真有点滋味。"

慕容彬闻言吓得浑身哆嗦，他翻身跪在地上埋着头高声喊道：

"主人，您终于来了！"

63.紫霞真人遭暗算

众人惊骇间，一股黑烟幽然飘进大殿。

黑烟散后，一位面容丑陋，皮肤像干树皮的老者，大马金刀坐在龙椅上：

"慕容彬，恭喜你恢复大燕国。"

慕容彬不敢抬头，他俯伏着说："这些都是主人的恩德，这里的一切都属于您，我只是暂时代管，请主人立即主持大局。"

慕容彬驱散大殿里所有人，毕恭毕敬给老头奉上清茶。

黑衣老头哈哈大笑，他说你错了，这些不属于我，也不属于你，全都属于黑龙会。我扶桑老鬼千年道行，对你这些小把戏不感兴趣。

"主人，那接下来我们该干啥？"

慕容彬诚惶诚恐，大气不敢出。

扶桑老鬼跷着二郎腿，把玩一阵子玉玺，将其扔在地上冷冷说："以前，你是我的元神。现在能自由活动了，我决定收回元神。"

慕容彬吓得脸色铁青，主人收回元神，就意味着自己要死，自己才当几天皇帝，还没好好享受，千万不能死：

"主人，您千万要给我一条活路。"

扶桑老鬼喋喋怪笑，他说："按规矩你该死，谁叫你玷污山口惠和松下花。看在你以往的功劳上我只是收回你身上的神功，以后你仍然有几十年修为。照样可以当皇帝偏安一隅，随心所欲做你的黄粱美梦。"

"谢主人隆恩，慕容彬立志效忠黑龙会。"

慕容彬的话还没说完，扶桑老鬼已发出了功力，刹那间，慕容彬面容扭曲浑身痉挛，他倒在地上不断痛苦打滚，直到眉心穴飘出一团黑气，才喘息着重新跪好。

"启禀圣主，云霄客和晏灵姬到了。"

大殿里忽然飘进两个黑衣女子，扶桑老鬼盯着她们看几眼，无限伤感地说："山口惠，五大护法就剩你两人了吗？"

山口惠弯腰撅臀大礼参拜，松下花不甘落后，肥臀撅得老高。山口惠悲戚地说："圣主，小泽男和柳絮飞在紫霞峰玉碎，按你的指示，我把枯木香又派回了铁锋身边。"

扶桑老鬼寒着脸，好半天才上前扶起山口惠。他说："我被逍遥子封印了五百年，以前都是利用慕容彬给你们见面传话，现在我满血复活，以后会天天和你们在一起了。"

"圣主万岁！"

大殿外，跪满了人。无嗔不待众人反应过来，首先带头跪拜并三呼万岁。扶桑老鬼一脸笑容，一副很享受的模样。他说："老和尚，你六根不怎么清净哟？"

无嗔再次大礼参拜，说："良禽择木而栖，君子待价而沽。老衲虽是和尚，却有经天纬地之才，以前诵经拜佛是因为没遇明主，现在圣主雄才大略，跟着您定能光耀全球，独步三界。为了您，我完全值得打破清规反出佛门。"

"好好好，你且前来，我授你神功。"

看无嗔匍匐向前，扶桑老鬼便把手掌罩在他头上。无嗔起先感觉浑身钻心地疼，随即便软绵无力。尽管他不倒翁似的被扶桑老鬼反复玩弄，心肝五脏如烈火烧烤，但他脸上依然一副很受用的奴才表情。众人看一代大师竟然这副德行，尽皆唏嘘长叹噤若寒蝉。

"老鬼，你玩什么把戏，是杀鸡给猴看吗？"

嘿嘿冷笑声中，云霄客不请自到。他飞身上殿，拉把椅子坐在扶桑老鬼右边，目视屋宇一脸寒霜。扶桑老鬼双掌用劲，徐徐把无嗔托到半空，再缓缓放下才漫不经心说话：

"云霄客，我知道你内心不服。现在不是以资排位，而是凭本事生存。"

云霄客侧身作个揖，气鼓鼓说："老鬼，你的修为比我高，我听你的没商量。慕容彬和山口惠算什么东西，为啥经常向我发号施令。"扶桑老鬼哈哈大笑，他说："我以前行动不自由，没办法，只有叫他二人给你们传递旨意。以后你是黑龙会第一副会长了，他们都得听你指挥。"

"老鬼，有没有我的位置？如果没有，晏灵姬就回去了。"

话到人到，一阵奇香过后，晏灵姬婀娜的身姿，已飘到扶桑老鬼左边的椅子上。老鬼呵呵笑着说："晏副会长既然自己找到了位置，多余的话我就不说了，总之故人相聚我今天特别高兴。"

"老鬼，接下来我们干啥？"

云霄客喝口茶直奔主题。他说目前紫霞峰气数将尽，只要得到逍遥子的印章，我们就能进入混元无极阵盘，就能参加下届散仙考核，就能度过劫难，从而位列仙班。

扶桑老鬼拈须沉吟了一会儿才说话。他说："我被逍遥子的印章封印了五百年，比你们还想得到它，也比你们了解这枚印章石的厉害。十二位地仙的灵力不是一个小数，你我的修为没谁能驾驭。目前，这枚印章石在林秀儒手里，放眼当今，也只有他能随意把玩这件宝贝。"

"那咋办，难道我们自愿认输？"晏灵姬一脸沮丧。

扶桑老鬼把玉玺放回原处，转头神秘地说："这事不急，我们要从长计议。只要林秀儒和花之魂在我们的掌控中，最后的胜利者，还是我们。"

晏灵姬起身道个万福寒着脸说："老鬼，我是女流说话不转弯，你别介意。论辈分，我们三个都是扶桑老鬼、龙湖老怪和风情万种的元神，应该是同一辈分。论修为你比我们高，原因是五百年前，在大家力敌逍遥子和凌波子的关键时刻，你要奸猾偷偷溜走。"

晏灵姬越说越气，最后竟然指着扶桑老鬼的鼻子谩骂。云霄客趁此时机，也开始数落扶桑老鬼。扶桑老鬼很不耐烦，他在案桌上狠拍一掌大声吼道：

"成大事者不拘小节，万事都要多长几个心眼。实话告诉你们，当年替我上天庭抢印章石的，是我的孪生弟弟，至今被封印的也是我弟弟。现在我是如假包换的扶桑老鬼。"

说话间，云霄客和晏灵姬自动飞出大殿，重重摔在花岗岩地板上。晏灵姬哇一声吐口鲜血说："我们是转世元神，而他却是正身，看来我们不服不行了。"云霄客连连摇头说："天意，天意，五百年前的故事又要重演了。"

"你们考虑清楚没有？我可没多少耐心了。"

扶桑老鬼的话还没说完，云霄客和晏灵姬已匍匐拜倒在大殿下：

"圣主英明，我等忠心不二，唯马首是瞻。"

扶桑老鬼亲自扶起云霄客和晏灵姬，携着他们的手和蔼地说：

"这就对了，以后我们共同对付紫霞峰，共同享受一统三界的快乐。"

"圣主英明，普天同敬，三界独尊。"

慕容彬首先反应过来，他嘴里三呼万岁，倒头便拜。一时间，整个桃花城的人，全都在三界独尊的欢呼声中，黑压压跪倒在地。

扶桑老鬼脸现得意神色，他大手一摆高声说："各位卿家平身。以后，我要遁迹苦修，你们要遵从山口惠的领导，万事都要向她请示。"

山口惠走上台接过符令，威严地看着众人。慕容彬心里很不痛快，原以为恢复了大燕国，自己就是万乘之主，谁知到头来竟然猫翻碗柜替狗干。

"我绝不当傀儡皇帝，绝不辱没祖宗英名。"

慕容彬脑海里一片空白，听松下花训斥，他才回神给山口惠下跪。

这一疯狂现象，通过灵光石快速传到了紫霞峰。彼时，紫霞真人和师弟太极真人、少阳真人正在紫阳宫密谈。

太极真人一脸忧郁地说："师兄，我的灵器被人做了手脚。这段时间我发现自身灵力越来越弱，取而代之的则是一股强横霸道之气。这件事很蹊跷，很迷茫，很值得深究。"

少阳真人更是一脸怨愤："我和师兄一样也着了道。"

"你们何时感觉身体不对劲的？"紫霞真人徐徐吐口气，一边活动身体，一边关切问话。

"阴阳剑失而复回后，我的修为就慢慢下降。"太极真人痛苦地摇摇头。

"现在我根本不敢接触紫檀珠，总感觉有些邪门。"少阳真人气得直跺脚。

紫霞真人缓缓起身，他左手一挥，大厅的墙壁上立即出现扶桑老鬼、云霄客和晏灵姬的身影。只听云霄客说："圣主，紫霞峰不足虑，现在太极、少阳两个牛鼻子都着了我和晏宫主的道。只要拿下清静散人，紫霞牛鼻子就是孤家寡人了。"

"知道怎么回事了吧，你们的灵器被他们施了魔咒。"

紫霞真人抹掉扶桑老鬼的身影，把图像切换到紫剑岩，回到原处依然盘腿坐下。

太极真人勃然大怒，他说："我们的灵器是清静师妹取回来的，她为什么没事？"这一说，少阳真人也觉得奇怪。他探过头小声对紫霞真人说："掌教师兄，自从师妹拿回灵器后，我感觉她很奇怪。"

"有什么奇怪，说具体点。"紫霞真人脸色平和微波不兴。

太极真人干咳两声说："也没有什么大问题。只是感觉情绪波动很大，与先前判若两人。那天我和师弟见她神情恍惚，目露凶光，接连向梅魂、竹梦等人下杀手。当时情急，我二人联手才止住她的疯狂。"

"把她叫来。"

紫霞真人终于发怒，近来，他发现山上的灵光石多处被移位，很多角落和重要部位一片空白，什么都看不见。

昨天晚上，师尊凌虚道人托梦说，紫霞峰将面临一场劫难，叮嘱他既要注意防范，又要照顾好师弟特别是师妹。紫霞真人百思不解，师妹的修为在二位师兄之上，不日将超过我，为什么要特别照顾她，我该如何照顾？

"师兄找我是吧，我来了。"

爽朗的笑声中，清静散人一股风似的飘了进来。她一来，大殿里立刻艳光四射香气氤氲。今天的清静散人衣着暴露，神态妖娆，不但掀衣撩裙忸怩作态，还主动向三位师兄抛媚眼，与先前文静娴雅的作风判若两人。紫霞真人垂目说："师妹，你两位师兄都中了云霄客的魔法，你没事吧？"

"说有事也有事，说没事也没事。"

听师妹回答得模棱两可，太极真人有些恼火。他说师妹，这事你应该给我们一个说法。

清静散人走到紫霞真人身后，从香案上取下自己的拂尘，不慌不忙说："两位师兄，你们不该怪我，当初取回灵器时，我再三要求你们先给自己的宝贝驱魔杀毒，就像我这样，将它供奉在大师兄身边，借助大师兄的修为，以及历代祖师的灵力，彻底涤除云霄客和晏灵姬的魔咒。你们不听，生怕自己的宝贝得而复失，执意要拿回去。这事能怪我吗？"

看师妹一反常态，太极、少阳非常吃惊。是啊，情况的确如此，唉，真后悔当初心急。

"二位师兄莫急，只要大师兄带我们进入混元无极阵盘，所有事情都会迎刃而解。"

紫霞真人很气愤，师妹今天怎么了，难道不知道规矩？混元无极阵盘，只有生死存亡之际才能打开，难道她有什么企图？

"师兄，破例帮帮我们吧，这滋味很难受，很痛苦。"

看二位师弟苦苦相求，紫霞真人非常为难。他说："这件事没商量，你们不要再说了，我宁愿消耗二十年功力给你们解魔，也不能违背规矩，擅自打开混元无极阵盘。"

"师兄说得对，我也愿意消耗二十年功力。"

看清静散人一副义无反顾的神情，紫霞真人再不犹豫。清静散人见大师兄当真愿意消耗功力除魔，赶忙上前打帮手。

其实，此时清静散人的心中是非常悲凉的，这段时间她一直受风情万种的控制，神志一忽儿清醒一忽儿迷糊。今天风情万种给她下了最后通牒，如果再不对大师兄动手，紫霞峰的弟子一个个都要步李傲俗的后尘。为了紫霞峰千年基业，清静散人决定把三位师兄打入混元无极阵盘，让他们无忧无虑闭关。这样既满足了风情万种的要求，又保存了紫霞峰的实力。

紫霞真人不知师妹受了控制，就在他高度入静，全身心给师弟除魔之际，清静散人忽然撤掌起身。她先用拂尘罩住紫霞真人的额头，随即绕到其背后连发三掌，打得紫霞真人口吐鲜血当场昏死。

"小妞，你做得好，现在我是紫阳宫的主人了。"

风情万种的狂笑声，溢出清静散人的身体，阴森森四处飘荡。

64.梅三娘中邪

"相公，等等我。"

铁锋在前面大步流星走，枯木香气喘吁吁在后面追。蜿蜒曲折的山路上，野菊花开得正艳。天空辽阔苍凉，人字形的大雁一对对掠过头顶，满山的枫叶红得好像要燃烧。

"我们已恩断情绝，别再跟着我了。"

铁锋无心赏景，更不想和枯木香说话。为了躲避梅三娘的追杀，他干脆躲进了夷山。

尽管枯木香每天陪在身边，尽心照顾和呵护自己，但铁锋感觉不到一点温情。我堂堂中华男儿，竟然和扶桑妖女同床共枕了三年，这简直是平生奇耻。铁锋受不了这个屈辱，下决心与枯木香决裂。

"相公，恳请您停一下，我说完最后几句话就走。"

枯木香飞身掠到铁锋前面，她双膝跪地，前额在石头上磕起了血包。

铁锋双手抱胸，背转身冷冰冰说："有什么话赶快说，不要耽误我的正事。"

"相公，我真的舍不得离开您。"

枯木香热泪汪汪，一副孤苦无依的可怜相。

她说，我真想一辈子做水冰倩，然而事实不可能，只要加入了黑龙会，从此就是行尸走肉。

枯木香承认接近铁锋的目的，是利用他把自己带进宫，用妖术控制皇上。她离开铁锋的原因，是铁锋突然反出东厂没了价值，山口惠才临时改变计划，与梅三娘合作。

"山口惠还有什么阴谋？"

看铁锋对自己的叙述感兴趣，枯木香擦擦脸上的泪水，继续打悲情牌。

她说山口惠的任务，是在全国各地发展黑龙会教徒，目前上官雄、无嗔、慕容彬、云霄客等人都成了骨干分子。据她掌握的情报，上官雄马上就要刺杀张鸾，张鸾一死安鳌不反都不行了。

"什么，他们敢对钦差大人下手！"铁锋非常震怒。

枯木香摆出一副悠然自得的姿势。她说，钦差算什么，圣主的终极目标，是大明皇帝及整个中国。

铁锋很想抬手给她一耳光，为了套取更多情报，他强忍怒火继续周旋。

"你能帮我做什么？"

看铁锋终于求自己，枯木香高兴得拉住他不放。

她红着脸说，你在我的体内注入了正能量，我虽然有时控制不住自己，但始终与山口惠她们有区别。现在趁我清醒，我告诉你个秘密。山口惠在夷山用妖术大量培植阴兵，过不多久，漫山遍野的竹筒里就会爆出兵马。

"别妖言惑众，你捉两个阴兵给我瞧瞧。"

枯木香知道铁锋不信邪，她口中念诀，媚笑着走到一棵金竹前挥刀一砍，只听砰一声响，里面当真跑出一匹筷子长的小马驹。小马驹上还骑着一个手执兵器的矮人儿。小马驹越跑越快，每跑一步，它和矮人儿就长高一尺。

铁锋惊骇得目瞪口呆，他看矮人儿进攻自己，一脚踏过去。矮人儿机灵，这家伙策马从铁锋双腿间冲过，一个同马枪竟然刺得铁锋龇牙咧嘴。铁锋怒了，双掌一挥使出四层功力，才将矮人矮马打得灰飞烟灭。

"看见了吧，我没骗你。"

铁锋抽出腰刀，往另一棵竹子使劲砍去。他不相信这是事实，以为枯木香使妖术骗他。爆炸声响过，竹节里果然又冲出一骑矮东西，这一下铁锋彻底信了，他看着枯木香，眼光里全是期望：

"如何才能破解此妖术？"

枯木香把脸伸过来，她闭着眼睛娇滴滴说："除非你发誓不再离开我，除非你现在就亲我抱我。"

尽管枯木香的美体娇态很迷人，铁锋心里却荡不起波涛。往事如烟，心事苍茫，他心中那个可爱的水冰情早死了。一想到扶桑妖女这个词，想到她背后的邪教头目，他哪里还有心情亲她抱她。

"哇，堂堂铁大侠，原来躲在这里和扶桑妖女偷情。"

放浪的笑声刚落地，梅三娘和二十多名捕快已排成阵势，将铁锋和枯木香围了起来。

梅三娘双手抓满各种暗器，脸上的表情妖冶而又狠毒。她辗转翻飞，学着枯木香刚才的忸怩态说："铁郎啊，当了东厂的叛徒，你再有本事结局都是一个死字。现在你勾结扶桑妖女，妄图刺杀钦差大人，我就更不能让你活着回京了。"

"梅三娘，勾结扶桑妖人的是你，想刺杀钦差张大人的也是你吧？"

铁锋哈哈大笑，他警告梅三娘别嫁祸栽赃，别高兴得太早。

梅三娘也不避讳，她承认自己和扶桑人有来往，也承认要刺杀张鸾：

"你说的都对，但现在话语权在我手里，我说你是凶手你就是凶手。"

枯木香起先一言不发，手执长刀只看闹热。后来听梅三娘一口一个妖女，实在忍不住了：

"梅三娘，看在你为圣主效力的份上，我今天不难为你。"

梅三娘完全没把枯木香放在眼里，她上前两步逼视着对方说：

"你以为我甘愿给你们这些妖人效力，当初如不是你抢先一步迷惑了铁锋，他和我的命运都不是现在这个样。"

"贱人看刀。"

几乎在同一时候，枯木香和梅三娘的兵器都出了手。

二人绕树穿花凌波踏叶，大战二十回合竟然不分胜负。梅三娘恨枯木香捷足先登抢走了铁锋，枯木香恨梅三娘以往多次当着她的面，用语言和肢体动作勾引铁锋。两个女人的刀锋寒光闪闪杀气弥漫，砍得竹林里枝叶纷飞。

时间一久，梅三娘的腰刀就露出了破绽。一寸长一寸强，枯木香的长刀横劈直刺，撩拨攻守渐渐占了上风。

"百花齐放。"

危急中梅三娘果断发出了梅花针，她的梅花针，起先像一群蜜蜂在空中来回飞舞，后来慢慢组成一朵朵梅花，再后来就幻化成毛毛细雨。

枯木香左腿右臂先后一麻，顿感手脚不听使唤。她拼尽全力撒出一把黄豆，随即软绵绵倒在地上。

梅三娘正在得意，忽然地面上出现许多虫蛇鼠蚁。这些细微丑陋的东西，动作奇快见缝就钻。她还没反应过来，浑身就奇痛奇痒难耐。

东厂捕快们见梅三娘不断在周身挠痒，全都忍不住想笑。梅三娘大怒，她一边把手伸进肚腹里狠抓，一边恶狠狠咒骂：

"枯木香，你这是什么妖法，赶快拿解药。"

枯木香满脸发紫，说话有气无力，她哈哈笑着说：

"梅三娘，你不是自诩为贞洁美女吗，今天我就让你在下属面前出一次丑。"

梅三娘的神智开始模糊，她一边脱衣挠痒，一边发狂奔跑。捕快们平时受够了她的窝囊气，全都站着看闹热。有的眯眼盯着她的美腿，有的张嘴等待她脱下最后一件衣衫，有的双手抱胸幸灾乐祸。

铁锋看不下去。虽然这两个女人都可恶，但作为大侠，在这种场合，就不能和捕快们保持同一个思想境界。他阔步上前大喝一声：

"你们如不想死得很难看，就同时把解药交给我。"

梅三娘闻言一怔，她只剩最后两块遮羞布了，再也没有力气和枯木香抗衡。

枯木香全身发硬，感觉有无数把刀在肝肠里搅割。为了尊严，为了活命，二人再不敢较劲，同时把解药扔给了铁锋。

趁梅三娘和枯木香各自运功调养之机，铁锋一鹤冲天掠出捕快们的包围圈，调头就往山下走。

捕快们见铁锋顾念旧情，全都站立不追。梅三娘脸上虽愤怒，心里却在感激铁锋。枯木香试了几次想起身都没成功，她暗自嘀咕道：

"难道他真的不在乎我了？"

铁锋挂念着张鸾大人的安危。尽管张鸾已金蝉脱壳，尽管他的承诺已兑现，然而他还是觉得自己有未了之事。目前，安鳌反叛在即，扶桑妖人的魔爪已伸到全国各地，天下兴亡匹夫有责，他决定赶回马湖府保护钦差卫队，借机粉碎上官雄的阴谋。

"甘嬷阿兰，快来背我过河。"

走出灌木林，前面出现了一条水流湍急的河流。河对岸，云龙鹤和甘嬷阿兰并肩站着，好像在商量什么事。

好几个月没见阿兰了，铁锋看她对自己视而不见，便把双掌撮在嘴边抢先打招呼：

"阿兰，你怎么在这里，林公子呢？"

阿兰回头看一眼铁锋，满脸都是陌生表情。她蹲下身恭敬地对云龙鹤说：

"主人，你扶住我的肩膀，我背你过河。"

看阿兰蹒跚着在激流中挣扎，铁锋很诧异：

"这野丫头怎么了，她遇到了什么打击？"

"云龙鹤，你搞什么名堂，这么点水，略施轻功就过来，凭什么折磨她？"

云龙鹤一脸不屑，他趴在阿兰背上狂傲地说："这是我俩的私事，和你半根毛的关系没有，好狗不挡路，赶快给老子消失。"

铁锋心里本来就不舒服，听云龙鹤出口伤人，哪里忍得下这口恶气。他纵身一跃，双脚在河边高石上一踏，凌空横扑过去，一手拎着云龙鹤的衣领，一手抓住阿兰的左臂，嗖嗖几下就把他俩弄到了岸上。

"铁锋，你别胡来，我可是毒龙潭的少主人。"

云龙鹤怕铁锋耍横，赶紧自报家门。铁锋把阿兰扶到平坦处，隔空一指戳中云龙鹤背脊：

"别拿你老子吓我，这是怎么回事，说清楚就放你。"

云龙鹤双眼望天，傲慢地说："你想知道我就告诉你，她爸阿甲将她许给了我，我们赶回去成亲拜堂，你管得着吗？"

"不许伤害我的主人。"

铁锋知道阿甲老爷许亲的事，但随着阿针的反叛和夷山的动乱，阿兰和云龙鹤的亲事也就自行消失了。这家伙一定有阴谋，得给他点厉害尝尝。铁锋念头刚起，阿兰的月牙刀就从背后袭来了。

"阿兰，你干什么，我是你铁大哥。"

阿兰迟疑了一会儿，手中的月牙刀依然蜂回雪舞毫不留情。云龙鹤折扇一抖，呜呜发出暗器，他嘴里念咒手中挽诀，片刻间唤出一条巨蟒把铁锋死死缠住。

"奔雷杀。"

铁锋气急，他运劲一震，巨蟒顿时碎成藤条。云龙鹤见势不妙拔腿就逃，铁锋被阿兰的刀锋罩住，既防她伤到自己，又不能伤害她。眼看云龙鹤就要跑进树林，紧急关头，铁锋一把抢过阿兰的刀，借其力道呜一声掷向云龙鹤后背。

"妈耶，痛死我了。"

号叫声过后，云龙鹤竟然自己跑了回来，他的身后还跟着似笑非笑的枯木香。

65.万虫噬心

铁锋离开不久，枯木香和梅三娘几乎同一时间恢复知觉。

梅三娘摸出一把梅花针，对手下们吆喝道：

"弟兄们，帮我杀死这个臭婆娘。"

枯木香摸出一块令牌大声说："谁敢动？"捕快们见到黑龙会令牌，全都跪下高呼圣主万岁。梅三娘迟疑一会儿，也跟着跪下，她低着头怯怯说：

"小的冒犯护法，请护法大人降罪。"

枯木香嘿嘿冷笑，她说："不知者不怪，不打这一架，你我还成不了好姐妹呢。我奉圣主指令执行秘密任务，以后你们直接听我差遣。"

"梅三娘及手下弟兄愿为护法效劳。"

小声向梅三娘交代完计划和任务，枯木香沿着铁锋的足迹，直往山外走。她在铁锋身上放了颗黄豆，对方躲到哪里她都能找到。

来到河边时，枯木香差点和云龙鹤碰个满怀。她对这家伙十分厌恶，不容分说，抬手就是一耳光。云龙鹤被铁锋扔出的刀柄撞得痛彻心扉，他看枯木香要夹击自己，吓得回头就跑：

"铁大侠，有话好说，我什么都告诉你。"

云龙鹤知道隐瞒不过，为了尽快离开，他便把桃花城发生的事，全部告诉了铁锋。听慕容彬自封为大燕皇帝，铁锋大骂其荒唐可笑。云龙鹤察言观色也跟着骂慕容彬卑鄙，他捡回弯刀递给阿兰，转身满脸堆笑说：

"铁大侠，这回我们可以走了吧？"

铁锋看阿兰卑躬屈膝，好像很怕云龙鹤。他看云龙鹤昂着头，一副颐指气使的派头，料定其中还有蹊跷。怎么才能让他说真话？逼供虽是办法，但那种下三流手段，无论如何我是不会用的。

云龙鹤猜中了铁锋的心思，觉得名门正派就是好对付。他笑嘻嘻说一声大侠再见，随即用眼光给阿兰下达启程命令。

阿兰说一声遵命，挥刀砍开挡路的刺蓬，抬脚就往前面走。铁锋无计可施，眼巴巴看云龙鹤喝骂虐待阿兰。

"站住，我还没同意你们走呢。"

枯木香反手扔出一块石头，打得云龙鹤捂住额头直嚷。阿兰扯几片鲜叶使劲搓揉，她给云龙鹤的伤口敷完草药，手持弯刀就要和枯木香拼命。

枯木香摸出一颗黄豆扔在云龙鹤脚下，不一会儿就化为一条金色蜈蚣。随着枯木香的口哨声，蜈蚣时而扭动身体跳舞，时而大口撕咬云龙鹤的身体，最后竟然钻进云龙鹤耳朵里不见了。

云龙鹤起先跟着蜈蚣跳舞，接着在身上狠命抓挠。他吓得心胆欲裂，扑通跪在枯木香脚下哭着说："大护法，看在我老子份上，你就饶了我吧。"

"阿针临死前给你说了什么，赶快给她解蛊。"

云龙鹤重重磕两个头说："大护法，阿针什么都没说，只求我好好照顾阿兰神女。"

枯木香面无表情，她围着云龙鹤走一圈，忽然大声喝道："万虫噬心。"

吆喝声刚起，云龙鹤就抱着胸腹满地打起了滚。他声嘶力竭惨叫，不断磕头求饶，直到涕泪涂面整个人小了一圈，枯木香才停止作法。

"你们去夷山干什么？不准隐瞒半个字。"

云龙鹤从没受过这种罪，现在保命要紧，他哪里还顾得上什么秘密，便一五一十把慕容彬和颜心雨的事全部说了出来。

听林秀儒和颜若华就在夷山，铁锋心里暗暗高兴。几个月来，他多次梦见颜若华，多次在梦中和林秀儒喝酒。现在二位故人就在咫尺间，再忙他也要去寻找他们。

"阿兰是怎么回事，赶快给她解蛊。"

枯木香的话不多，但每个字都有千钧之力。云龙鹤再也不敢耍心机，他从怀里拿出一个青花瓷瓶，走到阿兰身边，先封住她的五大要穴，然后把几粒红色药丸尽数倒进对方口中。

解药一入口，阿兰的脸色忽然由苍白转红润，目光也渐渐灵动起来。她盘腿坐在地上，深吸一口气，开始运功祛毒。

铁锋走到她背后，刚要发功相助，就被枯木香制止。枯木香说，她是夷山神女，自然懂得蛊虫的驱除术，你别添乱，否则蛊虫会反噬。

一盏茶工夫，阿兰头顶冒出了腾腾热气，接着鼻孔、耳朵里相继爬出许多细小虫子。

铁锋触目惊心，他狠踢云龙鹤一脚，怒目骂道："你们也太狠毒了，这种下三流手段都使得出来，还有没有半点人性！"

"大侠，这不关我的事。罪魁祸首是阿针、上官雄和无嗔老和尚。"

铁锋不服，他决意要教训这个小人。云龙鹤吓得直往枯木香身后躲，枯木香把云龙鹤拎到铁锋面前殷勤说："相公，给这种恶毒小人讲什么江湖道义，依我看，直接断臂，让他求生不得求死不能。"

"你还对阿兰神女做了什么，是不是玷污了她的清白？"

铁锋声色俱厉，他已愤怒到极点，假如云龙鹤真的玷污了阿兰，他将毫不留情一掌将其击毙。

云龙鹤吓得浑身颤抖话音模糊，他说，我随时都想占她便宜，可是怎么也不如愿。每次还没挨到她，全身就奇痒难耐，不信你问她。

"铁大哥，他没说谎，感谢你救了我。"

阿兰长出一口气，慢慢收功站了起来。她说大凡夷山神女，都有贞洁蛊层层保护，这道蛊只有自己念咒才能解除，旁人根本占不到便宜。云龙鹤这厮虽可恶，但他也有功。在桃花城，如不是云龙鹤打掩护，她早就遭遇上官雄和无嗔的毒手了。

说到无嗔和上官雄，阿兰恨得牙齿发痒。她说凭阿针那点功力，根本伤不了她，那天，无嗔和上官雄同时发难，她抵不住这二位高手夹击，才着了阿针的道。几个月来，她求生不能求死不得，那种万虫噬心的痛苦，她真的忍受不住。

"阿兰，除了念咒，我啥都没做。这次，如不是我把你带出桃花城。慕容彬那厮，肯定要占你便宜。"

听云龙鹤喋喋不休，枯木香很不耐烦，她揪住对方的衣领恶声说："不想断臂就马上滚，那条蜈蚣送给你做纪念。以后，只要你一动歪脑筋，它就会在你心肝里撒野。这是你的报应，谁也帮不了你。"

看云龙鹤小鸡啄米般磕头求饶，哭兮兮赖着不走。枯木香长刀一挥，砍下他左手食指，笑嘻嘻说："我数三，再不走你就没左臂了。"云龙鹤知道扶桑人不讲道义，吓得屁滚尿流，一溜烟跑进了金竹林。

"不准走，交出飞龙令。"

阿兰燕子三抄水挡住云龙鹤举刀就砍。这段时间，她被这恶徒百般折磨，现在该出恶气了。

云龙鹤接连被毒打，真有点怀疑自己的人生了。他说飞龙令在上官雄手里，我可以帮你拿回来，但必须保证我的人身安全。

"没听见我的话吗？"

枯木香很不耐烦，只见她刀光一闪，惨叫声中，云龙鹤左臂上就流出了血。铁锋看枯木香越来越专横，再也忍耐不住，他一掌劈碎身边的石头，冷冰冰问："枯木香小姐，你的事办完没有？"

枯木香嫣然一笑瞬间温柔得像绵羊。她说："相公啊，你的事就是我的事，如果你心里放过了云龙鹤，那我就没啥事了。"

阿兰以前和枯木香交过手，知道这女人阴晴不定很难捉摸。她虽摆脱了云龙鹤的控制，但心里的阴影还浓：

"铁大哥，阿兰铭记你的大恩，我要去找飞龙令，再见了。"

看阿兰神情恍惚，铁锋一下子改了主意。他想，林秀儒有颜若华和花之魂保护，安全上应该没问题。阿兰要找上官雄，我也要到马湖制止安鳌叛乱，不如结伴而行再帮她一次。

枯木香如影随形，任铁锋怎么奚落也不离开。她说你是我相公，你在哪里我就在哪里，我已犯错，再也不会犯傻了。

晚上，三人在荒郊过夜。阿兰到附近弄了些土豆和柴草，开始准备晚餐。铁锋听枯木香左一个相公，右一个相公，忍不住奚落道：

"枯木香小姐，别演戏了，你那些手段，我见了心寒。"

枯木香从火堆里掏出一个土豆，先在地上磕，然后捧在双掌间来回抛，边抛边吹冷气，直到不烫手了才递给铁锋。看铁锋噎得厉害，枯木香赶紧给他捶背，她撒着娇说："相公啊，我那些手段都是为了帮你。你是大侠，不屑耍手段。那时，如果没有用手段，云龙鹤会交出解药？会告诉你一切吗？"

"枯木姐，单凭这一点，我会记住你的。"

阿兰把一竹筒清水递给铁锋，默默退到大树下仰头看月亮。

"这丫头变了，变得心事重重了，我们得帮她。"

枯木香倚在铁锋肩膀上，一副很幸福很享受的姿态。以前每当铁锋遇到烦心事，枯木香就这样靠在他怀里，给他温情给他勇气和力量。

而今馨香依旧，秀发美腿依然。但无论她如何柔情蜜意，都变不回水冰情，都抚平不了铁锋心里的创伤。

"相公，今晚的月亮好圆好大，我记得第一次我们相会，那晚的月亮也是这个样子。"

铁锋挪动身体，故意与枯木香拉开距离。他看着远山朦胧的沟壑，无限惆怅地说：

"月亮再圆，也是别人的，和我没关系。"

枯木香不言，她默默走到阿兰身边，和衣倒在厚厚的干草上就睡。阿兰睡不着，她心中想着夷山，想着阿爸、阿针，还有书呆子林秀儒。

四更天时，枯木香一声尖叫抢先爬起来。她说："风寒露浓，我们不能睡了，还是赶路吧。"枯木香边说话边收拾行囊，她把没吃完的烤兔、土豆收好，扶一把阿兰，清理掉铁锋身上的杂草，带头就往小路上走。每到危险处，枯木香先小心探查，再亲身踏试，确认没问题，才让铁锋和阿兰通过。

走出枫林坡，前面开阔地忽然传来争吵声：

"上官雄，天山五子不干昧心事，土包子不怕死，要杀便杀。"

阿兰一听土包子的声音，立即来了精神。她越过枯木香挥刀就往前面跑：

"土包子大哥不要怕，阿兰来帮你。"

枯木香八步赶蝉追上阿兰。阿兰的月牙刀还没出手，就被她一指戳中关元穴。

66.回眸一笑百媚生

甘嬷阿兰痛得说不出话，她迷茫地看着铁锋，眼泪流了出来。

枯木香不理铁锋的喝问，她悄声问阿兰：

"你想不想拿回飞龙令？"

看阿兰点头，枯木香严肃地说："如果你想夺回甘嬷家族的荣耀和权力，就别再胡闹，就得听我指挥。"

铁锋不知枯木香匣子里装啥药，看她一本正经，便示意阿兰冷静。枯木香看铁锋相信她，高兴得连喊三声相公英明。她说，我们不能莽撞，得先试探一下上官雄。

"怎么试探？"铁锋一脸迷茫。

枯木香捡根竹枝蹲在地上比画，她说："你不是选美的钦差卫队长吗？现在阿兰就是你奉旨选中的美人。你带她去见上官雄。如果上官雄听你的话，说明他们还没打出反叛的旗帜。反之，则说明事态严重，只有我出面，才能镇住他了。"

"噫，没想到你还会用计。"

听相公夸奖，枯木香一下红了脸。她抚着桃腮娇羞说："近朱者赤，这些都是你教我的。"

商量好细节，枯木香略略给阿兰打扮一番，并脱下自己的外衣给她穿上。她以大姐姐的口气说："阿兰啊，以后你就是贵人了，行事说话都要得体，千万莫撒野。"

阿兰起先怀疑枯木香有阴谋，后见铁锋赞同她的计划，也就没反对。二人走出竹林，远远听上官雄恶狠狠说：

"金刚子，你要师弟还是要黑龙会？"

金刚子弯腰给上官雄施个大礼，拖着哭腔说：

"上官大人，我跟你走，求你放过他们吧。"

上官雄劈手一耳光，打得金刚子眼冒金星。他说："本官现在正是用人之际，临阵脱逃罪该万死。我数十下，他们再固执己见，你亲自动手清理门户。"

金刚子战战兢兢走回去说：

"土包子、火苗子，你们听见上官大人的话了吧。好死不如赖活，你俩咋就不开窍呢？"

火苗子手里拿着一支火把烟，他吧嗒吧嗒吸几口，呸一声吐口浓痰说："师兄，你忘了师父的教导了吗？天山五子行侠仗义，绝不给人当家奴。"

"二师兄说得对，水珠子坚决不加入黑龙会。"

水珠子一袭红装，加上身材曼妙，远远一看还真有几分侠女风范。土包子津津有味啃食刚从地里刨出来的红薯。他把一块红薯皮使劲吐到上官雄脚下，哈哈笑着说：

　　"上官雄，我师兄怕你，我不怕你，有啥招尽管使出来。"

　　上官雄愤怒至极，他伸出左手大喊一声十。看金刚子没反应，上官雄继续喊九、八。木香子吓得一脸苍白，她走到土包子面前不断打手势，示意他住口。土包子不明其意，说话反而放肆：

　　"大丈夫处事，必须上对得起天，下对得起父母兄弟。"

　　金刚子终于忍不住了，他绕到背后双掌一挥，土包子立即口吐鲜血倒在地上。金刚子黑着脸骂道："你这张臭嘴，以前坏了我多少事。你知道吗，你每骂上官大人一次，过后我就得替你挨一次毒打。与其让他把你折磨死，不如毫无痛苦死在我手里。"

　　"师兄，你真下得去手？"

　　土包子双眼瞪得很大，脸上的表情十分惊骇。火苗子气得说不出话，他用肩膀撞开金刚子，亮出兵器直扑上官雄。土包子吐一口浓血在金刚子身上，就地一滚从侧面夹击上官雄，水珠子不甘落后，将身一纵也加入战团。木香子呆呆站着，她看一眼金刚子，又看一眼被上官雄打得鲜血狂喷的土包子，脸上的表情很忧郁：

　　"师兄，快救救师弟们。"

　　看金刚子无动于衷，木香子牙一咬只好参加战斗。金刚子封住她的兵器，冷冰冰说："他们自己找死，随他们去吧，我受够了。"木香子热泪长流，她说："大师兄，他们可是你的师弟师妹呀，你怎么这么冷漠？"

　　迟疑间，上官雄已使出了九成功力，掌风过后，土包子和火苗子枯木般倒在地上，再也站不起来。水珠子飞出十多丈远，眼看就要重重撞在大石上，危急关头，铁锋腾空而起，他揽住水珠子的细腰，借旋转之力，人未落地，摧枯拉朽的奔雷诀直袭上官雄。

　　上官雄感觉一股电流笼罩在头顶，他运足功力反抗，连退十几步才稳住身子：

　　"原来是铁兄，下官恭迎钦差卫队长。"

　　看上官雄对自己客气，铁锋略略放心，知道钦差卫队还没遭遇毒手。他放下水珠子，阔步上前打着官腔说："上官大人，我奉张大人之令到夷山选美，这是阿兰神女，你得精心伺候，不能有半点粗野。"

　　"下官见过阿兰神女，以前多有得罪，请恕罪。"

　　阿兰出身高贵，本身见过许多世面。她看上官雄低声下气，一昂头，就摆出了神女的架子：

　　"上官雄，我走不动了，赶快给我准备轿子。"

　　趁上官雄唯唯诺诺，铁锋赶快查看火苗子和土包子的伤势。土包子已断气，他圆睁双目模样很吓人。火苗子气若游丝，他指着金刚子怨毒地骂道："没想到你是个卑鄙小人，亏我们叫了你十多年大师兄。"

金刚子低头红脸一言不发。水珠子趴在土包子身上，哭得昏天黑地。木香子一边哭，一边强运内功给火苗子疗伤。

火苗子摇着头说："师姐，别浪费功力了，回去后在师尊坟前，替我们燃一炷香。以后江湖上再没有天山五子了，姓金的不配做天山派弟子，你别再相信他。"

看火苗子气绝身亡，木香子擦干眼泪站起来说："金如铁，这下你高兴了，以后天山派与你再无干系。趁我没改变主意，赶快跟着你的主子滚。"

"狗奴才，还磨蹭个啥，赶快伺候阿兰小姐上马。"

上官雄斜刺里一脚，踢得金刚子龇牙咧嘴。他看阿兰踩着金刚子的背脊上了马，才转身笑嘻嘻对铁锋说："大人，前面不远就是马湖地界，你骑我的马，我们启程吧。"

进入马湖地界，上官雄喝令金刚子到村里雇花轿。金刚子大气不敢出，屁颠屁颠跑进村，不一会儿当真雇了一乘花轿过来。

村民听说皇上选美，奔走相告，全都出门看闹热。一位须发皆白道骨仙风的老者，扶着拐杖颤巍巍走到铁锋面前，热泪盈盈说：

"钦差大人啊，总算把你们盼来了。"

铁锋扶起老人恭敬地说："老人家，我是钦差张大人的随从，我叫铁锋，有什么话你可以给我说。"

老人看铁锋没有官架子，反身坐在石头上滔滔不绝说开了。从诸葛亮南征说到元朝统一，从洪武年安济纳土归明说到安鳌世袭府官。最后的焦点落到安鳌野蛮欺压百姓上。老者挥着手激动地说，官占民妻当斩，请大人即刻废除土司权。

上官雄一反常态，他笑眯眯扶起老者，拍着胸口说，老人家放心，钦差大人一定给你们做主。老者闻言豪情满怀，他叫孙儿回家拿一坛陈年老酒，硬要与铁锋及上官雄喝个痛快。临行时，老人叫来二十多个年轻人，令他们务必把阿兰神女送到马湖府。

"呜哇呜哇，咚咚锵"，一路上唢呐声与锣鼓声此起彼伏，惹得四乡八寨的年轻人，争着前来抬花轿。他们早听过甘嬷阿兰的芳名，只是无缘相见。小伙子们隔着轿帘，隐约瞄上一眼阿兰的身姿，都觉得是平生之荣耀。

阿兰很难受很不习惯，好几次如不是铁锋咳嗽示意，她真想跑出来骑马。以前时不时幻想过嫁人坐花轿的情景，那种兴奋、好奇、憧憬相互交织，所酿出的甜蜜，是她永远不能忘怀的，甚至是迫不及待想拥有的。

现在，真的坐上了花轿，阿兰却索然无味。如果林秀儒骑着高头大马走在身边，她多少还有些期盼。新郎是谁，真的是那个遥不可及的皇上吗？扯淡，我野惯了，才不受那种活罪呢。

铁锋和上官雄并驾齐驱。二人时而试探着交谈，时而仰着头各想心事。上官雄察言观色，有时故意露出有关安鳌反叛的半句话。这家伙很有心计，绑架安宇，把阿兰抬进马湖府，向铁锋泄密，最终目的都是逼迫安鳌按计划行事。他想，安鳌恶习难改，见了阿兰，肯定要不顾一切行使土司权，动了皇上的大饼子，铁锋能饶吗？

安知府，你就乖乖地给我当垫脚石吧！

到了马湖府，铁锋看钦差卫队的画船还停在江岸，悬在心里的石头终于落地了："上官守备，阿兰小姐住哪里？"

上官雄就等铁锋这句话，他说："画船上条件简陋，依我看阿兰暂时住在府衙为好，知府的女儿秀姝通情达理，有她陪伴阿兰小姐，大人尽可放心。"

"这事关乎皇命，开不得玩笑，如有差错唯你是问。"

铁锋也等上官雄这句话。只有阿兰进府，才有机会刺探安鳌的计划，才能伺机找回飞龙令。他看一眼阿兰，语重心长说：

"阿兰神女，我们就此别过，等一切安排妥当，我亲自来接你。"

阿兰一步一回头，眼眶里秋水盈盈波光荡漾。这个时候，铁锋才发现她的美丽和妩媚。

为了麻痹上官雄，阿兰尽量装出一副娇滴滴神态，见了安鳌也不行礼。安鳌正为安宇突然失踪发愁，听上官雄禀报，头也不抬就喊滚。

"知府大人，你还是看看吧，这可是皇上的美人哟。"

安鳌闻言猛抬头，顿时目瞪口呆暗暗叫苦。他贼溜溜盯着阿兰看，直到女儿秀姝发声警告，才傻笑着说：

"神女马上就是贵人了，以后可得多给马湖府说好话。"

"阿兰姐，这段时间我伺候你，你跟我来吧。"

秀姝长得清秀高挑，一点不像五大三粗的阿爸。她的卧室是一座单独宅院，里面假山喷泉、亭台长廊一应俱全。

阿兰以前多次听颜若华提起秀姝的娴淑美丽，安秀姝也久闻甘媸阿兰的芳名，由于二人都是颜若华的好姐妹，说话很投机，不一会儿也成好姐妹了。

"阿兰姐，先洗个澡吧，连日奔波，都快成泥人儿了。"

秀姝天真热情，她把阿兰领到自己房间，一边吩咐丫鬟香汤伺候，一边翻箱倒柜挑选换洗衣物。

阿兰很小心，她接过衣服，等秀姝和丫鬟全都关门出去了，才慢慢宽衣解带。为防有人偷看，她四处查看门帘窗缝，确认安全，才轻抚凝脂顾盼着踏入水中。

"哈哈，还真是个美人坯子。"

浪笑声中，一条黑影穿窗而入。阿兰惊叫着刚站起身，就被对方按进水里。

67.分疆裂土

以前在马湖江裸泳，阿兰从没害过羞，因为她是神女，没人敢亵渎。

现在身处险境，她丝毫不敢大意。对方的手刚接触她的肌肤，就被她的内力反弹回去。

"警惕性不错，我没看错你。"

枯木香笑嘻嘻放下长刀，三两下褪掉衣衫，扑通一声挤进大木桶。阿兰被溅一脸温水，她抓把花蕾扔在枯木香头上小声喝道：

"你干啥？"

枯木香竖起食指做个噤声动作。她用皂角在全身涂抹，再用手巾快速擦拭。阿兰看她的身体曲线玲珑，臀形美丽结实，肌肤光滑细腻，禁不住暗暗喝彩。她想，假如她不是扶桑人，看在铁大哥面上，自己或许还可交她这个朋友。

二人一边洗浴一边拌嘴。枯木香说："半月没洗澡，我都快成腊肉了。"阿兰浇捧水在她背上，冷冰冰说："马湖江那么大个浴盆，你怎不跳下去洗？"

枯木香不在乎阿兰的讥讽，她走出木桶，擦干身子抓过安秀姝的衣服就往身上套：

"阿兰，别用这种口气给我说话，至少我现在还不是你的敌人。"

穿上衣服，枯木香收拾好行囊，以命令的口气说："上官雄的府邸和这里只有一墙之隔，今夜三更我去找他说事，你趁机进他卧室寻找飞龙令。"

"你为什么帮我，我怎么相信你？"

阿兰一脸迷茫，对眼前这个心机深厚的女人，她真的吃不准。

"我不是帮你，我是帮铁锋，信不信随你，去不去也随你。"

枯木香走后不久，安秀姝银铃般的笑声就从门缝里挤了进来：

"阿兰姐，洗那么干净干啥，又不是洗来吃。"

阿兰开门笑嘻嘻说："我怕熏着你才洗这么久。"二人你拍我一掌，我拍你一掌，相携着来到园中散步。

秀姝一脸忧郁，她说哥哥安宇失踪很久了，这事很蹊跷，八成和上官雄有干系。阿兰随手折枝菊花把玩，她试探着问秀姝：

"你阿爸那么大的权力，难道一点办法都没有？"

提起阿爸，秀姝就生气。她恨恨地说："你就别提他了，整天陶醉在什么土司权里，什么事都交给上官雄处理，对我哥的事一点不上心，我恨他。"

"既然这样，今夜我就偷偷潜进上官府，帮你查探一下。"

听阿兰愿意帮忙，秀姝高兴得差点喊出声。她愿意配合阿兰的行动，除了保密，她还提供上官府邸的路线图。

入夜，上官府邸灯火辉煌一片喧嚣声。阿兰绕过巡逻卫士，几个起落就隐身在大堂房梁上。她挪开一片瓦朝下一望，蓬岛七星正庄严肃穆站在堂下。

只听天煞星吕逵说："大哥，安宇那厮虽熟读兵书，但武功却稀疏平常，我和小师妹联手，外加二师姐配合，二十招就把他拿下了。"天罡星岳明眉头紧皱，他打着手势小声说："这是高度机密，千万不能走漏消息。"

地彗星冯二娘撇嘴走到吕逵面前说："你这吹牛的脾气，怎么就改不掉，我们三人联手才把安宇制服，如果单打独斗，你我谁奈何得了他？"

"师兄、师姐，我觉得这样做很不光彩。"

织女星张三姑双手抱刀，一副兴师问罪的架势。

争论间上官雄迈着四方步走了进来，他端坐在虎皮铺垫的檀木椅子上，皮笑肉不笑说：

"岳明，事情办妥了吗？"

岳明双手抱拳，头垂得很低，回话的声音却洪亮："安宇已秘密绑进夷山交给哈拉看管。目前夷山的粮草兵马已就位，只要大人一声令下，三十万大军即刻开拔。"

"甘嫫家族的情况如何？"

吕逵不甘落后，不待岳明发话他抢先开口回答：

"甘嫫阿甲那个老儿还活着，他手里还掌握着二十万雄兵。"

听阿爸无事，阿兰彻底放心了。为了探得更多情报，她一动不动继续窥视。

"看来得想法杀了阿甲这个绊脚石，你们有法子吗？"

上官雄手中握着一块黄灿灿的金牌，那神态，就像和蓬岛七星说闲话。岳明上前一步把吕逵挡在后面悄声说：

"大人，这事我早有安排，目前，独秀峰周围到处都有我的伏兵。明天我就去夷山，把安宇、哈拉绑到独秀峰假意献给阿甲，只要他出寨或者让我们进寨，我完全有把握一举消灭甘嫫家族。"

上官雄脸露喜色，他摇晃着座椅高兴得直夸岳明：

"岳大侠，这事就交给你了，明天你持飞龙令进夷山，半月内务必将三十万大军给我调过来。"

说话间，上官雄忽然发觉梁上有人。他左手猛拍案桌，一只兵符挟着劲风直射房顶。阿兰大惊，正要飘移身子躲避攻击，只听叮当一声脆响，一只碧玉手镯和兵符双双落在大堂上：

"上官大人的功夫好厉害，可惜我的玉镯了。"

话到人到，枯木香嗖一声掠下房梁。她弯腰拾起碎成两半的手镯，脸上全是怜惜幽怨表情。上官雄不敢怠慢，他起身走下堂先行大礼，然后躬身怯怯说话：

"不知护法驾到，小的冒犯了，请降罪处罚。"

枯木香哈哈大笑："上官大人只要赔我一只和田玉镯就行了。我奉圣主指令，执行秘密计划，路过贵府时忽然口渴，专门来讨杯茶喝。"

趁枯木香大声说话之机，阿兰赶快溜走。

刚才上官雄拿出飞龙令把玩时，阿兰一眼就认出了那正是家传宝贝。因为那东西经过历代先人的把玩，不但有厚厚的包浆，而且色彩内敛光线柔和。

自家宝贝近在咫尺，却不能拿回，这滋味很难受。为了不打草惊蛇，阿兰只好悻悻离开。她刚越墙而出，安鳌就带着大帮人马过来了：

"都给老子站好，一个也不许动。"

惊骇间，四周火把通明，无数士兵手执弓箭，把上官府足足围了四五层。安鳌扛着大刀怒冲冲走进来，二话不说劈手就给上官雄一顿耳光：

"狗杂种，敢绑架我的儿子。马湖府老子为大，你算什么东西？"

上官雄不敢作声，他说："大人你误会了，我们正商量怎么救公子呢。"

安鳌嘿嘿冷笑，他照准岳明下腹猛踢一脚，恶声骂道："别以为老子整天就会玩女人。你们和黑龙会的勾当，你们的行动计划，我早就知道，人不犯我我不犯人，乖乖把儿子还给我，再交出飞龙令，以后的事我们还有商量，否则大家一块完蛋。"

安鳌说话的时候，几名士兵已把牛郎星王一腿押了上来。安鳌手起刀落砍断王一腿左臂，指着他厉声喝道："要想活命，就把刚才的话再说一遍。"

王一腿血流如注，他哭丧着脸说："上官大人、大师兄，你们别怪我，刚才我出去小解，不小心被安大人捉住，我吃不住打，什么都说了。"

"软骨头，我们看错了你。"

张三姑一边给王一腿包扎止血，一边板脸责骂。

安鳌把刀架在张三姑的脖子上，喝令士兵带走。他侧身怒视着岳明说："十天内不把我儿子安全送回来，这娘们该受什么罪你清楚。"

岳明不敢说话，只用眼光哀求上官雄。上官雄略作思索，果断从衣袋里掏出一块金牌哈哈笑了起来：

"大人，你果真不是凡人，既然如此，我们合作怎样？"

"怎么合作？"安鳌一脸冷傲。

为表诚意，上官雄主动把飞龙令交给安鳌。他说："我做的一切，其实是为大人铺路。因为朝廷推行改土归流政策，您早没了俸禄、荣耀和权力，只有反叛才能偏安一隅。"

"你分析得对，继续说。"安鳌脸上渐渐有了笑意。

上官雄知道对方掌握了自己的阴谋，干脆把话挑明。他的意思是，如果安鳌同意自己的计划，十天之内他亲自把安宇送回来。如果安鳌要与铁锋合作，大家就鱼死网破。

经过讨价还价，安鳌同意了上官雄的条件。他说："其实我早就在准备了，你们所做的一切，都在我的计划内，你们都是我的棋子。今夜天亮前，我从芒部借来的八万大军，将在安边场轰出反明第一炮。现在我正式宣布自立为王分疆裂土，上官大元帅听令：'令你带两万士兵，火速赶到安边场，配合芒部大军攻城。'"

上官雄高兴极了，多年的准备策划，今夜终于有了结果。他双手接过兵符，说声"遵令"旋即离去。

岳明站在原地，不知该退还是该进。安鳌走两步拍着他的肩膀说："岳大侠，请原谅我刚才的态度。现在我们是一家人，以前的事就不提了。你带二百名兵士火速包围钦差卫队，务必全部烧杀，不得有误。"

岳明看安鳌委以重任，知道这一关已经闯过了。他恭敬地说声"遵令"，接过兵符带着师弟师妹退出了大堂。

现在只剩枯木香了。她没料到事情变得这样快，既不能脱身给铁锋报信，又不能引起安鳌怀疑，只得把希望寄托给阿兰。

"枯木香小姐，山口惠小姐多次提到你。我现在急需用人，你能帮我吗？"

枯木香正愁没法脱身，她行个大礼微笑着说：

"黑龙会枯木香愿为大人效劳。"

安鳌仰天大笑，他说："有黑龙会助我，何愁大事不成。圣主真是英明至极。"

"大人，万事虽备，但你身边还缺一位运筹帷幄的将军。"

枯木香的话刚说完，安鳌立即变得严肃庄重。他拿出飞龙令交给枯木香，行个大礼郑重地说：

"你拿着飞龙令火速赶到夷山，将其交给安宇，令他即刻调集兵马粮草前来增援。事关重大，绝不能出半点意外。"

枯木香表面镇定，心里波涛翻滚。她怕铁锋有危险，接过飞龙令越墙而出，迫不及待就往马湖江边跑。

这时整个江岸已陷入混乱，喊杀声中，钦差卫队的大船，以及周围的渔舟客舫，全部掩映在一片火海中。

"小妞，交出飞龙令。"

枯木香发狂往下游跑，她要找岳明弄清钦差卫队的情况。

奔跑中，一枚卵石挟着劲风破空而来。枯木香偏头躲过攻击，还没看清来人面目，后背就被人击了一掌。

她抽刀回身刚要反击，忽然左臂一麻，接着一只脏手快如闪电伸进她怀里，探囊取物般掏走了飞龙令。

68.明月相邀美人相伴

一路上，颜心雨都在离间颜若华和花之魂。

颜若华归心似箭，她邀请表弟林秀儒一同回桃花城。原因是目前只有他能破解《夜郎经》，要战胜慕容彬夺回桃花城，没林秀儒的帮助不行。

花之魂执意要带林秀儒回紫霞峰复命。现在印章石虽找到，但只有林秀儒拿得动。况且自己下山的任务，就是把印章石和林秀儒一同带回去。马上就要完成师命了，关键时刻她怎能让步。万一节外生枝印章石得而复失，这个责任她担不起。

林秀儒左右为难，两边都是美女和亲人，两边的事情都重要，他还真不好决策。

只有颜心雨若无其事，整天唱唱跳跳，一副胸无城府的神态：

"两个美女别吵了，天马上就黑了，我们还是商量住宿问题。"

颜心雨的话还真管用。颜若华抬头看天，只见斜阳残照，四野都是枯藤老树，除了呱呱怪叫的乌鸦，根本看不到一户人家。

"练武之人，哪个没有幕天席地的经历，大惊小怪。"

花之魂话一出口就后悔了，颜若华和林秀儒从小娇生惯养，根本没吃过苦，这不是间接骂他俩吗？

幸好林秀儒一心赏秋景，完全陶醉在丹山碧水白草黄花中：

湖水清如许，秋深夜渐凉。霜铺三径白，菊染一坡黄。

石瘦枫尤艳，鱼肥稻更香。登高怀故友，天地两茫茫。

颜心雨见有机可乘，追上花之魂似笑非笑说："花妹妹，你说得轻巧，昨夜你怎么不睡地下，怎么一人裹着被子睡得口水长流，把若华妹妹晾在一边？"

"心雨姐，别说胡话。"

看颜若华插话，颜心雨愈发泼辣。她双手叉腰脖子伸得老长：

"好妹妹，你就是个自己吃苦，把甜头让给别人的命，都感冒成这样了，还不许我说。"

花之魂一脸通红。她从小一人独睡惯了，昨夜确实无意中把颜若华端下了床。但这是无意识之过，颜心雨怎么就认真了呢？打第一眼起，花之魂就对颜心雨没好感，总觉得她有点阴邪，碍于表姐颜若华的面子，一路上她事事忍让不跟她计较：

"表姐，借一步说话，我有事给你商量。"

看花之魂挽着颜若华的手朝枫林深处走，颜心雨有点失落，她撇嘴做个怪相，追上林秀儒叽叽喳喳说开了：

"林公子，我告诉你个秘密，是关于你花妹妹的。"

林秀儒全身心沉浸在秋色中，以前他读《秋声赋》，感觉欧阳修先生的思想太沉重，其实肃杀萧条中也有艳丽的风景，所以他还是喜欢刘禹锡"我言秋日胜春朝"的豪情。

林秀儒继续摇头吟诗。他对这种背后说人闲话的行为很反感，待对方有些尴尬了才回过头：

"心雨姐，每个人都有秘密，不要窥探别人隐私，这是道德底线。"

下土坡时，颜心雨一个趔趄假装没站稳，趁林秀儒伸手相扶之机，她故意把高耸的前胸顶过去：

"狗咬吕洞宾不识好人心，你表妹有危险知道吗？"

一听表妹有危险，林秀儒赶紧转变态度，他后退一步避开颜心雨的挨擦，微笑着连连道歉。颜心雨看时机成熟，神秘兮兮上前小声说：

"你表妹有夜游症，你得暗中保护。"

颜心雨一本正经，丝毫看不出半点说谎痕迹。她说好几个夜晚，花之魂睡着不久就出屋游荡。夜游时她只穿内衣裤，且面无表情怎么也唤不醒。总之遇水蹚水、逢岩跳岩非常危险。

"这如何是好？我们得想个法子救她。"

看林秀儒一脸关切，颜心雨赶快趁热打铁。她说："夜游之人不能现场阻挠、呼唤，否则她会当场吓傻从此患上精神病。更不能当面告诉她，对于梦中所经历的一切，她根本记不得，也不承认自己梦游。要救她，只有一个办法，除非你也假装有夜游症。"

听颜心雨面授机宜，林秀儒才知对方见多识广不能小看。他嘴里说着"是是是"，满脸都是感激神色。

来到一棵千年红酸枝树下，花之魂打个请坐的手势说：

"表姐，就在这里吧，我们先谈谈秀儒公子。"

花之魂的态度很明确，为顾全大局，她同意颜若华把林秀儒带走。鉴于林秀儒武功低微，仙道术时灵时不灵，她建议分手前，由颜若华负责传授武功，她负责传授仙道术。这样以后不管遇到任何危险，秀儒公子都能应付，都不会受人欺负。

"表妹，我俩想到一块去了。"

颜若华很激动，她说："时久见人心，危难见真情。既然表妹这样大方，我也不能小气。从今夜起，我俩轮流训练秀儒公子，等他有足够的自保能力后，先去紫霞峰还是桃花城，一切由他选择。"

"花妹妹，有什么话不能大声说，神神秘秘的，好吓人。"

小路上忽然传来颜心雨尖锐的声音。颜若华走过来爽朗笑道："心雨姐，花妹妹传我修仙秘诀，别大惊小怪。"

"真的吗，花妹妹，你也太偏心了吧？"

花之魂刚要走出枫林，颜心雨就及时挡在了她面前。她先给花之魂道歉，然后缠着她传授仙道术。花之魂知道对方的武功不弱，本想传她点仙道术，然想到紫霞峰的规矩，以及颜心雨的为人，便打消了念头。她嘴里嗯嗯应付着对方，脚下的速度不减，片刻工夫就追上了颜若华。

当晚，四人在悬崖上的山洞里过夜。颜心雨很勤快，她捡来干柴劈成碎块生上火，就跑出洞砍竹子。

花之魂看颜心雨抚着小腹不断皱眉，赶紧上前帮忙。二人把竹筒里的节巴打通，倒出里面的竹屑，拿到溪边洗净就开始煮竹筒饭。

"幸亏我今早向店家买了几斤米，不然，大家都得饿肚子。"

颜心雨把冒着热气的竹筒捧到颜若华面前，一边表功，一边用木棍在火塘拨弄。花之魂用剑劈开竹筒，她先呲嘴尝一小口，确认不是夹生饭，才双手举到林秀儒嘴边。

圆月慢慢爬上树梢，四野的蛩鸣伴着潺潺的溪流，再加上夜鸟的怪叫，使本就寂静的山谷更加空灵。

根据约定，今晚由颜若华负责传授林秀儒武功。林秀儒不想学武功，他说美人在前，明月在天，如此良宵学武功多浪费，不如我们每人作一首诗，留一段传奇佳话多好。颜若华归心似箭，哪有心情作诗。花之魂思念师父心切，也无闲情逸致。只有颜心雨附和林秀儒的提议，她说："我虽不会作诗，但会欣赏。你们以松竹梅为题，每人作诗一首，最后我来评判。"看林秀儒兴高采烈，为了不扫其兴，颜若华和花之魂只好依他。

林秀儒豪情满怀，不一会儿，一首咏松的七律就抑扬顿挫吟了出来：

> 放眼群山我最高，撑天拔地是雄豪。
> 扎穿怪石根尤劲，刺破苍穹叶更骄。
> 龙影蛇形霞作帐，仙风道骨雪为袍。
> 怡然抱定凌云志，万雨千雷不动摇。

颜若华不甘落后，林秀儒的吟声刚毕，她的五律咏竹也成了：

> 最爱窗前竹，经霜不改颜。
> 浓荫常覆地，瘦骨敢撑天。
> 劲节成风范，高标伴圣贤。
> 与君同傲世，岁岁乐陶然。

花之魂磨磨蹭蹭，待颜心雨催促了才徐徐吟出两阕《渔家傲》：

一、赏梅

最爱家园冬景妙，一川冰雪梅开了。疏影婷婷诗意闹，风袅袅。冷香飘逸雄鸡叫。　　人越精神花越俏，花枝招展人狂傲。傲尽严寒花未老，春回早，花颜只对高人笑。

二、惜梅

遍地清霜天欲暮，芬芳溢满邻家路。野渡廊桥飞雪舞，开无主。傲寒惹得群花妒。　　铁骨横斜身世古，前身明月今生树。岁岁报春春不护，入尘土，千人乱踩香如故。

颜心雨张口结舌，半天说不出一个字，闷了半晌才鼓掌道："你们的诗都好，都比我厉害。"

吟诗毕，颜若华严肃地说："表弟，该你履行诺言了。"林秀儒嘴里咀嚼着表姐表妹的佳句，下意识跟着表姐走出了山洞。洞外有块平坦光滑的岩石，岩石对面是飞流直下的瀑布。疏影横斜月光斑驳，颜若华站在岩石边缘，一副严肃相。她叫林秀儒盘腿而坐，以一念代万念先习吐纳。

经过测试，颜若华明显感觉到林秀儒体内蕴藏着一股极其深厚的内力。由于这股真气散布全身，不受丹田约束，导致他的功夫时灵时不灵。

明月相邀美人相伴。置身于蛙鸣虫嘶、远山迷蒙的良宵美景中，林秀儒根本静不下来。他的脑海里，时而闪现花之魂梦游的旖旎场景，间或响起姨母花满溪慈祥的声音。

那日，姨母把他从竹香然手里救出后，曾嘱咐他好好照顾颜若华。而今姨母远去，若华表姐就在眼前，他想对她倾诉、表白，想和她一起赏月、吟诗，这样才不辜负良辰皓月。

颜若华听林秀儒呼吸急促，身子乱晃，知道他杂念重重，难以进入物我两忘的禅定境界。对这个书呆子表弟，她心中一点儿女私情都没有，只把他当弟弟看待。她魂牵梦绕的人是铁锋，分别以来，她隔不几夜就梦见他。他的豪情，他的英雄气概，让她回想、陶醉和崇拜。

看林秀儒身子乱晃，气喘如牛，颜若华只有发声提示：

"驱除杂念存真气，涤尽尘心现道心。"

再不能让他胡思乱想了。颜若华嘴里念诀双掌发功，意欲将林秀儒的真气导入丹田，从而替他打通周天。

林秀儒体内本就燥热，表姐的内力一进体内，他更是热得难受。刹那间，他感觉有无数条火龙在血管里乱钻，浑身膨胀得快要爆炸：

"举头望明月，把酒问青天。"

看表弟不静反动，竟然开口吟诗，颜若华哭笑不得。她挪动身体，直接把双掌按在林秀儒后背上，准备将他散乱的气息，强行集中到丹田里。

第一波内力发出后，林秀儒毫无反应。颜若华很奇怪，她深吸一口气，提升功力再次发出内劲。

"蓬蓬！"

这一次林秀儒的身体终于有了反应。电光石火间，一股大力反弹回来，直接把颜若华弹出丈余远，差一点就跌下万丈深渊。

"表姐，你打我干啥？"

林秀儒大汗淋漓，他喘息着站起身，看颜若华坐在地上发呆，急忙上前搀扶。

"打你不争气，谁叫你胡思乱想静不下心。"

颜若华有点懊恼，她不相信对方的内力超过她。这究竟是咋回事，难道他深藏不露？

"表姐，如此良宵，我们赏月聊天吧。"

林秀儒抓住颜若华娇若柔荑、宛如春葱的手不放。颜若华甩开手，不轻不重打他一下，摆出一副大姐姐姿态：

"夜深了，快睡觉，明天还要赶路呢。"

看表姐摇着丰臀直往岩洞里走，看地上婀娜修长的身影，林秀儒一怀愁绪满身落寞。他望着西斜的月亮，呆呆站了很久，才进洞休息。

"表兄，你没事吧？"

花之魂抱膝坐在火塘边沉思。她看林秀儒回来，急忙给他挪位置。颜心雨紧挨在花之魂身边，二人窃窃私语，好像有什么机密。

林秀儒躺在洞口不敢入睡，他担心花之魂会夜游。颜心雨时而出去小解，时而磨牙说梦话。每次跨过林秀儒时，她都要用腿胯挨擦他，弄得林秀儒辗转反侧，几乎通夜未眠。

第二天，四人依然在崇山峻岭中转悠。太阳快落山时，颜心雨攀上一棵大树看了看说："前面好像有户人家，你们在这里等我，我去去就回。"

颜若华昨夜消耗了太多内力，她说今夜再不能露宿荒野了，你快去快回，务必找到有人烟的地方。

"好呢，你就看我的本事吧。"

颜心雨唱唱跳跳直往山下走，她表面天真无邪，内心十分焦虑：

"肚子里的小东西越来越大，慕容彬怎么还不派人来接应，难道他当了大燕皇帝就把我忘了？"

山下果然有户人家，虽是五六间草屋，却也干净。颜心雨刚到院坝，里面就迎出来一位老者。老者说，儿女们都到山那边走亲戚去了，要两三天才回来。

四处查看，确认今夜吃喝不愁，颜心雨才笑嘻嘻递上银两。老者连连摆手，他说："荒野人家，几十年都无贵客，今日天降吉星，我高兴还来不及，哪敢收钱。"

老者的话还没说完，就被颜心雨一指戳昏。

69.姐妹反目

接到颜心雨的信号，颜若华一个劲催表弟、表妹赶路。三人走出楠木林时，远远就看见了茅屋上袅袅娜娜的炊烟。

颜心雨在厨房里忙碌，铁锅里蒸腾着热气，一股腊肉香味弥漫在整个院落，惹得林秀儒饥渴难耐口水差点流出来。

颜心雨边洗刷碗筷边说话。她说自己来到这里时，这家人正好要到山那边走亲戚，她左说右说，并给了二两银子，屋主人才同意他们在这里住宿一夜。

"这家人好大胆，全走了，难道不怕我们偷东西？"

看林秀儒一脸疑惑，颜心雨哈哈大笑。她用筷子从滚锅里串一块腊肉起来，先举到面前嘘嘘吹冷气，然后按在菜板上用刀使劲切割。

"大小姐，你肯定饿了，来，先尝一口农家美味。"

颜心雨把一块红鲜鲜的腊肉塞到颜若华嘴里，待林秀儒咕噜噜直吞口水时，才切一块半肥半瘦的边角肉给他。

花之魂站在远处，一副不食人间烟火的超拔表情，颜心雨也不理她，她把铁锅里的油汤舀进木盆里，一边令林秀儒到灶门前添柴，一边对着颜若华大声说：

"妹妹，你看这户人家有什么东西可以偷？百多斤荞米、土豆，几十斤腊肉，偷来干啥？再说，我那二两银子，可以买下这家人的整个财产。他们才不傻呢！"

颜若华认为颜心雨说得有理，看她为大家忙进忙出，心里很是感激：

"姐姐，我信你，书呆子的话，别往心里去。"

林秀儒不和颜心雨计较，他看花之魂衣袂飘飘，俏立在西风残阳中赏菊，赶紧微笑着上前搭话。他牵挂着她的夜游症，但又不能把话挑明，只能转弯抹角问她身体有没有不适，是否想马上回去见师尊。

花之魂的心情很复杂，昨夜，颜心雨偷偷告诉她，说林秀儒隔不几夜就出来夜游。颜心雨说得有鼻子有眼，她说有一次自己夜半小解和林秀儒狭路相逢，这家伙二话不说，抱住她就乱啃乱摸。

"表兄，你进过几次太虚幻境，是不是有时清醒有时恍惚？"

林秀儒猜测花之魂夜游的原因，也许是凌波子的元神在作怪。他顺着对方的话说，自己的确经常进入太虚幻境，在太虚幻境中，他感觉自己已超脱三界，不受五行约束，可乘长风破万里浪，可上九天揽明月，可御剑诛妖杀魔，总之完全摆脱了生死轮回。然而回到现实中，他又是一个手无缚鸡之力的书生，尽管知道自己是逍遥子的元神，却使不出半分法力，因此，他常常烦恼常常恍惚。

"我也有同感，看来我们都困在凌波子和逍遥子的元神里，走不出去了。"

一番对话下来，二人都相信了颜心雨的话，都觉得自己有责任保护对方的安全。

"帅哥靓妹，吃完饭再谈心好不好？"

颜心雨斜倚在门槛上呼喊。看她脸上诡异的表情，林秀儒和花之魂都暗暗会意，觉得颜姐在给自己发信号。

晚餐很丰富，荞米饭、烧土豆、腊肉外加一盆山药汤。花之魂不食荤腥，她抓几个烧熟的土豆，款款走到外屋边磕边剥皮。颜心雨感觉有些冷落人家，她盛半碗荞米饭走过去说：

"好妹妹，你的生活太清苦，这碗饭是素食，你放心吃。"

林秀儒吃一口腊肉，喝一口清水，他说有肉无酒，有好友无好诗，如此良宵岂不虚度？颜若华细嚼慢咽，她给颜心雨夹一块肥肉，再往表弟碗里添一勺山药汤，微笑着说：

"表弟，不要经常沉浸在虚幻中，现实很残酷，吃过饭，好好跟花妹妹学法术。"

屋内一灯如豆，屋外月光如水。林秀儒盯着灯光下颜若华姣好的面庞看一会儿，又转头欣赏月光下花之魂妙曼的身影。在他心中，表姐和表妹一样美丽同样重要。表姐美在丰若无骨，美在全身都散发着人情味和烟火气。表妹则是美人如花隔云端，和她接触，林秀儒心中荡不起半点凡心俗念，整个身心都被对方的淑气仙风涤荡，所有的幻想都转化成超然物外、遨游九天的愉悦。

"表兄，你把印章石放哪里了？"

颜若华和颜心雨睡下后，花之魂把林秀儒领到屋外空地上，她十分担心印章石的安全，反复嘱咐林秀儒妥善保管，并严守机密。林秀儒从衣袋里摸出印章石，轻描淡写说："这件宝贝在太虚幻境中法力无边，走出结界就是一枚田黄石。我反复研究过，没发现什么特别，干脆交给你保管，免得出意外。"

花之魂看林秀儒把印章抛过来，赶紧伸出双手去接：

"表兄，这是本派仙器，不能亵渎。"

幸亏林秀儒是个假动作，不然花之魂跌得更惨。她呻吟着爬起，第一件事就问印章石损坏没有？林秀儒吓得不轻，刚才表妹的手刚接触印章石，就被反弹出去。看来他在太虚幻境中的一切经历，并非镜花水月空穴来风：

"怪哉，怎么我一点没事，你摸一下就摔跟斗？"

看印章石完好无损，花之魂放心了。她抚着摔疼的腿脚嫣然笑着说："大凡仙灵之器都认主人，现在很多妖魔都在打这枚印章石的主意，你必须提高警惕。"

闲聊一阵子，花之魂主动把话题转到仙道术的修炼上。她说修仙之法，在于明道。道散为气聚为神，无形无象又生育天地万物。世间的功名利禄荣华富贵，对于修仙者而言，只是泥沙草芥过眼烟云。神仙既是道的化身，又是维护三界和平的楷模，但是修仙之路崎岖难行，不是人人都可造化钟神秀。

"既然这样艰难，那我还是做个凡人吧。"

林秀儒对修仙一点不感兴趣。他暗想这辈子若修不成仙，那就和表妹过一辈子陆地神仙的生活。花之魂看表兄走神，伸手在他肩上亲昵地掐一下说："现在我教你挽诀、念咒，打起精神不准胡思乱想。"

"五雷三千将，化吾身、变吾身，头顶三层铁布巾……"

花之魂小指从第四指背过，中指掐掌心横纹严肃地说，这是紫薇诀，挽此诀念此咒可化身北帝召集指挥三十六将。林秀儒破解《夜郎经》里面的《桃花宝典》时，早就接触过各种符令咒诀。花之魂所教的那些初级原理，他虽然一学就会，但心中却有疑团：

"表妹，这些法术是不是随用随灵？"

"哪能呢！那得看天时地利，还有针对者是谁。"

林秀儒一头雾水，他说："既然不能随用随灵，还学来干啥？"花之魂拉着他的手耐心说："仙道术不是用来显摆炫耀的，必须在特定时间、特定空间、特定对手面前才能使用。如果对象是凡人，你挽千个诀念百遍咒也不起作用。"

"我还是不想学。"

花之魂有点懊恼，她用近乎哀求的口气说："表兄啊，你为何这样固执，常言道艺多不压身，学会仙道术，关键时刻既能自保，又可降妖除魔，这何乐而不为呢？"

为讨表妹欢心，林秀儒只好努力学习，二人耳鬓厮磨，交谈得极其融洽，直到圆月西斜才回屋休息。

躺下不久，花之魂忽然起身抱着肚子就往门外走。她刚到院坝，林秀儒就蹑手蹑脚跟了出去。花之魂走进茅房，正准备蹲下，忽见表兄鬼鬼祟祟走出来，赶紧起身穿过茅房朝前面走："糟糕，表兄的夜游症犯了。"

花之魂虚汗直冒，由于内急得不行，她越走越快，最后竟然施展轻功，钻进密林不见了。林秀儒使出浑身力气也追不上表妹，他气喘吁吁跑一阵子，正站在十字路口犹豫，身后突然传来颜心雨的声音：

"杀人了，大家快出来。"

反身回到茅庐，林秀儒见院坝里直挺挺躺着一位老头。老头身上尚有余温，身旁横着花之魂的宝剑，鲜血顺着他的衣裤流出去很远。颜若华蹲在老人身旁，一边按住老人伤口一边大声问话：

"老人家，是谁杀了你？"

老人嘴里呵呵的已不能说话了。颜心雨厉声喝问林秀儒出去干什么，看没看见花之魂？林秀儒哆哆嗦嗦说，刚才他确实看见花之魂出去，但没看见她杀人。

"花之魂呢，她在哪里，快把她找出来。"

颜若华很震怒，老人是谁？为何半夜出现在这里？什么原因被杀？她必须搞清楚，必须给无辜者一个交代。

"表姐，表妹出门时没带剑，我亲眼看见的。"

林秀儒首先给花之魂辩护，接着颜心雨也极力替花之魂说好话。她说这位老者就是这家的主人，也许他走到半途，不放心我们又折回来。回来时，恰巧遇见花之魂梦游。花妹妹神志不清杀了人，情有可原。现在人已死了，唯一的办法就是我们明天离开时，多放些银两在他身边。

"不行，我们是正道中人，必须找出凶手。"

颜若华的态度很坚决，她要求颜心雨和林秀儒自证清白，详细叙述晚饭后的所有行踪。颜心雨有点委屈，她说："好妹妹，晚饭后我一直睡在你身边，刚才出门小解从你身上翻过，你还打了我一下。"

三人激烈争论间，花之魂回来了。刚才她费了很大劲才摆脱林秀儒，在密林里痛快淋漓宣泄一番后，她感觉舒服多了：

"大半夜不睡觉，你们在干啥？"

花之魂没注意到脚下的老头，她一个趔趄，双掌正好按在死者的血衣上：

"哇，死人了，这是怎么回事？"

诧异间，颜若华的宝剑已架在了花之魂脖子上，她厉声喝道：

"我正要问你这是咋回事呢，你出去干什么？快说。"

花之魂很震惊，她搞不懂表姐为何拔剑相向，当着众人她又不好意思说自己跑出去拉肚子，顿时目瞪口呆不知如何回答。

颜心雨看事态顺着自己的计划发展，内心狂喜。她怯怯上前捡起花之魂的宝剑递过去，反身回到颜若华身后才说话：

"花妹妹，练武之人剑不离身，你怎么如此大意。"

花之魂摸着剑上的血痕，义正词严地说："这不是我干的，我一定查出凶手。"

"别废话，亮剑，今天我们必须做个了断。"

颜若华不容花之魂解释，刷一剑横劈过来。花之魂躲开攻击说："表姐，别冲动，这事疑点很多，容我说几句话好不好。"颜若华一招落英缤纷封住花之魂退路说："我们吃人家饭，睡人家床，最后竟然杀了人家，这口恶气我咽不下，这个罪名我背不起。"

看表姐盛怒至极，根本不听解释且招招狠毒，大有取自己性命之意，危急中，花之魂来不及多想，心一横就使出了春雨桃花剑法"春融万物"。

轰隆声过后，漫空都是飘飞的茅草。四周静得出奇，仿佛一切生灵都终止了生命。

70.真相大白

两强相争，必有一伤。

花之魂的春雨桃花剑法，是当今至刚剑法，虽然颜若华的落英缤纷独步武林，但还是莫挡其锐。幸亏花之魂没出全力，加上颜若华内力深厚，所以她蹭蹭蹭连退四五步就稳住了身形：

"好啊，表妹，看家本领都使出来了，干脆连我一起杀了吧。"

颜若华怒极，自己的落英缤纷，竟然抵不住人家半招春融万物，这个脸她丢不起。为了自身名誉，为了无辜死者，她决定拼死一战：

"漫天花雨！"

这一次，颜若华用尽了全力，她自认内力强过花之魂，这招漫天花雨，是从《九天神曲》中化出来的，不但内藏宇宙洪荒之力，而且还有阴阳五行八卦九宫之变化。以前从来没用过，现在正好派上用场。

花之魂不知表姐起了杀念。她用春融万物，本意是想劝化感化对方，希望她明理后知难而退，根本不是与她争强弱。

迟疑之际，颜若华的剑气已逼到了面前，花之魂用凌波微步不断变化身形位置，意欲躲开凌厉的攻势。然而不管她步法如何轻灵，身形怎样挪移，始终逃不脱攻击。她抬头一望，漫天遍野都是剑花，有的剑花一分二，二分四四分八，无穷扩展。有的剑花此进彼退，彼虚此实。不管你躲避还是用剑格挡，只要碰着一朵剑花，整个身体立刻被千万朵剑花包围。

"雨洗巫山。"

眼看对方的剑花就要刺穿自己的胸膛。紧要关头，花之魂再无顾虑。

先保住性命，以后有机会再给她解释吧。

轰轰声响过之后，四周一片呼啸喧哗，茅屋摇摇欲坠，茅草漫空飘飞。残月下，花之魂和颜若华仗剑而立齐声惊呼：

"表弟！"

"表兄！"

"伤着你没有？"

林秀儒卓立在二人中间，他抚着胸口喘息一会儿说："你们是至亲姐妹，有什么话不能好好说，非要拼个你死我活才甘心吗？"

这一喝问，姐妹二人的脸忽然发起烧来。颜若华首先意识到自己的错误，她说表妹对不起，我刚才太冲动了。花之魂也觉得自己不全对，二人相互道歉，不一会儿又成了好姐妹。

"表弟，刚才是咋回事，你怎么挡得住我们二人的剑气？"

颜若华疑虑重重。她暗想，刚才如不是表弟突然介入，她和花之魂肯定两败俱伤。这书呆子难道有神仙相助？血肉之躯，根本挡不住两股凌厉至极的剑气。

花之魂略略思索就找到了答案，原来是印章石化解了她和表姐的纷争。她心里高兴，脸上微波不兴，这紫霞峰的绝密，不能让外人知道，包括表姐颜若华。

三人在散乱的茅草上坐着说一会儿话，天就渐渐亮了。林秀儒掀开茅草，走到死难的老者身前，仔细查看一番摇着头说："这件事很蹊跷，我们必须冷静分析。"

颜若华有点迫不及待，她说："表兄，你就别卖关子了，直接说重点。"

林秀儒查看完周边环境，回到死者面前说："第一，老人家如果半途折回，脚上一定沾有泥土，你们看，他的双脚很干净，说明他没有外出。第二，老人的头发上沾有羊粪，这说明死前他一直睡在羊圈里，刚才我去羊圈查探，果然发现了他的睡痕。第三，老人家为何要睡在羊圈里，原因很简单，他被人点中了昏睡穴，你们看，他的大椎穴是不是隐隐有乌青痕迹？从这三个疑点分析，我得出一个结论，颜心雨在说谎骗人。"

"你胡说，我和她从小一起长大，她的为人我最了解。"

颜若华首先反对林秀儒的推论，她说："心雨姐为了照顾好我们，忙进忙出，人都瘦了一圈，怀疑谁都不能怀疑她。"

林秀儒不管颜若华的情绪，他开门见山问花之魂昨夜出门干什么，花之魂低头羞怯地说：

"表兄，可以不说吗？这事很难为情。"

林秀儒态度很坚决，他说事关你的清白，再难为情也要说。花之魂拗不过，只好羞答答把自己拉肚子的事说了出来。

"原来你闹肚子，我还以为你梦游呢，早知如此，我跟着你干啥？"

花之魂一脸惊愕，她拉着林秀儒反复问道：

"表兄，谁给你说我有梦游症？"

林秀儒以为自己暴露了表妹的隐私，他先支支吾吾，后来看对方穷追不舍才说出颜心雨的名字。

"她还说你有夜游症呢，我们都上颜心雨的当了。"

花之魂激愤得大喊起来。

颜若华还是半信半疑，她说："心雨姐此举也许是给你们开个玩笑，这和杀人是两码事。"

花之魂看颜若华护短，心里很不舒服，她走到死者面前，撕开衣服细细查看完伤口，转身对颜若华说：

"表姐，你看老人家的伤口，是不是和姑母的伤口有些相像？"

一语惊醒梦中人，颜若华嘴里帮颜心雨辩护，心里却在激烈斗争：

颜心雨为什么要这样做？有何目的？难道我看错了人？

俯下身查看完死者的伤口，颜若华的眼泪突然掉了下来：杀人者出剑的角度、力道、致命程度，果然与母亲的伤口有些相像。天哪，这太难想象了。

"颜心雨，出来给大家一个解释。"

连喊三声都没听到颜心雨回答，颜若华只好进屋去请。

屋内空空如也。《夜郎经》、翠玉凤凰连同颜心雨都不见了。

颜若华吓得不轻，这两样宝贝关乎着桃花城的命运，倘若落到慕容彬手里，后果不堪设想："你们说得对，颜心雨果然有问题。"

颜若华扶着门框，一脸苍白。这样的打击，比刚才她输给花之魂还严重。花之魂扶着颜若华，不断安慰并给她鼓气。颜若华说："如果这一切果真是她做的，我一定亲手杀了她。"

"表姐，我们赶快追吧。"

林秀儒首先稳定情绪。他说颜心雨偷了《夜郎经》和翠玉凤凰，一定急于走出夷山回桃花城。我熟悉夷山路径，现在抄近道还能赶在她之前。

颜若华同意表弟的意见，她建议先把老者安葬，然后把身上的金银首饰、玉镯放在屋里，才诚惶诚恐离开茅屋。

花之魂很庆幸，由于她一直把《九天神曲》捆在身上，所以刚才逃过一劫。她看看林秀儒，用眼神和手势暗示他保管好印章石。

　　林秀儒会意地眨眨眼，他伸手在怀里摸了摸，确认东西还在，才偏头做个鬼脸回应。颜若华不知二人的秘密。看他俩眉来眼去，以为在调情：

　　"都什么时候了，你俩还有这心思，赶快走。"

　　一天后，道路逐渐平坦宽大，远处隐隐传来鸡鸣狗吠声。林秀儒手搭凉棚朝远处看一阵子说："我来过这里，前面就是阿兰的家了。"提起阿兰，颜若华和花之魂都唏嘘叹息，林秀儒更是怆然而悲长歌当哭。

　　"救命啊，快来救我。"

　　循着呼喊声走进山谷，只见一群饿狼团团围住颜心雨。颜心雨双手淌血，走路一瘸一拐，她看颜若华前来，欣喜得大声哭了起来：

　　"妹妹快救我。"

　　颜若华和花之魂商量说："表妹，我们救不救她？"花之魂冷冰冰说："这种恶毒小人，就该喂狼。"林秀儒看群狼不断撕扯颜心雨的衣服，也起了恻隐之心，他说："见死不救，有违良心，先救人吧。"

　　表兄发了话，花之魂心里再不乐意也只能执行。她说："表姐，你我双剑合璧冲进狼群，务必在一招之内各自杀死五条狼，才能起到震慑效果，否则，救人不成，我们反倒成饿狼的美餐。"

　　"雨洗巫山。"

　　"落英缤纷。"

　　娇叱声过后，接着就是闪烁的剑光和肃杀的剑气。转眼间山谷里横七竖八，到处都是恶狼的断肢残体。群狼退后，颜心雨哇哇哇哭得更厉害：

　　"妹妹，人是我杀的，但都是为你好。"

　　颜心雨一把鼻涕一把泪。她说杀老头的目的，就是要引起颜若华对花之魂的误会，因为花之魂一直在打《夜郎经》和翠玉凤凰的主意。这两样宝贝只能属于桃花城，不能落到别人手里。为防节外生枝，她只有不辞而别，偷偷将这两件宝贝带回桃花城。

　　"不管你有什么理由，杀了人就得偿命。"

　　颜若华硬着心肠，缓缓提起宝剑，她是言出必行之人，今天一定要还死者一个公道。

　　"妹妹，你杀我可以，但不能杀我的孩子。"

　　听了颜心雨的话，颜若华震惊得呆若木鸡。恍惚中，她完全不认识这个从小一起长大的姐姐了：

　　"孩子的父亲是谁？"

　　颜若华打断颜心雨的唠叨，厉声追问事情的缘由。颜心雨说："孩子的父亲现在不能告诉你，以后你会知道的。"颜若华气得不断咳嗽，她扔掉宝剑，揪住颜心雨就是一顿耳光。颜心雨咬牙忍耐，眼光中射出怨毒表情。

花之魂连连摇头，她说："世上竟有这等小人，我真看走了眼。"林秀儒本来看不起颜心雨的为人，现在更加鄙视她。

　　"表弟、表妹，我该怎么办，你们给我拿个主意吧。"

　　颜若华瘫坐在地上，一副无可奈何花落去的神色。花之魂抢过包袱递给颜若华。颜若华打开包袱，见《夜郎经》和翠玉凤凰完好无损，心里略略舒服了一点。她背起包袱边走边说："既然你有身孕，那就借你三百六十天，一年后我再取你性命。"

　　"不准跟着我们。"

　　花之魂啐颜心雨一口，转头就走。林秀儒双眼望天，任随颜心雨怎么说也不表态。颜心雨怒了，她挥着被狼咬伤的双手高声喝道：

　　"你们干脆杀死我算了，丢下我不管，我能活下去吗？"

　　最后，颜若华心软了。回想儿时的友情，回想她倾力扶持母亲的往事，她顾不得表弟、表妹的心情，反身默默扶起了颜心雨。一路上，颜心雨都在哭着认错道歉，一路上大家的心情都不愉快。

　　"云龙鹤参见皇妃，终于找到您了。"

　　转过山垭口，云龙鹤突然鬼魅般从石桥上走了下来。他行过大礼，手一挥，后面立即掠出二十多位黑衣武士：

　　"大燕国四品带刀护卫慕容平参见皇妃。"

　　颜若华彻底懵了，这是怎么回事，谁是皇妃？

　　惊愕间，后背一冷，接着一柄利剑闪电般刺来。由于距离较近，颜若华根本来不及躲避，急切间，花之魂快速挪移，她侧身撞开颜若华，挥掌猛劈颜心雨。颜心雨鹞子翻身躲开花之魂，人在空中，剑锋仍然逼在颜若华身上。

　　云龙鹤和慕容平见状，赶紧一左一右夹击颜若华。颜若华的思绪尚在恍惚，她承受不了打击：

　　"颜心雨怎能当皇妃，她和慕容彬什么时候勾搭上的？"

　　颜心雨看颜若华摇摇晃晃，高兴极了。她饿鹰般俯冲下来，本想一剑割断颜若华的脖子，转念一想又把剑锋伸向了包袱。

　　"啊，包袱。"

　　颜若华回过神时，颜心雨已把包袱扔给了云龙鹤。

71.双剑合璧

　　看云龙鹤接过包袱就跑，花之魂踢翻两名武士，仗剑直追。云龙鹤慌不择路，脚下一滑，直接跌落深谷。

　　花之魂横飞数丈，双脚在古树枝上一踏，仙鹤般掠到下一层岩的树冠上，没几个起落就到了谷底。颜若华拉着林秀儒冲破武士的包围，依着花之魂的做法，几个起落也追到了谷底。

颜心雨动了胎气，再不敢逞能：

"给我追，全部杀掉。"

云龙鹤累得大口喘气，他看花之魂追来，知道逃不脱，主动把包袱扔了过来。花之魂上前几步刚要拾包袱，忽然眼前一花，接着晏灵姬从天而降。人未落地，掌风已把花之魂逼得连连后退：

"谁敢欺负毒龙潭少主？"

花之魂没见过晏灵姬，却听师父说起过她的修为。从袭来的掌风里，她已辨出对方的实力，虽然自知不是其对手，为了颜若华，为了桃花城，她不能胆怯，必须放手一搏。

云龙鹤感激地喊了声姑姑，趁花之魂后退之际，他捡起包袱使劲往前跑。颜若华带着林秀儒追下来时，云龙鹤已不见了踪影。

"林公子，我们又见面了。"

晏灵姬故作娇态。林秀儒一脸冷漠，他说："你这老妖婆，难道又想把我掳去落雁宫？"

"你说对了，林公子，我俩的缘分还没尽呢。"

说话间，晏灵姬衣袂飘飘陡然纵起数丈高。花之魂早有准备，对方的力道还没发出，她一招"雨洗巫山"直接迎上去。颜若华不甘落后，几乎和花之魂同时出剑。"雨洗巫山"和"落英缤纷"一组合，顿时石破天惊，爆发了超乎寻常的异能量。晏灵姬大意失荆州，整个人飞出去十多丈远，重重撞在岩石上。

"天哪，这是什么剑招，我怎么会输给你们？"

晏灵姬口喷鲜血，一副失魂落魄的神情。林秀儒走上前扶起她说："江山代有才人出，荷花妹妹，你该隐退了，还是去找花满庭吧，他可一直在念叨你呢。"

"你怎么认识花满庭？他在哪里？"

从晏灵姬眼里，林秀儒看到了几分初恋的光芒。他说："花满庭是我二舅，他就在夷山。"

"谁这么大胆，敢直呼我的名字？"

说曹操曹操到，众人惊诧的时候，花满庭长发飘飘，像个猴子一样从大树上滑落下来。他看一眼林秀儒刚要招呼，转头看见坐在地上吐血的晏灵姬，立即走过去：

"荷花妹妹，没想到我还能见到你，谁打伤你？"

晏灵姬羞得把头埋在衣袖里，她小声说："这么多年过去了，你还没死心？"花满庭双掌按住荷花妹妹的后背，一边给她疗伤，一边柔情脉脉说："虽然过了这么多年，但我一直活在你十八岁的音容笑貌里。"

"这把年纪了，不害臊。"

林秀儒看花满庭高兴得像个小孩，走上前哈哈笑着说："二舅，没想到你也重色轻友。"花满庭怒冲冲说："你是我的朋友我认，这两个女娃子打伤我的荷花妹妹，难道也是朋友？"

晏灵姬揪住花满庭的衣服，哀哀说道：

"花哥，替我杀了这两个女娃子。"

这些年，支撑花满庭活下去的最大力量就是荷花妹妹，他想她、念她，时刻盼望着为她奉献，为她牺牲。听晏灵姬差遣，他兴奋极了：

"荷花妹妹，你终于接受我了。"

花之魂看花满庭目露凶光，知道他要拼命，她上前几步大声说："二叔，我是花满山之女花之魂。"

"二舅，你清醒一点好不好，我娘是花满溪啊！"

花满庭有点晕，他说："今天是哪股水发了，怎么全是亲戚？"晏灵姬不饶："花满庭，如果你要我原谅你，那就得给我出口恶气，不然我就去找云霄客。"

"别去找那个采花大盗，我依你就是。"

转过身时，花满庭的脸色难看到了极点，他说："你们这两个没大没小的东西，竟敢以下犯上，今天不教训你们，荷花妹妹不依，我不依，你们的父母也不依。"

"二舅，既然你要为妖魔出头，那就过来吧。"

颜若华看看花之魂，二人会意地点点头，随即双双拔剑。花满庭恶狠狠说："先让你们尝尝破风刀的厉害。"说完话，花满庭不断冲二人眨眼睛。

破风刀一出，四周突然狂风呼啸寒气逼人。这个时候的花满庭，一半清醒一半糊涂，不拿点真本事出来，晏灵姬那关过不去。但要真杀亲侄女和外甥女，他又做不到。这些年除了荷花妹妹，最思念的就是大哥和二妹。好不容易见到他们的骨肉，高兴还来不及哪能杀掉呢？

二十招一过，花满庭暗暗心惊，这两个小丫头哪来的神功？再过十招，她们杀了我才对呢。

颜若华知道二舅为难，所以才暗示花之魂不要使出春雨桃花剑法。三人翻翻滚滚打得像模像样，看得林秀儒不断鼓掌喝彩。晏灵姬见花满庭和自己一样，功夫没什么长进，失望得直摇头。

"哇！你们好厉害，我认输。"

花满庭一跤跌出去两三丈远。他红着脸走到晏灵姬身边说："荷花妹妹，我打不过她们怎么办，要不你消消气，我叫她们给你道歉，要不我送你一块金牌。"

说完话，花满庭当真从怀里掏出一块金牌。林秀儒认得这块牌子，他劈手抢过翻来覆去看了看，漫不经心问：

"二舅，这块牌子你是怎么得到的？"

花满庭头也不抬说："半月前，我在安鳌府溜达，见他把这块牌子交给一个扶桑娘们，说要去夷山调什么兵马。我尾随扶桑娘们到江边，趁她不备抢过来的。"

"哈哈，得来全不费功夫，二舅，这是夷山的飞龙令。"

晏灵姬横扑过来，她一把抢走金牌嗲声嗲气说："什么飞龙令，你认错了，这是庭哥送我的礼物，我要好好珍藏，任何人也别想拿走。"

林秀儒急得跺脚，他说二舅，你怎么不明事理，这块牌子落到歹人手里，人世间就会掀起一场腥风血雨，赶快拿过来。

花满庭蹲在晏灵姬身旁满脸堆笑说："荷花妹妹，要不我重新送你一样礼物？"

晏灵姬双眉一扬娇嗔说：

"你还是不是男子汉，这些年你为我做了些啥，送出去的东西哪有要回去的理？"

颜若华见状，知道凭讲理要不回飞龙令，她用剑指着晏灵姬说："你别装疯卖傻，再不交出来，我们就武力抢夺了。"晏灵姬一手抓着金牌，一手扯着花满庭的衣袖哭声哭气说：

"庭哥，没想到相见的日子就是永别的时候，你走吧，这件事你不要插手。"

一股热血忽然涌上花满庭脑门，他挡在晏灵姬面前说："如果你们还认我这个二叔、二舅，就赶快给我消失。甘嬷阿甲毁了我的青春，这块牌子就是不还他。"

这下为难了。颜若华思索一会儿只好让步，她说："今天能见亲人，大家都不容易，既然意见不统一，我们不妨各退一步，都不说牌子的事了。大家结伴走出去先找个地方痛痛快快叙旧、喝酒如何？"

花满庭振臂高呼：

"我同意，还是我外甥女懂事明理。"

晏灵姬受了内伤，根本不能与颜若华和花之魂抗衡。目前唯一能保护她的就是花满庭。她想，只要花满庭在身边，她和飞龙令就暂时安全，只要走出这个山谷，主动权就掌握在她手里了：

"庭哥，你做主吧，我不难为你。"

花满庭欣喜得满脸都是红晕，他指着花之魂说："好侄女，你过来背着荷花妹妹走。"

花之魂嘟着嘴，极不情愿朝晏灵姬走去。颜若华看晏灵姬的眼神，生怕她使诈，急忙给花之魂递眼神。

晏灵姬见二人眉来眼去，更加一副弱不禁风的神态，她说："庭哥，这俩丫头鬼得很，还是叫那个书生背我吧。"

林秀儒吃过晏灵姬的大亏，心里的阴影现在还没散尽，他本想推诿，但又实在不愿拂花满庭的高兴劲。他知道荷花妹妹在二舅心中的位置，为了让他尽快清醒，他二话不说就去扶晏灵姬起身。

"啊！你干什么呢？"

晏灵姬的身子还没接近林秀儒，忽然一跤跌出去五六丈远，幸亏花满庭纵身而起，及时抱住她才没受伤。

"臭小子，你也跟着她们学坏了是不是？"

听二舅漫骂，林秀儒一脸无辜，他抹着头发懵懵懂懂说："我还想知道咋回事呢？"

现场只有花之魂明白原因：印章石是仙灵之物，哪能让妖魔接近？她极力忍住笑意，上前拉着林秀儒，假装问这问那：

"表兄，她伤着你没有？太吓人了。"

晏灵姬也不知咋回事，她惊惧得全身发抖，说话也有些口齿不清：

"庭哥，看来只有你背我了。"

花满庭求之不得。一路上他都在曲意逢迎晏灵姬，二人一会儿叙旧，一会儿互道这些年的苦辣酸甜。说到最后，竟然不顾身份年龄，呜呜痛哭起来。

林秀儒耐着性子跟在后面，他很不理解二舅，都这把年纪了，还这么在意情爱，真是不可思议。

花之魂暗想：假如几十年后，我仍然像朵鲜花灿烂在表兄心里，那也不枉我暗恋他一场。颜若华的心情最复杂，她不知铁锋现在在哪里，他喝酒时，是否在念叨我？他落寞时，是否有我这样痴心的人陪伴？

走出山谷，前面豁然开朗。依山傍水的夷寨大坝里，早已密密麻麻站满了人。云霄客、云龙鹤、山口惠各领着一队人严阵以待。颜心雨坐在高台上，一副母仪天下的架子：

"大胆刁民，见了本宫竟敢不跪，给我拿下。"

这个时候，颜若华才彻底认清颜心雨的嘴脸，她再不把她当姐妹，下决心要除掉这个祸害：

"颜心雨，别臭美了，你是哪国的皇妃？怎么没听说。"

颜心雨最恨别人说她冒充皇妃，她指着颜若华盛气凌人说："本来我不想杀你，既然你跟花满溪一个德行，那就别怪我不念旧情了。"

"你终于承认杀了我母亲，受死吧，忘恩负义的贱人。"

颜若华暴怒到了极点，以前她无数次怀疑颜心雨杀了母亲，又无数次推翻自己的判断。现在她终于亲口承认，仇人就在眼前，还等什么呢？

"漫天花雨！"

"桃燃锦江！"

与此同时，花之魂也祭出了宝剑。看云霄客和山口惠在旁，为了一击成功，她直接亮出从未使用过的绝招。

"保护皇妃后退。"

云霄客一声狂吼率先出招抵抗。

山口惠不甘落后，她抓出一把黄豆漫空一撒，人刀合一灵蛇般扑向花之魂。晏灵姬见机会来了，冷不防打晕花满庭，像只老鹰斜刺里冲过来，双爪直袭颜若华颈项……

72.大梦醒来花已落

双剑合璧，雷霆万钧。一时间，方圆三十丈范围内，金光刺目花雨缤纷。龙吟虎啸声、鬼哭狼嚎声、山崩地裂声交织在一起，吓得颜心雨和武士们面无血色，争相往远处奔逃：

"妈耶，吓死本宫了，这俩妮子咋这么厉害？"

只有云霄客、山口惠和晏灵姬兀自拼力反击。

三人心有灵犀配合得很默契，云霄客和晏灵姬修为深厚，不管内力和灵力，都远远超过花之魂和颜若华，他俩组成结界正面封住对手的锋芒，以此掩护山口惠的偷袭。

山口惠的黄豆一落地，立刻一变二，二变三，三变无数只蛇虫虎豹，恶狠狠扑向花之魂和颜若华。姐妹俩从没见过这种吓人的妖术，心里一哆嗦，云霄客和晏灵姬的魔力乘虚而入，差点攻破二人的结界。

危急关头，林秀儒忽然大步走进了战斗圈。他挽诀高喊道：

"真空无相、道法自然，凝神聚气、水滴石穿。"

花之魂首先领会表兄的话，她稳住心神挽个太清诀，大喝一声"破"，手中的宝剑翩若惊鸿、婉若游龙脱手飞上半空，瞬间幻化成千百柄利刃，轻松破了山口惠的妖法。山口惠口喷鲜血，披头散发直往远处逃。

颜若华不依，剑尖挽起一串花雨，不偏不倚遥遥射向山口惠。云霄客见护法有危险，手指一弹，数缕劲风后发先至组成结界，帮山口惠逃过一劫。

高手比拼最忌分神，云霄客虽然破了颜若华的剑招，却忽略了花之魂的御剑术。这时，花之魂手中已无剑，所有的利剑都藏在心中。在颜若华的配合下，她的御剑术发挥得淋漓尽致、潇洒自如。云霄客和晏灵姬起先还可以凭自身修为抵挡，后来就眼花缭乱，分不清哪把剑是虚，哪把剑是实。他俩变换了各种战术，使出了看家的魔法和妖术，也躲不过对手的联合追杀。

"群魔乱舞！"云霄客决定孤注一掷。

"妖行天下！"晏灵姬也使出了看家本领。

林秀儒一直站在表姐、表妹身后。他看云霄客和晏灵姬的手势，明白这俩魔头要使绝杀术了。他知道论修为，表姐、表妹肯定不敌这对妖魔，她俩只是胜在同心组合剑招奇诡，看来我得帮她们一把。

云霄客和晏灵姬的黑暗力量，带着尖锐的呼啸声破空而来。就在颜若华和花之魂险象环生之时，林秀儒的手掌果断抵在了姐妹俩的后背上。

借助印章石的洪荒之力，花之魂和颜若华的宝剑突然金光爆射。一时间四面八方风生水起、万籁齐鸣。晏灵姬起先还能坚持，后来全身震颤大声惨嚎：

"天啊，我怎么输得这么惨？"

云霄客顽强站着，努力不让嘴里的鲜血流出来。他一脸迷茫，弄不清这俩丫头是如何反败为胜的。

晏灵姬先前受了伤，此时再也爬不起来，她有气无力喊道：

"云哥，千万别丢下我。"

哭喊声惊醒了花满庭。他摸摸麻木的脑袋，抬头见云霄客正伸手去扶晏灵姬，顿时狂怒了：

"云霄客，你这个采花贼，不准亵渎荷花妹妹。"

云霄客转身和花满庭互击一掌，哇一声喷出一大口鲜血说：

"姓花的，我俩的账以后再算，晏灵姬交给你了。"

看云霄客落荒而逃，花满庭哈哈大笑，他跳跃着大声喊道：

"云霄客，老子终于打赢你龟儿杂种了。"

晏灵姬以袖掩面，不敢正视花满庭。她忸怩着身体柔情脉脉说："庭哥，你走吧，别管我了。"

花满庭扶起晏灵姬温言道："你最危难的时刻，我哪能弃你不顾？"晏灵姬抹一把眼泪哭声说："我这个样子，你不嫌弃吧？"花满庭泪眼凄迷："不管你变成什么样子，永远是我的荷花妹妹。"

花之魂看二叔被晏灵姬的狐媚迷惑，再也忍不住了：

"二叔，离开这个老妖婆，刚才她既打昏你，又帮助云霄客杀我们。"

晏灵姬装出一副可怜相，她把头倚在花满庭肩上娇嗔说："庭哥，刚才我是不得已，这俩丫头伤害过我，我肯定要帮云霄客教训她们。考虑到你夹在中间左右为难，所以我才让你小睡了一会儿。"

颜若华怒不可遏，她指着晏灵姬嘲讽道：

"晏灵姬，这把年纪了还卖风骚，我真替你脸红。"

花满庭犹豫不决。刚才晏灵姬打昏他，他虽很伤心很懊恼，但说离开或者杀了心爱的荷花妹妹，他万万舍不得。

犹豫不决时，枯木香忽然从夷寨旁掠了出来。她奚落晏灵姬一顿，转身对花满庭说：

"糟老头，我的东西你也敢抢，别以为你功夫高，我就找不到你。"

花满庭一脸羞怯，他低着头像个做错了事的孩子。

"二舅，你抢了她什么东西？"

林秀儒认识枯木香，看在铁锋面上，他没有为难她。

花满庭以手遮脸结结巴巴说：

"就是那块牌子，我也是好奇，才拿来玩玩。"

枯木香不饶，她把手伸到花满庭面前生硬地说：

"老头，那块牌子是甘嬷阿兰的，我承诺过要交给她的。拿来吧！"

一提甘嬷阿兰，所有人都露出惊喜的表情，纷纷向枯木香打听阿兰的情况。枯木香说，阿兰目前是钦差张大人选中的美女，不日就要随铁锋进京面圣。

"哇，我的徒儿要当皇妃了。"晏灵姬一脸喜悦。

"怎么回事，不可能吧！"颜若华一脸迷茫。

枯木香不理众人的表情，她走到晏灵姬身旁，伸出手威严地说："晏副会长，把牌子交给我吧！"

晏灵姬硬撑着行个礼怯怯说：

"护法，我亲自交给阿兰行不行，她是我的徒儿。"

枯木香板起面孔一跺脚：

"你难道不知黑龙会的规矩？"

看枯木香动怒，晏灵姬只好乖乖交出飞龙令。

花之魂挡住枯木香，傲然说道："妖女，留下飞龙令，否则你没法离开。"枯木香丝毫不惧，她说："看在铁锋面上我不跟你们计较。现在安鳌正在攻打安边场，如果不希望夷山燃起烽火狼烟，就别误我的事。"

这一说，就连处事经验最丰富的颜若华都无语了。众人不知枯木香搞啥名堂，看她急匆匆的样子，只好放她离去。

"原来你加入了黑龙会？"

花满庭丢开晏灵姬，一副伤心欲绝的表情。他哽咽着说："你打昏我，当着我的面欺负我侄女、外甥女我都能忍，因为你是我的荷花妹妹。但你加入黑龙会，帮助扶桑妖人作恶，我无论如何也忍不下，从现在起，你再也不是荷花妹妹了。"

晏灵姬看花满庭愤怒，拉住他的衣服继续打悲情牌：

"庭哥，你听我解释，我也是无奈啊！"

任凭晏灵姬如何解释，花满庭就是不听，他披散头发大声唱道：

"长歌一曲葬荷花，妹妹从此不还家。"

颜若华走上前欣喜地说："二舅，你终于清醒了。"

花满庭抚着颜若华的头慈爱地问：

"你娘亲还好吗？"

颜若华双手捂脸哭着说，她老人家被慕容彬杀害了。花满庭强忍悲痛，一一与花之魂和林秀儒叙家常。他说，看到你们现在这身本事，我再无挂念了，世事多变，但万变不离其宗，去完成你们的任务吧！

"大梦醒来花已落，南天北地遍招魂。"

看花满庭仰天大哭而去，林秀儒、花之魂及颜若华都唏嘘长叹。他们理解他心中的痛苦，没有劝说，也没去追赶，更没难为狼狈不堪的晏灵姬。

三人商量了好久，最后决定去马湖府帮助铁锋平叛，云龙鹤是上官雄手下，他一定会带着《夜郎经》和翠玉凤凰去马湖……

枯木香拿着飞龙令掠出夷寨，刚踏上去独秀峰的路径，就被山口惠挡在了竹林里：

"枯木香，不好好待在铁锋身边，来夷山瞎搅和什么？"

山口惠虽受了内伤，说话有气无力，走路摇摇晃晃，但威慑力依然存在。

枯木香不敢得罪大姐，急忙上前扶她坐下，然后恭恭敬敬汇报这段时间的情况。她说："大姐，你令我回到铁锋身边，我已按计划完成前期任务，现在安鳌托我把飞龙令交给安宇，这个任务事关重大，我必须不负重托，否则无法给圣主交差。"

山口惠面露喜色，她强撑着站起身：

"安鳌也是替圣主办事，这件事你没错，赶紧去吧。"

枯木香走出竹林又折回来，说："大姐，你的伤很严重，我不放心。"山口惠挣扎着走几步，她抚着枯木香的肩膀说："你不要担心我，你的路还长，经历的考验还很多。记住，我们的一切都属于圣主，只要圣主召唤，我们赴汤蹈火在所不辞。"

一路疾驰，虽遇到许多夷人挡路，但凭借高超的武功和妖术，枯木香没费多大劲，就找到了关押安宇的寨子。山寨内，岳明和哈拉正在商量智取独秀峰的计划。

哈拉喝口酒忧虑地说：

"岳大侠，释放安宇，万一他报复我俩咋办，不如一刀杀了，再嫁祸给甘嬷阿甲。"

岳明愁眉不展，他一口喝完碗中酒，喷着酒气说："哈拉头人，你不知道我的苦衷，现在安鳌势大，上官大人都选择暂时屈从，你我还能咋样？为了我师弟师妹的性命，只能这样了。"

哈拉不干，他说："安宇和我们不是一条心，他是我们的底牌，放了多可惜。"岳明心里不愉快，嘴上却极力讨好哈拉，他说："头人，现在最大的威胁，不是安宇而是甘嬷家族，我有个一箭双雕的主意，你看如何？"

枯木香躲在屋顶悄悄偷听。她不急，她要看这俩家伙搞啥名堂。昨天，路过独秀峰半山腰时，枯木香给阿甲传递了一个信息，她在等阿甲那边的行动。

哈拉啃完猪蹄，边在衣服上揩手边摇头，他说："阿甲那个老东西不足为虑，没有飞龙令，他就是笼子里的老虎，我随时可取他的性命。"岳明见哈拉抵死不按自己的计划行事，终于忍不住了："难道你要违背上官大人的命令？"

哈拉仗着酒兴在桌子上狠拍一掌高声说："你们都在利用老子，我虽是头人，但没有调兵的权利，今天你不把飞龙令给我，说什么我也不听。"

"飞龙令在此，岳明、哈拉听令。"

看枯木香手持飞龙令进屋，岳明和哈拉赶紧跪地相迎。枯木香塞一颗黄豆在哈拉嘴里，令他赶快把安宇带到这里。哈拉满脸铁青表情很痛苦。他朝师爷一挥手，叽里咕噜说一阵子夷话，没多久，一群夷人哦吼喧天，当真把五花大绑的安宇押了进来。

"快给大少爷松绑，好酒好肉伺候。"

这个时候，哈拉再不敢怠慢，他解开安宇身上的绳子，并殷勤让座：

"对不起，大少爷，这件事都是岳大侠一手操持，我现在才知情。"

枯木香上前躬身行礼，她把飞龙令恭恭敬敬交给安宇说："大少爷，令尊大人已于半月前举兵攻打安边场，老爷令你即刻调集夷山全部兵马粮草，飞速驰援，切勿耽误大事贻误军机。"

安宇面无表情，他接过飞龙令端坐在上方，凝神思索了很久，突然从哈拉手里抢过大刀，一刀斩断岳明左臂厉声骂道：

"都是你们这群饭桶害我安家，和朝廷大军对抗，无异于以卵击石。"

岳明满脸苍白，任鲜血喷射也不敢包扎自救。枯木香看不过，她先帮岳明点穴止血，然后叫人扶下去包扎。

安宇详细打听完马湖府近期发生的事情，拍桌直骂上官雄阴险。哈拉满脸堆笑，不断给安宇及枯木香添酒。三人正商量如何调兵驰援马湖府，门外忽然跌跌撞撞跑来一个小头目：

"头人，不好了，阿甲带人把我们围起来了。"

73.山口惠受辱

哈拉一听阿甲带兵到来，吓得直往桌子下面躲。

安宇不慌。他揪着哈拉的衣服把他提起来，令他随自己出门迎接阿甲。哈拉浑身发抖，他说："大少爷，你就放过我吧，我背叛了阿甲老爷，哪里还敢和他见面？"

安宇劈手一耳光，打得哈拉眼冒金星：

"欠人的债，迟早是要还的。你能躲一辈子？"

哈拉无奈，只好硬着头皮跟着安宇出寨。

大院外，阿甲威风凛凛骑在马上，他的身后，数万雄兵剑拔弩张群情激愤：

"杀死哈拉，替老爷报仇。"

哈拉全身酸软，一点摆不出头人威风。安宇不顾对方的刀枪箭阵，他昂首挺胸走到大坝里朗声问道：

"来者可是甘嫫家族的阿甲老爷？"

阿甲捻着胡须哈哈笑着说："我就是上官雄害不死的阿甲，请问来者是谁？"

安宇双眼望天一副傲慢表情，他说："我是朝廷世袭府官安鳌之子安宇，飞龙令在此，甘嫫阿甲听令。"

阿甲见失落多时的飞龙令竟然在安宇手里，顿时激动得热泪盈盈，他说："大少爷，请恕我不能奉命。你阿爸从起兵反叛那天起，他就不是府官了，我不能睁着眼睛去跳岩。"

"大胆，没看见我手里的飞龙令吗？"

看安宇气急败坏，阿甲更加来神，他嘲笑说："姓安的，你手上的东西就是一块废铁，你知道飞龙令的密语吗，你以为谁拿着这块牌子，就能随意调兵，你们太天真了。"

枯木香看安宇下不了台，急忙上前打圆场，她笑眯眯说："老爷，阿兰神女托我给你带句话，她现在已被钦差张大人定为入宫美女，不日就要进京面圣。"

阿甲一脸冷漠，他说："我不和扶桑浪人打交道，看在阿兰面上，今天不为难你，快走吧，不要蹚这股浑水。"

"哈哈，甘嫫老爷的骨气果然名不虚传，安某佩服。"

安宇突然转变了态度。他上前几步对着阿甲深深一揖，然后恭恭敬敬把飞龙令交给对方。阿甲拿着金牌翻来覆去看，他有点蒙，不知安宇搞啥名堂。

枯木香一脸嗔怒：

"少爷，你这是干啥，难道想违抗老爷的命令？"

安宇不顾枯木香的表情，他走到大坝中央高声说："阿甲老爷说得对，飞龙令只能为朝廷所用。我阿爸不听劝阻，擅自起兵反叛，失败是迟早的。我现在把飞龙令交还给阿甲老爷，希望夷山永远太平。"

安宇说完话，回身揪住哈拉的耳朵，将他拖到阿甲面前，转身就走。

枯木香追上前关切地问：

"少爷，你要去哪里？"

安宇头也不回说："现在我无家无国，只能四处流浪了。"

阿甲令人把哈拉带下去，然后拍马上前拦住安宇说："公子请留步，容我说几句话。"安宇停住脚礼貌地说："请老爷训示。"

阿甲的话不多，他说："令尊被妖人蒙蔽，公子不能坐视不理，应设法搭救。"安宇摇摇头说："我阿爸的事，每一件都是杀头诛九族的大罪，天要灭我安家，我能奈何？"阿甲看安宇明事理，顿生悲悯之情。他说："甘嬷家族感谢公子大恩，他日如有差遣，定当拼死效劳。"

安宇神情低落，他说："我现在就赶回去，设法劝说阿爸投降，如异日有求老爷的地方，还请不要食言。"

看安宇和阿甲握手言和，枯木香心里很舒畅。安宇走远后，她悄声对阿甲说：

"老爷，阿针已死，云龙鹤成了半个废人，你可以放心了。"

阿甲笑嘻嘻对枯木香说："感谢你昨天给我传信，不然夷山就要大乱了。"枯木香竖起食指神秘地说："这件事就当没发生，对谁也不要说。"

追上安宇，枯木香第一句话就问："大少爷，我们回去如何交差？"安宇失魂落魄地说："阿爸自作孽，我没法救他。他虽有罪，但安家全族人无罪，我得设法搭救族人。"

"怎么搭救，要不要我帮忙？"

安宇明显看不起枯木香，他说你一个扶桑人能帮什么忙？别添乱就行了。枯木香摘朵野棉花在鼻子边嗅嗅，灿然笑着说："我不是扶桑人，我叫水冰倩，是钦差卫队长铁锋的妻子。"

"真的吗，我怎么不知道？"安宇半信半疑。

为打消安宇的顾虑，枯木香把铁锋如何认识张鸾，二人如何乔装进马湖府打探情况等等事情说了出来。安宇救过张鸾，知道他们微服私访的事。

二人越聊越投机，最后安宇决定随枯木香去见铁锋，他想只要铁锋带他去见张大人，他就有解释的机会，这样安氏族人就有活下来的可能……

脱离危险后，云龙鹤赶紧打开包袱查看。

他拿出《夜郎经》一页页翻阅。上面的文字很生僻，他只能读个大概。看了一会儿，云龙鹤索然无味，搞不懂颜心雨和颜若华为何把这东西视为宝贝：

"他妈的，全记些荒诞无稽的事情，哄鬼吗？老子不信。"

丢开《夜郎经》，云龙鹤又拿起翠玉凤凰慢慢欣赏。他是玩玉行家，通过查看色彩、油润度和通透感，他知道这是件稀世宝贝。把它送给谁呢？阿针已死，阿兰脱离了控制，还是送给枯木香吧。

想起枯木香，云龙鹤心里忽然泛起一股甜蜜情愫。对方虽断了他一节手指，他却不怎么恨她，相反还时刻想念她。她的眼神媚态、酥胸美腿、纤腰丰臀，令他心摇神动，甚至刻骨铭心。

"云少爷，你在干什么，阿兰呢？"

不知何时，山口惠悄悄站在了身后。云龙鹤快速把翠玉凤凰藏在袖里，转身举着包袱殷勤说："山口小姐，阿兰被铁锋救走了，这是皇妃交给我的东西，你要不要查看一下？"

山口惠板着脸问："你该不是偷偷藏了什么吧？"

云龙鹤双脚一并，以手指天说："我若私藏皇妃的宝贝，以后乱刀分尸不得好死。"山口惠接过包袱，见《夜郎经》还在，便收起长刀皮笑肉不笑说："算你懂事，否则，现在就得乱刀分尸。"

二人顺着小河往山外走，山口惠看云龙鹤行为怪异，且少了一节手指，揪住他追问缘由。云龙鹤瞒不过，只好把枯木香虐待他的过程说了出来。山口惠听得直皱眉："太放肆了，得管管她的野性子。"

山口惠受了内伤，她知道云龙鹤是个花花公子，为防他起歹念，一路上她都装出一副彪悍神态。云龙鹤何等机灵，通过察言观色，再用肢体试探，他已得出肯定结论：

"山口小姐，你受了内伤，我背你走吧！"

翻越障碍时，山口惠再也装不下去了。她哇一声吐口鲜血在地上，顿时头晕目眩，只得爬到云龙鹤背上，任他的爪子在腰腿上摩挲。

当晚，二人在小河边一间废弃草房里过夜。云龙鹤使了个团山术，将山里的野物全集中到草屋周围，他选了一只年轻的野鹿杀死剥皮，然后分尸烧烤。

看山口惠虚弱，云龙鹤暗喜。他把一包催情粉搅进鹿血，强行灌进她嘴里。山口惠起先冷得瑟瑟发抖，喝下鹿血盘腿坐一会儿，忽然浑身燥热难耐。她不知云龙鹤在鹿血里放了催情粉，还以为是自身功力有了提升：

"含沙射影，妖行天下。"

山口惠默念咒语，以内力驱动全身气血，试图打通大周天。

她练功的时候，云龙鹤在灶房里忙碌。他用小石头磨去铁锅里的锈块，一遍遍清洗干净，就开始烧水。听云龙鹤洗锅烧水，又反复清洗大木桶，山口惠很享受，知道这家伙在给自己准备洗澡水。连日奔波，全身酸臭，她早就想痛快淋漓洗一次身子了。

一炷香后，山口惠丹田里的气劲越来越强，她冥想着圣主扶桑老鬼的容颜，慢慢把气流引向会阴，再朝长强穴进发。

开头一段时间，她还能以意导气，还能控制火山般往上喷发的情欲。后来杂念纷至沓来，脑海中一会儿浮现圣主宠幸自己的场景，一会儿响起松下花和自己争宠的娇喘声：

"圣主啊，你看我这儿，还有这儿，哪点都比山口惠强，你为何不让我当首席护法？"

云龙鹤看山口惠身子杨柳般摆动，再听她呼吸急促，知道自己的神药起作用了。阿针死后，云龙鹤就没碰过女人，前段时间虽和阿兰朝夕相处，却不敢妄动邪念，因为他破不了阿兰的神女蛊。

尽管知道山口惠的身份地位，云龙鹤还是果断把她抱了起来。色胆包天的他，这个时候什么都不怕，任何后果都不考虑，心中想到的只是销魂蚀骨的快感，纵情驰骋的飘逸，至于事后怎么收场，他暂时不去想，总之，天生我材必有用，一朝采尽长安花。

山口惠没想到云龙鹤有这么大的胆子，她一激愤内气忽然乱窜，刹那间半身僵硬动弹不得。云龙鹤小心翼翼脱下山口惠的外衣，他把手伸到她的肚腹上，发现全是黏稠的汗液，便嬉笑着问：

"山口惠小姐，我帮你洗身子好吗？"

山口惠嘴不能言，只有眼珠子能动。

云龙鹤见她不反对，愈发大胆，每脱一件衣裳，他都拿到鼻子边嗅嗅，再美美打个饱嗝。山口惠见云龙鹤既看又摸还啃，气得眼泪长流。对云龙鹤，平素她就瞧不起，何况自己的身子属于圣主。她暗暗发誓，以后一定活剐云龙鹤，一定让他付出百倍千倍的代价。

云龙鹤不知山口惠想什么，看她绵羊般温顺，以为对方早有此意且心甘情愿。他把山口惠放进木桶，使出平生技巧，慢慢把她的风情月意，把她的雪肤艳骨，幻化为一匹任他驱驰的骏马。听对方娇喘声声，他惬意极了，飘逸中，忽然想起了枯木香：

"哎，此刻换作是她该有多好？"

他暗下决心，要把枯木香追到手，打算天亮后就去找她。

一梦醒来，云龙鹤已不知去向。山口惠只能把满怀屈辱、一腔怒火收藏起来，然后抓紧时间赶路。回到桃花城，还没进紫光殿就遇到了颜心雨。颜心雨凤冠霞帔，一副皇妃派头。

"大胆妖女，见了本宫为何不跪？"山口惠一肚子气正没地方出，她冷冷看着颜心雨大声骂道，"整个桃花城都是我说了算，你是哪里蹦出来的泼妇？"

颜心雨面红耳赤无言以对。看婢女们尽皆给山口惠下跪，她有些懵：

"难道她和慕容彬有一腿？"

颜心雨醋意大发，她一把抢过山口惠的包袱打开，看里面没有翠玉凤凰，顿时大发雷霆：

"我就说当初不该相信你们这些妖人，这下应验了。翠玉凤凰在哪里？赶快交出来。"

看颜心雨越闹越凶，最后竟然上前搜身寻找翠玉凤凰，山口惠再也忍不住了。她铆足劲对着颜心雨的肚子一脚踢去，气狠狠骂句贱人，头也不回就朝大殿里走。

啊！一声惨叫，颜心雨躺在地上半天爬不起来。鲜血顺着她的衣裙慢慢淌出，吓得周围的婢女目瞪口呆不知所措。

74.万雷轰顶

流产后，颜心雨不吃不喝，整天蒙头大哭，发誓要诛杀山口惠。

她咽不下这口恶气，在床上躺了几天，不顾侍女的跪劝，像头发狂的母狮，怒吼着冲进了紫光殿。

大殿里，山口惠大马金刀坐在高台上训话。她说接圣主指令，从现在起，大燕国每个臣民都要入会并纳贡，这项工作由慕容彬负责落实，凡有抵触情绪，或者抗拒、妄议行为者，一律沦为奴仆。

慕容彬站在台下，山口惠的话刚说完，他就鞠躬行礼，带头表忠心：

"圣主之令，属下全力照办，山口小姐的训示，在下铭记在心。"

颜心雨看慕容彬站在台下，一副卑躬屈膝的模样，气得冲到台上就大打出手：

"大胆妖女，竟敢坐在皇帝的龙椅上，还我的孩子。"

山口惠猝不及防，脸皮差点被抓破。左右护法见状，赶紧上前拉住颜心雨。

颜心雨满腔仇恨，哪里肯罢休。她再度扑上去，十指如锥照着山口惠的眼睛猛插。山口惠大怒，她横身躲过攻击，双掌一挥厉声吼道：

"把这贱人拉下去，乱刀砍死。"

慕容彬吓坏了，他止住蜂拥而来的武士，拖住颜心雨就往外跑。颜心雨挣扎不了，抓住慕容彬的手臂就咬，慕容彬痛得龇牙咧嘴，他本想举手给她两耳光，及见其泪流满面伤心欲绝，心一软便垂下手臂将她搂在怀里：

"山口惠小姐都敢打，你疯了吗？"

颜心雨的泪水越擦越多，她哽咽着说："她杀了你的孩子，你还对她弯腰屈膝，大燕国谁说了算，你俩谁是皇帝，你是不是和她有一腿？"

慕容彬捂住颜心雨的嘴，看四周无人才放开手小声说：

"颜贵妃，以后说话要注意分寸，当心祸从口出。"

颜心雨见对方不安慰自己，反而替山口惠说话，气得当场要起了性子。她一边在慕容彬身上乱抓乱咬，一边呼天抢地哭孩子。慕容彬怒了，他抬手给她一耳光，强行将她拖回寝宫才哭着说："心雨，我的心比你痛苦，为了祖宗基业，我们都要学会忍耐。"

二人抱头痛哭。良久，慕容彬帮颜心雨擦干眼泪小声说："我原以为依靠黑龙会恢复大燕国后，我就可以像老祖宗那样，尽情施展雄才伟略，为后代开疆辟土奠定帝国基础。谁知到头来竟然是一个虚拟的游戏，一场令外界笑掉大牙的黄粱美梦。"

颜心雨惊奇地看着慕容彬，她张开嘴好半天才问：

"此话怎讲，难道我这个皇妃也是假的？"

慕容彬抚着颜心雨的头，悲凉地说："有时真有时假，现在是假的，以后就是真的。你要做好准备，更大的考验和屈辱还在后头，我们千万不能得罪圣主。"

"你是大燕皇帝，拿出点血性，联合周边部落，干掉他们。"

慕容彬一脸无奈，他说："大燕皇帝只在桃花城里威风，出了城，外面的部落谁也不认，惹毛了还有可能联合围剿我们。所以我们现在还得依靠黑龙会，等我练成了绝世神功，你就可以随心所欲，扬眉吐气了。"

"陛下，为了你的宏图大业，我啥苦都能吃。"

"贵妃，难为你了，以后我一定好好补偿你。"

柔情蜜意之际，竹香然忽然不请自来，人未进屋，霸气的笑声抢先横劈过来：

"我道是哪个狐狸精迷惑皇上，原来是你这个不要脸的骚货。"

颜心雨怒目圆睁，碍于慕容彬的面子，加上对方是皇后，所以才没有发作。竹香然不依，她指着颜心雨厉声斥责：

"你月子没坐完就想侍寝，满身晦气好恶心，赶紧滚出去。"

慕容彬满脸堆笑，他说："皇后啊，有什么事你传个话就行，何必亲自前来呢。"竹香然虎着脸不说话，只用威严的目光逼视颜心雨。颜心雨看着慕容彬等他发话，慕容彬埋着头假装读文书。

"太放肆了，难道要等我给你行礼。"

面对竹香然的霸气，颜心雨顿时感觉到了渺小。是啊，自己确实还在小产期，按风俗习惯，这段时间的晦气最重，是不能乱跑的。人在矮檐下谁敢不低头，她羞红着脸，双膝跪下给竹香然行个大礼，夹着双腿狼狈地退了出去。

颜心雨刚走，竹香然就倒在慕容彬怀里大哭：

"你这个没用的废物，自己的皇后遭人践踏，却在这里偷欢。"

慕容彬抱住竹香然，又哄又亲又安慰，忙活了大半天才稳定对方的情绪。

竹香然边哭边发泄，她说："以后我再不伺候扶桑老鬼了，他简直不是人，你叫颜心雨小婊子去吧，我实在受不了那个魔头的折磨了。"

"爱卿，我知道你的屈辱，你每次去侍寝老鬼，我的心都在淌血。为了大燕国，我们再忍忍吧。"

竹香然勃然大怒，她抓起书本劈头盖脸砸向慕容彬："没见过你这种傀儡皇帝，没见过你这种窝囊的男人，把皇后送给妖魔侮辱，还不准我发牢骚，我已经忍不下去了，宁死不愿再受羞辱，你看着办吧。"

"祖宗啊，我该怎么办，你们显灵帮帮我吧。"

慕容彬掩面而泣，一副悲痛欲绝的表情。

看着心爱的女人梨花带雨，哭得撕心裂肺，他的心肝刀割似的难受。这个时候，他才后悔当初为了复国，草率服下山口惠的噬心蛊。其实那时，扶桑老鬼对他而言，只是一个梦，每次他都是在梦中接受对方的功法秘诀，他完全有能力摆脱山口惠的纠缠。

现在，扶桑老鬼真身复出，虽兑现诺言表面让他当了皇帝，实则把他打入了十八层地狱。想起这段时间各种非人的屈辱，慕容彬万念俱灰，真想一死了之……

颜心雨静养期间，没事就翻阅《夜郎经》打发时间。她的文化不高，很多字不认得，更难理解其中之意。为了学到神功，为了得到宝藏，她耐着性子每天坚持阅读。

一个月过去了，不但一无所获，而且看见《夜郎经》头就痛。没办法，她只好把书交给慕容彬，希望他每天抽时间给自己讲解。

慕容彬忙着修炼魔法，对《夜郎经》一点不感兴趣。

自从扶桑老鬼收回元神后，他就没了神功。为了复国，他只得去紫霞峰求助妹妹："燕儿，你得帮哥哥渡过此劫，大燕国不能亡。"

清静散人很讨厌哥哥的做法，她说："哥，你醒醒吧，你的大燕国就是一场梦，梦醒后你还是慕容彬。我已违反紫霞峰的规矩，暗中帮你无数次了，你好自为之吧。"

慕容彬不依，一个劲缠住妹妹讨要修仙秘籍，清静散人无奈，回想童年时期哥哥对自己的百般护佑，再想他为保护妹妹所受的屈辱和折磨，最后终于心软了。

得到紫霞峰的修仙秘籍，慕容彬欣喜若狂，由于有丰富的练功经验，所以这段时间，他的功法进步神速。

慕容彬不知翠玉凤凰及宝藏的事，他拿起《夜郎经》草草翻阅几下，就将其放进了书柜。颜心雨看慕容彬冷落自己，再看竹香然趾高气扬，随时对自己颐指气使，愤恨之余便暗下决心，今生一定出人头地，一定让山口惠、竹香然，包括慕容彬跪在自己面前痛哭。

在无聊中熬了一段时间，颜心雨觉得应该有所行动，不能坐地等花开。她化好妆刚要厚着脸皮去见慕容彬，没料到对方竟然抢先来到了她的寝宫：

"贵妃，快沐浴更衣，圣主要见你。"

颜心雨很惊愕，她说什么圣主，本宫不耐烦没兴趣。慕容彬满脸堆笑，低三下四跟着颜心雨转圈。他说："我的神功即将练成，如果你令圣主高兴，他就会赐我无上法力，到时我们再也不受任何人控制，想怎么样就怎么样。"

"竹香然呢，你咋不叫她去？"

听颜心雨的口气，慕容彬知道她醋意正浓。她抚着对方的腰臀假惺惺说："那个贱人，一点不明事理，只晓得争强好胜，我早晚要废了她。"

"你现在就废了她，不然休想让我帮你。"

颜心雨态度坚决，直逼得慕容彬写了张字条给她作依据，才宽衣解带踏进浴池："陛下，我好像又有了您的龙种。"

慕容彬一脸兴奋，他说苍天有眼，我慕容家香火得承，这一次，任何人也别想伤害我的儿子。颜心雨见慕容彬高兴，也喜极而泣，她泪汪汪探出头哀求道："陛下，我不去伺候老鬼好吗？"

慕容彬态度坚决，他说这事由不得我们选择，你只要设法哄老鬼高兴，以后我们就自由了。颜心雨无奈地摇摇头，默默洗漱，再不言语。

傍晚，松下花带着颜心雨七弯八拐绕宫殿，穿竹林，过小桥，最后来到一个神秘的山洞里。

山洞很大，里面的摆设及生活用品一应俱全。松下花站在瑞雪中怯怯喊声"圣主，人来了"，然后倒退着走了。

颜心雨不怕，她大踏步走进去。见里面没人，便双手抱胸，在明晃晃的灯光下，这里瞧瞧那里摸摸。洞里的温度很高，外面寒风呼啸，里面却热浪翻腾，不一会儿，颜心雨的额头上就冒出了汗水。她把外衣扔在大床上，望着阴森森的洞壁大声喊道：

"你是丑八怪吗，既然请我来，为何躲着不见？"

连喊三声无应答，颜心雨披上外衣就走，边走边嘟囔：

"什么圣主，本宫没心情跟你玩躲猫猫游戏，走了。"

还没出洞，身后忽然传来喋喋怪笑：

"有个性，果然与众不同，我喜欢。"

蓦然回首，颜心雨发现大床上坐着一个枯瘦老头。老头须发皆白，脸上的皮肤像腐烂的树皮。她一阵恶心，差点哇一声呕吐：

"你果真是丑八怪，难怪神神秘秘不敢见人。"

老头哈哈大笑，他说："我虽丑，但有人格魅力和无上神功。"

颜心雨双手叉腰，一副傲慢神态：

"整天躲在这鸟不拉屎的地方，再有金山银山都妄然。"

老头有些发怒，他说："我上天入地无所不能，周游八荒六合，也只半盏茶的工夫，井底之蛙少见多怪。"

颜心雨感觉眼前一花，她眨两下眼再睁开，床上的老头却不见了。恍惚间，只感觉腰臀似乎有双手在搂抱，她警觉地转过身子，却见面前站着一个中年男子。男子面如满月、玉树临风，他笑嘻嘻搂着颜心雨说：

"你看我现在还是丑八怪吗？"

见对方惊奇，中年男子的双手越发放肆，他用指头一边在颜心雨身上游走，一边浪声大笑：

"我可以是丑八怪，也可以是美男子，还可以是飞禽走兽，总之，你想要什么，我就是什么。"

颜心雨奋力推开对方，威严地喝道："请你放尊重点，我可是大燕国皇妃。"

扶桑老鬼仰天狂笑，他说："什么大燕国，还不是我一句话。我才是这个世界的主宰。"

"如果我从了你，你能给我什么好处？"

半推半就一会儿，颜心雨突然改变了态度。她想，既然慕容彬把我当礼物送人，那我就得捞回点资本，只要能报仇，让我干啥都行。

"我可以让你练成绝世神功。"

老鬼有些迫不及待，他再次搂住颜心雨说："我虽有千年道行，本身却只是一道幽灵。为了延续生命，只有不断找替身。只有钻进替身的体内，掏空她的灵魂，我才能发号施令。由于每个替身都只有几十年修为，无法承受我千余年浑厚的功力，所以我打算把自身功力，分散储存在你们几个女人身上，以后需要时再来取。"

"那样你岂不成了空架子，如果我们反叛怎么办？"

颜心雨终于弄懂老鬼的意图了。老鬼扯开颜心雨的衣裳，满不在乎地说："你们不会，也不敢，因为我在你们心里种了噬心蛊。"

"除了我，还有谁，是山口惠和竹香然吗？"

老鬼终于发怒，他说你这娘们咋这么多话，老子快爆炸了。

颜心雨还想继续套话，她忸怩作态，故意摆出迷人的姿势说："你把这两个贱人废了，以后我全力伺候你。"扶桑老鬼再无耐心，他扭住颜心雨的双臂，小鸡般把她提到了床上。

接下来，颜心雨每天都待在洞中，接受老鬼的特训。一天中午，二人云飘雨洒之际，洞外忽然一声巨响，接着雷雨交加。无数道闪电破岩而入，交织成网将扶桑老鬼紧紧罩住。

扶桑老鬼推开颜心雨就往洞外跑，他跑到哪里闪电就追到哪里，怎么也摆不脱："清静散人，你真的要赶尽杀绝吗？"

隐约间，颜心雨忽然听到了老鬼的哀求声。轰鸣的雷声中，只听一个银铃般的声音厉声喝道：

"老鬼，五百年前你就该万雷轰顶，天网恢恢疏而不漏，今天我奉师祖逍遥子敕令，打你回原形，受死吧。"

颜心雨吓得丢了魂。她躲在角落里大气不敢出。

扶桑老鬼时而奔逃，时而号叫。他起先骂逍遥子公报私仇，后来又哀求清静散人饶命。颜心雨不知逍遥子是谁，也看不到他的身形，只隐约听见一个浑厚的声音："老鬼，以前你躲在印章石下面，我拿你没法，现在你的劫难到了，乖乖受死吧。"

扶桑老鬼避无可避，他蜷缩在山洞门口咬牙切齿说："我千年道行，难道就这样被毁了，你们是怎么找到我的？"

清静散人哈哈大笑："你去问慕容彬吧，如不是他向紫霞峰求救，如不是我有祖师爷的逍遥令，我还真找不到你呢。"

颜心雨看老鬼从中年男子瞬间变成老头，再变成一具骷髅，惊叫着直往洞外跑。"贵妃，快过来。"

颜心雨回过神，只见慕容彬和无嗔拿着罗盘和符令，笑盈盈站在洞口。

她怒不可遏，冲过去刚要举手狠打慕容彬，低头却发现自己衣不蔽体，只好顺势坐在地上号啕大哭。

75.颜心雨执掌桃花城

虎啸龙吟之后，扶桑老鬼的声音忽然从天而降：

"大胆慕容彬，敢趁我最虚弱时偷袭，太可恨了。"

慕容彬仰天大笑，说道："老鬼，至刚则至柔，你有最强盛的时候，也有最虚弱的时候，只要找准你的命门，一根稻草就能压死一头大象。谁叫你贪色呢？色字头上一把刀，这话对人起作用，对妖魔同样起作用。"

扶桑老鬼幽幽叹息道："早知道清静散人是你妹妹，早知道你去紫霞峰借了逍遥令，我就该提前灭了你。"

慕容彬哈哈狂笑道："谁叫你得意忘形，把自己的致命弱点告诉竹香然。"

老鬼恶毒骂了声贱人，沉默一会儿忽然冷笑道：

"可惜，真可惜，你今天犯了一个致命错误。"

扶桑老鬼的声音一下子从天上，钻进了颜心雨的肚子里。慕容彬舞着双手大喊道："妖魔，有本事你出来，别伤害我的女人。"

"你没脸说这话，现在她是我的女人了。"

慕容彬一脸羞怯，他脱下外衣包裹好颜心雨，温言安慰说："爱妃别怕，这魔头马上就灰飞烟灭，我们谁也不怕了。"

"你太天真了吧，慕容彬。"

扶桑老鬼的话阴森森很吓人，他说："我千余年修为，岂是你这等鼠辈就能暗算的。刚才我虽最虚弱，但清静散人发起攻击之前，我就成功躲进了你贵妃的身子里。封印我，你想都别想。还是乖乖做你的傀儡皇帝吧。"

"大胆妖魔，休要逞能，难道我的无相伏魔咒没起作用？"

无嗔手持灵符，一把米撒在颜心雨身上，随即一边转圈，一边念咒。

"小和尚，你虽有些本事，却没到伤害圣主的境界。"

纷飞的雪花里，山口惠、松下花抱刀而立。接着竹香然也站在了她俩中间。

三个女人目露红光，一脸的邪恶表情：

"狗奴才，见了圣主为何不跪？"

慕容彬向来是后发制人，他苦练斗转星移几十年，自问可以对付得了山口惠和松下花。山口惠把手掌抵在松下花背心里，松下花看看竹香然，示意她发起进攻。竹香然迈着僵硬的步子首先向无嗔发掌，无嗔正在施法，他一招乾坤大挪移翻转身子，直接把一道符咒拍在竹香然头上。

"啊！无嗔，你好卑鄙。"

竹香然的声音俨然变成了老鬼的惨嚎。慕容彬明白，目前老鬼的元神，分别隐藏在这几个女人体内，只要不准他出窍，不准它们聚在一起，自己就有把握取胜。

"斗转星移。"

山口惠和松下花的劲风刚发出，就被慕容彬双掌牢牢吸住。他运用神功，悠闲地将其裹成一个大气球，然后排山倒海反袭回去。慕容家族以彼之道还施彼身的绝技，果然名不虚传，刹那间，山口惠和松下花口喷鲜血，双双坐在地上爬不起来。

"老鬼，是不是很可惜这两个元神？"

慕容彬得意极了。他没想到这么容易就毁了老鬼两个元神，如果再狠心杀掉竹香然和颜心雨，那个让他寝食不安的圣主，立马就神形俱灭，以后就再也没人骑在他头上撒尿了。

"皇上救我！"

竹香然抵不住无嗔的无相功，头上的结界正一圈圈缩小。无嗔说："皇上，现在不杀老鬼，更待何时?"

竹香然强运功力，挡住无嗔凶猛的进攻，她说："皇上，我是皇后，你可得看清楚。"慕容彬走上前，双掌一挥，将竹香然和无嗔的内力尽数吸到掌中，这时，他觉得胜券在握，以后根本不需要这两个人了。杀了他们，以后谁也不知自己的隐私和屈辱。

"斗转星移!"

神功一出，无嗔一跤跌出去十多丈远，他强撑着坐起身怨毒地说："慕容彬，没想到你是卸磨杀驴的小人。"慕容彬哈哈笑道："你现在知道还不晚。"

无嗔诡异地笑笑，然后若无其事说："我心脉已断，可否容我再活一天?"

"去死吧，你死了，我就高枕无忧了。"

慕容彬正要发力结果无嗔，忽觉身后有动静，急忙回身查看。这时竹香然只剩一口气，她爬过来拉着慕容彬的衣服哀求道:

"皇上，看在多年的情分上，你救救我吧，我不想死。"

慕容彬目射凶光，他说："你不死也得死，因为你已不是清白之身。"竹香然大怒，她指着慕容彬说："还不是为了你，你以为我愿意?"慕容彬长叹一声，摇着头说："你为大燕国做了贡献，我心里记得，以后你的牌位会进入宗庙，你放心去吧。"

"颜心雨那个贱人呢，她怎么处理?"

竹香然怨毒地看着颜心雨，满脸都是恐怖色彩。慕容彬一掌打翻颜心雨，把她丢在竹香然身边，声嘶力竭地喝道:

"凡是被老鬼玷污过的人，都是贱货，都必须死。"

颜心雨一脸愕然，自己舍去贞洁帮助慕容彬，没想到他居然是这副德行。

"慕容小儿，你怎么成了为达目的不择手段的小人。"

慕容彬一脚踢飞颜心雨，踏着她的小腹恶狠狠说："你能狠下心杀花满溪，关键时刻也能狠下心杀我。"

"我杀花满溪是为了爱，是为了帮你复国，你怎么过河拆桥?"

颜心雨一耳光打过来。慕容彬捂住火辣辣的脸狰狞地笑道："如果你真心爱我，刚才就不会主动向老鬼投怀送抱。你既然宣称自己是烈女，为何不拼死抵抗老鬼的羞辱? 如果你那样做了，也许我还会考虑原谅你。"

"慕容彬，你简直不是人，你既把我们献给老鬼侮辱，又要我们做贞洁烈女，绵羊进了狼窝还能全身而退吗?"

竹香然狠喷慕容彬一脸鲜血，她看着颜心雨哀哀说："我们都上这个卑鄙小人的当了，这就是做女人的悲哀。"

"天啊，我们以后还有啥脸见桃花城的人!"

颜心雨掩面而泣，她不断捶打自己的肚腹，那神情跟疯子差不多。

看以前深爱自己的女人得了失心疯，慕容彬心里一点留恋之情也没有。相反他非常厌恶她们，因为看见她们，他就会想起扶桑老鬼给他的折磨和耻辱，只有杀了她们，他以后才不会做噩梦。

"斗转星移！"

杀念一起，慕容彬运足了十成功力，他打算一举把这两个既爱又恨的女人直接烧成灰。这样既能抹平自己的屈辱史，又免除安葬她们的麻烦事。

"慕容小儿，你太小看我了。"

不知何时，无嗔悄悄站在了身后，他满脸红光，一点受伤的痕迹都没有。慕容彬的力道已发出，想将其收回来攻击无嗔已不可能。眼看颜心雨和竹香然就要灰飞烟灭，危难中，无嗔左手轻轻一挥，就把慕容彬的全部功力收回来了：

"什么斗转星移，简直是小儿把戏，还给你。"

慕容彬被自己的力道，直接打飞几十丈远，整个人顿时萎缩得像个侏儒：

"这是怎么回事？"

颜心雨一鹤冲天，人在空中，凌厉的掌风已把慕容彬和无嗔笼罩得水泄不通。

慕容彬大惊，他努力稳住心神，大声喊道：

"贵妃别冲动，有事好商量。"

碰碰两声闷响，慕容彬和无嗔双双倒地。颜心雨踏在慕容彬身上冷漠地说："如果没有你刚才的精彩表现，我不知还要被你欺骗好久。现在我们的感情两清了，你的狗屁大燕国从此灭亡，桃花城归我了。以后，我就是城主。"

山口惠和松下花呆呆站着，正不知所措时，圣主的声音忽然钻进耳朵里：

"我被逍遥子万雷轰顶，大部分修为灰飞烟灭，目前只有少部分功力在颜心雨体内。"

山口惠和松下花吓得面无血色，她俩长时间俯伏在地，直到颜心雨说话，才敢抬起头。

"参见圣主，属下保护不力，请圣主责罚。"

扶桑老鬼虚弱至极，他停顿了一会儿说："山口惠、松下花，我现在的话，只有你二人听得到。这次表面上是慕容彬和无嗔反叛，实则是天要收我。我的劫难已至，能不能顺利渡劫，就看颜心雨是否坚持得下去。我必须破茧才能重生，以后你们要忍辱负重，暂时听从颜心雨召唤，她的指令就是我的意图。"

"属下遵命，愿圣主早日复出。"

山口惠和松下花行过大礼，躬身扶着颜心雨，生怕她有所闪失。

颜心雨指着慕容彬和无嗔说："这两个家伙已经没有价值了，砍成几大块喂狼吧。"

"城主，我还有用。"

山口惠刚要动手，无嗔忽然哭喊着求饶。颜心雨把刀丢在无嗔面前冷冰冰说，除非你先杀死慕容彬。无嗔念声阿弥陀佛，毫不犹豫拾起了长刀："慕容彬，你别怪我，是你不仁在先，我替佛爷超度你，你还得感谢我。"

话音未落寒光一闪，慕容彬的左臂就飞上了天。

"秃驴休要猖狂。"

无嗔飞速上前补刀之际，只听一声娇斥，接着一道清影翩然掠下。众人被清静散人的速度吓蒙了，回过神来时，才见皑皑白雪中，慕容彬早已凭空消失，而无嗔则身首异处，他张着大嘴，不知在念佛，还是想骂人。

回到紫光阁，颜心雨连夜召集各家族头领开会。她说，慕容彬和无嗔心怀不轨狂妄自大，残忍杀害老城主，严重扰乱桃花城的习俗和百姓的安宁。奉老城主遗命，从现在起由我继任桃花城主，并恢复以前的规矩及秩序。

夜飞鹰首先站出来反对，他说："你是慕容彬的贵妃，凭什么当城主。"颜心雨隔空一掌，打得夜飞鹰连滚带爬。她拿出《夜郎经》，威严地说："夜头领，这就是凭证，你有吗？"

众人看《夜郎经》完好如初，全都哑口无言。夜飞鹰自讨没趣，只好转身离开。

"夜头领，等一下，我送你个礼物。"

颜心雨叫住夜飞鹰，她令山口惠把竹香然押上来扒衣示众。竹香然低着头，不敢和夜飞鹰的目光对视。

夜飞鹰一脚踢过去，破口大骂道：

"小贱人，没毒死我，很意外吧？"

竹香然哭着说："夜郎，我知错了，慕容彬那狗贼把我们都害惨了。"夜飞鹰揪住竹香然的头发，恶狠狠吼道："不要叫我夜郎，凡是背叛我的人，都不得好死。"

"夜头领恩怨分明，是条好汉，本城主佩服。"

颜心雨拍着手掌走到竹香然面前，一边用手抚摸她的脸庞，一边阴阳怪气说话："皇后，你还记得以前怎么欺辱我的吗？"竹香然狠啐颜心雨一口，恶声骂道："小贱人，你别猖狂，你的下场肯定比我惨。"

"夜头领，你打算怎么处理这个毒妇？"

夜飞鹰察言观色，心想不如好人做到底，反正这个恶婆娘已没用了，那就做个顺水人情吧：

"城主，这妇人早已被我休了，你怎么处理都行。"

颜心雨要的就是这句话，她叫山口惠把竹香然绑在广场上，每天割一刀，七天后开瓢点天灯祭祖。

"颜心雨是个妖魔，她怀了扶桑老鬼的种，大家不要相信她。"

竹香然凄厉且尖锐的喊声，划破夜空，在紫光殿里来回萦绕。

众人看颜心雨提着竹香然，在空中行走如履平地，全都低头不言望空拜送。

76.大兵压境

两军对垒，最忌讳的是军心动摇。

安鳌和上官雄各骑一匹骏马，他俩傲立阵前轮番喊话：

"张鸾，别当缩头乌龟了，快出来和老子大战三百回合。"

一马平川的旷野上，全是舞刀张弩的夷人。这些从芒部借来的勇士，个个骁勇，除了擅长骑马射箭，还懂得排兵布阵。领头者阿鲁旺身高力大，手中长枪神出鬼没，连挑明军五员大将，吓得张鸾紧闭城门，四五天都不出战。

"元帅，今天必须攻下叙州城，不能让张鸾喘气。"

上官雄一副谦卑表情。现在他看到了安鳌的号召力，再不敢恃才傲物了。安鳌朝城楼上猛射一箭，狂妄地笑道："早知明军这般脓包，我前些年就该举事。"上官雄恭维地说："其实，我早发现元帅有帝王之相，只是不敢说。"

安鳌乐了，他和上官雄信马由缰跑一程，勒住缰绳转过头说："现在可以说了吧。"上官雄策马靠上来神秘地说："元帅相貌奇伟，气度豁达，再加上龙凤之姿天日之表，明眼人一看就知你不是凡人。"

"如果你早几年说这话，现在我俩已在金銮殿喝酒了。"

上官雄见安鳌喜欢吹捧，欠身将嘴附在安鳌耳边说："元帅，任何事都有规律，天机未成熟之前，不能轻易泄露，否则梦就破了。您起兵之际，我看过天象，确认安氏祖墓上空祥云缥缈紫气萦回，才死心塌地拼死为您效劳。"

"你不为圣主效劳了吗?"

这话问到了上官雄的痛处。按照和圣主的约定，上官雄逼迫安鳌举旗造反后，黑龙会即刻从侧翼配合攻打叙州城。山口惠、松下花的竹筒育马、撒豆成兵术也将快速投入战斗。然而一个多月来，不但黑龙会毫无动静，而且圣主一次也没出现，就连平常负责传令联络的山口惠、松下花都不见了身影。上官雄苦等不到援兵，只有改变主意，死心塌地跟随安鳌。

"中华儿郎，岂能任扶桑妖人摆布，除了元帅，我一个也不跟。"

安鳌心中暗想，上官雄这厮目前已无靠山不足为虑，用人之际，先不和他计较："一家人不说两家话，以后我俩就是有福同享的兄弟。"

上官雄装出一副感恩戴德的表情，他说："大哥这样赏识，小弟也须纳个投名状。我估计夷山几十万大军不几天就会到达，这之前，我们一定拿下叙州，不然兵马展不开。"

"下令攻城，活捉张鸾。"

安鳌一声令下，上官雄抢先开炮。一时间叙州城楼硝烟弥漫，火炮声、喊杀声震耳欲聋。

张鸾站在城楼上观战，一支响箭挟着呜呜劲风，掠过他头顶啪一声射在楹柱上。铁锋挡在张鸾前面，他打落几个即将上楼的蛮兵，焦急地说："大人，你先退下，这里有我镇守，你尽管放心。"

李大人没经历过兵火洗礼，他看蛮兵声势浩大，一波接一波往上冲，吓得面色惨白。

张鸾抢过士兵的弓弩连发几箭，呵呵笑着说：

"李大人，要不要喝几口酒壮胆?"

李大人尴尬上前心有余悸地说："大人临危不乱，下官佩服至极，如果长宁军傍晚前赶不到，我担心城楼会失守。"

"铁锋，射翻那个领头的蛮兵，有没有把握?"

张鸾没听清李大人说什么，他紧盯着城楼下哇哇乱叫的蛮兵头领，希望铁锋一箭能将其射杀。铁锋测试了距离，虽感觉有难度，但还是斩钉截铁领受了任务。连续拉断三把强弓，到第四把时，铁锋才精确瞄准果断放箭。

彼时，城下的蛮兵小头目正全神贯注呵斥手下攻城。开战一个月不到，凭借勇猛彪悍，他已连续杀死五个明军首领，如果今天顺利攻进叙州城，以后自己的身价地位就会大大提高："弟兄们，给我狠命往上冲，进了城，里面的黄金美女随便拿。"

小头目手舞足蹈的时候，一支利箭破空飞来，波一声扎进他的咽喉。蛮兵们看头目死亡，全都吓得退了回去。

"好险，差点让安鳌攻破城门。"

张鸾长出一口气，坐在地上半天爬不起来。这个时候，他才感觉四肢无力，才知道后怕。铁锋擦擦额头上的汗水，镇定地扶起张大人说："大人，死守不是办法，我们得主动出击。"

李大人颤巍巍走上前附和着说："是啊大人，幸亏铁大侠及时报信，不然叙州城就丢了。"

"钦差卫队死了几个人？"

张鸾倚在城墙上，看蛮兵退出去二十多里，他稍稍松了口气。铁锋说："那晚在马湖，安鳌突然夜袭钦差船队，幸亏阿兰提前报信，所有人员才幸免于难。事发突然，船上人员虽全部撤出，但船只物品却毁于大火中。"

听手下人员无恙，张鸾很欣慰，他说："对付安鳌反叛，朝廷早有准备。我的奏折一到，皇上马上就封我为川滇黔兵马大元帅，目前各路援军正向叙州进发，只要我们再坚持几天，不但能解叙州之危，而且还能活捉安鳌。"

"大人，程军师来了。"

说话间，军师程春震一身道士装束，手持拂尘笑吟吟走了上来。他给张鸾稽首行个礼，乐呵呵说："大人用兵如神，蛮兵折了锐气，今日不会再进攻了。"

张鸾气鼓鼓说："好你个军师，我费了很大力气才把你从郴州调来，你倒好，扔下我私下云游，害我差点丢失叙州城。"

程春震挨着张鸾坐下，他笑嘻嘻连连赔不是。张鸾故意板着脸说："除非你有退敌良策，否则休想得到原谅。"程春震捻着胡须，沉吟良久说："在下云游这么久，如果没打探到真实情况，哪敢来见大人，退敌良策吗，肯定是有的，不过……"

看程春震故意卖关子，张鸾一拳擂过去哈哈笑着说："我俩同朝为官这么多年，谁不了解谁，你就别装了。"程春震挪开身子怯怯说："大人别坏了礼仪，你现在是钦差加兵马大元帅，我可不敢给你开玩笑。"

原来这段时间，程春震表面游山玩水，暗中却在打探安鳌的兵力布置、粮草给运、后勤保障，以及马湖境内山川地貌、人文风俗等等情况。他说马湖蛮自古不守法度，今日归顺明日反叛是常事。我们这次平叛，应恩威并施，就像当年诸葛亮七擒孟获那样，才能彻底收服民心。

"怎么收服？你看看城墙，被炸成啥样了。"

张鸾两手一摊，一脸愤怒。程春震低声说："大人息怒，请听我把话说完。"

接下来，程春震开始阐述自己的观点。他说眼前这帮蛮兵不足为虑，大人只要立即修书一封，并令人执您的兵符，立即出发半途拦住筠连一带前来增援的军队，令他们火速回兵袭扰芒部各寨，不出五天蛮兵必退，我们便不战而屈人之兵。

"军师这招围魏救赵之法的确精妙，我即刻修书。"

张鸾一高兴，城楼上所有官兵脸上都露出了笑容。为了稳妥，张鸾把送信的任务交给铁锋，并派二十名兵士护卫。铁锋接过信回身就走，他说："我只带阿兰一人，其他的留下保护大人吧。"

铁锋和阿兰走后，程春震继续展示自己的韬略。他说："安鳌的储粮地在龙华，我们必须派一支精兵，绕到蛮兵后方下大力切断其供给。另外用兵之法，在于精而不在于多，我只要两万长宁军，其他的还请大人下令各回原位。大老远跑来，劳民伤财不说，最主要的还是派不上用场。"

"呵呵，两万长宁军能战胜十多万蛮兵，军师好大的口气。"张鸾一脸惊讶，"各路大军已启程开拔，现在叫他们回去，岂不是将兵符当儿戏？"

"现在下令还来得及。"

程春震态度坚决。他说马湖蛮隔不几年就举兵叛乱的原因，一是民风剽悍，不服教化；二是朝廷一味镇压。如果我们这次只惩罚安鳌，对胁从者实行教化并释放，既有利于朝廷改土归流大政方针的推行，又给以后上任的流官，打下了治理这片土地的基础。

"除非你来当这个首任流官，否则我放不下面子下令。"

张鸾正为谁当马湖知府犯愁。安鳌服诛是迟早的事，马湖府首任流官任重道远，既要继续平叛，又要教化这一带的马湖蛮，必须文武双全胸有韬略，具备悲悯之心者才能胜任。

程春震这一说，立即让张鸾兴奋起来。远在天边近在眼前，此大任非君莫属。二人你推我让，僵持了半天程春震终于答应了：

"大人，我上你的当了，还是你高明。"

程春震有些沮丧，他万没想到自己运筹帷幄，最后却搬起石头砸自己的脚。不过，对治理马湖蛮，程春震倒有几分信心。张鸾掩饰住喜悦，忽然忧心忡忡地说："知府大人，夷山还有几十万大军。我听说安鳌已发出飞龙令，这个危难你如何来解？"

"大人别愁，等会儿我给你引荐一个人。"

二人相让着走下城楼，嘴里商量平叛之策，不一会儿就到了程春震的寝宫。刚进屋，一个书生模样的年轻人，扑通一声就跪在了张鸾脚下："大人，罪臣安鳌之子安宇替父领罪，请大人赐死。"

张鸾扶起安宇，爽朗地笑了起来。他说安公子识时务，明法典，与其父完全不同。那日我被安鳌囚禁，若非公子搭救，早已横尸荒野。恩公不要自责，有什么话坐下慢慢说。

安宇见张大人还念旧情，心里略略放松了一些顾虑。他再次跪下诚恳地说："家父反叛，一是对朝廷改土归流策略有意见，二是受奸人挑拨。家父藐视朝廷，目无法纪，不管如何处罚，本人都无意见。如果大人体恤苍生，不追究安氏族人之责，安宇愿劝父投降，永熄烽火，从此不问政事自给自足。"

"如此甚好，只是我如何相信你能劝父投降？"

看张大人沉吟，枯木香赶紧跪下插话："大人，我是铁锋之妻水冰情。安公子已把飞龙令还给了甘嬷阿甲，夷山现在安定了。"

"真的吗，我不是做梦吧？"

张鸾一脸惊讶好半天才回过神。程春震笑嘻嘻说："大人，此事千真万确，我亲眼所见。不过这当中铁夫人的功劳最大，如不是她暗中相助，此时夷山十万大军，已把我们围得水泄不通了。"

程春震的话滔滔不绝。他是在夷山暗访时，偶然碰到安宇及枯木香的。那天，安宇和枯木香吵得很厉害。安宇要回马湖府劝说阿爸投降，枯木香执意要带他见铁锋。程春震问清情况，果断拿出官符亮明身份，及时把他们带进了叙州城。

"铁夫人，你好像是扶桑人对吧？"

枯木香看张大人用目光审视自己，甜甜一笑大大方方站起身说："大人说得对，我的确是扶桑人，而且听命于黑龙会圣主。自从嫁给铁锋后，我没杀一个无辜者，也没给黑龙会立过功。我所做的一切，都是为了我家相公。只要他能为朝廷建功立业，我就是被圣主追杀至死也心甘情愿。"

"大人，马湖蛮又攻城了，西门已涌进无数夷兵，我们还是撤吧。"

说话间，李大人跌跌撞撞，上气不接下气跑了进来。张鸾焦虑地问程春震，有何退兵之计？程春震皱着眉头说，目前长宁军未到，只有先避锋芒，暂时放弃叙州城。

"那就赶快撤吧？"张鸾一脸沮丧，无可奈何地挥挥手。

"大人别慌，快把我绑起来押上城墙。"

危急时刻，安宇突然挺身而出。

77.妖风浩荡

虎毒不食子。

安鳌看儿子安宇被张鸾挟持，只好下令收兵。上官雄很急，他说："大人千万不要被假象迷惑，这个时候最关键，进一步就是王，退一步就是寇。"

安鳌有些愤怒，他指着上官雄大声呵斥：

"这都是你干的好事，谁叫你绑架他？"

上官雄一脸惭愧，他说大人，以前的事都是我的错，但是现在真的不能撤兵。如果公子爷一人之命能换来夷人的锦绣江山，那他就是我们的圣主，以后世世代代受人祭拜。

安鳌彻底被激怒，他不顾上官雄的阻拦，毅然发出了撤退命令：

"一派胡言，赶紧鸣锣撤退。"

安鳌撤出二十里后，张鸢也守信放了安宇。安宇回到安鳌身边，寒着脸只顾吃喝，任上官雄如何道歉说软话也不发言。安鳌看儿子被弄得傻乎乎，一怒之下，叫人把蓬岛七星押上来，每人赏鞭子五十。岳明、王一腿各断一臂，二人神情低落，他俩看着上官雄，示意他帮自己求情。上官雄左右为难，刚要开口，云裳、张三姑却抢先说话了："安公子，绑架你是我俩出的主意，要打要杀，冲我们来，请放过我师兄。"

安宇把一碗酒全泼在岳明脸上，说道："亏你们自称侠义之士，你扪心自问，以前干过几次好事？看在你师妹面上，今天我饶了你，马上滚，以后别让我看见你们。"

众人散去后，安宇忽然双膝跪地，拉着安鳌失声痛哭，说道："阿爸你好糊涂，你自己不要命也就算了，怎么把全族人的命都搭上！"

安鳌劈手一耳光，打得安宇眼前直冒金星：

"黄毛小儿，不要动摇军心，老子受命于天，岂能困死在马湖？"

安鳌一脸狂傲，他怒冲冲呵斥道："你小子莫不是被张鸢收买了吧？"安宇镇定地说："我现在是在挽救安氏族人，你执意寻死，我管不住。"

"哈哈，老子有祖宗龙脉护佑，有几十万大军冲锋，怎么也不会死！"

看阿爸执迷不悟，安宇气得直摇脑袋：

"阿爸，我俩打个赌，三天后，你从哪里来就得回到哪里去。"

安鳌非常生气，他说："老子还指望你回来助我一臂之力，谁知你龟儿尽泼冷水。赌就赌，三天后我赢了咋办？"

"你若赢了，我就给你当先锋，如果你输了呢？"

安宇气定神闲，他起身看着阿爸，眼光里全是期待。安鳌打个哈欠大咧咧说："如果老子输了，你说咋办就咋办。"

三天后，芒部兵营开始混乱。由于大家都知道官兵正袭扰自己的家园，所以全都吵着要回去救亲人。阿鲁旺犹豫不定，他觉得此时回去很没面子，眼看就要拿下叙州城了，这个时候放弃太可惜："弟兄们，官兵没那么快，我们现在一鼓作气攻下叙州，再回去也不迟。"

副将阿弈棋不干，说道："大哥，你清醒点好不好，我们给安鳌卖了几个月命，得到了什么？不要说好酒好肉好女人，这几天连肚子都填不饱。你不回去算了，反正我要回去救家人。"

"兵符在此，谁敢擅自行动？"

阿鲁旺看副将们一个个无精打采，顿时勃然大怒。这次出征，帮安鳌只是一个借口，重要的是他要建立一番事业。争吵间，忽听传令官急匆匆跑进大营：

"元帅，叙州城门打开了，明军正朝我们开过来。"

阿鲁旺大喜，说道："弟兄们，拿出勇气消灭明军。打完这一仗，我立马带你们回老家救亲人。"

面对明军的铁甲阵，阿鲁旺丝毫不惧。前几次，他用火炮、壕沟和钩镰枪，轻而易举就大破铁甲军。这一次，看明军的阵势没多大变化，阿鲁旺决定还是用老办法破敌。

阵势还没展开，阿鲁旺就听见了士兵的尖叫声。不知何时，大家的身后隐隐飘起了烟雾，接着大批虫蛇蚂蚁、蝎子蜈蚣从天而降，悄然爬进兵士们的衣裤里。

"这是什么妖法？"

阿鲁旺抽出腰刀砍断一条毒蛇，然后纵马向前，意欲在十招之内，取下敌军将领的首级。赤兔马刚跑出五十步，忽然倒竖前蹄，把阿鲁旺掀翻在地，阿鲁旺看无数虫蛇向自己蜂拥而来，吓得拔腿就跑。他一跑，手下夷兵们哗啦一声，全都往后撤退。

程春震看时机成熟，亲自擂鼓下令冲锋。长宁军通过十多天的休整和补给，战斗力正旺。一时间旷野上炮声轰隆，喊杀声此起彼伏，小半天时间就打退了芒部夷兵。

"铁夫人，你法术高明，这次帮我大忙了。"

张鸾哈哈大笑，他说开战以来，今天最扬眉吐气，等会儿定要设宴感谢铁夫人。枯木香看张大人终于承认自己是铁锋的妻子水冰倩，心里虽高兴，脸上却平静得出奇：

"大人，我是铁锋的妻子，这一切都是我应该做的。"

张鸾看水冰倩的神色，知道她想念铁锋。他走到她身前说："铁夫人休要烦恼，铁锋要不了几日就回来，等平定叛乱活捉安鳌，我一定亲自带你俩面圣。"

枯木香脸上悠然露出一丝喜悦，山口惠令她重新回到铁锋身边，终极目标就是蛊惑、控制大明皇帝。只要张鸾信任她，她就有机会接触皇帝。枯木香表面领受任务，内心其实很矛盾，现在她什么也不想，只想帮张鸾打退蛮兵，她说："大人，今天只是胜利的第一步。以后还有更厉害的对手呢，我们不能大意。"

"芒兵已退，还有什么人支持安鳌？"张鸾一脸疑惑。

枯木香退后两步恭敬地说："大人，你把事情想得太简单了。据我了解，芒部兵马只是这次战争的一个序曲，真正的较量还在后头呢！我师姐山口惠、松下花一次也没露面，您不觉得奇怪吗？还有晏灵姬、云霄客，这些都是黑龙会的重要人物。安鳌、上官雄敢起兵反叛，身边没有几个厉害人物，他们哪来这么大的胆子？"

"那我们下一步该怎么办？"张鸾一副束手无策的模样。

"乘胜前进，直捣马湖，不给安鳌喘息之机。"

张鸾有些犹豫，他说，还是等铁锋回来再做决定吧。枯木香态度坚决，她说，过几天安鳌站稳脚跟，就不容易对付了。

张鸾看着枯木香，好半天才把心里的疑虑说出来：

"为了铁锋，你真的敢背叛黑龙会？"

枯木香有点愠怒，她溢着泪花说："大人，你可以怀疑我，但不能亵渎我对铁锋的感情。为了他，我早就和师姐、师妹们撕破脸了。现在我已经是黑龙会的叛徒，圣主的追杀，迟早躲不过，我只想死前替我家相公立几次功。只要他活得轰轰烈烈，我也就死得无牵无挂。"

"乘胜追击，进军马湖。"

张鸾再不犹豫，他大手一挥果断下达了进军号令。

沿着当年诸葛亮南征之路，张鸾亲率大军，浩浩荡荡分水陆两路溯江而上。

一路无阻，严冬过后，草木开始泛绿，如丝的细雨飘在空中像牛毛，落地后无声无息无影无踪。张鸾站在船头上，猎猎江风把他的胡须吹得像团乱草，看两岸柳丝飘摇，听竹林深处莺歌燕语，他心潮起伏，禁不住拍着程春震的肩膀感叹地说：

"大好江山，以后还须仁慈治理。"

程春震兴奋地回道："大人体察民情，悲悯众生，实在是马湖之福，以后我一定教化为主，绝不妄动刀兵。"

船到安边码头，同知汪京已等候多时。汪京的官职比安鳌小，平时经常受到欺压，安鳌反叛前，幸亏有人提前给他送信，否则早被谋杀了。

汪京禀告说，前两天，安鳌和上官雄带着几千残兵路过安边，估计现在已回到马湖府。张鸾肯定了汪京的功劳，嘱咐他以后要全力协助程春震治理马湖。汪京是马湖通，有他在，张鸾什么都不担心。

稍作休整，大军继续前进。刚踏入马湖地界，前面就传来了吆喝声：

"张鸾老狗，赶快下马投降。"

山口惠和松下花手执长刀，双双站在小桥上。她俩的身后是一座小山丘，里面团团黑雾缥缈，看样子，似乎隐藏着许多兵马。

张鸾哈哈大笑，他说区区几个扶桑倭寇，怎挡得住我数万铁骑，冲上去，杀无赦。

枯木香飞身挡在张鸾面前，她大吼一声"保护大人"，随即人刀合一掠上半空，将迎面射来的乱箭打得七零八落。

"叛徒枯木香，你真敢背叛圣主吗?"

山口惠怒气冲冲，她呵斥枯木香背主求荣，扬言决不饶恕。

枯木香淡定地说，师姐，我已爱上铁锋，没有回头路了。松下花恶狠狠说，看在以往的情谊上，只要你回身杀了张鸾，我可以饶你性命。枯木香哈哈大笑，她说师妹你太天真了吧，如果我狠得下心，早把张大人杀了，何必等到现在。

"妖风浩荡!"

松下花狂怒至极，她见枯木香执意要当叛徒，抓出一把黄豆漫空一撒，随即掀起衣裙快速旋转，不一会儿，一股妖风便弥漫了整个旷野。张鸾和程春震起先感觉袖口和裤管冷飕飕，以为春寒料峭没在意，后来见士兵们缩住一团，不断打冷嗦，才知中了妖法。

"光风霁月!"

枯木香用刀光护住张鸾，她从怀中掏出一把黄豆望空一撒，意欲破掉松下花的"妖风浩荡"。松下花自从侍寝圣主以来，短时间功法大增。她看枯木香撒出黄豆，诡异地一笑，挽诀念声"阴风惨惨"，双臂一振大喝一声"敕"，只听叽哩哇啦，明军阵营里立刻传来军士的嬉笑，那情形，就像他们在相互挠痒痒。

"妖言惑众。"

山口惠看时机成熟，一边念念有词，一边运功催动虫蛇蝎子向明军进攻。张鸾不知这是啥妖法，黑压压的天空里，到处都是伤人的蚊虫，地面上密密麻麻全是蜂拥的毒蛇蚂蚁。

"铁夫人，快施法退敌。"

混乱中，已不见了枯木香的身影，慌乱之际，天空中忽然传来山口惠念咒的声音。咒声一入耳，张鸾顿时想起了自己的政敌曹公公。这只阉狗，本御史终有一天要把你弹劾进天牢。

"你这厮好可恶，为啥选我当马湖知府？"

混乱中，程春震一巴掌打过来，然后揪住张鸾又打又骂。

张鸾看程春震有些像曹公公，毫不留情狠踢对方一脚。二人怒目相视，你一拳我一脚打得满身是泥。

主帅一乱，整个军阵全成了马蜂窝。兵士们平常不敢忤逆上官，心中郁闷的恶气，现在一下子发泄出来：

"狗杂种，还记得打过我多少军棍吗？"

"他娘的，赶快把克扣的军饷还给老子。"

枯木香看整个军队都在自相残杀，深感无力回天。她左冲右突既救不了张鸾，又摆脱不了松下花的追杀。

"叛徒，不要抱幻想了，乖乖受死吧。"

松下花阴沉着脸雷霆一击，枯木香惊叫一声当场跌出去十多丈远。她很迷茫，搞不清对方近来练了啥妖法。

松下花嘿嘿冷笑，她妖冶地说："师姐，没想到吧，你以前处处压我一头，今天该我扬眉吐气了。"

"师妹，你误会我了，听我说几句话再动手好吗？"

松下花一脸怨毒，她不听枯木香解释，踏住她的脑袋直往泥坑里踩：

"去死吧，叛徒！"

刀光一闪，枯木香彻底绝望，只能闭住眼睛等死。

"你别怨我，这就是当叛徒的下场。"

松下花得意扬扬之际，云龙鹤忽然斜刺里冲出，冷不防把她撞了个母狗吃屎。她惊惧地站起身，一边拍打泥浆，一边破口大骂云龙鹤。

"云龙鹤，你究竟帮谁？"

山口惠这段时间一直在打探云龙鹤的消息，现在看见，岂能让他逃跑。她暗骂道："这狗贼玷污了本小姐，即使躲到天涯海角，我也要把他揪出来抽筋剥皮。"

云龙鹤见山口惠狠命追来，吓得冷汗直冒，他快速挽诀，口中念着毒龙咒，连设三重结界，然后拉着枯木香趁乱跑进了人群。

78.大胆表白

看张鸾这么不经打，安鳌开心到了极点：

"进了马湖，就是老子的天下，小的们，给我掩杀过去。"

梅三娘一马当先，挥刀直奔张鸾。为曹公公除掉劲敌，绝对是大功一件，回去不但加官晋爵，而且还有可能成为曹公公的心腹。为了把事情做得天衣无缝，梅三娘令捕快们全部换上夷人服装，在战场上只砍杀不吆喝。

　　丛林里，隐伏着安氏家族从各地招来的人马，加上叙州退回来的夷兵，总计有五六千人。众人看朝廷兵马追到自家门前，全都义愤填膺，为了保护家园，每个人都准备拼上性命。一时间旷野上乱箭齐飞刀光闪亮，人声鼎沸，血雨飘洒，好一场快意恩仇的大厮杀。

　　张鸾首先清醒，他放开程春震高声喊道：

　　"全都给我住手，检查装备，准备杀敌。"

　　程春震一个激灵也恢复了神志。他摇着头惭愧地说："大人，请原谅在下的鲁莽，倭寇的妖言惑众还真厉害。"张鸾翻身上马说："都啥时候了，还讲废话，赶紧整顿队伍。"

　　士兵们手忙脚乱，还没完全清醒，夷兵就杀了过来。长宁军身经百战，不管是阵法大战，或者单兵厮杀，其素质和经验都远超夷兵。尽管刚才中了妖法，但只要回过神就能迅速进入战斗状态。

　　"不要慌，铁甲阵伺候。"

　　将领武威一声令下，千余名盾牌手飞速筑起两道围墙，将夷兵射来的乱箭全部挡住。夷兵冲到阵前，策马就往盾牌军身上踏。他们的战马刚竖起前蹄，盾牌后忽然伸出无数寒光闪闪的钩镰枪。嚓嚓嚓的脆响声和呜呜的哀鸣声之后，接着就是夷兵被长枪刺中的嚎叫声。

　　第一拨夷兵被消灭后，第二拨夷兵又开始冲锋。这一回，武威没让敌人靠近，相聚二十丈时，他下令直接射杀，不一会儿，旷野上就密密麻麻躺下了无数尸体。

　　梅三娘首先突入明军阵中。马蹄被钩断，战马还没倒下之前，她的双脚已抽出马镫。对面两杆长枪刺来，梅三娘毫不在意，她借马背之力腾空而起，人没落地一把梅花针已出手。趁士兵惨叫畏缩，梅三娘展开轻功，两脚交替点着兵士们的头颅直取张鸾。

　　"保护元帅。"

　　武威看一女子惊鸿般飞向元帅，长枪一挥纵马横冲过去。他是使枪高手，枪尖一条线扎过去，随即以枪作棍啪一声，结结实实打中梅三娘大腿。

　　梅三娘人在空中，虽往左挪移了几寸，还是没躲过武威的攻击。她羞怒至极，左手揉两下疼痛部位，五指一扬掌中梅花针暴射而出。武威不知梅三娘的厉害，他虽有盔甲保护，然坐骑却遭了大殃。

　　梅三娘顾不得报复武威，她盯着张鸾狠命直追。张鸾见一女子举手投足间，就把武威将军掀翻在地，吓得纵马就跑。梅三娘和张鸾只隔十来丈，她看对方要跑，弯腰抓起一个头盔奋力一扔，刚好打中张鸾后背。

　　"张鸾奸贼，没想到你会横尸荒野吧。"

　　张鸾被梅三娘踩住胸口动弹不得，他眨眨模糊的眼睛惊奇地问：

"你怎么知道我的名字？"

梅三娘仰头狂笑，她说："反正你要见阎王了，让你认出也无妨，还记得梅三娘吗，我的御史大人。"

"原来是你这个娘们，早知如此，当初我就不该放过你。"

张鸾很绝望，几年前，他弹劾曹公公，说他纵容梅三娘残杀无辜，手段极为毒辣。皇上听后龙颜震怒，当场臭骂曹公公一顿，并要择日处斩梅三娘。由于梅三娘痛哭流涕认错，张御史起了恻隐之心放过她。今天狭路相逢，看对方要杀自己雪恨，他才为当时的仁慈后悔。

"三娘，快回头，有危险。"

呼喊声亲切而焦急。

梅三娘已经举起了刀，她不知是谁在提醒自己，抬头一看，只见一支判官笔挟着劲风，离前胸只有几尺远了。躲避已来不及，唯一的做法就是本能挥刀格挡。

铿锵声过后，梅三娘的腰刀被判官笔撞飞出四五丈远，她甩两下酸麻的手臂，快速去摸暗器。仇人就躺在面前，说什么也不能让他活命。

"三娘，你的裙子破了。"

呼喊声中，阿兰展开轻功已掠到了梅三娘背后。她和铁锋执行完任务，刚从后面赶上来。看梅三娘要对张大人下毒手，急切间，铁锋只得隔空扔出判官笔。为转移梅三娘的注意力，阿兰压着嗓子先哄三娘回头，后又戏说她的裙子破了。

这一招还真管用，女人最忌讳走光出丑，阿兰一说，梅三娘掌握暗器的手，下意识往臀部伸去。趁这个空当，阿兰一招蜂回雪舞逼退梅三娘，挡在了张鸾面前。

"大人快走，这里交给我。"

最佳刺杀时机已过，梅三娘使出浑身解数，也接近不了张鸾。阿兰的破风刀法奇诡怪异，梅三娘左冲右突，也摆脱不了刀光的笼罩。她的暗器已用完，腰刀不知落在了哪里，满头秀发被削成了乱鸡窝，情形相当狼狈。

"铁锋，你这个叛徒，总有一天我会将你正法。"

看铁锋双手抱胸站在旁边看热闹，梅三娘羞愤交加，忍不住破口大骂。铁锋一脸微笑，他说："三娘，我俩究竟谁是叛徒？你帮助反贼不说，竟然胆大包天刺杀钦差大人，这事皇上知道，你还能活吗？"

"所以我要杀光你们，决不能让你等奸臣活着回京。"

梅三娘倒打一耙，反骂张鸾是奸臣。她从士兵手中抢过一杆长枪，轮动双臂舞得呼呼风响。阿兰被其虚虚实实的枪花迷惑，一时被迫得连连往后退。铁锋大怒，他骂一声执迷不悟，再次脱手扔出另一只判官笔。

"铁锋，你真的要和我作对吗？"

梅三娘空着双手，无奈地站在人群中。她怨毒地看着铁锋，恨不得立即将他剁成碎块。

"不是我和你作对，而是你自己要跟自己作对。"

战场上突然安静下来。夷兵们几次冲锋，不但没占到便宜，反而丢下了几百具尸体。看张鸾被武威保护着远去，梅三娘绝望得流出了眼泪：

"铁锋，你杀了我吧，反正回去也是死，死在你手里，我不怨恨。"

铁锋捡回自己的兵器，他把腰刀扔到梅三娘脚下冷冰冰说：

"悬崖勒马，也许你还有活路。"

看铁锋不杀自己，看阿兰呸呸直朝自己吐口水，梅三娘狂怒得跺脚大叫：

"今天的羞辱，我一定加倍还给你们。"

想到梅三娘曾经的清纯可爱，铁锋没有难为她。他想，如果梅三娘不进入东厂，她也许是个有正义感的女侠。名利害人，东厂害人，他庆幸自己得到了解脱。

走在阿兰身后，铁锋隐隐听人群中有人急切呼喊自己，那甜美娇柔的语音，很像以前的水冰倩。他回过头，只见到处都是打扫战场的士兵，根本没有枯木香的影子。惆怅一会儿，铁锋仰天叹息两声，毅然远去。

枯木香受了内伤，刚才的声音的确是她发出的。她被云龙鹤拉着七弯八拐到处乱跑，根本没力气脱身。

远远看见铁锋，枯木香鼻子一酸眼泪就掉了下来，危难时刻见到亲人，那种感觉简直无法形容。她多么希望铁锋能看见她，多么希望他飞掠过来解救自己。然而满腔的喜悦顷刻化为烟雾，痴意的渴求也如镜中摘花。

看铁锋远去，枯木香的心顿时碎得一塌糊涂。这一幕，恰恰是云龙鹤希望看到的，他嘻嘻笑道：

"大护法，别看了，铁锋心里根本没有你，我们走吧。"

枯木香甩开云龙鹤的纠缠，怒冲冲说：

"离我远点，否则别怪我不客气。"

云龙鹤亮出左手说："你断我指头，我非但不记恨，反而拼着性命救你，你还要怎么不客气？"

枯木香脸一红，顿时无言以对，刚才松下花突施杀手，的确多亏了这家伙，不然自己早身首异处了。

"你为什么救我？"

枯木香转变了态度，云龙鹤立即正经起来。

这段时间他一直暗中跟随枯木香，悄悄看她走路练武，她的一举一动令他心旌动摇。他觉得这样的美人才真正适合自己，什么阿针、阿奴，包括山口惠，除了粗野就是蛮横，完全不解风月，半点风情味、风月态都没有。他发誓要把枯木香追到手，为了她，他可以散尽家财，散尽修为，甚至放弃毒龙潭继承人资格。

"我欣赏你，喜欢你。"

云龙鹤的话很直白。枯木香听了眼睛瞪得大大的，好半天才抿嘴笑道：

"你开什么玩笑，我是有夫之妇。"

云龙鹤回头看山口惠恶狠狠追来，双手交叉挽诀，再设两层结界，拉着枯木香就往丛林中跑：

"你就是老太婆我也喜欢你。"

来到曲水溪桥边，云龙鹤看山口惠没有追来，便把枯木香扶坐在石凳上。他一边向枯木香忘情表白，一边浇水给她清洗脸上的泥污，最后还摘一朵鲜红的野花插在她的云鬟里：

"哇，清水出芙蓉，天然去雕饰，你太美了。"

如果此时对面之人是铁锋，如果这话从铁锋嘴里说出，枯木香一定开心至极，一定张开双臂忘情拥抱心上人。

然而眼前人非梦中人，看云龙鹤那副浪荡相，再想他的本性和为人，枯木香心里一阵厌恶：

"别自作多情了，趁我没发怒，赶快走吧。"

云龙鹤双膝跪地诚恳地说："我的大美人，你千万别赶我走，以前我干过许多坏事，也伤害过一些人，但我绝不伤害你。我不敢奢望你什么，只求跟在你身边。看见你我吃饭有味，睡得很香，活着也有意思。"

"荒唐透顶，不可理喻，你变态是不是？"

枯木香哭笑不得，她对铁锋痴情，谁知别人对她更痴情。

云龙鹤看对方迟疑，以为她动了心，他摸出翠玉凤凰恭敬地说：

"这是我拼着性命得到的宝贝，送给你作纪念。"

"拿走，我才不稀罕身外之物呢。"

"这可是花满溪的头饰，颜心雨正四处寻找呢。"

"就是王母娘娘的宝贝我也不要。"

二人一边打口水仗，一边推让翠玉凤凰。抓扯间，山口惠阴恻恻的笑声忽然穿林而入：

"翠玉凤凰原来在你手里，害我挨冤枉这么久。"

话到人到，云龙鹤还没反应过来，手中的玉钗就被山口惠一把抢去。

79.仇人相见

云龙鹤做贼心虚，拉着枯木香撒腿就跑。

枯木香使劲甩开云龙鹤，回到桥上弯腰行个礼，羞怯地说：

"师姐，不关我的事，是他一厢情愿，癞蛤蟆想吃天鹅肉。"

云龙鹤看枯木香不走，便痴痴站着等候，其实他有机会逃跑的。山口惠寒着脸不说话，她绕过枯木香抬手一耳光，打得云龙鹤就地转圈。

云龙鹤晕头转向，他摸着疼痛的脸颊哭兮兮说：

"天咚咚，地咚咚，婆娘打老公。"

山口惠忍不住扑哧一声笑出来。她本以为云龙鹤会求饶，谁知这家伙竟然打起了夷话。语言虽粗俗，山口惠却听得入耳。那晚，这家伙虽乘人之危，但她却很享受。那滋味和感觉，远比侍寝圣主销魂。

"大胆狗贼，竟敢打我师妹的主意，吃我一刀。"

当着枯木香，山口惠不敢提她和云龙鹤的事，更怕云龙鹤抢先说出来。现在唯一的办法，就是支走枯木香，然后才好与云龙鹤算账。

长刀一出寒光暴射。云龙鹤不敢正面交锋，他一个旋子掠出去三四丈远，为防枯木香受到伤害，他紧捏着折扇上的暗器，拉开随时救援心上人的架势。

山口惠反手把翠玉凤凰递给枯木香，她眼睛盯着云龙鹤，嘴里却小声向枯木香下达命令：

"记住你的使命，一定要缠住张鸾，让他带你面圣，这样你就有近距离杀死明朝皇帝的机会。"

枯木香不敢抗命，她顺从地接过翠玉凤凰，一溜烟跑进了丛林。

"香妹，别丢下我！"

云龙鹤很沮丧，他赌气坐在石头上伸出头说："我今天认栽了，要杀要剐随你便。"

山口惠气得脸色铁青，她一脚踢翻云龙鹤，踏住他的胸口恶声骂道：

"早知你是个喜新厌旧的畜生，那晚我就该杀了你。"

云龙鹤扳开山口惠的脚，坐起身说："惠姐，那晚的事，不能全怪我，谁叫你一路摇臀扭腰撩拨我，谁叫你在大路上撒尿。何况我抱住你时，你也没反抗，还呀呀的呻吟。"

"住口，你这个无耻之徒，难不成是我错了？"

山口惠哭笑不得，如果云龙鹤甜言蜜语，说一番夸赞她美丽温柔的话，如果他自我表白说，第一次见面就爱上了她，说不定她会喜极而泣，会放下矜持，然后幕天席地，在大好春光中和他再温存一番。现在什么都明显了，这狗贼占了她的便宜，又要打枯木香的主意，欺人太甚，今天必须好好出口恶气。

"万虫噬心。"

云龙鹤领教过扶桑妖术的厉害，他虽会一些魔法，却是小儿科，完全不敢班门弄斧。他是采花大盗，看山口惠震怒，赶紧软语温存求原谅：

"惠姐，其实我非常爱慕你，只是……"

"只是什么？"

山口惠一手挽诀，一手握黄豆，她上前逼视着云龙鹤，示意他把剩下的话说完。

云龙鹤看山口惠的眼神，知道她很在意自己的话，于是决定赌一把：

"只是你太严肃，如果你像枯木香那样有女人味，我给你当牛做马都其乐无穷。"

此言一出，山口惠手中的黄豆应声而落，整个人呆得像尊雕塑。尽管她是妖女，内心却极端渴望爱情。虽然侍寝过圣主无数回，但那种虚无缥缈的感觉，完全不能与云龙鹤的鱼水之欢相比。因为圣主是个幽灵，这家伙完全没有我相人相。他只管吸取女人的精灵练功，和他交媾完全享受不到快乐。

"我难道不是女人？你玷污了我就得负责。"

云龙鹤两手一摊要起了无赖，他嬉皮笑脸说："惠姐，你要我怎么负责，吃到肚里的东西还能吐出来吗？要不这样，你现在玷污我一顿出出气。那样我们就扯平了。"

山口惠气得眼泪流了出来，她揪住云龙鹤一边轻打，一边跺脚骂道："我们永远扯不平，是男人你就得负责到底。我答应你改脾气，但你不准打枯木香的主意，更不准接触其他女人，如果花花德行不改，我阉了你。"

　　"天啊，你该不是赖上我了吧？"

　　这话云龙鹤只在肚子里嘀咕，没敢说出口。山口惠看云龙鹤微微点头，脸上顿然现出两朵桃花，心里一甜蜜，眼里立即充满了盈盈秋水。云龙鹤被对方的柔情感动，忍不住将她抱了起来。

　　"你俩在这里干啥？"

　　石桥上，颜心雨双手叉腰一脸冷漠。山口惠首先回过神，她吃力推开云龙鹤，双膝跪地诚惶诚恐地说："启禀圣主，云龙鹤刚才调戏在下。"

　　"你又不是贞洁烈女，看在他老子面上，这事就算了。"

　　山口惠很吃惊，她不知这话是圣主的意思，还是颜心雨的本意。近来，颜心雨变着法子折磨她，她伤心透了，真后悔当初鲁莽，踢死了对方肚子里的胎儿。

　　"找到翠玉凤凰了吗？"

　　颜心雨隔空一抓，云龙鹤像只小鸡自动飞到了她面前。搜遍全身，颜心雨见翠玉凤凰没在云龙鹤身上，一把丢开他，转身逼视山口惠。

　　"圣主，翠玉凤凰被颜若华抢去了，我们正商量如何拿回来呢。"

　　山口惠知道忽悠不过，赶紧把矛头转移到颜若华身上。云龙鹤见状，也过来帮忙打掩护，他把颜若华抢翠玉凤凰的情景，描绘得形象生动，连山口惠听了，都觉得有几分真。

　　"又是这个贱人，本座早晚把她抽筋剥皮。"

　　自言自语骂一通，颜心雨的语气忽然变得苍老恐怖。她说："黑龙会主力全部调往沿海作战，目前马湖境内已无多少兵力可调，为了扶桑大业，你等必须精诚团结，全力支持安鳌谋反。我们这边闹得越大，沿海一线的压力才越小。"

　　"这才是圣主的旨意，圣主啊，您别让颜心雨折磨我了。"

　　山口惠不敢把这话说出口，她只能用意念与圣主对话。扶桑老鬼有气无力地说："我的大护法，你就忍耐一下吧，我现在自身难保，哪有精力管这些鸡毛蒜皮的事。"

　　"您是圣主，您有千年道行，难道管不了这泼妇？"

　　忍住悲愤，山口惠继续用特殊方式跟圣主对话。扶桑老鬼喘息着说："别把我看得很高，千年修为算什么，在劫难面前，万年修为都是土鸡瓦狗，天道难违，任何妖魔都得渡劫。"

　　"您现在遇到劫难了吗？"

　　良久才听扶桑老鬼叹息着回话。他说："五百年前我就该遭天谴，由于躲在印章石下面，天神们投鼠忌器没有灭杀我。现在没了印章石的护佑，我随时都有万雷轰顶的危险，没办法，只能躲在这娘们肚子里。上天有好生之德，我不出来，任何天神都拿我没法。"

　　"原来如此，您受委屈了，圣主。"

山口惠的眼泪一下子掉到了地上。她不断磕头，心中悲喜交加。扶桑老鬼幽幽说："现在我很虚弱，大多数时间都受这娘们控制，你照她的话做就是了，去吧，记住自己的使命。"

云龙鹤看颜心雨和山口惠傻呆呆站着，试探着走几步，回头见她们没有追赶之意，扯开脚杆就跑。跑出丛林，迎面撞见颜若华、花之魂和林秀儒三人。

"狗东西，还我包袱。"

颜若华没想到会在这里遇见云龙鹤，她抢步上前，一招芙蓉出水制服云龙鹤，第一句话就是喝问包袱的下落。

"女侠住手，你的包袱我交给颜心雨了，她和山口惠就在石桥边。"

云龙鹤心想，今天怎么这么倒霉，尽碰到些硬茬。不过，凭借说谎的本事，他很快全身而退，并循着枯木香的足迹，一溜烟跑得没了踪影。

仇人相见，不是你死就是我活。颜若华再也认不得昔日的姐姐，她仗剑掠过石桥，厉声呵斥道："颜心雨，赶快还我《夜郎经》。"

颜心雨一抹长发，偏过头喋喋怪笑：

"原来是你这个贱人，我正找你拿回翠玉凤凰呢。"

二人嘴战不停，手里的动作更如骤雨暴风。既然撕破脸，那就没有什么情义可讲了。

颜若华痛恨颜心雨杀了母亲，决意除掉这个忘恩负义的败类。颜心雨被慕容彬和扶桑老鬼洗了脑，半点羞耻感和惭愧心也没有。她觉得自己的所作所为没啥不对头，人不为己天诛地灭，谁挡我的道我就杀谁。

"落英缤纷。"

颜若华一上来就使出绝招，她知道对方的套路，坚决不让她有还手之机。颜心雨自小和颜若华练武，除了不会落英缤纷和花雨满天，其余的她都熟悉。若是以前，她肯定满身剑伤倒地不起。因为对方每朵剑花、每丝剑气都能一化二、二化四，无穷扩展。只要挨着一缕剑光，抑或一丝剑气，你都会死，这就是迄今江湖上无人能破的绝技。

"斗转星移。"

颜心雨一点不惧怕，她潇洒地把颜若华的剑光搓成一个圆圈，围绕自己的身子由慢到快飞速转动，最后排山倒海般还给了对方。

颜若华不知颜心雨近来的奇遇，更不知对方掌控着扶桑老鬼的部分魔法，她运足劲，正要使出花雨满天给对手沉重打击，忽然惊叫一声，如一片树叶轻飘飘飞上了半空。

花之魂起先站在旁边看闹热，她觉得对付颜心雨，颜若华一个人就够了，如果以多胜少，传出去惹人笑话。山口惠惧怕花之魂，她看对方冷眼监视自己，低头自觉退出去十多丈远。

"表哥，我教你的仙道术都记住了吗？"

林秀儒的眼睛一刻也没离开颜若华，他听表妹莺声燕语，转过头看她眉扫春山眼含秋水，脸上还氤氲着两朵红云，心里一激动，出口的话里便多了几分柔情：

"感谢表妹关心，记是记住了，就是有时灵，有时不灵。"

花之魂看表兄盯着自己的身子看，神态一妩媚，杏脸更红了，她低着头小声说：

"循序渐进，不要急，你有大智慧，些许障碍难不倒你。"

话没说完，花之魂就仗剑飞上了半空，她揽住颜若华，在空中连续几个翻滚才化掉颜心雨的攻势。颜若华吓得花容失色，她惊惧地看着颜心雨，连呼不可能。

颜心雨乘胜追击，她不能让对手有喘息之机。刚才斗转星移，她只是借力打力，看花之魂游刃有余救下颜若华，颜心雨牙一咬猛然使出了十成力道：

"天塌地陷。"

与此同时，颜若华和花之魂双剑合璧，各自使出了凌厉的剑招。山口惠被轰隆隆的脆响声震得耳膜发痛，心肝五脏好像要被挤破似的难受。她看林秀儒玉树临风，全神贯注观战，悄悄绕到他身后，迅疾抽出长刀横扑过去。

80.刺杀张鸢

林秀儒专心观看美女们决斗，丝毫没察觉山口惠的小动作。

他右手拇指掐着中指根部，一边默诵花之魂传授的口诀，一边回味与逍遥子梦中见面的情形。

这时，场上的打斗已到了白热化程度，颜心雨凶性大发，她催动内力，把慕容彬及扶桑老鬼传给的功力，发挥到了极致。

花之魂数次御剑都没攻破颜心雨的防护圈，心里暗暗吃惊，她连挽祖师诀，意图减轻颜若华的压力，从而双剑合璧再来一次绝杀。

颜若华的剑气被颜心雨吸住，既攻不进去，又撤不回来，她不会御剑术，只有凭借内力硬撑。

"乌烟瘴气。"

山口惠一声喊飞扑到空中，忽然往左边挪移了几尺身子。她看主人与敌人僵持不下，决定放过书生，先帮忙解决花之魂和颜若华。

黄豆一出手，无数虫蛇蚂蚁、毒蜘蛛蜂拥而出，片刻间把颜若华和花之魂围得严严实实。颜若华最怕蛇，她惊叫着不断后退，花之魂口中念咒，虫蛇毒蜘蛛们虽近不了身，但颜若华一退，所有压力都集中到了她身上。

"斩妖伏邪，杀鬼万千。"

紧要关头，林秀儒十指一弹，只听破破两声，颜心雨和山口惠便妈一声惨叫，随即相互拉扯着逃进了密林。

林秀儒看自己的仙道术起了作用，高兴得一跳两尺高：

"表妹，你教的法术这回终于灵了。"

花之魂脸色苍白，秀发纷乱，她坐在桥墩上歇了好一会儿，才笑着说：

"表兄，多亏你这招伏魔咒，不然我们就栽在颜心雨手里了。"

颜若华心有余悸，喘了好一会儿气才插话：

"她不是颜心雨，她是恶魔，颜心雨不可能有如此修为。"

颜若华很激愤，她喘息着说："我太低估颜心雨了，这贱人不知得了什么奇遇，要消灭她夺回桃花城，看来还得从长计议。"

花之魂领教了颜心雨的厉害，她也一筹莫展：

"我们回紫霞峰吧，目前只能求助师父了。"

颜若华同意去紫霞峰，但有个要求，她说，马湖府近在眼前，我们既来帮铁锋平叛，怎么说也得见人家一面吧。花之魂知道颜若华的心思，她抿嘴一笑算是同意。

林秀儒好久没和铁锋喝酒了，看表姐表妹磨蹭，连声催促她俩赶路。

花之魂笑看颜若华诡秘地说："表姐，有人比你更想见铁大侠呢。"

"鬼丫头，再乱说，看我不撕你的嘴。"

颜若华在花之魂香肩上揪一下，带头急匆匆往前走。蜿蜒的山路上，一时间鸟声清幽、花香馥郁，景色空前旖旎。

走出竹林小道，天空中洋洋洒洒下起了杏花雨。花之魂双臂高举在头顶，她一边用手掌遮雨，一边侧目看着颜若华嬉笑：

"表姐，你的身材太标致了。"

潇潇细雨中，薄薄的水雾一忽儿浓一忽儿淡，一忽儿兀立不动，一忽儿又仙女般飘逸。颜若华踽跹着走在雨帘里，前胸后背濡湿了一大片，在贴身衣裙的包裹下，她的身材愈发婀娜。

今天这场雨下得较温柔，它不是从上面响箭般射下来，而是牛毛般飘下来的。由于雨速很慢，所以就有轻纱似的雾帘长时间挂在半空。

这个时候是欣赏美女的绝妙时机。颜若华和花之魂虽然没有油纸伞，但她俩乌黑的秀发、圆润修长的美腿，再加诗意般摇摆的纤腰丰臀，以及相互打闹的娇笑声，不经意间，一幅烟雨美人图，就活脱脱展现在林秀儒面前。

林秀儒赏心悦目地走在表姐、表妹身后。他感觉几个月来，此刻的风景最怡人，表姐、表妹的风韵，这个时候才鲜花般开放。他真希望眼前的美景，能永远定格。

清丽的鹃声中，三人不知不觉踏进了一座桥廊。这时，如烟的细雨慢慢停了，花之魂倚在桥栏上，她帮林秀儒拧完湿衣服，正殷勤问他冷不冷，忽然一只仙鹤翩飞着停在她身旁。仙鹤嘴里叼着一枚灵光石，灵光石里，清晰地显示着紫霞峰的画面。花之魂取过灵光石，冥想着师尊的容颜，略略一运功就听到了师姑清静散人的声音：

"花之魂，接令后速带林秀儒回紫霞峰，不得有误。"

师姑有令，花之魂不敢怠慢，她以商量的口气征求表兄、表姐的意见，希望他们能理解、支持自己。林秀儒很为难，他既想帮表妹回山复命，又放不下孤单独行的表姐。

颜若华很豁达，她说你俩放心回去，不要担心我。前面就是马湖，我帮铁锋完成任务，就到紫霞峰找你们。别忘了昨天的诺言，你们还得帮我拿回《夜郎经》，以及翠玉凤凰呢。

看表姐心花怒放，一点离情别绪都没有，林秀儒忽然惆怅起来：

"难道她一点也不在乎我，她是不是希望我早点离开？"

花之魂看表姐头也不回往前走，心里虽有点舍不得，情绪却相当怡然。这段时间，表兄的大部分心思都在表姐身上，很少顾及她的存在。这令她有些失落，甚至妒忌。现在表姐独自走了，以后她就有大量时间和表兄交谈，就有把握让他摒弃杂念，进入无为而无不为的修仙境界。

颜若华表面若无其事，走出五十步远却哭了。娘亲死后，表弟表妹就是最亲的人。尽管有时和花之魂拌嘴，但争论过后，姐妹俩的感情更加深厚："世事多变，人心险恶，此时相别何日重逢？"

感叹之际，林秀儒忽然从后面追来：

"表姐，我，我想……"

颜若华知道表弟的心思，为防他直言表白，她粲然一笑抢先发话：

"好好照顾花妹妹，别让她受委屈。"

林秀儒还想说话，但颜若华已转身走出很远。望着她迷人的背影，林秀儒痴痴站立在飘摇的垂柳下，直到颜若华的身影消失在绿荫中，才怅然跟着花之魂踏上蜿蜒的小路。

为了尽快和铁锋见面，颜若华一路小跑，几乎没心思浏览沿途春光。路过副官村时，天已擦黑，她在水竹居要了一间上房，洗漱吃喝完毕，刚要出门溜达，忽见颜心雨和山口惠相携着蹒跚而来。

"店家，可有上房？"山口惠脸色苍白，说话有气无力。

颜心雨的状态也不好，她倚在楹柱上，等山口惠与店小二办完入住手续，才颤巍巍朝楼上走。颜若华关上房门，把耳朵贴在板壁上，聚精会神偷听隔壁的动静。

"城主，按理说我们不该输给颜若华和花之魂的。"

山口惠端盆热水，一边给颜心雨洗脚，一边叹息着说话。颜心雨微闭双目，一副颐指气使派头：

"小贱人，你想烫死我是不是？"

颜心雨突然一脚踢在山口惠脸上。山口惠知道对方故意找碴，她唯唯诺诺大气不敢出。颜心雨越发猖狂，她一会儿令山口惠给她修指甲，一会儿又叫她捶背，折腾了好久才消停。

宽敞的房间里虽有一大一小两张床，山口惠却不敢躺着休息。她抱膝坐在房门口，直到颜心雨打起了鼾，才平睡在冷冰冰的楼板上。

大约三更天时，房门轻轻想起了叩击声，接着一条黑影闪身进了屋：

"程春震参见城主。"

"起来吧，程大官人，这种大礼我受不起。"

颜心雨和程春震说话的时候，隔壁的颜若华也没闲着。其实她根本没睡，根据颜心雨的神秘表现，她断定今夜一定有事。

果然，程春震幽灵般出现了。

颜若华不认识程春震，起先以为他是安鳌的手下，窃听了好一会儿，才搞清来人原来是张鸾的下属。

"程长官，你真有把握帮我们除掉张鸾？"

颜心雨的问话里，明显夹杂着不相信的成分。

透过细小的壁缝，颜若华看程春震身形瘦小，双目炯炯有神。他休闲地品完茶，将空茶碗递给山口惠，淡然笑着说：

"颜城主，不是我想除掉张鸾，而是他想除掉我。"

听了半天，颜若华终于搞清楚了程春震和张鸾起矛盾的原因。

原来，程春震主张对马湖蛮实行招抚教化，张鸾则主张武力镇压。二人的观点，从私下讨论逐渐上升到公堂争吵。为使马湖苍生免受杀戮，程春震背着张鸾偷偷给朝廷写了封奏折，张鸾知道后，大发雷霆，从此，二人的矛盾加剧。

半月前，安鳌修书给程春震，他表示，只要放过安氏族人和百姓，他愿意投降并接受惩罚。程春震不敢擅自做主，即刻将此事报告了张鸾。张鸾一意孤行，非但不同意安鳌投降，而且执意要追究程春震通敌反叛之罪。程春震走投无路，只好深夜求助桃花城主。

"帮你除掉张鸾，对我对桃花城有啥好处？"

颜心雨把玩着长长的指甲，一副事不关己的神态。

程春震轻咳一声欠身说："从内心讲，我不希望张鸾死，我只希望他打几次败仗。这样他就会猛然清醒，就会赞同我的观点。如果我当上马湖府首任流官，我向城主承诺，以后桃花城依然是你的天下。"

"上官雄，真的投靠你了吗？"

沉默一会儿，颜心雨突然转移了话题。

程春震回答得斩钉截铁。他说上官雄私自与他见面很多回，这家伙说，他受安鳌蛊惑挟持，不得已才跟着反叛。只要朝廷不治罪，只要保住官衔，他愿意里应外合，一举擒获安鳌。

"他敢背叛黑龙会？"

山口惠忍不住插了一句嘴。她说完话，自知失礼，赶快以手掩口。颜心雨喝了口茶，身体颤抖几下，说话的声音一下子变得苍老：

"山口惠，这里有你说话的份吗？"

山口惠单膝跪地行过大礼，起身恭敬地说：

"城主，请恕在下无礼。上官雄是小人物，杀了便是。张鸾杀不得。他和铁锋都是黑龙会的重量级人物，以后还有大用呢。"

"既然这样，那就依你吧。"

颜心雨边说话边伸懒腰。她令山口惠出门把风，接着便与程春震小声密谈。

颜若华吃惊非小。如不是亲自听山口惠等人对话，她根本不会相信，张鸾和铁锋加入了黑龙会。

"枉我暗恋你大半年，原来你人面兽心，太让人失望了。"

独自伤心了好一阵子，颜若华慢慢把悲伤化为了仇恨。她决定乔装蒙面，尾随程春震进入明军阵营，伺机除掉张鸾这个大汉奸。

月明星稀，蛙鸣犬吠。虽是深夜，但明军阵营里，却隐隐传来肃杀之气。巡逻的士兵这队刚走，另一队马上过来，每个营帐外都有兵士把守。颜若华仗着高强的武功，或腾挪跳跃，或猫伏蛇行，没费劲就跟着程春震进了中军大营。

张鸾没睡着，他听士兵通报，马上起身传唤程春震。程春震刚踏进大帐，就被两名大汉按翻在地。张鸾悠闲地整理完衣扣，哈哈大笑着说：

"程大人，深夜去见山口惠，现在又闯进主帅大营，还有啥理由狡辩？"

程春震看对方掌握了自己的行踪，一时无话可说。张鸾大手一挥，喝声押下去严刑拷打。

程春震极力挣扎，大声谩骂："张鸾，你公报私仇，杀人灭口，你才是最大的内奸。"

颜若华躲在帐外，她看程春震被兵士押走，再听张鸾仰天大笑口出狂言，气愤之余，拔出宝剑割破布帘就冲了进去。

81.情人反目

为了一击成功，颜若华一出手就是狠辣霸道的奇招："漫天花雨"。

除了表弟、表妹，她心中已没什么人值得信任了。以前她暗恋铁锋，大多数时间都活在他的英风侠气里，而今，自己最信任、最仰慕的人，不是忘恩负义，就是沦为倭寇的走卒，她伤心欲绝，一时义愤填膺，下决心要杀光世间恶徒。

肃杀的剑气，先把营帐鼓成个大气球，随后又碎成无数布片。张鸾似乎早有准备，颜若华的剑气刚袭来，他一踏机关就躲进了地窖。颜若华哪肯放过机会，她双脚点地再次腾空而起，这一次她运足了十成功力，就算张鸾躲在地下，她也有把握将其灭杀。

"崩雷杀。"

"破风刀。"

紧急关头，铁锋和阿兰及时出现。他俩一前一后截住颜若华，同时使出了自己的看家本领。三人均是当今武林的顶尖高手，三股罡气撞在一起，霎时间，数十丈之内的营帐全都气球般炸裂。士兵们有的在梦中当场暴毙，有的飞出去摔成肉饼，惊呼声、惨嚎声、抓刺客的吆喝声响成一片。

论内功，颜若华比铁锋稍逊一筹，论剑招的杀伤力，颜若华则占上风。如果甘媜阿兰不参与厮杀，他俩最后不是两败俱伤，就是平分秋色。颜若华恨铁锋加入黑龙会，一上手就是雷霆万钧的攻势，根本不容对方喘息。

铁锋和阿兰见对方蒙脸刺杀元帅，以为杀手是扶桑浪人，由于双方都对东瀛倭寇心怀刻骨仇恨，因此毫不留情，招招致命，恨不得三下五除二就将敌人大卸八块。

三十招以后，颜若华明显露出败象。铁锋的判官笔力道浑厚，专门打穴，阿兰的破风刀法神出鬼没、奇诡难防。好几次，颜若华躲过阿兰的刀锋，明明可以一剑刺中对方，却没下杀手。她对阿兰有感情，不忍心伤害她。

"颜小姐，停手吧，有什么话我们好好说。"

铁锋虚晃一招猛然暴退丈余，起先他认定刺客是东瀛倭寇，后来从对方的剑招中，他猜出了来者的身份。他很吃惊，搞不清颜若华为什么要刺杀元帅，为什么对自己连下杀手。

阿兰也瞧出了端倪，关键时对方不取自己性命，好几次她也投桃报李没下狠手：

"若华姐，我是阿兰，你不认识了吗？"

颜若华不吭声，她绕过阿兰继续攻击铁锋。她看铁锋一味避让，牙一咬全力使出落英缤纷。她把这段时间的爱恨情仇，全部集中到剑尖上，此刻，她眼里已没了铁锋的影子，取而代之的是颜心雨恶毒的表情，是母亲惨死的景象，是东瀛倭寇凶残狰狞的面目。她要杀光他们，要扫除一切害人精。

铁锋看颜若华的利剑，瞬间幻化成万千剑花，不敢怠慢，赶紧打起精神迎战。他很为难，如果硬碰硬，他和颜若华绝对两败俱伤，如果避让，自己虽可幸免，但周围的兵士却要倒大霉。是保全自己，还是牺牲士兵，他一时难以决断。

"若华姐，那是铁大哥，你疯了吗？"

颜若华闻言一怔，当场硬生生收住招式。这时，铁锋的反击挟裹着她的力道，潮水般掩杀过来。只听哇一声惊呼，接着就见颜若华燕子般飞了出去。

"若华，你这是何苦？"

铁锋的呼声里，明显带着哭腔。他施展轻功掠过士兵头顶，费了很大劲，才在乱草丛中找着颜若华。颜若华嘴角淌血秀发纷乱，她推开铁锋，独自调理气血，不一会儿便强撑着站了起来。

"若华，我到底做错了什么，你告诉我好吗？"

铁锋单脚跪地，他扔掉判官笔，一边伸手搀扶颜若华，一边热泪盈盈问话。

颜若华面无表情，她再次推开铁锋的手，跌跌撞撞往前走。

铁锋不知发生了什么事，他垂头丧气跟在她身后，恨不得挖出心肝让她检验。他是过来人，知道若华的心思，之所以假装糊涂，原因是不想伤害对方。自己是江湖草莽且结过婚，想起枯木香对自己的伤害，他万念俱灰，对任何女孩子都没了兴趣。

"凭你也配叫若华？"颜若华猛然转身。

她冷漠地呵斥铁锋不准跟着她，她说："你我只是萍水相逢，道不同不相为谋，今后大路朝天各走半边，永远不要相见。"

"若华，你受了伤，我不能不管。"

看对方婆婆妈妈，颜若华怒了，她把宝剑横在脖子上决绝地说：

"姓铁的，再死皮厚脸跟着我，我立马自刎。"

这时，大帐里传来了擂鼓聚将的号令，铁锋见颜若华执意和自己决裂，无奈地摇摇头，仰天叹息几声怅然而返。

铁锋走后，颜若华跑进树林，捂着脸失声痛哭起来。以后怎么办，远方在何方，她心里一片茫然。刚才，如果是她打伤铁锋，也许她耿耿于怀，觉得自己亏欠对方。现在她被对方打伤，虽然疼痛难忍，却非常释然：

"这就是痴情的惩罚，谁叫你对陌生人一见钟情？"

宣泄过后，颜若华开始整理思路。自己无家可归，眼下只有去紫霞峰寻找表弟表妹。她没有过多奢望，只求紫霞真人顾念旧情，帮忙打败颜心雨夺回桃花城，让父母亲含笑九天。

天渐渐亮了，浓浓的露水湿透了颜若华的衣裙，蜿蜒曲折的山路上，全是疯长的春草，杜鹃、野雀的鸣叫声此起彼伏。若是以往，颜若华略展轻功就能攀上面前的大山，现在她力不从心，走一段路就必须坐下休息。这样走走停停，中午时分才到半山腰。

远远看见几间茅屋，里面还飘出袅袅炊烟。颜若华又累又饿，强撑着继续往前走。茅屋周围很寂静，颜若华连喊几声都无人应答，她推门而入，前脚刚踏进去，就惊叫着退了回来。

屋里直挺挺躺着三个人，其中还有一个小孩。鲜血顺着他们的衣裤流出去很远，颜心雨和山口惠大马金刀坐在堂屋里，脸上全是凶恶得意的表情。颜心雨弹两下滴血的宝剑，偏着脑袋阴阳怪气说：

"人是我杀的，要替他们伸张正义，尽管仗剑过来。"

山口惠用长刀挑起一具尸体，一路狂笑着走到院坝里，她看颜若华面容憔悴，故意用言语来激怒：

"桃花姐姐，你不是扬言要杀光我们吗，怎么还不动手？"

颜若华气得差点背过气。长这么大，她还是第一次受到挑衅和侮辱，第一次感到无助和绝望。

短暂的惊恐过后，颜若华迅速稳住了情绪。面对妖魔，她不能分心，更不能上套。仇人相见，一场恶战在所难免，她暗下决心：

"即使肝脑涂地，今天也要为这一家人报仇。"

为了邀宠，山口惠首先向颜若华发难。她以前吃过大亏，感觉自己雪恨的机会来了。

尽管受伤，但颜若华三招之内就刺伤了山口惠。为了节省体力，她必须速战速决，因为最大的敌人还在旁边观战。山口惠很气馁，面对正气浩然的颜若华，她的妖术一点也派不上用场，羞愤之余，只得抱着滴血的左臂，低头退到院坝边。

颜心雨看山口惠不经打，气得暗骂贱货。对山口惠，她始终有股恨意，恨她以前向自己发号施令，恨她一脚踢死了自己的孩子，她要好好折磨她，要让她付出代价：

"这点本事哪配当大护法，再上。"

山口惠不敢抗命，她双手握刀再度飞向颜若华。颜若华屹立不动，她看准来势不碰不磕，宝剑一挥，数百朵剑花即刻裹住山口惠。山口惠怪叫两声，如一只大鸟坠落在乱草丛里。她喷一口鲜血坚强站起，右手拖刀，双眼喷火一步步逼向颜若华。

三度交锋后，山口惠和颜若华都明白了颜心雨的险恶用心。山口惠知道颜心雨此举是故意报复，为了保命，她干脆躺在地上装死。颜若华明白颜心雨有意消耗自己的体力，然后再慢慢戏耍羞辱。她看山口惠停止进攻，赶忙凝神调息。

"山口惠，你的武士道精神何在？起来战斗。"

颜心雨见二人窥破自己的心机，一时气急败坏，不断用恶毒语言催促山口惠拼命。山口惠站起又倒下，倒下又站起，最后精疲力竭缩成一团。

"颜心雨，别耍心机了，有什么招都使出来吧。"

颜若华怒火满腔，她痛斥颜心雨忘恩负义丧尽天良，预言她今后一定没有好下场。颜心雨嘿嘿怪笑，她说："我若讲仁义道德，只有一辈子乖乖伺候你们。风水轮流转，现在我是主你是奴，你服下这颗黄豆，以后心甘情愿任我欺负，我今天就留你一命，否则，你会死得很痛苦、很难看。"

"我宁为玉碎不为瓦全，狗奴才别打如意算盘了。"

颜若华愤怒了，为了不让对方羞辱自己，她拼尽全力使出了花雨满天。她伤情严重，内力消耗过多，所以一出手就是同归于尽的绝杀。她想：纵然杀不死对方，临死前也要刺她几个窟窿。

颜心雨知道颜若华即将油尽灯枯，她不能让她痛痛快快死，必须像猫捉老鼠似的，将其抓住又放，放了又抓，反复羞辱折磨才过瘾。

"黑云压城。"

自得了扶桑老鬼的灵力后，颜心雨的修为，目前已超越云霄客和晏灵姬，重伤的颜若华哪是她的对手。看颜若华的剑花一朵朵凋零，防身结界气球般不断破碎，颜心雨心花怒放，兴奋得发出一连串怪笑：

"若华妹妹，被人践踏的滋味好受吗？"

以前，什么事她都要看花满溪的眼色，任何好处都要让给颜若华，从没在人前光鲜靓丽过，从没痛快淋漓使过性子。今天，她要把以前的卑微，连本带息还给颜若华，要让她尝尝被奴虐、被羞辱的滋味。

"颜心雨，人在做天在看，你会付出代价的。"

颜若华再也抵挡不住颜心雨的攻击，她虚弱得再也发不出剑招，只有坐在石头上，怒目愤骂颜心雨。

颜心雨揪住颜若华的头发，拖着她满院游走："现在我就是天，你的命运全在我的一念之间。"

颜心雨越骂越来劲，她折根荆条劈头盖脸抽打颜若华一顿，逼迫她高呼圣主万岁，逼迫她替母道歉。颜若华强忍疼痛，任随对方如何折磨，非但不屈服，反而义正词严谴责对方恩将仇报、丧心病狂。

"桃花姐姐，不要固执了，给机会不要，你会死得很难看的。"

山口惠看机会成熟，赶紧上前表忠心。颜心雨不理山口惠，她把颜若华举起摔下无数回，最后，提着她的头发，将整个人悬在崖壁上嬉笑着说：

"妹妹，再不归顺黑龙会，我就割断你的头发了。"

颜若华没想到颜心雨这么狠毒，现在她万念俱灰，只求速死：

"那就麻烦你快点，别良心发现下不了手。"

颜心雨气得咬牙切齿，她把颜若华拖上来狠狠扔在平地里，然后狂笑着说："现在你还没资格死，等我找到翠玉凤凰，等我一统三界，那时，我保证让你死得既悲惨又难看。"

"城主，把她交给我管教，我会让她生不如死的。"

山口惠一阵拳脚，打得颜若华奄奄一息。看对方再无反抗和逃跑之力，她便摸出一把黄豆，摊在颜若华嘴边，狞笑着朝她嘴里塞。

82.林员外家花满枝

颜心雨拖条板凳坐在屋檐下，看山口惠折磨颜若华，她开心得哈哈大笑：

"大小姐，万虫噬心的滋味很难受，快跪求我帮忙？"

山口惠得意扬扬，她翘着兰花指，轻轻拈起一颗黄豆塞进颜若华嘴里，又快速抠出来：

"桃花姐姐，吞下这颗黄豆，你的尊严和美丽全都没了，还不赶快跪求城主开恩。"

颜若华死意已决，她猛啐山口惠一脸唾沫，昂然闭上了眼睛。山口惠大怒，她掰开颜若华的嘴，刚要将黄豆尽数倒入她口中，就见无数朵鲜花，挟着劲风迎面飞来。

缤纷的花朵，起先彩蝶般在空中乱飞，后来组成奇怪的图案，再后来就变成了一柄利剑。山口惠处变不惊，她放过颜若华，顺势将黄豆望空一撒：

"撒豆成兵。"

喊声未毕，山口惠的黄豆已幻化成了无数蝗虫毒蜂，这些邪恶精灵一生二、二生三数量猛增，顷刻间就把漫空的鲜花，啃食得香消色褪。

"雕虫小技，也敢在本护法面前卖弄，滚出来。"

山口惠收回黄豆，一脚踏住颜若华，又叉腰偏头大声吆喝。颜心雨看山口惠轻松取胜，更没把来人放在眼里。她尽数当今高手，觉得除了清静散人和紫霞真人，其他任何人都不是她的下饭菜。

"啊，这是什么妖法？"

惨叫声过后，山口惠突然满地打滚，她不断伸手挠痒，片刻工夫，手心手背前胸后股上就开满了鲜花。颜心雨见状大惊，她上前几步拖开发狂的山口惠，正要向颜若华下狠手，突然手心一痛，紧接着一朵粉红色的桃花，破一声撑开皮肤嫣然开了出来。

"哇！好难受，何方妖魔，滚出来。"

颜心雨双手捂脸，猛然倒纵数十丈，她跺脚大骂，发出十成功力，打得周围的花草树叶惨不忍睹。她以为这样对手就会现身厮杀，谁知越用力，体内开出的花朵越多。不一会儿，脸上、身上全都是夭夭灼灼的桃花，颜心雨吓坏了，她不敢再要横，最后只好坐在地上，望着飞鸟发呆。

"大胆妖魔，休得猖狂，花满枝来也。"

斥责声未毕，颜若华身旁忽然多了一位身材曼妙的美妇人。美妇人扶起颜若华，揽着她的腰肢横越数丈，双脚在悬崖边的古松上一踏，展开轻功几个起落就不见了踪影。颜心雨和山口惠发力猛追，她俩的力道刚发出，手上的皮肤，就啪一声破裂，就不断绽放出花蕾……

颜若华以为自己死了，恍惚中听人高声呼喊花女侠，她微微睁开眼，果然看到了母亲慈祥的面容：

"母亲，女儿无能，没给你报仇雪恨。"

美妇人把颜若华平放在草地上，她蹲下身一边给颜若华输送内气，一边慈爱地说：

"傻孩子，别说胡话，我是你小姨花满枝。"

颜若华闻言一怔，她吃力睁开眼，随即委屈地哭了起来：

"小姨，颜心雨太恶毒了……"

草坪上围着一大圈人，颜若华首先认出惠贞师太。师太的身后依次站着玉虚山人、云水怒等一帮武林豪客。惠贞师太双手合十，态度十分诚恳。她说颜心雨伤天害理，今后一定要遭报应。玉虚山人说，这次要不是花满枝女侠搭救，我们这把老骨头就埋在桃花城了。

惠贞以前和花满枝颇有隔阂，这次花满枝不计前嫌，不但将她和弟子们全部救出，而且还帮她疗伤。想起以前的嗔恨，想起曾经对花满枝的恶毒诅咒，惠贞满脸羞愧，一有时间就打坐念经幡然忏悔。

经过此番劫难，各派掌门都开了悟，都觉得名利害人。大家虔诚推举花满枝出任武林盟主，希望她带领正义之士，扫除邪恶正本清源。

花满枝不当武林盟主，她说多少人垂涎这个位置，她却视之如泥土。只要大家正气常在，只要爱国爱家无私无畏，有无盟主都一样。为表示诚意，花满枝热情邀请众人去颐和山庄做客，并许诺每位掌门送一件礼品作纪念。

颐和山庄富甲一方，除了奇珍异宝，还有诸多秘不示人的武功秘籍。花女侠一开口，所有人都激动了：

"一切听从盟主安排。"

惠贞首先响应号召，她令云水怒前面开道，玉禅和众姐妹抬着颜若华走中间，自己断后负责警戒。嫉妒、嗔恨之心一除，几天时间，惠贞就满脸红润，整个人一下子变得和善可亲。

二十年前，惠贞名叫张晓霞，她十分爱慕林逸山。由于林逸山情系花满枝，一怒之下张晓霞便削发为尼。尽管后来当了峨眉派掌门，惠贞心里却没放下嗔恨，她不但多次找花满枝的麻烦，而且差点把林秀儒废掉。回想以往的孽缘，惠贞面红耳赤，她决定回山后就把掌门之位传给玉禅，从此青灯古佛虔心修炼，再不问红尘俗事。

一路上，花满枝不是给群雄讲笑话，就是悉心安排生活起居。颜若华在玉禅的照顾下，身心恢复得很快。玉禅久慕桃花姐姐的大名，桃花姐姐喜欢玉禅的清纯善良，二人一见如故，没几天就成了好朋友。

三天后，一行人顺利到达颐和山庄。

山庄隐藏在天坑之下，数百幢屋宇鳞次栉比富丽堂皇。徜徉在雕栏玉砌里，看飞阁流丹苍松叠翠，所有人都由衷赞叹。玉虚山人捻着胡须说：

"这里才是人间仙境，我真想老死于此。"

惠贞师太以前来过这里，小桥流水依然，自己住过的小楼，雕窗画壁颜色未改。风光依旧，人面已非，纵使今生还见面，缁衣已改惜年装。

玉禅没见过如此气派的山庄，她看哪里都赏心悦目，每走一处，都要好奇地问这问那："盟主，秀儒兄回来没有，他住哪幢楼？"

花满枝一脸笑容，她拉住玉禅的手亲切地说："小师傅，我不是盟主，你可以叫我阿姨，或者施主。"

说起林秀儒，花满枝就来气。她说这小子太不像话，竟敢在进京赶考途中玩消失把戏，回来后一定要严惩。

"阿姨，秀儒有难言之隐，你不要怪他好吗？"

惠贞听玉禅左一个秀儒兄，右一声阿姨，心里鬼火直冒。二十年前，自己就是她现在这个样子，绝不能让她步我的后尘："玉禅，你是出家人，守身如玉、禅心似月的规矩，要给你说多少遍？"

听师父责备，玉禅大气不敢出。她俏立在石牌坊下，双手合十眼观鼻鼻观心，默默念起了《心经》："无受想行识，无眼耳鼻舌身意……"

颜若华只欣赏优雅的环境，她不惊讶也不好奇。这里的一切和桃花城相比，虽各有千秋，在规模上，毕竟还差一个档次。

穿过石牌坊群，老管家林峦带着百余名侍女、家仆，早恭候在迎宾楼下。花满枝走上高台，朗声笑着说起了话。她叫大家在庄内自由走动，有什么需要尽管给老管家说。每日的生活起居，自有人伺候，想住多久住多久，不想住了不用跟她告辞，随时都可离开。

"盟主，你说每人送一件珍宝，这话还算数吗？"

云水怒红着脸，费了好大劲才把话说出来。花满枝看对方不好意思，哈一声笑得身姿乱颤。笑毕，她伸手捋捋额前的秀发，一本正经说："当然算数，不过根据山庄规矩，有个小小条件。"

花满枝的条件是，庄内的和田玉、翡翠、小叶紫檀摆件、挂件和把件，个人喜欢哪件拿走就是，藏宝楼的武功秘籍和兵器，也可以带走一件。不过，每拿走一样宝贝，必须留下一样自己很看重的东西。颐和山庄的所有宝贝，取之于武林，用之于武林。这样资源共享，大家才有提高，才能振兴中华武学。

"盟主，武功心得可以交换吗？"

"盟主，我没有宝贝，写首诗行不行？"

"可以，可以，只要是你很看重的都行。"

仆人们带着各自的贵宾离去后，花满枝才笑吟吟拉着颜若华嘘寒问暖。她说你姨父在外打点生意，我一个人无聊，你就陪我一起住吧。颜若华第一次见小姨，相处时日不多，却非常相信和依赖。

血浓于水，这就是亲情的感染力。

相携着来到寝宫，洗漱沐浴之后，花满枝叫来酒菜，一边浅斟细品，一边与颜若华拉家常。轩窗外，夭夭灼灼的烟花开得正艳，蒙蒙细雨中，清丽的鹃声如泣如诉，叫得颜若华泪眼凄迷。

想起惨死的母亲，想起凶恶的颜心雨，颜若华悲从中来，忍不住呜呜哭起来：

"小姨，你得帮我报仇。"

花满枝长叹一声说："我何尝不想杀死颜心雨，怎奈这魔头功力非凡，你先沉住气，至少现在还不是报仇的时候。"

接下来，花满枝开始诉说自己这段时间的经历。数月前，得知林秀儒在桃花城的消息，她立马只身前往。到了桃花城，她直奔紫阳宫，本打算与花满溪姐妹相见，谁知人去楼空，整个城都落入了颜心雨的魔掌。好在颜心雨和山口惠有事外出，趁此机会，花满枝不但成功救出了惠贞一帮人，而且还顺手牵羊，替颜若华拿回了《夜郎经》。

"小姨，那天打败颜心雨，你用的是什么功法？"

抚着失而复得的《夜郎经》，颜若华心潮起伏：要打败颜心雨，必须习练仙道术，以前对这东西她很反感，觉得装神弄鬼胜之不武，现在她如饥似渴，很想马上进入修炼状态。

花满枝给颜若华夹菜添酒，沉默了一会儿才回话：

"那是凌虚道人传给你外公的'灼灼其华'，我只学了点皮毛。"

"小姨，你教我这套功法行不行？"

颜若华热血沸腾，她不断给小姨敬酒，一个劲缠着她传授功法。花满枝正色说："这套功法很高深，很多地方我都没参透。那天救你，急切间使出，虽吓住了颜心雨，但只能奈何她一个时辰。"

"一个时辰够了，小姨，我要学这套功法。"

"好，反正都是一家人，你要学我就教你。"

以后的时间里，颜若华一边疗养恢复身体，一边潜心习练仙道术。一天中午，练过功后，颜若华觉得无聊，便信步闲行，不觉来到林秀儒的房间，推门进去，只见案桌上放着一张皱巴巴的纸，上面还有一首七律咏雪诗：

> 洁似梅花不染尘，瑶池仙女是前身。
>
> 片时改尽千山旧，转瞬添来万象新。
>
> 玉宇惊呆豪饮客，琼宫倾倒苦吟人。
>
> 长空曼舞传春讯，润物无声更有声。

读罢诗句，想起和表弟相处的日子，颜若华心潮起伏，一时兴起，也和了一首五律《咏兰》：

> 兰蕙居空谷，年年独自香。
> 花随风雨绽，剑向雪霜扬。
> 素雅欺群卉，坚贞压众芳。
> 仙姿时入梦，令我九回肠。

一月后，在小姨的严格训练下，她不但身体恢复如初，而且仙道术也小有所成。

"若华，你冰雪聪明，再过半月，小姨就不是你的对手了。"

花满枝满头大汗，她放下宝剑，倚在大理石栏杆上接连喘气。颜若华胜而不喜，她认真揣摩花满枝的仙法和剑法，觉得很多地方与桃花城的功夫相似。她尝试着把小姨的功法，融进自己的落英缤纷和花雨满天里，果然威力大增，几天时间就压得小姨险象环生。

"主人，马湖府官安鳌求见。"

二人正在兴头上，老管家林峦突然走进了后院。他说安鳌带着数百残兵，突然逃进山庄请求庇护，是收留还是赶走，他做不了主。

"反叛残暴之徒，人人得而诛之，给我抓起来。"

花满枝一边说话一边往外走。不一会儿，山庄里就响起了杀敌保家的号角声。

83.智擒安鳌

花满枝走出阁楼，第一眼就认出了安鳌。

安鳌一脸疲惫，全身都是血污，他的身后跟着二百余名伤兵。兵士们有的坐在地上呻吟，有的扔掉兵器，趴在溪沟边喝水。

"何方山贼，报上名来，花满枝不杀无名之徒。"

看花满枝手持宝剑大声吆喝，安鳌上前两步狂傲地说：

"我乃马湖府官安鳌，这里我征用了，想活命就赶快给我们备饭疗伤。"

花满枝仰头大笑。她说你反叛朝廷、欺压百姓，明明是只落水狗，却偏要装大尾巴狼，真是不见棺材不落泪。

安鳌凶相毕露，他说："我命系于天，谁也杀不了我。如你识时务，把山庄献给我作基地，助我东山再起，今后定有好处回报。否则我就屠庄鸡犬不留。"

"你动一下试试。"

花满枝怒极，她没想到安鳌穷途末路了，还这么野蛮凶残。这时，庄内的家丁们布好阵势，发出了可以战斗的信号，惠贞、云水怒一帮武林豪客，也闻讯赶了过来。

就在双方的恶斗一触即发之际，一匹白马嘶叫着，飞速从远处驰骋而来。马上之人一袭戎装英姿飒爽，离众人二十丈远时，他双脚离蹬纵身而起，在空中连翻三个跟斗，最后稳稳落地："大家住手，请听安宇一言。"

安鳌看儿子前来搅局，勃然大怒，冷不防一耳光打过去："你小子还有脸追过来，如不是你吃里爬外，我哪会落到这个地步？"

安宇没躲，他摸着火辣辣的脸蛋说："阿爸，你清醒一点好不好，我们的龙脉已被挖断，朝廷大兵压境，你不能一意孤行，不能为了一己之私，而不管全族人的死活。"

"老子是真龙，只要有水就能上天，龙脉断了还能愈合的，大家别信这小子胡说。"

安鳌暴跳如雷，他使劲挣脱安宇的阻拦，大刀一挥带头往庄内冲杀。花满枝凌空一剑，削去安鳌一块头皮。安鳌痛得龇牙咧嘴，他狂怒地喊一声"给老子杀"，刚迈开脚步，就听传令兵哭声喊道："元帅，上官雄追过来了。"

一听上官雄追来，安鳌突然止住脚步。他长长叹口气，退到安宇身边，放低语气说："你的建议我可以考虑，但你得帮我杀上官雄泄恨。这个狗东西，先前极力怂恿我反叛，后来又投靠朝廷，老子咽不下这口恶气。"

安宇听老爸愿意投降，顿时面露喜色。他环顾四周，见老爸身边全是伤兵，心想要杀死上官雄，今天还得借助颐和山庄的力量。拿定主意，安宇走到花满枝面前深深一揖，先替老爸道歉，然后才说自己的计划。

安宇的观点很明确，颐和山庄乃人间仙境，决不允许兵匪践踏，花女侠必须跟他合作，才能渡过眼前的难关。

"你爸是朝廷要犯，你难道要我逆天行事？"

花满枝审视着安宇，一脸的不信任。安宇近前把嘴附在花满枝耳边，说一会儿悄悄话，直到对方点头同意，才走到老爸身边和盘托出全部计划。

"什么，你要绑我去献给上官雄，老子不干。"

安鳌大发雷霆，不断愤骂安宇卖父求荣。安宇苦笑着说："追兵马上就到，只有这样，我们才有机会接近上官雄，才有杀他雪恨的可能。"

"万一不成功，老子岂不是自投罗网？"

安鳌圆睁着铜铃眼，自言自语一会儿，最后咬牙说："大丈夫要光明正大地死，老子绝不任人宰割。"

马蹄声越来越近，安宇急得直跺脚。他跪在安鳌脚下哀求道："阿爸，你不是说自己是真龙吗，拿出勇气赌一回吧。"

"大人，救救我们吧！"

看士兵们跪成一片，再无战斗意志，安鳌无奈地摇摇头，含泪扔掉了大刀。

按照计划，花满枝带着颜若华，以及惠贞等人，押着安鳌、安宇父子刚走出颐和山庄，远远就看见了上官雄的追兵。上官雄骑在马上，一身明军将领打扮，他身后除了江滨三霸，还有数千长宁军："何人挡道，赶快让开。"

高松仗剑拦住云水怒厉声吆喝。云水怒鄙视着高松，昂首直往前走。罗汉竹斜刺里一剑，意欲拦住狂傲的云水怒，他的剑刚刺出，就被惠贞的拂尘卷住。洪梅急于立功，不等上官雄发话，纵身直取玉虚山人。

"上官大人，我们活捉安鳌父子，你不奖赏也就罢了，难道还要杀人灭口？"

花满枝一手抓绳索，一手把剑架在安鳌脖子上。安鳌很配合，他低着头，一副虎落平阳的落魄相。安宇恨极了江滨三霸，他小声对颜若华说："这三个家伙，挖断了我家的龙脉，今天必须死。"

颜若华点头会意，她虽痛恨江滨三霸，但刺杀上官雄的任务更重要。这家伙是黑龙会堂主，投靠张鸾必有更大的阴谋，她决心为民除害。

"原来是花女侠，见本官有何要事？"

上官雄骑着高头大马，他双眼望天，一副大官人姿态。花满枝把安鳌推个趔趄大声说："上官大人，刚才安鳌父子到敝庄寻求庇护，酒醉之后被我拿下，烦求你引荐通报张鸾大人。"

听对方没把自己放在眼中，上官雄非常不高兴。他本想发威，转念想到背叛安鳌，投靠程春震后，至今寸功未建，再不纳投名状，以后的官场绝对没自己的位子。想到这里，上官雄哈哈一笑，跳下马推开江滨三霸走了过来：

"花女侠擒获匪首，劳苦功高，把他们交给我，本官一定给你请功。"

安宇看上官雄大步走来，立即跺脚大骂：

"上官小儿，安家待你不薄，何故设计害我们？"

上官雄不理安宇，他狠踢安鳌几脚，揪住他的胡须哈哈大笑：

"安知府，你也有今天，真是报应。"

安鳌怒目圆睁，他使劲吐口浓痰切齿骂道：

"成也是你，败也是你，老子要将你抽筋剥皮。"

上官雄劈手一耳光，打得安鳌满嘴吐牙，他恶狠狠说："该抽筋剥皮的是你：玩弄权术强占下属之妻，每天逼我们上街清理垃圾，半夜三更擂鼓聚将，通夜陪你扯家常，天天给我们施压。跟着你，我们遭受的除了威胁就是恐惧，谁都看不到一点希望。对你这种野蛮之徒，最好的办法，就是请君入瓮自作自受。"

"我有那么恐怖吗，难道就没有一点功劳？"安鳌仰天狂吼。

上官雄的话，虽句句属实，但他不认为自己有错：

"折磨下属，欺压百姓，这是老子的天性，不足挂齿。手中有权，不玩弄几下，这个官当来还有什么意思？"

看安鳌死不悔改，花满枝愤怒了。按计划，上官雄近身后，她和颜若华同时割断安氏父子的绳索，然后四人合力突袭上官雄，务必将其灭杀。现在，她决定改主意，上官雄该杀，安鳌不能放。

与颜若华对过眼神后，花满枝一指戳昏安鳌，借旋转之力，猛然刺向上官雄。颜若华不甘落后，她割断安宇的绳索，凌空一扑出手就是落英缤纷的狠招。安宇挣脱绳索刚要上前夹击上官雄，高松和罗汉竹的利剑就刺了过来。

惠贞大喝一声"灭绝斩"，身剑合一直取高松。高松正欲偷袭安宇，闻听风声，脚跟用力，身子一仰贴地旋转两圈躲开来剑，反刺惠贞下腹。惠贞人在空中差点被刺中，云水怒见状双掌齐发，打得高松口吐鲜血。玉虚山人一剑撩开罗汉竹的兵器，绕到他背后猛然一记鸳鸯腿。

罗汉竹用力过猛，踉跄着直往前冲。恰好这时，高松被惠贞逼得连连后退，罗汉竹的利剑噗一声把他刺了个透心凉。

"大哥，我不是有意的。"

罗汉竹抱住高松失声痛哭。高松凄然一笑说："师弟，出来混，迟早都要还孽债，我终于解脱了，再不受人利用了。"

"大哥，等等我，来世还是好兄弟。"

看罗汉竹挥剑自刎，惠贞等人一片唏嘘。洪梅被安宇砍断了左臂，她看两位师兄横躺在地上一动不动，扔下宝剑说："安公子，我们本性不坏，只恨跟错了人，这条命你拿去吧。"

洪梅这一说，安宇还真下不了手。江滨三霸恶名昭著，其原因是仗着上官雄的庇护。安家的龙脉虽是他们挖断的，但罪魁祸首是上官雄："杀死上官雄这个野心家。"

上官雄没料到安宇诈降，他被花满枝和颜若华杀得手忙脚乱，完全没有招架之力。花满枝与颜若华首次合作，二人内力浑厚剑招奇特，但运用不怎么自如。上官雄身经百战，一眼就看出了二人的破绽。他使出全力，利用空当保命的同时，见手下官兵退后看闹热，一时急得大声喊叫："给我围住这伙匪徒，乱箭射杀。"

听长官下令，兵士们迅速布成口袋阵，一时间号角齐鸣，鼓声震耳，几千名弓箭手半跪着严阵以待。花满枝不知上官雄这么厉害，原以为二十招之内就能取其首级，谁知这家伙不但善于钻空子，而且还下达了射杀令。

"若华，快使出漫天花雨。"

颜若华没尽全力，她一直在走神，因为铁锋的身影，远远映入了她的眼帘。他究竟是不是黑龙会重要人物？我马上撤离还是留下来见他？

"铁大侠，我抓住安鳌了，快过来帮我。"

听上官雄声嘶力竭喊叫，铁锋迅速策马跑了过来。他把昏厥的安鳌交给武威看管，喝令众军士后退，没有他的命令，任何人都不许放箭。阿兰紧随铁锋身后，她一身戎装异常英武："若华姐，攻他的软肋，那位阿姨，刺他后股。"

阿兰的话提醒了若华和花满枝。二人交换位置回身出招，上官雄闷哼一声，后股上果然中了一剑："大胆阿兰，竟敢谋杀朝廷命官。"

上官雄痛得龇牙咧嘴，他抚着流血处，嘴里训斥阿兰，眼睛却盯着铁锋。铁锋望着颜若华，眼里闪射着别后重逢的喜悦光芒。他假装没听见上官雄说话，而且有意无意阻断了他的后路。

"上官雄，你欠夷山的血债，今天该还了。"

甘嫫阿兰燕子般掠上前，她展开破风刀法，对着上官雄就是一顿猛攻。上官雄怒极，他虽受伤却不致命：

"倪彩霞，我是朝廷命官，你不敢杀我，况且也杀不了我。"

花满枝认得破风刀法，那是花家的绝学。她看阿兰抵不住上官雄的掌力，身形一晃就加入战团。与阿兰合作，花满枝顺手得多，因为她知道破风刀的路数，阿兰上一招还没使完，她就预先使出了下一招。二人心有灵犀，你进我退，此虚彼实，二十招过后，上官雄就招架不住，双臂和后背被刺得鲜血长淌。

颜若华负手看闹热，铁锋含笑招呼，她假装没听见。是马上离开，还是留在这里，她拿不定主意。

这时，场中的打斗已接近尾声。由于花满枝用内力牵制住了上官雄，阿兰的攻击几乎得心应手。她一刀削去上官雄的左耳，放声大笑道："这一刀是阿爸的债，我收了。"

上官雄抵不住两大高手的联合夹击，起先他碍于面子，咬牙支撑。后来连连中招，为了保命，他再也顾不得面子了："铁大侠救我，求你了。"

铁锋不动，他的目光始终在颜若华身上缠绕，任上官雄如何呼喊也不发言。

84.谁是宗主

安鳌被上官雄的号叫声惊醒了。

他看自己仍然五花大绑，且被众多军士用刀逼着，顿时狂怒得跺脚大骂：

"安宇，你龟儿算计老子。"

安宇被挡在圈子外，他跪在地上哭喊道：

"阿爸，我的计划不是这样的，是花女侠不守信用，临时改变主意。"

花满枝看上官雄插翅难逃，虚晃一招退了回来，她揩着额上的汗珠朗声笑道：

"安鳌，你十恶不赦，死有余辜，对你这种野蛮分子，没必要讲信用。"

安宇转身怒视着花满枝，眼眶里全是泪水：

"你是一代大侠，怎么陷我于不孝，以后我怎么做人？"

看花满枝尴尬，一直沉默不语的铁锋说话了：

"安公子，你大义灭亲，张大人会奖赏你的。"

安宇失声痛哭，他发疯般冲破阻拦，跑到安鳌身边抱着阿爸伤心欲绝地说：

"阿爸，要死一起死，有宇儿陪伴，你不会寂寞。"

安鳌看儿子哭得撕心裂肺，情真意切，鼻子一酸，突然流出了眼泪：

"混蛋，阿爸的罪，与你有何关系？以后好好训导保护族人，不要走我的老路。"

安鳌说完话，猛然昂起头，对着上官雄哈哈大笑：

"上官小儿，你中张鸾的离间计了。"

上官雄被阿兰挑断了筋脉，他趴在地上不断哀号。听安鳌愤骂，上官雄吐两口血痰，硬撑着坐起来说："安鳌，这个时候离间我和朝廷的关系，已经太迟了。我已弃暗投明，程大人的奏折我亲自看过的，我仍然是马湖府守备。"

"哈哈，你还是黑龙会堂主呢。"

安鳌的笑声越来越响亮，他知道自己必死。既然要死，那就拉着这家伙一起下地狱，这样既雪自己之恨，又给安宇扫除了障碍。

"安鳌，你别血口喷人，我堂堂六品守备，岂能加入邪魔外道？"

上官雄矢口否认自己加入黑龙会，他历数安鳌的罪状，将其这些年，令人发指的暴行一一说出，听得在场人一片唏嘘。

安鳌也不示弱，他把上官雄勾结山口惠修炼妖术、荼毒生灵的勾当，全部揭露出来。二人从相互检举到破口对骂，正唾沫横飞、恶毒诅咒时，只听传令官一声大喝，接着程春震和张鸾携着手，笑吟吟走出了人群。

"二位大人，尽兴了吗？如没泄愤，可以继续骂。"

程春震一边诙谐地说话，一边令人把上官雄捆起来。

上官雄很迷茫，他说："程大人，我是你的下属，你搞错没有？"

"你利欲熏心凶残霸道，不配给我当下属。"

看程春震板脸训斥自己，上官雄恍然大悟，他极力挣扎恶声怒骂：

"姓程的，你敢设计害我？"

张鸾信步走到上官雄面前，非常惋惜地说：

"上官守备，其实你是一个人才，我真的舍不得杀你。"

上官雄听张鸾话中有话，赶紧求饶，他说："下官起先受扶桑妖女蛊惑，后来又被安鳌威逼，不得已才跟着他们干了些错事。如果大人明察秋毫恕我之罪，我一定带头清剿黑龙会，以及安鳌的余孽。"

程春震看上官雄为了活命，什么事都愿意干，上前两步鄙夷地说：

"可惜现在说啥都晚了，像你这种什么人都可以出卖的货色，谁也不敢跟你打交道。"

上官雄气急败坏，他说："姓程的，当初你三番五次叫我改邪归正，并以升官发财许诺。现在看来，你才是最恶毒的人。"

张鸾哈哈大笑：

"上官雄，程大人的所作所为都是我授意的，不用计，你和安鳌能相互揭发罪行吗？"

上官雄恍然大悟，他瘫在地上，有气无力地说：

"老子中你们的奸计了。"

安鳌笑得差点背过气，他咳嗽几声清清嗓子大声说：

"上官小儿，你也有今日，这就是卖主求荣的下场，哈哈，黄泉路上老子有伴了。"

奚落完上官雄，安鳌转身跪在张鸾面前诚恳地说：

"张大人，我认罪伏法。求你开恩，放过我的族人和家眷。"

张鸾挥手把安宇叫到近前，语重心长地说："安公子，你深明大义，是个可造之才。以后要教育管理好族人，让他们知书达理、安居乐业。切勿受小人蛊惑，为了丁点利益就举兵反叛。"

安宇双膝跪地，喜极而泣：

"安宇谨遵教导，安氏一族蒙朝廷天恩，以后定拼死效劳。"

看士兵们押着上官雄和安鳌离去，听张鸾嘉奖小姨，听小姨、惠贞一行人与张鸾的告别声，颜若华怅然若失：

"原来程春震和张鸾玩苦肉计，我怎么就没想到呢？"

颜若华非常失落，她悄悄退出人群，独自走向天坑的出口。她很纠结，一路上都在思考问题：

程春震和张鸾设计引上官雄上套，这招数虽然高明，但也有破绽。程春震去见颜心雨、山口惠时为什么要说张鸾、铁锋是黑龙会的人？难道有意说给我听，难道其中还有更深的阴谋？

绞尽脑汁，终究没理出头绪，颜若华只好转移思路。

孤独地走在丛林中，她的心里一片茫然。刚才铁锋接连跟她打招呼，她冷眼相对，形同路人。以前思他、念他，为他消得人憔悴，现在树已半枯休纵斧，果然一点不相干。不管他是黑龙会成员，还是江湖豪杰，她都不在意了。

心静如水，人淡如菊。颜若华只想尽快赶到紫霞峰，尽快夺回桃花城。

"大护法，你磨蹭什么，再晚就追不上张鸾了。"

行到水穷处，崖壁下忽然传来了松下花的声音。颜若华忌惮颜心雨，赶忙闪身躲进蕨草中。

不一会儿，山口惠、松下花、梅三娘等一帮人气喘吁吁爬上了高岩。山口惠很虚弱，刚踏上最后一级石梯就瘫坐在地上："松下花，歇一会儿吧，我实在走不动了。"

松下花反身扶起山口惠疑惑地问："大护法，上官雄为我们办了许多事，难道真要杀他？"

山口惠大怒，她使劲推开松下花，非常严肃地说："你放肆，圣主的心思，岂是你能猜测的。安鳌一死，上官雄这颗棋子已没用了，不舍掉他，怎能诬陷张鸾和铁锋？"

梅三娘警觉地查看四周，确认没路人经过，才蹲下身说话：

"曹公公马上就到叙州，我们得抓紧实施计划。"

松下花抢过话头大声说："我们的宗主也快到了，是吧，大护法？"

山口惠不理松下花，她一脸神秘地对众人说：

"等会儿见到张鸾、铁锋，所有人都得以黑龙会成员的名义，给他俩下跪。他们要你的命，你就给他们，他们说什么，我们都得唯命是从。"

"谨遵大护法指令。"

看松下花带头表决心，东厂捕快们也跟着抱拳应和。梅三娘拍几下手掌，压着嗓子说：

"兄弟们，等会儿我们首先上场，大家要把戏演足。"

颜若华猫在浓密的草丛里，她忍住蚊虫的叮咬，听了半天终于明白了事情的缘由：

原来张鸾、程春震设计离间安鳌和上官雄时，颜心雨和山口惠也在想法陷害张鸾和铁锋。她们的计划是，等会儿梅三娘首先出场，她以东厂的名义，在张鸾面前一一展示铁锋勾结黑龙会，意图刺杀皇上的铁证，要求当场将其处死。

如果铁锋反抗，山口惠和松下花就及时出手，帮铁锋脱身，这样，张鸾纵有千张嘴，也说不清了……

"好歹毒的奸计，原来铁锋被冤枉了。"

除恶之心一起，铁锋的豪言壮语又回响在了颜若华耳边。尽管她已不再对他痴情，尽管对方失手打伤过她，但不能阻止她锄奸杀倭寇的行动，她疾恶如仇，心里满满的都是大中国情怀，根本容不下卖国求荣的败类。

暗中尾随着山口惠等人，颜若华丝毫不敢大意，螳螂捕蝉黄雀在后，由于颜心雨没露面，她吃饭睡觉都极小心，生怕又中对方奸计。

一路上都有黑龙会成员安排生活起居，并传送前方消息。三天后，梅三娘终于在叙州城外截住了张鸾的官轿：

"东厂捕头梅三娘参见张大人。"

张鸾掀开轿帘，厉声喝道：

"梅三娘，你上次行刺本官，这回又要搞什么阴谋？"

面对围过来的锦衣卫，梅三娘毫不畏惧。她从怀里拿出一扎书信，指着铁锋说：

"大人，经在下密查，铁锋不但反出东厂，而且加入黑龙会，意欲随你进京加害皇上。"

张鸾嘿嘿冷笑，他说："欲加之罪何患无辞，铁锋忠心耿耿，我敢打包票。"

梅三娘躬身行个礼，双手抱拳说：

"大人，你有话可以回去给皇上说，属下履行职责，请大人支持。"

张鸾勃然大怒，他说："敢在钦差面前抓人，谁给你的胆子？"

梅三娘笑而不答，她向前几步气定神闲地说：

"既然大人执意包庇黑龙会要犯，那我就不讲规矩了。"

话音未落，梅三娘的梅花针已把铁锋的后路封住。捕快们听头领发声，全都亮出兵器。铁锋站着没动，他知道自己若是反抗，回京后张大人在皇上面前就说不清了，为了彻底粉碎东厂的阴谋，他决定牺牲自己，从而保全张大人。

"谁敢伤害铁堂主？"

梅三娘的绣春刀刚出手，山口惠和松下花突然双双出现。她们嘴里呼喊着铁堂主，手里的兵刃毫不含糊，疾风暴雨般泻向梅三娘及众捕快。

铁锋有口难言，他一脚踢飞松下花，厉声喝道：

"谁是铁堂主？你别血口喷人。"

松下花翻身跪在地上，她恭敬地行个黑龙会的大礼，诚惶诚恐地说：

"堂主息怒，松下花搭救来迟，请你处罚在下。"

看铁锋有口难言，进退不得，颜若华义愤填膺。她刚想越众而出，当场揭穿山口惠和梅三娘的阴谋，张鸾就走下了八乘大轿：

"太放肆了，统统给我抓起来。"

山口惠一见张鸾，赶快俯伏在地：

"黑龙会大护法山口惠率众参见宗主。"

山口惠一发声，她身后数百名教徒齐刷刷跟着跪了下去。张鸾有些恍惚，他环顾左右迷茫地问：

"谁是宗主？"

山口惠爬到张鸾面前，再次高呼宗主时，张鸾差点气炸肺，他指着山口惠说：

"妖女休得猖狂，落在我手里，今天就是你的末日。"

山口惠一点也不反抗，她令众教徒不准拒捕，一任军士们捆绑打骂。张鸾不知这妖女搞啥名堂，他叫卫士把山口惠拖到面前，前后左右观察一番，随即厉声喝道：

"把这些祸害百姓的妖人就地正法。"

松下花低着头哭兮兮说："求宗主开恩，饶过属下。"

山口惠一口浓痰吐在松下花面前：

"一点武士道精神都没有，宗主叫我们死，我们就高高兴兴地死，为宗主而死，为扶桑大业而死，我们死得有价值。"

看山口惠的面色，张鸾隐隐明白自己中其奸计了。这些邪教徒，当着三军之面，以牺牲做代价，公然尊称自己为宗主。这事看似儿戏，实则暗藏杀机，如果曹公公得知此事参奏皇上，我纵有百张嘴也说不清楚了。

"圣旨到，张鸾接旨。"

进退两难之际，叙州城门大开。旌旗招展处，曹公公坐着三十二乘大轿，在侍卫们的拥戴下，昂然来到了众人面前。曹公公鹰钩鼻、三角眼、身体肥胖。他皮笑肉不笑地看着张鸾，仰头显摆了一阵子，才拖着女人腔宣读圣旨：

"奉天承运，皇帝诏曰：查张鸾勾结扶桑妖人，图谋不轨。削去钦差和御史之职，当场拿下，押上京城候审。安鳌、上官雄聚众叛乱，就地正法，钦此！"

颜若华不知事态这么严重，她站在远处，脑海里一片空白，直到张鸾被五花大绑，才猛然回过神。

85.英雄本色

曹公公走到张鸾面前，阴阳怪气说：

"张大人，现在知道跟我斗的后果了吗？"

张鸾没一点阶下囚的卑微，他昂首挺胸说：

"曹雨轩，你欺蒙圣上，总有一天，我会把你送上断头台。"

曹公公翘起兰花指，嘴里喷喷喷连打了三个哈哈：

"张大人啊，死到临头，你就别嘴硬了。现在我是平叛大元帅，你的功劳归我了。"

忸怩作态说完话，曹公公夺过张鸾的兵符，浑身顿时充满杀气：

"三军将士听令，所有兵马立刻进城驻扎。安鳌、上官雄罪大恶极，三天后斩首示众。"

铁锋见捕快们恶意推搡张鸾，一时怒从心头起，他飞脚踢开梅三娘，舞动判官笔，片刻间就冲破了人墙：

"大人，这圣旨是假的，千万别上当。"

张鸾闻声驻足，他看着铁锋语重心长说：

"铁大侠，千万别干傻事，你这样只会给我帮倒忙。"

铁锋眼含热泪，哽咽着说了声"大人保重"，自动放下了武器。

曹公公一见铁锋，整个脸庞都扭曲了。

大军开拔进城后，城墙外突然空旷起来。曹公公见铁锋怒视自己，干咳一声，阴阳怪气说：

"铁捕头，我待你不薄，为何要反出东厂？"

铁锋侧身而立，以前每次见这阉狗，他都诚惶诚恐，现在不怕他了：

"姓曹的，你假传圣旨，陷害忠良，我要进京告你。"

曹公公一点不怒，他专心欣赏自己的指甲，好半天才阴阳怪气说：

"你有资格见皇上吗？我看你是人才，破例开次恩，只要你写一份检举张鸾勾结扶桑人图谋不轨的文书，你还是东厂捕头。"

铁锋不怒反笑，他说大好男儿，宁死也不和阉狗打交道。曹公公被骂得一脸羞红，他看铁锋纵身扑向自己，骂了声不识抬举，轻描淡写荡开判官笔，十指如钩反袭铁锋面门："既然你决意反叛，那我就清理门户了。"

十招过后，铁锋暗暗叫苦。自己的奔雷杀纵横江湖，但一点奈何不了这只阉狗。对方的功夫阴柔至极，招数变幻莫测层出不穷，任你如何攻击，都像石头打在棉花上。以前他虽听说姓曹的会武功，没想到这么厉害。

"铁锋，赶快弃械投降，看在以往的情分上，我求主人给你个全尸。"梅三娘不断扰乱铁锋的心神。

她看铁锋狼狈不堪，决定羞辱他一番，好好出口恶气：

"铁锋，你一世英雄，可惜连个收尸的人都没有。"

铁锋被对方迫得手忙脚乱，听梅三娘讥笑嘲讽，心一乱脚步就飘摇起来了。曹公公见铁锋门户大开，不进反退，他抖动双臂骤然发出了内力。

铁锋连退十几步才稳住身形，他感觉有无数块巨石，慢慢挤压自己，感觉五脏六腑一丝丝破裂、一滴滴淌血。这种临死前的恐惧，他还是第一次领略：

"难道我要横尸荒野，我真没一个过命朋友？"

此时，铁锋的脑筋陀螺般旋转。他首先想到颜若华，觉得自己辜负了她。接着又想到了林秀儒和阿兰，最后才想到水冰倩。

"大丈夫生而何欢，死而何惧，纵然要死，我也得捞点本钱。"

恐惧心一除，铁锋顿时感觉压力少了很多，他催动内力咬牙坚持，即使嘴角渗出血液也不后退。

曹公公非常吃惊，以前他灭杀江湖高手，最多只用六成功力。现在用了八成功力，竟然没打倒铁锋。愤怒中，他深吸一口气，一下子把功力提升到了十成，铁锋这颗眼中钉不除，他吃饭睡觉都不安宁。

"休伤我相公。"

危急之时，枯木香忽然越众而来。她漫空撒一把黄豆，人刀合一直刺曹公公后背。曹公公正在运功，要不是反应及时，后背就会多个窟窿。他放过铁锋，转身雷霆一掌，打得枯木香燕子般飞出去二十多丈。枯木香喷两口鲜血顽强站起，她挥刀劈开一条血路，再度扑向曹公公。

"叛徒枯木香，赶快缴械投降。"

松下花异常兴奋，枯木香在她手里逃脱过三次，今天她发誓要替圣主清理门户。

枯木香不理松下花，只管发疯般攻击曹公公，她看铁锋缓过了气，脸上露出幸福的笑容。松下花阴沉着脸，一步步逼近枯木香，她的长刀刚出手，云龙鹤的暗器就飞到了她面前："本是同根生相煎何太急。松下花，你太狠毒了。"

这段时间云龙鹤一直纠缠枯木香，她到哪里他就跟到哪里。由于枯木香心系铁锋，对他不屑一顾，他很失落。现在猎获佳人之心的机会来了，云龙鹤哪能不抓住。尽管非常惧怕山口惠，他还是大胆走了出来。

"云龙鹤，我找得你好苦。"

山口惠又惊又喜，她喝住松下花，一把抓住云龙鹤，生怕他悄悄溜走。云龙鹤滴溜溜看着枯木香，脸上露出焦急神态：

"山口惠小姐，我要救人，你拉我干啥？"

山口惠紧挨着云龙鹤，她目光旖旎，脸上洋溢着幸福感：

"我要你陪在我身边。"

云龙鹤哭笑不得，他说你别赖上我。山口惠狠掐云龙鹤一下，小声说，做错了事就得负责到底，赖你算是轻的了。

二人纠缠时，场中的打斗忽然发生了变化。

不知何时，甘嬷阿兰和梅三娘也加入了战团。阿兰和枯木香拼死保护铁锋，梅三娘忠心追随曹公公，一时间双方都铆足劲，意欲快速将敌人置之死地。曹公公的护卫们严阵以待，由于上司没发话，大家只有看热闹，谁也不敢轻举妄动。

颜若华站在场外，从最关心者渐渐变成了旁人。开初，看铁锋危险，她什么也没想就欲拔剑相助。刚走两步，枯木香就抢在了她前面。听对方软绵绵叫相公，再看铁锋惊喜的神态，颜若华迈出的步子又收了回来："我是他什么人，他会领我这个情吗？"

刹那间，颜若华犹豫、恍惚和嫉妒了。她雕塑般站在人群外，任场中剑雨纷飞、掌风呼啸也漠不关心。

梅三娘虽抵不住阿兰的破风刀，但一时半刻不会丧命。松下花截住受伤的枯木香，二人翻翻滚滚，慢慢打到了人堆外面。曹公公看铁锋没了帮手，越发精神。他一次次打倒铁锋，又让他一次次顽强站起来。

若是别人，油尽灯枯之时，不是求饶就是装死。铁锋两者都不选择，不向敌人低头，不与奸人为伍。站着是一座高山，倒下是一块巨石，只要还有一口气，就要为正义而战。这就是大英雄的本色，就是中华儿男的豪情。

曹公公暗暗惊心，以前虽听闻铁锋硬朗，却不知这小子如此有骨气。这样的人如不为我所用，那就得忍痛灭杀，免得以后成绊脚石：

"铁锋，没有人救你了，如你求声饶，我可以开恩让你活。"

铁锋努力站稳身子，他抹一把脸上的鲜血仰头狂笑：

"曹阉狗，你别得意，一个铁锋倒下，无数个铁锋站起来，英雄豪杰是杀不完的。"

曹公公从衣袖里拉出锦帕，反复擦拭沾满血污的双手。他耐住性子任铁锋骂，一副虚怀若谷的架势：

"哎哟喂，我的铁捕头，你睁眼看看四周，这些人哪个拥护你，哪个敢出手救你，死到临头，你就别臭美了。"

看曹公公运足劲，一步步压向铁锋，护卫们全都闭上了眼睛。有些人昔日虽和铁锋称兄道弟，但碍于身份，加之忌惮曹公公，所以一个个大气不敢出。山口惠的心思在云龙鹤身上，根本不管谁胜谁负，何况铁锋是她的敌人。

云龙鹤看枯木香接连败退，很想挣脱山口惠前往相救。铁锋教训过他，他巴不得对方马上死。阿兰被梅三娘缠住，狠命冲了几次，都接近不了铁锋，眼见铁锋就要丧生在曹公公的魔掌下，阿兰无助得差点大哭。

唯一能救铁锋的人是颜若华。不过她正在走神，人一走神，就会放松警惕，就容易遭人暗算。

山口惠表面若无其事，内心里时刻都在紧张、警觉。这几天她隐隐觉察到，似乎有人在跟踪，为了找出敌人，她施展妖术，在每个逗留处都撒了一把黄豆。通过黄豆传回的消息，山口惠清晰地看到了颜若华的身影。她没把情况告诉别人，因为颜心雨不在身边，谁也不是颜若华的对手。

枯木香的出现，让山口惠想到了对付颜若华的办法。看颜若华吃醋，趁她发呆走神，山口惠拉住云龙鹤耳语几句，二人共同发力，将一把黄豆撒在了颜若华身上。

颜若华武功奇高，仙道术修为却刚入门，根本抵不住山口惠和云龙鹤的联合暗算。她的眼前，时而出现颜心雨刺杀母亲的幻象，时而又见表弟林秀儒着新郎服，笑吟吟把自己拉入洞房，整个心思，压根没在铁锋的安危上。

"铁大哥，我陪你一起死。"

阿兰看铁锋命在旦夕，一刀砍伤梅三娘，闪电般扑向曹公公，梅三娘的刀从后面劈来，她也不挡。

"相公，要死一起死，千万别丢下我。"

枯木香贴地翻滚，她不顾松下花的攻击，抢在了阿兰的前面。

曹公公见两个女人拼死保护铁锋，心一颤双掌略略向左偏移了几寸。轰隆声中，只见阿兰和枯木香，稻草人般飞出去二十丈远，直接撞在颜若华身上。

"阿兰、冰倩，等等我！"

男儿有泪不轻弹，这一次，铁锋真的哭了。英雄的宝剑能斩三千流水，却斩不断儿女情丝。看两个女人义无反顾为自己赴死，他肝肠寸断万念俱灰，唯一的念头就是和她们一同死去。

铁锋声嘶力竭的呼唤，一下子触动了颜若华的灵魂。她一个激灵，赶快用功解蛊。默念着小姨传授的口诀，试了好几次，颜若华都使不出凌虚道人的"灼灼其华"，幸亏枯木香重重撞了她一下，才使她脑子里咯噔一声，浑身突然充满力量。

"乾坤大挪移。"娇叱声中，颜若华步随身移，她左手抓住枯木香，右手揽住阿兰，举重若轻旋转两圈，就轻松化解了曹公公的掌力。

"落英缤纷，灼灼其华。"

把阿兰和枯木香轻轻放下，颜若华翩然掠上半空，宝剑一出手，曹公公的前后左右都是肃杀的剑气。曹公公称霸多年，从没遇过对手。他施展十成功力迎战，越打越兴奋：

"小妞，咱家不打无名之辈，报上名来。"

颜若华不语，一个劲雷霆攻击，她自知内力不如对方，唯一的办法就是速战速决。曹公公以为对手有难言之隐，不敢轻易泄露身份，于是故意放缓行动，打算从对方的招式中窥探其门户。

这恰恰给了颜若华机会，她不露声色虚晃几招，剑锋贴着曹公公衣袖，趁他还没发力，猛然使出了灼灼其华。

"啊！好痒，好痛。"

五招之后，曹公公的手心手背、脸盘脖子上，慢慢开出了殷红的桃花。他起先没在意，以为自己受伤了，咬牙继续战斗。后来全身奇痒恶痛，最后竟捂住脸颊，一路狂奔，转瞬不见了踪影。

魔头一败，护卫们跑得比兔子还快。松下花、梅三娘全身奇痒，二人不断隔着衣服挠痒，狼狈相无法形容。山口惠吃过亏，颜若华的宝剑刚出手，她就拉着云龙鹤跑得远远的。

趁此机会，颜若华赶紧来到铁锋身边。她看铁锋奄奄一息，蹲下身打算背他出去。铁锋心里虽感激，却放不下面子，让一个未出阁的女子来背。

他深情一笑，硬撑着往前走。走着走着，突然重重倒下。

枯木香看铁锋倒下，顾不得伤痛，纵身过来一把将其抱在怀里：

"相公，冰倩来了，我们回家。"

安抚完铁锋，枯木香才转头，她把翠玉凤凰交给颜若华小声说：

"桃花姐姐，趁颜心雨不在，你赶快回桃花城主持大局，恢复秩序。"

颜若华接过翠玉凤凰，一副怅然若失的表情，她谢过枯木香，深情看一眼铁锋，依依不舍地走了："眼前事物与心违，欲向花前痛哭归。"

云龙鹤看枯木香对铁锋软语温存，再看铁锋摇摇欲倒，一时妒火中烧，他想这个时候不除掉铁锋更待何时，杀了铁锋，枯木香或许会对我投怀送抱。邪念一起，云龙鹤像只怪鸟，强力挣脱山口惠的抓扯，片刻间就飞到了铁锋面前。铁锋怒极，反手一掌打得云龙鹤满地找牙。这家伙不知进退，站起身继续攻击铁锋。

枯木香看云龙鹤像个疯子，再看铁锋不断呕血，愤怒之时来不及多想，就默默念起了催命咒。云龙鹤起先抱着肚子在地上打滚，后来上蹿下跳，声嘶力竭惨叫，再后来就跪在枯木香面前哀求饶命。山口惠看在眼里疼在心里，她本想上前劝说枯木香饶过云龙鹤，转念想到枯木香的终极任务，想到圣主的嘱托，只得长叹一声，眼睁睁看云龙鹤被万虫噬尽心肝肠胃而死。

"铁锋，不准走，拿命来。"

梅三娘喘过气后，嗖一声出刀挡住了去路，她力战枯木香和铁锋，感觉他俩完全不是自己的对手，正要使出绝杀技时，颜若华的宝剑挟着劲风，突然把她刺了个透心凉。见颜若华去而复回，铁锋很感动，他说自己愿跟她一起去桃花城，从此退出江湖。

枯木香不依，执意要陪铁锋进京救张鸾，二人争执之时，松下花猛然一刀刺入枯木香的前胸。颜若华怒极，运足十成功力一剑结果了松下花。山口惠见大势已去，赶紧逃跑，没跑几步，迎面撞上阿兰，阿兰破风刀一挥，山口惠的人头立即飞出二三丈远。

86.丢失印章

回到紫霞峰，花之魂感觉一切都变了。

以前，不管紫剑岩、紫檀坡，还是紫薇阁，每天香雾迷离，剑光闪烁，整个一派道藏庄严景象。而今，一路行来，根本看不到几个刻苦练功的师兄弟。所有人皆一脸迷茫，噤若寒蝉，似乎遇到了严重的打击。

经过紫檀坡时，花之魂看喻永琪一个人练剑，便跑步上前热情招呼：

"喻师兄，怎么就你一人练功，其他人呢？"

喻永琪闻声收剑，他说师兄弟们都在睡觉呢。花之魂很诧异，她笑着说日上三竿了，还睡懒觉，真没规矩。

说起规矩，喻永琪就来气。他告诉花之魂，现在山上还真没规矩了。师姑一会儿严肃，一会儿松散。有时半夜三更召集所有弟子练功，有时十天半月不露面，任随弟子们打架赌博。

"师父、师叔呢，难道他们不管事？"

听花之魂提师父、师叔，喻永琪面色惶恐。他警觉地四下看看，确认没人偷听才小声说：

"他们集体闭关，目前师姑掌教。"

言毕，喻永琪急忙借故溜走，临行时，反复叮嘱花之魂，不要乱问，不要妄议，更不要打听李傲俗。

林秀儒一点异常感觉都没有，故地重游，他心里满满的都是喜悦：

"表妹，还记得那块试剑石吗？"

提起试剑石，花之魂的脸一下子就红了。前年春天，她独自练剑，香汗淋漓时，林秀儒突然闯了过来。彼时，花之魂胸前一片洇湿，衣服里的风景隐隐约约非常诱人。看表兄盯着自己看，花之魂又羞又气，劈手一剑，就把身边的石头砍为两段。

"仙山无俗客，表兄，注意你的言行。"

花之魂表面严肃，心里甜丝丝的。自从那次在表兄面前走光之后，她隔不多久就会做同样一个梦。梦境中，自己凤冠霞帔，一身新娘子装束，表兄状元及第，玉树临风。二人时而在长街被人簇拥追捧，时而在仙山琼阁徜徉，那情景，真是甜蜜至极，温馨之至。

来到紫薇阁，远远就听见冷月和梅魂的争吵声，冷月幽怨地说：

"师姐，这哪里是修仙，完全是在练妖法。"

梅魂的声音有些沙哑，她耐心劝说冷月，叫她沉住气，相信师父，不要妄言。

"梅师姐，山上究竟发生了什么事？"

花之魂人没进屋，爽朗的笑声先传了过去。梅魂有些猝不及防，她讪笑着给花之魂和林秀儒让座，连使眼色叫冷月泡茶。

梅魂相当冷静，她斟盏茶双手奉到林秀儒面前，笑吟吟说：

"林公子，好久不见，你愈发风度翩翩了。"

林秀儒品两口香茶咂舌道：

"入眼一杯绿，沾唇满口香，好久没喝梅姐姐的茶了。"

花之魂听二人扯闲话，心里虽不悦，脸上却春风荡漾。她看梅魂一次次岔开话题，知道她有难言之事，寒暄几句主动离开了紫檀坡。

林秀儒还想和梅魂论道，迟疑着不肯走。近来他虽整天与花之魂在一起，但言谈和情趣总不投机。花之魂只谈仙道术，但凡涉及男女情爱之类的话题，要么不发言，要么故意岔开话题。如果林秀儒喋喋不休，她就板脸训斥，一点人间烟火味都没有，弄得林秀儒了无意趣。

梅魂不同，她虽是修仙者，但通晓礼仪，熟悉各地的风土人情。她有句口头禅："神仙在尘世，大道在人间。"和她论道，林秀儒很轻松，一点拘束感都没有。

"表兄，师姑点名要见你，我们该走了。"

林秀儒看表妹杏眼微嗔，喝口茶懒洋洋起身出门。一路上二人几乎没说话，林秀儒连日被训斥怕了，不敢随意发言。其实，花之魂嘴上训斥，心里却很享受。她喜欢表兄回忆他俩儿时过家家的情景，更喜欢他向自己表白。好几回，她忍耐不住，差点说出犯戒的动情话。

山路十八弯，每上一层岩，花之魂都要停下来等待林秀儒。二人行到兰草湾，冷月忽然从竹林中走了出来：

"之魂师妹，我有话给你说。"

冷月的话匣子一打开就收不住。她说自己快憋坏了，再不找人倾诉就会发疯。花之魂看对方一脸苍白，以为她病了，刚开口安慰，冷月就抢过了话头：

"师妹，别打断我的话好吗？"

花之魂大度一笑，陪着冷月坐了下来。林秀儒以为她俩要说私密话，向前数步凭临万丈深渊假装赏景。冷月很愤怒，她不但把李傲俗和季群芳犯戒、偷情的丑事和盘托出，而且怀疑师父入魔。她哀怨地说，孙小岳和寒星的死，至今没一个说法，现在整个山上全乱了套。李傲俗和季群芳表面被关押，实则行动自由，再这样下去，历代仙师的道场，就会毁在清静散人手里，必须想法扭转局面。

"怎么会这样，怎么是他们？"

花之魂不敢完全相信冷月的话。大师兄是她的偶像，师姑是她的授业者。以前，每当修仙遇到困难，或者意志动摇，她首先找李傲俗解惑，然后再向师姑请教。这么多年来，师兄和师姑的人格魅力，一直皓月般高悬在头上，为她指路引航。而今偶像跌落，光环消失，她心里五味杂陈恍然若梦。

林秀儒不以为然。他说第一眼看见季群芳和李傲俗，心里就不舒服，就感觉他们会整出些事。一个人与另一个人接触，有时是仙缘，有时是孽缘，不要太在意，否则你就会入局。

尽管明白道理，但花之魂心里还是不痛快。李傲俗那么优秀，怎么就守不住底线，任由季群芳摆布呢？

翻上紫剑岩，太阳只有半竹竿高了，凉风习习，蝉鸣雀噪，远山近岭一片血红。花之魂看师兄吴贤极倒立在群峰之巅，渊亭岳寺般岿然不动，顿时肃然起敬，忍不住欢呼了一声二师兄。吴贤极不善言论，不随波逐流，凡事都有独特的主见。闲暇之余，他总爱一个人在悬崖之巅练倒立，这是每天雷打不动的套路。

"二师兄，别人都在喝茶聊天，你那么刻苦干什么？"

吴贤极左手撑住整个身子，右手时而挽诀，时而舞剑。他说："花师妹，别人眼里的世界，在我眼里全都翻了个身。修仙的路有无数条，各有各的门道和缘分。他们喝茶聊天是一种修炼，我练倒立也是一种修炼。"

二师兄的话，颇具玄机，花之魂越体味越汗颜：

"师父叫我下山历练，转了一大圈，还不如寸步未移的二师兄，简直惭愧。"

紫阳宫里仙音缥缈，檀香馥郁。清静散人高坐宝台，非常淡定：

"回来了吗，有什么收获？都听到、看到了些什么？"

花之魂不知该怎样回答，迟疑了一会儿才恭敬地说：

"师姑，花之魂把《九天神曲》和林公子带回来了。"

清静散人目光如剑，她看花之魂几眼，继续着刚才的话题：

"我问你有啥收获？听到了些什么？"

花之魂见师姑发怒，不敢怠慢，只好说剑术和仙道术颇有心得，至于听到什么，因为刚回来，还没跟师姐妹们联系。

"说谎，刚才冷月、吴贤极不是和你交谈了吗？"

林秀儒看清静散人一反常态，完全没有半点修养，忍不住插嘴道：

"言者无罪闻者足戒，你就那么在乎别人的言论？"

清静散人忽然哈哈大笑，她说："还是林先生快人快语。目前几位师兄集体闭关，所有事务都落到我一个人身上。面对即将来临的劫难，不行非常之举，哪能逢凶化吉？"

"师姑，紫霞山真有劫难吗？"

花之魂余悸未消，她仰头看着师姑，一脸的狐疑与迷茫。

清静散人慢慢收功起身。她把玉貔貅藏进道袍，徐徐吐纳一会儿才走下台阶：

"时下整个仙山都在渡劫，渡不过就成妖魔，渡过了就晋级。为了考验大家的定力和修为，我故意放任不管，最后优胜劣汰。"

这么一说，花之魂终于明白师姑的用心了，看来梅魂和吴贤极是对的，不管风吹浪打，只管抱元守一。这既是自身修为的良好体现，更是仙根定力的无形考察。

不过，花之魂心里还是有疑惑：师父师叔们为什么集体闭关？师姑对《九天神曲》为何不感兴趣？她怎么不问印章石？

清静散人看出了花之魂的心思，她严肃地说：

"花之魂，我知道你心存疑虑，现在没时间给你解释。我要和林先生单独说话，你到门口守护去吧。"

花之魂迟疑着刚走出大门，季群芳就嬉笑着从屏风后跑了出来，她摆着美臀，拉着林秀儒的手妖媚地说：

"林先生，印章石拿回来了吗？"

清静散人火冒三丈，她指着季群芳厉声喝道：

"谁叫你出来的，赶快回去闭关思过。"

季群芳拉着林秀儒的手不放，她转头狂傲地面向清静散人：

"慕容雪燕，从现在起，你再也不是我师父，我不怕你了。"

清静散人气得说不出话，看季群芳施法迷惑林秀儒，她再也忍不住了：

"妖女，我今天灭了你。"

清静散人的掌力一发出，季群芳立刻口吐鲜血倒在地上，她努力昂起头，怨毒地说：

"你当真下得了手，难道就不怕我师祖风情万种？"

一提风情万种，清静散人更加发怒，她愤骂季群芳妖言惑众，扰乱紫霞山秩序。季群芳反唇相讥，她说你别怨我，那些事全都是你亲自下达的命令。清静散人怒不可遏，这段时间，风情万种的元神，一会儿钻进季群芳的身子，一会儿又回到她的体内，既把紫霞峰搞得一塌糊涂，又让她痛苦不堪。为了自身自由和仙山安宁，她把心一横，决定先灭杀季群芳然后自行了断。

雷霆之力还没发出，风情万种的声音，忽然从心底传了上来：

"小妞，不要发怒，今天我俩做个交易。"

近来，风情万种一直没有骚扰清静散人，清静散人便努力练功。她以为随着自己灵力的不断增加，便会把老妖婆赶出自己的身体，谁知到头来还是白忙活一场：

"老妖婆，你究竟要怎样？"

风情万种嘻嘻笑道："只要你问出解开印章石的秘诀，我不但帮你灭杀季群芳，而且永远离开你，再也不骚扰你。"

"此话当真？"

清静散人有点动心，她现在接近崩溃。风情万种再纠缠她，她说不准哪天会疯癫发狂。

"林公子，你想不想你的表姐颜若华？"

争吵过后，清静散人终于向风情万种屈服。她放开季群芳，破例娇滴滴说起了话。听林秀儒回答非常想念表姐，清静散人立即趁热打铁：

"把印章石交给我，你就可以下山寻找表姐了。"

林秀儒一心想着表姐。近来，他常常做梦，梦幻中，她和表姐起先在幽谷愉悦徜徉，后来双双跌下深渊。为了尽快下山寻找表姐，他不假思索就拿出了印章石：

"你说的是这个吧，不过我要亲手交给紫霞真人。"

清静散人一见印章石，立即倒退十多步，她严肃地说："林公子，这枚印章关系着三界安宁，你要妥善保管，任何人都不能给。"

关键时刻，清静散人突然醒悟。她极力用功抵御风情万种的控制。风情万种大怒，她使个定根法将清静散人定住，呼一声破窍而出。

林秀儒听不见清静散人和风情万种的争吵。他看清静散人七窍冒烟，一下子迷茫恍惚起来。

风情万种冲出清静散人的躯体，起先是一缕青烟在屋里缭绕，后来扭曲着不断变换形状，最后一丝丝一缕缕全部钻进了季群芳的七窍。

"表弟，你想我吗？"

迷幻中，季群芳和清静散人忽然不见了，取而代之的则是光彩照人的颜若华。颜若华玉钗微颤、裙衫半袒，娇慵可人地走了过来：

"表弟，你好无情。"

林秀儒感觉一股奇香入鼻，刹那间五脏六腑便燥热起来。

林秀儒看表姐华妆半卸，欲解罗裳故逗留，顿时心潮澎湃：

"爱君不敢对君言，表姐，你心里有铁大哥，我哪敢有非分之想。"

颜若华轻移莲步，忽然靠在林秀儒肩上抽泣起来：

"铁锋一心想着水冰情，心中何曾有我？表弟，我需要你的安慰。"

嗅着表姐的体香，看她弯曲的蛇腰，不断抽动的双肩，林秀儒一下子迷醉在对方优雅的媚态中。他热血沸腾，豪情满怀，表示以后一定全身心呵护表姐，绝不让她受到任何委屈。

"表弟，说出印章石的开封秘诀，我们长空比翼，双宿双飞。"

颜若华起先泪光满面，然后破涕一笑，拉着林秀儒朝秀帘高卷的床榻边走。她灵蛇般扭动身子，时而辗转翩飞，时而返身贴地，最后玉体横陈：

"林郎，快说出心中的秘密，我等不及了。"

林秀儒的神智一直飘荡在旖旎的景色中，这个时候，他眼里和心中，没有花之魂和清静散人，只有表姐颜若华的风情月意。在对方的徐徐诱导下，他忍不住脱口说出了半句口诀：

"抱元守一，万仙来朝。"

话音刚落，林秀儒手里的印章石，忽然自动飞到了季群芳的手中，季群芳把玩着印章石哈哈大笑：

"林郎，你看我是谁？真不害羞。"

浪笑声中，颜若华的影子忽然变成了季群芳。林秀儒豁然惊醒，他看清静散人瘫在地上，再看季群芳一脸鄙夷和嘲笑，顿时羞愤交加，怒吼一声上前就抢印章石。

87.封印恶魔

季群芳狠踢林秀儒，直到对方倒地不起，才转身走到清静散人面前：

"小妞，这回你可算立功了。"

清静散人很虚弱，她努力坐起身愤然骂道：

"老妖婆，邪不胜正，你别得意太早。"

季群芳哈哈大笑，她说："我风情万种是讲信义的，你帮我拿到了印章石，以后我就是季群芳，季群芳也是我。不过，你得帮我做最后一件事，否则，我不会彻底离开你。"

清静散人勃然大怒，她手指对方切齿骂道："风情万种，你太过分了，伤我师兄，将紫霞峰搞得乌烟瘴气，现在你如愿得到了印章石，还不满足吗？"

季群芳把林秀儒拖到清静散人身边，蹲下身阴毒地说：

"小妞，那些事都是你做的，你别推卸责任。只要你帮我从这小子体内，提炼出逍遥子的元神，以后你还是紫霞峰的掌教仙姑。"

林秀儒认得季群芳，第一次见她，就隐隐感觉不舒服。刚才听说她勾引李傲俗，此时又看她威逼清静散人，忍不住一巴掌打了过去：

"季群芳，你太毒辣了。"

季群芳抓住林秀儒的手，顺势把胸脯挺上来，她一边在对方脸上摩挲，一边娇滴滴说：

"逍遥君，我不是季群芳，我是你的初恋情人风情万种，你看这里，你嗅嗅这香味，一千多年来，我没有变吧？"

看林秀儒双眼迷茫，季群芳兴奋至极，她扔掉外衣，指着清静散人恶狠狠说：

"小妞，我们开始吧，别害羞。"

清静散人两眼喷火，她说："老妖婆，这回就算死我也不帮你。"

季群芳一脚踢倒清静散人厉声喝道：

"小妞，如果你不帮我，我就走出季群芳的躯壳，重新回到你体内。"

清静散人很痛苦，为了摆脱风情万种，为了紫霞峰早日渡过劫难，她违心帮助风情万种打伤紫霞真人，放纵季群芳自由出入。而今风情万种得寸进尺，竟然要她袒胸露体，帮忙提炼逍遥仙师的元神。老妖婆太可恶，是可忍孰不可忍，干脆跟她拼了：

"历代仙师，给我力量，八方威神，使我自然。"

挽诀、念咒之后，清静散人虚汗直冒，一点法力也使不出。自从打伤紫霞师兄后，她的功力就一天不如一天，不但玉貔貅失去灵力，而且师尊凌虚道人的冥冥指引，也突然风筝般断了线。

"小妞，别指望花之魂进来，她此刻的麻烦比你更大。"

季群芳一边浪笑，一边使劲撕扯清静散人的道袍。清静散人一脸羞愤，滚热的眼泪夺眶而出，守身如玉这么多年，没想到一世修为和操守，竟然毁在老妖婆手里。她后悔当初胆怯和屈服，早知如此，当初就该毅然死去。

"花之魂何在，快进来救人。"

连喊三声无人应答，清静散人一下子崩溃了。

刚才，季群芳被清静散人一掌打得元气尽失，差一点就形神俱灭。风情万种的元神进入体内后，她瞬间满血复活，一下子灵力猛增。这种登峰造极，傲视八荒六合的飘逸，以前她隐约感觉过。她知道这是师祖风情万种的恩赐，她感激师祖、崇敬师祖，如果没有风情万种的庇护，她早就被清静散人灭杀了。

尽管不怎么愿意接触林秀儒，尽管心里还想着李傲俗，但季群芳还是按风情万种的指示，凝神用功开始提炼逍遥子的元神。其实，这个时候，她的言行举止，大部分已被风情万种控制，根本无力开小差。

风情万种十分得意，现在印章石到手，只要提炼出逍遥子的元神，自己就能独占十二位地仙的灵力，下届散仙考核，自己就能越众而出位列仙班。本来她打算利用清静散人的身体，从林秀儒体内提炼出逍遥子的元神，但刚施法就被大力反噬。对方的元亨利贞，牢不可破，任她有千年修为，也得知难而退。无可奈何之下，风情万种只好选择季群芳。

尽管胜券在握，但风情万种还是忽略了一个细节。季群芳虽是自己的徒孙，但这小妖女和李傲俗乱搞，已珠胎暗结。为了永远得到师祖的力量，季群芳趁对方没有全力控制自己之机，暗暗用功，一边默念李傲俗传授的伏魔咒封住整个头顶，一边用意念不断把风情万种的元神，朝丹田里引导。

最危险的敌人，大都来自内部。风情万种全身心对付清静散人和林秀儒时，丝毫没察觉季群芳的异动。这个时候，林秀儒完全处于昏迷状态，他被季群芳的狐媚迷惑得忘乎所以，如果再加一份功力，逍遥子的元神就会破壳而出。因为仙家之元神，必须保持贞洁清虚，容不下半丝邪恶，更不能藏污纳垢。

"哈哈，逍遥子，你的替身竟是好色之徒，没想到这个结局吧！"

风情万种得意极了，看林秀儒两眼放射红光，且呼吸急促，她知道关键时刻到了。这个时候，她必须从季群芳的眉心穴冲出去，恰到好处截住逍遥子的元神，稍有差错就会功亏一篑。

"哇！小妖精，你竟敢害我。"

风情万种往上一跃，顿感自己撞在铜墙铁壁上。季群芳的经脉穴位，不但完全封死，而且潜藏着诛杀自己的巨大能量。她头皮一麻，赶紧往下走，打算从季群芳的膻中穴冲出去。

风情万种慌乱之时，季群芳完全清醒了。尽管五脏六腑蠕动、疼痛得厉害，她仍然坚持挽诀念咒。现在她只有一个意念，那就是把风情万种永远封存在自己体内，这样自己就会随心所欲，就是人上人，妖中妖，就能不受欺负，就能光大落雁宫。

"小妖精，你敢欺师灭祖？"

连续几次出窍不成功，风情万种怒了，她恶声谩骂诅咒，希望自己的威胁能起作用。谁知越挣扎越谩骂，越往深渊里下滑。风情万种明白，再不使出重生法，等会儿滑进季群芳的产道，自己就惨了。那样，千年修为不但毁于一旦，而且还要重新轮回一世："早知小妖精心肠歹毒，事先就该灭了她。"

风情万种有点慌乱，目前，唯一的办法就是使出两败俱伤之法，将自己的元神凝聚成利剑，割破季群芳的皮囊，重新回到清静散人体内。虽然知道这样做，自己会耗损数百年修为，且有被清静散人灭杀的危险，但风情万种别无选择，因为自己下坠的速度越来越快，如果跌进产道，再次轮回，那样的结局，岂不让龙湖老怪和扶桑老鬼笑掉大牙。

季群芳不知师祖要灭杀自己，起先，她虽痛得满地打滚，但凭着一股成为强者的意念，仍然拼死坚持。就在她瞳孔放大，感觉身体要爆炸之时，大厅的墙壁突然轰隆一声，接着紫霞真人、太极真人和少阳真人翩飞而出。

紫霞真人拂尘一扫，笼罩在清静散人和林秀儒头上的妖雾，瞬间消失殆尽。太极真人和少阳真人双双祭出灵器，把季群芳的身子罩住，紫霞真人连挽五个祖师诀，将紫阳宫围得水泄不通。清静散人恢复自由后，怒从心头起，她一边问候师兄们，给他们道歉，一边祭出玉貔貅，意欲将风情万种彻底灭杀。

"啊！小妞，没想到你藏了一手。"

风情万种刚从季群芳体内探出头，就感觉到了神形俱灭的危险。为了保住元神，她只好缩回季群芳体内。

清静散人听风情万种破例发出哀号，心里爽快到了极点。大半年来，她忍辱负重，等的就是这个时刻：

"老妖婆，你千算万算，没想到我和师兄这出苦肉计吧？"

风情万种绝望了，她说："看来我还是低估了紫霞峰的力量，以为你几个小辈不堪一击，现在你们是赢家，我认栽随你们发落。"

"不要杀我，我还没活够。"

风情万种停止折腾后，季群芳慢慢苏醒。她看清静散人一脸杀气，急忙跪地求饶。

吵闹声惊醒了林秀儒，他看季群芳手持印章石，再看自己衣衫不整，顿时羞得无地自容：

"这是怎么回事？"

林秀儒一把抢过印章石，将其恭恭敬敬交给紫霞真人。紫霞真人一见印章石，既惊又喜，他后退两步不断打躬作揖：

"林先生，这枚印章石除了你，我们谁也拿不动，你赶快收起来藏好。"

印章石一离开季群芳，风情万种又开始活跃，现在她终于搞明白了，刚才拼尽修为，均冲不出季群芳躯体的原因：

"原来是印章石的洪荒之力压制了我，哎，这真是自作自受。"

看季群芳满地打滚，声嘶力竭惨嚎，林秀儒于心不忍，急忙前去搀扶。他的手一接触季群芳，季群芳的痛楚立刻消失。为了活命，季群芳死死抱住林秀儒，生怕他远离自己。

这样的情形很尴尬，林秀儒满脸通红，不断用眼神向紫霞真人求助。紫霞真人明白，眼下最要紧的事，是必须集师弟师妹们的全部力量，以迅雷不及掩耳之势，把风情万种封印在结界里。为了这个时刻，他和清静散人共同演了一出苦肉计。他表面假装被清静散人打伤，暗中则与两位师弟加紧练功。这期间，虽然清静散人大部分时间，受到风情万种的控制，但关键时刻，紫霞真人仍然可以给师妹传递消息。

"斩妖伏邪，杀鬼万千。"

紫霞真人的灵器刚祭出，清静散人的玉貔貅闪着五色光芒，紧随其后，接着，太极真人和少阳真人也加入了封印妖魔的战团。刹那间，大殿里灵光刺目，呼啸声惊神泣鬼。季群芳哪里见过这种肃杀场景，吓得浑身痉挛、小便失禁。

一盏茶时间过去了，风情万种的声音，依然狂傲地从季群芳体内传来：

"紫霞牛鼻子，别费劲了，你们那点功力，还不是我的下饭菜。"

慢慢地，清静散人发现了个异常情况，自己和三位师兄的灵力，对风情万种完全没起作用，全部被林秀儒手里的印章石挡了回来：

"这是怎么回事，难道祖师爷不许我们开杀戒？"

与此同时，紫霞真人、太极真人和少阳真人也发现了同样问题。怎么办？现在是灭杀这魔头的大好时机，放过她后患无穷，封印她，就必须将林秀儒请出大殿。然而此刻他被季群芳紧紧抱住，根本无法脱身。

"杀了这妖女。"

紧急时刻，清静散人再不犹豫，哗一声亮出了宝剑。季群芳是她引进门的，这小妖女勾引李傲俗，杀害紫霞峰弟子，把整个仙山搞得乌烟瘴气，她早就想将其灭杀了。以前碍于风情万种的庇护和控制，她无法下手，现在，有师兄们帮忙，有印章石镇殿，她再也没有顾虑了。

"别杀我，我怀有李傲俗的骨血。"

季群芳看清静散人起了杀心，一边哀声求饶，一边围着林秀儒转圈。她哭着说："你们杀我可以，千万别杀我的孩子，他可是你们的徒孙，你们不能伤天害理。"

这一说，大殿里所有人均目瞪口呆。清静散人的宝剑悬在空中，进退两难。她看一眼季群芳微微隆起的小腹，再看一眼大师兄，脸上的表情很复杂。

长时间的沉默过后，紫霞真人终于无可奈何地收回了灵器：

"放过她吧。"

88.混元无极阵盘

季群芳一听紫霞真人发话，放开林秀儒，连滚带爬就朝外面走。

"师兄，放过她后患无穷，把她交给我吧。"

清静散人仗剑直追，她受够了风情万种的折磨，说什么也不放过大好机会。

季群芳没跑几步就倒地打滚，她一离开印章石，风情万种就拼命在体内挣扎。现在该轮到老妖婆着急了，尽管她修为很高，却忽略了季群芳怀孕的细节。如果不及时冲破她的皮囊，以后就得乖乖给她当儿子或女儿，那样，自己的心血白费不说，千年修为也将毁于一旦。

"林公子，救我。"

几个翻滚，季群芳忍着剧痛，重新抓住了林秀儒的衣裳。

林秀儒看她疯狂抢夺印章石，顿时怒火直冒，他抬手一耳光，打得季群芳晕头转向。季群芳把林秀儒当成了救命稻草，有他在身边，风情万种就不敢在体内折腾，清静散人的剑就会投鼠忌器。

"林公子，你打得我好舒服，来，这边再来一耳光。"

林秀儒看这妖女恬不知耻，气得当真一连给了她五个耳光。他的手中握着印章石，每一巴掌下去，季群芳的面部就出现一道灵符图案，然后就是风情万种的惨嚎：

"逍遥子，你好狠心。"

紫霞真人看林秀儒动作怪异，再听风情万种高呼逍遥子，顿时什么都明白了：

"原来林秀儒果真是仙师逍遥子的元神。"

他兴奋极了，后退几步扑通一声跪在地上：

"拜见仙师。"

清静散人看师兄向林秀儒行大礼，虽有点莫名其妙，但还是赶紧跟着太极、少阳两位师兄跪了下去。

这个时候林秀儒感觉体内忽然充满了能量，整个身心飘逸得仿佛一步就可跳出三界外。眼前的季群芳不见了，取而代之的是一位更加妖娆妩媚的玉面妇人：

"逍遥子，你敢让我再次轮回，我要诅咒你。"

"风情万种，你不思悔改，竟然胆大包天，污染老君和天尊的道场，凭这一点，你就该形神俱灭。"

林秀儒有点懵，尽管不知道风情万种是谁，他还是按照逍遥子的指示，在季群芳的五处大穴上，各盖了一枚印章。冥冥中，他隐约听逍遥子厉声斥责道：

"风情万种，你作孽太深，下世当个好人吧。"

五巴掌打完后，季群芳立即昏死过去。紫霞真人看林秀儒摇摇欲坠，急忙上前搀扶。看林秀儒面色苍白，神情恍惚，紫霞真人赶快给他输送真气：

"林公子，多亏你出手相助，不然我们的麻烦就大了。"

林秀儒晃动眩晕的脑袋，好半天才回过神。他举着印章石虔诚地说：

"道长，我已完成逍遥子的托付，你把印章石收起来吧。"

紫霞真人不断后退，他深作一揖惶恐地说："林公子，你的使命还没完成，天机不可泄露，这枚印章石我不能收。"

推辞间，清静散人打开了大门，她废掉季群芳的所有修为，死狗般把她扔到了门外的荒草中。刚才，清静散人清楚地看到了逍遥子封印风情万种的灵符，从现在起她自由了，再也不怕老妖婆了。现在她唯一放不下的就是关在后山的哥哥慕容彬。皇帝梦破灭后，他既是一位残疾人，又是一个精神病患者。

大殿外，横七竖八，到处都躺着受伤的弟子。花之魂手持宝剑紧守大门，摆出一副拼命架势。她的身边，梅魂、竹梦、冷月以及吴贤极瘫坐在地，再也没力气站起来。广场上，云霄客、晏灵姬、颜心雨联袂而立，早已摆好了决斗的阵势。

原来，花之魂刚出大殿，就听到了山下的打斗声。她循声掠下紫剑岩时，云霄客等人已攻了上来。梅魂、竹梦率领众人且战且退，完全没能力挡住群魔的联合进攻。颜心雨看见花之魂，飞脚踢开冷月，如一只乌鸦横扑而来：

"姓花的，颜若华那个贱婢在哪里？"

花之魂愤怒极了。看师姐、师弟们伤痕累累，看庄严雄伟的仙山，此刻杀气弥漫妖魔横行，她气得直接使出了雨洗巫山。春雨桃花剑一出，方圆数百丈霎时剑气纵横，山呼水啸。晏灵姬仗着云霄客和颜心雨撑腰，抢步上前欲与花之魂拼内力。她舞动裙裾妖娆地扭着腰臀，大喝一声"妖风浩荡"，双掌猛然发力，直接和花之魂硬拼。

前几天，季群芳给晏灵姬传来消息，说目前紫霞山群龙无首、乱成一片，正是攻打和占领的最好时机。为了复仇雪恨，为了进入混元无极阵盘，晏灵姬不顾师父风月无边封印前的嘱咐，毅然联络云霄客和颜心雨合力攻山。

颜心雨最近有点力不从心，虽然扶桑老鬼的干扰越来越弱，但肚子里的小东西越来越活跃。每次自己大开杀戒时，小东西都要拳打脚踢一番。她搞不清是扶桑老鬼轮回后成了胎儿，还是自己的胎儿升级成了恶魔。总之，对这个没有爹的孩子，她拿不定是扼杀还是生下来的主意。这次攻山，颜心雨下定决心要震慑群雄，近来她发觉云霄客表面谦恭屈服，暗中好像在密谋什么事。为了维护自己的绝对权威，她出手狠辣，除了功力较深的梅魂、竹梦、冷月和吴贤极，紫霞峰的其他弟子几乎都受了严重内、外伤。

一剑劈出，花之魂顿时兴奋起来。她的剑光起先如一条飞龙，紧紧绕着晏灵姬，接着又幻化成千百朵桃花漫空飘洒。不管晏灵姬如何变换身形，花枝、花瓣总是如影随形无孔不入。

这种使用灵力战斗的飘逸，花之魂还是第一次领略："难道祖师爷显灵了？"

晏灵姬吓得连声呼喊颜心雨和云霄客相救。她没料到花之魂功力增长得如此迅速，起先，面对呼啸而来的剑气，她试图用内力抵抗，由于花之魂的灵力会拐弯、会自动寻找并攻击敌人的死穴，所以晏灵姬只好挥剑格挡。这一来，她的处境更加危险，每劈开或者刺中一朵桃花，都会听到砰一声爆炸。爆炸声中，无数花瓣瞬间化为利刃，一下子将其围得水泄不通。

看晏灵姬满身伤痕，颜心雨立刻加入战团。她用黑暗力量笼罩住花之魂的剑气，然后念咒挽诀使出百鬼横行的法术。这些功夫是扶桑老鬼传授的，以前没用过，今天第一次使用，希望能派上用场。

这时本来就是黄昏，颜心雨的法术一使出，天空中浓云密布，四野一片模糊，花之魂的剑光顿时黯然失色。云霄客见有机可乘，迅疾上前挥掌助阵。这家伙很狡猾，他要保存实力，等会儿对付紫霞真人。对颜心雨，他压根就瞧不上，之所以听她指挥，目的是利用她。

花之魂力敌三位高手，无论功力和修为都很悬殊，梅魂、竹梦受伤严重，根本无力相帮。冷月和吴贤极虽极力相救，但修为甚浅起不了多少作用。

"桃燃锦江。"

危急时刻，花之魂耳边忽然传来了凌波子的声音，自身压力也骤然消解。她按仙师指示一边变招，一边挽诀念起了光明咒：

"环宇虚空，金光普照，大道无形，妖遁魔消。"

桃燃锦江本身就蕴藏着无穷的光明力量，再加上紫霞峰的光明咒，一瞬间，花之魂的剑光便冲出了黑云的笼罩。颜心雨看万千光芒破云而来，直刺自己的小腹，赶紧运足十成功力抵挡。晏灵姬吓得躲在大石后面，浑身不断哆嗦。

云霄客哈哈大笑，他说没想到紫霞牛鼻子竟有这等修为的徒弟，今日碰到老夫，真真可惜了。

颜心雨再次发出黑暗力量，看花之魂的剑光一圈圈缩小，她得意地直冲云霄客叫嚷：

"云老怪，别偷懒，杀了花之魂，我们就畅通无阻了。"

云霄客表面应允，暗中却不加力。花之魂不足为虑，劲敌还在后面，不到关键时刻，他不会暴露真正实力。

"花飘仙界。"

花之魂看颜心雨拼力反击，一声清啸再次变招。这一次她使足了全部功力，如果失败，对方三位高手的力量将会排山倒海反噬而来，那样她的五脏六腑，就会瞬间破碎成肉酱。

"群魔乱舞。"

云霄客看花之魂使出全部力量，不敢怠慢，立即运功反击。颜心雨刚要使出百鬼横行，忽然小腹一阵剧痛，当即坐在地上，不久就哇哇哇生下来一个婴儿。婴儿一下地，颜心雨的鲜血像渠水一样不断外泄，她挥剑割断脐带，扯几根头发扎紧，然后起身寻找避风点。晏灵姬见颜心雨关键时刻产子，立马后退数十丈远，生怕沾染对方的污秽。颜心雨自知小命不保，回想以前所做的缺德事，她的内心忽然开始惊恐和后悔，她有气无力哀求道："晏前辈，恳请你收留这孩子行吗？"

晏灵姬哈哈大笑，她说："你这贱人终于开口求人了，以前的威风哪去了？但凡有修为的人，都知道你的孩子是扶桑老鬼的元神，谁敢招惹这个妖魔！不过扶桑老鬼变成我的干儿子，也很有趣，我不但可以随心所欲折磨他，让他无数次轮回，还能吸收他的精灵助我抢先飞升。"

"灵姬，这野种留不得，杀了他，我们就少了一个对手。"

云霄客喊话声未毕，整个人老鹰般扑向颜心雨。颜心雨拼尽全力保护儿子，怎奈功力悬殊，没多久就成了一块肉饼。

花之魂看颜心雨死去，心理压力一减，手中的宝剑鸣一声脱手飞出。她念咒挽诀，左手一点，半空中顿现五彩光芒，那柄自由飞舞的利剑，顷刻间一化二、二化四无穷增长，最后形成了漫天花雨。面对两大妖魔，花之魂全然不顾个人安危，决心以命维护仙山的尊严。

　　云霄客吃惊不小，几个月不见，这小姐的功力就超过了晏灵姬。再这样下去，今后肯定成为自己一统三界的绊脚石，看来，今天得灭了她：

　　"恶贯满盈，天诛地灭。"

　　千钧一发之际，紫阳宫大门突然打开。接着清静散人、少阳真人、太极真人以及紫霞真人快步走了出来。

　　"大胆妖魔，犯我仙山，杀我弟子，拿命来。"

　　清静散人首先发怒，她看弟子们死伤无数，一飞冲天，大喝一声"九天花雨"，人剑合一，首先攻击云霄客。

　　轰隆声过后，广场上一片安宁。清静散人被云霄客的内力弹出去数十丈远，她口吐鲜血，试了几次都没站起来。太极、少阳真人大怒，二人心有灵犀，同时朝云霄客祭出灵器。云霄客左手一挥喝声"去"，就见太极真人和少阳真人纸鸢似的飞得比清静散人还远。

　　紫霞真人看云霄客出手的姿势，心里什么都明白了：这魔头果真练就了天诛地灭神功，看来今天只有打开混元无极阵盘了。

　　"花之魂，你把林公子扶过来。"

　　听师父呼喊，花之魂不敢怠慢，她硬撑着疲惫的身子走到林秀儒身边，拉着他就往紫霞真人身边走。林秀儒看表妹一身血污，很是怜惜，不断问她伤到哪儿，要不要包扎？

　　花之魂嫣然一笑，装出一副强悍表情说："表兄放心，这几个妖魔还伤不到我。"

　　紫霞真人左手一挥，大殿门口立即出现一个结界。云霄客看结界里金光闪耀，飞身就往里面掠。紫霞真人呵呵冷笑道："云老怪，你忙什么？"云霄客不答，他吼声"天诛地灭"，双掌发力直袭花之魂和林秀儒。

　　"万象更新。"

　　紫霞真人忍无可忍，终于发出了雷霆之力。云霄客凌空旋转几圈，随即发出一股神力反击。紫霞真人轻描淡写一转身，头顶上立即出现五个金甲神人。云霄客狂吼一声"雕虫小技"，身子一颤抖，云层里忽然飞出六条黑龙。紫霞真人表面淡定，内心非常惊惧，他悄声对花之魂和林秀儒说："快进结界，不要管我。"

　　看花之魂犹豫不决，紫霞真人很生气，他左手运功，拼力抵挡云霄客的进攻，右手猛然一推，将花之魂和林秀儒送进了阵盘。

　　晏灵姬看花之魂和林秀儒凭空消失，再看结界大门封闭，气得恶声谩骂。她一边攻击紫霞真人，一边往大殿里闯。看紫霞真人摇摇欲坠，晏灵姬喝声"牛鼻子去死"，绕到背后就是狠命一击。紫霞真人抵不住两位高手的联合攻击，身子一偏哇一声吐出了鲜血。

"师兄！"

清静散人看大师兄受伤，拼尽全力飞身直扑晏灵姬。云霄客骂声"自不量力"，凌空一掌打得清静散人七窍流血。少阳、太极真人见状，不顾危险，联袂舞剑直取云霄客。云霄客大怒，他怪叫两声，待二人临近身边时才骤然发力。太极、少阳二位真人不知对方的厉害，内力刚使出，就被大力反噬。云霄客看紫霞峰再无对手，狂笑两声，带头走进了紫阳宫：

"林秀儒、花姑娘，你们躲不过的，快给老子出来。"

林秀儒和花之魂一进结界，就开始迷糊，四周昏暗，几乎目不视物，只听耳边呼呼风响。花之魂生怕表兄走失，她紧紧拉着对方的手，嘴里说着"别怕，有我在"的安慰话，一刻也不敢放松警惕。

凭借修仙十多年的感觉，花之魂渐渐搞清了自己和表兄穿越的方向。进入阵盘后，二人起先纵向跌落，尽管四周阴森黑暗，她还是隐隐听到了来自地狱深处的喧嚣。这喧嚣，既有厉鬼的号叫，又有冤魂的呻吟，更有无常判官的呵斥。

坠入地底，在十八层地狱周游一圈，花之魂和林秀儒明显感觉到了自己飞升的速度。这种不费吹灰力，平步入青云的滋味，实在令人心旷神怡。随着身体不断上升，身边的黑暗也慢慢消失，没过多久，二人眼前就出现了一个金碧辉煌、祥云缥缈的大殿。

大殿门口站着两名金甲卫士，远处，一队手执金瓜和斧钺的卫士，正在巡逻。卫士甲一见林秀儒和花之魂，一摆银枪大声喝道：

"何方小鬼，胆敢擅闯仙宫，看枪。"

花之魂吓得连连后退，林秀儒不惧，他哈哈笑着说："东紫薇，西长庚，南箕北斗，我是摘星子。"

卫士乙看林秀儒仪表堂堂，谈吐不凡，欠身上前礼貌地说：

"小仙参见摘星子，请您出示进殿腰牌。"

林秀儒刚才信口胡诌，没想到天上还真有摘星子神仙，正尴尬时，大门里忽然走出一个道童。道童长得眉清目秀骨骼精奇，他挥动拂尘，笑嘻嘻对卫士甲说："这两位是我家主人的仙客，我等的就是他们。"

"哦，原来你们是紫霞峰弟子，请进。"

卫士乙一脸谦和，率先让出了通道。进入大门后，道童看花之魂和林秀儒满脸迷糊，嘻嘻一笑便打开了话匣子。

道童说他叫丙奇，是逍遥仙师的研墨童子，仙师知道二位要来，特令他在第一重天门等候。林秀儒听童子说这里是第一重天，有些惊慌，他问丙奇："我们是不是死了？"

丙奇哈哈大笑，他说："从理论上说，你们已经死了，你们的真身在紫阳宫大殿里，如果三日之内元神能回去，花之魂还是花之魂，林秀儒也依然是一介书生。"

"为什么一点痛苦都没有，原来死也是件很容易的事。"

看花之魂一脸欣慰，丙奇马上变得很严肃。他告诉二人说："混元无极阵盘不是任何人都能进的，只有仙缘到顶、孽债滔天者才有机会进入。刚才你俩已在十八层地狱走了一遭，幸亏没发现不良记录，否则我也没法带你们出来。"

"是不是每位进入者，都要经过地狱的考查和考验？"

林秀儒很好奇，他看丙奇天真烂漫，便不断问这问那。丙奇很耐心，他一边引路，一边小声说话。他说混元无极阵盘，是通往天堂的门户。每位进入者，都必须经过十八殿地狱大王的严格检验。倘若修为不够，或者作孽太多，便会被当场拿下，当场清算所欠债务。如果分尸、磨血，受尽诸般酷刑，你还有余力飞升，那就恭喜你修成正果了。

"有不受刑罚直接飞升的吗？"

花之魂听得毛骨悚然，原来修仙要受这么多罪，她真有点后怕。丙奇嘻嘻一笑，非常淡定地说，有啊，比如你和林公子，不就直接飞升了吗，你们一个是凌波子的元神，一个是逍遥子的元神，再加怀里揣着印章石，谁敢给你们动刑？

一路走一路说话，不知不觉眼前出现了一个飞阁流丹、仙乐飘飘的大殿。广场上聚集着无数仙人，有的静坐清修，有的霓裳飞舞，有的挥毫泼墨，有的灵虚漫步。林秀儒来过这里，他看逍遥子高坐琼台，正严肃地考校众多散仙的修为，不敢贸然上前打招呼。花之魂看凌波子手执仙册，威严地一一点名，也不敢上前相认。丙奇安顿好花之魂和林秀儒，刚要上台向逍遥子禀告，就听天空中一声炸响，接着云层里便走出了一队仙官，领头者是二郎神。

二郎神环顾四周，面无表情地说："逍遥子，龙湖老怪告你私藏散仙灵力，玉帝派我们拿你是问，跟我们走吧。"

逍遥子缓缓站起身，恭敬地说："启禀二郎真君，我没有私藏散仙的灵力，没收在三界中犯有重罪者的部分灵力，是天尊和老君的法旨。本官依律行事，何罪之有？"

二郎神哈哈大笑，他说："逍遥君，不是我要为难你，玉帝法旨谁也不敢违抗。你没收的灵力都在哪里，拿上证据跟我走吧。"

"全都封印在印章石里，等一会儿我就给你。"

看逍遥子摸不出印章石，二郎神更加来劲，他说："逍遥君，你就别抱幻想了。你的印章石永远找不回来了，乖乖接受天条处罚吧。"

林秀儒看二郎神要强行带走逍遥子，急得从怀里摸出印章石，大步往琼台上走，他边走边高声说：

"二郎真君且慢，印章石在此。"

印章石一出，漫空碧野顿时灵光闪烁，仙气迷蒙。广场上的人沐浴在印章石的光辉里，人人面色红润毓秀钟灵，感觉自己的修为瞬间提升了好多倍，于是尽皆俯伏而拜，由衷欢呼起来："参拜逍遥仙师，感谢逍遥仙师。"

二郎神看众仙全都俯首称颂逍遥子，再看凌波子手握印章石，笑吟吟朝自己走来，讪笑着说几句客套话，将身一纵霎时不见了踪影。

"林秀儒，花之魂，你们过来。"

二郎真君走后，逍遥子解散诸多散仙，笑吟吟招呼林秀儒和花之魂到亭台上喝茶。

"祖师爷，云霄客和晏灵姬联合攻打紫霞峰，师父和师伯们都受了重伤。"

花之魂无心喝茶，她急切想把紫霞峰的情况告诉两位仙师。

"花之魂，仙凡有别，既来之则安之吧。"

凌波子用眼神示意花之魂，叫她不要惊慌，好好喝茶。

茶香沁脾，天音悦耳，沉浸在仙山琼阁中，林秀儒早已忘却今日何日我是谁人。他小口品茶，不时嘴里还念念有词，直到逍遥子说话才收回意马心猿。

"你俩仙缘未到，尘缘未了，从哪里来，就从哪里回去吧。"

逍遥子面色严肃，说完话就隐身到琼阁中去了。

花之魂和林秀儒一头雾水，二人不敢发声，一齐把眼光投向凌波子。凌波子和颜悦色说："任何事情都有法则，修仙虽讲天赋和缘分，但过程是必须的，没有捷径。从现在起你们再不是我和师兄的元神，我们帮助你们实现了一次飞越，以后的路还得靠你们自己走，修仙还是当个俗人，全凭心性和毅力。你们有一次飞升的仙籍，再加有仙缘和慧根，相信第二次飞升很容易过关，去吧，以后好自为之。"

"祖师，那紫霞峰怎么办？"

看花之魂念念不忘紫霞峰的安危，凌波子抿嘴一笑说："紫霞峰的劫难，无须你关心，成仙成魔，全在自己渡劫证道时的一念之间。仙机不可泄露，你们赶快回去。"

说完话，凌波子长袖一拂，林秀儒和花之魂便飘了起来。

一梦醒来，大殿里早已没了喧哗。清静散人衣袂飘飘正在窗外练剑，大殿里，太极、少阳真人正在打坐。花之魂很奇怪，她翻身坐起，第一句话就问："我师父呢，怎么不见他的踪影？"

清静散人听殿内有响动，收住剑走了进来。这时林秀儒已起身，他惊奇地打量四周，不知以前发生了什么事。

众人看花之魂和林秀儒双双苏醒，全都长出了一口气。清静散人说："你俩昏迷四五天，真把我吓坏了。"

"紫霞真人呢，怎么不见他？"

听林秀儒和花之魂追问大师兄，清静散人叹口气，眼泪一下子掉下来，她哽咽着说："几天前，云霄客等人攻打紫霞峰，把我们每个人都打成重伤，大师兄为了保护众人，不得已开启混元无极阵盘，决斗中，晏灵姬灰飞烟灭，数十年修为毁于一旦，云霄客五脏六腑破碎，被弹出阵盘两天后死去，大师兄没有出阵盘，这几天我们四处寻找，一点消息都没有。"

"紫霞师兄肯定飞升仙界了。"

少阳真人插句话，看清静散人没搭理，微闭双目继续打坐。

哇哇，一阵婴儿的哭声，吸引了众人的注意力，这时，林秀儒和花之魂才发现清静散人的身边躺着一个婴儿。看他俩惊诧，清静散人淡然说："这是颜心雨死前所产之子，这孩子魔性太重，我每天都要花大量精力给他除魔。"

"你俩以后怎么打算？"

听清静散人发问，林秀儒赶紧回话。他说自己离家已久，打算回去见过父母亲后，继续进京赶考。花之魂知道自己和表兄缘分已尽，为了让他安心考试，她表示自己继续留在紫霞峰修炼。

清静散人看着花之魂和林秀儒，思索了好久才温柔说话：

"昨夜，仙师托梦给我，说你二人仙缘未到，尘缘未了，还得继续磨炼。之魂，林公子进京赶考，他的安全就交给你了，这是仙师的安排，以后无论他栽秧种田，悟道修仙，还是出将入相，你都得陪着他，这是仙师的法旨，也是你证道的必然过程，吃过早饭就起程吧。"

林秀儒大喜过望，想着以前的奇特经历，想着以后和表妹仗剑走天涯的浪漫时光，他按捺不住情绪，深情看花之魂一眼，随即大声吟诵起来：

"不费吹灰力，平步入云霄。一路烟霞迷漫，隐约见天桥。故地依稀记得，忽有婀娜丽影，舞袖远相招。一别无音信，尘世可逍遥。

摘星斗，携仙子，醉蟠桃。呼雷喝电，横扫一切害人蛟。三教高曾远祖，历代帝王将相，见我尽弯腰。异口同声叹：吾辈愧英豪。"